DIE LADY UND DER ORK

ORK SWORN

FINLEY FENN

Übersetzt von
TANJA KLEMENT FÜR LITERARY QUEENS

Die Lady und der Ork

Autor: Finley Fenn

info@finleyfenn.com

Bright Mountain Publishing

28132 RPO Tacoma, Dartmouth, NS B2W 6E2 Canada

Übersetzung: Tanja Klement für Literary Queens

AUSSERDEM VON FINLEY FENN

ORK SWORN
Die Lady und der Ork
Die Erbin und der Ork

Geopfert vom Ork (Bonus-Story)

ORC SWORN (Auf Englisch)
The Lady and the Orc
The Heiress and the Orc
The Librarian and the Orc
The Duchess and the Orc
The Midwife and the Orc
The Maid and the Orcs
The Governess and the Orc
The Beauty and the Orcs

Offered by the Orc
Yuled by the Orcs

Schau auf **www.finleyfenn.com/deutsch** vorbei, um
kostenlose Bonus-Storys und Epiloge, exquisite Ork-Artworks,
vollständige Inhaltskennzeichnungen und Warnhinweise,
Neuigkeiten über kommende Bücher und vieles mehr
zu erhalten!

PROLOG

Lord Norr reiste ab. Schon wieder.

Jule sprintete die Straße hinunter, ihre dünnen Pantoffeln rutschten durch die schlammigen Spurrillen und ihre schweren Röcke verfingen sich an ihren Knöcheln. »Astin!«, rief sie. »Warte!«

Sie konnte sehen, wie sich die schlanken Schultern ihres Ehemannes anspannten und seine gestiefelten Füße an die Seiten seines Pferdes stießen – aber mehrere der uniformierten Männer, die mit ihm ritten, hatten sich bereits umgedreht und schenkten Jule ein freundliches, nachsichtiges Lächeln.

»Mylord«, rief einer. »Eure Ehefrau.«

Astin drehte sich nicht einmal um, und einen Moment lang überkam Jule die düstere, erschreckende Gewissheit, dass er sie dazu bringen würde, ihm bis nach Wolfen hinterherzujagen. Oder wohin auch immer er diesmal unterwegs war, nur die Götter wussten, wohin oder für wie lang er unterwegs war.

»Astin!«, rief Jule erneut. »Einen Moment, bitte!«

Seine Männer hatten begonnen, ihre Pferde und beladenen Wagen zu verlangsamen, und schließlich war Astin gezwungen, das Gleiche zu tun, damit er nicht direkt in den

Wagen vor ihm ritt. Das bedeutete, dass Jule ihn schließlich einholte, nach dem Zaumzeug seines Pferdes griff und schluchzend und zitternd einatmete, während sie zu Lord Norrs Gesicht hinaufblickte.

Und selbst in dieser Situation, in der dieser Mann, der seit fünf Jahren ihr Ehemann war, fröhlich und ohne ein einziges Wort des Abschieds von dem Anwesen Norr Manor wegritt, spürte Jule, wie ihr bei seinem vertrauten, überwältigenden Anblick der Atem stockte. Er war wie immer tadellos zurechtgemacht, seine Reitkleidung war perfekt auf seinen großen, schlanken Körper zugeschnitten, und sein gewelltes braunes Haar war nach hinten gekämmt und betonte seine gerade Nase, die blauen Augen und den sinnlich geschwungenen Mund. Und obwohl er inzwischen auf die Vierzig zuging – mehr als ein ganzes Jahrzehnt älter als Jule – sah er immer noch aus wie der junge, stramme, gut aussehende Lord, von dem man in Märchen hört.

»Ja, Ehefrau?«, sagte er mit klarer Stimme und ließ seine Augen an Jules verschwitzter Gestalt auf und ab wandern. »Ich hoffe, es ist wichtig.«

Jules Herz raste unangenehm, und sie schob ihr verworrenes Chaos von braunem Haar zurück und wischte sich über ihre zu heiße Stirn. »Du hast keine«, begann sie, während ihre Gedanken krampfhaft nach Worten suchten und sie wieder verwarfen, »Wachen im Haus gelassen. Wir haben keine Verteidigung.«

»Und?«, fragte Astin und blickte sie ausdruckslos an. Jule schnappte nach Luft und legte eine zittrige Hand auf den warmen, seidigen Hals seines Pferdes. Es war ein wunderschöner neuer Wallach, der für lange Reisen wie diese völlig ungeeignet war, und ... Die Erkenntnis traf Jule mit schwindelerregender Wucht: Astin hatte keine Wache im Haus zurückgelassen, und das war ihm *bewusst*. Er hatte es *absichtlich* getan.

»A... aber«, protestierte Jule, wobei ihre Stimme viel kläglicher klang, als sie es beabsichtigte, »aber die *Orks*, Astin.«

Astin zog lediglich eine Augenbraue hoch, als ob die Orks ein völlig neues Phänomen wären. Als hätte er die Horde brutaler, bösartiger Biester, die nur einige Tagesritte entfernt in ihrem riesigen, undurchdringlichen Berg hockte, irgendwie vergessen. Orks waren riesig, hässlich, gefährlich, tödlich, ständig auf der Jagd nach Waren und Frauen. Und wenn eine Frau das Pech hatte, gefangen zu werden, wurde sie gebrochen und von der Meute achtlos benutzt. Gefüllt mit bösem Orksamen, immer und immer wieder, bis ihre riesigen Orksöhne sich festsetzten, bevor sie aus ihrem Mutterleib ausbrachen und sie *töteten*.

»Die *Orks*«, keuchte Jule erneut, während ihr Herzschlag lauter pochte und fast schmerzhaft in ihrem Schädel widerhallte. »Sie werden immer schlimmer, Astin. In diesem Frühjahr haben sie jede Stadt in Yarwood angegriffen, außer unserer. Wir *brauchen* eine Wache. Ein paar bewaffnete Männer. *Irgendetwas*.«

Ihre Stimme wurde lauter, als sie sprach, und sie konnte sehen, wie Astin einen unsicheren Blick hinter sich warf, in Richtung der rund ein Dutzend bewaffneter Männer in seinem Gefolge. »Hüte deine Zunge, Ehefrau«, sagte er leise. »Ich kann es mir nicht leisten, noch mehr von meinem Geld für diese dummen Biester zu verschwenden. Wenn du so dringend eine Wache brauchst, kannst du dir selbst eine suchen.«

Jule bemerkte, wie sie zusammenzuckte, wie die Wut in ihr hochkochte, und sie hob ihr Kinn an, um in Astins funkelnde Augen zu schauen. »Dann gib mir Zugang zu den Konten meines Vaters«, sagte sie, »und ich werde es tun.«

Es war die falsche Reaktion, das wusste sie sofort – Astin hatte die Konten vor Jahren verpfändet – und ihr entging nicht, wie sich seine schlanken, behandschuhten Finger um den Griff seiner allgegenwärtigen Reitpeitsche krallten. Eigentlich war es eher eine Ochsenpeitsche, lang, schlangenförmig und bösartig, und Jule spürte, wie sie reflexartig einen Schritt zurücktrat. Er hatte sie nur ein einziges Mal richtig bei ihr eingesetzt, als sie allein mit einem gut aussehenden Lord aus dem Norden ausgeritten war, aber das war mehr als genug gewesen, und Astin wusste das verdammt genau.

»Dir wird es *gut* gehen, Ehefrau«, sagte er jetzt mit einem finsteren, zufriedenen Lächeln. »Du hast doch noch den Turm des Herrenhauses, oder? Wenn die Orks angreifen, schließt du dich einfach dort ein und wartest auf das Regiment aus Talford.«

Jules Gedanken überschlugen sich wieder und sprangen in alle Richtungen. Sollte sie argumentieren, betteln, Versprechungen machen und Erklärungen abgeben, darauf hinweisen, wie unwahrscheinlich es war, rechtzeitig zum Turm zu fliehen? Was wollte Astin damit erreichen, was würde ihn umstimmen?

»Bitte, Astin«, sagte sie schließlich, hilflos. »Wir brauchen eine Wache. Wenn schon nicht für mich, dann wenigstens für dein Haus oder deine Bediensteten. Du willst doch sicher nicht, dass *ihnen* etwas zustößt, während du weg bist?«

»Oh, die haben ihre Befehle«, sagte Astin lässig, und das bedeutete, dass er es wenigstens geschafft hatte, *sie* im Voraus über diese Reise zu informieren. Verdammt sollte er sein! »Und zu diesen Befehlen gehört, dass sie ein Auge auf *dich* haben, liebste Ehefrau. Kein Betreten meiner Zimmer und es wird auch *nichts* aus dem Haus geschmuggelt, um es für Münzen zu verkaufen. Und vor allem«, er schnippte mit den Fingern in Richtung Jule, und sie ging, ohne nachzudenken, so nah an ihn heran, dass er ihr Kinn mit seinen behandschuhten Fingern packen konnte, »keine anderen Männer, während ich weg bin, Ehefrau. Du hältst deine Beine geschlossen und bleibst deinem Lord treu. Sonst ...«

Jule spürte, wie sie unwillkürlich erschauderte, als sie sich in seinem hübschen Gesicht, seinen schönen Augen und dem Gefühl seiner warmen Hand auf ihrer Haut verlor. Vielleicht wegen seiner Worte, die andeuteten, dass er sich wirklich um sie sorgte oder sie für sich haben wollte, aber auch wegen des Elends, der Einsamkeit und ihrer beschämenden, zwanghaften Angst vor der Peitsche, die er immer noch fest in den Fingern seiner anderen Hand hielt.

»Ja, mein Lord«, hörte Jule sich selbst mit leerer Stimme sagen, auch wenn sie sich selbst dafür verfluchte, dass sie gesprochen hatte und wieder in seinen schmierigen Griff geraten war. »Ich bin dir immer treu, und das weißt du.«

Das selbstgefällige Lächeln auf Astins Mund hatte sich verzogen und war in etwas unendlich Gefährlicheres übergegangen, fast so etwas wie Zuneigung. Ohne Vorwarnung beugte er sich hinunter, zog Jule plötzlich zu sich heran und *küsste* sie – zum ersten Mal seit Wochen. Sein Mund war warm und vertraut, seine Zunge schmiegte sich intensiv und kraftvoll an die ihre, und bei allen *Göttern*, er schmeckte gut, bei allen Göttern, es war so *lange* her, und trotz aller Umstände spürte Jule, wie sie gegen seine Lippen stöhnte und ihre Hand in sein kurz geschnittenes Haar gleiten ließ. Ihr Hunger wurde immer größer, trieb sie in den Wahnsinn und klopfte gegen ihre Brust, vielleicht war doch alles okay, vielleicht war es *gut* ...

Als Astin sich von ihr löste, keuchte Jule immer noch, ihr Gesicht war rot und heiß, und er lächelte weiterhin, seine behandschuhten Finger streichelten sanft ihre Wange. »Ich weiß nicht, worüber du dir solche Sorgen machst, Ehefrau«, sagte er mit weicher, fast zärtlicher Stimme. »Jeder weiß, dass Orks sowieso nur vollwertige Frauen wollen. Frauen, die sie mit ihrer verdorbenen Orkbrut schwängern können. *Dich* würden sie nie mitnehmen wollen.«

Die Worte waren wie ein Schlag ins Gesicht, auch wenn seine Hand immer wieder über ihre Wange streichelte und er ihr nach wie vor dieses Lächeln schenkte. Aber jetzt war es kälter, brüchig und zeugte von der Bitterkeit, die zwischen ihnen herrschte. Fünf Jahre Ehe, unzählige uneheliche Kinder von Astin und kein einziger rechtmäßiger Erbe, trotz seiner unzähligen Versuche, Forderungen und Drohungen.

Jule spürte, wie ihre Schultern nachgaben und ihr Blick nach unten fiel. Astin über ihr gluckste und sein glänzender Stiefel stupste ihre flache Taille an. »Na, na, Ehefrau«, murmelte er. »Entspann dich einfach hier in deinem schönen Zuhause, während ich weg bin, und wenn du brav bist, versuchen wir es vielleicht noch einmal, wenn ich zurück bin. Jetzt lächle für mich, wie eine brave Ehefrau, und wünsche mir eine gute Reise. Und zwar laut.«

Jule wollte so vieles erwidern – *du wirst es nicht tun, du hast mich seit einem Jahr kaum berührt, Norr Manor ist nicht mein Zuhause und wird es auch nie sein, was ist mit den Orks* – aber sie unterdrückte es, nickte und verzog sogar den Mund zu etwas, das fast als Lächeln hätte durchgehen können. Vielleicht würden sie es wirklich noch einmal versuchen. Vielleicht würde alles *gut* werden.

»Gute Reise, mein Lord«, sagte sie mit lauter, tragender Stimme, eine Lüge. »Ich erwarte sehnsüchtig deine Rückkehr.«

1

Drei Tage später griffen die Orks an.

Der Alarm kam nicht aus dem umliegenden Dorf Talford, wie Jule erwartet hatte, sondern in Form eines vertrauten, markerschütternden Männerschreies, der direkt von unten kam.

Die Orks waren *im Haus.*

»Zum Turm!«, schrie Jule und stürmte mit schnellen Schritten den Korridor im zweiten Stock entlang in Richtung der Dienstbotenquartiere. »Sofort!«

Einige der Bediensteten rannten bereits los und ließen ihre langsameren Kameraden zurück. Jule packte die Köchin an der Taille und zog sie eine Treppe hinauf, dann die nächste. Während sie die ganze Zeit umherschaute und verzweifelt mitzählte. Sie hatte die Stimme des Butlers unten schreien hören, der Stallmeister und die Stallburschen waren draußen und hoffentlich auf der Flucht, sie hatte Kate und Lou gesehen …

Der Turm von Norr Manor befand sich ganz oben im vierten Stock und war nur durch eine einzige Falltür in der Steindecke zu erreichen. Jule zerrte die Köchin in den Raum und schob sie auf die wackelige Strickleiter. »Ist Elise da oben?«, rief sie den mit großen Augen dastehenden Dienern zu, die bereits oben waren. »Und ihre Kinder?«

Es folgten schnelle Blicke und Kopfschütteln, dann stieß Jule einen Fluch aus, wirbelte herum und machte sich wieder auf den Weg. Das letzte Mal, als sie Elise gesehen hatte, war sie im zweiten Stock am Flicken gewesen, während ihre Kinder um sie herum spielten. Sie musste es doch gehört haben, sie *musste* …

»Elise!«, rief Jule, als sie eine Treppe hinuntersprang und dann noch eine weitere. »Wo *bist* du?«

Es kam keine Antwort. Nur die immer lauter werdenden, beängstigenden Geräusche von unten, das Stampfen von Stiefeln, das Klirren von stählernen Waffen, das Krachen von zerbrechendem Porzellan. Und über all dem die markerschütternden Schreie der beiden Butler von Norr Manor, die von den eindringenden Orks zu Tode gehackt wurden.

Aber Jule konnte darüber nicht nachdenken, sie konnte es nicht ertragen und holte noch einmal tief Luft. »Elise!«, rief sie wieder und sprintete durch den Korridor, ihre verflucht schweren Röcke hochhaltend. »Stefan! Ame! Wo *seid* ihr?«

Sie war schon fast bei der nächsten Treppe, als sie es hörte. Ein ersticktes Schluchzen, das aus dem schon lange leer stehenden Kinderzimmer kam, und Jule wirbelte herum und stürzte hinein. Sie ging geradewegs auf den schweren, geschlossenen Kleiderschrank zu, aus dem das verräterische Wimmern zu hören war.

Sie riss die Tür auf und – den Göttern sei Dank! –, sie waren da. Ihr Dienstmädchen Elise und ihre beiden kleinen Kinder, Zwillinge, die noch zu jung waren, um zu sprechen.

»Ihr könnt hier nicht bleiben«, keuchte Jule und zerrte an Elises Hand. »Die Orks werden dich riechen. Sie werden euch finden.«

Elise stieß ein ersticktes Stöhnen aus, schlug Jule verzweifelt weg und klammerte sich an die Kinder. Ihre Augen glühten vor Angst, und das aus gutem Grund, denn die Orks würden wissen, dass sie fruchtbar war, würden es riechen, sie mitnehmen und ...

»Ihr *müsst* mitkommen«, würgte Jule hervor. »Zum Turm. Die anderen sind schon dort. Da seid ihr sicher.«

Elise schüttelte immer wieder den Kopf, zog sich in den Schrank zurück und nach einem kurzen Moment der Panik griff Jule stattdessen nach den Kindern. Sie zerrte sie an den Hüften weg, während sie kämpften und schrien, aber das war Jule egal, denn die Geräusche des Blutvergießens unten waren verstummt und wurden durch das dumpfe Geräusch von Stiefeln, die die Treppe hoch stampften, ersetzt. Sie kamen näher.

Mit einem weinenden Kind unter jedem Arm stürmte Jule zur Tür und wieder die Treppe hinauf. Sie ignorierte die Rufe von Elise hinter sich, aber ein hektischer Blick nach hinten bestätigte, dass sie ihnen folgte, ihnen hinterherjagte, den Göttern sei Dank.

»Stopp!«, rief Elise, aber Jule rannte weiter. Den Korridor entlang, die nächste Treppe hinauf, auf das Turmzimmer zu, die Kinder zappelnd und schreiend, während die Geräusche von schweren Stiefeln und klirrendem Metall hinter ihnen immer lauter wurden.

»Lasst die Leiter runter!«, brüllte Jule, während sie durch die Tür des Turmzimmers stürmte, aber die Diener oben waren schon dabei. Sie ließen die Leiter durch die Öffnung hinunter, und endlich war Elise da, um zu helfen. Sie packte ihre Kinder und schob sie nach oben, während Jule das untere Ende der Leiter festhielt und das Donnern der Stiefel näher und näher kam.

Die Diener oben zogen an den kletternden Kindern und zerrten sie hoch, als Nächstes kletterte Elise, die über ihre schweren Röcke stolperte. Fast geschafft, *bitte*, aber das Poltern der Stiefel war so nah, und mit ihm dieser widerliche Geruch von Blut und Tod.

»Zieht die Leiter hoch!«, rief Jule zu den starrenden Gesichtern und Elise, die endlich sicher oben war. »Schließt die Tür! Das ist ein Befehl!«

Sie gehorchten, den Göttern sei Dank, zogen die Sprossen der Leiter Hand in Hand nach oben und knallten die stählerne Falltür zu. Gerade noch rechtzeitig, denn etwas Riesiges und Mächtiges packte Jule an den Schultern und schleuderte sie durch den Raum.

Die Orks waren hier.

2

Jule hatte selbstverständlich schon mal Orks gesehen. Jeder hatte sie gesehen, denn die brutalen Überfälle auf alle menschlichen Siedlungen im Umkreis einer Wochenreise um das Ork-Gebirge herum schienen kein Ende zu nehmen.

Aber sie hatte Orks noch nie so nah gesehen. Hatte sie noch nie so intensiv gerochen. Und als sie jetzt zu ihnen aufblickte – drei Orks, *hier*, in diesem kleinen Raum zusammen mit ihr – schlotterten ihr die Knie und ihr Herz hämmerte wie ein Donnerschlag in ihrer Brust.

Sie waren *riesig*. Jule war eigentlich nie eine kleine Frau gewesen, aber sie waren trotzdem einen guten Kopf größer als sie selbst und ungefähr doppelt so breit. In ihren Händen hielten sie Krummsäbel, die so groß wie Sägeblätter waren und noch immer rot vom Blut ihrer Bediensteten trieften.

Die Angst in Jules Brust kämpfte gegen die aufsteigende Wut, und das reichte aus, um ihr Kinn zu heben und in das hässliche Gesicht des nächstbesten Orks zu starren. Grau, anzüglich, vernarbt, mit glitzernden schwarzen Kohlen als Augen.

»Ihr werdet sie nicht bekommen«, sagte sie, aber ihre

Stimme klang zittrig und schrill. »Nicht, bevor das Talford-Regiment eintrifft.«

Die grauen Lippen des Orks verzogen sich und enthüllten eine Reihe von scharfen, tödlichen, weißen Zähnen. »Das stimmt«, sagte er mit tiefer, kehliger Stimme. »Aber wir haben dich.«

Jule wich zurück, ihre Füße scharrten auf dem Steinboden und sie warf einen hilflosen Blick nach oben, zu der geschlossenen Falltür aus Stahl über ihr.

»I... ihr wollt mich nicht«, stammelte sie. »Ich bin ... Ich bin *unfruchtbar*.«

Niemals in ihrem Leben hätte sie gedacht, dass sie so dankbar sein würde, diese Worte auszusprechen, selbst als die lebhafte, schmerzvolle Erinnerung an Astins Worte durch ihre Gedanken ratterte. *Jeder weiß, dass Orks sowieso nur vollwertige Frauen wollen. Dich würden sie nie mitnehmen wollen ...*

Der riesige graue Ork war näher an Jule herangetreten, thronte über ihr und starrte sie mit seinen glänzenden schwarzen Augen an. Und dann – Jule zuckte heftig zusammen – beugte er sich vor und *roch* an ihr.

Er war viel zu nah, beängstigend nah, und der Geruch von Blut stieg Jule in die Nase, so stark, dass sie würgen musste. Ein Geräusch, das dem Ork anscheinend nicht entgangen war, denn er bäumte sich wieder auf, verzog die Lippen und bleckte seine spitzen Zähne.

»Du lügst, Frau«, sagte er mit seiner dumpfen, kräftigen Stimme, packte sie abrupt an den Schultern und stieß sie zu den beiden anderen Orks hinter ihm. Die waren sogar noch hässlicher als er, mit ihren zerfurchten Gesichtern, den widerspenstigem schwarzem Haar und den grinsenden, hämischen Mäulern.

»Riecht!«, befahl der erste Ork ihnen, und sie taten es, wobei sie sich beide zu nahe an Jule heran lehnten. Sie verströmten einen so starken Blutduft, dass Jule diesmal ihren

Mund bedecken, ihre Augen zusammenkneifen und alles geben musste, um nicht zu schluchzen oder zu schreien.

»Ja, Anführer«, sagte einer von ihnen, seine Stimme war tief und kratzend. »Sie lügt, wie alle Menschen es tun. Sie ist reif und gesund. Sie würde dir eine gute Gefährtin sein und dir starke Söhne gebären.«

Gefährtin. *Söhne.* Jules ganzer Körper schien wie erstarrt, gefangen unter dem Gewicht und dem Griff der riesigen Hand auf ihrer Schulter. Das konnte doch nicht wahr sein! Sie war unfruchtbar, sie konnten sie nicht wollen, das war *unmöglich* ...

»Hab keine Angst, Frau«, sagte die Stimme hinter ihr – der Anführer. »Ich werde dich nicht dazu zwingen oder dir Schaden zufügen. Aber«, die Hand auf ihrer Schulter drückte fester zu, ihre Krallen pressten sich schmerzhaft in ihre Haut, »du wirst auch nicht entkommen. Du bist jetzt mein.«

Sein. Es war so empörend, so dreist, dass Jule irgendwie den Mut aufbrachte, aufzublicken und in diese funkelnden schwarzen Augen zu sehen. »Aber ich bin schon verheiratet«, keuchte sie. »Ich habe einen Ehemann. Und dieser Ehemann ist ein sehr, *sehr* mächtiger Mann.«

Diese schwarzen Augen schauten auf sie herab, und sie wollte sich fast unter dem seltsamen, unerklärlichen Schweregefühl dieses Blickes zusammenkauern. Sie sahen sie an, nein, in sie hinein, tief in ihre Seele.

»Ich sehe keinen mächtigen Ehemann«, sagte er, und die Worte schienen den Atem in Jules Kehle anzuhalten, den wirbelnden, kreischenden Schrecken in ihren Gedanken zu stoppen. Er sah keinen mächtigen Ehemann. Hier, im Herrenhaus von Norr? Oder in ihrem Inneren? Als Teil von ihr?

»Lord Norr ist weg«, sagte sie schwach, und der Ork verzog erneut die Lippen und präsentierte ein weiteres Mal eine Reihe scharfer weißer Zähne. Die beiden Eckzähne waren länger als der Rest und sahen aus wie Wolfszähne. Jule spürte, wie ihr ein weiterer Schauer über den Rücken lief.

»Lord Norr«, sagte der Ork, und in seinem Ausdruck und seinen Augen lag Verachtung, »hat dir keine Wache gelassen.«

Jule schluckte und holte tief Luft in ihrer viel zu engen Kehle. Nein. Es gab keine Wache. Und obwohl sie die letzten drei Tage verzweifelt nach Münzen, Waren oder Dienstleistungen zum Verleihen, Verkaufen oder Tauschen gesucht hatte, war sie nicht sehr weit gekommen. Sie brauchte mehr Zeit, mehr Geld, einen Ehemann, der sich wirklich für sie interessierte, ein *Zuhause* ...

Aber Jule hatte nichts von alledem. Und der riesige, hässliche Ork, der sie anstarrte, wusste das. Er konnte das sehen und lächelte.

»Du gehörst mir«, sagte er. »Und du wirst mitkommen.«

3

Jule hätte kämpfen sollen. Sie hätte treten und schreien und die Orks dazu bringen sollen, ihr Blut zu vergießen. Sie hätte sich mit ihrer unversehrten Ehre und erhobenen Hauptes ihren Dienern im Jenseits anschließen sollen.

Aber es wäre grausam gewesen. Es hätte Gegrunze und Gekreische gegeben, und vielleicht wäre ihr Körper danach geschändet worden. Die Orks hätten vielleicht ein Exempel statuiert, sobald die Soldaten kämen, oder wenn Elise, Stefan und Ame endlich wieder die Leiter hinunterkletterten.

Also senkte Jule ihren Kopf und ging. Sie folgte den beiden Orks die Treppe und den Korridor hinunter, während der erste Ork, der Anführer, seine Hand fest auf ihre Schulter presste und seine riesige Masse dicht hinter ihr verharrte.

Noch waren keine neuen Stimmen zu hören, keine Geräusche von verzweifelten Stadtbewohnern oder Soldaten, und Jule konnte sich nicht erklären, warum oder wie. Die Orks hätten das nicht gerade unbedeutende Tor von Norr Manor aufbrechen oder es untertunneln müssen. Das Herrenhaus war von dem Dorf Talford mit seinen wenigen Hütten und

Geschäften umgeben, es hätte Zeugen geben müssen ... irgendjemanden, *irgendetwas* ...

»Wie seid ihr reingekommen?«, fragte eine Stimme, und Jule erkannte zu spät, dass es ihre eigene war. »Durch den Keller?«

Der Ork hinter ihr gab ein grunzendes Geräusch von sich, vielleicht als Zustimmung. Ihr Verdacht bestätigte sich, als sie das untere Stockwerk von Norr Manor und die Küche erreichten. Mitten auf dem Boden lagen zwei scheußliche, blutüberströmte Leichen – die beiden Butler – und Jule schlug sich die Hände vors Gesicht und schnappte panisch nach Luft.

»Musstet ihr«, keuchte sie den Ork an, »sie wirklich *töten*?«

»Ja«, kam seine Antwort, schnell und direkt. »Sie haben uns mit Messern angegriffen. Sie starben tapfer und ehrenvoll.«

Bei allen Göttern. Ein heiseres Geräusch entwich Jule aus der Kehle, aber der Ork schien es nicht zu bemerken oder nicht zu beachten. Er marschierte einfach weiter in den hinteren Teil der Küche, zu der schmalen, runden Treppe, die in den Keller führte.

Der Keller selbst war geplündert worden, wie Jule jetzt sah. Fässer und Tonnen waren zerbrochen und zerschlagen worden, und die Vorräte an Fleisch und Gemüse weg. All die Lebensmittel, für die Jule und ihre Bediensteten so hart gearbeitet hatten, um jedes Kupfer zu sparen, weil sie genau wussten, dass Astin, wenn er das Anwesen verließ, das Geld von Norr Manor immer mitnehmen würde.

Und natürlich waren hier im Keller noch mehr Orks. Sie trugen Fackeln und tummelten sich in der hinteren Ecke, wo eigentlich eine solide Steinmauer sein sollte, aber jetzt ein massives, grob behauenes Loch war. Ein Tunnel. Durch ihn trugen noch mehr Orks Vorräte, Fässer mit getrocknetem Fisch, Pökelfleisch, Talg und Ale weg.

Die Orks schienen kollektiv innezuhalten, als sie sich näherten, ein schwindelerregendes Meer aus grauen und grünen Gesichtern im flackernden Licht des Feuers – und plötzlich ertönte ein Ruf. Und noch einer und noch einer, bis der Lärm in dem geschlossenen Raum ohrenbetäubend war, ein entsetzlich knirschendes Miasma aus Orkgeschrei, klirrenden Waffen und gewaltigen stampfenden Füßen.

Der Griff der Hand des Ork-Anführers auf Jules Schulter wurde noch fester, und sie zuckte zusammen, als sie seine zweite Hand auf ihrer anderen Schulter spürte. Er hielt sie dem kreischenden Meer von Orks entgegen, als würde er sie ihnen entgegenschleudern, und in einer rasenden Flut von Angst wurde ihr klar, dass sie wegen *ihr* schrien. Sie schrien, weil sie die Beute ihres Anführers war.

»Wir haben unseren Preis gewonnen«, verkündete die tiefe Stimme des Orks hinter ihr, als das Geschrei glücklicherweise endlich verstummt war. »Sken, komm, sieh sie dir an. Ezog, bring mir Ketten.«

Ketten. Ein weiterer heftiger Schauder lief Jule den Rücken hinunter, aber die Hände auf ihren Schultern hielten sie fest und still. Ein anderer Ork humpelte herüber. Er sah älter aus, hatte einen gekrümmten Rücken, einen Schopf weißen Haars und weißliche, trübe Augen.

»Dein Name, Frau«, sagte er mit schmerzlich krächzender Stimme und streckte eine schrumpelige, grau gefleckte Hand nach Jules Brust aus. Sie wich zurück und versuchte, sich zu wehren, aber der riesige Ork-Anführer hinter ihr hielt sie fest, und seine Klauen bohrten sich als nicht gerade subtile Warnung in ihre Schultern.

»Gehorche, Frau«, befahl die Stimme des Anführers hinter ihr. »Sag deinen Namen.«

Die Hand des alten Orks berührte Jule mittlerweile, drückte sich flach auf ihren nackten Hals und sie versuchte verzweifelt zu atmen, gegen die Hand anzukämpfen. »Jule«, keuchte sie. »Lady Norr. Und du bist?«

Die milchigen Augen des alten Orks huschten zu ihr hinauf, vielleicht missbilligend, aber sie spürte, wie sich der riesige Ork hinter ihr bewegte und wie seine Hitze auf ihrem

Rücken kribbelte. »Das ist Sken«, ertönte seine tiefe Stimme. »Und ich bin Grimarr, vom Clan Ash-Kai.«

Grimarr. Der Schock packte sie wie ein lebendiges Wesen, das in Jules Knochen kreischte, und ihr Kopf wirbelte herum, um den hässlichen Ork hinter ihr anzustarren. Das war Grimarr? Der berüchtigte neue Anführer aller fünf Ork-Clans und der alleinige Herrscher über das Ork-Gebirge? Der kaltblütige Mörder von Hunderten Menschen, die Plage des ganzen Landes, ein brutales, todbringendes Ungeheuer, das in der Nacht angriff und die Träume der Kinder heimsuchte – war *hier*? In Jules *Keller*?

»*Du*«, sagte sie mit schwacher Stimme, »bist *Grimarr*?«

»Ja«, antwortete er, ohne zu zögern, bevor er seine schwarzen Augen wieder auf den alten Ork vor ihnen richtete. »Was siehst du, Bruder?«

Der alte Ork – Sken – hatte endlich seine Hand von Jule genommen, und seine verschleierten Augen blickten zu Grimarr hinter ihr auf. »Sie ist stark«, sagte er. »Mutig. Klug. Reif. Sie wird der Segen sein, den du suchst.«

Die versammelten Orks fingen wieder an zu brüllen, und das Geräusch prallte schmerzhaft gegen Jules angeschlagene Sinne. Sie kniff die Augen zusammen und kämpfte darum, in ihren seltsamen, entglittenen Gedanken Halt zu finden. *Stark. Mutig. Klug. Reif.* Nein, nein, das war sie nicht, sie war unfruchtbar, geschwächt und verängstigt.

»Ja«, hörte sie eine Stimme – Grimarrs Stimme – hinter sich, und Jule bildete sich das lange und heiße Ausatmen in ihrem Nacken und den leichten Druck der Finger auf ihre Schultern nicht ein. »Sie hat ihre Bediensteten versteckt und sich mir allein gestellt.«

In seiner tiefen Stimme lag fast so etwas wie Stolz, und ein weiterer seltsamer Schauer kroch über Jules Rücken. Das war aus ihr geworden? Lady Norr, verabscheuungswürdig für die Menschen, für ihren eigenen Lord *Ehemann* – aber begehrenswert für die *Orks*?

Ein weiterer Ork, der eine klirrende, schwere Stahlkette trug, war herbeigeeilt, und Grimarrs riesige, graue Hand ließ Jules Schulter lange genug los, um die Kette zu ergreifen und sie doppelt zu falten. Dann legten sich seine großen Hände um ihre Taille, schlangen die Kette um sie und zogen sie fest.

»Ich will dich nicht fesseln«, sagte er zu ihr und seine Stimme klang fast bedauernd, während er das andere Ende der Kette über seinen dicken, grau geäderten Unterarm schlang. »Aber du wirst versuchen zu fliehen.«

Jule musste ihre Augen wieder schließen, während ihre zitternden Finger fast unbewusst nach der Stahlkette griffen. Sie war kalt, massiv, von Orks geschmiedet und so dick, dass es kein Entrinnen gab. Es sei denn, sie würde diesen Mistkerl irgendwie außer Gefecht setzen, ihn mit sich ziehen oder ihm vielleicht im Schlaf den Arm abhacken ...

»Komm«, sagte er und zog sie diesmal, anstatt sie zu schieben, und Jule schwankte auf ihren wackeligen Beinen. Sie liefen durch den vertrauten Keller von Norr Manor, über den vertrauten Steinboden und zu dem Schandfleck, den die Orks in den Keller gehauen hatten.

Im Tunnel war es stockdunkel, es roch feucht und nach Erde, und Jule streckte instinktiv ihre Hände aus, um nicht direkt gegen eine Wand zu laufen. Doch stattdessen stießen ihre Finger auf massive Hitze und sich bewegende Muskeln – Grimarrs *Rücken*, bei allen *Göttern* – und obwohl sie ihre Hand sofort wieder wegzog, war sie sich sicher, dass er es bemerkt hatte, denn sein großer Körper hielt in der Finsternis inne.

»Ach, Frauen können nicht sehen«, erklang Grimarrs Stimme verwirrend nah – und plötzlich war da ein warmer, starker Arm, der sich fest um ihre Schultern legte. Er zog sie dicht an sich heran, hinein in den bittersalzigen Geruch von Blut, und obwohl Jule versuchte, sich zu wehren, hatte sie keine Chance, denn er war viel zu stark, und mit seiner anderen Hand an der Kette zog er sie nur noch fester an seine Seite.

Mochten die Götter den Mistkerl *verfluchen*! Zum ersten

Mal am heutigen Tag spürte Jule, wie ihre Augen brannten, und sie damit kämpfte, den verräterischen Kloß in ihrer Kehle wieder hinunterzuschlucken. Sie wollte nicht weinen. Das durfte sie nicht. Nicht dort, wo Grimarr sie sehen und vielleicht verspotten oder ein Exempel an ihr statuieren, oder etwas noch Schlimmeres tun würde.

Aber je mehr sie sich gegen das Elend wehrte, desto mehr versuchte es auszubrechen. Es füllte die Schwärze vor ihren Augen mit Bildern von den blutigen Körpern in der Küche, Elises schreienden Kindern, dem Geschmack von Astins süßem Mund, dem Anblick seines geraden, gleichgültigen Rückens, als er davonritt. *Jeder weiß, dass Orks sowieso nur vollwertige Frauen wollen. Dich würden sie nie mitnehmen wollen ...*

Eine einzelne Träne lief Jule über die Wange und mit ihr ertönte ein verräterisches Schniefen aus ihrer Nase, aber sie kämpfte, um weiterzugehen, um Schritt zu halten. Sie dachte an andere Dinge, dachte an ihren Vater, den verstorbenen Lord Edgell, der auch ein Hauptmann gewesen war, ein wahrer Lord. Er war hart gewesen und hatte viel von seinen Soldaten verlangt, ebenso wie von seiner Familie, aber er war großzügig mit seinen Münzen und seinem Lob. *Braves Mädchen*, sagte er immer und klopfte Jule auf den Rücken oder drückte sie an seine Brust. *Du ehrst mich.*

Eine weitere Träne entwich Jules Auge, aber falls Grimarr das bemerkt hatte, kommentierte er es nicht. Er ging einfach weiter, seine Schritte waren lang und selbstsicher, sein großer Arm lag immer noch schwer auf ihrer Schulter. Sie spürte, wie sich seine Muskeln durch den Stoff hindurch an ihrem Körper bewegten – nur die Götter wussten, was er anhatte, Jule hatte dem nicht einmal Beachtung geschenkt – und seine Brust füllte und leerte sich lautlos, ohne dass ein einziges Geräusch aus seinem Mund kam.

Das Gleiche konnte man nicht von den Orks behaupten, die hinter ihnen rumpelten, schnauften und sich aufgeregt unterhielten. Ihre Worte waren völlig unverständlich, alles war ein raues, gutturales Grunzen, und Jule erkannte dumpf, dass sie sich im schrecklichen alten Schwarzmund der Orks unterhielten, die Sprache, die angeblich alles war, was von der gehobenen Sprache der Elfen übrig geblieben war, nachdem die Orks sie gestohlen und zerstört hatten.

»Wir nähern uns dem Licht«, brummte Grimarrs Stimme neben ihr, sein schwerer Arm bewegte sich weg, um irgendetwas beiseitezuschieben – und plötzlich gab es tatsächlich wieder frische Luft und eine so grelle Sonne, dass Jule ihre Augen abschirmen musste.

»Wo sind wir?«, fragte sie, ohne nachzudenken, in Grimarrs Richtung, doch dann erstarrte sie wieder komplett, denn sie sah ihn an und er sah sie an. Und hier, im hellen, unbarmherzigen Tageslicht, sah der berüchtigte Anführer der Orks wahrhaftig und durch und durch *abscheulich* aus.

Seine Haut war totengrau und übersät mit Narben, von denen eine seine lange, krumme Nase nahezu halbierte. Seine Augen waren eingefallen und schwarz, umrahmt von strähnigem schwarzem Haar, das zu einem verfilzten Zopf zusammengebunden war, und sein Hals war dick und drahtig und führte zu schrägen, knolligen Schultern.

Und diese *Kleidung*. Seine Tunika bestand aus zusammengenähten Stoffresten und bedeckte kaum seine riesige Brust, während seine schmutzige, blutverschmierte Hose ihm buchstäblich um die Taille hing, zusammengebunden mit etwas, das aussah wie ein Seil. Die schlammverschmierten Lederstiefel schienen das Einzige zu sein, was ihm passte. Jule hatte Mitleid mit dem armen Schuster, der wahrscheinlich unter dem Druck eines Messers gezwungen worden war, sie anzufertigen.

»Nördlich von Beghol«, sagte Grimarr mit seiner tiefen Stimme, und es dauerte zu lange, bis Jule begriff, dass er ihre Frage beantwortet hatte. Sie befanden sich nördlich der nächstgelegenen Stadt. Sie gingen Richtung Westen. Richtung Ork-Gebirge.

»Ihr geht also nach Hause«, sagte Jule mit brüchiger Stimme, und ihr Blick wanderte von Grimarrs hässlichem Gesicht zu den Spitzen seiner grauen Ohren. Sie waren nicht geschwollen und zerfleddert, wie die der anderen Orks, und vielleicht waren sie das Einzige, was nicht abscheulich an ihm war, denn sie erinnerten an die längst verstorbenen Elfen, die angeblich vor vielen Generationen die Orks hervorgebracht hatten.

»Ja«, sagte Grimarr, und beantwortete damit wieder ihre Frage. Jule blinzelte ihn kurz an, während ihre Gedanken die Bedeutung dieser Aussage verdrängten. Er wollte sie zum *Ork-Gebirge* bringen. Dem langjährigen Versteck der Orks, dem höchsten Gipfel des Sakkin-Kamms, tief verborgen im dichten Wald der Sakkin-Provinz. Ein gefährlicher, undurchdringlicher Ort voller Tunnel und Minen, der für jeden Menschen, der sich in seine Nähe wagt, den sicheren Tod bedeutete.

Und ein Ort, von dem es fast unmöglich sein würde, zu entkommen.

Die Panik schien auf einmal wieder da zu sein und erfasste Jule mit voller Wucht – und ohne nachzudenken, ohne Vorsatz, rannte sie los. Sie sprintete in Richtung Osten, zurück zu Norr Manor, sie musste fliehen, bevor man sie im Ork-Gebirge einsperrte, *für immer* ...

Aber die Kette –, natürlich war da immer noch die *Kette* –, riss sie gerade, als ihr das bewusst wurde, mit gewaltiger, schmerzhafter Kraft an der Taille nach hinten. Zurück zu *ihm*, *Grimarr*, dem hässlichen Ork-Anführer, der sie *entführt* hatte, um sie zum *Ork-Gebirge* zu bringen, und Jule trat und schubste und schrie gegen alles, gegen ihn, nein, nein, *nein* ...

Aber es war, als würde man gegen einen Felsbrocken kämpfen, riesig und hart und gänzlich unnachgiebig. Jule spürte, wie sich eine große, kräftige Hand bedrohlich um ihr Handgelenk schloss. »Hör auf damit, Frau«, zischte die Stimme tief und befehlend an ihrem Ohr. »Du gehörst jetzt mir. Du wirst nicht vor mir weglaufen.«

Jule versuchte einen weiteren Tritt und zielte mit ihrem Knie direkt auf seinen flachen Bauch, aber er wich mit überraschender Leichtigkeit aus und riss mit einem harten, scheppernden Ruck an der Kette, die immer noch fest um ihre Taille geschlungen war, nach hinten. »Hör auf«, knurrte er erneut, diesmal tiefer. »Du wirst mir nicht entkommen und auch nicht deinem neuen Zuhause in unserem Berg. Und wenn du dich weiter so wehrst, werde ich dich wie ein Tier fesseln, über meine Schulter werfen und dich so dorthin schleppen.«

Die Worte drangen schließlich durch das Gefühlschaos in Jules Schädel – er würde sie ohne Zweifel wie ein *Tier* fesseln, während all diese schrecklichen Orks höhnisch grölten und lachten – und sie spürte, wie ihr Körper in seinem Griff erschlaffte, während ihre wütenden Augen auf sein abscheuliches, entstelltes Gesicht gerichtet waren.

»*Verflucht* seist du, Ork«, spuckte sie ihm entgegen. »Du verlogenes, schreckliches *Biest*. Ich bin nicht dein neu erworbenes Eigentum. Und dein abscheulicher Berg wird *niemals* mein Zuhause sein!«

Die glitzernden schwarzen Augen des Orks sahen sie nur an, während die große Hand um ihr Handgelenk sie näher an seine Seite zog. »Sprich so viel du willst, Frau«, antwortete er. »Dennoch gehörst du mir. Und du wirst nicht vor mir weglaufen.«

Jule brannten die Wangen, Tränen drohten wieder aus ihren Augen zu entweichen, und sie wandte ihr Gesicht von ihm ab und blickte auf die hohen Bäume ringsum. Das konnte doch alles nicht wahr sein, sie konnte nicht an einen *Ork* gefesselt sein und zum Ork-Gebirge verschleppt werden, sie würde *niemals entkommen* ...

»Anführer«, unterbrach eine scharfe, kehlige Stimme. Jule lenkte ihren Blick auf den anderen Ork, der neben Grimarr stand. Er sah noch abscheulicher aus, seine Haut war tief braunrot gefärbt und seine Nase war wie zugeschwollen. »Was jetzt? Zu langsam. Männer werden verfolgen.«

Die schwarzen Augen des Orks blickten Jule böse an, und sie erkannte, dass die Gruppe nur dank ihr zu langsam unterwegs war. Orks schienen fast immer zu rennen und von einem Ort zum nächsten zu stürmen, und möglicherweise war Grimarrs langsamer Gang durch den dunklen Tunnel als Gefälligkeit gedacht gewesen.

»Lager bei Kentnek«, sagte Grimarr schließlich und zog seine schweren schwarzen Augenbrauen zusammen. »Ich werde meine Frau tragen.«

Was? Jule blinzelte in sein schreckliches Gesicht und öffnete den Mund, um zu protestieren, aber Grimarr hatte sie schon von den Füßen gerissen und mit einem Ruck hochgehoben. Er nahm sie in beide Arme und drückte sie an seine Brust ... und dann rannte er mit voller Geschwindigkeit in Richtung Westen davon.

Jule wehrte sich mit Tritten und Schlägen, aber das führte nur dazu, dass er seinen eisernen Griff noch fester zog und sie noch enger an seine massive Brust drückte. »Du wirst mir nicht entkommen, Frau«, sagte er wieder mit harter Stimme, die kaum außer Atem war. »Je eher du das begreifst, desto zufriedener wirst du sein.«

Jule stieß ein klägliches Stöhnen aus, aber sie hörte widerwillig auf, sich zu wehren, und als Reaktion darauf lockerte sich Grimarrs Griff, und sein Mund tat etwas, das vielleicht als Lächeln gedacht sein sollte. »Besser«, sagte er. »Jetzt ruh dich aus. Ich werde dafür sorgen, dass du sicher bist.«

Es war lächerlich absurd und zutiefst verärgernd, dass er ihr sagte, sie sei sicher in den Armen eines hässlichen, grobschlächtigen Orks, der sie gerade *entführte* und gegen ihren Willen zum *Ork-Gebirge* schleppte. Doch dann lockerte sich sein Griff noch etwas mehr, sodass Jule die Umgebung besser sehen konnte – und für einen kurzen Moment fühlte es sich an, als wäre sie in einer anderen Welt, in der Haut eines Fremden. Sie sah Steine und Bäume an sich vorbeirasen, spürte den geschmeidigen Lauf von Grimarrs Füßen unter sich, hörte das gleichmäßige Auf und Ab seines Atems und das rhythmische Pochen seines Herzschlags.

Mit diesem starken, festen Körper unter ihr war es nicht anders als auf einem Pferd zu reiten, bemerkte ihr abwesender Verstand, und bei allen Göttern, was war *das* denn bitte für ein Gedanke? Ein Blick über Grimarrs Schulter belehrte sie eines Besseren, denn hinter ihnen stürmte ein buntes, wahrhaft hässliches Durcheinander von keuchenden, sabbernden Orks her, von denen die meisten riesige Fässer rollten, und einer von ihnen – Jule zuckte zusammen – schwang wahllos eine lange Kette von Würsten um seinen Kopf und schlug seinem Nebenmann direkt ins Gesicht.

Der von der Wurst attackierte Ork verlor fast den Boden unter den Füßen, kam aber schnell wieder auf die Beine und stürzte sich auf den anderen Ork, um ihm eine riesige Faust ins Gesicht, das ohnehin schon völlig zerschunden war, zu knallen. Der Schlag landete mit einem hörbaren Knirschen und ein Schmerzensschrei ertönte, woraufhin einige der benachbarten Orks jubelten und sich ebenfalls in den Kampf stürzten.

Innerhalb eines Augenblicks gab es ein Handgemenge, bei dem sich ungefähr ein halbes Dutzend Orks auf einmal prügelten, während die anderen schrien, johlten und lachten. Die Szene war so entsetzlich, dass Jule fast nicht bemerkte, dass Grimarr zum Stehen gekommen war, bis er sie kurzerhand auf die Füße stellte, sich umdrehte und direkt auf das Handgemenge zuging. Jule taumelte unbeholfen hinter ihm her, gezogen von der Kette, die sie immer noch um ihre Taille trug.

»Wer hat damit angefangen?«, knurrte Grimarr und seine tiefe Stimme hallte durch die Luft, woraufhin ein unverständlicher Chor von brüllenden Orkstimmen ertönte. Es war so laut, dass Jule sich die Hände an die Ohren hielt, aber irgendwie hatte Grimarr etwas davon verstanden, denn er griff in die Masse der abscheulichen Orkkörper und riss die ersten beiden Orks heraus, einen in jeder seiner riesigen Hände.

»Du zuerst«, sagte er zu demjenigen, der die Würste geschwungen hatte, und ein Chor von Schreien und Stöhnen ertönte – Jule war entsetzt, als die umstehenden Orks sich zusammenschlossen und gemeinsam den ersten Ork festhielten. Der zweite Ork trat näher, ballte seine Faust und schlug dem ersten Ork direkt ins Gesicht.

Blut spritzte, schrille Schreie ertönten und danach folgte noch mehr markerschütterndes Orklachen. Und dann – diesmal hielt sich Jule die Augen zu – hielten die Orks den zweiten Ork fest, während der nun blutende Ork seine Faust auf ihn richtete.

Es gab noch mehr Schreie, mehr Rufe und Gejohle, aber Jule fühlte sich einfach nur krank, erschöpft und elendig. Selbst als Grimarr sie hochhob und wieder loslief, um einen steilen felsigen Hügel hinaufzurennen, durch Bäume und Richtung Himmel, wo die Sonne langsam unterging, und auch dann noch, als sein Herzschlag gleichmäßig unter Jules Ohr pochte.

Sie muss irgendwie eingeschlafen sein, denn als Grimarr sie wieder absetzte, dämmerte es bereits und sie waren tief im Wald. Abseits der Hauptwege, an einem Ort, der ihr völlig unbekannt war, ließ sie sich von Grimarr in Richtung einer scheinbar festen Felswand stupsen, die sich bei näherer Betrachtung als ein weiterer Tunnel entpuppte, der in der Dunkelheit verschwand.

»Wo sind wir?«, brachte Jule mit heiserer Stimme hervor. »Kentnek?«

Sie kannte den Namen nicht, aber es war der Name, den Grimarr vorhin gesagt hatte, und wenn sie sich nicht irrte, war das ein anerkennendes Aufblitzen seiner scharfen weißen Zähne in der Dunkelheit.

»Ja«, sagte Grimarr. »Altes Lager. Trocken. Sicher.«

Nun gut. Wenigstens war es nicht der Berg, noch nicht –
obwohl es ohne Frage auf dem Weg dorthin lag, irgendwo tief
in der Sakkin-Provinz. Und dieser furchtbare Ork lenkte sie in
diesen unbekannten Tunnel, von dem nur die Götter wussten,
wohin er führte. Jule wich zurück und starrte in die gähnende,
schwarze Leere.

»Warte«, sagte sie, und ihr Gesicht fühlte sich plötzlich heiß
an, ihre Hände klamm und kalt. »Zuerst muss ich mich ...
ähm ... erleichtern.«

Sie konnte Grimarr nicht ansehen, als sie das sagte, und
auch nicht die Orks, die überall herumstanden und ihre
gestohlenen Fässer hineinrollten. Aber sie bemerkte, wie er mit
seiner großen Hand winkte und hörte aus seiner Kehle so
etwas wie Spott.

»Dann tu das«, sagte er, und diesmal schaute Jule ihn an,
wobei ihr der Mund wie von selbst aufklaffte. »*Hier*?«, fragte sie
mit schwankender Stimme. »Vor deinen Augen? Und vor *deren*?
Nein. Ich bin eine Lady. Ich verlange zumindest einen gewissen
Anschein von Privatsphäre. *Bitte!*«

Sie konnte spüren, dass Grimarr sie ansah, auch wenn sie
ihn nicht sehen konnte, und das tiefe, rasende Angstgefühl war
wieder da, viel zu stark. Was, wenn er sie zwingen würde? Was,
wenn er sie demütigen würde? Was, wenn er zusehen würde ...

Doch dann, ganz zu ihrer Überraschung, drehte er sich um
und zog sie an ihrer Kette durch ein nahe gelegenes Gebüsch.
Er führte sie immer tiefer in die Bäume hinein, bis – sie
blinzelte verwundert – er tatsächlich stehenblieb und ihr den
Rücken zuwandte, eine stumme Silhouette breiter Schultern in
der Dunkelheit.

Das war besser als nichts. Jule erledigte schnell ihr
Geschäft und blieb dann in der Hocke, während ihre Hände
verzweifelt an der Kette um ihre Taille herumtasteten,
während ein Teil von ihr lauschte und sich umsah, um
herauszufinden, welche Richtung Norden war und welche
nach Hause führte. Sie hatte keine Waffe, nichts, womit sie die

Kette durchbrechen konnte, aber vielleicht mit einem Stein, vielleicht ...

»Komm!« Grimarrs Stimme unterbrach sie, ein leiser Befehl in der Dunkelheit, mit einem warnenden Ruck an der Kette. »Jetzt, Frau.«

Jule folgte ihm schließlich mit gesenktem Kopf, denn offensichtlich war es aussichtslos. Selbst wenn sie dieser verfluchten Kette entkommen würde, war sie von Dutzenden riesiger, voll bewaffneter Orks umzingelt, die wild entschlossen waren, sie in ihr Zuhause zu bringen. Und was sollte sie sonst tun, wie sollte sie einem solchen Schicksal entkommen? Vielleicht mit dem Tod, aber selbst der wäre jetzt in Grimarrs Händen, gehalten von dieser grotesken, primitiven, hasserfüllten Verhöhnung des Lebens.

Sie saß in der Falle. Sie war dem Untergang geweiht.

»Ich werde nie aufhören, dich dafür zu verfluchen, du grausames Biest«, sagte Jule leise, aber bestimmt. »Ich werde dir niemals verzeihen.«

Es folgte Schweigen und das Geräusch von Grimarrs Atem, der rau und tief ein- und ausströmte. Die riesigen Schultern hoben und senkten sich, fast wie ein Seufzer.

»Ja«, sagte er. »Aber du gehörst trotzdem mir, Frau. Und jetzt«, er drehte sich um, und seine Augen schienen in der Dunkelheit zu leuchten, »wirst du diese Nacht mit mir verbringen.«

4

Jule sollte die Nacht mit ihm verbringen.

»A... aber«, stammelte sie, ihre Stimme war heiser und dumpf. »Du ... Du hast gesagt ... du würdest nicht ...«

Die Erzählungen schwirrten wieder in ihren Gedanken herum, lebhaft und unerbittlich, sodass sie anfing zu zittern, zu schwitzen und keine Luft mehr bekam. Orks nahmen sich die Frauen mit brutaler Gewalt, die manchmal so weit ging, dass ihre Opfer dabei starben. Sie stießen mit ihren biestähnlichen Schwänzen in sie hinein, bissen ihnen in den Nacken, saugten sie aus und zerrissen sie innerlich und äußerlich.

Und dann, wenn die Frau die erste Paarung und die darauffolgenden Versuche überlebte, bekam sie ein Kind. Einen unglaublich mächtigen Orksohn, entsetzlich groß, mit tödlichen Klauen und Zähnen, der nur darauf wartete, sich aus dem Schoß seiner hilflosen Mutter zu reißen ...

»Hab keine Angst, Frau«, ertönte Grimarrs raue Stimme und Jule blinzelte in sein schattenhaftes Gesicht, dessen Augen in der Dunkelheit schimmerten. »Ich sagte, ich würde dich nicht zwingen oder dir etwas antun, und ich werde mein Wort halten. Aber ich muss trotzdem heute Nacht mit dir unterhandeln. Komm jetzt.«

Er musste mit ihr *unterhandeln*? Diese bizarre Forderung wurde von einem gezielten Ruck an Jules Kette begleitet, und schließlich holte sie hilflos und verkrampft Luft und bewegte ihre Füße. Sie folgte Grimarr zu dem gähnend tiefen Loch in der Felswand und dann hinunter in die Tiefe.

Drinnen war es komplett unmöglich, sich zu orientieren, eng und verwinkelt, feucht und dunkel. Es war, als ob sich die Schrecken des Tages plötzlich zuspitzten und in engen schwarzen Tunneln zusammenliefen, in denen die Stimmen der Orks widerhallten, während Grimarr sie weiter und weiter und weiter hinunterführte.

Hier schienen sogar noch mehr Orks zu sein als in ihrer ursprünglichen Gruppe, viel mehr Rufe und knirschendes Lachen und das schreckliche, beängstigende Gefühl von großen, verschwitzten Körpern, die sich zu dicht an sie drängten. Und als endlich jemand eine Fackel anzündete, zuckte Jule wieder mal zusammen. Der Anblick von Hunderten von Orks, die in dem niedrigen, grob gezimmerten Erdtunnel zusammengepfercht waren, schockierte sie zutiefst.

Grimarr hielt vor der Schar inne und brüllte dann etwas in Schwarzmund, tief und durchdringend. Er erntete ein fast ohrenbetäubendes Gebrüll als Antwort, während sich die Masse vor ihnen teilte und – Jule stockte der Atem – eine Tür freigab. Eine echte Eichentür, die so tief hier unten in der Erde steckte, als hätte sich ein verirrter Mensch hierher verlaufen und sie eingebaut.

Ihr Anblick reichte aus, um ihre wackeligen Beine aufrecht zu halten, selbst als Grimarr sie kräftig umdrehte und ihr die Hände wieder auf die Schultern legte. Er führte Jule den Orks vor, während diese schrien und jubelten und das Unbehagen und die Angst ihre Wangen, ihre Gedanken und ihre Würde verbrannten. Was auch immer zum Teufel das war, es war ohne Frage eine Botschaft. Eine Forderung. Eine Drohung.

Grimarr brüllte wieder etwas in Schwarzmund, das in Jules Ohren fürchterlich knirschte, bevor er sie abrupt an der Kette rückwärts zu der Eichentür zog. Er zerrte sie mit sich hinein, wo sie mit ihm allein war.

Jule hätte sich dagegen wehren sollen, aber stattdessen stand sie da, zitterte und starrte in ein richtiges – Zimmer? Ja, ein Zimmer mit einem anständigen Messingbett in der Mitte, das mit Tierfellen bedeckt war und von dem flackernden Licht einer einzigen großen Kerze erhellt wurde.

»Was ist das?«, fragte Jule mit brüchiger Stimme, und sie merkte, dass Grimarr die Tür hinter ihnen geschlossen und verriegelt hatte, sodass die immer noch brüllenden Stimmen zu einem leisen Summen verstummten.

»Es ist meins«, sagte er mit tiefer Stimme. »Jetzt, wo ich Anführer bin.«

Stimmt. Dieser Grimarr war ein relativ neuer Anführer, und Jule erinnerte sich entfernt an die Geschichten über den vorherigen Anführer der Orks, einen ebenso grausamen alten Schlächter namens Kaugir. Ein Ork, der nicht von Menschen getötet worden war, sondern von Ork-Krummsäbeln zerhackt auf einem Feld verrotten musste.

»Wie lange bist du schon Anführer?«, hörte Jule ihre Stimme fragen, während sie einen verstohlenen Blick auf Grimarrs hässliches Gesicht warf. »Ein Jahr?«

Die schwarzen Augen waren in dem schwachen Licht wie tiefe Höhlen und starrten sie an, starrten durch sie hindurch. »Ich habe den größten Teil meiner dreißig Jahre an der Spitze meiner Brüder gestanden«, sagte er. »Aber den Titel Anführer trage ich seit fast zweihundert Tagen.«

Jule blinzelte ihn an und spürte, wie sich ihre Augenbrauen hoben. »Zweihundert?«, wiederholte sie. »Du kannst *zählen*?«

Sie hätte nicht erwartet, dass sich seine grauen Lippen verziehen und er kurz seine weißen Zähne zeigen würde. »Ja«, sagte er mit flacher Stimme. »Orks sind nicht dumm, Frau.«

Jule konnte sich eine Grimasse nicht verkneifen – woher

zum Teufel sollte sie das wissen? –, richtete sich etwas verspätet auf und starrte grimmig in diese schwarzen Orkaugen. »Tja, na ja, du hast dir schon einen ziemlichen Namen gemacht, nicht wahr, *Anführer*?«, sagte sie. »Du hast Hunderte von unschuldigen Menschen getötet, das Land terrorisiert und jede *zweite* Nacht einen neuen Raubzug durchgeführt.«

»Ja«, antwortete Grimarr, ohne auch nur den Hauch eines Zögerns oder von Reue. »Aber bei meinen Raubzügen geht es um Waren, nicht um Frauen. Und wir trachten nicht nach dem Leben von Männern, es sei denn, sie fallen aus Dummheit auf unsere Schwerter.«

Jule dachte kurz darüber nach – waren in den letzten Monaten *tatsächlich* weniger Frauen entführt worden, weniger Menschenleben verloren gegangen? Doch dann krampften sich ihre Hände um die Kette, die immer noch fest um ihre Taille geschlungen war, während Visionen von ihren toten Bediensteten an ihren Augen vorbeizogen.

»Blödsinn, Ork«, schoss sie zurück. »Du hast heute zwei Männer getötet. Du hast *mich* entführt.«

Diesmal sprach Grimarr nicht, er würdigte ihre Worte nicht einmal. Er stand einfach nur da und sah sie an, sein massiger Körper zeichnete sich dunkel im schwachen Kerzenlicht ab, und Jule spürte, wie sich ihr Herzschlag beschleunigte und stärker wurde.

»Und jetzt«, sagte sie, ihre Stimme schwankte heftig, »bist du hier. Du hältst mich allein in diesem Raum fest, damit du mit mir *unterhandeln* kannst, was auch immer zum Teufel das heißen mag. Zweifellos hast du vor, mich zu irgendwas zu *zwingen*, mein Blut zu trinken und«, sie holte tief Luft, »mich dann wahrscheinlich deiner wartenden Horde draußen vor die Füße zu werfen.«

Die Vorstellung davon war plötzlich fast überwältigend schrecklich, und Jule spürte, wie sie zurückwich und die Arme fest vor der Brust verschränkte. Sie war ihm schutzlos ausgeliefert. Sie saß in der Falle. Sie war dem Untergang geweiht.

Doch Grimarr schüttelte heftig den Kopf und runzelte seine dicken Brauen. »Ach, nein, Frau«, sagte er. »Ich werde dich zu nichts zwingen und dich auch nicht beißen. Und ich werde auch meinen Brüdern nicht erlauben, dich zu berühren. Ich bin hier, um mit dir zu unterhandeln.« Seine große Gestalt schien noch größer zu werden und seine Augen bohrten sich in ihre. »Um deine Hand und deine Treue. Ich möchte dich bitten, meine Gefährtin zu werden.«

Seine ... *Gefährtin*? Jule konnte ihn nur anstarren, während ihre Gedanken in ihrem Innersten kreisten und wirbelten. Ja, es gab Geschichten über Orks, die sich diese sogenannten *Gefährtinnen* nahmen, Frauen, die sie für sich behielten, in geheimen Höhlen versteckten und die nur die Kinder des Orks zur Welt brachten. Das war eine Verhöhnung der Ehe, eine Farce der Zuneigung, ein Zugeständnis, das nur gemacht wurde, um die Linie rein zu halten.

Aber jetzt, wo sie diesen Grimarr ansahen, war es vollkommen logisch, dass er genau das wollte. Er war ein Anführer. Er wollte eigene Söhne haben. Er würde seine Nachkommen zeugen wollen, um sein Geschlecht fortzuführen. Genau wie Astin.

»Du willst also Söhne von mir haben, Ork?«, fragte Jule, denn je länger sie sprach, desto länger konnte sie vielleicht verhindern, dass das alles passierte. »Um dich als Anführer zu etablieren?«

»Ja«, kam seine sofortige Antwort. »Ein Anführer muss eine Gefährtin haben, und Söhne. Er braucht Stärke hinter sich.«

Richtig. *Söhne sind für Orks eine Frage von Leben und Tod,* hatte Jule die Leute schon oft sagen hören, und das hatte sie damals geärgert, weil Söhne auch für viele Menschen Leben und Tod bedeuteten. Für Astin zum Beispiel.

»Warum hast du dann bis jetzt gewartet, um dir eine Gefährtin zu suchen?«, fuhr Jule mit schwankender Stimme fort. »Trotz deiner schönen Behauptungen wissen wir beide, dass ihr Orks uns seit *Jahren* die Frauen wegnehmt. Wäre es nicht von Vorteil gewesen, wenn du dich mit vielen Nachkommen ausgestattet hättest, bevor du das Amt des Anführers übernommen hast?«

Grimarrs Schatten schwieg, und dann kam er einen schnellen, beunruhigenden Schritt näher. »Ich habe Versuche unternommen«, sagte er schließlich. »Es ist nicht leicht.«

Jules Herzschlag hämmerte unaufhörlich in ihrer Brust, und ihr Mund gab einen Laut von sich, der ein Lachen, aber genauso gut ein Schluchzen hätte sein können. »Wie im Namen der Götter kann es nicht einfach sein?«, fragte sie. »Du entführst eine arme, ahnungslose Frau mit einem Messer, kettest sie an dich, schleppst sie unter einen Berg und zwingst sie, deine *Kinder* auszutragen!«

Noch mehr Schweigen, der Anblick dieser riesigen Schultern, die sich hoben und senkten. »Ich habe gelernt«, sagte seine Stimme, »dass dies nicht der richtige Weg ist. Wenn eine Frau auf diese Weise genommen wird, rennt sie zu den Menschen zurück, und ihre Kinder werden dem Tod überlassen. Dabei gibt es keine Freude.«

Es klang fast wie Trauer in seiner Stimme, aber Jule hatte kein Mitleid, keine Geduld für den mordenden, entführenden Schweinehund. »Und was ist mit deinen früheren *Versuchen* passiert?«, blaffte sie. »Sind sie weggelaufen?«

»Ja«, kam die tiefe, bedauernde Stimme. »Eine mit meinem Sohn, der noch klein in ihrem Mutterleib war.«

Jules Körper wich einen weiteren abrupten Schritt zurück, und sie zitterte wieder, denn ja, das war es, was er hier wollte. Was er vorhatte.

»Und was ist mit ihr passiert?«, brachte sie hervor. »Du hast sie getötet.«

Grimarrs zotteliger Kopf zuckte abrupt und scheinbar krampfhaft. »Nein, das habe ich nicht. Sie lebt jetzt mit einem neuen Ehemann zusammen, und ich habe sie in Ruhe gelassen. Ich würde keiner Frau etwas antun. Ich will dir kein Leid zufügen. Ich habe geschworen, dich zu beschützen.«

Wenn das ein Trost sein sollte, schlug es kläglich fehl, und Jule hob ihr Kinn und starrte in sein hässliches, schattenhaftes Gesicht. »Du würdest mir sehr wohl wehtun«, sagte sie. »Du bittest mich, deine Gefährtin zu sein. Um deine Söhne zu gebären. Orksöhne *töten* ihre Mütter.«

Erneut schwieg er, sein massiger Körper stand regungslos in den Schatten. »Nicht alle Söhne«, sagte seine tiefe Stimme. »Nicht, wenn die Frau gut umsorgt ist, und nicht, wenn sie groß, kräftig und gesund ist. Und das bist du, Frau. Du bist stark. Du bist mutig.«

Jules Wangen fühlten sich seltsam heiß an, Tränen schossen ihr plötzlich in die Augen und sie machte einen weiteren unsicheren Schritt nach hinten. »Das bin ich nicht«, sagte sie, vielleicht weil sie einfach widersprechen musste, um alles zu widerlegen, was dieser Ork sagte. »Du weißt nichts über mich.«

Der riesige Körper kam einen langsamen Schritt näher und bewegte sich lautlos in der Dunkelheit. »Du hast deine Diener versteckt«, sagte er. »Du hast dich mir allein gestellt. Selbst jetzt flehst und bettelst du nicht. Du stehst aufrecht und trotzt mir.«

Seine Stimme klang bei diesen Worten warm, vielleicht sogar zustimmend, und etwas Seltsames schien sich in Jules Bauch niederzulassen. »Ich habe schreckliche Angst vor dir«, korrigierte sie ihn scharf. »Ich hatte noch nie in meinem ganzen Leben so eine verdammte Angst.«

Wieder herrschte einen Moment lang Schweigen – und dann ertönte ein düsteres, rollendes Geräusch aus seiner Kehle, das man für ein Lachen hätte halten können. »Ja«, sagte er, seine Stimme noch tiefer und wärmer als zuvor. »Du bist eine gute Frau. Du wirst gute Söhne gebären.«

Jule atmete scharf durch ihre Kehle und kniff kurz die Augen zusammen. »Ich kann keine Söhne zeugen, Ork«, sagte sie und presste die Worte heraus. »Ich habe dir doch gesagt, dass ich unfruchtbar bin.«

»Du sollst Söhne haben, wenn du es so wünschst«, kam die Antwort, entschieden und direkt. »Wenn du das nicht könntest, hätte Sken es gesehen. Seine Magie ist stark.«

Oh. Jule dachte unwillkürlich an den Moment in ihrem Keller zurück, als der alte Ork sie berührte und wie sich Grimarrs Atem auf ihrem Rücken angefühlt hatte. »Was, wenn er das gesehen hätte? Was, wenn er dir gesagt hätte, dass ich unfruchtbar bin?«

Sie konnte sehen, wie sich Grimarrs riesige Schultern hoben und senkten, aber es gab keinen Laut dazu, jedenfalls konnte sie nichts hören. »Ich hätte dich trotzdem hergebracht«, sagte er. »Aber dann würde ich jetzt kein Treuegelöbnis als meine Gefährtin anstreben.«

Natürlich, und aus Jules Mund kam ein ersticktes Lachen, hart und bitter. »Wie großmütig von dir, Ork«, sagte sie, bevor sie sich zurückhalten konnte. »So verdammt typisch. Frauen sind nur für eine Sache gut, oder? Für Menschen genauso wie für Orks, wie es scheint.«

Grimarrs dunkler Kopf neigte sich, und sie *spürte*, wie sich seine Augen in sie hineinbohrten. »Wäre ich nicht Anführer«, sagte er langsam, als würde er jedes Wort abwägen, »und bräuchte daher keine Söhne, würde ich dennoch um deine Hand bitten. Eine Frau wie du ist für viele Dinge gut.«

Jule starrte ihn an, sie starrte auf das schreckliche Gesicht in den Schatten. Auf diesen Ork, dieses *Biest*, das ihr schmeichelte. Ihr ein Kompliment machte. Freundlich zu ihr war.

»Tja«, sagte sie, denn was hätte sie sonst sagen sollen, »es gibt einen Mann in Yarwood, der dir da ganz bestimmt widersprechen würde.«

Grimarrs große Hand wanderte kurz an seine Seite und griff ins Leere, und Jule bemerkte vage, dass er seinen Krummsäbel abgenommen und woanders hingelegt haben musste. Vielleicht war das der Grund, warum er nicht mehr nach Blut roch und warum der Duft im Raum irgendwie mild, erdig und warm geworden war.

»Der Mann, der dir keine Söhne schenkte und dir keine Wache hinterließ?«, sagte Grimarr jetzt, und die Verachtung war deutlich in seiner tiefen Stimme zu hören. »Dieser Mann ist schwach. Und ein Narr.«

In Jules Kehle kribbelte es merkwürdig, denn in den fünf Jahren ihrer Ehe hatten das so viele Menschen gesehen und gewusst, aber keiner von ihnen hatte es je gewagt, es auszusprechen. *Lord Norr wird von seiner Verantwortung erdrückt,* sagten sie. *Lord Norr wurde als Kind schlecht behandelt. Lord Norr geht es nicht gut.*

»Dieser Mann ist sehr mächtig«, sagte Jule verbittert. »Er ist einer der ranghöchsten Adligen im ganzen Reich. Er hat fünftausend bewaffnete Männer, die ihm zu seiner Verfügung stehen.«

Grimarr kam einen weiteren schweigenden Schritt näher. »Ja«, sagte er mit unbestreitbarer Genugtuung. »Und jetzt gehört seine Frau mir.«

Jule zuckte zusammen und starrte dann in diese schattenhaften Augen. »Du hast mich *bewusst* ausgewählt?!«, verlangte sie und ihre Stimme wurde scharf und schrill. »Du hast mich mitgenommen, um Astin irgendeine beschissene Botschaft zukommen zu lassen? Um einen *Krieg* anzuzetteln?«

Wie hatte sie das nur übersehen können? Natürlich war es kein zufälliger Angriff gewesen, natürlich gab es einen Grund, und trotzdem sah Jule diesen Ork – diesen Anführer – mit anderen Augen. Er hatte das geplant. Und von außen betrachtet, konnte sie zugeben, dass es clever war. Vielleicht sogar brillant.

»Ich habe nichts dergleichen angezettelt«, sagte Grimarrs grollende Stimme. »Seit Urzeiten führen die Menschen Krieg gegen die Orks. Ich verteidige nur meine Brüder.«

Jule wollte protestieren, auf die Überfälle, die

Entführungen und die grausam zugerichteten Leichen hinweisen, die die Orks hinterlassen hatten, aber irgendwie wollten ihr die Worte nicht über die Lippen kommen. Vielleicht erinnerte sie sich an die ständigen Angriffe auf das Ork-Gebirge, die Vergiftung des Sees am Fuße des Berges und das Kopfgeld, das seit Langem auf die spitzen Orkohren ausgesetzt war. Und vor allem an das blutige öffentliche Massaker, das vor ein paar Jahren an einer Handvoll unbewaffneter Orks verübt wurde, denen eine friedliche Anhörung ohne Blutvergießen versprochen worden war.

Das letzte Fiasko war auf Astins Befehl hin geschehen, wie so viele andere auch, und Jule wusste sehr gut, dass Astin die Orks für nützlich hielt. Es gab nichts Besseres als einen blutigen Orküberfall, um von dem viel zu häufigen Hunger seines Volkes abzulenken oder von der Unzufriedenheit, die es unter seiner distanzierten, gleichgültigen Herrschaft empfand.

»Ich will nicht deine Schachfigur in diesem Krieg sein«, sagte Jule zu dem Ork, hilflos und töricht, denn es war ja nicht so, als ob sie eine Wahl hätte, oder? »Ich will nicht nur deine ... *Rache* sein.«

Sie konnte sich nicht erklären, warum es sie so sehr störte – was machte es für einen Unterschied, ob sie wegen Astin entführt worden war oder nicht? –, aber es machte einen Unterschied, vielleicht weil alles immer wieder zu Astin zurückführte, weil sie immer unter dem Gewicht seines Schattens gefangen war.

»Und dass du mich angeblich zu deiner *Gefährtin* machen willst, hat auch mit Astin zu tun, oder?«, fuhr Jule fort, jetzt ruhiger. »Das ist ein weiterer Vorteil. Ein Recht zum Prahlen. Ein Plan, die Ehefrau von Lord Norr zu stehlen, und zwar auf jede erdenkliche Art und Weise.«

Die Worte fühlten sich schwer an in ihrem Mund, schwer in der Luft zwischen ihnen, und sie konnte Grimarrs Seufzen hören, das noch schwerer war. »Ich werde das nicht bestreiten, Frau«, sagte er. »Dich zur Gefährtin zu gewinnen, sollte ein großer Segen für mich sein. Nicht nur bei den Menschen, sondern auch bei meinen Brüdern. Es würde mir auf allen Seiten Stärke verleihen.«

Na ja, zumindest hörte sich das wie die Wahrheit an, und Jule spürte, wie sich ihre Füße bewegten und sie den Boden mit einer Grimasse betrachtete. Selbst ein Ork wollte sie nicht *ernsthaft* haben, abgesehen von den Vorteilen, die sie ihm bringen konnte. Aber warum war das so ein erniedrigender Gedanke, warum im Namen der Götter kümmerte es sie überhaupt ...

»Aber du bist nicht nur das, Frau«, fuhr Grimarrs Stimme fort, die nun so tief war, dass sie fast die Luft um sie herum zum Vibrieren zu bringen schien. »Ich habe dich beobachtet. Ich wollte dich.«

Der Atem stockte Jule seltsamerweise im Hals – er hatte sie *beobachtet*? Er kam noch einen langsamen Schritt näher, und der Geruch von Erde und Hitze stieg ihr in die Nase. »Du bist fähig«, sagte er. »Du kannst gut reiten. Du jagst nach Wild. Du kennst dieses Land. Du handelst klug mit deinen Waren. Deine Diener folgen dir eifrig.«

Jule starrte ihn wieder an, denn woher, zum Teufel, wusste er diese Dinge, seit wann konnten Orks spionieren, sich verstecken und aufspüren? Aber dann war der Gedanke verschwunden, ganz verschwunden, denn sein großer Körper kam einen weiteren Schritt näher, nahe genug, sie zu berühren.

»Ich habe nach dir gehungert«, sagte er, und seine Stimme hallte fast wie ein Säuseln zwischen den beiden wider. »Ich möchte dich zu der meinen machen.«

Sein heißer Atem auf ihrer Haut war seltsam süß, und zu spät ertappte sich Jule dabei, wie sie ihn tief einatmete. Sie roch den Duft der Erde, der satten Wärme, des *Lebens*.

»Ich werde dich nicht zwingen«, fuhr die Stimme fort, eine dunkle, brummende Hitze in Jules Gedanken, in ihrem Bauch. »Ich möchte mir deine Treue verdienen, Frau. Ich wünsche mir deine Hand, freiwillig gegeben. Ich möchte, dass du nach mir hungerst, so wie ich nach dir hungere.«

Pah! Nach einem Ork hungern. Das war unmöglich, lächerlich, er war das Abscheulichste, was Jule je gesehen hatte, ein Biest, ein Monster, er hatte sie *entführt* …

»Ich hungere danach, dich zu berühren«, hauchte er leise. »Ich hungere danach, dich zu schmecken.«

Seine Stimme machte unerklärliche Dinge mit ihr, in ihr, und Jule schnappte nach Luft, nach Vernunft. »Du meinst, du hungerst danach, dir einen taktischen Vorteil zu verschaffen«, schnauzte sie ihn an, aber ihre Stimme klang leiser, heiserer, als sie hätte sein sollen. »Und du hungerst danach, dass ich deine Söhne austrage.«

Ein tiefes, schallendes Lachen ertönte, das Jule einen warmen Schauer über den Rücken laufen ließ. »Ach, ja«, sagte er leise. »Ich wünsche mir, deinen leeren Schoß zu füllen. Ich wünsche mir, dich mit meinem Samen erblühen zu sehen.«

Es war eine durch und durch entsetzliche Aussage – oder nicht? –, aber es fühlte sich eher wie eine Liebkosung an, die leise in Jules Ohren summte. Und dann war da noch das rasende, widersprüchliche Bild von ihr selbst, rund und voll, mit schweren Brüsten und einem reifen Bauch, in dem neues Leben erblühte …

»Ich bin nicht zeugungsfähig«, keuchte sie, und das stimmte auch, wirklich, aber Grimarr lachte nur wieder, leise und hungrig, mit süßlich riechender Hitze auf der Haut.

»Doch, das bist du«, murmelte er, und Jule zuckte zusammen, als sie seine große Hand spürte, die warm und schwer auf ihrer Schulter ruhte. »Mit meinem Samen bist du es.«

Götter. Jule musste schlucken und den Kopf schütteln, was hatte sie sich nur dabei gedacht. Orks waren Biester, Monster, Blutsauger, Entführer, Tod, sie wollte seine Söhne nicht austragen, seine Söhne würden Orks sein …

»Mein Samen hungert danach, dich zu füllen«, fuhr seine

raue Stimme fort, und Jule zuckte erneut zusammen, als sie seine zweite Hand spürte, die sich groß und sanft auf ihre andere Schulter legte. »Mein Samen hungert danach, dich zu füllen und tief in dir zu erblühen.«

Mochten die Götter sie verfluchen, denn dieses Mal stockte Jule der Atem und die Hitze kochte in ihrer Leistengegend hoch. Was bei allen Höllen, was zum Teufel, er war ein Ork, ein gottverdammter, blutrünstiger *Ork* ...

»Ich sehne mich danach, dich zu berühren«, sagte er, so sanft, so leise. »Erlaubst du mir, das zu tun, Frau?«

Würde sie es erlauben? Jule versuchte zu prusten, aber es kam eher wie ein Keuchen heraus, dumpf und heiß in ihrer Kehle. »Würde es einen Unterschied machen«, fragte sie schließlich, »wenn ich Nein sage?«

»Ja«, antwortete er entschlossener, als Jule es erwartet hätte. »Ich werde dich nicht zwingen, Frau. Und es wird sich nichts ändern, wenn du dich weigerst. Ich werde dich trotzdem mit meinem Leben beschützen.«

Als ob. Aber die Hände auf Jules Schultern bewegten sich nicht, sie lagen einfach nur da, warm und schwer. Und sein Blick auf ihr fühlte sich ebenso schwer an, er beobachtete sie und wartete auf ihre Antwort.

Und Jules Antwort war ... was? Nein, natürlich war es nein, aber ... war es das? Vielleicht? Es war so lange her, dass sie berührt worden war, und noch länger, dass es sich so anfühlte, so ... *unverdorben*, so frei von Eifersucht, Scham oder Angst. Und wie würde es sich wohl anfühlen, wenn diese großen, warmen Hände über die Haut streichen würden? Wie würde es sich anfühlen, wirklich gewollt, begehrt und geliebt zu werden?

»Wirst du mir die Erlaubnis geben, Frau?«, fragte er wieder, so sanft. »Darf ich dich berühren?«

Die Frage ließ etwas Unerklärliches in Jules Bauch aufflammen und sie atmete langsam und zitternd ein. Darf er sie berühren? Möglicherweise? Eventuell? Vielleicht ... ja?

»Ja«, hörte sie ihre schockierende Stimme flüstern. »Für einen Moment.«

Aus Grimarrs Kehle ertönte ein raues, grollendes Knurren, und dann bewegten sich diese großen Hände, die jetzt irgendwie ihre Krallen zurückgezogen hatten. Langsam und unaufhaltsam glitten sie von Jules Schultern über die Vorderseite ihres schmutzigen Kleides hinunter, bis sie – sie keuchte laut – ihre Brüste gefunden hatten und sich sanft um sie legten.

Jule hätte sich wehren, ihn anschreien, um ihre Ehre kämpfen sollen, *irgendetwas*, aber sie stand nur da und genoss das Gefühl, während ihre Atemzüge kurz und flach wurden. Sie spürte den Verrat ihrer zu harten Brustwarzen, die sich gegen den Stoff und die Hitze seiner riesigen Handflächen stemmten.

»Solltest du dich mit mir paaren, werden sich diese Brüste mit Milch füllen«, murmelte die Stimme, säuselte, prophezeite. »Meine Söhne werden daran saugen und groß und stark werden.«

Jule schnappte wieder nach Luft, ihr Körper zuckte und sie spürte, wie er sich näher an sie heran lehnte, er strahlte Wärme aus. »Und dieser Bauch«, hauchte er, während seine Hände heißer und noch langsamer nach unten glitten, »wird anschwellen, wenn mein Samen in ihm erblüht. Er wird meine Söhne stark und kräftig und gesund heranwachsen lassen.«

Mochten die Götter ihn verfluchen, denn Jule hatte wieder gekeucht, ihre Augenlider flatterten und sie bemerkte fast nicht, wie eine seiner Hände zögerte und ein wenig an der Kette um ihre Taille zerrte, weil sie immer noch an ihn gekettet war – sie war die ganze Zeit über an ihn gekettet gewesen –, er hatte sie hier in diesem Raum eingesperrt …

Das reichte aus, um sie wieder halbwegs zur Vernunft zu bringen, und Jule schob die großen, warmen Hände grob, aber viel zu spät von sich weg. Sie war eine Lady. Sie war eine

Gefangene. Und Grimarr ... Grimarr war ein Ork. Der schlimmste Ork. Ein brutales, hinterhältiges *Monster*.

»Du hast mich entführt, Ork«, zischte Jule. »Du hast mich gegen meinen Willen hierher gebracht, um einen Krieg mit meinem *Ehemann* zu beginnen. Und jetzt erwartest du von mir, dass ich dem zustimme? Dass ich mich selbst – meinen Körper, meine Freiheit, meine *Zukunft* – auf einem *Silbertablett* anbiete? Gleich in meiner *ersten* Nacht mit dir?«

Die großen, krallenlosen Hände hingen immer noch an seinen Seiten, und für einen verdrehten, lächerlichen Moment verweilten Jules verräterische Augen auf ihnen und wünschten sie sich zurück.

»Ich erwarte nichts«, sagte er schließlich, so leise, so sanft. »Ich bitte um deine Treue, freiwillig gegeben. Ich wünsche mir deine Wertschätzung und deinen Hunger. Im Gegenzug biete ich dir mein Schwert, meine Loyalität und meine Gunst. Ich möchte dir Freude schenken, Frau.«

Jules Brustkorb hob sich und sie zwang ihre Hände zurück zu der dicken Kette, die immer noch fest um ihre Taille lag. Er log, er manipulierte sie, wie im Namen der Götter konnte ein Ork etwas anderes als Elend, Schmerz und Tod zu bieten haben?

Doch während Jule beobachtete, hob Grimarr langsam und betont den riesigen Unterarm und wickelte das Ende der Kette von ihm ab. Dann warf er die Kette auf den Lehmboden und ließ den Rest davon an ihren Hüften herunterhängen.

Er lässt seine Deckung fallen, schrien Jules Gedanken. Endlich. Sie sollte jetzt unbedingt versuchen zu fliehen, sollte zur Tür, zum Tunnel oder ins Freie stürmen. Sie sollte zurück nach Norr Manor rennen, zu Astin.

Astin würde wütend sein, das wusste Jule. Nicht nur auf sie, sondern auch auf das, was dies für seinen Namen und seinen Ruf bedeutete. Lord Norrs Ehefrau wurde von Orks entführt, würde sein Volk flüstern. Die Orks sind in Lord Norrs eigenes Anwesen eingedrungen. Was, wenn Lord Norrs unfruchtbare Ehefrau einen Orksohn bekommt?

»Du lügst, Ork«, würgte Jule hervor, während ihre Hände an der herunterrutschenden Kette zerrten und sie zu ihren Füßen fallen ließen. »Du kannst dir meine Zuneigung nicht verdienen und mir keine Freude schenken. Du bist«, sie holte tief Luft, »ein plünderndes, mordendes, blutsaugendes Biest, und was du vorhast, ist unnatürlich, böse und *falsch*.«

»Es ist nicht falsch«, antwortete Grimarr sanft und unnachgiebig. »Es ist der Lauf der Dinge. Es ist so, wie die Götter es bestimmt haben.«

Aus Jules Mund ertönte ein heiseres, schrilles Lachen. »Was? Die Götter haben bestimmt, dass Orks Frauen entführen und sie dazu bringen, ihre Söhne zu gebären? Das glaubst du doch nicht im Ernst?«

»Nein«, sagte er, und eine seiner großen Hände hob sich langsam wieder zu ihr und legte sich diesmal warm und schwer auf ihre Hüfte. »Die Entführung, von der du sprichst, war eine Folge des Krieges. Von Menschen, die uns Frauen verweigern. Die uns unsere Söhne und unsere Freiheit verweigern.«

Oh, jetzt waren also die Menschen schuld, aber Jules Erwiderung wurde durch das Gefühl von Grimarrs anderer Hand, die sich flach und warm auf ihrem Bauch ausbreitete, zum Schweigen gebracht. »Aber es ist das Gebot der Götter, dass Orks sich mit Frauen paaren«, murmelte er. »Wenn es nicht so wäre, gäbe es keine Söhne. Keine Freude an der Paarung.«

Jule musste ihre Augen schließen und versuchte, seine Berührung und seinen saftigen, reichen Duft zu blockieren. »Es gibt keine Freude an der Paarung«, schnauzte sie. »Orks schänden die Frauen. Ihr lasst sie blutig, gebrochen, elendig und verängstigt zurück.«

Wieder ertönte ein leises, dröhnendes Lachen, woraufhin sich tief in Jules Bauch etwas zusammenzog. »Das ist das

Märchen, das eure Männer erzählen, um euch von uns fernzuhalten«, säuselte seine Stimme. »In Wahrheit bereitet ein Ork seiner Gefährtin wahre Freude. Wahren Hunger.«

Er log, das musste er, und Jule schluckte schwer, als eine dieser großen Hände wieder nach oben glitt, bis sie erneut ihre Brust umfasste. »Dein Hunger nach mir steigt gerade, nicht wahr?«, hauchte er, während sein Daumen durch ihr Kleid über ihre harte Brustwarze strich. »Ich werde dir große Freude schenken, Frau. Das verspreche ich dir.«

Es war nicht möglich, aber Jule bewegte sich immer noch nicht. Sie rannte nicht. Sie stand einfach nur da, spürte die Hitze dieser großen Hände und schnappte nach Luft, als die eine Hand auf ihrer Hüfte langsam, aber sicher zu ihrem Hintern glitt.

»Du kannst mir gar nichts geben«, protestierte sie schwach, auch wenn sich ihr Rücken bei der Berührung, als die große, starke Hand sie ein wenig näher an sich heranzog, wölbte. »Ich bin eine Lady. Du bist ein Ork. Und du bist *hässlich*.«

»Dann sieh mich nicht an«, flüsterte er zurück, jetzt fast an ihrem Ohr, wann war er nur so nahegekommen? »Hör mir zu. Rieche mich. Spüre, wie ich dich berühre.«

Ja … Ja, das konnte Jule tun, denn bei allen Göttern, er roch so gut. Fühlte sich so gut an. Seine Hände waren so groß, so warm, glitten langsam und sanft und kraftvoll über sie, und sein Duft war wie eine verborgene Wahrheit, eine flackernde Hoffnung, eine längst vergessene Erinnerung …

»Du bist reif«, flüsterte Grimarr, sein Atem kitzelte honigsüß in ihrem Ohr. »Du bist reich an Sinnlichkeit. Dein Hunger entzündet dich wie eine Flamme.«

Jule hatte ihren Kopf nach hinten geneigt, und er kam noch näher, um mit seinen Fingern warm und sanft über ihre Wange zu streichen. »Ich sehne mich nach dir«, murmelte die Stimme. »Ich sehne mich danach, dich zu füllen. Ich sehne mich danach, dich zum Blühen zu bringen.«

Er unterstrich die Worte mit einer sanften Berührung

seines Mundes, heiß und prickelnd auf ihrer Haut, und Jule konnte das scharfe Stöhnen, das ihren Lippen entwich, nicht unterdrücken. Das brachte ihn zu einem leisen Lachen, das ihr bis in die Knochen drang. Dann schmeckte sein Mund erneut ihren Hals, diesmal härter, süßer und mit einem leichten Zwicken der zu scharfen Zähne.

»Du bist ein Ork«, beharrte Jule, oder sie versuchte es zumindest, aber die Worte klangen wie ein Eingeständnis, vielleicht sogar wie eine Niederlage. »Du bist ein *Ork*.«

»Ja«, kam die sanfte, rumpelnde, lustvolle Antwort. »Und ich werde dich ausfüllen. Ich werde dich zum Blühen bringen. Ich werde dich befriedigen, wie es noch kein Mann zuvor getan hat.«

Sein Mund drückte Küsse auf ihren Hals, auf ihren Kiefer und jetzt waren seine Lippen hier, nur einen Atemzug von ihren entfernt. Seine Hände zogen sie näher an sich heran und drückten sie gegen die harten Muskeln seines riesigen, festen Körpers und – Jule stieß einen rauen Schrei aus – gegen die schockierende, geschwollene, pulsierende Härte, die zwischen seinen Beinen herausragte.

»Das alles werde ich dir geben«, hauchte dieser Mund, versprach, feuerte blendenden Hunger in Jules Gedanken an, »wenn du bleibst. Wenn du mir deine Treue als meine Gefährtin schwörst.«

Wenn sie ihre Treue schwor. »Und wenn ich es nicht tue?« Jules Mund schnappte nach Luft, ihr Atem war seinem so nah, ihr Körper schmiegte sich an ihn und drückte die erregende Härte noch fester an sich. »Was dann?«

Die Welt hing von seiner Antwort ab und sein Mund gab ein leises Knurren von sich, heiser und herrlich. »Dann werde ich dich nicht aufhalten«, sagte er. »Dann darfst du zurück zu diesem großen, leeren Haus laufen. Zurück zu diesem schwachen, dummen Mann, der dich nicht beschützt hat.«

Die Worte schienen Jule fast den Atem zu rauben – es war nicht möglich, dass sie *wirklich* zurückgehen konnte, oder?

Aber Grimarrs großer Körper bewegte sich langsam und zielstrebig von ihr weg, und die Hände, die sich an sie schmiegten, wurden still, schlaff und ruhig. So, dass sie sie wegstoßen konnte, wenn sie wollte. Sie hätte sogar wegspringen und aus der Tür rennen können.

Sie könnte immer noch zurückgehen. Zurück zu Astin. Zu diesem schwachen, dummen Mann. Der sie nicht beschützt hatte.

Und das war wichtig, allein der Gedanke, nicht zurückzugehen, war töricht und lächerlich. Astin würde sie verfolgen, es würde Angriffe geben, Vergeltung, Rache. Es würde ein Chaos geben, es war schon jetzt ein totales Fiasko. Jules Atem war sein Atem, sein Atem war Leben ...

»Was wünschst du dir?«, dröhnte die polternde Stimme, die brennende Hitze, die verdammt unmögliche Rettung, so nah. »Wirst du weglaufen? Oder wirst du bleiben? Wirst du meine Gefährtin sein?«

Grimarrs Körper blieb unbeweglich und abwartend, und Jule nahm ihren Mut zusammen und sah in seine schattenhaften Augen. Sie würde nicht bei einem Ork bleiben. Sie konnte nicht seine *Gefährtin* sein. Oder doch?

Und mit einem zitternden, keuchenden Atemzug schloss sie den Abstand zwischen ihnen und küsste ihn.

5

Nie im Leben hätte Jule gedacht, dass sie freiwillig – von sich aus! – einen Ork küssen würde. Ein Biest.

Der Gedanke daran schockierte sie immer noch, selbst als sie mittendrin war, selbst als dieser warme, geschmeidige Mund sie berührte, sie verschlang. Als er ein tiefes, basales Knurren ausstieß, das ihre Lippen, ihren Atem, ihre Seele vibrieren ließ.

»Du gehörst mir, Frau«, hauchte er, und es lag ein Triumph darin, der kräftig und gewaltig sprühte. »Ich werde dich haben.«

Jule hätte protestieren sollen, hätte den Abstand oder die Vernunft dazu finden sollen, aber sie war zu sehr damit beschäftigt, ihn ebenso zu verschlingen und endlich diese Süße an der Quelle zu kosten. Weiche Lippen, warmer Atem, eine viel zu große und starke Zunge, die über sie strich, in ihr ... O Götter!

»Ich werde dich haben«, sagte er noch einmal, als ob er die Worte zum ersten Mal hörte, und dann lachte er, ein tiefes, kribbelndes Vergnügen in Jules Ohren. Genug, um diesem Lachen und diesem Mund hinterherzujagen, ihn zu schmecken und ihn zu ihrem eigenen zu machen.

Er knurrte erneut und zog sie näher zu sich heran, seine große Hand legte sich hinter ihren Kopf und neigte ihn nach hinten. Wie konnte *irgendetwas* so gut schmecken, wie konnte eine kreisende Zunge alles auf einmal sein ...

»Ich möchte dich sehen«, sagte er, zog sich plötzlich zurück und legte beide Hände auf ihr Gesicht. »Dich berühren.«

Jule realisierte, dass er wieder fragte und auf ihre Antwort wartete. Sie konnte ihn nicht ansehen, konnte nicht sprechen, aber ihr Kopf nickte irgendwie in der Berührung dieser Hände, und er stieß ein weiteres Lachen aus, das sie bis tief in die Leistengegend hinein erfüllte.

»Mutige Frau«, flüsterte er, und seine Hände zerrten schon an ihrem Kleid. So hart, dass er Gefahr lief, es zu zerreißen, verdammt sollte er sein. Es war ihr einziges im Moment, und Jule schlug seine große Hand lange genug weg, um die Knöpfe zu öffnen und es vernünftig auszuziehen.

Da stand sie nun in ihrer verblichen weißen Hülle – in ihrer Unterwäsche – mit einem *Ork*, aber diese heißen, hungrigen Hände waren wieder da und schoben den lockeren Stoff nach oben. Über ihre Hüften, über ihre Brüste, ihren Kopf. Was zum Teufel tat sie da? Das konnte doch nicht wirklich wahr sein!

Und doch war es das, Jule stand hier, nackt, vor einem Ork, ihr Atem stockte, während genau dieser Ork sie einfach nur ansah und ansah und ansah.

Das reichte aus, um ihr einen krampfhaften Schauer über den Rücken zu jagen – warum schwieg er, was sah er – und dann noch ein Schauer, als er die Hand ausstreckte, nicht um sie zu streicheln, sondern um ein wenig an ihrem noch immer geflochtenen Haar zu zupfen. Er zeigte nur allzu deutlich, was er wollte, und so zog Jule mit unbeholfenen Fingern an ihrem Zopf und ließ die langen dunklen Wellen über ihre Schultern fallen.

Aus Grimarrs Mund ertönte ein weiteres Geräusch, diesmal kein Knurren, und die Hand griff wieder nach ihr und hob ihr

Kinn an. Er wollte, dass sie ihn ansah, bemerkte sie, während er sie beobachtete. Sein langes, langsames Ausatmen wirkte fast lebendig.

»Meine Frau«, sagte seine Stimme schließlich, so leise, dass es fast ein Seufzen war. »Meine holde Schönheit. Meine Gefährtin.«

Die Worte waren eine eigene Spur der Freude, ein Hauch von Farbe in der Dunkelheit, und plötzlich war er da. Seine großen Hände lagen auf Jules Haut, packten und streichelten sie, glitten über ihren nackten Rücken, über ihren nackten Hintern. Dann wanderten sie ihre Vorderseite hinauf, umkreisten beide Brüste gleichzeitig, drückten gegen ihre harten Brustwarzen und entlockten ihrer Kehle ein hungriges Keuchen.

»Ja«, sagte er heiser, als eine dieser Hände langsam nach unten glitt. Über ihren Bauch, in ihre rauen, dunklen Haare und – Jule keuchte erneut – hinunter, um sich eng und schützend an ihre Kurve zu schmiegen, die von wilder, dunkler, hungriger Hitze erfüllt war.

»Was für eine reife Frucht«, flüsterte er, seine Hand drückte etwas fester, rieb hin und her und entblößte dabei ihre geschwollene, sich zusammenziehende Nässe. »So reichhaltig, so feucht.«

Jules ganzer Körper wölbte sich in ihn hinein, gegen das unmögliche, verwegene Gefühl, das er ausstrahlte, und er stieß wieder sein tiefes, grollendes Lachen aus. Er brachte ihren viel zu feuchten Körper dazu, sich gegen ihn zu stemmen, und als Antwort lachte er nur, jetzt mit einer nicht geringen Spur von Triumph.

»Du sehnst dich nach mir, Frau«, sagte er, und obwohl Jule diese selbstgefällige Genugtuung in seiner Stimme hätte stören sollen, war es ihr völlig egal. Vor allem, als sich einer dieser großen Finger von den anderen löste und mit mehr Druck sanft und unaufhaltsam tief in ihre glühende, weiche Nässe eindrang.

Jule schrie auf, ihr verräterischer Körper klammerte sich fest um ihn und er lachte wieder, während er sie quälte und der Finger immer tiefer in sie eindrang. »Du verzehrst dich nach mir«, flüsterte er und begleitete die Worte mit einem Kuss, bei dem seine Zunge langsam und intensiv auf die ihre traf. »Dein Schoß wird prall und fett für mich.«

Das Keuchen aus Jules Mund hätte ein Protest sein können, aber er brachte sie mit einem weiteren Kuss zum Schweigen und ließ seine heiße, herrliche Zunge noch einmal zwischen ihre Lippen gleiten. »Ich werde dich füllen«, hauchte er, versprach er, während sein Finger fester und tiefer eindrang. »Ich werde dich pflügen und pflanzen. Ich werde dich mit meinem Samen tränken.«

Mochten die Götter ihn verfluchen, seine Stimme, seine Worte, seine Finger, denn Jule zitterte am ganzen Körper und ihre Hände hatten irgendwie endlich den Mut gefunden, ihn zu berühren. Sie klammerte sich an seine breiten, warmen Schultern und spürte, wie sich die harten Muskeln unter seiner Tunika bewegten, während der Finger noch tiefer in sie eindrang.

»Ich möchte, dass du mich bittest«, flüsterte er jetzt, sein Atem heiß und hungrig an ihrem Ohr. »Bitte mich um meinen Samen.«

Jules Mund schnappte wieder nach Luft, diesmal eindeutig aus Protest, denn sie würde diesen schamlosen Ork auf keinen Fall um irgendetwas bitten – aber dann zog sich der einzelne Finger zurück, einfach weg, was zum Teufel, warum?

»Bitte mich, Frau«, sagte er wieder. »Bettel. Flehe mich an, dich zu füllen.«

Verdammt, verdammt, Jule würde nicht betteln – aber jetzt hatten diese großen Hände beide ihren nackten Hintern erreicht, hoben sie hoch, als ob sie nichts wöge, und – o Götter! – führten ihre Beine um ihn herum, sodass ihre hungrige, offene Nässe direkt gegen die riesige, angespannte Wölbung in seiner Hose gedrückt wurde.

»Scheiße«, keuchte sie, und er lachte leise und anerkennend. Er brachte Jules viel zu entblößten Körper dazu, sich gegen seine Hose zu pressen, und – sie schnappte wieder nach Luft – er hatte es gespürt, er *wusste* es, denn diese riesige, heiße Härte stieß tatsächlich zurück gegen sie, ein Lustschrei.

»Ja«, murmelte er, während seine Hände ihren nackten Hintern fester umfassten und sie näher und weiter an sich zogen. »Du sehnst dich nach meiner Bearbeitung, Frau. Bitte mich!«

Jule wollte immer noch nicht, aber ihre verräterischen Beine hatten sich irgendwie um seinen Rücken geschlungen. Sie halfen ihm, zogen die Härte immer fester an sich, und wenn er seine Hose ausziehen würde, würden sie ficken. Er wäre in ihr drin, zum Teufel noch mal!

»Du kannst es nicht leugnen, Frau«, sagte er, und wieder pochte seine Härte gegen sie, als wäre sie lebendig, ein wildes Tier. »Dein Hunger durchnässt mich. Der Duft erfüllt diesen Raum. Er schmiegt sich an meinen Schwanz.«

Jule atmete röchelnd, ihre Hände glitten an den starken Schultern entlang und ihre Hüften hatten sich ein wenig gegen die Härte gestemmt, um das Vergnügen noch mehr anzuheizen. Aber ihr Mund war still geblieben, und das war etwas, vielleicht das Einzige, was er nicht hatte …

»Sture Frau«, flüsterte seine Stimme, seine Hände zogen sie noch fester an sich – und jetzt bewegte sich etwas, schnell und sanft, und bevor Jule es richtig realisiert hatte, lag sie mit dem Rücken auf dem Bett, die Beine immer noch um seine Taille geschlungen. Grimarr lehnte sich über sie, jeweils eine Hand neben ihrem Kopf auf das Bett gestützt, ein drohender, massiger Schatten im Kerzenlicht.

»Du sollst mich bitten«, sagte er, als wäre es ein Pakt, ein Versprechen. Und dann wich er zurück und richtete sich auf. Seine großen Hände wanderten zum vorderen Teil seiner Hose und dann – Jule schnappte nach Luft, stöhnte und starrte – holte er diese Härte heraus.

Sie war ... *riesig*. Größer als bei jedem anderen Mann, den sie je gesehen hatte, etwa so groß wie ein kleiner Baumstamm, oder vielleicht ein Trinkbecher. Und er war nass, glänzend, und mit einem Keuchen erkannte Jule, dass das daran lag, dass aus seiner kegelförmigen grauen Kuppe eine dicke, blasse Flüssigkeit aus glänzendem Orksamen tropfte.

»Bitte mich, Frau«, sagte er befehlend, die Worte ein atemloses Klopfen in ihren Gedanken. »Flehe mich dafür an.«

Jule schluckte, ihre Zunge kam heraus, um ihre Lippen zu befeuchten, aber sie sprach immer noch nicht. Sie konnte unmöglich darum betteln, sie konnte sich nicht einmal ausmalen, wie er in sie hineinpassen würde ...

»Bettle. Flehe mich an!«, sagte er wieder, und jetzt fuhren diese Hände ihre Beine hoch, näher. Er spreizte sie, bereitete sie darauf vor, entblößte ihre intimste Stelle vor seinen Augen, vor seinem geschmeidigen, hungrigen Körper, der ihr so nahe war.

»Ich ... Ich kann nicht«, brachte sie hervor, und ja, das war die Wahrheit. Sie war ein Mensch, er war ein Ork, das konnte auf keinen Fall funktionieren, auch wenn sie die Nässe ihres verräterischen Körpers hören konnte, als dieser sich zusammenzog, bettelte und flehte.

»Du kannst, Frau«, hauchte er und trat ein wenig näher, sein riesiger Orkschwanz drängte sich an ihre geschwollene, durchnässte Hitze. »Wenn du das immer noch willst. Möchtest du, dass ich aufhöre?«

Nein, er konnte auf keinen Fall aufhören, und Jule schüttelte verzweifelt den Kopf, während sie nach Luft schnappte und versuchte, nachzudenken. Sie wollte es! Sie musste es zumindest versuchen. Wie würde sich das anfühlen, wenn er in sie eindrang?

»Bitte mich«, kam seine Stimme, sanft, sicher, unaufhaltsam, flüssiges Vergnügen in Jules Ohren, in ihren Gedanken. »Bettle, und ich werde dich ausfüllen.«

Mit diesen Worten brachte er die Härte noch näher an sie

heran, und als Jule keuchte und starrte, griff seine große Hand danach und streichelte auf und ab, einmal. Die tropfende Flüssigkeit verdickte sich zu einem konstanten Strom und – Jule stieß einen spitzen Schrei aus – er tröpfelte sie auf ihre immer noch krampfende Nässe.

Es fühlte sich heiß, klebrig, glitschig und herrlich an, und der Anblick des tropfenden Schwanzes, der jetzt durch das dicke weiße Band mit ihr verbunden war, umso mehr. Während die große Hand noch mehr pumpte – oh, *Scheiße* –, wurde das Band noch dicker und floss heiß und hungrig über sie, in sie.

»Du wünschst dir mehr«, flüsterte er. »Bettle. Flehe mich an!«

Jule atmete immer noch keuchend, ihre Brüste bebten und wackelten, und ihre Schenkel hatten sich irgendwie weiter gespreizt, ihre Nässe offen und entblößt und sehnsüchtig. Sie verschlang seinen Samen, kämpfte darum, ihn in sich aufzusaugen, und sie konnte nicht darauf verzichten, nicht jetzt ...

»Na gut«, würgte sie hervor. »Ja. Tu es.«

Ein hörbares Keuchen, ein sichtbares Zucken seiner Härte und ein weiteres, tiefes Lachen in seiner Kehle waren zu hören. »Ich habe gesagt, betteln, Frau«, hauchte er, aber während Jule ihn beobachtete, zog er sie noch ein bisschen weiter hoch und kam ihr näher. Und – Jules ganzer Körper zuckte – seine heiße, triefende Krone berührte sie schließlich, streifte gerade so ihre geschwollene, pochende Knospe.

»Bettle!«, sagte er, aber das Wort kam nur schleppend heraus, denn seine Brust hob und senkte sich schwer unter seiner Tunika. »Und du sollst es bekommen.«

Bettle. Er war berauschend, aufregend, lebendig und Jule konnte irgendwie *spüren*, wie seine Härte versuchte, in sie einzudringen. Ihr Körper wollte ihm entgegenkommen, ihn weiter in sich aufnehmen, aber er hielt sie fest, wartend, der Mistkerl.

»Bitte«, sagte Jule, denn es gab keinen anderen Gedanken als das Verlangen nach ihm, das wütend und verzweifelt alles andere überragte. »Bitte. Füll mich!«

Er stöhnte laut auf, das Geräusch war ein wirbelnder Impuls der Lust, und der Schwanz, der an ihrem Körper lag, schwoll an, zuckte, pulsierte. »Nenne mich beim Namen«, keuchte er. »Bitte, Frau. Jule.«

Bitte. Jule. Und es war dieses letzte, einzelne Wort, das sie um den Verstand brachte, denn er machte den Anfang, er gab ihr etwas, anstatt nur zu nehmen. Er wollte es genau so sehr wie sie.

»Bitte, Grimarr«, flüsterte Jules Stimme, flehte. »Bitte, fick mich. Füll mich aus. Mach mich zu deiner Gefährtin.«

Der Klang aus seiner Kehle war kräftig, grollend, lebendig – und endlich, endlich war er da. Er drückte seine heiße, tropfende Härte gegen sie, in sie, schob sie zwischen ihre feuchten Lippen, spreizte sie – oh, Scheiße!

Jule schrie auf, zu laut, aber da war kein Schmerz, noch nicht. Da war nur gleitende, harte Wärme, die langsam und zielstrebig in sie eindrang, und Jule konnte bereits spüren, wie er dicker und breiter wurde. Er spreizte sie um sich herum und dehnte sie aus, sodass sie sich ihm anpasste.

Und bei allen Göttern, er fühlte sich gigantisch an. Fest und eng und gefangen, und jetzt gab es Widerstand, der ihn langsamer werden ließ. Aber er hörte nicht auf, sondern stieß weiter, drang in sie ein, und wieso zum Teufel gab es so viel von ihm, wie sollte sie bloß noch mehr aufnehmen?

»Gute Frau«, keuchte die Stimme und Jule krampfte sich noch fester um ihn zusammen. »Tut es weh?«

Jule brauchte zu lange, um ihren wirbelnden, kreischenden Gedanken zu folgen und den Kopf zu schütteln. »Nein«, hauchte sie und wie durch ein Wunder stimmte das auch. Selbst mit diesem Baumstamm von Schwanz, der halb in ihr steckte, empfand sie nur Lust, nur das starke, schreiende Verlangen. »*Wage* es nicht aufzuhören, Ork.«

Er lachte wieder, diesmal mit einem Hauch von Erleichterung, und dann fühlte sie mehr Hitze, mehr Druck. Er stieß härter, tiefer, wundervoll, unmöglich, und Jule konnte spüren, wie der Schwanz pulsierte, vibrierte, von der Basis bis zur Spitze bebte, während er mehr von dem dicken, reichen Samen tief in sie hineinpumpte. Oh! Was zum *Teufel*?

Ein weiterer harter Stoß, ein erstickt klingendes Keuchen aus seiner Kehle – und dann, oh Götter, war er drin. Ihre Körper waren eng miteinander verkeilt, ihre gespreizten Schenkel drückten gegen seine Hüften und das Gewicht seiner Eier war enorm und erregend zugleich.

Ihr Götter! Jule schwitzte und keuchte am ganzen Körper, sie steckte fest wie ein Schwein am Spieß, ihre ganze Welt konzentrierte sich auf den massiven Schwanz zwischen ihren Beinen. Er füllte sie aus, genau wie er es versprochen hatte, und ließ seinen Samen in sie fließen, und in ihren rasenden, wild schreienden Gedanken schien sich etwas zu verschieben, zu rütteln und zu verändern.

Sie fühlte sich … *wundervoll.*

»Scheiße«, keuchte sie, und es war ihr egal, was sie sagte, was er hörte. »Es fühlt sich so *gut* an, Grimarr.«

Als Antwort stöhnte er laut auf, seine große Brust bebte, und die Hitze wallte hart in ihr auf. »Ja«, flüsterte er zischend und entfachte damit die Wärme tief in ihrem Bauch, in ihren Gedanken. »Du umschließt mich vollständig, Frau. Mein Schwanz hat noch nie so etwas gekostet.«

Er verglich sie, das wurde Jule schlagartig klar, mit allen unglücklichen Frauen, die er zuvor genommen hatte – aber anstatt Mitleid mit ihnen zu haben, fühlte sich Jule in diesem Moment fast ein bisschen selbstgefällig. Erleichtert. Und vielleicht, lächerlicher Weise, spürte sie sogar einen seltsamen Anflug von Eifersucht, denn sie fragte sich, ob er das oft mit ihnen gemacht hatte, ob er so gekeucht hatte, ob er so in ihnen gepocht hatte …

Sie drückte sich noch fester an ihn, ihre Beine legten sich

eng um seine Hüften, saugten ihn ein, beanspruchten ihn. Sie brauchte diese gewaltige Kraft in sich, brauchte seinen noch immer ausströmenden Samen, und er schien es zu spüren, denn er brachte wieder eines dieses herrlichen, atemberaubenden Stöhnen hervor.

»Willst du mehr, Frau?«, flüsterte er und Jule nickte verzweifelt und klammerte sich an ihn. Seine großen Hände umfassten ihre Hüften, hielten sie fest und hielten sie fest – sie schrie auf –, während er sich langsam aus ihr herauszog. Nicht ganz, aber so weit, dass Jule sich noch fester an ihn klammerte – wortlos bettelnd, sich nach mehr sehnend, bittend ...

Mit einem einzigen kräftigen Stoß seiner Hüften drang er wieder in sie ein, und Jule stieß etwas aus, das einem Schrei erschreckend nahe kam. Es war unglaublich, so gut, vor allem, als er ein weiteres dieser rumpelnden, atemberaubenden Stöhngeräusche von sich gab, die Jules immer noch kreisende Gedanken noch weiter durcheinanderwirbelten.

»Noch mal«, keuchte sie, aber er war schon dabei, hatte es schon getan. Er hielt sie fest, zog sie nach hinten und stieß dann hart in sie, so riesig und voll und schockierend, wie ein Schlag in den Magen, eine Explosion von schreiender, erschütternder Ekstase.

»O Götter, Grimarr«, würgte sie ihm entgegen. »Mehr. Härter. *Bitte.*«

Er tat es – den Göttern sei Dank! Sein riesiger Schwanz stieß und bohrte sich in sie, durchpflügte sie. Er rammte, hämmerte mit einer Leidenschaft, die der ihrigen in nichts nachstand, und stieß immer wieder zu. Schwellend und pumpend, strömte der heiße Orksamen überall hin, die Nässe, die Fülle dehnte sie aus, wuchs in ihr an, füllte sie so sehr aus, dass sie zu zerbrechen drohte ...

Und dann zerbrach sie tatsächlich. Schaudernde, rüttelnde, schreiende Ekstase verschlang sie ganz, ertränkte alles. Sie pochte immer und immer wieder um diese riesige Härte herum, melkte alles aus ihr heraus, keuchende Erleichterung machte sich breit. O Götter, o Götter, o *Götter*.

Sein antwortendes Stöhnen war ein Brüllen, fast wie ein Kriegsschrei – und sein ganzer großer Körper wölbte sich, richtete sich auf, explodierte. Sein Samen schoss aus dem riesigen Schwanz, der in Jule steckte, wie ein Geysir, eine Kanone, und die Flüssigkeit spritzte überallhin, sickerte ein, füllte, überschwemmte.

Als es endlich aufhörte, war Grimarr triefend nass, seine Kleidung klebte an seiner Haut und seine große Brust hob sich mit seinem Atem. In dem schwachen Licht konnte sie sehen, dass seine Augen geschlossen waren, die Wimpern dicht und schwarz auf den dunklen Wangen, und für einen kurzen Moment gab es nur das hier. Nur Jule und einen Ork, aneinandergekettet, im Einklang atmend, allein und im Universum treibend.

Und als diese Augen schließlich aufschauten und ihren Blick fixierten, flammte die Hitze so stark auf, dass sie zu einer weiteren Berührung wurde, einer weiteren Umarmung, intensiv und ruhig und ungeheuer stark. Er war ihr Ork. Ihr Gefährte. *Ihrer*.

»Habe ich deine Treue gewonnen, Frau?«, fragte er so sanft, dass es ihr fast die Tränen in die Augen trieb. »Bist du meine Gefährtin?«

War sie seine Gefährtin? Jule spürte, wie sie nickte, ihre Augen blinzelten gegen die unerklärliche Feuchtigkeit an, und sie hob ihre zitternden Hände und berührte damit sein vernarbtes, hässliches Gesicht.

»Ja, Grimarr«, flüsterte sie. »Das bin ich.«

Das Knurren, mit dem er ihr antwortete, schien den Raum, die ganze Welt zu erschüttern, und der dunkle Kopf beugte sich zu ihr hinunter, seine Lippen berührten ihre in einem leisen, ehrfürchtigen, kraftvollen Kuss. Er bestätigte und besiegelte es, und Jule spürte, wie sie in seinen Mund stöhnte, ihr ganzer Körper bebte, zitterte und brannte vor lauter Urgewalt, die er ausstrahlte.

»Im Gegenzug verspreche ich dir meine Treue, meine holde Jule«, sagte seine Stimme, so leise, so rau. »Ich gewähre dir meine Gunst, mein Schwert und meine Loyalität. Ich werde für deine Sicherheit sorgen und dich satt und glücklich machen, solange es mir möglich ist und solange du es dir wünschst.«

Es fühlte sich an wie ein Gelöbnis, wie Worte, die man einmal gelernt und nie wieder vergessen hatte, und in diesem kurzen, gestohlenen Moment war es schlichtweg *alles*. Es war Wahrheit, es war Gewissheit, es war ein Versprechen, an das sich Jule anlehnen, auf das sie sich verlassen und das sie sich zu eigen machen konnte. Es war die Sicherheit eines wilden, mächtigen, ungezähmten Orks, der auf die Knie ging und sich als ihr Eigentum anbot.

Einen langen Moment lang konnte Jule nur atmen, das Ganze verdauen und den seltsamen Frieden genießen – doch dann fielen ihm die Augen zu, und die heiße Härte, die sie noch immer ausfüllte, zog sich langsam aus ihr heraus und entfernte sich von ihr. Mit einem lauten, demütigenden Geräusch ließ er von ihr ab und – Jule schnappte nach Luft – gab auch seinen dicken weißen Samen frei, wie eine aufgestaute Fontäne, die über sie, über ihn, das Bett und den Boden spritzte.

Jule merkte, dass er sich zurückgezogen hatte, um zuzusehen, und sogar ihre Beine weiter gespreizt hatte, um es beobachten zu können, und als das Schlimmste endlich abgeklungen war, konnte sie immer noch spüren, wie es aus ihr heraussickerte und langsam auf das Bett tropfte. Und ihr Gefährte – ihr *Orkgefährte* – sah immer noch zu, drückte ihre Beine noch weiter auseinander und schenkte ihr ein liebevolles, wenn auch ziemlich furchterregendes, spitzzahniges Lächeln.

»Du verzauberst mich, meine holde Schönheit«, sagte er.

»Du hast mir unvergleichliche Freude bereitet. Ich werde diese Nacht für immer in Erinnerung behalten.«

Aber in seinen Worten lag noch etwas anderes, etwas, das sich im Vergleich zum letzten Moment verändert hatte. Und als Jule die Stirn runzelte und sich ein wenig aufrichtete, um seine Augen besser sehen zu können, trat er sofort mit einer fast unnatürlichen Geschwindigkeit einen Schritt zurück. Gleichzeitig zog er die Hose hoch und packte alles wieder ein.

So blieb Jule allein, entblößt und verdorben auf dem Bett zurück, und als sie sich langsam aufrichtete, fühlte sie sich verletzt, kribbelnd und wund. Wie eine Frau, die sich gerade mit einem Ork gepaart hatte, vermutlich, und sie blinzelte nach oben, wo er immer noch über ihr thronte, riesig, grau und abscheulich. Er beobachtete sie mit einer seltsamen, flimmernden Intensität, den Kopf schief gelegt und die großen Hände zu Fäusten geballt.

»Was?«, hörte sie ihre Stimme sagen, kratzig und unsicher. »Ist irgendetwas nicht in Ordnung?«

Er zuckte zusammen, und eine seiner großen Hände streckte sich plötzlich aus und umfasste ihr Gesicht. »Nichts könnte mit dir nicht in Ordnung sein, meine holde Schönheit«, sagte er, aber seine Stimme klang rau und hart, nicht annähernd so sanft wie zuvor. »Aber ich muss dich um Verzeihung bitten für das, was ich als Nächstes tue.«

Während er sprach, griff er nach ihrem zerfledderten Unterkleid und warf es ihr zu, während sie ihn anblinzelte und versuchte, zu verstehen. »Du wirst dich anziehen«, sagte er, »und mitkommen.«

Jule blinzelte ihn immer wieder an, aber sie gehorchte bereits und zog sich mit zittrigen Händen das Unterkleid an. Und dann war er wieder bei ihr, so nah, seine große Hand griff sanft nach ihrem Arm und half ihr auf die Beine. Und sie gehorchte immer noch, obwohl ihre Beine wie Gelee unter ihr waren und sie nur noch von seiner massiven Kraft aufrecht gehalten wurde.

»Du musst mitkommen«, forderte er mit dieser seltsam rauen Stimme, und Jule verstand immer noch nicht, nicht mal annähernd, selbst als er sie zur Tür brachte. Halb führend, halb zerrend. Er war zu stark, um sich zu widersetzen, aber dann begriffen Jules verwirrte Gedanken plötzlich.

Er wollte sie ... nach draußen bringen. Zu den Orks. Und zwar so, wie sie war.

Zu spät wehrte sich Jule und versuchte, zu treten, zu kämpfen und zu fliehen, aber sie war schwach und erschöpft, und er war viel zu stark. Einen Moment später hatte er den Riegel zur Seite geschoben und die Tür vor ihr aufgestoßen.

Die Schreie draußen waren plötzlich fast ohrenbetäubend, und es war eine lebendige, wimmelnde Masse aus Dunkelheit, aus Ork-Gliedern, Körpern und Augen, die nur von schwachem Fackellicht erhellt wurde. Es roch nach Blut und Tod, und Jule musste würgen, als die riesige Hand ihren schwachen, zitternden und kaum bekleideten Körper nach draußen in deren Richtung schob.

»Seht!«, kam eine laute Stimme von hinten, Grimarrs Stimme. »Meine neue Gefährtin. Riecht, wie sie meinen Duft und meinen Samen trägt!«

Die Schreie der Orks wurden lauter, dröhnten, und Jule konnte ihre gierigen Blicke spüren, beinahe wie eine Berührung. Sie starrte auf die Schweinerei, die Grimarr angerichtet hatte und die immer noch an ihren Schenkeln herablief. Das konnte nicht wahr sein, das konnte er ihr nicht antun. Es war alles nur ein Traum, der schlimmste Traum, den sie je in ihrem Leben hatte.

»Diese Frau hat mich angebettelt, gefleht«, fuhr Grimarrs Stimme fort, tief, kraftvoll und arrogant. »Sie hat mich bei meinem Namen genannt. Sie hat meinen Schwanz komplett aufgenommen und meinen Samen wie eine Flut ausgespuckt.«

Der Lärm war allgegenwärtig, überall, die Masse an Augen und Gelächter und Körpern viel zu nah in dem kleinen Raum, und Jule konnte sich nicht bewegen, konnte nicht atmen, das konnte nicht real sein, bei allen Göttern. Es musste ein Traum sein, es musste …

»Sie hat ihren menschlichen Ehemann verstoßen«, fuhr seine selbstgefällige Stimme fort, schadenfroh. »Stattdessen hat sie sich entschieden, hier bei mir zu bleiben. Sie hat sich entschieden, meine Gefährtin zu werden!«

Mit diesen Worten senkte sich seine große, warme Hand und ergriff ihre. Diesmal nicht sanft, sondern hart und zielstrebig. Er riss ihre Hand hoch und zeigte sie den Orks, die immer noch schrien. Er zeigte ihnen – Jule stockte der Atem – Astins goldenen, mit Diamanten besetzten Ehering, der immer noch an ihrem Finger glitzerte.

»Seht!«, sagte Grimarr erneut. »Das Zeichen ihres verstoßenen Ehemannes, Lord Norr. Er ist der Befehlshaber der Menschen. Der Mann, der unsere Söhne tötet. Der Mann, der unser Wasser vergiftet, unser Zuhause niederbrennt und *Reichtümer* für unseren Tod bietet.«

Die Rufe der Orks waren wütend und bösartig geworden, und Jule zuckte zusammen, als Grimarr ihr den Ehering vom Finger riss und ihn ihnen entgegenstreckte. »Seht«, sagte er mit harter, kalter Stimme, »welches Schicksal Lord Norr bald ereilt!«

Und noch bevor Jule denken oder reagieren konnte, hatte Grimarr den Ring in die Luft geworfen und ihn in seinem wartenden, klaffend offenen Mund gefangen. Der Mund, der sie so sanft geküsst und ihr diese sanften, schönen Dinge gesagt hatte, biss nun mit einem hörbaren, schrecklichen Knirschen auf ihren Ehering.

Die Orks lachten schallend, und Grimarr kaute einmal, zweimal, dreimal auf dem Ring herum. Dann warf er seinen großen Kopf zurück und schluckte den Ring mit einem sichtbaren Ruck herunter.

»Ihr wisst, wo das enden wird!«, rief einer der Orks schrill, nur für den Fall, dass nicht alle den Witz verstanden hatten, und das Gelächter schien noch lauter zu werden. Einige von ihnen gaben obszöne Furzgeräusche von sich, und Jule fühlte sich langsam ernsthaft krank, kraftlos und erbärmlich.

»Lord Norrs Ehefrau gehört mir«, verkündete Grimarrs schreckliche Stimme neben ihr. »Lord Norrs Ehefrau ist mit dem Anführer der Orks verpaart!«

Das Gebrüll der Orks war ohrenbetäubend und ertränkte Jules Ohren und ihre Gedanken, und sie merkte nur am Rande, wie ihre Beine zitterten und ihr Körper von oben bis unten bebte. Was geschah hier? Was hatte sie nur getan? *Warum?*

Und als die große, bedrohliche Hand sie wieder zurück in den Raum zog, gaben Jules Beine schließlich ganz auf und die Welt wurde gnädigerweise schwarz.

6

Als Jule wieder aufwachte, lag sie in einem weichen Bett, und der Himmel war dunkel.

Für einen Moment war es ihr Bett zu Hause, und gleich würde Elise hereinkommen und die Vorhänge öffnen. Sie würde sagen: *Guten Morgen, Mylady, wo wollt Ihr Euren Tee trinken, in Eurem Bett oder in der Frühstücksecke?*

Doch dann erinnerte sich Jule an den Traum. Ein Traum, der so real war, dass er gar kein Traum gewesen sein konnte, und als sie sich aufrichtete und in die Dunkelheit blinzelte, wurde ihr klar, dass sie immer noch in diesem Traum gefangen war. Immer noch in diesem verfluchten Raum und – sie zog die dünne Decke bis zum Kinn hoch – immer noch mit diesem verfluchten Ork.

»Du«, hauchte sie und blinzelte im schwachen Kerzenlicht in Richtung Grimarr, der auf dem Boden saß und an der gegenüberliegenden Wand lehnte. Er war so weit von ihr entfernt, wie es möglich war, ohne den Raum verlassen zu müssen, und Jule bemerkte, dass sie sehr wund, sehr müde und – sie rutschte hin und her und zuckte zusammen – immer noch sehr nass war.

»Ja«, sagte die tiefe Stimme und Jule zuckte erneut

zusammen, als sie sie hörte. Die Erinnerung an diese Stimme, die diese schrecklichen Dinge zu den schreienden, grölenden Orks sagte. *Diese Frau hat mich angebettelt, gefleht. Sie hat ihren menschlichen Ehemann verstoßen. Sie hat mich bei meinem Namen genannt.*

Jule holte tief Luft, fasste neuen Mut, und bevor sie sich versah, war sie schon aus dem Bett aufgestanden und zur Tür gesprintet. Sie kam trotz ihrer schwankenden Beine gut voran, und ihre Hand streckte sich aus, um den Riegel zu ergreifen.

Doch dann krachte Grimarrs großer, kräftiger Körper in sie hinein und warf sie zur Seite. Große, starke Hände umklammerten ihre Handgelenke, zogen sie über ihren Kopf und drückten sie fest gegen die Holztür hinter ihr.

Jule schnappte nach Luft, der Raum drehte sich leicht, und Grimarr war nur eine Handbreit von ihr entfernt. Er roch deutlich nach Blut, mit einer schwachen Spur von Süße, und Jule spuckte in seine Richtung, wobei sie das vernarbte, graue Gesicht nur knapp verfehlte.

»Was zum Teufel, Ork«, zischte sie ihm zu. »Lass mich los!«

Er bewegte sich nicht, die riesigen Finger drückten noch fester gegen ihre Handgelenke. »Nein«, sagte er. »Du bist meine Gefährtin, Frau. Du hast gewünscht, zu bleiben.«

Von wegen. »Das habe ich mir nicht gewünscht«, schoss Jule zurück. »Und wenn, dann war das, *bevor* du mich deiner Horde vorgeführt und mich wie ein billiges Schmuckstück verspottet und mich und mein Eheversprechen *beschmutzt* hast!«

Die schwarzen Augen schlossen sich kurz, und sie spürte seinen heißen und rauen Atem auf ihrer Haut. »Es hat mir keine Freude bereitet, dies zu tun, Frau«, sagte er mit fester Stimme. »Ich wollte dir weder Angst noch Schande bereiten, so kurz nachdem wir unser Gelübde abgelegt hatten. Aber es war eine Bürde, die getragen werden musste.«

»Oh, und von wem? Von *dir*?«, verlangte Jule und spuckte

ihn erneut an, diesmal direkt in sein Gesicht. »Das war schwer für *dich*? Du verlogenes *Arschloch*. Ich will gehen. *Sofort*.«

Es war eine seltsame Genugtuung zu sehen, wie ihre Spucke über seine vernarbte Wange und sein schweres, kantiges Kinn tropfte. »Ja«, sagte er, seine Stimme war müde, fast schon resigniert. »Du bist so wankelmütig wie alle Menschen. Du wirst dein Versprechen mir gegenüber brechen und versuchen zu fliehen.«

Mit diesen Worten nahm er ihre beiden Handgelenke in eine seiner Hände und griff an seine Taille. Jule schloss ihre Augen und versuchte, das aufsteigende Schluchzen in ihrer Kehle zu unterdrücken. Natürlich. Sie war immer noch eine Gefangene, immer noch seine Geisel, schon die ganze verdammte Zeit, und er hatte nur hier gesessen und darauf gewartet, sie wieder anzuketten.

»Natürlich will ich fliehen«, sagte sie, denn das war alles, was von ihrer Freiheit, ihrem Stolz und ihrer Würde übrig war. »Ich hasse dich, Ork. Du hinterhältiger *Schweinehund*.«

Die Kette lag bereits um ihre Taille, fest angezogen, und die Hand an ihren Handgelenken ließ sie los, um die Kette wieder um seinen Unterarm zu wickeln. »Ich habe dein Versprechen ohne Zorn oder Drohung erbeten«, sagte seine gleichmäßige Stimme. »Ich habe dir sogar erlaubt zu fliehen, und wenn du dich dafür entschieden hättest, hätte ich mein Wort gehalten. Und doch hast du dich aus freien Stücken entschieden, mir deine Treue zu schenken.«

Die Worte ließen Jule atemlos zurück und sie starrte ihn an, dieses widerwärtige, vernarbte Orkgesicht. »Du hast mich *belogen*«, schoss sie zurück. »Du ... Du hast mich mit einem Fluch belegt oder so. Niemals würde ich mich freiwillig entscheiden, bei einem Monster wie dir zu bleiben!«

»Das hast du aber«, antwortete der Ork kalt und unnachgiebig. »Ich habe dir gegenüber nicht falsch gesprochen. Ich habe dich nicht mit einem Fluch belegt oder Magie gegen dich eingesetzt. Du hast dich nach meiner

Berührung gesehnt, wie alle Frauen es tun. Und du wirst es auch wieder tun.«

Dieser anmaßende, arrogante Mistkerl. Jule lachte, und es klang bitter und ungläubig. »In deinen Träumen, Ork. Eher sterbe ich, bevor ich dich noch einmal freiwillig berühre.«

Einen Moment lang herrschte Stille, dann zog er die Kette um ihre Taille ein wenig fester. »Dann soll es so sein«, sagte er und es klang leise, gefährlich, wie eine Drohung. »Ich werde dich nicht zwingen, Frau. Aber ich werde dich auch nicht freilassen. Ich habe dich vor den Augen von hundert Orks aus allen fünf Clans markiert und beansprucht. Ich habe viel dafür gegeben, Lord Norr diese Falle zu stellen.«

Jules Herzschlag hatte sich beschleunigt, aber sie starrte ihn an, diesen riesigen, drohenden Schatten von sich. »Deine Pläne sind mir völlig gleichgültig. Und ich werde dir *nicht* helfen, meinen Ehemann zu töten!«

Aus seiner Kehle ertönte ein leises Knurren, und verdammt, Jules verräterischer Körper zuckte bei diesem Geräusch leicht zusammen. »Er ist nicht mehr dein Ehemann, Frau«, ertönte die bedrohliche Stimme. »Du hast mich zu deinem Gefährten erkoren. Du hast mir deine Treue geschworen. Ich habe das Gelübde geschworen. Daran *wirst* du dich halten.«

Jule schüttelte den Kopf, das konnte doch nicht wahr sein, was hatte sie getan? Sie hatte ihr Leben, ihren Körper, alles, einem gefühllosen, bösartigen, brutalen Tyrannen überlassen.

»Das werde ich nicht«, keuchte sie. »Ich werde das nicht tun. Du hast mich beschämt und gedemütigt. Du hast meine Schwäche als Waffe gegen mich eingesetzt. Du warst grausam, manipulativ und furchtbar. Du bist ein Biest. Ein *Monster*.«

Der große Körper zuckte und Jule konnte fast spüren, wie sich die Luft um sie herum veränderte und kälter wurde. Und dann – sie zuckte zurück, strampelte – stieß Grimarr sie mit dem Rücken gegen die Tür, und eine dieser großen, Krallenhände kam hoch und schloss sich um ihren Hals. Nicht so fest, dass es wehtat, aber seine Finger waren riesig, seine Krallen schrammten scharf an ihrer nackten Haut entlang und seine Drohung war sehr, sehr real.

»Du *wirst* dich fügen, Frau«, knurrte er. »Dafür setze ich mein Leben und das meiner Brüder aufs Spiel. Ich möchte dir keine Schmerzen zufügen, aber wenn ich muss, werde ich es tun. Ich werde alles tun, was in meiner Macht steht, um das zu erreichen.«

Jules Atem war zu flach, um zu sprechen, sie schnappte in seinem Griff nach Luft, und er sah sie nicht einmal an, sondern kniff die Augen zusammen. »Ich werde dich fesseln und knebeln«, sagte seine bedrohliche Stimme. »Ich werde dich aushungern. Ich werde dich für den Rest deines Lebens von der Sonne fernhalten. Das schwöre ich, Frau.«

Jule zitterte am ganzen Körper und war kurz davor, in Panik zu verfallen, als Grimarr sie plötzlich losließ und einen Schritt zurücktrat. Er ließ sie atmen. Sie schnappte nach Luft, vorgebeugt und mit beiden Händen an der Kehle. Was sollte sie tun, was konnte sie tun, was blieb ihr übrig …

»So behandelt ein Ork also seine Gefährtin?«, brachte sie heraus. »Die Frau, von der er erwartet, dass sie seine Söhne zur Welt bringt? Du sperrst mich ein und bedrohst mich mit Elend und Hunger?! Kein Wunder, dass deine anderen Frauen vor dir weggelaufen sind. Du bist ein *Monster*. Du bist das widerliche, gefräßige Biest, das unsere Träume heimsucht.«

Grimarr stand ganz still vor ihr, sein großer Körper war eine undurchschaubare Blockade aus Dunkelheit, und sie konnte das raue Schnaufen seines Atems hören. »Es spielt keine Rolle, was du von mir denkst«, sagte er schließlich. »Du wirst dich fügen, Frau. Du wirst mich vor meinen Brüdern ehren, wie es sich für eine echte Gefährtin gehört. Du wirst mit mir in dein neues Zuhause kommen und das mit erhobenem Haupt.«

Jule schluchzte, und ihre Gedanken waren auf einmal ineinander verschlungen und schrien. Sie sollte gegen ihn kämpfen, sie sollte wieder versuchen zu fliehen, sie sollte seinen Krummsäbel finden und sich darauf werfen. Aber er würde sie schnappen, er würde all diese schrecklichen Dinge tun, er würde sie aushungern, sie fesseln, sie von der Sonne fernhalten ...

Nein. *Nein.*

Jule war besser. Sie war schlauer. Und sie wusste aus eigener leidvoller Erfahrung, dass es nichts brachte, wenn sie sich wehrte, wenn man sie schlagen und brechen würde. Nicht, wenn sie so unterlegen und ausgeliefert war. Noch nicht.

Wenn sie wirklich weise war, würde sie warten. Zuhören. Ihre Zeit absitzen. Vielleicht würde sie sogar das Vertrauen dieses abscheulichen Orks gewinnen.

Und dann, wenn Astins Männer kämen – und sie *würden* kommen – würde Jule bereit sein. Sie würde ihnen helfen, die Welt von diesen verfluchten Orks zu befreien. Sie würde mit Freuden zusehen und jubeln, wenn dieser Ork auf das scharfe Ende eines Speers aufgespießt würde.

Also richtete sich Jule auf und hob ihr Kinn an, auch wenn ihr die Tränen aus den Augen liefen und von ihrem Kiefer tropften. Sie würde es tun. Sie würde ihre Rache bekommen.

»Also gut, Ork«, sagte sie, obwohl ihre Stimme schwankte und einem Schluchzen viel zu nahe kam. »Ich werde mich fügen.«

7

Als Grimarr Jule mit der Kette um die Hüfte wieder aus dem Raum führte, sah und hörte sie noch mehr Orks, noch mehr Jubelrufe und noch mehr unverständliches Chaos in Jules Kopf.

Aber ihr Gesicht war trocken, ihr Haupt hocherhoben, ihre Augen blickten geradeaus in die Schwärze des Tunnels. Wenigstens hatte Grimarr ihr erlaubt, sich richtig anzuziehen und ihr Haar zu flechten, obwohl er die ganze Zeit seinen großen Körper gegen die Tür gelehnt und zugesehen hatte.

Die Kette lag immer noch um ihre Taille, und ihr Körper fühlte sich immer noch müde, wund und elend an. Ein Zustand, der durch die vereinzelten Worte, die sie in den lauten Ork-Rufen verstand, ganz sicher nicht besser wurde. *Ehering* und *Gut und kräftig pflügen* und *Zeig sie uns noch mal, Anführer*.

Grimarr tat das nicht – wenigstens etwas – sondern trieb Jule immer weiter vor sich her, und sie konnte es jetzt schon kaum noch ertragen, diese Angst und diese Scham, die ihr unter die Haut gingen. Sie würde fliehen. Sie würde Rache nehmen. Astins Männer würden sie alle töten.

Das blendende Licht der Sonne war fast schon eine Qual,

nach all der Zeit, die sie unter der Erde verbracht hatte, und Jule blinzelte durch ihre Finger in die Helligkeit. Die Sonne stand auf halber Höhe der Himmelskurve, es war Vormittag, und hatte Grimarr seine ganze Truppe die ganze Zeit hier warten lassen, nur wegen ihr?

»Hast du Hunger?«, meldete sich Grimarrs schroffe Stimme neben ihr und zog Jule unwillkürlich in ihren Bann, sie kniff die Augen zusammen und atmete schwer. Bei allen Göttern, er war *abscheulich*. Absolut abstoßend im Licht, wie eine graue, verrottende Leiche, in dessen Gesicht sich Maden gegraben hatten, und sie hatte diesen Mund wirklich geküsst? Hatte sie die Berührung dieser Hände begrüßt? Hatte sie geschworen, ihn zu ihrem Gefährten zu machen? Was zum *Teufel*?

»Hast du Hunger?«, fragte Grimarr erneut, seine Stimme war tief und bedrohlich, und Jule wich einen kleinen Schritt zurück, ihre Hand fuhr reflexartig an ihre Kehle. »Nein«, sagte sie. »Aber ... ich muss etwas trinken. Und mich erleichtern. Bitte.«

Sie hasste es zu fragen, hasste es, diesem Ork noch mehr Macht über sie zu geben, aber er nickte und führte sie in die umliegenden Bäume. Dort konnte Jule das Rauschen eines Baches hören, und Grimarr drehte ihr wieder einmal seinen riesigen Rücken zu, während Jule etwas trank und sich dann in den Büschen um ihre morgendlichen Bedürfnisse kümmerte. Dazu gehörte auch das Saubermachen ihrer unteren Hälfte, während sie versuchte, nicht daran zu denken, warum es dort so aussah und wer ihr das angetan hatte.

Als sie fertig war, führte Grimarr sie zurück zu einer wachsenden, wartenden Masse von Orks, die sich offensichtlich zum Aufbruch bereitmachten. Die meisten von ihnen waren dieselben, die am Tag zuvor mit ihnen hergekommen waren, etwa dreißig, Jule zählte sie schnell und verglich sie mit der Zahl, die sie am Abend zuvor gesehen hatte.

»Wo sind die anderen?«, fragte sie widerwillig, aber es war

klug, ihre Umgebung zu kennen, um ihre Rache richtig planen zu können. »Werden sie uns folgen?«

»Einige schon«, antwortete Grimarr sofort. »Einige sind von weither gekommen. Sie haben von meiner Heldentat gehört und wollten sie sehen.«

Oh. Natürlich. Das bedeutet, dass die Nachricht von dem hier – von Jule, wie sie halb bekleidet und gedemütigt dastand, während Grimarrs Samen aus ihr sickerte –, zweifellos in alle Ecken des Reiches gelangen würde. Zu Astin.

»Wir werden verfolgt«, ertönte Grimarrs Stimme. »Wir müssen aufbrechen. Willst du laufen oder getragen werden?«

Jule zitterte immer noch auf den Beinen, aber allein der Gedanke, diesen Ork zu berühren oder sich von ihm berühren zu lassen, ließ sie zurückschrecken. »Ich werde laufen«, sagte sie, und er nickte, den Göttern sei Dank. Wenn sie langsam genug ginge, würden ihre Verfolger sie vielleicht einholen, sie würde gerettet und nach Hause gebracht werden, und die Männer würden diesen Ork auf ihre Speere spießen ...

Sie machten sich auf den Weg durch den Wald, mit Jule und Grimarr an der Spitze und den etwa dreißig Orks, die polternd und schnatternd hinter ihnen herliefen. Über einen unebenen, felsigen Pfad, den Jule weder überblicken noch die vielen Windungen und schnell fließenden Bächen mitverfolgen konnte. Zweifellos dafür gedacht, ihre Verfolger abzuschütteln, und Jule musste zugeben, dass Grimarr das verdammt gut gelang, denn ohne die Sonne über ihnen hätte sie sich hoffnungslos verlaufen.

Es half auch nicht, dass Grimarr ein mörderisches Tempo anschlug und Jule an ihrer Kette hinter sich herzog. Zur Mittagszeit war sie bereits erschöpft, ihr Körper war schweißgebadet und ihre hellen Lederschuhe waren abgewetzt und durchnässt. Als Grimarr schließlich am Rande einer großen Lichtung anhielt, schaute Jule nicht einmal zu ihm auf, sondern sank auf den nächstgelegenen Felsen und vergrub ihr Gesicht in ihren Knien.

»Wir werden essen«, verkündete Grimarrs Stimme, was die Orks hinter ihnen zum Jubeln brachte. »Silfast, führe eine Gruppe an und bringe uns den Bock, den ich im Norden wittere. Derjenige, der ihn erlegt, bekommt das erste Stück Fleisch.«

Es gab noch mehr Gebrüll – warum waren Orks nur so *laut*? –, aber zum Glück entfernte sich ein Teil der Geräusche Richtung Norden. Zweifellos warnten sie die unglücklichen Hirsche, dass sie kommen würden, aber Jule war das egal, sie wollte sich nie wieder bewegen.

»Trink«, ertönte plötzlich eine Stimme neben ihr, und Jule zuckte zusammen und drehte sich zu Grimarr, der ihr einen Trinkschlauch hinhielt. Seit wann hatten Orks Trinkschläuche? Wahrscheinlich war er schmutzig, aber Jule nahm ihn trotzdem und schlang die gesegnete kalte Flüssigkeit in sich hinein.

»Du bist müde«, sagte seine Stimme, die jetzt leiser war. »Hast du Schmerzen?«

Jule hatte zum Glück keine, aber sie war immer noch zu erschöpft, um sich zu bewegen oder zu sprechen. Schließlich stand Grimarr mit klirrender Kette auf und Jule hob ihren Kopf lange genug, um zu sehen, wie er sein Ende der Kette um den riesigen Stamm eines nahe gelegenen Baumes wickelte und festzog, bevor er davon schritt.

»Pass auf sie auf, Baldr«, sagte er über seine Schulter. »Sag mir, wenn sie sich bewegt.«

Einer der riesigen, hässlichen Orks, der noch in der Nähe war, erhob sich und stürmte auf sie zu, und Jule wandte ihr Gesicht von dem Anblick ab und versuchte, ihren rasenden Herzschlag zu stoppen. Er würde sie doch nicht anfassen, oder? Grimarr hatte doch gesagt, dass er sie nicht teilen würde, oder?

»Sei gegrüßt, Frau«, sagte der Ork mit einer seltsam melodiösen Stimme, und Jule blinzelte und drehte sich, um ihn anzustarren. Ja, er sah aus wie jeder andere Ork hier, vielleicht ein bisschen jünger und vielleicht sogar noch abstoßender, weil seine Haut so grünlich war, aber er lächelte sie an und präsentierte ihr ein paar scharfe weiße Zähne.

»Es ist lange her, dass wir einen Menschen unter uns hatten«, sagte der Ork, immer noch mit dieser hellen, unpassenden Stimme. »Wie ist es dir ergangen, Frau?«

Wie es ihr ergangen war? Jule blinzelte ihn wieder an – fragte er das wirklich? – und stieß dann ein bitteres Lachen aus. »Was meinst du damit, wie es mir ergangen ist, Ork?«, fragte sie. »Ich wurde aus meinem Zuhause entführt, verspottet und gedemütigt und durch die halbe Sakkin-Provinz geschleppt, ohne Rücksicht auf mein Wohlergehen oder meine Wünsche, und das von einer Bande *zutiefst* schrecklicher und abscheulicher Orks!«

Der junge Ork zuckte zusammen und seine dunklen Augen sanken auf die Stelle, an der er seine großen Hände fest zusammengerollt hatte. »Ah«, sagte er. »Ja. Das. Das muss alles sehr anstrengend sein. Und ich weiß, dass wir Orks in den Augen der Menschen sehr abstoßend sind. Darf ich dir ein Geschenk anbieten, um dich zu beruhigen? Eine Augenbinde, vielleicht?«

Jule verspürte einen unwillkürlichen Stich des Bedauerns, dann kniff sie die Augen zusammen und schüttelte den Kopf. Nein, nein. Sie hatte nichts Falsches gesagt, sie hatte *nicht* vor, sich bei einem fremden grünen Ork zu entschuldigen, das konnte doch jetzt nicht ihr Leben sein ...

Aber ein weiterer Blick auf den Ork zeigte, dass er wirklich niedergeschlagen aussah, seine massigen Schultern hingen erbärmlich herunter, und das war so seltsam lächerlich, dass Jule seufzte und sich die geschwollenen Augen rieb. »Nein, aber danke der Nachfrage«, sagte sie, ohne es wirklich zu wollen. »Ich bin im Moment einfach sehr müde und Grimarr ...«

Sie konnte nicht zu Ende sprechen, denn plötzlich schnürte sich ihre Kehle zu und ihre Augen waren wieder gefährlich verquollen. So sehr, dass sie sich die Hände vors Gesicht schlagen musste, um atmen zu können und nicht in Schluchzen auszubrechen, während dieser seltsame Ork zusah. Wahrscheinlich hatte er ihre Demütigung gestern Abend gesehen. Er war einer von denen in der tobenden Menge gewesen, sie wollte keinem von ihnen noch mehr Macht über sie geben ...

»Du bist traurig«, hörte sie die Stimme des Orks, die fast niedergeschlagen klang, und Jule blinzelte ihn wieder an, beobachtete seinen nickenden grünlichen Kopf. »Ich kenne Traurigkeit auch.«

»Wirklich?«, fragte Jule herausfordernd, denn ihre bisherigen Erfahrungen zeigten, dass Orks sehr wenig fühlten, abgesehen von selbstsüchtigem Hunger oder mörderischer Schadenfreude, aber der grüne Kopf nickte weiter. »Wenn ich an meine Mutter denke«, sagte er, »fühle ich Traurigkeit.«

Seine Mutter. Das war so überraschend, dass Jule sich ein wenig aufsetzte und ihn stirnrunzelnd ansah. »Warte. Du hast deine Mutter tatsächlich *gekannt*?«

Sein grüner Kopf wackelte wieder auf und ab. »Ich habe meine Mutter geliebt«, sagte er. »Sie war gütig, großzügig und mutig. Ich wuchs mit ihrer Sprache, mit Gemeinmund, auf und hörte ihre vielen Geschichten. Sie hat mich viel über die Menschen gelehrt.«

»Wie?«, fragte Jule. »Ich meine, wann? Und wo? Ich dachte«, ihre Gedanken überschlugen sich, »Ich dachte nicht, dass je irgendwelche Frauen geblieben sind. Oder überlebt haben.«

Der Ork zuckte mit seinen massigen Schultern. »Es gibt schon seit vielen Jahren keine Frauen mehr in dem Berg«, antwortete er. »Aber viele andere verstecken sich vor den Menschen und gebären ihre Söhne im Geheimen. Die meisten geben ihre Söhne ihren Vätern, damit sie sie aufziehen, sobald sie abgestillt sind, aber meine Mutter wollte mich behalten. Sie zog mich in einer Höhle am östlichen Meer auf.«

»Und was ist mit ihr passiert?«, fragte Jule zaghaft, und die

Traurigkeit zeichnete sich auf dem grünen Gesicht des Orks ab. »Wir wurden gefunden«, sagte er. »Von bewaffneten Männern. Sie wurde getötet, als sie versuchte, mich zu beschützen, und ich wurde verwundet und dem Tod überlassen. Aber der Anführer kam und nahm mich mit.«

Der Anführer. »Vor Kurzem?«, fragte Jule, aber der junge Ork schüttelte den Kopf. »Das ist viele Monde her«, antwortete er. »Der Anführer hat lange daran gearbeitet, die vielen versteckten Orksöhne zu finden und zu bewachen. Um uns Schutz und Zuflucht zu bieten.«

Tja. Jule blickte zu den Bäumen hinauf, in die Richtung, in der Grimarr verschwunden war. »Wie schön für dich«, sagte sie knapp. »In meinem Fall hat man mir die großzügige Wahl gelassen, entweder zu gehorchen und zu dienen oder gefangen zu sein und zu verhungern.«

Der Ork legte den Kopf schief und runzelte die schwarzen Augenbrauen. Doch bevor er etwas sagen konnte, stürmten die anderen Orks zurück auf die Lichtung und brachten den blutigen Kadaver eines großen braunen Bocks. Sie hackten mit Begeisterung darauf ein, sodass das Blut auf die anderen spritzte und Jule ihren schwimmenden Kopf auf die Knie sinken ließ und den fast übermächtigen Drang zum Würgen unterdrückte.

»Hier«, sagte wenig später eine allzu vertraute Stimme. Als Jule aufblickte, hielt ihr Grimarr ein noch warmes, tropfendes Stück rohes Hirschfleisch entgegen. »Iss.«

Jule starrte es an, dann schüttelte sie den Kopf und legte ihn zurück auf ihre Knie. Weg von diesem schrecklichen Gesicht, weg von der plötzlichen Welle der Wut, die schon bei seinem Anblick in ihren Gedanken aufschrie. Sie würde ihre Rache bekommen. Das würde sie.

»Iss«, sagte er wieder. »Du bist schwach.«

Aber schon bei dem Gedanken, rohes Fleisch zu essen, wurde Jule übel, und sie schüttelte erneut den Kopf. Das brachte ihr ein tiefes, drohendes Knurren aus Grimarrs Kehle ein, aber im Moment hatte sie nicht die Kraft, sich darum zu scheren. Selbst wenn er sie aushungern oder fesseln würde, oder was auch immer er zum Teufel als Nächstes vorhatte.

Einen Moment lang herrschte Stille, die nur durch das Klappern der Orks durchbrochen wurde, aber dann hörte sie, wie Grimarr wieder aufstand und wie er die Kette vom Baum löste. »Ich werde dich tragen«, sagte er. »Wir müssen heute Nacht den Berg erreichen.«

Den Berg. Jule erschauderte heftig, aber sie sagte nichts, und als Grimarrs große Hände sie wieder hochhoben, wehrte sie sich nicht. Sie ließ einfach zu, dass er sie dicht an seine massive Brust drückte, in der das Herz langsam pochte.

Er bewegte sich und sprach, fremde Worte in Schwarzmund, die Sprache, die Jule nicht verstand. Und dann spürte sie wieder den schnellen, rollenden Gang unter ihr, das sanfte Auf und Ab, das scharfe Geräusch seiner Atemzüge an ihrem müden Körper.

Jule hätte ihren Weg mitverfolgen sollen, hätte Koordinaten und Orientierungspunkte finden müssen, aber es war so viel bequemer, einfach nichts zu tun. Einfach nur da zu sein, in seinen Armen zu liegen, zu spüren, wie ihr das Haar ins Gesicht peitschte und den Himmel und die Bäume vorbeiziehen zu sehen, bis der Schlaf endlich kam.

Aber dann, natürlich, einige Zeit später, wachte Jule auf. Aber dieses Mal herrschte pure Schwärze und die Welt war erfüllt von Schreien.

Jule zuckte gegen die feste Wärme, die sie hielt, und klammerte sich törichterweise daran, vergrub ihr Gesicht darin. Während die Schreie lauter wurden, ganz in der Nähe gackernde, geradezu ohrenbetäubende Rufe, war über allem Grimarrs Stimme, die stark und tief durch seine Brust dröhnte, zu hören.

»Ich habe meinen Preis gewonnen!«, verkündete er, und Jule spürte, wie sie in der Dunkelheit hochgehoben und vorgeführt wurde. »Ich habe die Frau von Lord Norr zu meiner

Gefährtin gemacht und sie mit meinem Versprechen und meinem Samen für mich beansprucht. Ich habe Lord Norr und seine schwachen Männer besiegt und werde es wieder und wieder und wieder tun!«

Es gab Dutzende von Schreien, Hunderte, und ein tiefes, pochendes Grauen in Jules schmerzendem Kopf. Noch schlimmer wurde es, als Grimarr zurück brüllte, dieses Mal in Schwarzmund, kräftige, bissige Worte, in denen noch größerer Jubel mitklang, und die das schrille Gelächter der Orks auslösten. Zweifellos verspotteten sie Jule weiter, beschämten sie und stellten ihre Schwäche zu ihrem Vergnügen bloß.

Sie schaute nicht hin, sondern hielt ihr Gesicht verborgen, während sich der große Körper wieder bewegte und kräftig unter ihr voranschritt. Sie gingen irgendwo hin, durch die Menge der schreienden Orks, nach oben, tiefer in die Dunkelheit.

Während sie sich bewegten, waren noch mehr Stimmen zu hören, und in Grimarrs Brust dröhnten noch mehr Antworten in Schwarzmund, aber wenigstens war es hier ruhiger und es wurde nicht mehr geschrien. Als die Bewegung ganz aufhörte und die Beine unter ihr endlich zum Stillstand kamen, regte sich Jule und blinzelte. Sie blinzelte noch einmal und versuchte, die merkwürdige Schwerfälligkeit ihrer Gedanken zu ordnen.

Sie waren in einem Zimmer. Ein weiteres dunkles Zimmer, mit einem weiteren Bett. Es war nur sehr schwach vom Mondlicht, das durch eine kleine Öffnung in der Steinwand des Zimmers fiel, erhellt. Ein Fenster.

Grimarrs Körper bewegte sich unter Jule, stellte sie vorsichtig auf die Füße und löste dann die Kette von ihrer Taille. Anstatt zur Tür zu rennen, wie sie es hätte tun sollen, ging Jule mit wackligen Beinen direkt auf das kleine Fenster zu. Dort konnte sie die Sterne sehen, die auf Augenhöhe glitzerten, und die steilen, zerklüfteten Felsen, die in die Schwärze abfielen. Sie war im Ork-Gebirge.

»*Verdammt*«, hauchte sie und rieb sich das Gesicht, denn wie hatte sie das nur zulassen können? Warum hatte sie nicht gekämpft? Warum hatte sie nicht aufgepasst? Warum zum Teufel löste sich immer alles Wichtige in Nichts auf, wenn dieser furchtbare Ork sie auch nur ein wenig berührte?

Ihre Augen huschten durch den Raum und suchten nach einem Ausgang, aber es gab nur dieses winzige Fenster und den Eingang, durch den sie gekommen waren. Dieser schien eher von einem Vorhang als von einer Tür verdeckt zu sein, aber Grimarrs Gestalt stand davor und versperrte ihr die Flucht.

»Du wirst hierbleiben, Frau«, sagte er und erkannte nur allzu deutlich, was sie dachte. »Das ist jetzt dein Zuhause.«

Zuhause. Das Wort fühlte sich an wie ein Hammerschlag, der tief in Jules Brust einschlug, und sie wich auf zitternden Beinen vor ihm zurück, während ihr Kopf hin und her wackelte.

»Nein«, hauchte sie. »Nein. Das ist kein Zuhause, Ork. *Niemals.*«

Das Bild von Norr Manor schoss ihr durch den Kopf und riss noch mehr Elend mit sich, während Jule immer wieder vor Grimarrs schwarzen Augen zurückwich und auf die Steinwand hinter ihr zusteuerte. »Tu nicht so, als wüsste ich nicht, was das hier ist«, sagte sie, während ihr Blick zwanghaft zum Bett gegenüber wanderte. »Das ist ein *Gefängnis*. Ein Ort, an dem du mich gefangen hältst, an dem ich dir ausgeliefert bin und an dem ich dir alles geben muss, was auch immer zum Teufel du willst!«

Sie konnte sehen, wie Grimarrs Augen sich kurz schlossen und dann wieder öffneten. »Ich werde dich nicht zwingen«, sagte er. »Das habe ich bisher nie getan. Du hast mir freiwillig deine Treue geschworen. Du hast nach mir *gebettelt*.«

Mochten die Götter diesen Mistkerl verfluchen! Jule wich weiter zurück, in Richtung der Ecke. »Ja, und ich war eine Närrin!«, sagte sie mit erstickter, angestrengter Stimme. »Ich war allein, verwirrt und verängstigt und habe deinen geflüsterten Lügen geglaubt!«

»Ich habe nicht gelogen«, kam sofort die Antwort, die dieses Mal fast stur klang. »Ich habe ausschließlich die Wahrheit gesagt.«

Jule stieß ein scharfes, ersticktes Lachen aus und drückte ihren Körper zurück gegen den kalten Stein. »So ein Blödsinn, Ork«, schnauzte sie. »Du hast gesagt, dass ich fliehen kann, wenn ich will, du hast gesagt, du würdest mir Vergnügen, Erfüllung und *Freude* bereiten. Du sagtest, du würdest«, sie musste innehalten und nach Luft schnappen, »mich befriedigen wie kein Mann vor dir. Doch in Wahrheit drohst du mir, mich zu erwürgen, du beschämst mich öffentlich, du hältst mich gegen meinen Willen fest, du versprichst, mich zu fesseln, einzusperren und auszuhungern!«

Der letzte Satz kam als Schluchzen heraus, der erste einer unkontrollierbaren Reihe von Schluchzern, und Jule sank an der Wand hinab und vergrub ihr Gesicht wieder in ihren Knien. Bei allen Göttern, sie war eine Närrin, sie war im Ork-Gebirge gefangen, was – im Namen der Götter – würde als Nächstes mit ihr geschehen?

»Dies hätte ich nicht tun sollen«, sagte Grimarr schließlich, und als Jule aufblickte und sich die Augen wischte, sah sie seinen großen Körper, der auf dem Boden kniete, immer noch am anderen Ende des Raumes, und sein Gesicht starrte auf den Steinboden. »Ich durfte nicht so mit dir reden und meine Hand nicht gegen dich erheben. Ich habe dich dazu gebracht, mich zu fürchten.«

Jule schnappte nach Luft und wollte gerade sagen, dass sie ihn schon lange vorher gefürchtet hatte, aber dann schloss sie ihren Mund wieder und presste die Handflächen fest auf ihre Augen. Sie hatte Grimarr schon vorher gefürchtet, ja, aber es war die Angst um ihre Würde, ihr Wohlergehen, nicht die Angst um ihr irdisches Dasein. Denn aus irgendeinem unerfindlichen Grund hatte sie ihm *geglaubt*, als er gesagt hatte, er würde sie beschützen.

»Ja«, sagte sie, müde, in Richtung Boden. »Ich habe schreckliche Angst vor dir, Ork. Du hast gewonnen.«

Grimarrs Kehle gab eines dieser grollenden Knurrgeräusche von sich und sein geduckter Körper bewegte sich im schummrigen Licht. »Ich gewinne nicht«, sagte er langsam, »wenn meine Gefährtin mich fürchtet. Ich habe diesen Weg schon einmal beschritten.«

Schon einmal. Jule konnte sich einen verstohlenen Blick nicht verkneifen, obwohl sie es nicht wollte. »Was meinst du damit?«

Eine seiner Hände drückte auf den Steinboden, seine Krallen schabten laut dagegen. »Meine anderen Gefährtinnen haben mich gefürchtet«, sagte er, sogar noch langsamer. »Meine letzte trug meinen Sohn in ihrem Mutterleib, aber sie fürchtete sich trotzdem bei jedem Anblick von mir. So, wie du es jetzt tust.«

Jule schluckte schwer und wischte sich mit der Hand über die Augen. »Und trotzdem erwartest du von mir, dass ich dir glaube«, schoss sie zurück, »dass du sie nicht gezwungen hast?«

»Das habe ich nicht«, antwortete er leise. »Jede Nacht hat sie mich angefleht, bei ihr zu liegen, trotz ihrer Angst. Sie stand mir nicht mutig gegenüber und verlangte mit ihrem sehnsüchtigen Hunger nach mir, wie du es getan hast.«

Götter, das war so richtig beschissen! Diese arme, elende Frau! Und doch war Jules entsetzlicher, verräterischer Atem in ihrer Kehle stecken geblieben und kam zittrig und langsam heraus. Nach ihm verlangt. Glaubte er wirklich, dass sie das getan hatte?

»Ich habe nichts dergleichen getan«, sagte sie, aber ihr Herzschlag hatte sich beschleunigt und hämmerte schnell und seltsam in ihrer Brust. »Du lügst schon wieder, Ork. Die letzte Nacht ging allein von dir aus. Nicht von mir.«

Diesmal leugnete er es nicht und aus irgendeinem

lächerlichen Grund, der es fast noch schlimmer machte, blieb Jules Blick in dem schummrigen Licht an dem seinen hängen. »Und jetzt wirst du es wieder tun«, zischte sie, leiser als sie es wollte. »Du wirst dich einer verängstigten Gefangenen, die dich *hasst*, aufzwingen.«

Seine Schultern hoben und senkten sich, sein Atem hallte schwer durch den Raum. »Ich habe noch nie eine Frau gezwungen. Ich würde dich nicht zwingen. Ich würde meiner Gefährtin nie etwas antun.«

»Blödsinn«, spuckte Jule. »Du hast es getan und wirst es wieder tun. Du wirst mich in eine Falle locken, mich aushungern und drohen, mich zu erwürgen!«

Sie spürte seine Augen in der Dunkelheit auf sich gerichtet, ruhig und irgendwie nah, trotz der Entfernung zwischen ihnen. »Nein«, sagte er schließlich. »Wir werden dies ändern, Frau. Fortan werde ich nur noch tun, was du willst.«

Jule blinzelte ihn an und lachte dann, ein dumpfes, spöttisches Geräusch in ihrer Kehle. »Gut«, sagte sie. »Ich möchte nichts. Ich möchte, dass du mich allein lässt.«

Sie wusste nicht, was sie erwartet hatte, vielleicht, dass er etwas sagen oder argumentieren würde – aber sicher nicht, dass er abrupt und anmutig aufstehen würde.

»Wie du wünschst«, sagte er. »Dann werde ich gehen.«

8

Auf Jules mentaler Liste aller schrecklichen Dinge, die Grimarr hätte tun können, gehörte, sie allein und ohne Ketten in einem Raum zu lassen, definitiv nicht dazu.

Aber als er gegangen war und seine massige Gestalt lautlos hinter dem Vorhang verschwand, konnte Jule nicht aufhören, ihm hinterher zu starren, und ihre Gedanken spielten seine Worte wieder und wieder in ihrem Kopf ab.

Wir werden dies ändern. Wie du wünschst. Dann werde ich gehen.

Er hätte wenigstens sagen können, wann er zurückkommt, dachte Jule verärgert, aber nein, nein, sie sollte sich darüber freuen. Sie sollte das ausnutzen. Sie sollte ihre Rache planen und die gesegnete Befreiung von seiner drohenden, knurrenden und fast ständigen Anwesenheit genießen.

Sie begann damit, den Raum zu erkunden, zunächst zögerlich. Sie betrachtete das stählerne Bett und die nackte Matratze – sie hatte eine Grimarr-förmige Vertiefung und roch auch nach ihm – und dann den merkwürdigen Anblick mehrerer von Menschen gefertigter Wandteppiche, die an der Wand gegenüber dem Bett hingen. Auf dem einen waren die üblichen Bilder von Lords, Pferden und Siegen zu sehen, auf dem anderen – Jule legte den Kopf schief – eine Szene mit mörderischen schwarzen Orks, die die verängstigten Menschen zerhackten und unter ihren Füßen Blut verströmten.

Jetzt, wo Grimarr nicht mehr da war, wusste Jule die Ironie, die darin lag, dass ein Anführer der Orks einen solchen Wandteppich zur Schau stellte, fast zu schätzen, und sie ging zurück zum Bett und legte sich in die Kuhle, die Grimarr geschaffen hatte. Ihre Vermutung, dass dieser Wandteppich der Hauptgegenstand in seiner Vision sein würde, wenn er auf diesem Bett lag, bestätigte sich, und warum sollte das jemand wollen? Als Motivation? Als Befriedigung? Etwas, das die nächtlichen Träume beflügelte?

Das Bett roch noch stärker nach Grimarr, der darauf gelegen hatte, und ohne darüber nachzudenken, drehte sich Jule auf die Seite und atmete diesen milden, süßlichen Moschusduft ein. Es war unmöglich, dass Orks so gut riechen konnten. Das war einer der Gründe, warum sie in der Nacht zuvor so töricht gewesen war, da war sie sich sicher …

Und jetzt waren die Erinnerungen daran so stark, so präsent in Jules Gedanken. Diese warmen Hände, die sie berührten, die sie mit solcher Absicht, solcher Ehrfurcht streichelten. Dieser hungrige Mund auf ihrer Haut, der Geschmack dieser Zunge auf ihrer. Der Anblick dieser riesigen, geschwollenen Härte, aus deren Ende eine weiße, dicke Flüssigkeit tropfte …

Mochten die Götter sie verdammen! Jule erhob sich vom Bett und umrundete schnell das Zimmer. Es war nichts weiter drin, nur das Bett und diese verdammten Wandteppiche. Sie schlich sich zum Fenster und starrte hinaus. Dem Mondstand nach zu urteilen, war es nach Süden ausgerichtet und viel zu klein, um hinauszuklettern, aber wenn sie es versuchte, würde Grimarr vielleicht zurückkommen und sie anschreien, und sie würde ihn anschreien, und dann …

Sie rieb sich das Gesicht und griff dann mit den Händen nach dem Fenster selbst, um die dicken Kanten abzutasten. Der Stein war glatt und abgerundet, als wäre er durch lange Witterung abgenutzt worden, und es waren keine Risse oder Schwachstellen zu sehen. Selbst ein kräftiger Tritt mit dem Fuß gegen die vielversprechendste Ecke verursachte nur einen stechenden Schmerz in ihrem Bein, sodass sie irritiert ausatmete und sich stattdessen auf die Steinwände des Raumes konzentrierte.

Aber hinter der Vorhangtür, die Jule sorgfältig vermied, waren die Wände genauso glatt und nahtlos, ohne auch nur einen Riss, ein Rinnsal oder ein Mauseloch. Sogar der Stahlrahmen des Bettes war ohne eine einzige Naht oder Niete, als wäre er in einem Stück geschmiedet worden, und Jule merkte, wie sie darauf hinunterblickte und mit dem Fuß auf den Steinboden klopfte. Vielleicht konnte das Bett irgendwie auseinandergenommen werden, vielleicht konnte sie Grimarr zurückrufen und fragen, und dann ...

Sie stöhnte laut auf, raufte sich die Haare und schritt wieder durch den Raum. Nein. Sie musste beobachten und planen und ihre Rache vorbereiten. Sie musste die Ork-Bevölkerung hier beobachten, Namen und Positionen herausfinden und eine Karte der Tunnel im Berg erstellen. Vielleicht konnte sie Grimarr bitten, ihr Papier und Kohle zu geben, und wenn er schon hier war, würde er ...

Diesmal stieß sie eine Reihe von Flüchen aus und stolzierte schließlich zu dem Vorhang an der Tür und riss ihn beiseite. Sie erwartete – hoffte – Grimarr dort warten zu sehen, aber nein, stattdessen waren da andere Orks. Ja, zwei weitere riesige, massige Orks, die mit gezogenen Waffen an der gegenüberliegenden Wand lehnten und sie ansahen.

Jule wurde ganz still, aber nichts geschah, und sie blickte stirnrunzelnd in der Dunkelheit zwischen den beiden Orks hin und her und erkannte eine ihr vage bekannte Nase. »Baldr?«, fragte sie. »Bist du das?«

Als Antwort blitzten weiße Zähne auf und das Zirpen von Metall ertönte, als Baldr seinen Krummsäbel in die Scheide steckte. »Ja, in der Tat«, sagte er mit seiner hellen, melodiösen Stimme. »Wie ergeht es dir, Frau?«

Jule starrte ihn und auch den anderen Ork an – wo war Grimarr? – und musste den Kopf schütteln, um nachzudenken. »Es ging mir schon mal besser. Hör mal, Baldr, hast du«, sie zögerte, holte tief Luft, »hast du das alles gehört? Bevor Grimarr gegangen ist?«

»Ja, das habe ich in der Tat«, sagte Baldr mit einer Fröhlichkeit, die Jule übertrieben vorkam. »Und Drafli hier auch.«

Er nickte dem anderen Ork zu, der immer noch seinen riesigen Krummsäbel gezogen hatte, und Jule musterte ihn und versuchte sich zu erinnern, ob er bei dem Überfall dabei gewesen war oder nicht. »Ich verstehe«, sagte sie. »Hallo, ich bin Jule.«

Drafli nickte kurz, sagte aber nichts, und Baldr zeigte Jule noch mehr seiner weißen Zähne. »Drafli spricht nicht mit so vielen Worten wie wir«, sagte er. »Aber er hört zu und sieht viel. Er ist die rechte Hand des Anführers, und ich bin seine linke.«

Er sprach dies mit einer nicht geringen Spur von Stolz, und Jule sah erst ihn und dann diesen Drafli an. »Wenn ich also jetzt versuche, den Raum zu verlassen«, sagte sie so unbeschwert wie möglich, »was passiert dann?«

Drafli riss sofort seinen riesigen Krummsäbel hoch, als stumme, aber sehr klare Antwort, und Baldr streckte eine vertraute Hand aus und legte sie auf Draflis muskulösen Unterarm. »Du wirst nicht fliehen«, sagte er. »Wir werden dich aufhalten. Der Anführer verdient unsere Loyalität.«

In seiner Stimme lag ein Hauch von Vorwurf, der andeutete, dass Jule vielleicht ähnlich verpflichtet war, und sie verschränkte ihre Arme vor der Brust und lehnte sich gegen den Eingang. »Ja, nun«, sagte sie gereizt, »dein Anführer war ja auch tatsächlich *nett* zu dir.«

»Er war auch nett zu dir«, antwortete Baldr, wieder mit diesem vorwurfsvollen Ton in der Stimme. »Nur sehr wenige Orks hätten die Abreibung, die du ihm vorhin verpasst hast, toleriert. Nicht von einem anderen Ork, und schon gar nicht von einer Menschenfrau.«

»Ja, weil Menschenfrauen offensichtlich das Niedrigste vom Niedrigen sind«, schnauzte Jule zurück. »Sie sind nur dazu gut, euch eure kostbaren Söhne zu schenken, nicht wahr?«

Drafli wollte schon wieder seine Waffe heben, aber Baldrs Hand war zum Glück noch da und hielt seinen Arm fest. »Das glauben wir nicht alle«, sagte er fest. »Bevor meine Mutter starb, behandelte der Anführer sie mit Respekt und hörte sich ihre Ansichten an. Und obwohl ich seine letzte Gefährtin nicht kennengelernt habe, weiß ich, dass er dasselbe mit ihr tun wollte. Er trauerte ganze zwölf Monate lang um sie, nachdem sie gegangen war.«

Jule öffnete den Mund und schloss ihn wieder, denn das war keine – *nein, definitiv keine* – Eifersucht, die da in ihrem Bauch kribbelte. Sie war nicht eifersüchtig auf diese Frau. Was an ihr hätte Grimarr zum Trauern bringen können, vielleicht war sie sehr zierlich und blond und schön gewesen ...

»Hat Grimarr zufällig«, sagte Jule laut und versuchte, diesem beunruhigenden Gedankengang zu entkommen, »etwas zu essen oder einen Nachttopf hinterlassen?«

Baldr blitzte sie wieder mit seinen Zähnen an und – Jule blinzelte – griff hinter seinen massigen Körper und zog einen kleinen Sack, einen blubbernden Trinkschlauch und einen Nachttopf aus weißem Porzellan mit einem passgenauen Deckel hervor.

»Oh«, sagte Jule, betäubt, nahm Baldr die Gegenstände aus den Händen und stolzierte ohne ein weiteres Wort durch den Vorhang zurück. Das war ohne Frage unhöflich, das wusste sie, aber verflucht noch mal, sie sollte eigentlich einen Plan aushecken, aber sie konnte nicht einmal klar *denken* …

Sie öffnete zuerst den Beutel mit dem Essen und kippte den Inhalt auf Grimarrs Bett, während ihr Magen hörbar knurrte. Es waren frische Äpfel, Beeren, ein paar Karotten und sogar – Jule hob es hoch und schnupperte – frisches gebratenes Fleisch. Irgendein Geflügel. Hatte Grimarr es extra für sie zubereiten lassen?

Vielleicht war Jule nur hungrig und erschöpft und konnte deshalb nicht mehr klar denken. Also aß sie vorsichtig, was sie konnte, ohne sich den leeren Magen zu verderben, trank dann und machte von dem Nachttopf Gebrauch. Dann versuchte sie, sich auf das Bett zu legen, um einen Hauch von Schlaf zu finden, aber der wollte einfach nicht kommen, nicht mit dem zu starken, zu süßen Duft von Grimarr, der überall an der Matratze hing.

Du hast nach mir gebettelt, hatte er gesagt, und jetzt, wo sie hier allein im Mondlicht lag, konnte Jule vielleicht darüber nachdenken, konnte endlich die Wahrheit ergründen. Sie *hatte* um Grimarr gebettelt. Sie hatte ihn in diesem Moment gewollt. Sie hatte sich nach seiner Berührung gesehnt, nach seinen Worten, nach seinen Versprechen von Sicherheit und Freude.

Und vielleicht, das konnte sie sich eingestehen, lag das zum Teil auch an Astin. Der gut aussehende, lächelnde, wortgewandte Astin, der an einem Tag warm und am nächsten bösartig kalt war, in einem endlosen, erschöpfenden Kreislauf, der Jule immer verzweifelter, einsamer und unglücklicher machte.

Aber es war ein sicheres Bündnis. Und ein entscheidendes, denn Jules Lord Vater musste sicherstellen, dass sein Volk auch nach seinem Tod geschützt war. Nicht nur vor Orks, sondern auch vor den feindlichen Lords in der Umgebung, darunter der mächtige, unberechenbare Lord Norr. Und dank Jules Heirat mit Astin war der Weg für den Erben ihres Vaters, Jules Cousin Frank, Lord Otto, geebnet. Er konnte unangefochten in seine neue Rolle und seine Ländereien eintreten und hatte Astin als Verbündeten und nicht als Feind.

Lächle einfach und ertrage es, mein Mädchen, hatte Jules Vater während seiner endlosen letzten Krankheit gesagt. *Nimm, was du von Norr bekommen kannst, und schenke ihm ein oder zwei Kinder. Und danach kannst du dem Schweinehund nach Herzenslust Hörner aufsetzen.*

Aber diese Kinder blieben aus. Denn sowohl Jule als auch ihr Vater hatten Astin unterschätzt und wussten nicht, wie weit er gehen würde, um sicherzustellen, dass Jule niemandem Kinder schenken könnte, wenn sie ihm keine schenken würde.

Und Jule konnte in dieser düsteren, wohlriechenden Stille zugeben, dass sie Kinder gewollt hatte. Nicht nur für Astin, sondern auch für sich selbst. Um eine eigene kleine Familie zu gründen, nachdem ihr Vater gestorben war. Um etwas anderes zu haben, das sie lieben konnte.

Ich wünsche mir, deinen leeren Schoß zu füllen, hatte Grimarr mit seiner tiefen, rauen Stimme versprochen. *Dieser Bauch wird anschwellen, wenn mein Samen in ihm erblüht. Er wird meine Söhne stark und kräftig und gesund heranwachsen lassen.*

Allein der Gedanke daran ließ Jule heiß werden und sie atmete den süßen, berauschenden Geruch von Grimarrs Bett tief ein. Sie fragte sich, wie oft er hier schlief, woran er dachte, wenn er hier lag, ob er genauso einsam war wie sie, nachdem er zwölf Monate lang um seine letzte Gefährtin getrauert hatte ...

Mochten die Götter sie *verfluchen*! Mochten sie diesen dampfende Misthaufen in ihrem Kopf verfluchen! Jule schob sich vom Bett und stolzierte im Kreis durch das Zimmer. Grimarr hatte sie entführt. Zwei Männer umgebracht. Er hatte sie auf diesen Berg verschleppt. Er hatte sie bedroht, beschämt und vor einer ganzen *Horde* verhöhnt.

»Baldr«, schnappte Jule – zu laut –, als sie den Vorhang wieder aufriss und in sein hässliches Gesicht mit den überrascht blinzelnden Augen starrte. »Kannst du mir bitte erklären, was das ist, zwischen Orks und Frauen?«

»Was das ist?«, fragte Baldr, immer noch blinzelnd, und Jule holte tief Luft und ließ sie wieder heraus. »Ja. Was das *wirklich* ist. Nicht dieser Blödsinn, dass es von den Göttern beschlossen wurde.«

Baldr legte den Kopf schief, vielleicht aus Unsicherheit, und Jule trat ein Stück über die Türöffnung hinaus, was ihr ein unangenehmes Rasseln von Draflis riesigem Krummsäbel einbrachte. »Bitte«, sagte sie. »Du wirst deinem Anführer helfen, wenn du es mir sagst. Ich verstehe es nicht. Wir Menschen haben kein Konzept oder eine Erklärung dafür, und es ist alles sehr beunruhigend. Ich habe keine Ahnung, warum ich jemals auch nur das geringste – ähm, Interesse – an einer Person wie deinem Anführer haben sollte. Bitte.«

Baldrs Augen wanderten zu Drafli, der seinen Krummsäbel leicht gesenkt hatte, und Jule konnte fast sehen, wie er einlenkte und sich mit seinem großen Körper gegen die Wand hinter ihm lehnte. »Der Anführer spricht nicht falsch«, sagte er schließlich. »Menschenfrauen fühlen sich zu Orks hingezogen. Wenn man den Erzählungen Glauben schenken darf, habt ihr das schon immer getan, seit wir auf dieser Erde wandeln. Unsere Düfte, unsere Gestalt und unsere Stimmen wirken anziehend auf euch.«

Das war alles andere als vielversprechend und Jule holte noch einmal tief Luft. »Und kann man dieser, ähm, *Anziehungskraft* widerstehen? Oder sie brechen?«

»Siehst du hier noch andere Frauen?«, entgegnete Baldr, dessen Stimme jetzt einen bitteren Beigeschmack hatte. »Und hast du unsere Gesichter nicht gesehen? Diese ... *Anziehungskraft* ... ist alles, was wir Orks euch bieten können. Und wie du siehst, ist selbst das nicht annähernd genug.«

Oh. Das stimmte. Die Frauen liefen immer weg, kehrten immer zu den Männern zurück, und Jule versuchte, sich zu erinnern, ob sie jemals einer dieser geflohenen Frauen begegnet war. Natürlich hatte sie die Geschichten über sie gehört, und es schien tatsächlich so, als könnten sich die Frauen mit genügend Abstand erholen und in ihr altes Leben zurückkehren. Natürlich erst, nachdem die Hinterlassenschaften der Orks beseitigt und ordnungsgemäß entsorgt worden waren.

Der Gedanke ließ Jule einen seltsamen Schauer über den Rücken laufen, und sie betrachtete Baldrs Gesicht im schummrigen Licht. Ja, er war hässlich, aber er war auch hilfsbereit und freundlich. War Grimarr auch freundlich gewesen?

»Aber es ... es *fühlt* sich an ... als ob das genug sein sollte«, sagte Jule und stützte sich auf die Wahrheit. »Meine Gedanken, so scheint es, kreisen ständig um deinen Anführer, obwohl ich ihn kaum kenne. Und was ich kenne, gefällt mir nicht.«

»Du bist seine Gefährtin«, sagte Baldr, ohne zu zögern. »Du hast sein Gelübde und seinen Samen angenommen, und damit ist der Bund der Paarung vollendet. Der Bund zwischen einem Ork und seiner Gefährtin ist sehr stark.«

Es herrschte einen Moment lang Schweigen, in dem Jule Baldr ausdruckslos anstarrte, dann schüttelte sie heftig den Kopf. »Dein Anführer und ich sind nicht«, sagte sie, »*gepaart.*«

Drafli rasselte wieder mit seinem Krummsäbel, aber Jule hatte sich inzwischen daran gewöhnt und behielt ihren Blick auf Baldr gerichtet, der ihr stirnrunzelnd und fast verwirrt entgegensah. »Doch«, sagte er, »das seid ihr. Kein Ork könnte das missverstehen. Du trägst den Duft des Anführers und seinen Samen in dir, und deine Erscheinung schreit geradezu nach seinem Namen. Für einen Menschen ist es vielleicht wie der Ehering, den du trägst, aber«, er runzelte die Stirn, als würde er gründlich darüber nachdenken, »statt eines kleinen Rings ist es ein großes Banner, das du auf deinem Kopf trägst.«

Er schenkte Jule ein hoffnungsvolles Lächeln, als ob seine Analogie als tröstlich und nicht als durch und durch erschreckend aufgefasst werden könnte, aber wieder einmal konnte sie nur starren und ihren zerstreuten, durcheinander geworfenen Gedanken nachjagen. »Wenn ich mich also weiterhin gegen diesen ... *Bund* wehre, wird es dann mit der Zeit besser werden? Oder schlimmer?«

Baldr war wahrscheinlich verpflichtet, ihr zu sagen, was Grimarr hören wollte, aber sie sah, wie er sich an seinem dunklen Kopf kratzte, fast so, als würde er ihre Frage noch einmal gründlich überdenken. »Das kann ich nicht mit Sicherheit sagen«, sagte er. »Aber ich denke, die Nähe hat viel damit zu tun. Ich weiß, dass meine Mutter, als mein Vater noch lebte, nicht um ihn getrauert hat, wenn er weg war. Aber wenn er in der Nähe war, auch nur eine halbe Tagesreise entfernt, konnte sie sich nicht von ihm fernhalten, bis sie sich gepaart hatten. Jede Nacht.«

Seine Stimme hatte den trockenen Klang von jemandem, der schon viel mehr von solchen Dingen gesehen hatte, als er sollte, und Jule kämpfte damit, seine Worte objektiv zu betrachten und sie mit ihren eigenen Beobachtungen zu vergleichen. Sie fühlte diesen ... Bund zu Grimarr, genau wie letzte Nacht. Aber hatte sie es danach auch so stark gespürt? Hatte sie sich nicht friedlich ... gefühlt, bevor Grimarr gegangen war und alles ruiniert hatte? Gesättigt? Wohlbehalten?

Jules Herzschlag hatte sich leicht beschleunigt, denn was, wenn das die einzige Möglichkeit war? *Lächle einfach und ertrage es, mein Mädchen*, hatte ihr Vater über Astin gesagt. Und das hier war doch genau dasselbe, oder? Es stand genauso viel auf dem Spiel, nämlich ihr eigenes *Leben*.

Und je mehr Jule darüber nachdachte, desto mehr schien es ihr der einzige Weg zu sein. Sie konnte ihre Zeit und Energie darauf verschwenden, dem widerwärtigen Appell dieses Orks zu widerstehen, oder sie konnte eine logische, taktische Entscheidung treffen. Dem Ork gefallen, sich für ihn einsetzen, den Verlockungen des Orks nachgeben. Und dann ...

»Danke, Baldr«, sagte Jule, und sie meinte es ernst. »Du hast uns sehr geholfen. Und wenn du mich fragst, ich finde dein Gesicht sehr eindrucksvoll.«

»Wirklich?«, fragte Baldr und seine Stimme klang schrill. »Wahrhaftig, Frau?«

Jule nickte und konnte sich ein zaghaftes Lächeln nicht verkneifen, als er breit und erfreut grinste. Aber ihr Herz hämmerte schon schneller, sie hatte nicht wirklich vor, das zu tun, oder doch, aber diese warmen Hände, die Leidenschaft in seiner Stimme, dieser riesige, tropfende Schwanz ...

»Und deshalb«, sagte Jule und schnappte nach Luft – wo war die Luft? –, »hatte ich gehofft«, sie versuchte zu lächeln, »dass du Grimarr finden und zu mir zurückbringen könntest.«

9

Das war ein schlechter Plan.

Der denkbar schlechteste Plan, um genau zu sein, denn was für eine Art von Rache war es an einem mörderischen Ork-Entführer, wenn man ihm tatsächlich seinen Willen ließ? Was zur Hölle hatte sich Jule dabei gedacht?

Aber Baldr war bereits losgeeilt, offensichtlich nur allzu bereit, Grimarr hierher zurück zu schleppen, und Jules Herzschlag war so laut, dass sie ihn hören konnte. Ja, sie würde dieses Opfer bringen. Sie würde sich diesem Ork unterwerfen, für zukünftige Vorteile, zukünftige Rache. Das war doch gar kein so schlechter Plan.

Aber als Grimarr zurück in den Raum schritt, mit seinem gewaltigen, gewundenen Schatten, fand sich Jule irgendwie in der hintersten Ecke und schwer atmend wieder. Warum hatte sie das getan? Was hatte sie sich nur dabei gedacht?

»Baldr sagt, du verlangst nach mir«, knurrte er. »Was wünschst du dir, Frau?«

In diesem Tonfall und in seinem Gesichtsausdruck lag keine Freundlichkeit, und vielleicht hatte Jule ihn vorhin wirklich verärgert oder irreparabel beleidigt. Vielleicht würde die echte Gefährtin eines Orks versuchen, das wiedergutzumachen.

»Ich hatte den Wunsch«, wagte Jule, »dir zu danken. Für das Essen. Und für die anderen Sachen.«

Grimarrs schwarze Augen blickten kurz zum Nachttopf, der jetzt unschuldig in der gegenüberliegenden Ecke stand. »Ich nehme deinen Dank an«, sagte er ohne Umschweife. »Das wäre dann alles.«

Er hatte sich schon halb umgedreht, um zu gehen – er *durfte* nicht gehen – und Jule trat vor, zu schnell. »Und«, sagte sie, oh Götter, »ich habe den Wunsch, dich sprechen zu hören.«

Es war die Wahrheit, verflucht noch mal, und sie spürte, wie ihr die Hitze in die Wangen stieg, als Grimarr sich umdrehte und sie ansah. Mit seinen schwarzen, abgrundtiefen Orkaugen in sie *hineinsah.*

»Du wünschst, mich sprechen zu hören«, wiederholte er langsam. »Um was zu sagen?«

Jule überlegte, ob sie einen Rückzieher machen sollte, aber sie war jetzt hier, er war hier, und sein Duft schwirrte schon leicht in der Luft. »Ähm«, sagte sie und kämpfte darum, Baldr und Drafli, die zweifellos immer noch hinter dem Vorhang lauschten, zu ignorieren. »Was immer du wünschst.«

Etwas veränderte sich in ihren Augen, und Grimarr kam einen langsamen, schleichenden Schritt näher. »Was ist, wenn«, sagte er mit tieferer Stimme, »ich wünsche, über die letzte Nacht zu sprechen.«

Oh. Jule stockte der Atem, sowohl bei den Worten selbst, als auch bei der Stimme, die direkt in ihre Leistengegend zu sinken schien. Der süße Geruch kam immer näher, und sie schloss die Augen und atmete ihn tief und langsam ein.

»Dann«, begann sie und schluckte wieder, »habe ich nicht den Wunsch, dich aufzuhalten.«

Sie konnte Grimarrs volle Aufmerksamkeit spüren, seine massige Gestalt kam immer näher. »Was wäre, wenn«, murmelte er und ließ noch mehr Hitze in Jules Leistengegend sinken, »ich wünsche, darüber zu sprechen, wie du auf dem Rücken liegst, mit weit geöffneten Beinen, und um meinen Schwanz bettelst.«

Ihr Götter, natürlich würde er genau direkt zu diesem Punkt kommen, aber Jules stockender Atem verriet sie ohnehin. Als er sein tiefes, heiseres Lachen erwiderte, kam er noch einen Schritt näher, fast so nah, dass er sie berühren konnte.

»Oder was wäre«, fuhr er fort, »wenn ich wünsche, von der Freude zu sprechen, die ich zwischen deinen Beinen gefunden habe. Wie ich dich heute kaum ansehen konnte, ohne daran zu denken. Wie du mich ganz umhüllt hast und mein Samen aus dir herausgeflossen ist.«

Jules ganzer Körper bebte, und er hatte durchaus recht, aber im Moment konnte sie sich nicht dazu überwinden, sich darüber Gedanken zu machen. Sie konnte ihn nur ansehen, durchatmen und abwarten, was er als Nächstes sagte.

»Oder«, fuhr er fort, noch sanfter, und jetzt waren da seine warmen Finger, die ihr Kinn anhoben, »was wäre, wenn ich davon sprechen würde, dich zu schmecken. Wenn ich meinen Mund tief zwischen deine Schenkel bringe und deine Süße auflecke.«

Scheiße. Diesmal stöhnte Jule laut auf, während ihr ein heißer Schauer über den Rücken lief und ihre eigenen zittrigen, verräterischen Finger zu ihm wanderten, um ihn an der so nahen, massiven Wärme seiner breiten Brust zu berühren. »Dann würde ich sagen«, erwiderte sie heiser, denn bei allen Göttern, allein der *Gedanke* daran, »du redest Blödsinn, Ork.«

Grimarr antwortete mit einem dieser Knurren, tief und kehlig und absolut erregend, und mit einer plötzlichen, schnellen Bewegung hatte er Jule an der Taille gepackt und sie halb ins Bett geschleift, halb geworfen. Das Bett, das so stark nach ihm roch, aber er selbst roch noch stärker, und Jule lehnte sich hinein, saugte ihn in sich auf, selbst als starke

Hände ihre Röcke hochschoben und ihre Beine weit in die Luft und vor seine Augen schoben.

»Dann pass gut auf, Frau«, hauchte er. »Das mache ich mit einer Gefährtin, die mir gefällt.«

Da war der warme und plötzliche Gedanke, dass dies bedeutete, dass sie ihm gefallen hatte – aber dann war er weg, ins Nichts verschwunden, denn Grimarrs Zunge war zwischen ihren Beinen und *leckte* sie.

Jule schrie auf, zu laut, und versuchte, ihre Beine zusammenzuziehen, aber er war viel zu stark und drückte ihre Schenkel noch fester und weiter auseinander. Er entblößte alles, wirklich alles, und Jules ganzer Körper zitterte, zuckte und bebte. Das konnte doch nicht wahr sein, Astin hatte so etwas noch nie getan, es war entsetzlich und grotesk und …

Und Grimarr leckte sie wieder. Diesmal fing er ganz unten an, heilige Scheiße, und leckte nach oben und weiter, weiter und weiter. Seine Zunge war flach, heiß, geschmeidig, kraftvoll, und Jule krümmte sich verzweifelt unter ihr, er konnte das unmöglich tun, er *konnte* nicht …

Aber er tat es einfach noch einmal, ein weiterer tiefer, langsamer Zug über sie, mit heißer, süßer, erregender Reibung, sie ganz entblößt und keuchend unter seinem Mund. Und verdammt, wie hatte Jule das nur ausschlagen können? Sie war in diesem verdammten Raum herumgelaufen, ganz allein, während sie *das hier* hätte haben können.

»Gefällt dir das, Frau?«, verlangte Grimarrs Stimme, und Jule musste ihn mit benommenen Augen anblinzeln, um sich auf sein schattenhaftes Gesicht zu konzentrieren. »Ja«, hauchte sie. »Ja, bei allen Göttern.«

Er lachte leise und grollend, sein markantes Lächeln war frech, herausfordernd und selbstgefällig. »Dann bettle mich an.«

Ihn anbetteln. Wollten sie dieses dämliche Ritual wirklich noch einmal durchziehen? Als Jule ihm in die schadenfrohen dunklen Augen blinzelte, wurde ihr plötzlich klar, dass es ihr eigentlich egal war. Wenn er das Betteln so sehr wollte, dann konnte er es für diese Sache verdammt noch mal haben.

»Bitte«, sagte sie und ihr entging nicht der kurze Blick des Erstaunens und dann des Vergnügens, der in seinen Augen aufblitzte. »Bitte. Hör nicht auf.«

Sie wurde mit einem weiteren leisen Lachen und einem weiteren langsamen, gründlichen Lecken belohnt. Diesmal verweilte seine Zunge sogar noch länger und drang noch tiefer in Stellen ein, wo sie eigentlich *nicht* hingehörte, aber das war Jule egal, denn es fühlte sich so verdammt gut an.

»Noch mal«, murmelte Grimarr und ließ seine Zunge über ihre Schamlippen gleiten, was ihr die Luft zum Atmen raubte. »Nenne mich beim Namen, Frau. Laut.«

So ein arroganter Teufel, so verdammt durchschaubar, und Jule starrte ihn an, während ihre Atemzüge tatsächlich lauter und heftiger wurden. Er wollte ein Zeichen setzen, sie dafür bezahlen lassen. Er dachte sich wahrscheinlich: *Meine Frau hat mich weggeschickt, und jetzt bettelt sie darum, schreit danach.*

»Noch einmal«, befahl er, versprach er, »und je lauter du bettelst, desto tiefer wird meine Zunge eindringen. Ich werde dich von innen heraus sauberlecken.«

Mochten die Götter diesen Mistkerl verdammen, aber Jules Widerstand war verschwunden, ertrunken in diesen Worten, dieser Stimme. Was zum Teufel, spielte es für sie eine Rolle, wenn es bedeutete, dass sie noch mehr von dem hier bekommen würde. Sie würde später über Rache nachdenken, danach, ein anderes Mal …

»Bitte, Grimarr«, sagte sie lauter, und ihre verfluchten Beine hatten sich noch weiter gespreizt, ihre geschwollene Nässe pulsierte, öffnete und bettelte um diese Zunge. »Bitte, gib es mir.«

Ein weiterer schneller, anerkennender Blick dieser Augen – und dann, o Götter, tat er es. Seine Zunge leckte und schleckte genau an dieser einen, aufregenden Stelle, und dann versank sie ein wenig in ihr – oh, bei allen Höllen!

»Bitte, Grimarr«, keuchte Jule erneut, dieses Mal noch lauter, und sie wurde sofort mit einem weiteren Lecken belohnt, das noch tiefer in sie eindrang. Und Götter, seine Zunge war stark und riesig, und sie wand sich unter ihr, gegen sie, um sie herum. Oh!

»Hör nicht auf«, hauchte sie, ihre Hüften und Schenkel spannten sich an und versuchten, der schockierenden, erregenden Folter zu entkommen, während sie gleichzeitig versuchte, ihn noch tiefer aufzunehmen. Sie spürte, wie weit er in ihr steckte, wie seine Zunge immer wieder zuckte und leckte, wie seine Lippen tatsächlich anfingen, an ihr zu saugen – bei allen Höllen!

»Scheiße!«, stieß sie aus, eindeutig zu laut, aber das waren auch die Geräusche seines Mundes, der saugte, schlürfte und leckte. Er trank sie aus, ergötzte sich an ihr, und der Anblick war fast schockierend obszön. Der hässliche graue Schlund eines Orks vergrub sich tief zwischen ihren Schenkeln und wurde mit ihren Säften getränkt, während Jule ihre Beine noch weiter spreizte, um ihn willkommen zu heißen, in ihm zu schwelgen und sich mehr danach zu sehnen, als sie es jemals in ihrem Leben getan hatte.

»O Götter«, keuchte sie und ihr wurde fast schon schwindlig, sie fühlte sich verloren, verzweifelt, alle ihre Glieder kribbelten, ihre Gedanken drehten sich, sie schrien und kreischten gleichzeitig. »O Götter! Grimarr! O Götter! Oh, bitte, fick mich, *bitte*!«

Sein Stöhnen dröhnte gegen sie, tief in ihr drin, und mit einer einzigen ruckartigen Bewegung war er über ihr und sah auf sie herab, sein hässliches Gesicht noch immer benetzt von ihrer Nässe. »Noch einmal«, knurrte er, seine Stimme war genauso verzweifelt wie ihre. »Mit meinem Namen. Und dann werde ich es tun.«

Ging es hier um Rache oder um etwas ganz anderes, denn Jule starrte in dieses Gesicht, begegnete diesen glitzernden schwarzen Augen und spürte, wie ihre Brust nach Luft rang und ihr Herzschlag in ihr pochte.

»Bitte, Grimarr«, sagte sie, und ihre Stimme war eine Liebkosung, eine leise gesprochene Wärme. »Bitte, Grimarr, nimm mich. Fick mich. Fülle mich mit deinem Schwanz und deinem Samen.«

Sein raues, gutturales Knurren war ein Genuss für sich und kroch tief in Jules Bauch, und genauso stark war der Blick in seinen Augen. Als wäre Jule das einzige andere Wesen auf dieser Erde, als wäre sie Wasser für jemanden, der schon lange am Verdursten war.

»Ja«, flüsterte er, sein großer Kopf neigte sich ein wenig, dicke schwarze Wimpern flatterten gegen die narbigen grauen Wangen. »Das werde ich, Frau.«

Und ohne Vorwarnung, ohne bewusstes Nachdenken, war er da. Sein riesiger, harter Kopf war da und drängte sich langsam und hungrig zwischen ihre Beine. Er spuckte bereits seinen dicken, klebrigen Samen aus, und Jule schrie auf, spreizte ihre Schenkel weiter. Sie versank komplett in dem unvorstellbaren, schockierenden Gefühl des sich ausdehnenden, dicker werdenden Pfahls, der fest und stark und tief in ihr steckte.

»Scheiße«, keuchte sie, und er war noch nicht einmal zur Hälfte in ihr. O Götter! »Scheiße, Grimarr. Mehr. Götter.«

Er antwortete mit einem dumpfen Grunzen, tief in seiner Kehle, und seine eindringende Härte stieß tiefer. Er spaltete sie, nahm sie in Besitz und drückte noch mehr von seinem heißen Samen tief in sie hinein, und es war tatsächlich so, als würde sie aufgespießt, als würde sie von dem stumpfen, hölzernen Ende eines gottverdammten Speers gehalten.

»Mein Orkschwanz befriedigt dich«, säuselte seine Stimme, die in ihren Gedanken zu süßem Sirup zerfloss. »Verspürst du den Wunsch, ihn wieder zu umhüllen?«

Als Antwort darauf krallten sich Jules Hände in seine Tunika – wann hatte sie angefangen, ihn zu berühren? Ja, ja, er durfte nicht aufhören, nicht jetzt, aber natürlich hatte er es getan, der Mistkerl. Er verharrte dort, immer noch, während fast alles von ihm in ihr war, bis auf eine letzte, unmöglich dick aussehende Fingerbreite, die für Jules Augen noch sichtbar war.

Und vielleicht hatte sie das letzte Nacht nicht gesehen – vielleicht war sie zu sehr mit dem Rest beschäftigt gewesen – aber jetzt, wo sie hinschaute, konnte sie nicht mehr aufhören. Ihre Schenkel waren obszön gespreizt, so weit wie möglich, ihre Hüften waren ihm zugewandt. Und aus ihr heraus kam ein riesiger grauer Orkschwanz, bevor er wieder in sie eindrang, und als Jule ihn beobachtete – aufschrie – wurde er kurzzeitig sichtbar dicker, und sie konnte spüren, wie mehr von dem dicken Orksamen tief in sie hineinpumpte.

»Ja«, stöhnte sie und ihre Augen flatterten bei diesem Anblick. »Dich umhüllen. Alles von dir. Bitte, Grimarr.«

Wieder lachte er heiser und leise und seine großen grauen Hände griffen fester nach ihren Schenkeln. »Dann pass gut auf, Frau«, hauchte er, und während er und sie zusahen, drang er immer tiefer in sie ein. Bis ihre Körper bündig waren und Jules rosafarbene, geschwollene Hitze sich so weit wie möglich öffnete und sich eng um seine riesige Basis spannte.

Es gab ein weiteres tiefes Zucken der riesigen und ansonsten stillstehenden Härte in ihr – und es schien etwas zu brechen, etwas freizugeben, denn plötzlich klammerten sich Jules Arme und Beine um ihn, verzweifelt, fordernd, verlangend.

»Bitte«, keuchte sie, eine Hand grub sich in sein seidenes Haar, die andere kratzte über seinen breiten, glühenden Rücken. »Bitte, hör nicht auf! Oh, ihr Götter! Ich flehe dich an.«

Sein großer Körper schien zu hören, zu gehorchen, sein Knurren war heftig und zitternd, als er sich schließlich bewegte, stieß, antrieb. Er lehnte sich gegen sie und hielt sie fest, während er in sie eindrang, wieder und wieder und wieder. Er konnte nicht aufhören, Jule brauchte das mehr als das Leben selbst, sie brauchte alles, einfach alles.

Sie kam mit einem Stöhnen, vielleicht sogar mit einem Schrei, und ihr Körper presste sich hart um den immer noch schwingenden, immer noch eindringenden Schwanz. Ihre Arme und Beine zogen ihn näher zu sich heran, ihr Gesicht vergrub sie in seinem verschwitzten Nacken, und jetzt war er es, der sich aufbäumte, sich anspannte, zielte und feuerte.

Der Samen erfüllte sie wie eine Flut, ein sich ausdehnender, anschwellender Strom fast unerträglicher Lust, und diesmal schrie Jule tatsächlich, ihre Hände umklammerten seinen Rücken und zogen ihn fest und dicht an sich heran. Sie hörte das tiefe, kehlige Stöhnen in ihrem Ohr, lang und kräftig, im Einklang mit den langen, zitternden Impulsen in ihrem Inneren, Scheiße, *Scheiße*.

Als es schließlich verstummte, wurde ihr bewusst, dass Jule Grimarrs ganzes Gewicht auf sich gezogen hatte und ihr Gesicht immer noch an seinem heißen, klebrigen Hals vergraben war. Und es gab keinen Grund, sich zu bewegen, erkannte sie aus der Ferne, denn er roch immer noch so verdammt gut, das Reichhaltigste und Schönste, was sie je in ihrem Leben gerochen hatte.

»Erdrücke ich dich, Frau?«, fragte seine Stimme, die durch seinen Hals gegen Jules Mund vibrierte, und sie tatsächlich zum Lächeln brachte, bevor sie den Kopf schüttelte.

»Nein«, flüsterte sie. »Es ist schön.«

Und verflucht sollte sie sein, sie hätte diese Dinge nicht zu einem Ork sagen sollen, sie hätte ihr Rache planen sollen –, aber dann richtete er sich ein wenig auf, stützte sich auf seine riesigen muskulösen Arme und sah sie an. Er war ein Ork, er war immer noch hässlich, aber sein langsames, verschmitztes Lächeln zerrte trotzdem an ihrem Innersten, genauso wie das unverkennbare Schimmern von Wärme, von Zustimmung in seinen Augen.

»Gut«, sagte er leise. »Das hat mir gefallen, Frau.«

Noch mehr Wärme strömte von Jules Gesicht in ihre Leistengegend und brachte ihren Körper dazu, sich wieder um die immer noch eindringende Härte zu pressen. Das brachte vielleicht noch etwas anderes in die schwarzen Augen, und Grimarr hob seine große Hand und strich ihr fast ehrfürchtig über die Wange.

»Wirst du mir noch ein Geschenk machen?«, fragte er mit seiner heiseren, unerträglich sanften Stimme. »Darf ich meinen Brüdern unsere Freude und meinen Samen zeigen?«

Jule spürte, wie sie nickte und sich in seine Berührung lehnte, denn in diesem stillen, innigen, wunderbaren Moment war es ihr noch immer egal. Was immer er tat, was immer er wollte – für das, was er gerade getan hatte, konnte er es haben.

»Mutige Frau«, säuselte er, sein Lächeln wurde fast aufregend wölfisch, er richtete sich noch ein wenig mehr auf und warf einen scharfen Blick über seine Schulter in Richtung der Tür mit den Vorhängen.

»Baldr«, rief er. »Drafli. Kommt, seht her.«

Jule blinzelte, ihr Körper wurde seltsam steif unter ihm, und ihre Gedanken schrien plötzlich alle gleichzeitig. Das konnte er nicht gemeint haben – warte, das hatte er doch, denn da kamen Baldr und Drafli, immer noch mit gezückten Krummsäbeln, durch den Vorhang und in den Raum geschritten. Der Raum – Jule war wie erstarrt –, in dem sie immer noch mit gespreizten Beinen auf dem Bett lag, die Röcke bis zur Taille hochgeschoben, und Grimarrs riesiger Schwanz immer noch in ihr steckend.

Er wollte ihnen *das* zeigen. Wie er sich aus ihr herauszog, nachdem er sie mit seinem Samen vollgepumpt hatte, und dann …

»Nein«, krächzte Jule, als die Panik plötzlich in ihr hochkochte. »Nein. *Bitte.*«

Und den Göttern sei Dank, hörte Grimarr es und hielt inne. Seine Augenbrauen zogen sich zusammen, seine Hand legte sich auf Jules nacktes Knie und seine Augen suchten die ihren.

»Nein? Du willst nicht, dass meine Brüder diesen Beweis unserer Freude sehen?«

»Nein!« Jule antwortete fast weinerlich, und schließlich drehte sich Grimarr zu Baldr und Drafli um, die ihn immer noch beobachteten, und begann in unverständlichem Schwarzmund zu sprechen, während Jule ihre Hände an ihre brennenden Wangen presste. Das konnte doch nicht wahr sein. Das konnte doch nicht wahr sein ...

Schließlich verließen Baldr und Drafli polternd den Raum, und erst als sie sicher draußen waren, zog Grimarr sich endlich aus ihr heraus. So schnell und plötzlich, dass Jule aufschrie, sowohl wegen des demütigenden Geräuschs als auch wegen des leeren Gefühls, weil er weg war – und dann wegen des beschämenden Anblicks, den er ihnen bieten hatte wollen. Ihr aufgerissener, geschwollener, vollgepumpter Körper, aus dem sein Samen wie ein Geysir herausspritzte.

Er spritzte auf ihn, auf das Bett und auf den Boden. Und die ganze Zeit über starrte Grimarr mit seinen gierigen Augen auf den schrecklichen, verräterischen, sich immer noch zusammenziehenden Teil ihres Körpers, bis der spritzende weiße Samen schließlich zu einem gleichmäßigen, nässenden Strom wurde.

Jule schien endlich die Kraft zu haben, sich von ihm loszureißen und zerrte sich mit zitternden Händen die Röcke herunter. Dann wandte sie sich von ihm ab und rollte ihren zitternden, gummiartigen Körper zu etwas Kleinem und Sicherem auf dem Bett zusammen. Sie würde ihre Rache bekommen. Das würde sie.

Aber sie konnte Grimarr immer noch riechen, konnte ihn immer noch *spüren*, wusste, dass er immer noch dicht neben dem Bett stand. »Was quält dich, Frau?«, fragte er, seine Stimme wurde wieder kehlig und kratzte rau und unangenehm an Jules Ohren. »Ich habe nichts getan, was du nicht gewünscht hast.«

Jule zuckte am ganzen Körper und warf ihm einen verstohlenen, wütenden Blick über die Schulter zu. »Ganz ehrlich, Ork?«, fragte sie, bevor sie sich zurückhalten konnte. »Glaubst du wirklich, dass ich mir *wünsche*, von dir und deinen Freunden angestarrt und verspottet zu werden, als wäre das ein ... ein billiger Taschenspielertrick?«

Grimarrs dunkle Augen blinzelten sie an, und seine Hände waren nach unten gegangen, wo – Warum, fiel Jule das nur auf? *Warum?* – sein zu großer, zu nasser Schwanz noch immer aus seiner Hose hing. »Ich hätte dich nicht verspottet«, sagte er, während er ihn wieder in die Hose steckte. »Ich hätte dich geehrt, Frau.«

Jules Kehle schnürte sich zu und sie stemmte sich auf ihre wackeligen Füße, weg von seiner riesigen Masse. »Das hättest du nicht«, schoss sie zurück. »Es war genau wie letzte Nacht. Du hast versucht, mich zu überlisten, mich zu beschämen und meine Schwäche für dich als *Waffe* zu benutzen!«

Grimarr stand immer noch neben dem Bett, sein Gesicht war im Schatten nicht mehr zu sehen, aber Jule spürte immer noch seine Augen, die sie beobachteten. »Das ist keine Waffe«, sagte die kehlige Stimme. »Du bist meine Gefährtin. Das bedeutet, dass du nicht beschämt wirst, wenn ich dich entblößt und beansprucht vorzeige. Du wirst geehrt. Gepriesen. Beschützt.«

Das konnte Jule auf keinen Fall akzeptieren, und vielleicht sah Grimarr es in ihren Augen, denn er kam einen großen, beängstigenden Schritt näher. »Dann begreife das, Frau«, sagte er. »Es gibt keine Geheimnisse unter Orks. Glaubst du etwa, meine Brüder könnten unsere Paarung nicht hören? Oder dass der Duft davon nicht den ganzen Gang erfüllt? Ich hätte ihnen nichts gezeigt, was sie nicht schon wussten.«

Jule trat einen Schritt zurück und spürte, wie sich ihre Hände zu Fäusten an ihren Seiten ballten. »Das ist keine Entschuldigung, Ork«, zischte sie. »Sehen ist etwas *komplett* anderes als hören und riechen, und das weißt du!«

Der zottelige Kopf neigte sich und wurde vom Mondlicht

des Fensters weiß umrandet. »Das weiß ich nicht«, sagte er langsam. »Für Orks ist das alles das Gleiche.«

Die Worte klangen fast echt und reichten aus, um Jule die lauernde Erwiderung im Hals stecken zu lassen, während er noch einen langsamen, schweigenden Schritt näher kam. »Und meine schöne, begierige Gefährtin zu zeigen«, fuhr er fort, »so tief in meinem Bann, so voll von meinem Samen«, sie konnte fast die langsame, bebende Hitze seines Seufzens spüren, »das ist eine Freude, nach der ich mich mein ganzes Leben lang gesehnt habe.«

Oh. Das ... meinte er *ernst*. Jules Mund war auf seltsame Weise trocken geworden und sie holte tief Luft, um etwas zu sagen, doch in diesem Moment stürmte Baldr wieder in den Raum, das Weiß in seinen Augen schimmerte im Mondlicht. »Anführer«, sagte er atemlos. »Sie sind hier.«

Sie. Jules Herz machte plötzlich einen Sprung und schlug im Akkord, denn er musste ihre Verfolger meinen. Talfords Hauptregiment, einhundert gute Kämpfer.

Sie waren wegen ihr hier. Um sie zu *retten*.

»Wie lauten deine Befehle?«, fragte Baldr mit einem vielsagenden Blick in Richtung Jule. »Sollen wir uns verstecken und die Passagen blockieren? Warten, bis sie weg sind?«

Einen Moment lang herrschte Schweigen, währenddessen Grimarr Jule mit den schwarzen Punkten in seinem harten, unleserlichen Gesicht ansah.

»Nein«, sagte er, das Wort schroff und abgehackt auf seiner Zunge. »Wir werden kämpfen. Und wir werden gewinnen.«

10

Nur wenige Augenblicke später wurde Jule wieder durch einen pechschwarzen Tunnel geschleift, mit einer Kette um ihre Taille und Orks, die laut schreiend und klappernd um sie herumstanden.

»Kämpfe nicht meinetwegen gegen diese Männer«, keuchte sie, wegen des harten Zugs an der Kette. »Bitte, Grimarr.«

Seine Schritte verlangsamten sich nicht, und jetzt spürte sie große, starke Finger, die sich um ihren Unterarm schlossen und sie schneller zogen. »Ich tue nichts deinetwegen«, ertönte seine tiefe Stimme. »Diese Männer greifen unser Zuhause an. Wir werden es verteidigen.«

Jule taumelte auf den Beinen und verfluchte im Stillen den Mistkerl und seine offenkundigen Ork-Lügen. Wenn das wirklich nichts mit ihr zu tun hatte, warum hatte er sie dann nicht oben in dem Zimmer mit dem beruhigenden Mondlicht gelassen? Warum schleppte er sie mit dieser ohrenbetäubenden Schar bewaffneter, schreiender Orks durch gefühlt kilometerlange, stockfinstere Gänge?

»Die Hälfte von euch wird im Berg bleiben und warten!«, rief Grimarrs Stimme, diesmal lauter, und erhob sich über die der anderen. »Ihr kommt nicht heraus, bis ich es befehle!«

Es gab weitere Rufe der Bestätigung, das scharfe Klirren von Waffen, das überwältigende Geräusch von knirschendem Gestein. Und plötzlich gab es wieder frische Luft und Mondlicht, als die Hälfte von Grimarrs Bande – vielleicht zwanzig Orks – auf einen kleinen Steinvorsprung nahe dem Fuß des Berges stürmte.

»Da sind sie!«, ertönte ein Ruf von unten, und als Jule herumwirbelte, sah sie Talfords Regiment mit hundert Mann. Hübsche, wunderbare, glatthäutige Männer, die ordentliche Kleidung und Rüstungen trugen und richtige Schwerter und Langbögen mit sich führten. Einige von ihnen erkannte Jule im Mondlicht – Astin hatte die Anführer des Regiments schon mehrmals zum Essen empfangen und war manchmal mit ihnen ausgeritten, um den Männern beim Training zuzuschauen – und allein ihr Anblick war eine atemberaubende, wohltuende Erinnerung daran, dass die Welt doch nicht von Orks vernichtet worden war.

»Sie haben Lady Norr!«, rief einer der Leutnants, und natürlich war das auch der Grund, warum Grimarr Jule hierhergeschleppt hatte. Sie zuckte zusammen, als sie seinen starken Arm spürte, der ihre Taille umschloss und sie gegen ihn drückte.

»Ich habe eine neue Gefährtin«, rief seine stolze, tragende und bestimmende Stimme zurück. »Ich habe sie markiert und sie als mein Eigentum beansprucht. Sie wird mir viele starke Orksöhne gebären.«

Die Orks um sie herum schrien, denn das taten Orks anscheinend immer, wenn Grimarr sprach, und Jule schloss ihre Augen gegen den Lärm und das seltsam verwirrende Gefühl dieser harten Brust, die sich gegen sie hob und senkte. Diese Männer waren ihre Verbündeten. Sie waren hier, um sie zu retten. Aber es gab keine Chance, dass sie es wirklich schaffen würden, oder? Nicht mit nur einem Regiment und all den schwarzen Tunneln im Rücken der Orks und vielen weiteren Orks im Inneren?

»Ist Lord Norr bei euch?«, knurrte Grimarrs Stimme hinter Jule. »Hat dieser schwache Narr den Mut, mir gegenüberzutreten?«

Keiner der Männer antwortete – es war zweifelhaft, dass irgendjemand es überhaupt geschafft hatte, Astin zu erreichen, um ihm die Nachricht von Jules Gefangennahme mitzuteilen – und im schwachen Licht konnte Jule sehen, wie der Anführer seine Leutnants anschaute. Er gab Befehle: »Ihr geht da lang, wir gehen hier lang«, aber Jules Herzschlag dröhnte in ihren Ohren und ihr Körper zuckte gegen Grimarrs Brust. Es war unmöglich. Die Männer würden niemals gewinnen. Gute, ehrenhafte Männer würden ihretwegen zu Leichen werden.

»Es gibt noch mehr Orks, die sich im Berg verstecken!«, rief eine Stimme, und zu spät erkannte Jule, dass es ihre war. Alle Orks wirbelten gleichzeitig herum, knurrten sie an und fletschten ihre Zähne, während Grimarrs Körper hinter ihr plötzlich hart wurde und sein Arm sich ganz fest um ihre Taille legte.

Für einen Moment herrschte eine schreckliche Stille, in der das Knurren der Orks um sie herum noch lauter wurde, und Jule kniff die Augen zusammen und wartete auf Grimarrs Vergeltungsschlag – aber er kam nicht. Nur ein heftiges Heben und Senken seiner Brust gegen sie und ein Schwingen des riesigen, furchterregenden Krummsäbels in seiner anderen Hand.

»Es gibt noch mehr Orks, die sich in den Bergen verstecken«, rief seine tiefe Stimme und wiederholte Jules Worte, fast so, als hätte er sie gebilligt. »Werdet ihr vor Angst davonlaufen? Werdet ihr euch als so schwach erweisen wie euer törichter Lord? Oder werdet ihr bleiben und kämpfen?«

Die Orks schrien erneut und richteten ihre Aufmerksamkeit wieder auf die Männer, die sich nun leise miteinander unterhielten. Einige von ihnen warfen einen wachsamen Blick auf die Orkbande, die auf dem zerklüfteten, rauen Felsen des Berges stand.

»Wir kämpfen«, rief der Anführer, mehr zu seinen Männern als zu Grimarr, und Jule wollte schon wieder aufschreien, *Nein, nicht, das ist nicht der richtige Weg, lauft weg*, aber da war plötzlich Grimarrs riesige Hand, die sich hart über ihren Mund legte und ihren Kopf fest an seine Schulter drückte.

»Du wirst mich nicht noch einmal betrügen und es überleben, Frau«, hauchte er heiß und tödlich in ihr Ohr. »Hast du verstanden?«

Seine Hand drückte fester, drohte ihr den Kiefer oder das Genick zu brechen, und Jule keuchte dagegen an, versuchte zu denken. Es musste doch etwas geben, was sie tun konnte – ihnen irgendeinen Hinweis geben oder sie warnen.

Grimarrs Körper unter ihr bewegte sich plötzlich und zerrte sie weg, und mit einem kräftigen, wütenden Ruck seiner Hände schleuderte er sie fast zurück in die Öffnung, aus der sie gekommen waren. »Baldr, pass du auf sie auf«, bellte er über die Schulter. »Halte sie drinnen. Fessle sie, wenn es sein muss.«

Er schritt davon, ohne sich umzudrehen, und schon stand Baldr über Jule, sein grünliches Gesicht grimmig und missbilligend im Mondlicht. »Komm«, sagte er. »Schnell, bevor dich ein verirrtes Schwert findet.«

Jule taumelte, aber ihre Augen suchten weiter verzweifelt ihre Umgebung ab. Die Männer würden kämpfen, sie würden sterben, Grimarr schritt jetzt auf die Orks zu, hob den riesigen Krummsäbel und stieß einen markerschütternden Schrei aus, der tief aus seiner Kehle aufstieg.

»Geh rein«, schnauzte Baldr, so schroff wie noch nie zuvor, und Jule stürzte zurück in den Berg, in die eindringende Schwärze. Sie spürte, wie Baldrs Hand ihren Ellbogen umfasste und sie durch den Tunnel zog, um eine Ecke und dann noch eine und noch eine, bis – Jule blinzelte – es hell wurde.

Sie befanden sich in einem riesigen, höhlenartigen Raum, und das Licht kam von einem Feuer, das in einem massiven, offenen Kamin am anderen Ende knisterte. Ein unbekannter

Ork kniete vor dem Feuer, vielleicht um es zu hüten, und eine Reihe anderer Orks, vielleicht zehn oder fünfzehn, standen um das Feuer herum. Viele von ihnen sahen älter aus, hatten einen krummen Rücken und weiße Haare, und fast alle warfen Jule und Baldr neugierige Blicke über die Schulter zu.

Baldr beachtete sie nicht, sondern zog Jule in die nächstgelegene Ecke und drückte ihren noch immer wackeligen Körper hinein. »Ich würde es vorziehen, dich nicht zu fesseln«, sagte er, während er mit vor der Brust verschränkten Armen zwischen ihr und dem Rest des Raumes verharrte. »Aber wenn du auch nur eine Bewegung machst, um zu fliehen, werde ich es tun.«

Jule merkte, dass er wirklich wütend auf sie war, und sie holte schwer und zittrig Luft. »Diese Männer werden sterben«, sagte sie mit brüchiger Stimme. »Meinetwegen.«

»Nein«, entgegnete Baldr und zog seine schwarzen Augenbrauen in Falten. »Sie werden sterben, weil sie so töricht sind, uns mit nur hundert Männern auf unserem eigenen Berg anzugreifen.«

Das war wieder diese verdrehte Ork-Logik, und Jule schlug sich die Handflächen vor die Augen, so fest, dass sie Sterne sah. »Verstehst du denn nicht, Baldr«, sagte sie, »diese Männer wissen, dass sie ihre Positionen verlieren, wenn sie mich nicht verfolgen, vielleicht sogar eingesperrt oder wegen Desertion angeklagt werden. Wenn sie sterben, bekommen ihre Frauen und Kinder wenigstens eine bescheidene Rente, damit sie nicht ins Armenhaus müssen!«

Baldr schwieg, und als Jule ihre Hände fallen ließ, schaute er immer noch stirnrunzelnd drein und legte den Kopf schief. »Es war trotzdem nicht dein Recht, sie zu warnen«, sagte er. »Grimarr ist Anführer und dein Gefährte. Es ist deine Aufgabe, ihn zu unterstützen.«

»Und er hat das Recht, mir mit dem *Tod* zu drohen, wenn ich es nicht tue?!«, schoss Jule zurück. »Zu sagen, dass ich es nicht *überlebe*, wenn ich ihn noch einmal verrate?!«

Ihre Stimme war bei den Worten erneut gebrochen, und Baldr legte den Kopf noch schiefer und verzog den Mund. »Er meinte nicht den Tod durch seine eigene Hand«, sagte er. »Er meinte den Tod durch die Hand einer unserer Brüder, der wahrscheinlich als Unfall deklariert werden würde. Was glaubst du, warum ich dich wegbringen musste, Frau? Verrat ist keine Kleinigkeit unter Orks.«

»Grimarr würde also zulassen, dass sie mich *töten*?«, fragte Jule und ihre Stimme wurde immer schriller. »Ich dachte, er wolle mich *beschützen*!«

Sie verstand nicht, warum das überhaupt eine Rolle spielte – sie sollte doch nur an Rache denken, nicht wahr? – aber es spielte eine Rolle. Grimarr hatte so viele Dinge behauptet, so viele honigsüße Worte gesagt, die alle so echt wirkten – und jetzt *das*?

»Der Anführer *hat* dich beschützt«, sagte Baldr mit harter Stimme. »Er hätte dich nicht so einfach in einer Schlacht beschützen können, die er selbst anführen soll, wenn so viele unserer Brüder im Blutrausch versinken. Also hat er dich weggeschickt. Es war ein Akt der Güte, angesichts deines Verrats.«

Mochten die Götter ihn verfluchen, sie alle verfluchen, und Jule schlug die Hände wieder vor ihre Augen und atmete schwer. Sie hörte leises Klirren und Schreie hinter dem Eingang des Zimmers. Zweifellos waren es die Orks, die all die armen Männer töteten und all die Väter von ihren unschuldigen Kindern wegrissen ...

»Wenn du dich wirklich um die Familien der Menschen sorgen würdest«, sagte Baldrs Stimme, die jetzt leiser war, »würdest du keine Schande über deinen Gefährten bringen, indem du sie auf einem Schlachtfeld warnst. Stattdessen wärst du weise und würdest dich des Vertrauens deines Gefährten würdig erweisen. Und dann, wenn du ihm von deinen Ängsten erzählst, würde er dir zuhören.«

Er würde zuhören. Jule fiel es schwer, das zu glauben, und

sie hob den Blick, um Baldr das mitzuteilen, aber plötzlich stürmte Grimarr selbst durch die Tür.

Er war von seinen schreienden, furchterregenden Orks umringt, und sein großer Körper war zur Hälfte mit Blut bedeckt, seine Tunika war zerfetzt. Aber sein Gesicht war ernst und zufrieden, und er hob beide Hände in die Luft, wobei eine davon immer noch seinen riesigen, triefend roten Krummsäbel hielt.

»Wir haben gewonnen!«, verkündete er dem ganzen Raum. »Alle unsere Brüder stehen noch, und die Männer sind besiegt. Diejenigen, die nicht vor unserer Stärke geflohen sind, sind tot!«

Tot. Jules Herz setzte einen Schlag aus, und sie senkte den Kopf und verschränkte die Finger fest ineinander. Vergeblich kämpfte sie darum, die Geräusche der jubelnden Orks auszublenden und das Bild der schönen Männer mit den glatten Gesichtern, die gebrochen und blutverschmiert auf dem Berg lagen, aus ihrem Kopf zu verdrängen.

»Unsere Brüder haben tapfer gekämpft«, grollte Grimarrs tiefe Stimme. »Olarr hat allein vier Männer getötet. Silfast tötete zwei auf einmal mit seiner Axt. Abjorn brach sich beim Sprung an die Geröllwand ein Bein, doch er tötete seinen Mann ehrenvoll!«

Alle umstehenden Orks schrien gleichzeitig und der schreckliche Klang hallte in Wellen durch den Raum, und Jule schlug reflexartig die Hände auf die Ohren, um ihn auszublenden. Nein. Zu viel Tod, zu viele zerbrochene Familien, zerbrochene Männer. Getötet, wegen ihr.

Es war fast so, als hätte Grimarr ihre Gedanken gehört, denn jetzt drehte er sich um, riesig, blutig und furchterregend, und stürmte auf sie zu. Seine Augen waren hart und funkelten in seinem Gesicht. Sie spürten, dass er wütend auf sie war und dass der Anblick von Jule, wie sie hier stand – an die Wand gedrängt und die Hände über die Ohren gepresst – es nur noch schlimmer machte.

»Und diese Niederlage«, knurrte er so laut, dass sie in Jules Händen widerhallte, »habe ich trotz meiner eigensinnigen Gefährtin, die mich an ihre eigene Art verraten hat, errungen. Was sagst du dazu, Frau?«

Jeder Ork im Raum starrte sie jetzt mit kritischen und anklagenden Augen an, Jule ließ ihre Hände fallen und versuchte, einen Schritt zurückzutreten, fand aber nur die Wand hinter sich. »Es ... Es war nicht fair«, brachte sie hervor, aber ihre Stimme schwankte und ihr Blick fiel auf Grimarrs zerfledderte, blutgetränkte Hose. »Sie haben nur ihre *Arbeit* gemacht.«

Ein hartes, missbilligendes Knurren ertönte aus Grimarrs Kehle. »Sie haben unser Haus angegriffen«, sagte er mit lauter, autoritärer Stimme, die wie ein Echo widerhallte. »Sie waren doppelt so viele wie wir. Und ich habe ihnen erlaubt, zu fliehen. Doch das taten sie nicht.«

Jule konnte nicht umhin, einen Blick auf die vielen zuschauenden Gesichter zu werfen – war das ein Gerichtsverfahren? Ein öffentliches Urteil? Sie schluckte und richtete ihren Blick wieder auf Grimarr. »Sie hatten keine *Wahl*«, schoss sie zurück. »Hätten sie sich geweigert zu kämpfen, wären sie bestraft worden. Ihre Familien hätten gelitten.«

Grimarr stieß ein weiteres tiefes Knurren aus, das durch den Raum hallte. »Wenn sie keine Wahl hatten, warum hast du sie dann gewarnt? Warum hast du mich umsonst verraten?«

Jule schluckte erneut und blickte in diese wütenden schwarzen Augen. Ja, warum hatte sie das getan, wo es ihrer Rache doch in keiner Weise geholfen und ihre Lage hier nur noch schlimmer gemacht hatte? Sturheit? Wut? Wahnsinn?

»Ich habe nicht versucht, dich zu verraten, Ork«, sagte sie schließlich. »Wenn überhaupt, dann habe ich Astin verraten. Lord Norr.«

Sie zögerte kurz bei diesen Worten und starrte wieder mit

leeren Augen auf die schmutzigen Hosen, denn stimmte das? Vielleicht?

»Nicht, um ihn zu *untergraben*«, fügte sie zu schnell hinzu und blickte zu Grimarrs Augen auf. Warum sagte sie ihm das, hatte der Bund der Paarung sie wirklich so sehr infiziert? »Aber verstehst du denn nicht? Diese Männer, die durch deine Hand auf einer so sinnlosen und hoffnungslosen Mission für Lord Norrs gestohlene Ehefrau sterben, sind die Helden und du der Schurke. Es gibt Lord Norr einen Grund, noch mehr Männer und Ressourcen gegen dich einzusetzen. Es verschafft ihm noch mehr Unterstützung unter den Menschen, um euch alle endgültig zu vernichten.«

Das Gemurmel der Orks wurde wieder lauter und erfüllte den Raum – bis Grimarr eine deutliche Hand hob und im Raum wieder Stille herrschte. »Denkst du, wir wissen das nicht, Frau?«, fragte Grimarr, seine Stimme war tief und tödlich. »Glaubst du, ich habe das nicht bedacht, als ich mich entschied, diese Schlacht zu führen? Glaubst du, wir sind nicht ohnehin schon die Schurken in jeder Geschichte, die die Menschen erzählen?«

Jule schien keine Antwort darauf zu finden, und er kam einen Schritt näher, fast so nah, dass das Blut des Krummsäbels auf ihren Schuh tropfen konnte. »Sag mir, Frau«, zischte er mit purer Wut in den glühenden schwarzen Augen, »was würden Lord Norrs Männer mit einer Bande Orks machen, die vor seinem Tor auftaucht? Würde er uns einen sauberen, ehrenvollen Tod bescheren, so wie wir es bei diesen Männern getan haben?«

Jule schreckte zurück und drückte sich flacher an die Wand, ihre Gedanken waren eingeengt und flogen sinnlos umher. Was würde Lord Norr tun, was spielte das für eine Rolle, warum zum Teufel kümmerte es sie überhaupt?

»Nein«, hörte sie sich sagen, und ihre Stimme klang seltsam müde. »Lord Norr würde euch ausweiden. Er würde euch auf dem Stadtplatz foltern. Er würde eure Leichen den Hunden und Schweinen vorwerfen und eure Köpfe den Kindern als Preis geben.«

Es stimmte, Jule hatte einmal gesehen, wie das mit einem Ork geschah, der im Wald von Yarwood gefangen genommen worden war, und schon die Erinnerung daran war so schrecklich, dass ihr die Galle hochkam. Man könnte behaupten, dass Astin seine Stärke demonstriert hatte, um sein Volk in Sicherheit zu wiegen, aber selbst dann wusste Jule, dass es keine Entschuldigung dafür gab. Keine mögliche Rechtfertigung. Nicht einmal Rache.

»Weißt du, ich habe sogar um die Würde deiner Orks gebettelt, als ich sah, wie Astin das getan hat«, hörte Jule sich jetzt verbittert sagen. »Niemand hat mir zugehört, genauso wenig wie mir heute einer dieser Männer zugehört hat. Genauso wie *du* mir jetzt nicht zuhörst, wenn ich dir sage, dass ich dir nur *helfen* wollte!«

Grimarrs Mund verzog sich zu einer Grimasse und in seiner Kehle war wieder ein schweres Knurren zu hören, diesmal fast wie ein Seufzer. »Ich höre zu, Frau«, sagte er. »Und ich höre viele Worte, aber keine Angebote zur Wiedergutmachung für mich oder meine Brüder. Was willst du mir geben, um zu entschädigen, was du getan hast?«

Jules Blick fiel wieder zu Boden, und sie spürte, wie ihre Gedanken stockten und ihr Körper kalt wurde. Was sollte sie ihm geben? Und warum dachte sie überhaupt darüber nach, was spielte das für eine Rolle? Diese Orks waren Monster, sie sollte sich doch rächen. Oder etwa nicht?

Aber sie konnte den Blick nicht heben, zog die Schultern zusammen und holte tief Luft. Sie konnte immer noch Rache nehmen. Es war noch Zeit. Astins Männer würden sich neu formieren, zusammenkommen und mit einem echten Plan auftauchen. Nicht mit einem unsinnigen Plan wie diesem, der nur zu Leid und Tod führte.

Und wenn sie zurückkamen, würde sie bereit sein.

»Also gut, Ork«, hörte Jule sich sagen. »Ich werde mich dir fügen, diesmal.«

Um sie herum herrschte eine seltsame und plötzlich bedrückende Stille, und als Jule aufblickte, schienen Grimarrs Augen noch härter auf ihr zu liegen als zuvor. »Ja, du wirst dich fügen. Das hast du bereits geschworen, Frau. Ich frage dich, was noch?«

Was noch? Jule schlug das Herz bis zum Hals und ihre Augen huschten zwischen den Orks umher. Was könnte Grimarr außer dem Fügen noch wollen? Informationen über Astin, vielleicht? Details über Yarwoods andere Truppen oder deren Standorte? Dinge, die nur noch mehr Menschen verletzen und Jules Rachepläne gefährden würden?

Die umstehenden Orks schwiegen immer noch, starrten sie an, und Jule hob ihr Kinn und richtete ihren Blick wieder auf Grimarrs Gesicht. »Ich werde ... Ich werde dir ein ausgezeichnetes Festmahl zubereiten. Aus den erlesensten Lebensmitteln in deiner Speisekammer.«

Sie hatte keine Ahnung, ob es hier überhaupt eine Speisekammer gab, aber Orks mussten doch irgendwie essen, oder? Und vielleicht war dieses Angebot auch berechtigt, denn einige der Orks nickten und Grimarr sah zumindest nicht *noch* wütender aus, oder?

»Ich akzeptiere das«, sagte er ohne Umschweife. »Aber das ist nicht genug.«

Nicht genug. Jule suchte verzweifelt den umliegenden Raum mit all den Orks ab, die sich hier am knisternden Feuer versammelt hatten. »Ich werde ... dir einen Vorrat an Kerzen machen«, sagte sie. »Damit du nicht immer im Dunkeln sitzt.«

Es gab noch mehr Gemurmel, aber Grimarrs harter Blick änderte sich nicht. »Sehr gut, Frau. Was noch?«

Jule zog einen langsamen, zitternden Atemzug ein, denn was wollte er noch? Was mochte Grimarr noch? Musste sie das überhaupt fragen?

»Ich werde«, begann sie, straffte die Schultern und sah ihm

in die Augen. »Wenn du mich das nächste Mal zu Bett bringen willst, werde ich mich zu dir legen, dir dienen und dich wie einen König verehren.«

Ein Raunen ging durch die Runde, das dieses Mal eindeutig auf Zustimmung stieß, und schließlich, den Göttern sei Dank, nickte Grimarr fast unmerklich.

»Ich akzeptiere das«, sagte er. »Du wirst es jetzt tun, Frau.«

Jetzt. Mal ehrlich, was hatte sie denn sonst erwartet, und Jule schluckte schwer und versuchte sogar zu lächeln.

»Also gut«, sagte sie. »Dann bring mich bitte in dein Zimmer.«

11

Grimarr war immer noch wütend auf sie.

Es war überraschend und vielleicht auch ein wenig beunruhigend, dass Jule sich dieser Tatsache sehr bewusst und sie deshalb vielleicht sogar aufgewühlt war. Und als sich seine große Hand fest um ihr Handgelenk schloss und sie aus dem Raum und durch die verwinkelten, pechschwarzen Gänge zog, fühlte sie fast so etwas wie ... *Reue*.

»Hast du dich bei dem Kampf verletzt?«, hörte sie sich in die Stille hinein fragen, aber Grimarr antwortete nur mit einem Schnauben und ging weiter. Die Wut sprudelte nur so aus ihm heraus, und warum fühlte sich das so unangenehm an, warum war das überhaupt wichtig?

»Danke für dieses Entgegenkommen«, sagte sie und verzog das Gesicht in der Schwärze, denn hatte sie ihm gerade wirklich dafür *gedankt*? Dafür, dass er sie vor einem Raum voller bewaffneter, bedrohlicher Orks angepöbelt hatte, bis sie einwilligte, ihn zu *verehren*? Im *Bett*?

Grimarr antwortete immer noch nicht, und schließlich stieß er sie zurück in den Raum mit dem gesegneten Fleckchen Mondlicht. Das Mondlicht war während ihrer Abwesenheit heller geworden und neigte sich nun der Morgendämmerung zu, und Jule drehte sich um, um ihn in dem schwachen Licht zu betrachten, seine blutgetränkte Kleidung und seine flachen, wütenden Augen.

Sie konnte das schaffen. Sie konnte diesen mordenden, wütenden Ork anfassen und so tun, als würde sie ihn wollen und sich um ihn sorgen. Für Astin hatte sie schon viel Schlimmeres getan, nicht wahr?

»Also?« Grimarr fletschte Zähne, und Jule merkte, dass sie immer noch wie erstarrt dastand und ihn anstarrte. Als ob sich das alles von selbst erledigen würde, räusperte sie sich und richtete sich auf.

»Richtig«, sagte sie mit einem Blick auf Grimarrs riesige, blutige Gestalt und dann wieder nach oben. »Ähm. Vielleicht könnte ich dich waschen? Für den Anfang?«

Sie wappnete sich vor seiner Antwort – vielleicht wuschen sich Orks nicht, vielleicht würde er das Angebot als Beleidigung auffassen –, aber er nickte nur kurz und deutete mit einer befehlenden Handbewegung auf die Vorhangtür. »Dann frag nach dem, was du brauchst.«

Jule blinzelte, ging aber gehorsam zur Tür und öffnete den Vorhang. Und da waren sie wieder, Baldr und Drafli. Woher, bei den Göttern, waren sie überhaupt gekommen?

»Schlafen Orks nicht?«, erkundigte sie sich bei den beiden, und im schwachen Licht blitzten kurz Baldrs weiße Zähne auf. »Doch, das tun wir«, sagte er. »Nur nicht so viel wie ihr schwachen Menschen. Also, was brauchst du, Frau?«

Die Fröhlichkeit war zurück in seiner Stimme, fast so, als würde er sie wieder gutheißen, und Jule warf einen kurzen Blick über ihre Schulter, wo Grimarrs Gesichtsausdruck das genaue Gegenteil von wohlwollend war. »Nun«, sagte sie vorsichtig, »vielleicht könnte ich eine Schüssel mit Wasser und ein sauberes Tuch haben? Und ein sauberes Kleidungsstück zum Wechseln für ihn? Und«, sie spürte, wie sich ihr Gesicht erhitzte, aber sie sagte es trotzdem, »hast du etwas Öl? Und vielleicht einen Kamm?«

Falls Baldr solche Dinge für ungewöhnlich hielt, ließ er sich das nicht anmerken und gab ein zufriedenes Schnauben von sich, bevor er den Korridor hinunter trottete. Drafli stand immer noch da, immer noch mit diesem lächerlichen Krummsäbel in der Hand, und Jule versuchte, nicht an das letzte Mal zu denken, als sie ihn gesehen hatte, und ließ den Vorhang schnell wieder zufallen.

Grimarr hinter ihr hatte sich immer noch nicht bewegt, er stand einfach nur da und starrte sie an, und Jule straffte die Schultern und trat einen Schritt zurück zu ihm. »Darf ich«, zwang sie sich zu sagen, »darf ich dich ausziehen?«

Sie kämpfte darum, die Grimasse, die sie bei diesen Worten ziehen wollte, zu verbergen, denn – trotz der paar Male, die sie es bisher miteinander *gemacht* hatten – hatte sie immer nur das Wesentliche gesehen. Den schrecklichen Anblick eines hässlichen, völlig nackten Orks hatte sie noch nicht erlebt – ein Albtraum, der sie sicher für den Rest ihrer Tage verfolgen würde.

»Du ziehst dich zuerst aus«, knurrte Grimarr, was Jule eine weitere Hitzewelle ins Gesicht trieb. Aber in diesem Moment war es vielleicht besser, sich selbst auszuziehen, als einen Ork zu entkleiden, also holte sie unsicher Luft und tat es. Sie zog ihr schmutziges Kleid und das darunter liegende Hemd aus und ging mit ihrem nackten Körper zum Bett hinüber, um die Kleidung über das Ende des Bettes zu legen.

Die ganze Zeit über spürte sie Grimarrs wütende Augen auf sich gerichtet, was ihr ein neugieriges Kribbeln über den Rücken jagte, und als sie wieder auf ihn zuging, vermied sie es, ihm ins Gesicht zu schauen, und konzentrierte sich stattdessen auf seine blutige, heruntergekommene Tunika. Man konnte sie kaum als Tunika bezeichnen, eher als schlecht genähtes Zelt, und Jule berührte mit einem zaghaften Finger die nächstgelegene Naht, die mit einem dicken Faden, der verdächtig nach Darm aussah, zusammengenäht war.

»Woher bekommt ihr eure Kleidung?«, fragte sie, ohne

nachzudenken, und ein unwilliger Blick in seine Augen zeigte, dass sie genauso abweisend und wütend waren wie zuvor.

»Wir machen sie«, sagte er knapp. »Aus denen der Menschen.«

Die Tunika war eine echte Katastrophe – Jule konnte jetzt die Linien des Originalhemds sehen, das um ein Vielfaches kleiner und wahrscheinlich einem armen toten Soldaten gestohlen worden war – und runzelte die Stirn bei dem Gedanken daran. »Kannst du deine Hemden nicht selbst anfertigen, damit sie dir richtig passen, wie alle anderen auch?«

Sie wusste, dass es kleinlich war, selbst als die Worte aus ihrem Mund kamen, und war deswegen nicht überrascht von Grimarrs hartem Knurren als Antwort. »Sag mir, woher ich den Stoff bekommen soll, Frau«, zischte er. »Von den Schafen, die die Menschen stehlen werden? Aus dem Flachs oder der Mühle, die die Menschen verbrennen werden? Von den Händlern oder Schneidern, die mich *töten* wollen, wenn ich auch nur darum bitte, dafür zu handeln?«

Stimmt. Jule konnte nicht anders, als kurz zusammenzuzucken und zwang ihre Augen – und dann ihre zittrigen, tastenden Hände – zum Saum der blutigen Tunika. Unbeholfen zog sie sie hoch und hoch und stellte sich dann auf die Zehenspitzen, während Grimarr schweigend seine Arme hob und ihr erlaubte, sie ihm über den zotteligen Kopf zu ziehen.

Jule spürte, wie ihr Herz schneller schlug, als die Tunika auf den Steinboden fiel – sie würde das schaffen, sie hatte schon Schlimmeres gesehen als einen halbnackten Ork –, und sie holte tief Luft, wappnete sich und schaute ihn an.

Und ... vielleicht war es wieder der Bund der Paarung, dieser schwache süße Geruch, der durch die Luft strömte und sich gerade noch vom salzigen Duft des Blutes abhob. Oder vielleicht war es die Tatsache, dass Grimarrs Oberkörper immer noch blutete, aus mehreren hässlichen, aber scheinbar oberflächlichen Schnitten, die das Chaos der schrecklich aussehenden Narben auf seiner grauen Haut noch verschlimmerten.

Was auch immer es war – Jules Augen wanderten zu seinem wütenden Gesicht hinauf und dann wieder hinunter –, sein Anblick, wie er hier stand, bis auf die Hüften entblößt, ließ ihr Herz seltsam flattern und verursachte ein tiefes Ziehen in ihrem Bauch. Und eine völlig unerklärliche Gier in ihren verfluchten, verräterischen Augen, denn sie wollten einfach nur schauen, und schauen, und schauen.

Grimarr war größer als jeder Mann, den sie je gesehen hatte, und kräftig gebaut, mit diesen riesigen, breiten Schultern und der gewaltigen Brust. Und statt der Wabbeligkeit, die Jule bei jemandem seiner Größe erwarten würde, war alles hart und muskulös, jede Linie und jeder Winkel war sichtbar, von seinen dicken, sehnigen Armen bis zu den flachen Wellen in seiner Taille.

Seine Haut war zwar beunruhigend grau und mit Narben übersät, aber sie sah auch geschmeidig und glatt aus. Er war unbehaart, bis auf die schwarzen Strähnen, die unter seinen Armen hervorlugten, und aus irgendeinem Grund verweilten Jules Augen dort und dann bei den tiefgrauen Kreisen seiner Brustwarzen, die sich fast auf einer Höhe mit ihrem Mund befanden. Was würde er tun, wie würde sie schmecken, wenn sie sich nach vorn beugte, ihre Lippen an eine der Brustwarzen legte und sie mit ihrer Zunge kostete?

Sie kniff die Augen zusammen. Es war das Band. Es war Wahnsinn! Er hatte all diese Männer *ermordet*! Und ihre Hände griffen blindlings nach seiner schmutzigen, blutigen Hose und schoben sie nach unten. Diesmal schaute sie nicht hin, auch nicht, als sie seine Härte spürte und sogar riechen konnte, diese schwere, heiße Süße, die sich jetzt in der Luft entfaltete.

Genau in diesem unglücklichen Moment kam Baldr in den Raum. Ohne zu klopfen oder seine höchst unwillkommene Anwesenheit anzukündigen, woraufhin eine von Jules Händen sofort ihre Brüste bedeckte und die andere zwischen ihren

Beinen verschwand. Dafür erntete sie einen fast amüsierten Blick von Baldr, der ihr eine Schüssel mit Wasser vor die Füße stellte, daneben einen Lappen, einen Kamm, einen Stapel Kleidung und eine kleine Metallflasche.

»Bitte sehr, Frau«, sagte er lässig, als wäre der Anblick von Jule und seinem Anführer, die beide nackt dastanden – mit dem riesigen Schwanz seines Anführers schon halb in Bereitschaft – ein völlig uninteressanter Anblick. »Brauchst du sonst noch etwas? Oder du, Anführer?«

Grimarr antwortete zum Glück mit einem verneinenden Grunzen, und Baldr trottete wieder hinaus, bevor er den Vorhang hinter sich fallen ließ. Jule wurde so rot und nervös, dass ihre verräterischen Augen nach unten blickten, dorthin, wo – ihr stockte der Atem – die riesige graue Härte ein wenig zuckte. Sie füllte sich, schwoll an und wurde länger.

Jule musste ihren Blick abwenden und tastete abrupt nach dem Tuch, das sie kniend in die Schüssel mit Wasser tauchte. Sie konzentrierte sich auf ihre Hände, mit denen sie das Tuch auswrang, und nicht auf Grimarr oder auf diesen seltsam fesselnden Teil von ihm. Warum hatte sie dem zugestimmt? Warum interessierte es sie? Er war ein Ork, ein hässlicher, mordender Ork …

»Warum hast du heute gegen die Männer gekämpft?«, zwang sie sich aus lauter Verzweiflung zu fragen, während sie wieder aufstand und vorsichtig Grimarrs schlimmste Wunde, eine Schnittwunde am Schlüsselbein, abtupfte. »Wenn du weißt, dass das Astin nur noch mehr motivieren würde, dich zu bekämpfen und zu vernichten?«

Ein weiteres Knurren erklang aus Grimarrs Kehle und schien die Luft um sie herum zum Vibrieren zu bringen. »Es ist nicht deine Aufgabe, mich infrage zu stellen, Frau. Es ist deine Aufgabe, mir zu dienen, in dem hier.«

Das tat mehr weh, als es hätte tun sollen, und Jule blickte auf die Wunde unter ihrem Tuch und darauf, wie sich die graue Haut bereits wieder zusammenzuziehen schien. »Wieso ist das nicht meine Aufgabe?«, schoss sie zurück. »Ich *kannte* einige dieser Männer. Mein Ehemann zahlt ihre *Löhne*. Sie waren nur *meinetwegen* hier. Und jetzt sind sie *tot*, und ich darf dich nicht einmal fragen, *warum*?!«

Ihre Stimme klang schrill, ihre Finger erschlafften auf dem Stoff und ihre Augen blinzelten zu ihm hinunter. Und dann sah sie Grimarrs große Hand, ohne Krallen, die sich um ihre Finger schloss und sie zum nächsten Schnitt führten, der viel tiefer auf seinem Oberkörper lag.

»Ich habe das getan, um zu zeigen, dass ich eine echte Bedrohung bin«, sagte er schließlich mit flacher Stimme. »Eine, die die Menschen nicht abtun oder ignorieren können. Es gibt nur noch tausend Orks in diesem Reich, und ich werde nicht zusehen, wie wir ausgelöscht werden.«

Jule wischte mit ihrem Tuch gefährlich nah *daran* vorbei und hielt ihren Blick sorgfältig abgewandt, bis sie fertig war, um dann schnell zu seinem Rücken zu huschen. Sie holte tief Luft und ließ sie wieder heraus, als sie die mächtige Breite seiner Schultern, die wogenden Muskeln seines vernarbten Rückens und die hohe, harte Wölbung seiner Arschbacken erblickte.

»Es gibt nur noch tausend von euch?«, brachte Jule hervor, während sie eine Wunde an seiner vernarbten, grauen Schulter abwischte. »Das kann doch nicht sein, gibt es nicht überall im Reich Orks?«

Die Schulter zuckte und der Muskel bewegte sich unter ihrer Hand. »Orks verstecken sich an vielen Orten«, sagte seine schroffe Stimme. »Aber wir sind mit jeder Jahreszeit weniger geworden. Es gibt nur wenige Neugeborene und viele Tote.«

Oh. Jule wischte weiter über eine alte, geschwungene Narbe auf seinem Rücken, die beunruhigender Weise wie die Linie einer Axtklinge aussah. Sie hatte das meiste Blut abbekommen und obwohl sie erwartet hatte, auch Schmutz und Dreck auf ihm zu finden, war davon auf ihrem Tuch nichts zu sehen. Nur das Blut, vielleicht badeten die Orks ja doch, wie sonst wäre seine Haut so glänzend, glatt und sauber?

»Um die Worte der Menschen zu wiederholen«, sagte Jule. Betrachtete sie sie schon als etwas Separates, irgendwie? »Es gibt Tausende und Abertausende von Orks, die sich versteckt halten und nur darauf warten, alle Frauen zu stehlen und alle Männer zu töten.«

Grimarrs Rücken spannte sich unter ihren Fingern an und seine Schultern wurden steif. »Die Menschen halten *uns* für grob und töricht«, zischte er. »Doch sie können nicht zählen, sich nicht an ihre eigenen Grausamkeiten erinnern oder die Geschichten ihrer eigenen Frauen verstehen. Sie *entschieden* sich dafür, in der Dunkelheit zu leben.«

Jule schien darauf keine Antwort zu haben – *hatte* sie jemals eine Geschichte aus erster Hand über die Begegnung einer anderen Frau mit einem Ork gehört? Nach einer Weile des Schweigens ließ sie ihr Tuch fallen und griff stattdessen nach dem metallenen Fläschchen, das Baldr mitgebracht hatte. Es war tatsächlich Öl, genau wie sie es verlangt hatte, und sie goss etwas davon in ihre Handflächen, dann – sie holte tief Luft – streckte sie sich langsam und vorsichtig nach oben und strich mit ihren glatten Händen über Grimarrs breiten, vernarbten, grauen Rücken.

Die Muskeln zuckten leicht bei der Berührung, aber seine Haut war so warm, so weich. Genug, dass Jule ihre Finger etwas weiter spreizte, den Druck verstärkte und das Öl in die seidige, vernarbte Haut rieb. Dabei kam ihr in den Sinn – völlig unpassend –, dass Astin keine Narben gehabt hatte. Sein Rücken war blass und glatt gewesen, seine Schultern schmaler als ihre eigenen. Und wieder war da die Erinnerung an die Orks, die um eine Audienz ohne Blutvergießen gebeten hatten, und wie Astin so unbekümmert ihren Tod angeordnet hatte. Wie Astin danach kalt und selbstgefällig und zufrieden gelächelt hatte.

Jule hatte das damals abscheulich gefunden und stellte mit

Erstaunen fest, dass sie es jetzt noch abscheulicher fand. Und dass ihre Hände scheinbar von selbst zu den angespannten Schultern wanderten, sie rieben und kneteten. Sie versuchte, die Verspannungen zu lösen und zu spüren, wie sie sich unter ihren Fingern ein wenig lockerten.

»Würdest du dich auf das Bett legen?«, fragte sie, bevor sie die Nerven verlor. »Damit ich dich besser erreichen kann?«

Einen Moment lang herrschte Stille, aber dann nickte Grimarr und tat es. Seine riesige nackte Gestalt entfernte sich von ihr, die Muskeln rollten und kräuselten sich bei jedem Schritt, bis er sich mit dem Gesicht nach unten auf das Bett fallen ließ, den zerzausten Kopf in seinem Arm vergraben.

Er musste müde sein, dachte Jule jetzt – er hatte gerade eine Schlacht angeführt, und trotz allem, was Baldr gesagt hatte, mussten Orks auch mal schlafen – und sie hatte ein seltsames Gefühl im Magen, als sie die Ölflasche und den Kamm in die Hand nahm und auf ihn zuging. Als sie ihn wieder sah, lag er still und ruhig da und seine einzige Bewegung war das leichte Heben und Senken seines vernarbten Rückens durch seinen Atem.

Jule konnte nicht aufhören zu starren, als sie erst ein Knie auf das Bett legte, dann das andere. Mit ihren seltsam zittrigen Fingern verteilte sie das Öl großzügig auf seinem Rücken, wo es sich in die tiefe Linie der schrecklichen, geschwungenen Narbe ergoss.

Diesmal fiel es ihr leichter, ihn zu berühren und das Öl über die glatte, seidige Haut gleiten zu lassen. Und dann knetete sie es fester in den Muskel, bearbeitete ihn mit Handflächen und Fingern, während sich ihr Körper immer tiefer über ihn beugte. Sie atmete den lieblichen Duft des Öls ein, der sich tief mit dem süßen Moschus seiner Haut vermischte.

»Gefällt dir das?«, murmelte sie. »Soll ich weitermachen?«

»Ja«, antwortete seine gedämpfte Stimme. »Du sollst mich wie einen König verehren.«

Richtig. Und wenn Jule ihn wirklich wie einen König behandeln würde – sie konnte sich einen erhitzten Blick nach unten auf den harten, muskulösen Hintern nicht verkneifen – würde sie nicht nur seinen Rücken, sondern seinen ganzen Körper einölen, oder? Es gab doch keine Alternative, oder?

Ihre Hände fühlten sich fast begierig an, als sie sie mit mehr Öl einschmierte und dann langsam bis zu der glatten Wölbung des harten Arsches hinuntergleiten ließ. Ihre Berührung ließ ihn zusammenzucken und Jule holte erschrocken Luft, als sie ihn umfasste, knetete und ihre Finger spreizte. Während ihre Augen den Anblick der blassen Hände auf der grauen Haut genossen, strich sie nur leicht über seine Spalte, wagte es aber nicht, zu tief einzudringen.

Als Nächstes fuhr sie mit ihren Fingern über seine kräftigen Oberschenkel, die genauso glatt und muskulös waren wie der Rest von ihm und zwischen denen sie einen Blick auf weitere schwarze Haare erhaschte. Und dann zu seinen Kniekehlen, seinen muskulösen Waden und seinen riesigen Füßen, die überraschend gut geformt waren, bis auf die beunruhigenden Krallen, die sich genau wie die seiner Hände zurückzogen, sobald sie ihnen näher kam.

Sie nahm sich Zeit, als sie wieder nach oben wanderte und die Haut hinter sich geschmeidig und glitzernd zurückließ. Dann verweilte sie wieder auf seinem breiten Rücken und fuhr vorsichtig über die schreckliche Narbe, bis sie schließlich zu seinem Hals aufstieg, zu dem verfilzten schwarzen Haar.

Eine vorsichtige Berührung des Haares bestätigte, dass es trotz der Verfilzungen glatt und seidig war, und in einem Anflug von Wagemut setzte sich Jule mit gespreizten Beinen auf Grimarrs Rücken, ihr nackter Körper hing offen und entblößt über ihm, während sie mit den Fingern durch sein Haar strich und es von seinen spitzen, grauen Ohren wegzog. Sie griff nach dem Kamm und begann, die Knoten herauszukämmen und das Haar glatt zu bürsten.

Und wie der Rest von ihm war es überraschend und

eigenartig anziehend. Die dicken, seidigen und schwarzen Strähnen glitten weich über ihre Finger, und je mehr sie sie kämmte, desto glänzender sahen sie aus, während sie in Wellen über seine Schultern fielen. Teilweise reichten sie ihm fast bis zur Mitte des Rückens, und Jule wünschte sich, sie hätte nach einer Schere gefragt, um sie gerade zu schneiden, um es so schön aussehen zu lassen, wie es eigentlich sollte.

Stattdessen flocht sie sie ordentlich und schmierte sie mit Öl ein. Nachdem sie etwas zum Zusammenbinden gesucht hatte, fischte sie einen Faden – oder vielleicht Darm – aus seinem zerrissenen Hemd auf dem Boden. Zum ersten Mal, seit er sich hingelegt hatte, hob er den Kopf und sah sie an. Sein Anblick – das glatte Haar, die spitzen Ohren, die kräftigen Muskeln und die glänzende Haut – ließ die Hitze in Jules nacktem Unterleib aufsteigen.

»Dein Haar ist wirklich ganz passabel«, sagte sie, als sie sich wieder neben ihn kniete und das Ende des Zopfes abband. »Reiche Männer würden eine Menge Geld für eine Perücke davon bezahlen.«

Grimarrs Lippen kräuselten sich in offensichtlicher Abneigung, und er stützte sich auf seinen Ellbogen, um sie stirnrunzelnd anzusehen. »Ich habe diese Männer mit ihren albernen Perücken gesehen«, sagte er mit so überzeugter, entschiedener Verachtung, dass Jule nicht verhindern konnte, dass ihr Mund zuckte. »*Bezahlen* sie dafür?«

Jules Hände zuckten und sie unterdrückte ein Glucksen, das an ein Schnauben erinnerte. »Perücken sind in Mode«, sagte sie. »Astin trägt oft eine.«

»Lord Norr ist ein Schwachkopf und ein Narr«, antwortete Grimarr bissig. »Mit einer Perücke könnte man ihn für ein kleines Kind oder einen Besen halten.«

Damit ließ er den Kopf auf die Hände sinken, als wäre die Sache damit erledigt, und Jule biss sich auf die Innenseite ihrer Wangen und versuchte verzweifelt, nicht zu lachen. »Du solltest ihn in seinen rehbraunen Reithosen und seinem gelben Seidenmantel sehen«, hörte sie ihre brüchige Stimme sagen, und viel zu spät hielt sie sich den Mund zu, denn warum sagte sie so etwas über ihren Mann? Zu einem Ork, den sie gerade am ganzen Körper massiert hatte? War sie verrückt geworden?

Aber es war zu spät, denn Grimarr warf ihr tatsächlich ein selbstgefälliges Grinsen über die Schulter zu, und mit einer Bewegung rollte er sich auf den Rücken und ließ sich fallen. Er präsentierte ihr die breite Brust, den gewellten Bauch und – Jule schluckte – die geschwollene, noch immer leckende Härte. Er ragte aus einer Masse von dichten schwarzen Haaren heraus, lag flach an seinem muskulösen Bauch und sah zu groß, zu obszön aus, um echt zu sein.

Sein Duft war aufgestiegen, als er sich umgedreht hatte, dieser berauschend süße Moschus, der durch die Luft wirbelte, und Jule konnte nicht verhindern, dass ihre Zunge ihre Lippen benetzte. Eine Bewegung, die Grimarr offensichtlich nicht entging, denn seine schwarzen Augen verengten sich, während sein Blick auf ihrem Gesicht verweilte und dann tiefer sank, zu ihren nackten Brüsten, den spitzen Brustwarzen und der sich zusammenziehenden, verräterischen Hitze zwischen ihren Beinen.

»Du wünschst dir das«, sagte er mit einer nicht geringen Spur von Befriedigung. »Du wünschst dir einen starken, mächtigen Gefährten, der keine Perücke trägt. Du wünschst dir, mich anzubeten, Frau.«

Bei allen Göttern, er war so unglaublich eingebildet, wie hatte Jule das nur vergessen können? Vielleicht hätte sie fairerweise darauf hinweisen sollen, dass Astin sich nicht immer so kleidete und dass der Anblick seiner hochgewachsenen Gestalt in Reitstiefeln und hochgekrempelten Hemdsärmeln sie schon immer in den Wahnsinn getrieben hatte –, aber die Vorstellung davon war bereits verschwunden und durch den Anblick ihrer eigenen kühnen Finger ersetzt worden, die fast begierig über die seidige Haut von Grimarrs nacktem Oberkörper strichen. Dieser schien nun erstaunlicherweise keine erkennbaren Spuren mehr von seinen Verletzungen zu zeigen.

»Mein einziger Wunsch hierbei, Ork«, sagte Jule mit Verspätung, »war es, deinen Zorn über meinen vermeintlichen Verrat an dir abzuwenden. Das ist *alles*.«

Grimarrs Lächeln kam unerwartet und war wölfisch im frühen Morgenlicht, und eine seiner großen Hände wanderte nach unten und – Jule konnte sich ein ersticktes Keuchen nicht verkneifen – legte sich um seinen harten, triefenden Schwanz. Dann glitt diese Hand dreist und aufreizend langsam nach oben und melkte mehr von der klebrigen Flüssigkeit, sodass sie über seine glatte Eichel floss und heruntertropfte.

»Du lügst, Frau«, murmelte er, und vielleicht hatte er recht, denn Jules Augen waren bei diesem Anblick gefangen, und sein schamlos muskulöser Körper spannte sich ein wenig an, als seine Hand wieder nach oben glitt und noch mehr weiße Flüssigkeit in seine Finger lief. »Du willst deinen hungrigen Schoß mit meinem Samen füllen.«

Jule schluckte schwer und suchte vergeblich nach einer passenden Widerrede, und Grimarr lachte noch einmal, während die Hitze in ihrem Bauch erregend brodelte. »Auch wenn du noch immer von deiner letzten Benutzung leckst«, fuhr er fort, und plötzlich war seine andere Hand da, *hier*, und drückte sanft und anregend gegen ihre Rundung. »Du bettelst darum, wieder benutzt zu werden. Du bettelst darum, wieder um meinen Schwanz herum gespreizt zu werden.«

Jule konnte nur starren, viel zu abgelenkt, um zu widersprechen, erst recht, als – ihr blieb der Atem im Hals stecken – er diese massiven Schenkel weit auseinander fallen ließ, frech und schamlos. Er zeigte ihr noch mehr wogende Muskeln, noch mehr dunkle Haare und den entsetzlich erregenden Anblick seiner riesigen, geschwollenen Eier, die sich tief zwischen seine Beine geschoben hatten.

»Ich werde das tun«, versprach er, und sie spürte, wie seine

Finger sie zwischen ihren eigenen Beinen ein wenig auseinanderzogen und an ihrer feuchten, zitternden Hitze rieben. »Aber zuerst möchte ich, dass du mich schmeckst.«

Ihn schmecken. Jule stockte wieder der Atem, während sich ihr verräterischer Körper fest um seine forschenden Finger krampfte. Das konnte sie unmöglich, natürlich nicht, das war abscheulich – er war ein *Ork* –, aber ihre Augen waren immer noch auf die riesige, zitternde Härte gerichtet. Auf die mächtige Hand, die ihn immer noch melkte und ihn mit Rinnsalen aus klebrigem Weiß überzog.

»Eine wahre Untertanin würde sich wünschen, ihren König zu schmecken«, säuselte seine Stimme. »Sie würde an ihm saugen wie ein Baby an einer Zitze.«

O Götter, er war so ein scheußliches, unmögliches *Biest* – und noch viel mehr, als er einen Finger bewegte, um die glatte, triefende Eichel zu berühren, und ihn absichtlich und wie gewohnt in die tropfende Öffnung gleiten ließ. Und dann – oh, was zur Hölle –, führte er seinen Finger, der nun vor weißer Nässe triefte, wieder nach oben und schob ihn langsam zwischen Jules keuchende, geöffnete Lippen.

Sie hätte ihn wegstoßen sollen, hätte sagen sollen, dass das grotesk, unmoralisch und falsch war – aber sie war immer noch gefangen von seinem Anblick, seinem berauschend süßen Geruch und dem Gefühl, wie dieser dicke Finger in ihren Mund eindrang. Und *dann*, plötzlich und schockierend, überschwemmte er sie und übertönte alles andere – der Geschmack. Satt, reichhaltig, süß, warm, *wunderbar*.

Jules Augenlider flatterten, ihr Mund saugte plötzlich an dem eindringenden Finger und Grimarr gab wieder eines dieser tiefen, rollenden Lachen von sich. »Das gefällt dir«, murmelte er, während er den Finger loszog und wieder nach unten ging, um noch mehr von der dicken Süße auf dem Finger zu sammeln und ihn dann wieder in Jules Mund zu stecken. »Wie schmecke ich, Frau?«

Jule hätte lügen sollen, aber ihre wirbelnde Zunge hätte sie verraten, und ihr Blick war in den beobachtenden, halb geschlossenen Augen gefangen. »Süß«, sagte sie, als sie seinen Finger umschloss. »Wie Honig.«

»Gut«, erwiderte Grimarr und seine Hand legte sich um ihren Hinterkopf und führte sie nach unten, zu seiner riesigen, triefenden Männlichkeit. »Komm. Trink. Fülle deinen hungrigen Bauch mit meinem Samen.«

Es schien keine Möglichkeit zu geben, sich zu weigern, nicht wenn die Quelle dieses Geschmacks so nah war, so roch, so aussah und noch mehr von seiner Fülle nur für sie ausspuckte. Mit einem harten, kräftigen Atemzug zog Jule sich näher heran und kostete ihn.

Es war nur eine winzige Berührung mit der Zunge, ein einziger Ruck berauschender Süße, aber Grimarr keuchte auf, sein muskulöser Körper wand sich unter ihr, seine Schenkel schlossen sich eng um ihre. »Ja, Frau«, flüsterte er. »Mehr.«

Mehr. Wieder gab es keine Gegenwehr, nicht einmal einen Gedanken daran, und Jule streckte ihre Zunge wieder heraus, um noch mehr von dieser unmöglichen, reichen Wärme zu schmecken. Das entlockte Grimarr ein weiteres Keuchen, und das wiederum ihr ein seltsames Zucken der Lust, das sie dazu brachte, es noch einmal zu tun. Diesmal ließ sie ihre Zunge noch ein wenig länger verweilen und spürte, wie seine seidig heiße Härte gegen sie bebte.

»Ja«, hauchte Grimarr, und seine starke Hand krallte sich hinter ihrem Kopf fest und zog sie näher zu sich heran. »Sauge an mir, Frau. Ich werde dich mit gutem Samen füttern und dich fett und gesund machen.«

Jule blickte wieder in diese Augen und hatte das entfernte Gefühl, dass sie dagegen protestieren und darauf hinweisen sollte, dass es sich hier nicht um Essen handelte, aber die unerbittliche Hand auf ihrem Kopf führte sie nur noch näher heran, während seine andere den dicken Schwanz auf sie richtete und seine Augen sie aufmerksam, entschlossen und kontrolliert ansahen.

Und als die harte, triefende Eichel auf ihren Mund traf, konnte Jule nur keuchen und dabei zusehen, wie sie ihn nahm. Sie sah zu, wie die große, graue Hand den riesigen, köstlichen Schwanz tiefer in ihren Mund führte und ihre Lippen immer weiter um ihn herum spreizte. Die Lippen spreizten sich immer weiter um ihn herum, bis sie fast bis zum Anschlag geöffnet waren. Durch die heiße, enge Reibung sank er immer tiefer in sie hinein und drückte schließlich seine glatte, auslaufende Eichel tief in Jules zuckende, fast würgende Kehle.

»Ja«, flüsterte er erneut, und schon der Klang dieses Wortes ließ Jule aufstöhnen und entlockte ihm ein halb lachendes, halb knurrendes Geräusch als Antwort. Der Schwanz zwischen ihren Lippen schien noch mehr anzuschwellen, er bebte von der Basis bis zur Spitze und verströmte noch mehr heiße Süße in Jules Kehle.

»Du bereitest mir Freude, Frau«, sagte er sanft, und ein weiterer Blick in seine Augen zeigte, dass er zufrieden und vielleicht sogar stolz war. »Ich habe noch nie eine Frau gehabt, die mich so tief genommen hat.«

Seine anderen Frauen hatten das also *auch* getan, und wieder stieg diese seltsame, unerklärliche Welle der Eifersucht auf. Sie fragte sich, wie sie wohl ausgesehen hatten, ob er sie jemals so angesehen hatte, mit diesem Stolz und dieser Freude und vielleicht sogar Ehrfurcht, die in seinen hungrigen schwarzen Augen schimmerten.

Und ohne es zu wollen, schaute Jule ihm in die Augen, holte tief Luft und saugte an ihm, kräftig. Sie zog ihn so tief in ihren Rachen, dass ihr das Wasser in die Augen stieg, aber das war es wert, denn sein muskulöser Körper wand sich unter ihr und sein Mund stieß ein raues, gutturales Stöhnen aus, als er noch mehr von dieser reichen Süße ausstieß, und zwar in einer fast schon erstaunlichen Menge, die ihren Mund mit ihrem Genuss überschwemmte.

Scheiße, war das gut! Besser als Kuchen, als süßer Wein, als frisches Obst vom Weinstock. Und plötzlich gab es keinen anderen Gedanken mehr, als noch mehr zu trinken, ihren Mund und ihren Bauch zu füllen, härter und tiefer zu saugen, denn sie konnte schon sehen, wie das das meiste herausholte und es aus den riesigen Eiern darunter herauszog.

Und als eine ihrer Hände die geschwollenen Eier umfasste und die andere den riesigen Schwanzansatz nur teilweise umschloss, sagte Grimarr nichts, beschwerte sich nicht. Er spreizte nur seine Schenkel weiter, das Stöhnen aus seinem Mund war jetzt fast ununterbrochen, seine Finger krallten sich tief und kräftig in ihr Haar.

»Ja, Frau«, keuchte er zwischen einem Stöhnen und dem nächsten, seine Augen blickten dunkel und verschwommen in ihre. »Gute Frau. Ja.«

Es war herrlich und wahrscheinlich das Erregendste, was Jule in ihrem *Leben* getan hatte, und die Zeit um sie herum schien zu verschwinden, sich in Luft aufzulösen, selbst als das Licht durch das kleine Fenster des Zimmers immer heller wurde. Es brachte jeden Muskel und jede Narbe von Grimarrs riesigem, straffem Körper zur Geltung, jede Verformung seines Gesichts, jede Bewegung seines Halses. Und Jule saugte weiter, jetzt hörbar, und machte feuchte, schlürfende Geräusche, die eigentlich erniedrigend hätten sein sollen, aber sie schienen den Hunger nur noch größer, heftiger und heißer zu machen.

Als Grimarrs Hände auf ihrem Kopf sie schließlich nach oben zogen, wehrte sie sich dagegen, versuchte, ihn wieder zu erreichen – aber sein Griff war fest, und seine Augen waren vielleicht genauso berauscht und benommen wie ihre. »Es wird dir schlecht gehen«, grummelte er leise, während einer seiner Finger fast ehrfürchtig über ihren geschwollenen, wunden Mund strich. »Und dein Schoß hungert immer noch, nicht wahr?«

Jule antwortete nur mit einem hilflosen Stöhnen, und diese starken Hände griffen nach unten und zogen sie hoch. Mit überraschender Leichtigkeit spreizte sie ihre Beine weit über seine Hüften und brachte ihre glühende, gierige Nässe gefährlich nahe an den glitschigen, leckenden Schwanz.

»Ich wünsche, dass du mich reitest«, murmelte er, während eine seiner Hände zwischen ihre Beine glitt und sie mit sicheren, starken Fingern spreizte. »Ich möchte spüren, wie du tief auf meinem Schwanz sitzt.«

Jule konnte nicht einmal so tun, als würde sie protestieren, und die erste Berührung des harten, prallen Schwanzes ließ sie aufschreien, ihren Körper sich fest zusammenziehen und nach mehr verlangen. Und als er seine Hüften leicht anhob und die glatte Eichel noch ein wenig tiefer in ihre tropfnasse Hitze drückte, stöhnte und keuchte sie, ihre Augenlider flatterten wie wild, Götter, er fühlte sich so gut an, er hatte kein Recht, sich so verdammt *gut* anzufühlen.

Von ihren Augen, die er sehr aufmerksam beobachtet hatte, wanderte sein Blick zu seinem Schwanz, der zwischen ihre Beine stieß. »Ich sehne mich danach, das zu sehen, Frau«, murmelte er. »Ich habe mir schon lange gewünscht, die Freude einer Frau zu erleben, die vollständig auf meinem Schwanz sitzt. Keine andere Frau hat das in all meinen Tagen getan.«

Ihr Götter, Jule konnte nicht *denken*, und plötzlich hatte sie Visionen von anderen Frauen, die das taten, versuchten, es zu tun. Sie konnte es besser, natürlich konnte sie es, und sie winkelte ihre Hüften an, ließ sich noch ein bisschen tiefer auf ihm nieder und legte ihre zittrigen Hände auf die narbige, seidige Brust.

»Ja, Frau«, säuselte er, und das Gewicht dieser großen Hände führte sie nach unten und spreizte sie weiter. »Sauge mich tief in dich. So wie du mich in deinen Hals gesaugt hast.«

Jule antwortete mit einem erstickten Stöhnen, ihr Körper drückte jetzt nach unten und sank mühsam auf den heißen, bohrenden Druck. Sie spürte, wie sie auseinander gepresst und in zwei Teile gespalten wurde, als die dicke, heiße Nässe aus ihrem Inneren herausschoss. Oh, Scheiße!

Er stieß immer weiter nach oben, seine schwarzen Augen

waren gierig auf diesen Anblick fixiert. Sein riesiger Schwanz, der halb in ihr steckte, drang immer tiefer und langsamer in sie ein. Bis er komplett zum Stehen kam, noch nicht ganz drin, und Jule konnte ihn auf keinen Fall noch tiefer nehmen, nicht so, sie konnte nicht …

»Mehr, Frau«, sagte Grimarrs erregte Stimme, aber Jule schüttelte den Kopf. Sie hatte schon ihr ganzes Gewicht auf ihm, er war schon überall, füllte ihren Körper, ihre Gedanken, ihre Welt aus, ihr Atem stockte und sie sah Sterne.

Dann waren Grimarrs Finger wieder da, sanft und warm zwischen ihren Beinen und zogen sie weiter auseinander, um seinen steinharten, eindringenden Orkschwanz herum. Aber es gab keine Regung, keinen Weg, er würde seine dumme Fantasie woanders erfüllen müssen, mit einer anderen Frau, und warum fühlte sich der Gedanke so schrecklich an? Was zum *Teufel* stimmte nicht mit ihr?

»Frau«, hörte sie Grimarrs Stimme, die jetzt sanfter klang, und als Jule die Augen aufschlug, waren seine Augen da, beständig und sicher. Er schaute in sie hinein, berührte sie tief im Inneren. Es fühlte sich fast so stark an wie dieser Schwanz, der fest zwischen ihren Beinen steckte.

»Du gefällst mir«, flüsterte er, und da waren diese großen Hände, die sich schützend über ihre zitternden Brüste legten. »Du bist reif und reich und süß. Dein Mund und dein Schoß sind strahlende Geschenke der Götter an mich.«

Die Götter hatten einen kranken Sinn für Humor, dachte Jule, aber der Gedanke verschwand so schnell, wie er gekommen war, und wurde nur durch das Gefühl starker Hände ersetzt, die sanft und warm über ihre geschwollenen, allzu empfindlichen Brustwarzen strichen. »Ich sehne mich nach dir«, murmelte er. »Ich sehne mich danach, dir viele starke, kräftige Söhne zu zeugen. Ich sehne mich danach, dich mit meinem Samen erblühen zu sehen.«

Jule stieß ein weiteres hilfloses Stöhnen aus und drückte ihre Brüste gegen die Berührung seiner Hände. Als Antwort darauf spürte sie, wie der Schwanz noch mehr glatte, feuchte Hitze ausstieß und vielleicht noch ein bisschen tiefer in sie hineinrutschte.

»Gute Frau«, hauchte Grimarr, und seine Hände glitten hinunter, um ihre Taille zu umfassen und ihre nackten Hüften zu streicheln. »Setze dich ganz auf mich. Lehre dich selbst, dieses Geschenk anzunehmen.«

Die Worte waren lächerlich, dreist, aber der Ton und die Hitze waren viel zu stark, um sie zu ignorieren und trieben die pulsierende Härte noch höher und tiefer. Jetzt war er ihr so nah, sein grobes Haar kitzelte sie, so eng und voll und weit gespreizt, er war überall, er war alles.

Und mit einem letzten Stoß, einem letzten Schrei aus Jules Mund, war er drin. Er steckte bis zum Anschlag in ihr und spannte sie um seine riesige Basis, presste Haut an Haut, hielt sie gefangen.

»Scheiße«, keuchte Jule, alles zitterte, ihr Körper wehrte sich gegen die Invasion, obwohl er sich gleichzeitig nach ihr sehnte, sie willkommen hieß. Auch Grimarrs Atem ging stoßweise, sein massiges Fleisch pumpte in ihr, seine langen Wimpern flatterten über seine glasigen, hungrigen Augen.

»Ja«, hauchte er, legte seine Hände auf ihre Hüften und neigte sie ein wenig nach hinten, um sich einen besseren Blick zu verschaffen. Er stellte fest, dass es nichts mehr zu sehen gab, keine Spur von seinem prallen Schwanz, nur Jules geschwollenen, geöffneten Körper, der alles in sich aufnahm. »Du ehrst mich, Frau.«

Es kam keine Antwort, nur Jules rasche, keuchende Atemzüge, nur das Gefühl der eindringenden Hitze, die noch mehr dicke Flüssigkeit in ihr ausschüttelte. Und in diesem Moment blieb ihr nichts anderes übrig, als sich gegen ihn zu stemmen, gerade so viel, dass sie aufschrie und ein weiteres grollendes Keuchen aus Grimarrs zugeschnürter Kehle kam.

»Ja«, sagte er wieder. »Reite mich, Frau, und ich werde dich mit gutem, starkem Samen füllen. Ich werde dich mit meinen Söhnen befruchten.«

Sicherlich war es nur der Bund der Paarung, aber das Versprechen schien trotzdem in Jules Bauch zu glühen und den letzten Rest des Zögerns wegzubrennen. Zurück blieb nur das verzweifelte Verlangen, ihn zu ficken, es ihm zu demonstrieren, ihn in sich zu behalten. Um ihm zu beweisen, dass sie ihn ganz nehmen konnte, dass sie die einzige Frau war, die das je getan hatte, und dass er ihr jetzt seinen Samen schenken würde, dass er ihr *Söhne* schenken würde.

Ihre Körper rieben sich aneinander, Grimarrs Hüften hoben sich, während Jule nach unten kam, seine Hände drückten sie fest an sich, sodass sie ihm entgegenkam. Und verdammt, es fühlte sich gut an, Jules Kopf, ihr ganzer Körper, der sich nach hinten wölbte, der Schwanz, der in ihr herumspielte und sich füllte, er würde es tun, er musste es tun, heilige Scheiße! O Allmächtiger ...

Sein Schrei schien den Raum zu erschüttern, sein Körper krümmte sich ihr entgegen und sie spürte, wie sich seine Härte in ihr anspannte und dann feuerte. Wie eine Flut schoss er in sie hinein und füllte sie komplett aus, selbst als Jules Körper sich endlich zusammenzog, erstarrte und dann einknickte. Er donnert seine Erlösung mit einer unmöglichen, quälenden Ekstase in sie hinein. O ihr Götter! Oh, Scheiße, oh.

Als die Erregung wieder nachließ, war Jule verschwitzt, zittrig und immer noch auf dem gewaltigen, eindringenden Orkschwanz festgenagelt. Ihm zu entkommen, wäre der beste Plan –, sollte der beste Plan sein –, aber genau das war schon einmal schiefgegangen, nicht wahr? Als diese großen, warmen Hände sie an seine glatte, warme Brust zogen, wehrte sich Jule nicht, sondern ließ sich einfach in das seltsam beruhigende Gefühl seines auf- und absteigenden Atems fallen, während sein Herzschlag langsam unter ihrem Ohr pochte.

»Gute Frau«, grollte seine Stimme, als seine Hände langsam

ihren Rücken auf und ab streichelten. »Meine holde Gefährtin. Das hat mir gefallen.«

Es sollte keine Rolle spielen, das tat es auch nicht, aber Jule spürte trotzdem, wie ihr Körper sich tiefer an ihn schmiegte und in seiner wohligen Wärme versank. Sie hatte ihm gefallen und Wiedergutmachung geleistet. Sie hatte ihm gegeben, was sie beide gewollt hatten. Sie war müde, gesättigt und in *Sicherheit*.

»Schlaf«, flüsterte die seidige Stimme, als starke Arme sie umschlossen und sie in Sicherheit hüllten. »Ich werde dich halten.«

Das war alles, was Jule in diesem Moment hören wollte, also schloss sie ihre Augen und ließ den Schlaf kommen.

12

Jule wachte durch das helle Sonnenlicht des frühen Nachmittags und durch das Gefühl von etwas Kaltem an ihren Knöcheln auf.

Sie gähnte gemächlich, rieb sich die Augen und blinzelte trübe nach unten – dann spürte sie, wie ihr ein Schauer über den Rücken lief. Sie war in Grimarrs Bett, sie war nackt und allein, und sie war ... *angekettet*.

Sie setzte sich so schnell auf, dass sich der Raum drehte, und sie legte ihre plötzlich zittrigen Hände auf den kalten Stahl an ihren Knöcheln. Ja, es waren richtige von Orks gemachte Fußschellen, deren dicke, unpolierte Manschetten sich eng und hart um ihre Knöchel klammerten. Die Stahlkette, die die beiden Fesseln miteinander verband, war vielleicht so lang wie Jules Unterarm und reichte aus, um kleine Schritte zu machen, wenn sie nicht – wieder lief ihr ein Schauer über den Rücken – mit einer zweiten Kette verbunden gewesen wäre, die fest um den stählernen Bettpfosten geschlungen war.

Jule starrte sie eine gefühlte Ewigkeit an, während ihr Herzschlag mit jedem Atemzug wilder zu hämmern schien. Wo war Grimarr? Warum hatte er sie gefesselt? Hatte er das ...

Hatte er das *geplant*, als er ihr gesagt hatte, sie solle schlafen? Als er gesagt hatte, er würde sie festhalten?

Ein hektischer Blick in den Raum zeigte, dass Grimarrs Kleider weg waren – sowohl die schmutzigen als auch die sauberen, die Baldr mitgebracht hatte – ebenso wie der Kamm, die Schüssel mit Wasser und das Öl. Die einzigen Dinge, die noch da waren, waren Jules Unterrock und ihr Kleid, die immer noch am Ende des Bettes hingen, wo sie sie zurückgelassen hatte, und der Nachttopf, der – das erste leise Aufflackern von Wut in ihrem Bauch – nahe an das Fußende des Bettes gerückt worden war, damit sie ihn benutzen konnte.

Und sie musste ihn benutzen – verflucht sollte der Mistkerl sein! –, nicht zuletzt, weil ihre untere Hälfte immer noch klebrig und wund und mit seinen reichlichen Hinterlassenschaften durchtränkt war. Und wie sehr hatte Jule das gewollt, wie sehr hatte sie sich danach gesehnt, warum im Namen der Götter ließen der Anblick und der Geruch davon ihren Körper sich immer noch zusammenkrampfen, die Erinnerungen durch ihren Kopf wirbeln ...

Sie bediente sich schnell des Nachttopfs und säuberte sich so gut sie konnte, ohne Wasser oder Lappen, dann griff sie nach ihren Kleidern und zog sie sich über den Kopf. Anschließend setzte sie sich auf die Bettkante, faltete ihre Hände fest zusammen und schaute auf den Vorhang vor dem Eingang.

»Baldr«, sagte sie und ihre Stimme klang dünn und angestrengt. »Kann ich mit dir sprechen? Bitte?«

Aber es kam keine Antwort, kein Zeichen einer Bewegung, und Jule kämpfte die aufsteigende Panik nieder und holte noch einmal zittrig Luft. »Baldr«, rief sie, diesmal lauter. »Bist du da? Ist irgendjemand da? Hallo?«

Es war immer noch still, keine Bewegung hinter dem Vorhang, und Jule holte noch einmal tief Luft. »Hilfe!«, rief sie. »Baldr! Grimarr! Irgendjemand?!«

Ihre einzige Antwort war noch mehr Stille, die sich

bedrückend, leer und kalt anfühlte. Grimarr hatte sie gefesselt, an sein Bett gekettet und sie allein gelassen. Er sagte, sie gefalle ihm, er tat so, als sei er nett zu ihr, sie hatten getan, was sie getan hatten – und jetzt das?

Jule hatte ein dummes Prickeln in den Augen, ihr Atem kam scharf aus der Nase und sie schüttelte den Kopf und ballte ihre Hände zu Fäusten. Nein. Sie wusste es besser. Grimarr hatte sie manipuliert, sie belogen und benutzt. Schon wieder. Und was Jule letzte Nacht getan hatte – was sie jetzt tun würde – war die Planung ihrer Rache. Sie würde beobachten, warten, lernen. Sie würde sich verstellen. Sie würde Grimarr glauben lassen, dass er seinen Willen bekam. Und mehr nicht.

Es war genug, um ihre Augen trocken zu halten, genug, um still und schweigend dazusitzen. Vermutlich hatte nicht einmal Grimarr die Absicht, seine Gefährtin verhungern zu lassen, also musste es ein Zeitlimit geben, ein geplantes Wiederauftauchen zu einem bestimmten Moment. Oder etwa nicht?

Die Wartezeit fühlte sich endlos an, weil sie allein dasaß und nichts zu tun oder zu sehen hatte, und der Winkel verwehrte es Jule sogar, aus dem Fenster zu sehen. Stattdessen wiederholte sie ihre Pläne, immer und immer wieder, und kämpfte darum, sie in ihr Gehirn einzubrennen. Sie würde warten. Beobachten. Die Orks kennenlernen, ihren Berg, ihre Ressourcen, ihre Schwächen. Sie würde die Fluchtwege kennenlernen. Und dann würde sie fliehen und Astins Männern alles erzählen, was sie wusste.

Die Ablenkung kam schließlich, vielleicht eine Stunde später, in Form von Baldr, der mit seinem massigen, grünlichen Körper durch den Vorhang trat. »Hallo, Frau«, sagte er fröhlich. »Hast du gut geschlafen?«

Jule verkniff sich die erste Erwiderung, die ihr in den Sinn kam, und deutete stattdessen auf ihre Knöchel. »Ich bin gefesselt worden«, sagte sie und ihre Stimme verriet nur einen Hauch ihrer Wut. »An ein Bett.«

Baldr wich ihrem Blick aus und ging zu dem Bettpfosten, an dem die Kette befestigt war. Er zog eine Art Werkzeug heraus, das einem Schlüssel nicht unähnlich war, und fummelte an der Kette herum, bis sie sich löste und auf den Boden sank.

»So«, sagte er, obwohl er ihr immer noch nicht in die Augen sah, was vielleicht daran lag, dass die Fesseln selbst noch da waren und Jules Knöchel mit der viel zu kurzen Kette zusammenhielten. »Jetzt komm mit.«

Er drehte sich zur Tür, und Jule stellte sich auf ihre unsicheren Beine und versuchte, ihm zu folgen – aber schon der erste zaghafte Schritt war zu viel, denn die Kette hielt ihr Bein zurück, woraufhin sie das Gleichgewicht verlor und beinahe gegen die Wand gekracht wäre.

Zum Glück hatte Baldr sich rechtzeitig herumgedreht, ihren Arm mit einem kräftigen Griff erwischt und sie wieder aufgerichtet. »Kleine Schritte«, sagte er fröhlich. »Vielleicht ist es am besten, wenn du die Wand benutzt, um dich zu stabilisieren.«

Die Wut kochte wieder hoch, aber Jule unterdrückte sie und folgte Baldr gehorsam mit kleinen, schlurfenden Schritten aus dem Raum. Zurück in den dunklen Korridor, der immer dunkler wurde, bis Jule in der Schwärze des Raumes taumelte und sich mit einer Hand an der Wand und mit der anderen an Baldrs festem Arm festhielt.

»Wohin gehen wir?«, fragte sie, als Baldr sie um eine Ecke und in noch mehr undurchschaubare Schwärze führte. »Nach draußen?«

Ihre Frage klang unbestreitbar hoffnungsvoll, und Baldr lachte leicht, als wäre schon die Vorstellung absurd. »Nein, Frau«, sagte er. »In die Küche. Du sollst uns allen eine menschliche Mahlzeit zubereiten, schon vergessen? Und Kerzen.«

Seine Stimme klang ausgesprochen fröhlich bei dieser

Aussicht und Jule blinzelte in der Dunkelheit. Eine menschliche Mahlzeit. Und Kerzen. Für *die*?

»Ähm, Baldr«, sagte Jule, wobei sie einen Schritt zu weit ging und beinahe gestolpert wäre, »ich habe gesagt, dass ich diese Dinge für *Grimarr* tun werde. Nicht für euch *alle*.«

Einen Moment lang war es still vor ihr, und Jule konnte Baldrs Aufmerksamkeit in der Dunkelheit fast spüren. »Nein, Frau. Du hast uns alle verraten, als du letzte Nacht geschrien hast, um die Männer zu warnen. Deshalb musst du es bei uns allen wiedergutmachen.«

Was? »Das hat Grimarr absolut *nicht* so gesagt«, konterte Jule. »Und ich habe eindeutig gemeint, dass es nur für ihn gilt. Als ob ich euch *alle* niederlegen und wie Könige verehren würde?!«

Sie konnte ein komisches Knurren aus Baldrs Kehle hören, und zu spät erkannte sie, dass das wahrscheinlich eine Beleidigung war, wie so vieles bei diesen verfluchten Orks. »Natürlich war dieser Teil nur für deinen Gefährten gedacht«, erwiderte Baldr mit schroffer Stimme. »Aber der Rest ist für uns alle, und ich versichere dir, dass der Anführer das auch erwartet. Ich würde vorschlagen, dass du tust, was er wünscht. Um deinetwillen.«

Um deinetwillen. Es fühlte sich wie eine Drohung an – sogar *Baldr* drohte ihr jetzt? – und Jule blinzelte wieder einmal gegen das höchst unwillkommene Kribbeln hinter ihren Augen an. Sie spielte das nur vor. Sie beobachtete. Sie plante Rache.

Nach einer gefühlten Ewigkeit in der Dunkelheit – Jule hatte sich wieder einmal hoffnungslos verlaufen – betraten sie einen hohen, höhlenartigen Raum, der die Küche sein musste. An einem Ende des Raumes knisterte ein Feuer in einem großen Kamin, und Jule biss die Zähne zusammen und richtete ihren Blick auf das Licht. Sie würde es schaffen. Sie würde den Orks ihr verdammtes Abendessen zubereiten. Es war eine weitere Chance zu lernen, ein weiterer möglicher Vorteil. Oder?

Zwei Orks waren bereits in der Küche und arbeiteten an einem einzigen langen Tisch. Um sie herum waren die Wände mit Regalen und Fässern gesäumt – viele davon waren Fässer aus ihrem eigenen Keller, wie sie missmutig feststellte – und daneben stand ein stählerner Apparat, der wie ein großer Ofen aussah. Außerdem lagen verschiedene Werkzeuge und Kessel wahllos herum, und obwohl es dem Raum an Ordnung zu mangeln schien, war er nicht so schmutzig, wie Jule erwartet hatte, denn es war kein einziges Ungeziefer zu sehen.

»Also, was soll ich tun?«, fragte sie Baldr und blickte zwischen ihm und den beiden unbekannten Orks, die sie nun mit schmalen schwarzen Augen musterten, hin und her. »Einfach ... anfangen zu kochen?«

»Ja, genau«, antwortete Baldr. »Gegnir ist unser Chefkoch und Narfi ist sein Assistent. Sie werden dich anleiten.«

Jule schaute die beiden Orks und ihre starren, unfreundlichen Gesichter an. »Aber«, sagte sie hilflos, »aber für wie viele muss ich kochen? Und wann muss es serviert werden? Und was soll ich kochen, was essen Orks überhaupt gerne?«

Sie konnte hören, wie ihre eigene Panik in ihrer Stimme aufstieg, aber Baldr winkte einfach nur noch einmal den beiden starrenden Orks zu. »Sie werden dich anleiten«, sagte er wieder. »Und Orks essen alles gerne. Menschliches Essen ist immer ein Genuss.«

Damit drehte er sich um und trottete davon, sodass Jule allein in dieser seltsamen Küche zurückblieb, wo sie von diesen seltsamen Orks angestarrt wurde. Jule wusste genau, dass es oft eine Beleidigung war, einen Fremden in der eigenen Küche zu haben, vor allem, wenn der besagte Fremde das Essen angeblich besser zubereiten konnte als man selbst – also straffte sie die Schultern und schlurfte zu dem Ork hinüber, den Baldr Gegnir genannt hatte, den Chefkoch. Er sah älter aus als sie, hatte ein rötliches Gesicht und grau meliertes Haar, das er in einem dichten, unordentlichen Knoten auf dem Kopf trug.

»Hallo«, sagte Jule und bemühte sich um ein Lächeln in seine Richtung und dann auch zu dem anderen Ork. »Ich bin Jule. Danke, dass ihr mir helft.«

Keiner der beiden Orks antwortete, sondern schaute sie nur mit unfreundlichen schwarzen Augen an, und Jule holte noch einmal Luft. »Ich habe mich gefragt, ob ihr mir freundlicherweise eine Führung geben und mir erklären könntet, wie ihr hier vorgeht? Ich möchte gerne auf eure Art und Weise arbeiten.«

Gegnir grunzte ein wenig, nickte aber schließlich und winkte Jule zur nächsten Wand. Dann begann er mit kiesiger, stark akzentuierter Stimme zu erklären, wo die verschiedenen Vorräte aufbewahrt wurden, wie das Feuer immer brennen musste und wie der Herd vor dem Kochen auf eine bestimmte Temperatur gebracht werden musste.

»Und ... wie machen wir das jetzt am besten?«, fragte Jule ihn, nachdem er seine zugegebenermaßen informative Führung beendet hatte. »Vielleicht könnten wir ein paar Vorräte aus meinem Keller verwenden – etwas Wurzelgemüse und Schweinefleisch vielleicht? Wir könnten sie so zubereiten, wie es die Menschen normalerweise tun, und ich könnte Kuchen zum Nachtisch machen, wenn ihr irgendwas zum Füllen habt?«

Es würde eine einfache Mahlzeit werden, aber nach Jules Erfahrung bevorzugten Männer in der Regel einfache Mahlzeiten, und sie war froh, als Gegnir kurz nickte und fragte, wie man das Schweinefleisch am besten würzte. Bald standen die drei in einer Reihe am langen Tisch, Gegnir klopfte und marinierte das Fleisch, Narfi hackte das Gemüse und Jule hatte mehrere Säcke Mehl aus ihren eigenen Vorräten, ein Fass mit gesüßten Beeren, das offensichtlich irgendwo gestohlen worden war, und einen beunruhigenden Haufen von etwa zwei Dutzend Kuchenplatten vor sich.

»Wie viele Orks füttert ihr normalerweise?«, fragte Jule

Narfi, der ihr am nächsten stand, während sie damit begann, ihren Kuchenteig zu kneten. »Eine Menge, nehme ich an?«

Narfi nickte und warf Jule einen kurzen, verschlagenen Blick zu. »Wir füttern jeden Tag alle Orks des Berges mit dem Abendbrot. Manchmal sind es sechs Zehner, manchmal zwanzig.«

Zweihundert Orks pro Tag zu füttern, schien eine Menge Arbeit für zwei Köche zu sein, und Jule musterte Narfi, der etwas kleiner als die meisten anderen Orks wirkte und dessen Haar kurz zu seinem eiförmigen Kopf geschoren war. »Wie bist du dazu gekommen, diese Arbeit zu machen?«, fragte sie. »Weil du gerne kochst?«

Narfis Augen verengten sich, als wäre das eine unangebrachte Frage, also schlug Jule auf ihren Teig ein und versuchte es erneut. »Ich meine, hat mein Gefährte dir diesen Job gegeben? Verteilt er die Arbeit nach den Interessen seiner Brüder?«

Narfi entspannte sich sichtlich, und es war bemerkenswert, dass er, genau wie Baldr, ihre Fragen besser zu akzeptieren schien, wenn sie sich um Grimarr drehten. »Ja«, antwortete er. »Er hat mich um meine Wahl gebeten. Er weiß, dass ich im Kampf schwach bin.«

Er sagte diese Worte sachlich, aber nicht ohne Bedauern, und Jule beobachtete ihn aus dem Augenwinkel, während sie ihren Teig mit einem rostigen Nudelholz, das Gegnir gefunden hatte, ausrollte. »Hat Grimarr viele Orks, die im Kampf schwach sind?«, fragte sie, vielleicht zu beiläufig, denn Narfis Augen wurden sofort wieder schmal. »Nein«, schnauzte er. »Und ich wünschte, du würdest aufhören, Fragen zu stellen. Du bist hier, um zu arbeiten.«

Jule gehorchte, aber das machte den Nachmittag langweilig und mühsam. Sie rollte endlose Kuchen aus, während sie versuchte, heimlich zu beobachten, was Gegnir und Narfi taten, um sicherzustellen, dass sie das Essen richtig zubereiteten. Sie hatten auch begonnen, in Schwarzmund miteinander zu reden, was bedeutete, dass Jule keine Ahnung hatte, worüber sie sprachen, aber sie schauten sie oft genug an, um zumindest eines der Themen anzudeuten.

Außerdem wurde es im Raum sehr heiß, als sie den Ofen anmachten, und kaum lag der Geruch von gebratenem Fleisch in der Luft, kamen auch schon die ersten Orks in den Raum. Sie bildeten eine wahllose Schlange direkt vor dem verdammten Tisch, plapperten laut und starrten Jule an, während ihre schmerzenden Arme einen Kuchen nach dem anderen zubereiteten.

Grimarr war nirgends zu sehen, auch nicht, als Narfi den Orks endlich das servierte, was wie durch ein Wunder eine halbwegs anständige Mahlzeit zu sein schien. Zumindest gut genug für die Orks, jedenfalls nach der Anzahl derer zu urteilen, die eine zweite Portion verlangten, nur um von Gegnir lapidar darauf hingewiesen zu werden, dass sie sich wieder ans Ende der Schlange stellen mussten.

Die Schlange schien kein Ende zu nehmen, die Arbeit schien kein Ende zu nehmen, und je mehr Stunden vergingen, desto schwerer fühlten sich die Fesseln um Jules Knöchel an. Sie versuchte, sich zu konzentrieren, die Gesamtzahl der Orks zu berechnen, sich Namen und Rollen zu merken und die Gesichter, die sie beobachteten, mit einem Lächeln und Ehrerbietung zu begrüßen, anstatt sich zu ekeln. Aber so viele von ihnen waren so abstoßend, ein Meer von starrenden schwarzen Augen und pausenlos plappernden Stimmen, und – Götter! – Jule fühlte sich erschöpft und überwältigt und mit jedem weiteren Ork, der vorbeikam, mehr und mehr gefangen.

Sie war bei ihrem zweiundvierzigsten Kuchen und hatte insgesamt 137 Orks gezählt, als ihr Kopf hochschnellte und ihr Blick sich auf die Tür richtete. Denn – sie hielt sich an ihrem Nudelholz fest – da war Grimarr. Er betrat den Raum mit Baldr und ein paar anderen Orks, die sich unterhielten und lachten, und sein Anblick in der sauberen Tunika und mit dem Haar, das immer noch in dem von ihr geflochtenen Zopf steckte, verursachte ein unwillkürliches, hungriges Ziehen in Jules Leistengegend und ließ in ihrem Kopf die Alarmglocken schrillen. Nein. Nein. Er hatte sie belogen und manipuliert. Sie *gefesselt*. Sie würde sich rächen.

Sie zwang ihren Blick nach unten, konzentrierte sich auf ihren Kuchen und ignorierte die allzu scharfe Wahrnehmung von Grimarr, der immer näher und näher kam. Ein Teil von ihr nahm zähneknirschend zur Kenntnis, dass er mit den anderen in der Schlange wartete, während der andere Teil von ihr seine widerwärtige Anwesenheit verfluchte und sorgfältig darüber nachdachte, ob es eine legitime Möglichkeit sein könnte, das Abendessen der Orks zu vergiften.

»Frau«, sagte Grimarrs Stimme, als er nahe genug war, um zu sprechen, und Jule warf einen kurzen Blick nach oben und dann wieder nach unten. Sie verkrampfte sich beim Anblick seines dummen Gesichts. Sie mochte sein Gesicht *nicht*. Er war durch und durch, atemberaubend hässlich.

Er sprach nicht mehr, obwohl sie seine Augen auf sich spürte, während sie arbeitete und ihre seltsam zittrigen Hände einen weiteren Kuchen ausrollten. Und warum sagte er nicht etwas anderes? Vielleicht so etwas wie: *Es tut mir leid, dass ich dich allein und gefesselt zurückgelassen habe.* Oder: *Danke, dass du dein Essen mit mir und meinen hundert Freunden geteilt hast* – aber manipulative Männer wie er entschuldigten sich nie, bis sie Gefahr liefen, das zu verlieren, was sie wollten, und Grimarr bekam im Moment genau das, was er wollte, nicht wahr?

»Du hast es versäumt, mich darüber zu informieren«, sagte Jule schließlich und schlug mit ihrem Nudelholz kräftig zu, »dass ich nicht nur für dich, sondern für weit über hundert Orks Abendessen kochen würde.«

Grimarr gab ein Geräusch von sich, das wie ein Schnauben klang und in dem Lärm kaum zu hören war. »Du hast es angeboten, Frau«, sagte er. »Du hast meine Brüder an die Männer verraten, die unser Zuhause angegriffen haben. Du musst das wiedergutmachen.«

Jule warf ihm einen finsteren, wütenden Blick zu. »Gehört es auch zu meiner Wiedergutmachung, allein und gefesselt in deinem Bett zu liegen? Oder behandelt ihr Orks eure Gefährtinnen so?«

Die Orks in ihrer unmittelbaren Umgebung waren still geworden und hatten offensichtlich jedes Wort mitgehört, und Grimarrs Blick war wachsam und missbilligend auf sie gerichtet. »Letzte Nacht hast du dich als Feind präsentiert. Ich muss dich als solchen behandeln.«

Aus Jules Mund kam ein bitteres Lachen und ihre Hände schleuderten den platt gedrückten Teig geradezu in die nächstgelegene Kuchenplatte. »Willst du damit sagen, dass du das nicht schon vorher getan hast?«, fragte sie. »Mit den Drohungen, der *Entführung* und dem Einsperren hier in diesem *Gefängnis*?«

Sie konnte hören, wie Grimarrs Atem aus seinem Mund zischte, und er beugte sich über den schmalen Tisch zu ihr. »Sprich nicht so mit mir, Frau«, sagte er. »Ich werde dich nicht noch einmal warnen. Du hast zugestimmt, dich zu fügen.«

Das Unbehagen kroch scharf in Jules Kehle hoch, aber die kalte Wut war noch stärker und ertränkte jeden Sinn unter seiner ungerechten, erschöpfenden Wut. »Natürlich habe ich das«, schnauzte sie. »Man hat mir gedroht, mich zu knebeln, auszuhungern und mich für den Rest meines Lebens von der Sonne fernzuhalten! Glaubst du, ich würde dir jemals freiwillig gehorchen oder in diesem Höllenloch eingesperrt bleiben? Geschweige denn, euch Monstern bei der *Fortpflanzung* zu helfen?«

Die Worte schallten durch den Raum und übertönten die schnell leiser werdenden Stimmen, und vielleicht war es genau das, was Jule wollte. Sie wollte offen sagen, dass sie nicht besiegt war, dass sie nicht ihre Dienerin war, sie war besser als das hier, sie war eine *Lady* ...

»Du sollst nicht so über meine Brüder sprechen«, sagte

Grimarr, seine Stimme war tief und gefährlich. »Du wirst um unsere Gnade betteln, Frau. Sofort.«

Er stand da, drohend und abwartend, aber die Wut schrie weiter in Jules Kopf, schmerzhaft und elend. Wie konnte dieser Ork es wagen, von ihr eine Entschuldigung zu verlangen? Sie schuftete in seiner Küche wie eine *Dienerin*, und er hatte sie in gottverdammte *Fesseln* gelegt.

»Das werde ich nicht«, hörte Jule sich selbst sagen, während sie ihn herausfordernd ansah. »Es ist wahr, ihr seid alle brutale *Biester*! Seht euch nur an, was ihr mir gerade antut. Ich arbeite gefesselt, um euch das Abendessen aus meinen eigenen gestohlenen Waren zu servieren, unter Androhung meines eigenen *Hungertodes*.«

Aber Grimarrs Augen blitzten plötzlich vor Wut auf, und ohne Vorwarnung war er da, lehnte sich zu nah über den Tisch. Eine seiner Hände hatte sich schmerzhaft an Jules Schulter festgebissen, die scharfen Krallen drückten gegen ihre Haut, sein Atem war heiß in ihrem Gesicht.

»Ich werde dich nicht verhungern lassen«, sagte er mit kalter, bedrohlicher Stimme. »Aber ich werde folgendes tun, Frau. Ich werde deine Kleider verbrennen. Ich werde dir verbieten, dich zu verstecken. Ich werde dich für den Rest deines Lebens nackt unter meinen Brüdern wandeln lassen.«

Was?! Das würde er nicht tun, oder doch, aber seine andere Hand war bereits am Ausschnitt von Jules Kleid angelangt, seine Krallen tödlich und scharf. Und eine Kralle zog an dem schmutzigen Stoff, so fest, dass er fast zerriss.

»Ich werde dich vor ihren Augen durchpflügen«, fuhr Grimarr fort, Stimme noch tiefer. »Ich werde dich schreien, auslaufen und vor ihnen abspritzen lassen. Ich werde sie zum Lachen bringen.«

Jule erschauderte so stark, dass sie fast ins Taumeln geriet, und sie schaute verzweifelt zu der beobachtenden, lauschenden Masse von Orks hinüber, wobei ihr Herz plötzlich vor lauter Entsetzen hämmerte. »Was?«, hauchte sie. »Nein. Das kannst du nicht.«

Grimarrs schattenhafte Augen waren verbissen, hart und triumphierend. »Ich kann«, sagte er. »Und ich werde. Wenn du es noch einmal *wagst*, so mit mir zu sprechen, dann werde ich es tun.«

Jule spürte, wie sie nach hinten sackte und ihr Blick auf ihre mehlbedeckten Hände fiel, denn er hatte sie, dieser Mistkerl. Wieder einmal nutzte dieser hinterhältige Schweinehund ihre Schwäche aus, um sie zu manipulieren, und warum hatte sie sich überhaupt jemals etwas anmerken lassen? Wie hatte sie so schnell den Überblick über ihre Pläne verloren? Ihre Rache?

»Natürlich, Sire«, sagte sie schließlich, Blick auf den Tisch. »Ich werde tun, was du wünschst.«

Er stieß ein zufriedenes Grunzen aus, und die zuhörenden Orks begannen langsam wieder zu reden, wobei ihre Stimmen wieder zu einer Kakofonie anschwollen. Aber nicht laut genug, um das Hämmern in Jules Kopf und die brodelnde, elende Angst zu übertönen. Grimarr log. Grimarr drohte. Grimarr war ein Monster.

Schließlich fing sie wieder an, Kuchen auszurollen, obwohl sie jetzt langsamer arbeitete, zittrig, erschöpft und unglücklich. Sie kämpfte darum, es nicht zu bemerken und sich nicht darum zu kümmern, als Grimarr sich mit einem vollen Teller ihres Essens in der Hand abwandte und aus dem Raum ging, ohne sich noch einmal umzusehen.

13

Der Rest des Abends verging in einem Nebel aus Putzen, Erschöpfung und Schweigen.

Jule hatte die Orks wieder verärgert, wie sie feststellte. Gegnir und Narfi sahen ihr nicht in die Augen und sprachen auch nicht. Sie ignorierten sie einfach nur, während sie mit dem Aufräumen begannen, endloses Geschirr in einer steinernen Schüssel mit schmutzigem Wasser spülten und die Krümel von den Tischen und Böden auffegten.

Jule versuchte zu helfen, aber man machte ihr klar, dass ihre Hilfe nicht erwünscht war, und schließlich hörte sie auf und ließ sich gegen eines ihrer Fässer sinken, den Kopf auf den Knien. Sie war erschöpft – außergewöhnlich erschöpft – und fast vollständig mit Mehl bedeckt, und sie wollte nur noch schlafen, fliehen, allein sein.

Das war natürlich nicht möglich, denn nach einer viel zu kurzen Zeit hörte sie, wie sich jemand näherte. Und als Jule mit beunruhigend feuchten Augen aufblickte, stand dort Gegnir, der eine große Rolle mit etwas in der Hand hielt, das verdächtig nach Jules eigenem Bienenwachs aus ihrem Keller aussah.

»Als Nächstes, Frau«, sagte Gegnir mit seiner kiesigen Stimme, »sollst du Kerzen machen.«

Jule starrte ihn ausdruckslos an, bevor sie einen Laut ausstieß, der einem Lachen nicht unähnlich war. »Du erwartest von mir, dass ich *jetzt* Kerzen herstelle?«, fragte sie, wobei der Unglaube in ihrer Stimme deutlich zu hören war. »Tut mir leid, aber das kann ich nicht. Ich bin zu müde. Ich werde es morgen machen.«

»Es ist der Wunsch des Anführers«, beharrte Gegnir, und unter Jules Erschöpfung flammte die Wut wieder auf, so heftig, dass es fast schmerzhaft war.

»Natürlich möchte ich Grimarrs Wunsch erfüllen«, knirschte sie, »aber wenn ich jetzt versuche, Kerzen zu machen, falle ich wahrscheinlich direkt in den Topf mit heißem Wachs und sterbe.«

Damit brachte sie Gegnir zum Schweigen und schickte ihn zur Tür hinaus. Eine Entwicklung, die eigentlich willkommen hätte sein sollen, aber nur dazu diente, noch mehr Angst in Jules Bauch und noch mehr Elend in ihren Gedanken hervorzurufen. Wo wollte er hin? Sie verpetzen? Zu Grimarr, der ihre Kleider verbrennen würde?

Der unvermeidliche Anblick von Grimarr selbst, der mit Gegnir an den Fersen in den Raum schritt, ersparte ihr bald weitere Mutmaßungen. Und wieder einmal – Jule wich in Richtung des Fasses zurück – sah Grimarr wütend aus.

»Was soll das, Frau?«, verlangte er von ihr. »Mir wurde gesagt, dass du dich wieder weigerst, dein Wort zu halten. Und stattdessen schwörst du, dich selbst in Gefahr zu bringen, um mir zu entkommen?«

Götter, Jule fühlte sich gebrochen, wund, aber irgendwie zwang sie sich, den Kopf zu heben und den wütenden schwarzen Augen zu begegnen. »Ich habe mich nicht geweigert«, sagte sie müde. »Ich sagte, ich würde es morgen tun. Kerzenziehen kann gefährlich sein, und ich bin erschöpft, deshalb kann ich dumme Fehler machen, das ist alles, was ich meinte.«

Aus Grimarrs Kehle ertönte ein leises Knurren, seine Hände waren zu riesigen Fäusten geballt, und seine große Masse kam ihr viel zu nahe. »Du sagst viel zu viel, Frau«, zischte er. »Und danach verdrehst du dich und sagst, dass du diese Dinge anders meinst. Das macht mich wütend. Das bringt Schande über mich vor meinen Brüdern.«

Jule brachte Schande über ihn. Und vielleicht war das der Punkt, an dem Grimarr sie bestrafen würde. Vielleicht würde er jetzt seine Drohung wahr machen, ihre schmutzigen Kleider verbrennen und sie entwürdigen, während Gegnir und Narfi zusahen und lachten.

Ein ausgeprägter Schauer lief Jule über den Rücken, sie kniff die Augen zusammen und bemerkte aus der Ferne, dass ihr Herz gefährlich raste und ihr Atem viel zu schnell und flach kam. Ihr Kopf fühlte sich leicht an, und der Raum begann sich langsam zu drehen. Was würde Grimarr tun, wenn sie in Hysterie verfiel, wenn sie ihm zu Füßen fiel, wenn sie bettelte, feilschte, Versprechungen machte, irgendetwas.

Und ohne Vorwarnung, ohne Gnade, drängte sich die Erinnerung an Astin unerbittlich und lebhaft in ihre Gedanken. Seine große, gut aussehende Gestalt stand dicht und mächtig über ihr, die Peitsche fest in der Hand. Seine blauen Augen hatten teilnahmslos zugesehen, als sie gebettelt, gefeilscht und geschluchzt hatte.

Aber am Ende hatte es nichts geändert. Astin hatte trotzdem getan, was er vorgehabt hatte, aber vielleicht mit noch mehr Rechtfertigung, mit noch mehr Vergnügen als zuvor. Und als er danach zu Jule ins Bett kam, ihren bandagierten Körper an den seinen drückte und ihr flüsternd versprach, die besten Heiler des Reiches anzuheuern, hatte sie ihn sogar um Verzeihung gebeten, während er mit der höchsten Genugtuung eines Menschen, der nichts Unrechtes getan hatte, gelächelt hatte.

Und vielleicht hatte Jule diesen Ork als etwas anderes als Astin gesehen, obwohl sie sich in Wahrheit sehr ähnlich waren. Und wenn Jule die Zeit hätte zurückdrehen können und an den schrecklichen Tag mit Astin zurückgekehrt wäre, hätte sie sich geweigert zu betteln, zu schluchzen oder zu flehen. Stattdessen hätte sie ihm nichts gegeben. Nur eine distanzierte, gleichgültige Leere.

Das war etwas, woran sie danach gearbeitet hatte, wie eine Maske, die sie mit wechselndem Erfolg auf- und abnahm. Aber bei Astin hatte es geholfen, und den Göttern sei Dank, diese Maske war auch jetzt noch da, sodass sie an Grimarrs hässlichem Gesicht vorbei zu der flackernden Steinmauer dahinter aufblicken konnte.

»Natürlich, Sire«, sagte sie, ihre Stimme vorsichtig und höflich distanziert. »Ich erwarte deine Bestrafung.«

Sie konnte fast spüren, wie Grimarrs großer Körper zuckte, näherkam. »Du wirst mich ansehen, wenn du mit mir sprichst«, knurrte er, also tat Jule es und hielt ihre Augen unscharf, während sie in sein verschwommenes, immer noch abscheuliches Gesicht blinzelte.

»Natürlich«, sagte sie wieder. »Wie Ihr wünscht, Sire.«

Grimarr antwortete mit einem weiteren Knurren, und seine Hand legte sich fest um Jules Arm, zog sie hoch und dann zur Tür. Er ließ ihre erschöpften, gefesselten Füße rutschen und taumeln, aber er wurde nicht langsamer, sah sie nicht einmal an.

Das Labyrinth der schwarzen Korridore zog wie ein Nebel vorbei, und Jule konzentrierte sich ganz darauf, aufrechtzubleiben und ihre Gedanken distanziert und kühl zu halten. Sie würde ihm nichts geben. Sie würde ihre Zeit abwarten und sich rächen.

Als Grimarr sie schließlich zurück in sein Zimmer zerrte, blieb Jule an dem kleinen Fenster und dem winzigen Fleck Mondlicht hängen. So stark, dass sie sich von ihm losriss und halb schlurfend, halb torkelnd darauf zuging und ihre Hände hinausstreckte, in die echte Luft und das echte Licht – o Götter!

Der Duft der frischen, kühlen Luft in ihren Lungen schien ihre Maske und ihre Entschlossenheit nur noch zu verstärken. Und als sie Grimarrs großen Körper hinter sich spürte und seine schwere, warme Hand auf ihrer Schulter ruhte, drehte sich Jule nicht um, zuckte nicht einmal zurück.

»Frau«, sagte er. »Ich wünsche, dass du mich ansiehst.«

Natürlich tat er das, denn so funktionierte sein Ork-Bund zweifellos am besten, aber Jule schaffte es, ihre Augen bewusst auszublenden, als sie sich wieder umdrehte und ihn anschaute. Sie sah nicht ihn, sondern nur einen verschwommenen Schatten, der zu stark nach Moschus und Süße roch.

Und das war eine andere Art, wie er den Bund nutzte, mit dem Geruch, also atmete Jule vorsichtig durch ihren Mund und hielt ihre Atemzüge kurz und schwach. Sie sprach nicht und ließ auch keinen Gesichtsausdruck zu, denn das war nur noch mehr Futter für sein beschissenes, selbstsüchtiges Spiel.

»Du siehst mich nicht an«, sagte er schließlich in die Stille hinein, und Jule schüttelte den Kopf und blinzelte in sein unscharfes Gesicht. »Natürlich sehe ich dich an, Sire.«

»Das tust du nicht«, schnauzte er zurück. »Und ich möchte nicht, dass du mich *Sire* nennst.«

Jule kämpfte gegen den plötzlichen Drang an, ihn anzuschreien, und lächelte stattdessen freundlich. »Selbstverständlich. Was ist dir denn lieber?«

Einen Moment lang herrschte Schweigen und er neigte seinen riesigen Kopf, als würde er darüber nachdenken. »Du kannst mich Grimarr nennen«, sagte er. »Oder Gefährte.«

Gefährte. Jules Mund verzog sich zu einer bitteren Grimasse, aber sie zwang sich wieder zu einem freundlichen, distanzierten Lächeln. »Natürlich«, sagte sie wieder. »Gefährte.«

Sie schaffte es, dass es irgendwie schnippisch klang, was Grimarr nicht entging, denn aus seiner Kehle ertönte ein weiteres Knurren. »Du wirst ehrenvoll mit mir sprechen, Frau. Wie es mir gebührt.«

Die Drohung in seiner Stimme war so real wie Astins Peitsche – er könnte ihre Kleider verbrennen, sie vor seinen Freunden nehmen – und ein weiterer harter, unwilliger Schauer lief Jule über den Rücken. »Verzeih mir, Grimarr«, sagte sie hölzern. »Ich werde versuchen, mich zu bessern.«

Sein verschwommenes Gesicht verzerrte sich mit einer Botschaft, die Jule nicht zuordnen konnte. »Du sprichst wieder Worte, die du nicht meinst, Frau. Sie sind frei von Wahrheit.«

Jule drehte sich der Magen um – das sollte er nicht so schnell merken – und ohne es zu wollen, atmete sie tief ein und aus. Sie füllte ihre Nasenlöcher und ihre Gedanken mit seinem Duft, mit dieser warmen Moschus-Süße, tief und hungrig und nah.

»Ich möchte, dass du mit deinen Taten sprichst, Frau«, sagte er mit seiner flachen, selbstverliebten Stimme. »Ich wünsche, dass du mir Wiedergutmachung leistest, so wie du es letzte Nacht getan hast.«

Jule dachte an die verlockenden Erinnerungen, an die geschwollene Härte, die sich in ihren Mund ergoss und zwischen ihren Beinen emporstieg. Und der Hunger war immer noch da, immer noch so nah, und warum konnte sie dem nicht entkommen, warum war dieses Verlangen immer noch so stark?

»Warum wünschst du dir das?«, fragte sie unsicher, während ihr Blick auf die breiten Schultern und dann tiefer auf die bereits sichtbare Beule in seiner Leiste fiel. »Wenn ich dir so viel Kummer und Unmut bereite. Wenn selbst ein ganzer Tag meiner Arbeit für dich, ohne dass ich von dir auch nur eine Mahlzeit oder ein Bad angeboten bekomme, nur dazu dient, dich zu beschämen.«

Die Worte waren ein Verrat an ihrer vermeintlichen Gleichgültigkeit, aber Grimarr schien sie erneut zu bedenken, und seine verschwommenen schwarzen Augen wirkten aufmerksam, als wären sie eine Berührung. »Ich wünsche mir, die Beschämung zu vergessen«, sagte er schließlich. »Ich wünsche mir, an deinen Hunger nach mir zu denken und an die Freude, die du mir bereitest.«

Tja. Zumindest klang das wie eine wahrheitsgemäße Antwort, denn damit gab er zu, dass es doch nur um ihn ging. Und das reichte vielleicht aus, um Jule dazu zu bringen, den Kopf zu heben und sich an einem spöttischen Lächeln zu versuchen.

»Natürlich, Grimarr«, hörte sie sich sagen. »Ich werde alles tun, was du wünschst.«

14

Jule war sich nicht bewusst, dass sich etwas so gut und doch so leer anfühlen konnte.

Denn objektiv betrachtet fühlte es sich wunderbar an, das zu wiederholen, was sie in der Nacht zuvor getan hatte, und genau denselben Weg zu gehen. Es war, als würde sie von Lust umschwärmt, als würde Grimarrs köstlicher Körper pure Magie versprühen und sein rumpelnder, keuchender Atem das einzige Geräusch auf der Welt sein.

Und Jule war plötzlich so hungrig, nachdem sie den ganzen Tag nichts gegessen hatte, und vielleicht war an seiner Bemerkung vom Vorabend über das Füttern ja doch etwas dran. Denn als sie mit dem Saugen fertig war, fühlte sie sich satt und zufrieden, und als sie schließlich auf ihm ritt und spürte, wie er sie von innen heraus vor Hunger erbeben ließ, war es wieder eine Ekstase, wie sie sie noch nie mit Astin, mit keinem Mann, erlebt hatte.

Doch als sie sich schließlich von ihm löste und die entstandene Sauerei ignorierte, stellte sie fest, dass sie außer ihrem Keuchen die ganze Zeit über kein einziges Wort gesagt hatte, und Grimarr auch nicht. Seine Augen, die sie beobachteten, waren dunkler und fremder geworden, und jetzt – Jule schluckte schwer und wischte sich über ihr nasses Gesicht – sahen sie sie mit etwas an, das einer Enttäuschung oder einem Bedauern nicht unähnlich war.

Jule konnte es nicht ertragen, seine unerfüllten Erwartungen noch länger zu ertragen, und sie entfernte sich von ihm, ließ ihren Körper zur Seite fallen und wandte sich der Wand zu. Sie kämpfte darum, ihre Atmung ruhig zu halten und zu verhindern, dass noch mehr Nässe aus ihren Augen trat.

Sie spürte, wie sich der große Körper hinter ihr bewegte, immer noch viel zu nah. Und dann – sie zuckte zusammen – spürte sie, wie eine warme Hand ihren Knöchel berührte und vorsichtig die kalte Fessel, die daran befestigt war, bewegte.

Er hatte die Kette, mit der ihre Knöchel gefesselt waren, vorhin kaputt gerissen – als er gemerkt hatte, dass sie dadurch nicht richtig auf ihm reiten konnte – und jetzt spürte sie, wie sich die Fessel endlich öffnete und ihr aufgeriebener Knöchel der kühlen Luft ausgesetzt wurde.

Grimarrs Hände verweilten auf ihrem Fuß, und sie konnte seinen Atem hören, ein langsames, leises Geräusch. »Das hat dich verletzt«, sagte er in die Stille hinein. »Das hättest du mir sagen müssen.«

Die Drohung seiner versprochenen Strafe tauchte plötzlich und unangenehm in Jules Gedanken auf, und sie kämpfte um die Maske, um den Abstand. »Verzeih mir, Grimarr«, sagte sie, obwohl ihre Stimme schwankte. »Ich werde versuchen, mich zu bessern.«

Als Antwort gab er ein hartes Knurren hinter ihr von sich, aber Jule sah nicht hin und bewegte sich nicht. Sie wartete einfach, während er ihren anderen Knöchel anhob und die Manschette mit überraschend sanften Fingern abnahm.

Die Fesseln klirrten auf dem Steinboden, und dann war es still. Nur das leise Schniefen von Jules unsicherem, röchelndem Atem, der zu schwer durch ihre Nase kam, unterbrach die Stille.

»Dies hat dir nicht gefallen«, sagte Grimarr schließlich, leise. »Du hast dir das nicht wirklich gewünscht.«

Jule schien nicht mehr sprechen zu können, also schwieg sie. Sie blinzelte im schummrigen Licht an die Wand und kämpfte damit, den unregelmäßigen Rhythmus ihres Atems unter Kontrolle zu halten.

»Ich hätte das nicht tun dürfen«, sagte er jetzt mit tiefer, angestrengter Stimme, sodass es fast so klang, als ob er es ernst meinte. »Ich habe das noch nie mit einer Frau gemacht.«

Es klang beunruhigend nahe an einer Entschuldigung – etwas, das Astin nie getan hätte –, aber vielleicht suchte er nach einer Art Bestätigung oder nach ihrer Vergebung? Die Gewissheit, dass er sie ruhig weiter bestrafen konnte? Was auch immer es war, Jule gab es ihm nicht, sie blinzelte weiter an die Wand, ohne etwas zu sagen.

Sie konnte Grimarrs Atem wieder hören, einen schweren, langen Seufzer, und dann spürte sie, wie er sich bewegte und vom Bett aufstand. Und trotz allem wollte Jule nicht, dass er ging, was beschämend lächerlich war, denn das Weggehen war eine weitere Sache, die Astin immer getan hatte, nur eine weitere Möglichkeit, zu manipulieren und zu kontrollieren.

»Warte hier auf mich«, sagte er. »Ich werde zurückkommen.«

Jule hatte keine andere Wahl, denn im Korridor waren sicher noch mehr Orks, und sie drückte die Augen zu und atmete tief ein. Sie würde warten, ihre Maske tragen und sich rächen. Das würde sie.

Grimarr kam schnell zurück, und mit ihm das unerwartete Geräusch von schwappendem Wasser. »Du hast gesagt, dass du nicht gebadet hast«, sagte seine Stimme hinter ihr, immer noch seltsam angespannt. »Ich möchte dich waschen.«

Jule sagte immer noch nichts und hörte, wie er näherkam, dann ein leises Poltern, als er wahrscheinlich eine Schüssel in die Nähe stellte. Und jetzt – ihr ganzer Körper zuckte – spürte sie ein feuchtes Tuch, das kühl und sanft über ihren Rücken glitt.

»Wenn du wünschst, dass ich aufhöre«, sagte Grimarrs tiefe Stimme, »wünsche ich, dass du das sagst.«

Jule sagte nichts, drehte sich nicht um, um ihn anzusehen, sondern blieb einfach still und ließ ihn tun, was er wollte, während seine Hand den Stoff sanft und vorsichtig über ihre Haut gleiten ließ. Vielleicht fühlte er sich schuldig und versuchte so, seine Schuldgefühle zu lindern, zu seinem eigenen Vorteil. Es änderte nichts.

»Ich meine es ernst, wenn ich dich bitte, die Wahrheit zu sagen, Frau«, fuhr er fort und sein Tuch glitt weiter nach unten, über die Wölbung ihres nackten Hinterns. »Ich will nicht nehmen, was nicht freiwillig gegeben wird. Weder damit noch mit irgendetwas anderem.«

Die Wut war plötzlich heiß und nah und lud sich mit erschreckender Kraft auf, und Jule konnte nicht verhindern, dass ihr Mund ein hartes, sprödes Lachen von sich gab. »Du solltest aufhören, dich selbst zu belügen, Ork«, sagte ihre schwankende Stimme. »Wenn du eine Frau fesselst, einsperrst und aushungerst und ihr dann öffentlich mit Entblößung und Demütigung drohst, ist nichts mehr freiwillig, oder?«

Die Hand, die sie gewaschen hatte, wurde abrupt weggerissen, und sie spürte die Augen, die sie aufmerksam und prickelnd auf ihrem Rücken beobachteten. »Du hast dich entschieden, in unser Zuhause zu kommen, Frau«, sagte er. »Du hast dich entschieden, dies heute zu tun. Du hast es dir gewünscht. Genauso wie du dir meine Berührung und meinen Schwanz gewünscht hast.«

Und auch das war so verdammt typisch, so zu tun, als wäre das alles Jules Werk. Sie musste auf Abstand bleiben, sie durfte die Peitsche nicht vergessen, sie wollte abwarten, sich rächen und das war alles ...

»Natürlich«, sagte Jule, ihre Stimme war müde und leer. »Was immer du sagst, Grimarr. Ich habe mir das gewünscht.

Ich wollte mein bequemes Leben als Lady mit meinen lieben Dienern und Pferden verlassen, um hierher in diese Höhle zu kommen und von Orks beschimpft, verhöhnt und bedroht zu werden.«

Sie hatte schon zu viel gesagt und war auf seinen Köder hereingefallen. Sie biss die Zähne zusammen und atmete schwer durch die Nase aus. »Ich meine«, sagte sie, »verzeih mir, Grimarr. Ich werde versuchen, mich zu bessern.«

Diesmal war sein Knurren nicht zu überhören, tief und kehlig hinter ihr. »Ich sagte, ich wünsche, dass du die Wahrheit sprichst, Frau.«

Die Wut überkam Jule wieder mit einer scharfen, krabbelnden Verzweiflung, und ihr Körper richtete sich plötzlich auf und wirbelte herum, um sich ihm zu stellen. »Du willst weder meine Wahrheit noch meine Fragen, du willst nur mein Schweigen und meine *Lügen*!«, schrie sie diesen beobachtenden schwarzen Augen entgegen. »Genauso wenig wie du eine Gefährtin willst, du willst eine *Dienerin*! Du willst eine hirnlose Marionette, die du kontrollieren, manipulieren und nach Lust und Laune *benutzen* kannst!«

Diese Augen starrten sie weiter an, das nasse Tuch erschlaffte in seinen Fingern, und sie sah, wie er einmal blinzelte. »Das ist nicht das, was ich will«, sagte er. »Du urteilst zu hart über mich, Frau.«

Jule hielt sich kurz die Hände vors Gesicht und ihr Mund gab einen Laut von sich, der einem erstickten Schrei glich. »Kannst du dich selbst überhaupt *hören*, Ork?«, fragte sie. »Glaubst du wirklich, ich verurteile dich zu hart? Erinnerst du dich nicht daran, wie du mir öffentlich gedroht hast, meine Kleider zu verbrennen und mich zu *zwingen*, während ich für dich und deine hundert Freunde das Abendessen kochte, während sie lachten?«

Grimarrs Augen blinzelten wieder, und Jule sprang auf, ohne sich darum zu scheren, ob sie noch nackt und schmutzig war, sie wollte einfach nur weg, so weit weg von ihm wie möglich. »*Du* bist derjenige, der Schande über *mich* bringt, Ork«, keuchte sie. »Und über alle deine Ork-Kameraden auch. Du hast mir gezeigt, dass mein Ehemann Lord Norr, den ich für einen der grausamsten Männer hielt, die ich je gekannt habe, im Vergleich zu dir eine geduldige und großzügige Seele war. Und sollte ich jemals vor die Wahl gestellt werden«, sie holte tief Luft und starrte in diese Augen, »werde ich dich sofort zurückweisen, zurück nach Norr Manor laufen und den Göttern für mein großes Glück danken!«

Am Ende des Satzes brüllte sie regelrecht und gab endlich jeden Anschein von Kontrolle, Gelassenheit und Distanz auf. Sie versuchte, sich nichts anmerken zu lassen und so zu tun, als würde es nicht wehtun, aber das tat es, und zwar aus Gründen, die sie weder verstehen noch erklären konnte. Und diesen Ork zu verletzen, war die einzige Möglichkeit, die ihr noch blieb, und sie freute sich fast über seinen Gesichtsausdruck, den Abscheu, das Unbehagen und vielleicht sogar den Schmerz.

»Ich werde auf Lord Norrs Schwanz reiten«, sagte Jule und versprach es ihm, auch wenn sie bei dem Gedanken zusammenzuckte und versuchte, ihn zu verdrängen. »Ich werde ihm sagen, dass er der beste Fick ist, den ich je hatte. Ich werde seinen Samen trinken und damit einen Toast auf die Götter zu seinen Gunsten aussprechen. Ich werde auf die Knie gehen und ihn *anflehen*, mir endlich seinen Sohn zu schenken.«

Das schien etwas Neues in Grimarrs schwarzen Augen zu entfachen, also fuhr Jule fort und schritt näher an seine immer noch nackte Masse heran. »Ich will deine Söhne nicht haben, Ork«, hauchte sie. »Ich werde nie und nimmer deine Söhne haben. Und wenn ich es doch tue, wenn deine ständigen Schwänke jemals so eine ekelhafte Travestie in mir anrichten, dann werde ich ...«

Grimarrs ganzer Körper bewegte sich auf sie zu und mit beängstigender, erschreckender Geschwindigkeit presste er seine riesige Hand auf ihren Mund. So fest und bestimmt, dass

Jule nicht mehr atmen konnte, und sie strampelte und trat unter ihm, versuchte ihn zu beißen und zu schreien, denn es war jetzt egal, es war ...

»Hör auf«, brüllte Grimarrs Stimme in ihr Ohr. »HÖR AUF!«

Sie war so laut, dass es im Zimmer widerhallte und die Zähne in Jules Mund klapperten. »So etwas darfst du nicht sagen«, keuchte Grimarr, und Jule spürte, wie sich seine Brust an ihr hob und senkte und seine Finger seltsam an ihren Lippen zitterten. »Das darfst du nicht. Ich flehe dich an.«

Er sah verzweifelt aus, er fühlte sich verzweifelt an, und Jule fühlte sich genauso, ihr Körper zuckte immer noch, gefangen unter seinen riesigen Händen, gefangen in diesen seltsam flehenden Augen.

»Du sollst das nicht sagen«, flüsterte er. »Nicht über unseren Sohn.«

Seine riesige Hand hatte sich von ihrem Mund gelöst, und wenn Jule nach Luft geschnappt hätte, hätte sie vielleicht wieder geatmet. Aber da war nichts, gar nichts mehr in dem Raum zwischen ihnen, denn diese Hand war zu ihrem Bauch gewandert. Weit ausgebreitet, flach, schützend vor ihm, während ein schreckliches, furchtbares Verständnis Jule mitten ins Herz zu treffen schien.

»*Was*?«, würgte sie hervor. »Nein. Nein. Du lügst. Es ist noch nicht einmal eine Woche her, das kann nicht sein ...«

Doch, der Blick in seinen Augen bewies es, und Jule spürte, wie ihre Beine langsam unter ihr zusammensackten, während der Raum schließlich von ihrem Schluchzen erfüllt wurde.

15

Jule war unfruchtbar.

Das war der einzige Gedanke, die einzige Wahrheit, die immer wieder in ihr aufstieg und ihr verzweifeltes, entsetztes Elend durchbrach. Es war eigentlich schon entschieden. Erledigt. Eine völlige Unmöglichkeit.

Und ja, Grimarr hatte Dinge gesagt, die Jule unter dem Bann des Ork-Bandes verlockend oder vielleicht sogar erregend gefunden hatte. Aber nie eine tatsächlich mögliche Realität, nicht wirklich, denn es waren *Jahre* mit Astin vergangen, Jahre und Jahre mit nichts als Enttäuschung.

»Das kann nicht wahr sein«, keuchte Jule zwischen zwei Schluchzern, als sie diese unleserlichen schwarzen Augen sah. »Nicht nach einer *Woche*. Du lügst.«

»Ich lüge nicht«, erwiderte Grimarr, seine Stimme war hart und flach. »Orks kennen diese Wahrheit noch vor den Frauen. Dein Duft verrät es.«

Jule weigerte sich, es zu glauben, weigerte sich, zuzuhören, und schließlich warf Grimarr ihr die Kleidung zu und griff nach seiner eigenen Hose. Als sie beide angezogen waren, stolzierte er zur Tür und tauchte einen Augenblick später wieder auf, mit Baldr im Schlepptau. Nachdem Baldr ein paar unruhige Blicke zwischen den beiden hin und her geworfen hatte, beugte er sich zu Jule, atmete tief ein und nickte.

»Der Anführer spricht die Wahrheit, Frau«, sagte er. »Der Duft deines Sohnes haftet an dir. Er ist schwach, aber unbestreitbar.«

Unbestreitbar. Es war ein schockierendes Wort, ein schockierender Gedanke, und ein lauter, gutturaler Schrei stieg aus Jules Kehle auf. Wie, um Himmels willen, sollte sie sich rächen, wenn sie schwanger war, wenn es einen Orksohn gab, was zum Teufel sollte sie damit tun, wie sollte sie jemals entkommen?

Baldr hatte sich zu Grimarr gelehnt und murmelte etwas in Schwarzmund, und nach einem kurzen Schweigen wich Grimarr zur Tür zurück, die Augen geschlossen und distanziert. »Ich werde wiederkommen«, sagte er. »Sobald du es wünschst.«

Sobald. So ein anmaßender, wütender Mistkerl – dieser Mistkerl war der *Vater* ihres *Kindes*?! – und Jules Mund gab einen Laut von sich, der halb Knurren, halb Schreien war. Und schließlich verschwand Grimarr, den Göttern sei Dank, mit seiner abstoßenden Gestalt aus Jules Blickfeld. Aber jetzt war er auch in ihr, das konnte nicht wahr sein, das konnte einfach nicht …

Baldrs Hand lag auf ihrem Arm, warm und vielleicht fast freundlich, und er führte sie zum Bett. Und plötzlich war Jule viel zu müde, um sich zu wehren oder etwas anderes zu tun, als auf das Bett zu sinken, ihr Gesicht mit den Händen zu bedecken und weiter zu schluchzen.

Sie saß in der Falle. Ruiniert. Dem Untergang geweiht.

»Ist es wirklich so schrecklich?«, unterbrach Baldrs leise Stimme sie, als er sich neben sie setzte und das Bett unter seinem Gewicht ein wenig nachgab. »Einen Sohn zu haben?«

Jule schluchzte weiter, ihre Hände zitterten auf ihrem Gesicht, und neben ihr stieß Baldr ein leises, seltsames Lachen aus. »Es ist, weil es ein Orksohn ist«, sagte er. »Wenn es ein Menschensohn wäre, würdest du nicht so weinen.«

Bei dem Gedanken daran, dass das ungerecht war, hob Jule den Kopf, auch wenn ihr die Nässe die Wangen hinunterlief. »Das weißt du nicht«, sagte sie, aber Baldrs Gesichtsausdruck war angespannt und schmerzhaft. »Doch, das weiß ich«, antwortete er. »Wir Orks wissen alle, was unsere Mütter wirklich für uns empfunden haben.«

Jule presste ihre Handflächen auf ihre Augen und holte zittrig Luft. »Zu deiner Information, Ork«, stieß sie hervor, »Mütter können ihre Kinder lieben und gleichzeitig die Umstände hassen, die sie hervorgebracht haben. Ebenso wie die Väter, die sie gezeugt haben.«

Sie spürte Baldrs Augen auf sich gerichtet, und sein Gewicht verlagerte sich wieder auf dem Bett. »Du hasst den Vater deines Sohnes? Deinen eigenen Gefährten? Aber warum?«

O Götter, diese Orks! Die tobende Wut reichte aus, um Jule auf die Beine zu bringen und eine schnelle, unsichere Runde durch den Raum zu machen. »Wie könnt ihr Orks nur so vorsätzlich begriffsstutzig sein?!«, forderte sie. »Habt ihr nicht *gesehen*, wie euer geliebter Anführer mit mir umgeht? Er ist leicht zu verärgern, er benutzt meine Schwächen als Waffen gegen mich, er interpretiert ständig das Schlimmste in meine Worte und Taten hinein. Er beleidigt und blamiert mich und behandelt mich wie eine Gefangene und eine Dienerin!«

Baldrs Augen blickten sie unverwandt an, sein großer Körper bewegte sich nicht, und Jule ging hinüber und starrte mit leerem Blick auf Grimarrs spöttischen Wandteppich voller wütender Orks und menschlicher Qualen und Tod. »Kein Kind sollte so ein Leben führen«, sagte sie zu ihm. »Ich will nicht, dass mein Sohn lernt, mich so zu behandeln.«

Baldr blieb still und ruhig, also sprach Jule weiter, vielleicht mehr zu sich selbst oder zu den wütenden Orks vor ihr. »Mit meinem Ehemann war es genau dasselbe. Ich wünschte mir so sehr Kinder, aber vielleicht war es eine Gnade, dass sie nie kamen. Astin hätte sie entweder ruiniert oder sie als weitere Waffen gegen mich eingesetzt.«

Hinter ihr knarrte das Bett, vielleicht war Baldr gerade dabei, sich aufzurichten. »Der Anführer, den ich kenne, würde seine Kinder nicht benutzen oder sie ruinieren«, ertönte seine Stimme. »Er würde sie wertschätzen.«

Jule hielt ihren Blick auf den Wandteppich gerichtet, auf den riesigen Ork, der an der Spitze aller anderen stand und die Körper unter seinen riesigen Klauenfüßen zertrampelte. »Der Anführer, den du kennst, ist nicht der, den ich kennengelernt habe«, sagte sie müde. »Er hat mir sehr deutlich gezeigt, wie er diejenigen behandelt, die schwächer sind als er selbst. Und wenn er mich so behandelt, wird er sicher auch seine Kinder so behandeln.«

Das war die Wahrheit, und irgendwie schien sie Jules Elend zu verändern und in etwas wie Entschlossenheit zu verwandeln. Sie war schwanger. Sie würde einen Orksohn bekommen. Und der Vater ihres Sohnes war absolut inakzeptabel. Sie brauchte einen Ausweg.

»Baldr«, sagte sie zu schnell und blickte über ihre Schulter. »Du bist getrennt von deinem Vater aufgewachsen, nicht wahr? Kennst du einen Ort, eine Möglichkeit, vielleicht weit weg von hier, wo eine Frau einen Orksohn sicher aufziehen kann? Fernab von Orks und Menschen?«

Baldrs schwarze Augen blinzelten, und sein Mund öffnete und schloss sich dann wieder. »Du sagtest, du wolltest zu Lord Norr zurückkehren.«

Was? Jule blinzelte ihn an und merkte dann, dass er gehört hatte, wie sie das zu Grimarr gesagt hatte, während sie im Korridor unterwegs waren. »Natürlich will ich nicht zu Astin zurückkehren«, schnauzte sie ihn an. »Schon gar nicht mit einem Orkkind. Nur die Götter wissen, was er mit mir machen würde. Mit uns beiden.«

Die Worte fühlten sich seltsam an, als sie sie aussprach,

und Jule schaute auf ihren flachen Bauch hinunter und legte zögernd eine Hand darüber. *Mit uns beiden*, hatte sie gesagt, als ob dieser ... *Duft* ... an ihr eine ausgemachte Sache wäre, eine baldige Realität. War es das? Wahrhaftig?

Ihr Herz schien unregelmäßig zu schlagen – nur die Götter wussten, was passieren würde, alles war möglich –, aber ihre andere Hand hatte sich neben der ersten ausgebreitet, fast so, als wolle sie ihn schützen oder umarmen. Ihren Sohn. Ein Orksohn, ja, aber immer noch *ihr* Sohn.

»Baldr?«, fragte sie und ging ein Stück auf ihn zu. »Weißt du, was ich tun könnte? Du *musst* es wissen.«

Baldrs Augen huschten zwischen ihr und der Tür mit dem Vorhang hin und her, und er machte einen kleinen Schritt rückwärts. »Ich ... sollte nicht sprechen«, sagte er. »Der Anführer würde nicht wollen, dass du seinen Sohn woanders aufziehst.«

Die Entschlossenheit tauchte wieder auf, plötzlich und übermächtig. »Ich will nicht, dass mein Sohn hier aufwächst«, sagte Jule, und sie meinte es ernst. »Ich *werde* fliehen, Baldr, um seinetwillen, schon allein deshalb. Und es liegt in deinem Interesse, mir zu sagen, wohin ich fliehen kann, damit ich nicht von Menschen gefangen und mein Sohn unnötig *ermordet* wird!«

Baldrs Gesichtsausdruck war unbestreitbar ängstlich, und er machte einen weiteren Schritt zurück. »Der Anführer würde dir folgen. Er würde dich zurückbringen.«

Natürlich kamen sie wieder auf Grimarr, denn natürlich würde er keine Skrupel haben, die Mutter seines Kindes einzusperren, was sollte Jule auch anderes erwarten? Allerdings wäre er verpflichtet, ihr jetzt Nahrung, Sonne und frische Luft zu geben, er würde sich die Gesundheit seines Sohnes wünschen, und das gab Jule etwas Kraft zurück, oder nicht? Hatte sie nicht Grimarrs Gesicht gesehen und seine Worte gehört, als sie so schlecht über seinen Sohn gesprochen hatte?

Sie atmete schwer und starrte in Baldrs große Augen, denn ja, auch er wusste es. Das war Macht. Das war etwas, das Frauen diesen Orks entgegensetzen konnten. Das war die Grundlage, auf der Jule ihre Flucht und ihre Rache aufbauen würde.

»Dann kannst du deinem Anführer sagen«, erklärte sie langsam und bedächtig, »dass, wenn er es *wagt*, mich hier festzuhalten, ich persönlich dafür sorgen werde, dass sein kostbarer Sohn niemals geboren wird.«

16

Jule wusste, dass ihre Worte eine Drohung waren. Eine unverhohlene und provokante, die mit Sicherheit nicht gut ankommen würde – aber nicht einmal sie hatte mit Baldrs schockiertem Gesichtsausdruck gerechnet oder mit dem plötzlichen Auftauchen von einem halben Dutzend riesiger Orks, die auf einmal in den Raum stürmten.

Die Orks knurrten und standen dicht um sie herum – wo bei allen Höllen waren die überhaupt alle hergekommen? Ein paar kamen ihr bekannt vor – einer von ihnen war Drafli – und obwohl Jule eigentlich Angst haben sollte, fühlte sie sich seltsam distanziert, losgelöst. Vielleicht hatte sie sich an die ständige Bedrohung durch die Orks gewöhnt, denn jetzt, wo sie das Kind ihres Anführers in sich trug, konnten sie ihr nichts mehr antun.

Es gab lautes Schwarzmund-Geschrei – Baldr, erkannte Jule aus der Ferne, als er sich durch den Kreis der Orks drängte und vor allem Drafli mit dem Ellbogen anstieß, bevor er sich dicht an Jules Seite platzierte. Und dann ertönte hinter ihnen noch mehr Geschrei, denn – Jule spürte, wie ihr Herzschlag ins Stocken geriet – natürlich kam Grimarr durch den Eingang gestürmt, mit purer Wut in den Augen, und seine tiefe Stimme dröhnte so laut, dass der Boden unter Jules Füßen zu beben schien.

Die Orks wichen schließlich zurück, murmelten und knurrten in Schwarzmund und warfen sich finstere Blicke über die Schultern zu, während sie aus der Tür schlichen, dicht gefolgt von Baldr. Jule starrte ihnen nur hinterher und merkte vage, dass der Raum zu schwanken begann, und irgendwie schaffte sie es, sich auf den Boden sinken zu lassen und ihren benommenen Kopf auf ihre Knie zu stützen. Als Nächstes würde Grimarr schreien und drohen, aber sie würde ihre Maske aufsetzen und das alles ignorieren.

Sie hatte jetzt Macht. Sie hatte einen ihrer Söhne. Und so sehr sie es auch hasste, es zuzugeben, ihre Drohung war keine leere Drohung. Sie würde ihrem Sohn den Eintritt in die Welt ersparen, bevor sie ihn in einer Hölle wie dieser aufziehen würde.

Sie wartete auf Grimarrs Gebrüll, aber es hatte noch nicht begonnen, obwohl Jule wusste, dass er noch da war. Sie konnte seinen verräterischen Duft riechen, der durch den Raum strömte, und sie konnte sogar seinen Atem hören, der ein- und ausstieß.

»Also?«, sagte sie und hob ihren Kopf nur kurz in Richtung des Geräusches, das er von sich gab, als sie den verschwommenen Anblick seiner Masse sah, die vor ihr auf dem Boden kauerte, fast so nah, dass sie ihn berühren konnte. »Wofür entscheidest du dich, Ork? Willst du mich hierbehalten und deinen Sohn verlieren? Oder andersherum?«

Grimarr gab einen Laut von sich, der einem Knurren ähnelte, und Jule musste schmunzeln, als sie wieder aufblickte. »Ja, schrei und drohe, soviel du willst, ich werde meine Meinung nicht ändern ...«

Doch dann blieben ihr die Worte im Halse stecken, denn Grimarr weinte. Er starrte sie mit großen, elenden, zerfließenden Augen an, und die Nässe lief ihm in Strömen über die vernarbten, grauen Wangen. Ein Ork, der *weinte*.

Es war ein beunruhigender, zermürbender Anblick, und Jule zwang ihren Blick davon weg und zurück auf ihre Knie. »Deine Tränen des Selbstmitleids werden bei mir nicht wirken, Ork«, sagte sie. »Ich habe mich entschlossen. Ich werde nicht zulassen, dass du mich oder meinen Sohn missbrauchst.«

Grimarr sprach nicht, obwohl seine Kehle einen weiteren dieser seltsam klingenden Schluchzer von sich gab, und ein kurzer Blick nach oben zeigte, dass er wirklich elend und erbärmlich aussah. Der Anblick wirkte fast schon grotesk, und Jule kniff die Augen zusammen und holte tief Luft. Nein. Es würde nicht funktionieren. Es sollte nicht funktionieren.

»Du hast das Recht, das zu sagen, Frau«, flüsterte er schließlich mit leiser Stimme. »Ich wünschte, meine eigene Mutter hätte das gesagt.«

Er hatte seine Mutter noch nie erwähnt, und es war so unerwartet, dass Jule ein Auge öffnete und ihn ansah. Dorthin, wo er auf seine riesigen Hände starrte, die er zusammenpresste und wieder löste, während die Tränen über seine Wangen liefen.

»Ich höre die Stimme meines Vaters in den Worten, die ich zu dir spreche«, sagte er genauso leise. »Ich höre die Worte, die er zu meiner Mutter sprach. Von ihm habe ich gelernt, auch so zu ihr zu sprechen.«

Jule schluckte, sagte aber nichts – sie ließ ihm keinen Ausweg, egal, was er sagte, und sah zu, wie die Tränen von seinem Gesicht auf den Steinboden tropften. »Ich hätte das heute nicht sagen sollen, dass ich deine Kleider verbrenne oder dich vor meinen Brüdern nehmen werde«, fuhr seine tiefe Stimme fort. »Auch das habe ich von meinem Vater gelernt. Die Schwäche eines anderen zu suchen und sie zu nutzen, um ihn in den Augen der anderen zu beschämen.«

Jule beobachtete ihn weiter, ohne zu sprechen, und sah, wie sich seine breiten Schultern hoben und senkten. »Das ist gut für einen Feind«, sagte er in Richtung Boden. »Das habe ich mit Lord Norr gemacht, indem ich dich mitgenommen habe. Aber es ist nicht gut für eine Gefährtin.«

Jule hörte, wie sie ein- und ausatmete – sie fiel *immer noch nicht* auf die scheinbar angemessenen Worte dieses Orks herein –, aber wie immer schien die Erwähnung von Astin eine seltsame, einsame Bitterkeit in ihren Gedanken zu wecken. »Wenn du denkst, dass ich Lord Norrs Schwäche bin, Ork«, schnauzte sie, bevor sie sich zurückhalten konnte, »dann irrst du dich gewaltig.«

Die glasigen schwarzen Augen blickten sie an und verdrehten etwas in Jules Innerem. »Du bist nicht die Schwäche von Lord Norr«, sagte er leise, aber bestimmt. »Seine Schwäche ist sein Stolz. Er denkt, er sei stark und männlich und sicher. Wenn ich dich seinem Haus entreiße und deinen leeren Schoß mit meinem Sohn fülle, werde ich seinen Stolz vor aller Augen angreifen.«

Es war wahr, fast beunruhigend wahr, und wie seltsam erschien es, dass ausgerechnet dieser Ork einen solchen Einblick in Astins Seele hatte? Vielleicht – Jule holte noch einmal tief Luft – lag es daran, dass sie sich so ähnlich waren. Gleiches erkennt Gleiches.

»Auch ich habe Schwächen«, fuhr Grimarrs Stimme fort. »Und jetzt triffst du die meine, so wie ich die deine getroffen habe. Ich habe das zwischen uns begonnen.«

Er klang fast bedauernd, seine glänzenden schwarzen Augen blickten sie fest und unverwandt an, und seine großen Finger waren nun eng verschränkt. »Du hast meinen Sohn in der Hand«, sagte er. »Du hast meinen Wunsch, dass du dich mir vor meinen Brüdern unterwirfst. Das stellt dich als meine Schwäche zur Schau. Es setzt alles aufs Spiel, was ich geopfert habe.«

Jule klammerte sich daran und starrte in diese seltsam anziehenden Augen. »Oh, was hast du denn geopfert, Ork?«, fragte sie. »Deine eigene Macht, deinen eigenen Stolz? Du armes *Biest*.«

Die Augen verengten sich kurz, aber dann schaute er weg, sein schwerer Kiefer verkrampfte sich. »Ich habe viel mehr gegeben als das«, sagte er. »Ich habe meine Verwandten geopfert, mein eigenes Zuhause, den ganzen Reichtum meines Vaters. Ich habe meinen Schmerz und den Schmerz und das Leben vieler meiner Brüder geopfert. Ich habe Jahre des Studiums, der Sorgfalt und der Planung investiert, um mich zum Anführer zu machen und dann der erste Anführer seit dreihundert Jahren zu werden, der alle fünf Clans unter sich vereinigt. Ich bin der Erste, der alle meine Brüder als gleichwertig betrachtet, egal, wie gut sie mit der Klinge umgehen können, und der sie ohne Bestechung oder Gefälligkeiten unterbringt und ernährt. Ich habe nicht einen Ork durch Kälte oder Hunger verloren. Das werde ich auch nicht.«

Jules Blick blieb an seinem Gesicht hängen, an der angestrengten Rauheit in seiner Stimme, und ihr wurde klar, dass sie so wenig über diesen Ork wusste, über seine Familie, seine Vergangenheit oder seine Ziele. Über das Warum.

»Was also ist dein Ziel?«, fragte sie mit flacher Stimme. »Wenn du deine Orks so sehr am Leben erhalten willst, und du gleichzeitig Astin provozierst, dich zu vernichten? Das scheint völlig kontraproduktiv zu sein.«

Grimarrs Augen blickten wieder zu den ihren, und er bewegte sich in der Hocke und lehnte sich ein wenig näher. »Das ist es nicht«, sagte er. »Es vereint meine Brüder. Es gibt ihnen Hoffnung und ein Ziel. Es gibt ihnen ein Zuhause, in dem sie sicher sind. Wo ihre Frauen und Söhne sicher sein können.«

Da war immer noch diese seltsame Vehemenz in seiner Stimme, in seinen Augen, die sie ansahen, und da war eine weitere Erkenntnis, viel zu spät. »Ich bin also nicht nur ein Mittel, um Astin zu provozieren«, sagte Jule langsam, »sondern auch eine persönliche Demonstration für deine Orks. Eine Vision des häuslichen Glücks, das ihnen zuteilwerden könnte, wenn sie sich an die Regeln halten und dir folgen.«

Es war ein seltsam erniedrigender Gedanke, eine weitere Art und Weise, wie dieser verfluchte Ork sie für seine Zwecke benutzte, aber der verfluchte Ork verzog tatsächlich den Mund und streckte seine große Hand aus, um kurz über Jules Knie zu streichen. »Du bist eine kluge Frau«, sagte er. »Das alles bist du in der Tat. Aber du bist auch meine Gefährtin. Ich möchte dich nicht verlieren.«

Die Worte, die Stimme und die Berührung taten seltsame Dinge in ihr, und Jule schloss die Augen und wandte den Kopf ab. »Du willst deinen Sohn nicht verlieren, meinst du.«

Die Hand lag jetzt auf ihrem Oberschenkel und verweilte mit viel zu viel Anmaßung am Saum ihres Kleides. »Ach, das ist wahr«, sagte er mit weicher Stimme. »Ich habe mir schon lange einen Sohn gewünscht. Aber ich habe mir auch schon lange eine Frau wie dich gewünscht.«

Er tat es schon wieder, mit seiner Stimme, seiner Berührung und seinem Geruch, und Jule rutschte auf dem Boden weg und warf einen Blick in diese schwarzen Augen. »Du kennst mich kaum, Ork«, schnauzte sie. »Der einzige Teil von mir, der dich wirklich interessiert, ist mein Körper und was er für dich tun kann.«

Es stimmte – das musste es –, aber diese Augen blinzelten wieder und sahen diesmal fast verletzt aus. »Du bist mir wichtig, Frau«, sagte er mit so leiser, verletzter Stimme. »In den letzten Tagen atme ich oft nur durch den Gedanken an dich. Ich kann nicht wegsehen, wenn du in der Nähe bist. Ich sorge mich so sehr, dass es schmerzt.«

Jules Magen krampfte sich zusammen und sie zwang sich, wieder wegzuschauen und tief einzuatmen. »Dann lässt du mich gehen«, schaffte sie es, »und mich unseren Sohn woanders großziehen.«

Grimarr knurrte und ließ die Luft zwischen ihnen vibrieren, und wieder war da seine Hand auf ihrem Bein, warm und sanft verweilend. »Nein«, sagte er. »Ich habe dir vor meinen Brüdern und vor Lord Norr zu viel aufgebürdet. Wenn du gehst, wird das eine Gefahr für dich und unseren Sohn bedeuten. Ich werde dich nicht mehr beschützen können.«

»Das ist mir egal«, entgegnete Jule, immer noch ohne ihn anzuschauen. »Ich will nicht hierbleiben.«

Die Hand lag immer noch sanft auf ihrem Bein, glitt langsam und weich hinauf, während der Duft von Moschus in der Luft lag. »Sind es nur meine wütenden Worte, die dich weggetrieben haben?«, fragte er leise. »Oder ist es mehr als das?«

Die Tatsache, dass er das gerade machte, während er diese Dinge sagte, war absurd genug, um Jules Augen zum Leuchten zu bringen und ihre Stimme zu erhitzen. »Natürlich geht es um mehr als das, Ork«, zischte sie. »Es geht um *alles*, was du getan hast.«

Seine Hand verharrte kurz, seine Augen blickten sie eindringlich und suchend an. »Ich verstehe das nicht«, sagte er. »Ich habe dir Essen, eine Wache, ein Zimmer und ein Bett gegeben. Ich habe meinen Leutnant gebeten, dir jeden Wunsch zu erfüllen und dir jede Frage zu beantworten. Ich habe unübertroffene Vergnügungen mit dir geteilt. Ich habe dir meinen Sohn geschenkt. Was wünschst du dir noch?«

Jule starrte ihn an und senkte dann ihren Blick auf die Stelle, an der seine Hand immer noch halb auf ihrem Rock lag. »Ist das dein Ernst?«, fragte sie. »Ganz ehrlich, Ork?«

Auch sein Blick war gesunken und folgte dem ihren, und Jule zitterte beim Anblick seiner anderen Hand, die sich der ersten anschloss. Sie glitt langsam und heiß gegen ihren anderen Schenkel, und jetzt – Jule stockte der Atem – spreizte er sie sanft auseinander.

»Ja«, murmelte er, während eine dieser Hände ihr Kleid zusammenknüllte und es nach oben führte, um sie zu entblößen. Das ließ Jules Herz unregelmäßig schlagen, aber sie versuchte nicht, ihre Beine zu schließen, auch nicht, als sie das verräterische Gefühl des Samens spürte, den er beim letzten Mal dort gelassen hatte und der nun warm und geschmeidig vor seinen Augen austrat.

»Was könnte ein Mann dir geben«, murmelte er und sein Blick verweilte dort, dunkel und hungrig, »das ich nicht gegeben habe.«

Jule stieß ein hohes Lachen aus und Grimarr schob ihr Kleid weiter nach oben, zog es unter ihrem Hintern hervor und streifte es ihr geschickt über den Kopf. So saß Jule nun nackt und mit gespreizten Beinen auf dem Boden, während ein Ork zwischen ihren Schenkeln hockte und zusah, wie sein dicker Samen langsam aus ihr heraussickerte.

»Sag es mir«, murmelte er, seine Stimme klang fast wie ein Schnurren, als er sich zu ihr hinunterbeugte und langsam einatmete. Seine Augen flatterten, seine Lippen öffneten sich und ein erhitztes, leises Grollen erklang aus seiner Kehle. »Bitte, Frau.«

Aus irgendeinem Grund widersetzte sich Jule immer noch nicht, versuchte nicht einmal, sich zu wehren, und als Grimarrs Kopf sich drehte und seine Lippen heiß und sinnlich über ihren Schenkel strichen, keuchte sie tatsächlich und ihr Bein zuckte ein wenig unter seinem Mund. Sie sollte es ihm sagen. Was ein Mann ihr gab, das er nicht geben konnte.

Diese warmen Hände spreizten ihre Beine ein wenig weiter auseinander und boten ihm einen Anblick, der durch und durch obszön war, vor allem, als – Jule keuchte erneut – seine große Hand sich bewegte und sanft, aber schwer, gegen ihren Unterbauch drückte. So fest, dass sie spüren konnte, wie der nasse Samen, der noch in ihr steckte, schneller und dicker herausspritzte und sich unter ihr auf dem Steinboden sammelte.

Seine Augen waren hungrig und zufrieden, aber seine Hand verweilte dort, die Finger weit gespreizt, fast schützend. Dort, wo Jule spürte, wie sich ihr Bauch zusammenzog, hatte er sie ausgefüllt. Er hatte sie mit seinem Samen gefüllt, und jetzt mit seinem Sohn.

Der Gedanke hätte sie schockieren und entsetzen sollen – vielleicht tat er das auch irgendwie noch –, aber hier, so wie jetzt, war es fast schon etwas anderes. Grimarrs Hand lag darauf, seine Augen waren auf sie gerichtet, sein ganzer Körper kniete davor, fast so, als würde er es anbeten. Sie anbeten.

Und während Jule starrte und ihr Atem in ihrer Brust rasselte, senkte Grimarr seinen Mund auf ihren Bauch und küsste ihn. Seine Augen waren nun geschlossen, seine Wimpern lagen dunkel auf seinen Wangen und eine feuchte Perle floss aus seinem Auge, bevor er sie wieder und wieder und wieder küsste.

Die Küsse waren leise, ehrfürchtig, ein Flüstern des Flehens, der Hingabe. Er glitt ein wenig nach unten, in ihre rauen dunklen Haare, Zunge und Lippen und Hitze, während diese Hände ihre Beine weiter auseinander schoben und sein Körper sich weiter zwischen sie kauerte.

Er bewegte sich immer weiter nach unten und schickte Funken und Blitze durch Jules Haut, und die erste erregende Berührung seiner Lippen auf ihrer gespreizten Nässe ließ sie laut aufstöhnen, ihre Augenlider flatterten, ihre verräterischen Beine spreizten sich weiter und bettelten um mehr.

Grimarr gab ihr nach und steckte seine Zunge tief in seine eigene Schweinerei. Er leckte und saugte und schlürfte an ihr, ohne sich im Geringsten darum zu kümmern, dass er seinen eigenen Samen trank, und die Wahrheit dessen schien das Vergnügen noch zu steigern, zu vergrößern. Denn im Moment war dieser dreiste, widerwärtige Ork ganz in Jules Fängen, geifernd zwischen ihren Beinen, wie das bösartige Biest, das er war, und sie lehnte sich auf die Ellbogen zurück, um zuzusehen, um den Anblick zu genießen. Seine Schwäche, seine Erniedrigung, seine Reue.

Die Bewegung schien ihn nur zu ermutigen und seine lange, böse Zunge immer tiefer zu treiben. Und ein seltsamer, verdrehter Teil von Jule wollte mehr, mehr, und sie stöhnte laut auf, als sie sah, wie sich ihre zitternden Schenkel nach unten bewegten, um den dunklen Kopf zu umschließen und ihn näher, härter und heißer hineinzudrücken.

Jule keuchte erneut und spürte, wie ihre Hände zu seinem Kopf wanderten und ihn noch näher zu sich zogen. Sie brauchte sein Gesicht, seinen Mund, seine Zunge in sich und sehnte sich mit einer seltsamen, gleißenden Verzweiflung nach ihm. Ihre Schenkel umklammerten seinen dunklen Kopf, ihre Finger verhedderten sich tief in seinem Haar, ihr Atem stockte und ihr Blick war starr, als ein verdrehter, verkorkster Teil von ihr eines ihrer Beine verschob und es so in Position brachte, dass ihr Fuß auf seinem Hinterkopf lag. Sie drückte ihn gegen sich und wollte, dass er in seiner Anbetung ertrank, dass er sie um Verzeihung bat und es wirklich verfickt noch mal *ernst* meinte.

Ihre Erlösung kam mit einem Schrei, einem scharfen, wogenden Stoß wilder, aufgestauter Lust. Sie presste sich an seine immer noch gierige Zunge, zog ihn so fest an sich, dass ihr ganzer Körper zitterte, und er musste es sich verdienen – verdammte wütende Höllen!

Als die Lust wieder abgeklungen war und Jule sich schwach und gummiartig fühlte, war Grimarr immer noch da. Er kniete immer noch vor ihr und küsste sie sanft, sein ganzes Gesicht war eine glänzende, schlüpfrige Angelegenheit. Und obwohl Jule eigentlich angewidert sein sollte – was zum *Teufel* hatte das zu bedeuten? Warum zum Teufel war sie darauf hereingefallen? –, hatte sie immer noch ihre Hände in seinem seidigen Haar, spürte seine Wärme und sah die Wahrheit in seinen schwarzen Augen.

Was auch immer er gesagt oder getan hatte, da war etwas. Vielleicht ein lange verlorener Teil von ihm, der die Wahrheit gesprochen hatte. Das war es, was das hier bedeutete.

»Du hast nicht gesagt, Frau«, flüsterte Grimarr durch seine

feuchten, schlüpfrigen Lippen. »Was ein Mann dir gibt, das ich dir nicht geben kann.«

Seine beiden Hände waren wieder an ihrem Bauch angekommen, die Finger breit und ehrfürchtig, und Jule blinzelte bei diesem Anblick und schnappte nach Luft. Was hatte Astin ihr gegeben, was Grimarr nicht hatte, warum war es so schwer, an diese Dinge zu denken, zu sprechen ...

»Astin hat mir wenig gegeben, was du nicht hast«, sagte sie schließlich, und vielleicht war es eine bittere Erleichterung, das zu sagen, zu akzeptieren, dass Astin sie nicht besser behandelt hatte als einen Ork. »Aber ein guter Mann – ein guter Lord – würde seine neue Frau wie eine Partnerin oder eine Freundin behandeln. Oder zumindest wie einen Gast.«

Die schwarzen Augen sahen – hörten – und Jule spürte, wie sich ihr Bauch unter dem Gewicht dieser Hände hob und senkte. »Ein guter Lord würde seiner Frau ihr neues Zuhause zeigen und ihr ihren Platz darin erklären«, fuhr sie fort. »Er würde sie seinen Brüdern richtig vorstellen. Er würde seine Erwartungen deutlich machen und sie über seine täglichen Aktivitäten und seine Prioritäten informieren. Er würde mit ihr essen, sich mit ihr unterhalten und Zeit mit ihr außerhalb des Schlafzimmers verbringen. Er würde ihr Geduld und Rücksicht entgegenbringen. Er würde für saubere Kleidung und Lappen sorgen und für Bäder und sogar für eine richtige verfickte *Latrine*.«

Ihre Stimme war brüchig geworden, ihr Blick wanderte zu dem immer noch vorhandenen Nachttopf, und sie spürte, wie Grimarr sich ein wenig erhob und auf die Knie sank. Er trug immer noch seine Hose, aber keine Tunika, und mit einer schnellen, seltsamen Bewegung war er hier. Oder vielleicht war Jule da, gefangen in seinen starken Armen, eng an seine breite, nackte Brust geschmiegt, gegen das langsame Klopfen seines Herzens darin.

»Ich werde das ändern«, sagte er, seine Stimme war leise, vielleicht sogar bedauernd. »Ich habe noch nie eine Frau gehabt, die sich diese Dinge gewünscht hat. Meine eigene Mutter hat sich diese Dinge nicht gewünscht. Abgesehen von der Paarung wünschen sich die Frauen, dass ihre Orks sie in Ruhe lassen.«

Jule wich kurz zurück, um in diese Augen zu blicken. »Nein, diese Frauen hatten wahrscheinlich nur zu viel Angst vor dir, um mehr zu verlangen«, schnauzte sie zurück. »Zu deinem Glück habe ich mehr Erfahrung als die meisten anderen im Umgang mit Tyrannen wie dir.«

Grimarrs Augen blinzelten, aber dann verzog sich sein immer noch glänzender Mund zu einem langsamen, scharfzahnigen Lächeln. »Ach, das ist *wirklich* ein Glück«, murmelte er. »Du wirst mich lehren, dir zu gefallen, und ich werde es meinen Brüdern beibringen. Gemeinsam werden wir die Frauen und unsere Söhne zurückbringen.«

Gemeinsam. Als wären sie Partner in dieser Sache und nicht als wäre Jule eine Gefangene, die den ganzen Tag in Fesseln gearbeitet hatte. So schaute sie weg und schüttelte den Kopf. »Das ist ein schöner Gedanke, Ork«, sagte sie knapp, »aber das glaube ich dir nicht. Warum sollte ich das auch, nach all den Dingen, die du gesagt und getan hast?«

Sie spürte, wie er sie ansah, wie sich seine Brust an ihr füllte und entleerte und wie seine große Hand ihr Haar streichelte. »Dann werde ich ein weiteres Gelübde für dich ablegen, Frau«, sagte er schließlich, leise. »Gewähre mir Zeit, um dich zu entschädigen. Vierzig Tage. Und wenn ich es nicht schaffe, dich in dieser Zeit zufriedenzustellen, dann ... werde ich dir erlauben zu fliehen.«

Was? Jules Herz setzte einen Schlag aus, und sie wich zurück, um in sein grimmiges Gesicht zu starren. Er sah ernst aus, als ob er es tatsächlich so meinte, aber er konnte es unmöglich wirklich ernst meinen, oder?

»Blödsinn, Ork«, sagte sie. »Lass mich raten: Du wirst mich ›laufen lassen‹, wie beim letzten Mal, als ich zu abgelenkt war, um richtig zu denken? Oder du wirfst mich gefesselt auf dem

Gipfel deines Berges ab, bis ich dich anflehe, mich zurückzubringen, damit ich nicht erfriere?«

Grimarrs schwere Augenbrauen zogen sich zusammen, und er schüttelte den Kopf. »Nein«, sagte er, und es klang, als ob er das auch so meinte. »Ich werde dich an den sichersten Ort bringen, den ich kenne. Oder, wenn du willst, zurück in dein Zuhause. Zu Lord Norr.«

Er spuckte das letzte Wort aus, und Jule konnte nicht aufhören, ihn anzustarren und in seine düsteren Augen zu blinzeln. Zurück in ihr *Zuhause*, hatte er gesagt. »Aber«, brachte sie hervor, »aber was ist mit ...«

Sie konnte es nicht einmal aussprechen, aber ihr Blick war auf ihre Taille gefallen, auf Grimarrs große Hand, die immer noch schützend darüber lag. Seine Krallen waren irgendwann herausgefahren, schwarz und scharf und tödlich aussehend, und Jule fuhr abwesend mit dem Finger über eine von ihnen und wartete. »Ja?«

Ein Blick auf sein Gesicht zeigte, dass es verzerrt und fast schmerzhaft aussah. »Ich würde hoffen und darum bitten, dass du alles für unseren Sohn tust, was du kannst«, sagte er, knapp. »Ich würde beten, dass du ihn kennenlernst und sein Gesicht siehst. Ich würde dich verfolgen lassen, und wenn du ihn nicht mehr willst, würde ich mir wünschen, dass du ihn mir überlässt. Ansonsten werde ich keine weiteren Ansprüche an dich stellen.«

Die Worte klangen erschreckend wahr, sein Gesicht war fast schmerzhaft düster, sodass Jule den Blick abwenden musste. »Woher weiß ich, dass du mich nicht anlügst?«, fragte sie. »Oder dass du mich hier festhalten willst, bis dein Ork-Bund zu stark wird, um mich gehen zu lassen.«

Grimarr stieß einen scharfen Atemzug aus, der ihr Haar zum Flattern brachte. »Ich werde dich in dieser Sache nicht verraten. Ich gebe dir mein Wort als Ork, als Anführer, als dein Gefährte. Das schwöre ich dir.«

Seine Hand auf ihrem Bauch zuckte – Jule merkte, dass sie

zitterte – und sie schaute in diese düsteren schwarzen Orkaugen. Vierzig Tage freiwillig mit einem Ork zusammenbleiben. Vierzig Tage, um zu beobachten, zu warten und zu lernen. Vierzig Tage, um ihre Rache zu planen, vielleicht. Um zu sehen, was Astin als Nächstes tun würde.

Außerdem war es ja nicht so, dass Grimarr sie einfach entkommen lassen würde, oder? Und selbst wenn sie fliehen würde, würde sie dann in der Nähe menschliche Hilfe finden? Wäre das nicht viel sicherer für sie und für – ihr Blick fiel wieder auf Grimarrs große Hand an ihrer Taille – für was auch immer als Nächstes kommen würde?

»Also gut, Ork«, sagte sie flüsternd zu dieser Hand. »Vierzig Tage. Und wenn du mich dabei hintergehst«, sie blickte auf und sah ihm ins Gesicht, »dann versichere ich dir, dass du es später bereuen wirst.«

Seine Hand presste sich gegen ihren Bauch, denn er wusste nur zu gut, was sie meinte, aber seine andere Hand zog sie näher in seine Arme, in seine kräftige, unerschütterliche Wärme. »So weit wird es nicht kommen«, sagte er fest. »Ich werde es dir beweisen. Du wirst es nicht bereuen.«

»Blödsinn, du großes Arschloch«, schnauzte Jule zurück, aber es kam nur gedämpft gegen die Wärme seiner Brust an. Als Antwort gab er ein leises, rollendes Glucksen von sich, das tief in sie eindrang, während seine Arme sie enger an sich zogen, wärmer und sicherer.

»Sprich so viel du willst, Frau«, sagte er. »Du wirst sehen.«

17

Als Jule am nächsten Morgen aufwachte, lag sie mal wieder nackt in Grimarrs Bett. Aber ihre Beine waren nicht gefesselt, eine kratzige Decke bedeckte sie, und neben ihr auf dem Bett saß Grimarr selbst und schenkte ihr ein breites, leicht beunruhigendes Lächeln.

»Du bist erwacht«, sagte er mit Genugtuung. »Ich habe dir Geschenke mitgebracht.«

Geschenke. Jule rieb sich die trüben Augen und setzte sich auf, wobei ihr nicht entging, dass Grimarr heute Morgen wieder eine Hose und keine Tunika trug. Und wie seine große Hand über der Decke auf ihrem Oberschenkel geruht hatte und nun nach oben glitt, um kurz und nicht unauffällig über ihren Bauch zu streichen. Noch flach, vorerst, aber …

»Gewänder«, sagte Grimarr, während seine andere Hand einen Stapel Stoff in Jules Schoß schob. »Gewaschen. Sauber.«

Saubere Kleidung? Jule konnte ein gewisses Interesse nicht leugnen, als sie das oberste Stück aus grauem Leinen aufhob – aber dann blinzelte sie, sowohl über das Stück als auch über Grimarr.

»Das ist eine Männertunika«, sagte sie. »Und«, sie griff nach dem anderen Teil, »das ist eine Männerhose.«

»Ja«, antwortete Grimarr und runzelte die Stirn. »Gewänder. Sauber.«

Natürlich, dachte Jule düster, haben Orks keine Vorstellung von zivilisierter Kleidung, und sie warf einen kurzen, hilflosen Blick in Richtung der Stelle, an der ihre Kleider am Ende des Bettes hingen – oder besser gesagt, gehangen hatten. »Wo hast du mein Kleid hingebracht? Und mein Unterhemd?«

»Zum Waschen«, sagte Grimarr, immer noch mit dem Stirnrunzeln, aber vielleicht mehr verwirrt als verärgert. »Du wolltest es doch sauber haben.«

Er hatte nicht ganz unrecht, dachte Jule und seufzte, als sie die Tunika wieder in die Hand nahm und sie begutachtete. Sie war gut verarbeitet, eindeutig für einen kleineren Mann gedacht und roch in der Tat sauber, ihr einziger Makel war ein kleiner Riss auf der Vorderseite. Ein Riss, der – Jule zog ihn näher heran und betrachtete ihn mit langsam wachsender Abscheu – neu und an den Rändern glatt war, als wäre er erst kürzlich von einer schlanken, geschärften Klinge verursacht worden.

»Sind das die Kleidungsstücke der Männer, die du neulich getötet hast?«, fragte sie mit brüchiger Stimme. »Du hast sie von den *Leichen* dieser Männer genommen?«

»Ja«, sagte Grimarr. »Das ist die Beute einer Schlacht, die tapfer gewonnen wurde.«

Jule schauderte und fingerte weiter an dem Riss herum, um sich nicht vorzustellen, welcher der Männer das getragen und was er gefühlt hatte, als die Orkklinge durch seine Haut gedrungen war. »Was hast du mit ihren Körpern gemacht?«, hörte sie ihre vorsichtige Stimme fragen. »Danach?«

»Wir haben sie angezündet«, sagte Grimarr ohne Umschweife. »Mit Ehre. Wir tun nicht das, was die Menschen sagen.«

Ein flüchtiger Blick auf sein Gesicht zeigte, dass er die Wand angrinste, und Jule spürte, wie sich ihre Schultern entspannten. Sie hatte die Schauergeschichten darüber gehört, was Orks mit den Leichen von Männern und Frauen anstellten, und obwohl sie sich nicht vorstellen konnte, was Grimarr tat, wusste sie auch aus erster Hand, was Astins Männer mit den Orkleichen gemacht hatten. Die Dinge, die Astin gebilligt und gefördert und über die er gelacht hatte.

Widerwillig stand sie auf und zog sich erst die Tunika und dann die Hose an. Sie hatte schon ein paar Mal Hosen getragen, aber nicht mehr, seit sie Astin geheiratet hatte, und sie fühlten sich seltsam eng an ihren Beinen an. Allerdings musste sie zugeben, dass der Kordelzug am oberen Ende sehr praktisch war, vor allem, wenn ihre Taille bald wachsen würde.

»Wenigstens scheinen sie zu passen«, sagte sie, unterbrach den beunruhigenden Gedankengang und blickte nach unten. »Aber jetzt sehe ich wirklich wie ein Mann aus.«

Das war eine Anspielung auf die spitzen Bemerkungen, die Astin manchmal über Jules Größe oder Schulterbreite machte, und Jule war kurz sehr dankbar – und nicht annähernd so verärgert, wie sie es hätte sein sollen –, als Grimarr, der immer noch auf dem Bett saß, laut schnaubte und eine ihrer Brüste durch ihre neue Tunika hindurch berührte.

»Kein Ork könnte dies übersehen, Frau«, sagte er entschlossen, während seine andere Hand ihren Rücken umfasste und ihren noch immer stehenden Körper näher zwischen seine gespreizten Beine zog. »Nichts hat sich verändert, wie ich sehe.«

Bei diesen Worten verkrampfte sich Jules Magen und sie schaute nach unten, von wo aus er sie mit seinen schwarzen Wimpern träge ansah. Seine rechte Hand lag immer noch auf ihrer Brust und drückte sie, während seine andere Hand sie noch näher zwischen seine Schenkel zog. »Aber in Wahrheit«, murmelte er, »hoffe ich, dass du dich eines Tages nicht mehr um deine Kleidung kümmerst und nackt und ohne Scham vor all meinen Brüdern herumläufst.«

Das war so eine Sache mit ihm, diesem unverschämt arroganten Mistkerl, aber Jule konnte nur mit den Augen rollen und ließ sich von ihm noch näher an sich heranziehen. Bis sein Kopf auf gleicher Höhe mit ihrer Taille war, und während sie zusah, beugte er sich vor und küsste sanft ihren Bauch durch die neue Tunika hindurch, wobei er tief einatmete.

»Es würde mir große Freude bereiten, dich zu präsentieren, während du erblühst«, flüsterte er. »Deinen Bauch zu präsentieren, der mit meinem Sohn heranreift, deine Zitzen, aus denen meine gute Milch fließt. Deinen vollen Schoß, der mit meinem frischen, starken Samen trieft.«

Jule blieb der Atem im Hals stecken und sie sah zu, wie er ihren Bauch wieder und wieder küsste. »Du willst dich immer noch ... paaren«, hörte sie sich sagen, »selbst wenn das Ziel erreicht ist?«

Grimarr blickte böse zu ihr auf, mit einer Spur von Überraschung. »Ja«, sagte er. »Ich muss meinen Sohn jede Nacht in gutem Samen baden. Dadurch wird er fett und kräftig, und du bleibst bereit und flexibel für seine Geburt.«

»So funktioniert das nicht, Ork«, konterte Jule, aber Grimarr warf ihr nur einen weiteren scharfen Blick zu und beugte sich vor, um ihren Bauch erneut zu küssen. Wieder mit so etwas wie Ehrfurcht, vielleicht sogar mit echter Zärtlichkeit, und Jule musste sich zwanghaft vor Augen führen, dass es erst gestern gewesen war – gestern! –, dass sie den ganzen Tag unter seinem Befehl gearbeitet hatte, gefesselt und erschöpft. Und am Tag zuvor hatte er all diese Männer getötet und sie vor seinen Freunden bloßgestellt. Einige Tage zuvor hatte er ihr mit Gefängnis und Hunger gedroht, und Jule würde dies nur noch vierzig Tage lang dulden, mehr *nicht*. Sie wartete auf den richtigen Zeitpunkt, um Rache zu nehmen. Richtig?

Sie stieß sich von seinen Händen und seinem Mund ab, viel zu spät, und ignorierte den beinahe verletzten Blick in seinen Augen. Er war ein Ork. Er hatte sie entführt. Sie angelogen. Er hatte sie mit seinem *Kind* geschwängert.

Es war immer noch viel zu beunruhigend, um darüber

nachzudenken, und vielleicht erkannte Grimarr das, denn er stand plötzlich auf, griff um das Fußende des Bettes herum und hob eine kleine Öllaterne hoch, die Jule vorher gar nicht gesehen hatte und die bereits mit einer gleichmäßigen Flamme brannte. »Ich habe dir noch mehr zu zeigen«, sagte er. »Komm und sieh es dir an.«

Jule zögerte, aber dann folgte sie ihm das kurze Stück in den Korridor hinein, bis zu einer kleinen Öffnung in der Steinmauer mit einem Vorhang. Nachdem Grimarr den Vorhang aufgezogen hatte, trat sie hinein und fand einen kleinen, sauberen, fensterlosen Raum vor. An der benachbarten Wand hing ein großes Metallwaschbecken, daneben stand ein Holzregal mit einer Schüssel mit sauberem Wasser und einem ordentlich aufgeschichteten Haufen Lappen. Und auf der anderen Seite des Raumes befand sich etwas, das wie eine richtige Toilette aussah, mit einem richtigen Abfluss, in der richtigen Höhe, sogar mit einem Deckel, und einem weiteren Stapel Lappen daneben.

»Das ist für dich, Frau«, sagte Grimarr hinter ihr. »Wenn du wünschst, ein richtiges Bad zu nehmen, frag Baldr, und er wird dir warmes Wasser bringen lassen. Wenn du wünschst, dass etwas gewaschen wird, lass deine Kleider und Lappen auf dem Boden liegen, damit sie gesäubert werden können.«

Wirklich? Jule blickte ungläubig in Grimarrs Gesicht, aber seine Augen waren in dem schwachen Licht seltsam unergründlich. »Oh«, sagte sie. »Und ... ähm ... wann darf ich hierherkommen?«

»Wann immer du willst«, antwortete er, und Jule spürte, wie sich ihre Augenbrauen hoben und ihr Blick wieder durch den kleinen Raum schweifte. Er hatte ihr Kleidung gebracht und eine Latrine eingerichtet, und obwohl es nur das Nötigste war – ein winziges steinernes Loch in einem Berg der Orks für die grundlegenden Körperfunktionen – so war es doch immerhin ... etwas.

»Gefällt dir das?«, hörte sie seine Stimme. Jule blinzelte ihm im Schein der Laterne entgegen und stellte verwirrt fest, dass sie nicht nein sagen konnte. Vielleicht war sie sogar erfreut.

»Könnte ich dann bitte einen Moment allein sein?«, sagte sie stattdessen, und zum Glück widersprach Grimarr nicht und ging hinaus. Jule war froh, dass sie allein war, um ihre morgendlichen Geschäfte zu erledigen, und als sie mit sauberem Gesicht wieder auf den Korridor hinausging, konnte sie sich ein kurzes, erleichtertes Lächeln in dem Moment, wo sie Grimarrs wachsame Augen sah, nicht verkneifen.

»Was kommt als Nächstes, Ork?«, fragte sie und klang dabei viel fröhlicher, als sie es beabsichtigt hatte, und erntete als Antwort ein skeptisches Heben einer schwarzen Augenbraue.

»Wir werden essen«, sagte er. »Im Gemeinschaftsraum der Ash-Kai. Komm mit.«

Er hatte sich bereits zum Gehen gewandt und Jule folgte ihm den Korridor entlang und sah sich dabei um. Es war das erste Mal, dass sie die Korridore in richtigem Licht sah, und sie waren nicht annähernd so rau und niedrig, wie sie es sich vorgestellt hatte. Tatsächlich waren die Wände und Böden glatt und gut poliert, und zumindest hier war der Gang breit genug, dass mehrere Orks nebeneinander gehen konnten.

»Warum essen wir dort?«, fragte sie hinter Grimarr, als sie mehrere Kurven und Abzweigungen hinter sich gebracht hatten und sie nicht mehr wusste, in welche Richtung sie gingen. »Ich dachte, ihr Orks esst meistens in der Küche?«

»Die Küche macht eine Mahlzeit pro Tag für alle Orks im Berg, sofern sie sie essen wollen«, antwortete Grimarr, ohne sich umzudrehen. »Für alles andere sind die Clans der Orks zuständig. Jeder Clan hat seine eigenen Vorlieben, seine eigenen Essensvorräte und seinen eigenen Gemeinschaftsraum, in dem er isst.«

Oh. »Und der Ash-Kai«, das Wort klang seltsam auf Jules Zunge, »ist dein Clan?«

»Ja«, sagte Grimarr. »Und damit ist es auch deiner und der unseres Sohnes.«

Oh. Als ob es diesen Sohn schon gäbe, legte Jule eine Hand auf ihre Körpermitte, obwohl sie versuchte, den Gedanken aus ihrem Kopf zu verdrängen. »Richtig. Ähm, wie sind die Ash-Kai denn so?«

Grimarrs kurzer Blick über seine Schulter wirkte überrascht und vielleicht sogar erfreut. »Die Ash-Kai sind seit Langem die Anführer und Oberhäupter der Orks. Wir sind willensstark, gerissen und stolz. Wir kämpfen, um zu gewinnen.«

Jule konnte sich einen zweifelnden Blick nach unten nicht verkneifen, dorthin, wo ihre Finger immer noch weit gespreizt an ihrer Taille lagen, und sie ließ ihre Hand eilig wieder an ihre Seite fallen. »Welch ein Glück für dich«, sagte sie. »Sind sich alle Clans über eure offensichtliche Überlegenheit einig?«

Grimarr blieb abrupt vor ihr stehen, die verräterische Spannung in seinen Schultern kehrte zurück, aber als er sprach, war seine Stimme vorsichtig und ruhig. »Nein. Es gab schon viele Meinungsverschiedenheiten in dieser Sache. Wir Ash-Kai haben uns oft als unnahbar, hart und grausam erwiesen. Wir haben anderen unseren Willen aufgezwungen und diejenigen unterdrückt, die ihn infrage stellten oder darunter litten.«

Jule schien darauf nichts erwidern zu können und als Grimarr weiterlief, folgte sie ihm schweigend, bis er vor einem Raum stehen blieb, der der Eingang zu einem anderen Raum zu sein schien. Einem Raum, aus dem eine nicht unerhebliche Menge Lärm drang, was auf die Anwesenheit vieler unbekannter Orks hindeutete, und Jule wich zurück und warf einen unruhigen Blick auf Grimarrs wachsame Augen.

»Komm«, sagte er und strich ihr mit seiner warmen Hand über den Rücken. »Sie wissen, dass du kommst. Sie werden freundlich sein.«

Während er sprach, lag eine entschlossene Grimmigkeit auf seinem Mund – vielleicht eine Demonstration seiner Ash-

Kai-Hochnäsigkeit –, aber Jule spürte, wie sie zaghaft nickte und sich von ihm in den lauten, belebten Raum führen ließ.

Er war größer, als sie erwartet hatte, mit einem knisternden Feuer am hinteren Ende und einer Vielzahl von Stein- und Holzmöbeln – Tische, Bänke und sogar Stühle –, die überall verstreut standen. Der Boden unter Jules Füßen war weich, und ein Blick nach unten zeigte, dass er mit Fellen und Tierhäuten bedeckt war. Noch mehr davon bedeckten die Wände und verliehen dem Raum eine Wärme, die erstaunlich gemütlich hätte sein können, wenn da nicht die Anwesenheit von wahrscheinlich zwanzig riesigen Orks gewesen wäre, die ihre Gespräche und ihr Treiben auf einmal unterbrachen, um sie anzuschauen.

Einige der Orks waren am Essen und saßen auf den Fellen an den niedrigen Tischen, andere spielten etwas, das wie ein Würfelspiel aussah. In der Ecke standen mit Fellen bedeckte Trommeln in verschiedenen Größen und Höhen, hinter denen ein Ork mit seinen Händen einen komplizierten, ohrenbetäubenden Rhythmus schlug. Und auf einer Couch – Jules Augen huschten dorthin und schnell wieder weg – lag ein schlanker Ork mit nacktem Oberkörper lässig auf einem anderen Ork in einer Pose, die von unbestreitbarer Intimität zeugte, vor allem, weil der erste Ork mit scharfen weißen Zähnen am entblößten, geröteten Hals des anderen knabberte.

Grimarr schien sich davon nicht beeindrucken zu lassen und führte Jule zu den nächstbesten Orks, die das Würfelspiel spielten. »Komm«, sagte er wieder. »Ich möchte, dass du meine Brüder kennenlernst.«

Und so begann für Jule eine gute halbe Stunde, in der sie seltsamen, nervtötenden Orks vorgestellt wurde, die alle völlig unaussprechliche Namen hatten. Die meisten ihrer Gesichter kamen Jule dank des Tages, an dem sie das Abendessen serviert hatte, vage bekannt vor, und obwohl sie fast alle misstrauisch dreinschauten, musste Jule zugeben, dass

Grimarr recht gehabt hatte und die meisten von ihnen zu ihrem Erstaunen sehr freundlich waren.

»Der olle Grim hier hat dich also noch nicht vor Angst sprachlos gemacht?«, sagte einer von ihnen – der hemdlose Nackenbeißer – in lupenreinem Gemeinmund und grinste dabei frech in Grimarrs abweisendes Gesicht. »Tod und Schrecken auf dem ganzen Weg, nicht wahr, Bruder?«

Grimarr antwortete mit einem Knurren, aber zu Jules Überraschung sah er nicht wirklich wütend aus, sondern hatte ein fast schon nachsichtiges Zucken auf den Lippen. »Frau, das ist Kesst«, sagte er. »Er ist der faulste Ork auf dem ganzen Berg. Ignoriere alles, was er sagt.«

Der Ork antwortete mit einem Lachen und einer anzüglichen Geste in Richtung Grimarr, die dieser jedoch ignorierte und stattdessen dem eher gewöhnlich aussehenden Ork, dessen Kehle Kesst geschändet hatte, zunickte. »Und das«, sagte Grimarr zu Jule, »ist Efterar. Er ist mein oberster Heiler. Er ist weitaus mehr wert als sein Gefährte.«

Jule blinzelte erst, als sie merkte, dass Grimarr einen *Scherz* gemacht hatte, und dann, weil er das Wort *Gefährte* so selbstverständlich benutzte. Als wären die beiden Orks tatsächlich miteinander *verpaart*, und als der zweite Ork – Efterar – Jule mit trüben Augen anblinzelte, fiel ihr auf, dass er genau so aussah, wie sie sich immer fühlte, wenn sie sich mit Grimarr ... na ja ... *paarte*.

»Alles Blödsinn, Grim, wie immer«, mischte sich Kesst ein und winkte abschätzig in Richtung Grimarrs Masse. »Wenn du glaubst, dass Eft hier auf dem Schlachtfeld auch nur das Geringste nützen würde, wenn ich ihm nicht den Schwanz lutschen würde, – und dadurch helfen würde, sein Gehirn von dem ständigen Scheiß zu befreien, den deine Befehle ihm eintrichtern – dann bist du voll mit fauligem Mist.«

Er beendete seine Rede mit einem süffisanten Lächeln und wackelte mit den schwarzen Augenbrauen in Richtung Jule. »Vielleicht tust du das Gleiche für den hier«, flüsterte er und warf Grimarr einen Blick zu. »Die Götter wissen, dass er es fast so sehr braucht wie Eft.«

Mit diesen Worten widmete er sich wieder Efterars Nacken und breitete sich fast über den nachgiebigen Körper seines Gefährten aus, während Efterar seinen Kopf zurücklehnte und die Augen schloss. Jule starrte die beiden verwirrt an, bis Grimarr sie zum Feuer und dem daneben stehenden Tisch mit den verschiedensten Gegenständen schob. »Du musst hungrig sein, Frau«, sagte er. »Komm, iss.«

Ein genauerer Blick auf den Tisch zeigte, dass er mit einer wahllosen Auswahl an Lebensmitteln gedeckt war, von einem halb aufgegessenen Stachelschweinkadaver – dessen Kiele noch dran waren – bis hin zu einer Auswahl an Wurzeln, Grünzeug und Samen. Vieles davon war für Jule völlig ungenießbar, aber ihr Magen knurrte tatsächlich, und sie suchte sich vorsichtig ein bisschen Grünzeug und ein paar Beeren heraus und blinzelte, als Grimarr mit bloßen Händen in das Feuer griff und ein großes, köstlich riechendes Päckchen herauszog, das in Fettpapier eingewickelt war. »Hier«, sagte er, »wir haben dir eine Ente gebraten.«

Jule wollte auf keinen Fall eine ganze Ente essen – das dachte sie zumindest – aber als sie sich mit Grimarr auf eine Bank setzte und er anfing, die Ente auseinanderzunehmen und ihr Stücke zum Essen zu reichen, stellte sie fest, dass sie in der Tat einen Mordshunger hatte. Und nicht einmal der Anblick von Grimarr, der die normalerweise ungenießbaren Teile der Ente genüsslich verspeiste, schien ihren Hunger oder ihre plötzliche, unerklärliche Neugier auf all das hier zu lindern.

»Also paaren sich Orks wirklich *untereinander*?«, fragte sie, während sie kaute, denn es schien sich nicht zu lohnen, sich über Tischmanieren Gedanken zu machen, wenn der Ork neben einem eine Ente in Fetzen riss. »Und ihr seid alle damit *einverstanden*?«

Aus Grimarrs Mund ertönte ein lautes Knirschen – er aß auch die *Knochen* – und ein Achselzucken seiner breiten

Schulter. »Warum sollten wir das nicht begrüßen?«, antwortete er. »Die Menschen machen das doch auch, oder nicht? Und wenn es so wenige Frauen gibt, was sollen meine Brüder dann tun?«

Jule warf noch einen kurzen Blick durch den Raum, wo Kessts Hand jetzt offen über eine sichtbare, lange Beule in Efterars Hose strich. »Na ja«, sagte sie und kämpfte damit, die plötzliche Hitze in ihrem Gesicht zu ignorieren, »vielleicht sollten sie wenigstens irgendwo hingehen, wo sie ungestört sind?«

»Warum?«, entgegnete Grimarr, während er ihr ein wieteres köstlich riechendes Stück Entenbrust reichte. »Ich habe dir doch gesagt, dass es in diesem Berg keine Geheimnisse gibt. Wir alle wissen, wenn Kesst auf den Knien ist, warum muss er das vor unseren Augen verbergen? Und heißt das, dass er auch Efterar die Erleichterung verweigern muss, wenn es keinen Platz gibt, um sie zu verstecken, wie zum Beispiel auf dem Schlachtfeld? Dort muss Efterar am häufigsten sein.«

Jule warf einen weiteren verstohlenen Blick in Richtung der Couch – Kessts Hand steckte jetzt tief in Efterars Hose und rutschte noch tiefer – und nahm einen zu großen Bissen von ihrem Fleisch. »Ähm, na ja, was ist, wenn sich andere dadurch unwohl fühlen? Oder eifersüchtig?«

Grimarr legte die Stirn in Falten, fast so, als würde er über ihren Einwand nachdenken. »Ach, ich verstehe, wie du das meinst«, gab er zu Jules vager Überraschung zu. »Du denkst an den Ork, der sich eine Gefährtin wünscht und noch keine gefunden hat. Aber so«, er hielt inne und biss mit einem lauten Knacken einen weiteren Knochen entzwei, während seine andere Hand in Richtung Kesst und Efterar wedelte, »gehört ihre Freude uns allen. Wenn ich keine Gefährtin habe, die meinen Schwanz lutscht, kann ich sehen und riechen, wie Kesst Efterar lutscht, und schon bin ich ein Teil davon.«

Er meinte es wirklich ernst, erkannte Jule – seine ganze exhibitionistische Art war in Wirklichkeit die kollektive exhibitionistische Art der *ganzen* Orks – und sie brauchte viel zu lange, um in ihren Gedanken ein plausibles Gegenargument zu finden. »Nun«, sagte sie, »was ist ... wenn man nicht *will*, dass alle anderen Orks an seinem Vergnügen teilhaben? Was ist, wenn Efterar will, dass Kesst nur *ihm* gehört?«

»Kesst *gehört* nur ihm«, antwortete Grimarr in einem Ton, der vermuten ließ, dass dies offensichtlich war. »Und warum sollte er seinen Gefährten nicht auf seinen Knien zur Schau stellen wollen, wenn es allen seinen Brüdern gefällt? Willst *du* nicht sehen, wie Kesst seinen Schwanz lutscht?«

Jule zuckte zusammen und blinzelte dann zu Grimarr hinüber, der sie mit wissenden Augen und schweren Lidern beobachtete. »Efterars Schwanz ist größer als der der meisten Orks«, sagte er und seine Stimme war ein langsames, sanftes Schnurren. »Willst du nicht zusehen, wie Kesst ihn verschlingt?«

Das war lächerlich, dreist und *zutiefst* beleidigend, und Jule spürte, wie sich ihr Mund öffnete und schloss und ihre Augen wieder durch den Raum schweiften. Dorthin, wo Kesst endlich Efterars geschwollene Beule aus seiner Hose geholt hatte und diese tatsächlich fast so lang wie eine Kelle zu sein schien, groß und schlank, die durch Kessts langsam gleitende Finger emporragte.

»Ich ...«, begann Jule, konnte aber nicht weitersprechen, weil ihre Augen an dem entsetzlichen, fesselnden Anblick hängen blieben, während Grimarr neben ihr ein leises, heiseres Glucksen von sich gab. »Sieh dir das mit mir an, Frau«, murmelte er. »Wenn du gehen willst, brauchst du nur zu sprechen, und wir werden gehen.«

Jule hätte aus vielen guten Gründen protestieren sollen, aber sie blieb wie angewurzelt auf der Bank sitzen und ihr Mund war merkwürdig trocken. Ihr Blick blieb an der absurden Szene auf der anderen Seite des Raumes hängen: Efterar lag mit gespreizten Knien und vernebelten Augen auf der Couch, während Kesst seinen seidenhaarigen Kopf beugte und mit offenem Mund einen sanften Kuss auf die feuchte, dunkle Spitze des langen, geschwollenen Schwanzes gab.

Jule konnte gerade noch Efterars scharfes Zischen hören, bevor er seine Beine weiter öffnete und Kesst sich zwischen ihnen auf die Knie sinken ließ. Aber immer noch in einem Winkel, der Jule einen ungehinderten, schockierenden Blick ermöglichte, als Kesst erneut die feuchte Eichel zwischen seine Lippen nahm und seine Wangen einzog. Dann ließ er seinen Mund langsam, stetig und unaufhaltsam nach unten gleiten, tiefer und tiefer, bis der unfassbar lange Schwanz ganz aus dem Blickfeld verschwand und tief in Kessts Mund versank.

»Das ist unmöglich«, protestierte Jule in einem erstickten Flüsterton, und Grimarr gab neben ihr ein leises Lachen von sich und schob eine allzu vertraute Hand nahe an ihre Taille. »Er hat lange für diesen Trick gearbeitet, um Efterar zu gefallen«, flüsterte er zurück. »Er schluckt ihn tief in seiner Kehle herunter. Vielleicht kannst du das auch lernen, Frau.«

Jule stieß Grimarr mit dem Ellbogen in die Seite, aber er lachte nur wieder und legte seinen Arm enger um sie. Er beobachtete – mit ihr zusammen –, wie Kesst langsam wieder den ganzen Weg zurückzog, wobei seine Kehle reflexartig wippte und seine schlanke Brust sich hob. Und dann, als Efterar ein raues, gutturales Stöhnen von sich gab, sank Kesst wieder komplett nach unten, bis sein Mund wieder den gesamten Schwanz verdeckte und sich an die schwarzen Haare an seinem Ansatz presste.

Vielleicht die Hälfte der Orks im Raum schaute zu, die andere Hälfte schien es gar nicht zu bemerken, aber neben Jule hatte Grimarr seine Hand lässig über seine eigene geschwollene Leiste gelegt und tat es damit mehr als nur einem anderen Ork im Raum gleich. Das deutete darauf hin, dass es ihn tatsächlich anmachte, dass es ihn erregte, wenn einer seiner eigenen Orks einem anderen Ork einen blies, und Jule fühlte sich aus Gründen, die sie sich nicht erklären konnte, seltsam gekränkt und vielleicht sogar ein bisschen betrogen.

»Warte«, zischte sie ihn an. »Dir *gefällt* das? Das macht dich wirklich *an*?!«

Der Blick, den Grimarr ihr zuwarf, war überrascht und vielleicht auch schuldbewusst. »Ja«, murmelte er zurück. »Warum sollte es das nicht?«

Jule stotterte vergeblich, ihr Mund öffnete und schloss sich und ihr Gesicht wurde rot und heiß. »Du ... Du *magst* andere Orks«, brachte sie hervor. »Andere ... *Männer*. Du hast das hier ... schon mal *gemacht*.«

Sie winkte dem Treiben auf der anderen Seite des Raumes hilflos zu und konnte die Verwirrung in Grimarrs Augen sehen, als er zu ihnen und dann wieder zu ihr blickte. »Ja«, sagte er. »Zum Vergnügen. Aber ich habe mir nur Frauen als Gefährtinnen genommen.«

Das half überhaupt nicht und Jule stotterte wieder nutzlos rum, ihr Gesicht war heiß und ihre Augen blieben an dem unmöglichen Anblick von Kesst hängen, der Efterars Länge wieder tief in seinen Hals saugte. Das würde sie nie schaffen, und Grimarr *gefiel* das, es bereitete ihm *Vergnügen*, was zum Teufel bedeutete das?

»Frau«, sagte Grimarr, als er plötzlich aufstand, nach seiner Laterne griff und Jule hinter sich her zog. Er führte sie zur Tür und den Korridor hinunter, bis sie in einer kleinen Nische am Ende des Hauptgangs standen und das Licht der Laterne schwach vom Boden hinter ihnen flackerte. »Du hast jetzt dieses ... *Unbehagen* ... von dem du gesprochen hast. Ja?«

Er hatte es tatsächlich bemerkt? Jule war so überrascht, dass sie nickte und der Duft von Grimarr, der durch den viel zu kleinen Raum strömte, einatmete, der große schwarze Schatten seines Körpers war viel zu nah. »Trotzdem wolltest du sie beobachten«, sagte er langsam. »Du wolltest sehen, wie Kesst den Schwanz von Efterar lutscht. Ja?«

Jule konnte nicht antworten – warum führte sie diese Diskussion überhaupt mit einem *Ork* –, aber Grimarr schien das als Ja zu verstehen, lehnte sich weiter vor und legte beide großen Hände neben ihren Kopf an die Wand. »Aber du mochtest den Gedanken nicht, dass ein Ork *meinen* Schwanz lutscht«, sagte er langsam, und warum bemerkte er diese Dinge, warum waren Orks so verdammt aufmerksam, wenn es ihnen gerade in den Kram passte? »Was ist der Grund dafür, Frau?«

Jule antwortete nicht, sie tat es nicht, aber er war noch näher gekommen, sein Atem heiß und gleichmäßig an ihrem Ohr. »Ekelt dich das an?«, fragte er. »Dass ich meinen Schwanz in die Münder meiner Brüder gestoßen und meinen Samen in ihre Kehlen gespritzt habe?«

Das verräterische Keuchen aus Jules Mund verriet ihren schockierenden Mangel an Ekel, ebenso wie die krampfhafte Anspannung zwischen ihren Beinen, und Grimarr wusste es, der Mistkerl, und stieß einen schweren Atemzug gegen ihren Hals. »Dann hältst du mich für weniger lüstern, weniger mächtig«, sagte er, seine Stimme flacher als zuvor. »Auch wenn ich dir bereits einen Sohn gezeugt habe.«

»Nein«, sagte Jule gereizt, ohne es überhaupt zu wollen, und warum redete sie überhaupt, verdammt noch mal, und warum überließ sie diesem selbstverliebten Ork wieder einmal das Feld? »Es ist nur ... wenn du *das* magst, wenn es das ist, was du zum Vergnügen bevorzugst, bin ich offensichtlich nicht *das*, oder?«

Grimarrs Körper schien sich auf einmal zu entspannen und er stieß ein leises, heiseres Lachen in Jules Nacken aus. »Ach«, sagte er. »Du denkst, ich sehne mich danach, und dass du es mir nicht geben kannst.«

Das war eine furchtbar knappe Zusammenfassung von Jules dunkelsten Gedanken, und als sie nicht antwortete, lachte Grimarr wieder, warm und heiß und hungrig auf ihrer Haut. »Dann werde ich dir zeigen, was ich mir wirklich wünsche«, sagte er. »Knie nieder, Frau.«

Die Hitze war plötzlich lebendig und raste über Jules Haut, und sie blinzelte zu dem Schatten seines Gesichts auf und atmete tief ein. »Warum«, flüsterte sie, ein fadenscheiniger Protest, den er durch eine warme, herrliche Berührung seiner Lippen mit ihren beendete.

»Weil ich mir das wünsche«, murmelte er gegen ihren Mund. »Bitte, Frau.«

Es hätte sich nicht so anfühlen sollen, so als ob wütender Hunger die Luft um sie herum durchströmte, als ob es der Gipfel der Glückseligkeit wäre, wenn dieser verdammte Ork *bitte* sagen würde. Aber vielleicht war es so, in diesem Moment, und vielleicht hatte Jule sich nach ihm gesehnt, seit sie Efterars trübe Augen zum ersten Mal gesehen hatte, und mit jedem Augenblick mehr und mehr ...

So sank sie schwer vor ihm auf die Knie und stellte mit einem schockierenden Schauer der Freude fest, dass sein Schwanz schon draußen war, schon hart. Und schon – ihr Keuchen wurde von einem erstickten Stöhnen unterbrochen – suchte und fand er ihre hungrigen Lippen und schob sich langsam und sanft zwischen sie. Er überflutete ihren Mund mit seiner feuchten, geschwollenen, triefenden Hitze, sank tiefer und tiefer, bis er sich hart, riesig und zitternd an ihre Kehle schmiegte.

»Das«, säuselte Grimarr, während er seine Hüften kreisen ließ und Jule seine erste kräftige Portion seiner köstlichen Süße gab, »ist es, wonach ich mich sehne. Daran habe ich gedacht, egal ob ich einen Ork auf den Knien oder meine eigene Hand an meinem Schwanz hatte.«

Jule konnte nur noch fester saugen, um den süßen Samen und die köstlichen Worte herauszusaugen, und er stieß ein hartes, gutturales Stöhnen aus, während seine Hand warm und breit über ihren Kopf glitt. »Ich sollte meinen Brüdern, die sich nur für Orks interessieren, keinen Makel anhängen«, hauchte er. »Aber ich habe mir schon immer den Mund und die Berührung einer holden Frau wie dir gewünscht. Ich möchte dich so reichlich mit meinem Samen füllen, dass du niemals austrocknen wirst.«

Götter, warum hörte sich das so gut an, schmeckte so gut, und sein Knurren war gleichmäßig, ansteigend, erregend. »Ich wünschte mir, dich mit meinem Sohn zu füllen«, stöhnte er. »Ich wollte deinen leeren Schoß mit neuem Leben erwecken. Und jetzt, wo ich das getan habe, sehne ich mich danach, zu sehen, wie du wächst und gedeihst und blühst, bis mein Sohn hervorbrechen wird. Ich sehne mich danach, dies immer wieder zu tun, schon der bloße *Gedanke* daran ist eine unvergleichliche Freude, Frau, *ach* ...«

Der Samen ergoss sich hart und unerwartet in Jules Mund, ließ sie zusammenzucken und schlucken, und sie saugte weiter, trank ihn mit einer Begierde, die sie nicht zurückweisen oder leugnen konnte. Er schmeckte so gut, er fühlte sich so gut an, seine Stimme war wie eine Flamme in der Dunkelheit, sie würde das tun, sie würde alles tun, was er sich jemals wünschte ...

Er zog sich mit einem langsamen Zischen zurück und ließ Jule blinzelnd, benommen und verlangend zurück. Sie wollte, dass er sie hochhob und küsste und dann keuchte sie, als er es tat und seine Zunge sanft und träge und beruhigend in ihrem Mund war. Ihre Hände krallten sich in sein seidiges Haar und zogen ihn näher zu sich, während sie den Kuss erwiderte und ihr ganzer Körper mit seiner warmen, festen Kraft zu verschmelzen schien.

»Das nächste Mal werden wir zusehen«, murmelte er leise zwischen den Küssen. »Und du sollst wissen, dass es dein Mund ist, an den ich denke.«

Jule konnte nicht verhindern, scharf nach Luft zu schnappen und erntete ein heiseres Glucksen als Antwort. »Verfluchter Ork«, flüsterte sie zurück und stieß sich von ihm ab, viel zu spät. »Manipulatives, exhibitionistisches *Biest*.«

Aber er lachte nur wieder, der Mistkerl, und das machte es ihr leicht, zu leicht, ihm entgegenzulächeln und ihre Hand mit seiner zu verschränken. Sie ließ sich von ihm hinaus und wieder wegführen, in den Hauptgang, der wieder von den Trommeln der Ash-Kai erfüllt war.

»Wohin jetzt, Ork?«, fragte Jule, die fast schon entsetzlich begierig klang, wofür sie sich hart auf die Zunge biss. »Ich meine, welchen schockierenden, unzivilisierten Anblick wirst du meinen ahnungslosen Augen als Nächstes bieten?«

Aber Grimarr lächelte sie nur an, sein Mund verzog sich und wirkte warm im flackernden Feuerschein der Laterne. »Sture Frau«, sagte er. »Komm und sieh dir mein Zuhause an.«

18

Grimarrs Zuhause war ... beunruhigend.

»Wie weit geht es denn hier runter?«, hörte Jule ihre hohe Stimme gut zwei Stunden später fragen, während Grimarr sie immer tiefer durch die labyrinthartigen Korridore des Berges führte. Seine Laterne warf unruhige Schatten auf die glatten Steinwände rundherum, beleuchtete die vielen Seitentüren und Verbindungsgänge, und Jule war wieder einmal komplett und hoffnungslos verloren.

»So weit nach unten wie nach oben«, antwortete Grimarr und klang dabei völlig unbeteiligt. Jule starrte auf seinen breiten, nackten Rücken und auf die geschwungene Narbe, die ihn in zwei Hälften teilte. »*Wirklich*?«, fragte sie. »Das kann doch nicht alles in Gebrauch sein, oder?«

»Nein«, sagte er und führte sie um eine Ecke in einen weiteren dunklen Korridor, der keinen Unterschied zu den anderen machte. »Aber ich werde das ändern. Hier«, er zog eine unsichtbare Linie hinter ihnen, »ist für die Ka-esh.«

Die Ka-esh waren ein weiterer Ork-Clan, wie Jule jetzt wusste. Neben den Ash-Kai gab es noch vier weitere – Grisk, Skai, Bautul und Ka-esh. Baldr gehörte anscheinend zu Grisk, dem größten und geselligsten Clan, und Drafli zu Skai, dem kleinsten und rauflustigsten. Und, wie Grimarr Jule mitgeteilt hatte, war sein Hauptingenieur Ka-esh und mehrere seiner Kriegsoberhäupter waren Bautul.

Die Clans waren ein Thema, das sich während dieser kleinen Tour regelmäßig wiederholte, denn Grimarr hatte Jule durch Abschnitte des Berges geführt, die den Mitgliedern der einzelnen Clans gewidmet waren. Selbst Jule konnte mit ihren ungeübten Augen und Ohren Ähnlichkeiten zwischen den wachsamen Orks in den einzelnen Gebieten feststellen, und es schien, als hätte Grimarr sich bemüht, die besonderen Vorlieben der einzelnen Clans zu erkennen und sie entsprechend zu berücksichtigen.

»Ka-esh wünschen sich ein tiefes und dunkles zu Hause«, erklärte Grimarr, während er Jule in einen Versammlungsraum führte, in dem gerade keine Orks zu sein schienen, mit einem großen niedrigen Tisch und seltsamen weißen Kratzern an den Steinwänden. »Die helle Sonne schmerzt ihre Augen. Sie sind begabt mit Minen, Tunneln und Schmieden.«

Jule notierte sich das im Stillen – wenn ihre vierzig Tage um waren, könnten all diese Informationen sehr nützlich sein, nicht wahr?- und folgte Grimarr in einen weiteren Ka-esh-Raum. Hier gab es in den Wänden scheinbar aus Stein gehauene Kojen, von denen einige von blinzelnden, stummen Orks bewohnt wurden.

»Kommt, Brüder«, sagte Grimarr zu ihnen, als er die Laterne neben der Tür abstellte und hineinging. »Ich möchte euch meine Gefährtin vorstellen.«

Die Orks standen gehorsam auf und kamen herüber, und Jule bemerkte, dass sie den Dreien noch nie begegnet war, weder in den Gängen noch beim Servieren des Abendessens. Mit diesem Rundgang kam tatsächlich auch die niederschmetternde Erkenntnis, dass es viele Orks gab, denen sie noch nicht begegnet war, vielleicht sogar Hunderte, und dass der ganze Berg wahrhaftig eine mit Orks gefüllte Todesfalle war.

»Schön, euch kennenzulernen«, sagte Jule zum gefühlt fünfzigsten Mal am heutigen Tag und versuchte zu ignorieren, dass Grimarrs Hand ihr anerkennend auf den Rücken klopfte. »Ich bin Jule.«

Die Orks waren näher gekommen, ihre Gesichter waren nun im schwachen Licht der Laterne zu sehen, und Jule blinzelte und ertappte sich dabei, wie sie sie unverhohlen anstarrte. Denn im Gegensatz zu den anderen Orks, denen sie bisher begegnet war, hatten diese eine auffallend glatte Haut, gerade, ungebrochene Nasen, seidiges schwarzes Haar und elegante spitze Ohren. Sie sahen den Elfen aus den alten Märchen nicht unähnlich, wenn man von ihrer Größe und der gräulichen Färbung ihrer Haut absah.

»Ähm«, sagte Jule und warf einen hilflosen Schulterblick auf Grimarr, doch der lächelte die drei Orks nur an, mit echter Wärme in seinen schwarzen Augen. »Sag mal, Salvi«, wandte er sich an einen von ihnen, der – Jule blinzelte und starrte wieder – ein echtes *Buch* in der Hand hielt. »Habt ihr schon einen Weg gefunden, euer Flöz abzubauen?«

»Noch nicht, Anführer«, antwortete der Ork in ausgezeichnetem Gemeinmund. »Aber ich habe noch ein paar Ideen.«

Grimarr grunzte anerkennend und klopfte dem Ork leicht mit der Hand auf die Schulter. »Gut. Und du, Tristan? John?«

Tristan? *John?* Damit musste er die Orks meinen, die neben diesem Salvi standen, denn einer von ihnen antwortete Grimarr mit etwas geschliffen Formuliertem, aber völlig Unverständlichem über den Bau eines Tunnels um drei Grad nach Nordwesten, um das Erz darin effizienter abbauen zu können.

»Gut«, sagte Grimarr wieder mit Zufriedenheit. »Ich gehe davon aus, dass du mit Fror darüber sprechen wirst.«

Die Orks nickten zufrieden und Jule blinzelte immer noch vor sich hin, als Grimarr sie aus dem Raum in den nächsten führte. Dies schien eine Art Lagerraum zu sein – jeder Clan hatte offenbar seine eigene Sammlung von Vorräten und Gegenständen, die von einem Ork seiner Wahl beaufsichtigt wurde. Und dieser Raum hier war spärlich, aber ordentlich bestückt, darunter ein kleines Regal mit noch mehr Büchern, ein kleiner Stapel mit Papier und Kohle und eine Reihe von Gegenständen, die vage wie Lebensmittel aussahen.

Grimarr stellte Jule den Aufseher des Raums vor, einen eher typisch aussehenden, narbengesichtigen Ork, aber Jule war zugegebenermaßen die ganze Zeit über abgelenkt, und als sie wieder im Korridor waren, ergriff sie Grimarrs Hand und brachte ihn zum Stehen. »Grimarr«, sagte sie, »was zum *Teufel* waren das für Orks da hinten?«

Grimarr hatte mit Absicht gezögert und sah im flackernden Licht der Laterne stirnrunzelnd zu ihr hinunter. »Wer?«

»Salvi«, antwortete Jule verärgert. »Und Tristan, und *John*.«

Es war so lächerlich absurd – ein richtiger Ork namens *John*, ganz zu schweigen von den Büchern und all den Berechnungen über die Erzflöze –, aber Grimarr sah völlig unbeeindruckt aus. »Sie sind Ka-esh«, sagte er. »Bergbau und Studium gefallen ihnen. Und John hat seinen Namen von seiner Mutter bekommen. Viele unserer Ka-esh-Brüder heißen so.«

Oh. Grimarr wollte sich wieder bewegen, aber Jule hatte das noch nicht ganz verdaut und zog ihn wieder zurück. »Aber wie sie aussahen«, sagte sie verzweifelt. »Unverfälscht und attraktiv. Wie … wie *Elfen*.«

Grimarrs Augen verfinsterten sich plötzlich und er rüttelte unruhig an der Laterne in seiner anderen Hand. »Sie sehen so aus, weil ich sie hierher gebracht und behütet habe«, sagte er ohne Umschweife. »Sie mussten sich noch nie für den Kampf rüsten oder sich Menschen stellen, die sie töten wollen.«

Abrupt setzte er seinen Weg fort, und Jule folgte ihm eilig und hörte zu, als er kurz auf die geschäftige Ka-esh-Schmiede zeigte. Es war bereits die dritte Schmiede, die Jule heute gesehen hatte. Alle waren hell, laut und wuselig, aber in dieser

Schmiede war es dunkler als in den anderen, und die Orks trugen Masken zum Schutz vor dem Feuerlicht.

»Stellen sie nur Werkzeuge und Waffen her?«, fragte Jule und blinzelte in Richtung eines Orks, der auf einen der charakteristischen Krummsäbel einschlug, welcher in der Dunkelheit orange leuchteten. »Oder stellt ihr auch andere Waren her? Ringe und Broschen und so etwas?«

»Die Orks vergangener Zeiten haben solche Juwelen und Schmuckstücke hergestellt«, sagte Grimarr und runzelte die Stirn. »Aber jetzt kämpfen wir gegen das Ende unserer eigenen Art. Wir haben keine Zeit und kein Erz, das wir für Schmuckstücke verschwenden könnten.«

Das schien eine Schande zu sein, Jule hatte gehört, dass die Orks bessere Schmiede waren als die Menschen, und selbst jetzt noch erzielten alte, von Orks geschmiedete Schmuckstücke auf dem Markt einen hohen Preis. Sie musterte den stampfenden Ka-esh-Ork und den Schimmer des Feuers auf seiner verschwitzten Haut. »Nicht einmal für eure Gefährtinnen oder eure Söhne?«, fragte sie, ohne nachzudenken. »Eheringe und dergleichen?«

Grimarr schnaubte und kräuselte verächtlich die Lippen. »Wozu brauche ich einen Ring, um meine Gefährtin zu beanspruchen«, sagte er, »wenn sie doch ständig nach meinem Duft riecht?«

Jule spürte, wie ihr Gesicht rot wurde – sie hatte natürlich nicht sich selbst gemeint, sie würde niemals einen von Orks geschmiedeten Ring wollen, schon gar nicht von *ihm*, oder? Trotzdem konnte sie nicht umhin, auf ihre nun leere linke Hand hinunterzublicken, an der immer noch Astins Ehering fehlte, da Grimarr ihn *gegessen* hatte.

»Richtig«, sagte sie zu schnell. »Also, was jetzt?«

Als Nächstes kam eine große, Versammlungshalle und dann eine Reihe kleinerer, leerer Räume. »Für die Frauen und Söhne der Ka-esh, wenn sie zurückkehren«, sagte Grimarr mit einer seltsamen Tonlage in seiner Stimme. Danach folgten weitere Schlafräume mit ausgehöhlten Kojen und schließlich etwas, das ein Schrein zu sein schien, in dem mehrere Orks schweigend vor einer Ansammlung überraschend gut geformter Steinfiguren knieten.

Jule beobachtete sie interessiert – Grimarr hatte ihr gesagt, als er ihr den fröhlicheren Grisk-Schrein gezeigt hatte, dass jeder Clan seine eigene Art der Anbetung hatte –, bis einer der knienden Ka-esh-Orks über seine Schulter zu Jule blickte und sichtlich zusammenzuckte. Er stieß einen Ork neben sich mit dem Ellbogen an, der sie ebenfalls mit großen, fast ängstlichen Augen ansah, bevor sie beide weiter in die Dunkelheit wichen.

Es war nicht das erste Mal, dass Jule eine solche Reaktion auf ihre Anwesenheit erlebte, und tatsächlich war das Verhalten der Orks ihr gegenüber von Clan zu Clan und von Ork zu Ork sehr unterschiedlich. Die Ash-Kai waren bei Weitem am tolerantesten, was zweifellos auf Grimarrs strenge Befehle zurückzuführen war, und die Grisk waren misstrauisch, aber freundlich, vielleicht weil sie laut Grimarr im Allgemeinen den größten Erfolg bei menschlichen Frauen hatten. Im Gegensatz dazu waren die Bautul schroff und abweisend, während die Skai Jule mit offen anzüglichen Blicken und kaum verhohlener Verachtung begrüßten.

Es gab auch einige weitere Beispiele für die unverschämten exhibitionistischen Verhaltensweisen der Orks, die über alle Clans verstreut waren. Bis jetzt hatte Jule mehrere Orks in verschiedenen Zuständen entkleidet gesehen, viele mit ihren eigenen Händen oder den Händen anderer an ihren riesigen Orkschwänzen. Es gab auch mehrere einprägsame Momente, in denen die Orks ihre Münder aneinander benutzten – wenn auch nicht so eindrucksvoll wie bei Kesst – sowie den sehr lebendigen, schockierenden Moment, als sie den Trainingsraum der Grisk betraten und einen nackten Ork fanden, der mit gespreizten Beinen und komplett gefüllt auf einem anderen saß, den Kopf nach hinten geworfen hatte, den Mund schreiend aufgerissen, während er weißen Samen durch den Raum spritzte.

Glücklicherweise – oder vielleicht auch zu ihrer Enttäuschung – gab es in diesem Raum nichts dergleichen zu sehen, vor allem, weil fast alle Ka-esh, die sich dort aufhielten, einen verstohlenen Blick über ihre Schultern in Richtung Jule warfen. Ein Blick, der nicht nur auf Unbehagen, sondern auch auf echte Angst hindeutete, und Jule trat mit etwas Verzögerung aus ihrem Blickfeld zurück in den Korridor.

»Warum haben sie Angst vor mir?«, fragte sie Grimarr, nachdem sie wieder nach oben gegangen waren und er ihr einige größere Räume gezeigt hatte, die von allen Clans gemeinsam genutzt wurden: einen Handelsposten, eine kleine Arena und eine Reihe von Quellbädern, in denen sich derzeit mehrere nackte, eingeseifte Orks tummelten, die Jule nach den vielen ähnlichen Anblicken des Tages nicht einmal anblinzelte. »Was denken die Orks, was ich mit ihnen machen könnte?«

Grimarr hatte sie in einen weiteren Trainingsraum geführt, in dem die Wände mit Waffen behängt waren und in dem sich eine beängstigende Menge schreiender, waffenschwingender Orks befand. Sie hatten nicht aufgehört zu kämpfen, als Jule und Grimarr den Raum betraten – es schien sogar fast noch brutaler zu werden, und Jule zuckte zusammen, als sie sah, wie einem der Orks Blut aus der Nase spritzte.

»Die meisten Orks haben Angst vor den Menschen«, sagte Grimarr, während er die kämpfenden Orks mit strengem Blick beobachtete. »Manche verstecken das nur besser als andere.«

Außer der Laterne in Grimarrs Hand erleuchtete nichts den Raum – die Orks kämpften in pechschwarzer Dunkelheit – und Jule betrachtete stirnrunzelnd das harte Profil seines Gesichts in dem schwachen Licht. »Ich kann verstehen, dass sie Angst vor *Männern* haben«, sagte sie, »aber ich bin eine Frau. Sie könnten mich alle in Stücke reißen, wenn sie es versuchen würden.«

»Das spielt keine Rolle«, sagte Grimarr, der seinen Blick

immer noch auf die Masse der Orks vor ihnen gerichtet hatte. »Sowohl Männer als auch Frauen bringen den Orks den Tod, sowohl durch eure Waffen als auch durch eure Worte. Ihr seid der Grund, warum wir das tun müssen.«

Er meinte die Kämpfe, das brutale, blutige, brüllende Durcheinander vor ihnen, und Jule wollte protestieren, sagen: *Nein, so seid ihr nun mal, ihr habt euch immer wieder als solche erwiesen.* Aber die Worte waren in ihrem Mund gefangen, festgehalten hinter den Gedanken an die Ka-esh, mit ihren ängstlichen Gesichtern und Namen wie Tristan und John. Und überhaupt dieser ganze verfluchte Berg, der voller echter Behausungen, Bäder und Handelsposten war und keineswegs die dreckige Tierhöhle, die Jule erwartet hatte.

»*Ich* will nicht ...«, begann Jule, aber bevor sie zu Ende sprechen konnte, stieß Grimarr einen markerschütternden Schrei aus und stürzte sich mit schwingenden Fäusten in den Kampf vor ihnen. Er schickte alle Orks nach hinten, bis auf zwei, und bevor Jule richtig mitbekommen hatte, was passiert war, hatte Grimarr einen von ihnen hochgezogen und ihm etwas aus den geballten Fingern gerissen, das wie eine kleine, glänzende Klinge aussah.

»Was ist das?«, brüllte er den Ork an, woraufhin alle Anwesenden unruhig murrten und Jule erkannte, nachdem sie einen weiteren Blick auf die Wand mit den Waffen geworfen hatte, dass es sich bei all diesen nur um stumpfe Trainingswaffen handelte, die nicht tödlich sein sollten. Die Messerklinge, die klein genug war, um in einer geschlossenen Faust versteckt zu werden, konnte jedoch sehr wohl tödlich sein und wäre es vielleicht auch bald gewesen, wenn Grimarr sie nicht bemerkt hätte.

»Er ist Skai, Bruder«, sagte der schuldige Ork und warf seinem Gegner, einem hünenhaften, hässlichen Ork mit grünlich gesprenkelter Haut, einen abschätzigen Blick zu. »Er hat uns beleidigt. Er sagte, du hättest den Platz des Anführers gestohlen ...«

Grimarr unterbrach ihn mit einem Knurren und stieß ihn weg, in die Masse der zuschauenden Orks. »Darüber sind wir hinaus!«, brüllte er den Ork an. »Mich interessiert nicht, was er über mich sagt, sondern was er tut und was du tust. Und damit«, er wedelte mit der Klinge vor dem Gesicht des Orks, »verrätst du die Ehre der Ash-Kai. Du versteckst eine Waffe wie ein Feigling und ein *Mensch*.«

Der Ork murmelte seinen Widerspruch in Schwarzmund und machte eine vermutlich unhöfliche Geste in Richtung seines grünlichen Gegners, denn die Hälfte der zuschauenden Orks lachte, während die andere Hälfte schwieg. Sie gehörten zu verschiedenen Clans, stellte Jule fest, aber alle Augen waren auf Grimarr gerichtet, der sich mit der Klinge in der Hand an den grün gefleckten Ork wandte.

»Unser Bruder beleidigt dich unrechtmäßig, Simon«, sagte er und seine Stimme hallte durch den Raum. »Du wirst noch mal kämpfen. Diesmal mit dieser Klinge in der Hand, und er ohne, bis er aufgibt. Es ist mir egal, ob du ihm die Kehle durchschneidest.«

Der Raum brach in Chaos aus, und der schrille, markerschütternde Schrei des grünen Orks erhob sich über alle anderen, als er sich mit dem glitzernden Messer in seiner riesigen Faust auf sie stürzte. Ein wütend aussehender Grimarr wandte sich ab, ging auf Jule zu und schubste sie regelrecht aus dem Raum.

»Wird er ihn wirklich *töten*?«, fragte sie seinen starren Rücken, nachdem sie ihm den halben Korridor entlang gefolgt war. »Ich dachte, du wolltest deine Orks nicht verlieren?«

Grimarr drehte sich nicht um, sondern ging weiter, die Laterne immer noch in der Hand. »Es wird nicht zum Tod kommen. Die anderen werden es verhindern.«

Es schien Jule immer noch ein viel zu gleichgültiger Umgang mit exzessiver Brutalität zu sein, also runzelte sie weiter die Stirn, während sie ihm in einen breiteren Korridor folgte, der groß genug war, dass sie sich neben ihn stellen und seine noch immer glühenden Augen sehen konnte. »Hat der Ork die Wahrheit gesagt?«, fragte sie. »*Hast* du den Platz des Anführers gestohlen?«

»Das hängt davon ab, wen du fragst«, antwortete Grimarr kurz und knapp, ohne näher darauf einzugehen, und bog erst in einen Gang ein und dann in einen anderen. Jule war sich plötzlich viel zu sehr der Müdigkeit in ihren Beinen und tief hinter ihren Augen bewusst. Und auch der Tatsache, dass sie seit Tagen nicht mehr aus diesem Berg herausgekommen war und sich danach sehnte, den Himmel zu sehen und frische, klare Luft zu atmen.

»Könnten wir vielleicht eine Weile nach draußen gehen?«, wagte sie mit Blick auf sein scharfes Profil. »Du hast mir noch keine Ausgänge gezeigt.«

Sein Gesichtsausdruck änderte sich leicht – es war beunruhigend, dass dieser Ork immer deutlicher zu lesen war – und er zuckte mit den Schultern und hielt den Blick nach vorn gerichtet. »Davon gibt es nicht viele«, sagte er zu beiläufig. »Wir halten die meisten von ihnen gegen Menschen blockiert. Diejenigen, die noch offen sind, sind zu steil für Menschen oder zu weit entfernt, um sie leicht zu erreichen.«

Dieser Mistkerl. Jule spürte, wie ihr plötzlich der Atem stockte, als sie sein Gesicht anstarrte, und sie blieb mitten auf dem Gang stehen. »Was du eigentlich *meinst*, Ork«, sagte sie spitz, »ist, dass du mich nicht mit nach draußen nehmen *willst*. Und dass du mich vielleicht *nie* mit nach draußen nehmen wirst. Habe ich recht?«

Er drehte sich zu ihr um, seine Augen waren im Licht der Laterne unübersehbar verschlagen, und Jule lachte hart auf. »*Natürlich* habe ich recht«, sagte sie, während eine überraschende Ladung Wut in ihrem Bauch aufloderte und sich auftat. »Ich sollte es besser wissen, als dass ich deinen leeren Orkversprechen Glauben schenke. Glaubst du, ich hätte jemals zugestimmt, dir vierzig Tage meines Lebens zu schenken, wenn ich gewusst hätte, dass du immer noch vorhast, mich hier *einzusperren* und mir Grundbedürfnisse wie *Sonnenlicht* und frische *Luft* zu verweigern?! Weißt du nicht, dass Menschen das zum *Überleben* brauchen?«

Sie schrie die letzten Worte, ihre schrille Stimme hallte von den Steinwänden wider, und Grimarr starrte sie mit steifen Schultern an. »Reg dich ab, Frau«, sagte er. »Meine Brüder werden dich hören.«

Natürlich ging es ihm um *sie* und nicht um seine Gefährtin, die er immer noch als *Gefangene* hielt, und Jule lachte wieder, laut und spröde. »Nein«, sagte sie. »Ich will, dass du mich nach draußen bringst. Oder unsere Abmachung ist *hinfällig*, Ork. Und zwar *sofort*.«

Grimarrs steife Schultern schienen noch fester zu werden, sein Gesicht war eine harte Maske, seine Hände zu Fäusten geballt. »Ich kann dich nicht nach draußen bringen«, sagte er. »Nicht jetzt.«

»Warum?«, schnappte Jule zurück. »Weil du immer noch denkst, dass ich weglaufen werde.«

Das hätte die richtige Antwort sein müssen – natürlich war sie das, aber sein Gesichtsausdruck und seine Augen sagten etwas anderes. Sie sagten, dass er etwas *verheimlichte*.

»Warum?«, fragte sie noch einmal, aber dann dämmerte ihr die Erkenntnis, hell und bitter, und viel zu spät. Die Männer. Der Krieg. *Astin.* Und Jule hatte gerade erst zugestimmt, vierzig Tage mit diesem verfluchten Ork zu verbringen, was zum Teufel hatte sie sich dabei *gedacht* …

»Du erwartest, dass die Männer meinetwegen zurückkommen«, sagte sie, atemlos. »Oder etwa nicht?«

Einen Moment lang dachte sie, Grimarr würde nicht antworten, seine Augen waren hart und leer, aber dann atmete er langsam und schwer aus.

»Nein«, sagte er. »Die Männer sind schon da.«

19

Die Männer waren hier.

Jule starrte diesen Ork an, diesen verlogenen, betrügerischen *Mistkerl*, und war einfach nur sprachlos. Die Männer waren hier. Jetzt schon. Sie liefen über ihnen herum, vielleicht kämpften sie sogar darum, hineinzukommen, während Jule das Abendessen kochte, mit Grimarr ins Bett ging und einwilligte, vierzig ganze *Tage* lang mit ihm in diesem verfluchten Berg zu verbringen ...

»Wessen Männer?«, brachte sie schließlich hervor. »Die von Astin?«

Grimarrs Mund verengte sich, aber er nickte. »Ja«, sagte er. »Aber Lord Norr ist nicht bei ihnen.«

Natürlich nicht – es wäre ein Wunder gewesen, wenn Astin überhaupt schon aus seinem Versteck aufgetaucht wäre, und Jule schüttelte den Kopf und versuchte nachzudenken. »Und es sind neue Männer? Wie viele? Was machen sie?«

Jule erwartete, dass Grimarr sich weigern würde zu antworten oder noch mehr Ork-Blödsinn von sich geben würde, aber er atmete noch einmal schwer aus. »Es sind jetzt mehr als fünfzig neue Männer. Sie klettern über unseren Berg und suchen einen Weg hinein.«

Gott verdammt! »Und du hast sie noch nicht getötet?«, verlangte Jule schrill. »Macht ihr Orks das nicht so, wenn Männer auf euren Berg kommen?«

Sie konnte sehen, wie sich der Kontrast in seinen Augen weiter vergrößerte. »Nein«, sagte er knapp. »Wenn ich jeden Mann töten würde, der unseren Berg betritt, würde ich nie aufhören zu kämpfen. Im Moment möchte ich meine Aufmerksamkeit anderswo investieren.«

Anderswo. Jule wurde klar, dass er sie meinte – er hatte den Tag mit ihr verbracht, anstatt die Männer auf seinem Berg zu bekämpfen – und sie spürte, wie ihre Wut sich entlud und sich in etwas Flaches und Kaltes verwandelte. »Und du dachtest nicht, dass du mir das erzählen müsstest?«

Grimarrs Augen sahen sie an, durch sie hindurch. »Nein«, sagte er schließlich. »Ich dachte nicht, dass du es wissen willst.«

»Tja, will ich aber!«, platzte Jule heraus, wieder einmal zu laut, aber es war ihr egal, wer es hörte oder was derjenige dachte. »Wenn du von mir erwartest, dass ich dir vierzig Tage meines *Lebens* schenke, dann erwarte ich, dass du ehrlich zu mir bist. Wie zur Hölle soll ich dir meine Gesundheit, meine Zeit, meine gesamte *Existenz* anvertrauen, wenn du mir wichtige Informationen vorenthältst? Glaubst du etwa, es würde mich nicht interessieren, dass mein eigener *Ehemann* noch mehrere seiner Männer geschickt hat, um mich zu retten?«

In Grimarrs Augen flackerte etwas auf, aber es verschwand genauso schnell wieder und hinterließ nur diese abgestumpfte Müdigkeit. »Wenn es wirklich das ist, was du willst«, sagte er knapp, »dann komm. Ich treffe mich gleich mit meinen Spähern und Kriegsoberhäupter. Du sollst alles wissen, was ich weiß.«

Damit bog er abrupt wieder in den Korridor ein und ließ Jule zurück, die ihm um unzählige Kurven folgte, bevor sie einen weiteren unbekannten Raum erreichte. Dieser war groß und offen, mit einem quadratischen, niedrigen Tisch in der

Mitte und einem kleinen Feuer, das am gegenüberliegenden Ende knisterte.

»Nicht alle meine Brüder kennen deine menschliche Sprache«, sagte Grimarr, während er auf den Tisch zuging und sich auf den Boden daneben niederließ. »Wenn du ihre Worte wissen willst, wirst du mich danach fragen. Hier wirst du keine Fragen stellen, damit du mich nicht vor meinen Brüdern beschämst. Setz dich.«

Das alles stieß ihr sauer auf – vor allem der letzte Satz mit der schnappenden Geste in Richtung des Bodens neben ihm, als wäre Jule ein *Hund* –, aber nach kurzem Überlegen setzte sie sich schließlich. Widerwillig stellte sie fest, dass das Sitzen tatsächlich eine willkommene Erleichterung war, auch wenn es neben einem hinterlistigen und nervtötenden Ork war, der die Tür anstarrte, als hätte sie ihn persönlich beleidigt.

Die ersten Orks, die eintrafen, waren Baldr und Drafli, gefolgt von mehreren anderen Orks, die Jule dank der endlosen Vorstellungsrunde des Tages nun wiedererkannte. Zwei von ihnen waren Grimarrs Bautul-Kriegsoberhäupter, Olarr und Silfast, und ein weiterer Ka-esh-Ork namens Abjorn, der, wie Jule jetzt feststellte, trotz seiner Schürfwunden und Pockennarben immer noch elfenhafter aussah als die anderen.

Einige weitere Orks waren ganz neu, und Grimarr stellte sie schnell vor, immer noch mit der harten Stimme. Joarr, sein oberster Skai-Späher, ein großer, langbeiniger Ork mit funkelnden schwarzen Augen; Eyarl, sein oberster Grisk-Späher, grauhaarig und helläugig; und Valter, ein relativ klein aussehender Grisk, der seltsamerweise mehrere zusammengerollte Pergamentschriften zu tragen schien.

»Willkommen, Brüder«, sagte Grimarr, als sie alle um den niedrigen Tisch saßen. »Meine Gefährtin ist heute bei uns, um Neuigkeiten von Lord Norr zu erfahren. Zeigt mir, welche Wege ihr in den letzten Tagen zurückgelegt habt.«

Valter rollte bereits seine Schriftrollen aus, die sich als Karten der Ländereien rund um das Gebirge entpuppten, welche sich über viele Meilen nach allen Seiten hin erstreckten. Sie umfassten nicht weniger als sieben Provinzen und alle dazugehörigen Ländereien, darunter Norr Manor in Yarwood und die alten Ländereien von Jules Vater in Salven. Und es fühlte sich unangenehm an, die Vermerke, *Norr* und *Otto*, in Gemeinmund dort geschrieben zu sehen, während die Orks um den Tisch herum gestikulierten und auf genau diese Orte zeigten und ihre Stimmen in völlig unverständlichem Schwarzmund erklangen.

Die Diskussion schien sich von den Gebieten zu entfernen, die die Späher der Orks abgesucht hatten – ein überraschend großes Territorium – und dahin, wo sie als Nächstes hingehen würden. Und dann vielleicht auch, wo sie als Nächstes angreifen würden, denn die Namen der verschiedenen Städte und Handelskarawanen waren selbst in Schwarzmund nur allzu deutlich. Und plötzlich kam die beunruhigende Erkenntnis, dass Grimarr die Männer, die gerade auf seinen Berg kletterten, ignorierte, um in mehreren weit entfernten Städten und nicht weniger als vier Handelskarawanen Chaos zu stiften.

Das war töricht. Oder war es das? Denn es ließ die Orkstreitkräfte größer erscheinen, als sie waren, und die Bedrohung durch die Orks allgegenwärtiger. Und, wie Jule mit einem Zucken feststellte, befand sich eine dieser Städte direkt an Astins entfernter Grenze in Sakkin, was bedeutete, dass er seine Ressourcen aufteilen musste, um die Orks dort zu bekämpfen, oder er würde öffentlich dafür beschimpft werden, dass er die Notlage seiner Stadt zugunsten derer seiner Ehefrau ignorierte.

»Ist Lord Norr schon nach Hause zurückgekehrt, um seine Männer anzuführen?«, fragte Grimarr und wechselte schließlich in Gemeinmund, während sein Blick kurz zu Jule wanderte. »Oder treibt er sich weiterhin in den Bordellen von Wolfen herum, während sein Zuhause im Chaos versinkt.«

Was? Jule blinzelte ihn an und spürte dann, wie ihr Gesicht

plötzlich heiß wurde. Grimarr log doch, oder? Aber Joarrs Mund verzog sich zu einem scharfzahnigen, nicht gerade netten Lächeln. »Er reiten gestern Abend«, sagte er, die Worte vorsichtig, aber selbstgefällig. »Drei bemalte Frauenwagen dahinter. Stinken nach seinem frischen Duft.«

Jules Blick fiel auf den Tisch und eine ruckartige, plätschernde Welle der Übelkeit peitschte hart durch ihren Magen. Oh. Natürlich war Astin in Wolfen und nutzte alle Vergnügungen, die die nordöstliche Hauptstadt des Reiches zu bieten hatte. Das war eine seiner regelmäßigen Beschäftigungen, aber darüber sprach man in der Regel mit heimlichem Flüstern und mitfühlenden Blicken, nicht mit einem selbstgefälligen, spöttischen Lächeln.

»Lord Norr hat gestern Morgen die Nachricht von der Niederlage seiner ersten Truppe erhalten«, schaltete sich Eyarl, der Späher von Grisk, ein. »Daraufhin gab es ein Treffen der Männer in der Zitadelle von Wolfen. Lord Otto und Lord Culthen ritten ebenfalls dorthin.«

Es war erschreckend, wie die Orks an solch detaillierte Informationen gekommen waren – waren sie *in* der riesigen Zitadelle der Hauptstadt gewesen? – aber hinter ihren Worten konnte Jule die Kette der Ereignisse leicht ausfüllen. Astin hatte von der Entführung seiner Ehefrau gehört, war aber in der Stadt geblieben, in der Erwartung, dass das Talford-Regiment sie schnell holen würde. Wie so oft unterschätzte er die Lage und wurde erst nach der Nachricht von der Niederlage des Regiments und auf ausdrückliches öffentliches Drängen seiner Mitlords zum Handeln gezwungen.

»Lord Otto und Lord Culthen sind Lord Norrs Verbündete«, hörte man Grimarr neben Jule sagen. »Sie werden seine Truppen mit ihren eigenen Männern verstärken.«

Jule zuckte unwillkürlich zusammen, denn Frank, Lord Otto – ihr Cousin, der Erbe ihres Vaters und der derzeitige Inhaber der Ländereien in Salven – würde somit gezwungen sein, Jules Ehre gegen die Orks zu verteidigen. Und obwohl

Jule schon viel zu viel gegeben hatte, um Otto zu unterstützen, war er ein anständiger Mann und sie hätte ihm nie etwas Schlechtes gewünscht, geschweige denn einen brutalen Tod durch die Hände der Orks in ihrem Namen.

»Ihr werdet mir sagen, wann diese Männer ihre Häuser erreichen, welche Pläne sie schmieden, wie viele Männer sie noch mobilisieren und wann sie wieder losreiten«, sagte Grimarr. »Wir werden daran arbeiten, unsere eigenen Truppen zu verstärken, und bereit sein, den Männern zu unseren Bedingungen zu begegnen.«

Die Orks schienen kollektiv zuzustimmen, nickten und murmelten zustimmend, aber neben Jule zögerte Grimarr, seine Augen eng und konzentriert auf die Karten vor ihnen gerichtet. »Bei diesem Treffen der Männer in der Zitadelle«, sagte er, »war da von Bedingungen die Rede? Von Frieden?«

Eyarl schüttelte kurz und knapp den Kopf, und Grimarr nickte und stand abrupt auf. »Eure gute Arbeit ehrt uns alle, Brüder«, sagte er fest. »Wir sehen uns morgen wieder.«

Die Orks verließen den Raum, Valter nahm seine Karten mit, bis nur noch Grimarr und Jule übrig waren. Jule saß immer noch da, starrte auf den Tisch und fühlte sich seltsamerweise unfähig, sich zu bewegen. Es war keine Rede von Frieden gewesen. Grimarr griff im ganzen Land Städte und Karawanen an, während Otto und Culthen kamen, um mit Astin den Berg anzugreifen. Und Astin hatte sich in der Hauptstadt mit Frauen herumgetrieben, die dafür bezahlt wurden, seine besonderen Launen zu erfüllen, während seine eigene Ehefrau von Orks entführt worden war.

»War es deine Absicht, mich damit zu demütigen?«, hörte Jule sich selbst in die Stille hinein fragen, wobei ihr Tonfall hohl klang. »Mit deinem Gerede über Astin und die von ihm gewählte Unterhaltung?«

Grimarr war bereits aufgestanden und sie spürte seine wachsamen Augen, die ihr im Nacken kribbelten. »Nein«, sagte er. »Aber du nennst Lord Norr trotzdem deinen Ehemann. Du solltest wissen, was dieser Mann wirklich ist.«

»Ich weiß schon sehr gut, was dieser Mann ist, vielen Dank«, antwortete Jule so kalt, wie sie konnte. »Ich brauche keine Belehrungen oder Spott von Orks. Als ob *ihr* das Recht hättet, über *irgendjemanden* zu urteilen!«

Sie konnte Grimarrs steife Missbilligung, die dicht hinter ihr lauerte, fast schmecken. »Warum sagst du das?«, fragte er. »Weil meine Brüder ihr Vergnügen nicht so verbergen wie die Menschen? Weil wir es in der Öffentlichkeit mit denen tun, die dazu bereit sind, und nicht im Geheimen mit denen, die ihren Körper verkaufen müssen, um ihre Kinder zu ernähren?«

»Nein, weil du einen *Krieg* anzettelst!«, platzte Jule heraus, sprang auf ihre schmerzenden Füße und stürmte von ihm weg in Richtung des immer noch knisternden Feuers. »Du greifst unschuldige Städte im ganzen Land an, ziehst noch mehr Lords und noch mehr Männer mit rein und sitzt hier und schickst gute Männer in den Tod! Wenn es so weitergeht, wird diese Narrheit bald das ganze *Reich* verschlingen!«

Sie wusste, dass diese Worte ungerecht waren, vielleicht aus Müdigkeit und Angst, aber Grimarr schien sie für bare Münze zu nehmen, denn sein Knurren drang tief aus seiner Brust. »Du hörst nicht zu, Frau«, zischte er, während er zu ihr hinüber stapfte. »Ich tue, was ich tun muss, um die letzten meiner Art zu retten. Die Schuld liegt nicht bei mir und auch nicht bei meinen Brüdern, aber es ist …«

Seine Stimme verstummte abrupt, sein harter Mund verzog sich zu einer Grimasse und er wandte sich von ihr ab, als wolle er gehen. Ein unerklärlicher Teil von Jule griff nach seinem Arm und starrte auf seinen vernarbten Rücken. »Aber was?«, verlangte sie. »Wessen Schuld ist dein Krieg dann? Die von Astin? Und wenn ja, warum tötest du *ihn* nicht einfach und bringst es hinter dich? Vor allem, wenn ihr Orks anscheinend nah genug dran seid, um die Frauen in seinem Wagen zu zählen und private Treffen in der gottverdammten *Zitadelle* der Hauptstadt zu belauschen?«

Es hätte eigentlich beunruhigend sein müssen, zu hören, wie leicht ihr die Worte vom Mord an ihrem Ehemann von der Zunge gingen – aber wenn Jule dachte, Grimarr würde sich dadurch besänftigen lassen, lag sie falsch, denn seine Schultern strafften sich nur noch mehr und seine Wut brodelte in der Luft. »Ich sollte nicht sprechen«, sagte seine steife Stimme. »Ich habe geschworen, dir nur Freundlichkeit zu zeigen. Ich möchte, dass du bleibst.«

Oh, *jetzt* ging es ihm also darum, versöhnlich zu sein, oder ehrenhaft, oder was auch immer das sein sollte, und Jule gab einen lauten spöttischen Laut von sich. »Und du glaubst, deine Freundlichkeit würde darüber hinwegtäuschen, dass du unschuldige Menschen *tötest*? Und so tun, als wäre es *gerechtfertigt*, dass du Krieg und Tod im *ganzen* Reich verbreitest?!«

Sie hatte keine Ahnung, warum sie darauf drängte – natürlich würden diese Orks denken, dass sie im Recht waren, nicht wahr? – aber sie war fast froh, als Grimarr herumwirbelte, sein Körper drohend, die schwarzen Augen knisternd vor unterdrückter Wut. »Also gut, Frau«, knurrte er. »Ja. Ich habe einen guten Grund. Dieser Krieg und das Blut, das er vergießen wird, klebt an den Händen der Menschen. An *deinen* Händen.«

Jule spottete wieder und blickte in sein hässliches Gesicht. »Du hast Wahnvorstellungen, Ork«, schnauzte sie. »Ja, du kannst Männer wie Astin beschuldigen, soviel du willst, aber die meisten Menschen sind völlig unschuldig an der ganzen Sache. Ich für meinen Teil habe *nichts* getan, was *irgendwas* von deiner Aggression rechtfertigen würde!«

»Und du lügst schon *wieder*, Frau«, erwiderte Grimarr mit verächtlichem Blick. »Du bist ein Mensch, du bist ein Teil davon, du trägst Mitschuld. Du nennst diesen Narren Lord Norr deinen Ehemann. Du hast in seinem Haus gelebt, bist auf seinem Schwanz geritten und hast dich bemüht, ihm Söhne zu schenken. Du hast seine Ländereien, seinen Stolz, seinen Reichtum und seine Stärke aufgebaut. Und immer wieder hat er sich umgedreht und diese Stärke in vollem Umfang auf meine Brüder losgelassen!«

Ein unangenehmer Schauer lief Jule über den Rücken, aber sie richtete sich auf und holte tief Luft. »Ich musste das alles tun«, erwiderte sie. »Ich hatte keine andere *Wahl*.«

»Noch mehr Lügen«, antwortete Grimarr schroff. »Du hast dich entschieden, Lord Norr zu heiraten. Du hast dich entschieden, seinen Ring zu tragen und sein Bett zu teilen. Du hast dich entschieden, ihn *immer noch* deinen *Ehemann* zu nennen.«

Jule presste ihre Hände fest zusammen, und sie fühlten sich trotz des prasselnden Feuers in der Nähe seltsam klamm an. »Ich habe Astin für meinen Vater geheiratet«, sagte sie, und in diesen Worten lag eine unbehagliche, schwankende Zuflucht. »Für die Sicherheit seines Volkes. Ich *musste* es tun.«

»Nein«, knurrte Grimarr zurück. »Schon wieder lügst du. Dein Vater hat dich nicht in Ketten zu dieser Hochzeit getragen, oder? Nein. Er hat es nicht geschafft, einen Sohn zu zeugen, der nach ihm regieren sollte, also schmiedete er einen Plan, um seine Stärke – die Stärke der Menschen – nach seinem Tod auszubauen. Du hast dem zugestimmt.«

Jule blinzelte ihn an, die Erinnerungen verschwammen schnell und hart in ihren Gedanken. »Wir haben unser Volk beschützt«, sagte sie, und das war wahr, das war doch fair, oder? »Es war die *Aufgabe* meines Vaters, dafür zu sorgen, dass nach seinem Tod alle in Salven in Sicherheit waren. Er war ein guter Lord.«

Grimarrs Mund gab ein Geräusch von sich, das wie ein Lachen klang, aber es war keine Freude darin. »Nein. Ich kannte deinen Vater. Er hat viele Regeln und Gesetze gegen uns aufgestellt. Er schloss Frieden mit Menschen, die er hasste, um uns besser bekämpfen zu können. Als ich ein junger Ork war, sah ich einmal, wie dein Vater ein Orkbaby aus den Armen seiner Mutter riss und es vor ihren Augen in Stücke schnitt.«

Jule schüttelte den Kopf und ihr Magen überschlug sich, denn klar, ihr Vater hatte hart gearbeitet, um das Land von Orks zu befreien, das hatte sie doch gewusst, oder? »Er hat sein Volk beschützt«, betonte sie erneut, obwohl sich die Worte auf ihren Lippen plötzlich leblos anfühlten. »Er war ein guter Lord. Ein guter Vater.«

Grimarrs Augen funkelten, und er kam noch näher und überragte sie. »Nein«, sagte er wieder. »Er hat meine Brüder und unsere Söhne abgeschlachtet. Und dann ging er mit blutigen Händen in sein Zuhause und erzählte seiner eigenen verhätschelten Tochter Lügen und Nettigkeiten, damit sie zustimmte, ihr Treuegelübde an den stärksten Mann zu verkaufen, der geschworen hatte, den Namen deines Vaters weiterzuführen und seine Grausamkeiten an meinen Brüdern fortzusetzen!«

Jule starrte Grimarr an, dieses wütend verzerrte Orkgesicht, während seine Worte immer schmerzhaftere Kreise in ihrem Kopf drehten. Nichts davon war wahr, ganz sicher nicht, aber ihr Vater war wirklich ein kluger Mann gewesen und rücksichtslos, wenn es nötig war. Und natürlich hatte er Pläne für die Zeit nach seinem Tod machen müssen, das war das wichtigste Ziel seiner letzten Lebensjahre gewesen, und Jule hatte *versprochen*, bei der Umsetzung zu helfen, und ...

Und obwohl Jule immer noch mit dem Kopf schüttelte und Nein sagte, wurden ihre Knie seltsam wackelig, und sie sackte neben dem kleinen Feuer zusammen und starrte ausdruckslos in dessen flackernde Tiefe. *War* sie von ihrem Vater benutzt worden? *Hatte* sie Astin geholfen, seine Grausamkeiten an diesen Orks zu verüben? *Trug* sie auch heute noch Schuld an dem, was Grimarr getan hatte?

»Dein Vater war kein Narr, Frau«, sagte Grimarr jetzt und klang damit viel zu nah an ihren eigenen beunruhigenden

Gedanken. »Aber er war ein harter und grausamer Mann. Selbst mein eigener Vater hat mich nicht als Sklave an einen Herrn verkauft, dem es egal war, ob ich lebe oder sterbe.«

Es schien keine Worte mehr zu geben, nur noch Leere und Erschöpfung, und Jule umarmte sich selbst vor dem Kamin und zog die Knie an ihre Brust. Ihr Vater war ein guter Mann gewesen. Er hatte nichts falsch gemacht. *Sie* hatte auch nichts falsch gemacht. Oder?

»Ja, und dann kamst *du* vorbei, hast mich *entführt* und hier eingesperrt«, sagte sie schließlich verbittert, denn wenigstens das war die Wahrheit, ein Anker, an den man sich in diesem Wahnsinn klammern konnte. »*Du* bist hier das Monster, Ork.«

Doch in der Stille, die sich über sie senkte, wurde Jule klar, dass selbst das nicht die Wahrheit sein konnte. Denn wenn dieser endlose Tag ihr etwas gezeigt hatte, dann, dass Grimarr ein guter Anführer für seine Orks war. Ein besserer Lord als Astin oder vielleicht sogar ihr Vater, aber was bedeutete das? Was bedeutete es für sie, hier in diesem Berg gefangen zu sein, mit Grimarrs Baby in ihrem Bauch und Rache in ihrem Herzen?

Es blieb keine Wahrheit mehr übrig, nur das kratzende, erschöpfte Elend, und schließlich presste Jule ihre brennenden Augen auf ihre Knie und schluchzte.

20

Jule blieb viel länger am Feuer, als sie vorhatte, den Kopf auf den Knien, die Hand über dem Bauch verschränkt. Sie saß in einer Stille, die eigentlich willkommen sein sollte, sich aber wie ein Leichentuch anfühlte.

Grimarr stand immer noch hinter ihr – sie konnte seine lauernde Gestalt, die dort verharrte und sie beobachtete, spüren – aber er hatte kein weiteres Wort gesprochen. Nicht, dass sie nicht beinahe spüren konnte, was er dachte – wie konnte eine Frau so leichtgläubig sein, wenn es um ihr eigenes Leben ging, wie konnte sie nie richtig darüber nachdenken, was ihr Vater ihr und was sie wiederum anderen angetan hatte.

Es fühlte sich immer noch falsch an, die Gedanken waren ein schleichendes, kaltes Sakrileg gegenüber der Erinnerung an ihren Vater, gegenüber der leidvollen Hölle seines Todes. Daran, wie er Jule geliebt hatte – ja, er *hatte* sie geliebt – und sie dann an den Meistbietenden verkauft. An Astin.

Götter, dieser Ork machte sie wahnsinnig und Jule war fast dankbar, als plötzlich ein anderer Ork durch den Raum auf sie zu schlurfte. Es war wieder der Ork mit den glasigen Augen, der alte Ork. Sken.

»Steh auf, Frau«, krächzte er und streckte ihr eine

verkrüppelte Hand entgegen, woraufhin Jule instinktiv zurückwich und die Arme an ihren Oberkörper presste.

»Nein«, sagte sie und wischte sich verspätet mit der Handfläche über die feuchten Augen. »Warum?«

Der alte Ork sagte nichts, sondern schaute sie nur mit diesen nervtötenden, trüben Augen an, und dann war da wieder Grimarrs Stimme, ein leises Grollen hinter ihr. »Ich wünsche mir, dass Sken dich jeden Tag untersucht, Frau. Er sieht, was verborgen ist.«

Die Worte jagten Jule einen seltsamen Schauer über den Rücken – ihr verborgener Sohn, das war es, was Grimarr meinte – und sie kletterte auf die Beine, als ob sie gezwungen wäre. Dieser Ork konnte ihren Sohn sehen. Das war nicht möglich. Oder doch?

Aber der Ork – Sken – hatte seine Hand wieder ausgestreckt, so langsam, dass Jule hätte zurückweichen können, aber sie tat es nicht. Sie stand nur da und sah zu, wie die knorrigen, zittrigen Finger auf ihrem noch flachen Bauch ruhten.

»Ja«, sagte Sken, und das Wort löste in Jules Gedanken eine seltsame Erleichterung aus. »Euer Sohn entwickelt sich so, wie er sollte. Er ist voller Leben und gerissen und stark.«

Ist er das? Jule blinzelte Sken an – sicher log er, so etwas konnte man nicht wissen –, aber hinter ihr hörte sie Grimarrs schweres Ausatmen, das am Ende abriss. »Kannst du schon das Gesicht unseres Sohnes sehen?«, sagte seine Stimme, die seltsam und angestrengt klang. »Seinen Namen.«

Skens Augen schlossen sich, seine tiefen Stirnfalten runzelten sich, aber schließlich schüttelte er langsam seinen weißen Kopf. »Noch nicht. Er muss erst noch wachsen. Die Frau muss Sonne, Ruhe, Training, Freundlichkeit und Vergnügen haben. Sie muss gutes Essen essen und guten Orksamen trinken.«

Das Feuer fühlte sich plötzlich sehr warm an und Jule kämpfte gegen den unlogischen Drang an, zu Grimarr zu schauen, um zu sehen, was er von all dem hielt. Sicherlich sagte Sken diese Dinge nur, um ihm einen Gefallen zu tun, vor allem das mit dem Orksamen – aber würde es Grimarr wirklich gefallen, wenn er ihr auch noch Sonne und Freundlichkeit geben müsste?

»Ich werde mich darum kümmern«, sagte Grimarrs immer noch angespannte Stimme hinter Jule. »Hab meinen Dank, Sken.«

Sken nickte und wandte sich ab, aber Jule blieb der Atem im Hals stecken und ihre Hand griff vergeblich nach seiner gebeugten Gestalt. »Warte«, sagte sie. »Kannst du sehen, wann unser Sohn geboren werden soll? Und ob ich«, sie schluckte schwer, »ob ich es überleben werde?«

Sken zögerte und wandte ihr dann seine glasigen Augen wieder zu. »Im Frühling«, sagte er. »Und solltest du es nicht überleben, wird es nicht dein Sohn sein, der dich tötet.«

Jule blinzelte ihn an und dann wieder zu Grimarr, der genauso verdutzt aussah, wie sie sich fühlte. »Erkläre mir das, Sken«, befahl er. »Von wem sprichst du?«

Sken antwortete mit einem Achselzucken und winkte unverbindlich mit seiner verkrüppelten Hand. »Das ist noch nicht klar«, sagte er. »Nicht du, Junge. Halt dich zurück.«

Grimarrs Augen flackerten, seine rechte Hand krampfte sich nutzlos um den nicht vorhandenen Schwertgriff an seinem Gürtel, aber er sagte nichts weiter, und Sken taumelte davon und durch den offenen Eingang des Raumes hinaus. Jule und Grimarr blieben allein vor dem knisternden Feuer stehen und sahen einander an.

»Du wirst nicht zu Schaden kommen, Frau«, sagte Grimarr schließlich in die Stille hinein. »Weder durch unseren Sohn, noch durch irgendetwas anderes. Ich werde das nicht zulassen.«

Jule konnte ihn nur anstarren und staunte über die Worte und die Intensität, die dahinterzustecken schien. Dieser lächerliche, kriegerische Ork, der Jule noch vor einer

Viertelstunde beschuldigt hatte, sich für die Vernichtung der letzten seiner Art *verkauft* zu haben, schwor jetzt aufrichtig, sie zu beschützen?

Sie konnte sehen, wie Grimarr das mitbekam – trotz all seiner Fehler war er eindeutig nicht dumm – und seine Schultern sackten leicht nach unten, und er atmete langsam aus. »Ich hätte dich nicht so hart mit diesen Wahrheiten konfrontieren sollen«, sagte er leise. »Du hast deinen Vater für einen guten Mann gehalten.«

Jule hätte ihm wahrscheinlich widersprechen sollen – ihr Vater *war* ein guter Mann gewesen –, aber sie konnte weder die Willenskraft noch die Worte aufbringen. Denn obwohl ihr Vater ein guter Mann war, hatte er sie für seine Zwecke benutzt, nicht wahr? Und er hatte Orks getötet. Er hatte sich offen dafür eingesetzt, die Welt von ihnen zu befreien, wie es von allen guten Lords erwartet wurde.

Und Jule hatte nie einen Gedanken daran verschwendet. Nie wirklich daran gedacht, dass es Orks wie Baldr, Kesst oder John geben könnte. Orks, die begierig und barmherzig waren, oder faul und fröhlich, oder schüchtern und studiert. Orks, die einfach nur in Frieden unter ihrem Berg leben wollten.

»Mein Vater hat das getan, was die Welt um ihn herum erwartet hat, nehme ich an«, sagte Jule schließlich zum Feuer. »Das habe ich auch getan. Ich habe nicht daran gedacht, es infrage zu stellen.«

Einen Moment lang herrschte Stille, dann spürte sie, wie Grimarrs großer Körper näher an sie herantrat. »Ich kann das nicht verstehen, Frau. Mich stellst du bei jeder Gelegenheit infrage.«

Jule sah ihn an und erwartete, dass er sie verurteilen oder tadeln würde, aber stattdessen war da eine fast aufrichtige Wärme in seinen Augen. Beinahe tolerant oder liebevoll, und Jule blinzelte heftig und sah weg. Er war ein Ork. Er wollte einen Krieg beginnen. Sie würde ihm seine vierzig Tage geben, und dann …

»Ach, ich sollte deine Fragen begrüßen, Frau«, fuhr seine Stimme fort, immer noch leise, immer noch schief. »Ich muss lernen, Andersdenkende zu hören. Ich muss lernen, meine Wut auf diejenigen zu zügeln, die sie hervorbringen.«

»Aber du bist nicht nur deshalb wütend auf mich, oder?«, antwortete Jule schlicht, denn das hatte er doch vorhin auch gemeint, oder? »Du bist wütend auf mich, weil ich Astin geheiratet habe, weil ich die Pläne meines Vaters für mich hingenommen habe. Weil ich ein *Mensch* bin.«

Wieder herrschte einen Moment lang Schweigen, dann gab Grimarr einen Laut von sich, der einem Seufzer glich. »Ja«, sagte er schließlich. »Und doch, nein. Es ist so, wie du zu Baldr gesagt hast. Du kannst meinen Sohn lieben und mich gleichzeitig hassen. Nicht wahr?«

Jule nickte stumm, und Grimarr seufzte wieder neben ihr. »Wir Orks brauchen Frauen«, sagte er langsam. »Wir sehnen uns nach Frauen. Unsere Söhne weinen in der Nacht, weil sie euch vermissen. Doch die Frauen fliehen vor uns. Ihr tötet unsere Kinder. Ihr dient und unterstützt die Männer, die uns vernichten wollen. Wir müssen euch entführen, um überhaupt mit euch *sprechen* zu können.«

Jule schaute weiter auf das Feuer und hörte zu. Die ganze Welt wurde langsam still, bis auf die leise, raue Stimme des Orks neben ihr. »Und wenn wir euch stehlen, habt ihr natürlich Angst. Ihr haltet unsere Gesichter für abscheulich, unsere Wege für furchterregend und gesetzlos. Ihr fürchtet euch davor, wie ihr euch nach uns sehnt, und ihr leidet bei der Geburt und Aufzucht unserer Söhne. Und wenn ihr flieht, erzählt ihr euren Männern von eurer Angst und eurem Leid, und sie versuchen, euch zu rächen und zu beschützen, und bringen uns noch mehr Schmerz und Tod. Es ist«, er holte tief Luft, »unbeschreiblich schmerzhaft.«

Jule hatte einen trockenen Mund, ihre Augen waren auf die Flamme gerichtet, deren knisternde Hitze viel zu nah war. »In einem gerechten Reich wäre ich mit Freundlichkeit zu dir gekommen«, fuhr Grimarr fort, seine Stimme war fast zu leise, um gehört zu werden. »Ich hätte dich umworben, dich geehrt und meine Stärke bewiesen. Ich hätte dich niemals so mitgenommen.«

Jule antwortete nicht, sie konnte nicht, und er seufzte erneut, sein Bedauern war fast greifbar in der Luft. »Ich wünschte, ich könnte das ändern«, flüsterte er. »Für dich ist es vielleicht schon zu spät. Aber in allem, was ich tue – in diesem Krieg, den ich kämpfe –, suche ich nach dem Tag, an dem ein Ork auf eine Frau zugehen und sie ansprechen kann, ohne den Tod zu fürchten.«

Seine Worte ratterten in Jules Gedanken, ihre Wahrheit war viel zu deutlich, ihr Kummer real genug, um ihr eigener zu sein. Und irgendwo in ihnen war das Bedürfnis – das blinde, unerklärliche Verlangen – sich umzudrehen. Endlich in diese düsteren schwarzen Augen zu blicken und langsam eine zitternde Hand auszustrecken und sie auf die harte, schwere Brust dieses Orks zu legen. Um vielleicht zu sagen, dass er in diesem ganzen elenden Durcheinander sprechen *konnte*. Zu ihr.

Grimarr sah hinunter auf Jules Hand, die ihn berührte, und dann hinauf zu ihrem Gesicht. Und das plötzliche Knurren aus seiner Kehle war Wut, Feuer und Atem, direkt von seinem Mund auf den ihren, der sie in Flammen setzte wie ein Feuerstein auf Zunder.

Sie stürzten gemeinsam zu Boden, sie zog ihn, er drückte sie, sein großer Körper lag schwer und fest auf ihr und drückte sie auf den Stein darunter. Ihr eigener Körper wölbte sich nach oben, ihr mit einer Hose bekleidetes Bein hakte sich hinter seinem ein, ihre Hände krallten sich verzweifelt und leidenschaftlich in seinen breiten, nackten Rücken, der von Narben gezeichnet war.

Sein erwiderndes Knurren fühlte sich an wie ihr eigenes, es dröhnte kraftvoll und tief in ihrer Brust, und vielleicht knurrte sie sogar zurück, als sie an seinem Haar riss und seinen Kopf nach unten zog. Sie fand seinen heißen, wütenden Mund, spürte zum ersten Mal die wahre Kraft seiner Zunge, den Biss seiner scharfen Zähne. Und dann hörte sie, wie er vor Schmerz oder vielleicht auch vor Vergnügen zischte, als sie ebenfalls biss, ihn fester an sich zog und mit Fingernägeln, die wie Krallen hätten sein können, an seinem Rücken kratzte.

Seine eigenen Krallen waren zum ersten Mal ausgefahren und schabten leicht über Jules Haut, als er ihre neue Tunika hochschob und ihre wogenden Brüste dem Raum präsentierte – und jedem Ork, der zufällig an der unversperrten Tür vorbeikam. Aber das war Jule egal, denn diese Krallenhände hielten sie fest, streichelten sie und ließen heißes Verlangen durch ihre Haut strömen.

Seine Zunge steckte immer noch tief in ihrem Mund, fuhr geschmeidig und kräftig in ihre Kehle, sodass sie fast würgen musste, während seine pralle Härte weiter unten fest und mächtig gegen zwei verdammte Schichten von Hosen drückte. Mit einer Reihe verzweifelter Tritte war Jule schließlich ganz aus ihrer Hose heraus und ihre Beine spreizten sich wie von selbst um ihn. Und jetzt war er derjenige, der unten herumfummelte, seine große Hand schob sich nach unten, der Duft seines nackten Schwanzes lag plötzlich berauschend und verlockend in der Luft, so nah ...

Er drang so hart und tief in sie ein, dass sich Jules ganzer Körper aufbäumte und sie lautstark um seine Zunge herumschrie. Aber es gab kein Entrinnen, weder vor seiner eindringenden Zunge, noch vor dem tiefen Vordringen seines Schwanzes, noch vor dem Kratzen seiner scharfen, wütenden Klauen an ihren immer noch zitternden Brüsten. Es gab nur das Gefühl, das Schwelgen darin, von einem riesigen, bösartigen, wütenden Ork fixiert, genommen und aufgespießt zu werden, nur einen Hauch von ihrem Leben entfernt.

Sein erster voller Stoß war wie ein Hammer, der zwischen ihren Beinen zuschlug, voller hartem Stahl und rasender, pochender Qual, und Jule schrie auf, während sie ihn noch fester an sich zog und seine Zunge tiefer saugte. Ja, er musste das tun, er musste sie ficken wie der Ork, der er war, ihr zeigen, dass sie das verdiente, dass er das verdiente. Er musste sie mit dem Samen vollpumpen, von dem sie bereits spürte, wie er sie durchtränkte und wie er geschmeidig um den treibenden Schwanz herum floss.

Verdammt, es tat weh, und verdammt, es tat gut. Es war Wut, Rache und Hunger, die in aufeinanderprallenden Körpern und brutalen Übergriffen, in Eroberung, Unterwerfung und Verlangen zum Leben erweckt wurden. Es war dieser Ork, der vielleicht zum ersten Mal sagte, dass er sie auch fürchtete, dass er sie auch hasste, und vielleicht sogar noch mehr wegen des Lebens, das er in ihr geschaffen hatte.

Die Wahrheit war so schwer und erdrückend wie seine Zunge in ihrem Hals, und plötzlich wehrte sich Jule ernsthaft und biss so fest sie konnte zu. Sie kostete den Geschmack seines Blutes in ihrem Mund, spürte sein hartes, wütendes Knurren, als er sich aufbäumte, als er weiter in sie eindrang und sie mit jedem Stoß in schwindelerregende Lust versetzte.

»Verfluchte Frau«, zischte er, der Mund rot verschmiert, die Augen funkelnd, das Haar über sein Gesicht hängend. Seine Hände lagen flach auf der Erde neben ihrem Kopf, seine breite, nackte Brust hob sich, tropfte in Rinnsalen von Schweiß, jeder Muskel war hart und angespannt und wunderschön im Licht des Feuers. »*Meine* Frau.«

Und ohne Vorwarnung, ohne es zu verstehen, zog er seinen eindringenden Schwanz aus ihr heraus und ließ ihre Beine weit gespreizt zurück, ihre Nässe pulsierend, auslaufend, verlassen. Ihre erschrockenen Augen starrten auf die Stelle, an der er den dicken, tropfenden Schwanz nach oben geführt und über ihr Gesicht geschoben hatte, und sie öffnete ihren Mund, um zu protestieren. Ein entscheidender Fehler, denn der riesige Orkschwanz nahm ihn ein, schob sich hart und abstoßend zwischen ihre Lippen und stieß tief in ihre Kehle hinein.

Jule zuckte und krampfte und würgte, während ihr Mund verzweifelt saugte, um den ersten herrlichen Geschmack des saftigen, austretenden Samens zu bekommen. Aber diesmal war er weder nett noch sanft, er stieß einfach weiter in ihre Kehle, um sich an ihr zu ergötzen, so brutal und kraftvoll, dass ihre Augen tränten, ihr Körper zuckte und sie keine Luft mehr bekam, weil der Schwanz des Orks ihre Kehle zuschnürte.

Sie biss fest zu, und der Ork, der in ihr wütete, stieß einen heulenden, markerschütternden Schrei aus. Dann zog er sich aus ihr heraus, seine riesige Hand und seine scharfen Klauen drückten sich flach gegen ihren Hals und hielten sie dort fest, hilflos, gefangen und schreiend.

Und dann spritzte sein geschwollener, pulsierender Schwanz seine volle Lust direkt in Jules rotes, keuchendes Gesicht. Ein glitschiger, weißer Schwall nach dem anderen ergoss sich über ihre Wangen, ihre Nase, ihr Kinn und überzog sie mit heißem Orksamen. Während eine seiner Hände sie festhielt, um sie wehrlos zu machen, pumpte die andere noch mehr Weißes aus seinem Schwanz und sorgte dafür, dass sie überall mit ihrer Demütigung, seiner Lust und seiner Wut bedeckt war.

Als es endlich aufhörte, zitterte Jule am ganzen Körper, und er vielleicht auch. Seine Hand bewegte sich unsicher von ihrer Haut, seine Augen blinzelten auf das Chaos hinunter, das er in ihrem Gesicht angerichtet hatte, und sie schien nur zurückzustarren, zu fassungslos, zu benutzt, um zu sprechen.

»Ach«, sagte er, die Augen fest geschlossen, und da war wieder dieser Schmerz, der sich auf seinem Gesicht abzeichnete. Es war fast so, als könnte er es nicht ertragen, sie anzuschauen, als wollte er sich zurückziehen, und aus einem unerklärlichen Grund griffen Jules Hände nach ihm, nach seiner Taille und seinem Arm, als wolle sie sagen: *Warte, geh nicht.*

Er schlug seine Augen wieder auf und sah sie an, und Jule konnte sehen, wie seine Augen sich bei ihrem Anblick weiteten, immer noch hungrig, auch wenn sein Mund zuckte und sein Kopf hin und her wackelte, als wolle er sagen: *Nein, das hätte ich nicht tun sollen!* Und all die anderen dummen Ork-Entschuldigungen, die nichts über die eigentliche Wahrheit aussagten, über die eigentliche Bitterkeit, die zwischen ihnen schwebte und die bis jetzt unausgesprochen geblieben war.

»Nicht«, krächzte Jule, während sie ihm in die Augen sah, die noch immer blinzelten. »Du hast jedes Recht, wütend zu sein. Das solltest du sogar sein.«

Grimarr starrte sie an und sie konnte sehen, wie seine Kehle beim Schlucken zuckte. »Was ist, wenn ich dir wehgetan habe, was ist, wenn ich unserem …?«, begann er, aber Jule unterbrach ihn, indem sie ihre Finger auf seinen noch blutigen Mund presste.

»Hör auf«, sagte sie. »Es ist in Ordnung. Küss mich.«

Er blinzelte noch einmal, dann senkte er gehorsam den Kopf und küsste sie. Diesmal ganz ruhig, sanft und fast schmerzhaft süß. Jetzt sprach er auch die Wahrheit, genauso ehrlich wie die Wut, und Jule küsste ihn verzweifelt zurück, schmeckte ihn, verlangte nach ihm. Sie verabscheute diesen Ork. Sie sehnte sich nach diesem Ork. War es da ein Wunder, dass er dasselbe fühlte?

Grimarr blinzelte immer noch, als er sich zurückzog, und dann streckte er seine Hand – jetzt ohne Krallen – nach Jules Tunika aus, die immer noch um ihren Hals geschlungen war. Vorsichtig und behutsam wischte er ihr damit das Gesicht ab und beseitigte so die Spuren seiner, wie es schien, üppigen Verschmutzung, sogar in ihren Wimpern und Haaren.

»Das ist meine neue Tunika«, sagte Jule, weil ihr nichts Besseres einfiel, und Grimarr zuckte zusammen und stieß ein kleines, ersticktes Lachen aus. »Ich werde sie waschen lassen. Und dir eine neue geben.«

»Und danach einen Weg finden, mich nach draußen zu bringen?«, fragte Jule zögernd und dachte an Sken, an das winzige, kleine Leben in ihr – rüstig, gerissen und stark. Und auch Grimarr über ihr dachte daran, so durchschaubar, dieser Ork, der die zukünftige Gesundheit seines Sohnes gegen die Wahrscheinlichkeit abwog, dass Jule weglaufen oder versuchen würde, ihn an Astins Männer auf seinem Berg zu verraten.

Jule wollte trotzdem nicht sagen, dass sie es nicht tun würde – so viel hatte sich doch nicht geändert, oder? Oder doch, denn Grimarr über ihr stieß einen schweren Seufzer aus und nickte langsam mit seinem zotteligen Kopf.

»Ja«, sagte er, seine Stimme klang erschöpft. »Ich werde versuchen, einen Platz auf dem Gipfel des Berges zu finden, wo ich dich hinbringen kann, weit weg von den Menschen.«

Jule hatte ein Kribbeln im Bauch und konnte nicht verhindern, dass sich ihr Mund zu einem Lächeln verzog. Ein echtes, aufrichtiges Lächeln, getragen von wahrer Dankbarkeit gegenüber diesem unmöglichen Ork, der ihr gerade unaussprechliche Dinge angetan hatte.

Es machte alles keinen Sinn, es war entsetzlich, unerklärlich und absolut lächerlich, sie war eine *Lady* – aber Jule konnte trotzdem nicht aufhören zu lächeln.

21

Der Gipfel von Grimarrs Berg war *herrlich*.

Es hatte einige Zeit gedauert, dorthin zu gelangen, und es bedurfte der intensiven Bemühungen einer Handvoll Ka-esh-Orks, die Grimarr damit beauftragt hatte, einen lange blockierten Durchgang zu einem von ihm festgelegten Ort freizulegen. Es war ein faszinierender und zugleich ohrenbetäubender Anblick, den Ka-esh dabei zuzusehen, wie sie mit Äxten und Spitzhacken auf etwas einschlugen, das wie fester Fels aussah, aber das hatte Jule schnell vergessen, als Grimarr sie endlich durch den neuen, grob behauenen Durchgang hinaus in die offene Abendluft führte.

»Oh, ihr Götter im Himmel«, keuchte Jule, während sie sich langsam auf der Stelle drehte, einatmete und die Luft aufsaugte. Die Sonne ging gerade unter und färbte den westlichen Himmel in leuchtenden Rot- und Blautönen. Die Luft war kalt und klar und die offene Welt um sie herum wunderschön, atemberaubend weit nach all diesen Tagen im Berg. »Du hast möglicherweise die spektakulärste Aussicht der *Welt*, Grimarr.«

Und nicht nur das, dieser Ort hier auf dem Berg war auch

ein cleveres Wunderwerk. Es war eine flache, grasbewachsene Klippe mit ein paar dürren Büschen und hohen Steinmauern, die an drei Seiten in die Höhe ragten. Die letzte Seite war nach Westen hin offen, fiel steil und tückisch ab und zeigte nichts als den riesigen, atemberaubenden Himmel.

»Wo sind die Männer, von denen du gesprochen hast?«, fragte Jule, trat etwas näher an die Klippe heran und blickte auf die scharfe, zerklüftete Felswand darunter. »Haben sie unten ihr Nachtlager aufgeschlagen?«

»Ja«, sagte Grimarr, dessen Augen plötzlich wachsam auf die ihren gerichtet waren. »In der Ebene im Osten. Diese Männer sind noch nicht so dumm, nachts durch meinen Berg zu wandern.«

Mit diesen Worten trat er noch einen Schritt näher, zweifellos für den Fall, dass Jule versuchen würde, wegzulaufen, nach den Männern zu schreien oder sich von der steilen Klippe in den Tod zu stürzen. Aber daran wollte sie in diesem Moment nicht denken, nicht mit der kühlen Luft in ihren Lungen und dem atemberaubenden Sonnenuntergang, der sich am Himmel abzeichnete.

»Warum ausgerechnet dieser Berg?«, fragte sie stattdessen und blickte wieder auf die gähnende Weite der zerklüfteten Felsen unter ihr, in denen es weder Wärme noch Leben zu geben schien. »Es gibt keinen Platz, um etwas anzubauen oder zu weiden, es gibt kaum Vegetation als Deckung, es ist so nah an menschlichen Siedlungen, und dein See ...«

Grimarrs Gesicht verkrampfte sich sichtlich bei der Erwähnung des Sees und er starrte an ihr vorbei in Richtung der roten und violetten Farben der untergehenden Sonne. »Dieser Berg ist unser Zuhause«, sagte er. »Er war schon seit den frühesten Geschichten unser Zuhause. Hier schlummert Macht.«

Jule sah ihn an und wartete. Sie ahnte, dass er weitererzählen würde, wenn sie geduldig war. »Und wir müssen in der Nähe der Menschen sein«, fügte er leiser hinzu, wieder mit dem Hauch von Bitterkeit in der Stimme. »Wegen der Frauen. Und für all die Güter und das Wissen, die verloren gegangen sind und nun zurückerobert werden müssen.«

Er meinte damit den Raubzug – sie waren gerade im Korridor auf einen zurückkehrenden Skai-Raubtrupp gestoßen, dessen Mitglieder blutüberströmt waren und gestohlene Fässer rollten – und anstatt auf die grausame, kurzsichtige Barbarei darin hinzuweisen, schwieg Jule und folgte Grimarr zurück ins Innere. Und dann, zurück in sein Bett und ritt ihn ruhig und vorsichtig in der Dunkelheit, die Hände auf seiner Brust, seine Hände warm und kraftvoll auf ihren Hüften.

Als sie am nächsten Morgen erwachte, war Grimarr nicht mehr da, aber es waren keine Ketten zu sehen, und eine neue, etwas größere Tunika war ordentlich über das Ende des Bettes drapiert. Jule war zugegebenermaßen wund und etwas zerkratzt von dem Vorfall am Feuer am Vortag, aber das war nichts, worüber man sich aufregen musste, und als sie sich angezogen hatte, stand sie auf und betrachtete Grimarrs schrecklichen Wandteppich. Orks, die wüteten und plünderten, und unschuldige Menschen, die vor Angst davonliefen. Er erzählte vielleicht nur eine Seite der Geschichte.

Es war nicht leicht, darüber nachzudenken, und Jule grübelte immer noch vor sich hin, als sie in den Korridor hinaustrat. Dort stand ein schweigsamer, finster dreinblickender Drafli mit seinem riesigen Krummsäbel in der Hand, doch dann kam zu Jules großer Erleichterung Baldr den Korridor entlang auf sie zu. »Hallo, Frau«, sagte er mit einem Nicken und einem Aufblitzen seiner weißen Zähne. »Wie ergeht es dir heute Morgen? Und deinem Kleinen?«

Jule führte ihre Hände instinktiv zu ihrem Bauch, der zwar immer noch flach war, sich aber heute Morgen ausgesprochen unwohl fühlte und vielleicht – vielleicht? –

etwas dicker war, als er hätte sein sollen. »Gut, danke«, sagte sie und verdrängte diesen beunruhigenden Gedanken. »Wo ist Grimarr?«

Baldr und Drafli tauschten einen Blick, und Baldr lächelte sie wieder an, diesmal etwas weniger aufrichtig. »Wenn du mitkommst«, sagte er, »werde ich dich zu ihm bringen.«

Jule nickte zustimmend und folgte Baldr vorsichtig durch die dunklen Gänge, die sich nach unten neigten. Sie wusste jetzt, dass sie in Richtung des Bautul-Gebiets gingen, und obwohl sie immer noch nicht genau sagen konnte, wo sie sich befanden, war es beunruhigend, als sie nach einigen Augenblicken feststellte, dass sie stetig und locker vorwärtsging, nur mit einer Hand an der Wand entlang. Und das, obwohl es rundherum stockdunkel war und sie sich nur an Baldrs Schritten und dem Klirren seines Schwertes orientieren konnte.

»Der Anführer trifft sich mit Silfast und Olarr sowie mit drei Bautul-Oberhäuptern aus dem Süden«, sagte Baldr unerwartet, während er Jule durch eine komplizierte Reihe von Verbindungsgängen führte. »Er bittet sie um Unterstützung für den kommenden Konflikt.«

Jule dachte an das Treffen vom Vortag und daran, dass Grimarr erwähnt hatte, seine Streitmacht zu vergrößern. »Hatte er nicht schon ihre Unterstützung?«, fragte sie. »Ich dachte, er wäre der erste Anführer, der seit dreihundert Jahren alle Clans zusammengebracht hat, oder so ähnlich.«

»Der Anführer wird von der *Mehrheit* der Orks aus jedem der fünf Clans unterstützt«, antwortete Baldr, wobei er die Betonung auf *Mehrheit* legte, »aber es gibt immer noch einige Mächtige in den Clans, die nicht an seine Herrschaft gebunden sein wollen. Ihre Gefolgschaft muss umworben oder gekauft werden.«

Richtig. Das war auch bei den Menschen immer so, wie Jule nur zu gut wusste, aber warum Baldr ihr das jetzt erzählte, konnte sie nicht verstehen. »Wie viele Orks stehen hinter diesen Oberhäuptern? Und wie will sich Grimarr ihre Loyalität verdienen?«

»Diese Oberhäupter repräsentieren Hunderte von Orks«, sagte Baldr, der jetzt langsamer wurde. »Sie sind die größten Banden, die sich dem Streben des Anführers nach Vereinigung widersetzen. Wir können keine zusätzlichen Güter entbehren, um sie zu bezahlen, wenn eine Belagerung so unmittelbar bevorsteht, also versucht er, sie durch eine Demonstration von Cleverness und Stärke zu überzeugen. Er will ihnen einen klaren Weg zum Sieg aufzeigen und ihre persönliche Entlohnung, wenn sie ihn erreicht haben.«

Das ergab Sinn, auch wenn Jule bei dem Wort *Belagerung* ein kalter Schauer über den Rücken lief. Natürlich würde das alles darauf hinauslaufen, denn der Berg war so uneinnehmbar wie eine Festung mit massiven Steinmauern. Aber eine längere Belagerung bedeutete Hunger, Dreck und Krankheiten, Elend für alle, sowohl drinnen als auch draußen.

»Will Grimarr also gegen die Männer kämpfen, anstatt die Belagerung auszusitzen?«, fragte Jule, und Baldr schwieg einen Moment lang, nur unterbrochen durch das Geräusch seiner gleichmäßigen Schritte.

»Seine Pläne sind noch nicht ganz ausgereift«, sagte er schließlich. »Aber wenn es ihm gelingt, ganz Bautul auf unsere Seite zu ziehen, haben wir mehr Möglichkeiten, aus denen wir wählen können. Der Weg zum Sieg wird dann viel leichter zu finden sein.«

Jule dachte darüber nach und spürte dann, wie sich ihre Augen in Richtung des Ortes verengten, an dem sie Baldr vermutete. »Wenn das so ein wichtiges Treffen ist«, sagte sie, »warum bringst du mich dann so bereitwillig dorthin? Wir wissen beide, dass Grimarr mich bei dem Treffen gestern kaum geduldet hat, und das war mit seinen eigenen Orks.«

Sie hörte, wie Baldrs Schritte langsamer wurden, also tat sie es ihm gleich und fühlte ein unwillkürliches Aufflackern von Stolz, als sie es erfolgreich vermied, mit ihm zusammenzustoßen. »Du bist ein deutliches Zeichen für die Stärke des Anführers«, sagte Baldr vorsichtig, plötzlich fast verkrampft. »Wenn du es in Betracht ziehen würdest, ihm deine Ehrerbietung zu erweisen, vielleicht, oder dich als Frau zu präsentieren – vielleicht mit offenem Haar – oder so etwas –, dann wären der Anführer und wir alle sehr dankbar, und ...«

Seine Stimme wurde immer höher, je länger er sprach, und Jule unterbrach ihn mit einer Hand an seinem Arm und einem verschmitzten Lachen auf ihrem Mund. »Grimarr hat dich dazu angestiftet, stimmt's?«, sagte sie. »Du brauchst nicht weiterzusprechen, Baldr. Ich verstehe, was du meinst.«

Baldr gab einen Laut von sich, der einem erleichterten Kichern ähnelte, obwohl er sich in dem dunklen Korridor nicht bewegte. »Aber wirst du es tun? Bitte, Frau? Das Letzte, was ich weiß, ist, dass es nicht gut läuft.«

Das war ein beunruhigender Gedanke, eine beunruhigende Bitte, und Jule war diesen Orks gegenüber nicht im Geringsten verpflichtet, oder? Vor allem nicht, indem sie ihnen half, mehr Truppen aufzustellen, um gegen ihr eigenes Volk zu kämpfen – ja, das war immer noch ihr *Ehemann* –, aber der Gedanke an eine Belagerung, an Orks wie Baldr und Kesst und John, die hungern mussten, das leichte Anschwellen ihres eigenen Bauches, der rüstig, stark und gerissen war ...

Baldr setzte seinen Weg fort und führte sie zu dem willkommenen Anblick des langsam heller werdenden Lichts, das aus einer Tür am anderen Ende des Korridors drang. Dort mussten sich die Orks versammelt haben – das Geräusch streitender Stimmen wurde immer lauter – und Baldr drehte sich abrupt um, um sie in dem schwachen Licht anzusehen, sein Gesicht verzerrt, fast flehend.

»Bitte, Frau«, flüsterte er. »Ich werde den Anführer daran erinnern, dich nachher wieder nach draußen zu bringen.«

Es war so lächerlich und absurd, und noch absurder war die Tatsache, dass Jule einen schweren Seufzer ausstieß, mit den Augen rollte und es dann ... tat. Sie griff nach ihrem Zopf, strich ihr Haar in lockere Wellen und öffnete zur Sicherheit noch den obersten Knopf ihrer sauberen neuen Tunika.

Baldrs Erleichterung war fast mit Händen zu greifen, denn seine Augen waren nun auf ihre Brust gerichtet, und Jule verdrehte erneut die Augen und schlenderte in Richtung des erleuchteten Raumes. Sie trat hinein, in das willkommene Licht und die Wärme und – sie blinzelte und hielt inne – in die unfreundlich starrenden Augen von fast einem Dutzend Orks, die sie beobachteten.

Baldr hatte gesagt, dass es nur drei Oberhäupter waren, aber Jule wurde erst spät klar, dass sie natürlich nicht allein reisen würden. Und dass Grimarr seine eigenen Oberhäupter aus Bautul dabeihatte, Olarr und Silfast, und auch Valter mit den Karten, und natürlich war da noch Grimarr selbst, der steif und mit wütenden Augen am anderen Ende des langen, rechteckigen Tisches saß.

»Frau«, sagte er, seine Stimme hart und missbilligend. »Warum bist du hier? Ich habe nicht nach dir gefragt.«

Jule zögerte an Ort und Stelle und erkannte mit einem Schauer des Entsetzens, dass Grimarr Baldr nicht im Geringsten dazu angestiftet hatte. Das war alles Baldr, das hinterhältige grüne Biest, und jetzt war sie hier, gefangen, in einem Raum voller feindlicher, unbekannter Orks. Viele von ihnen – sie wich ein wenig zur Wand zurück – waren riesig, starrend und atemberaubend hässlich, genau die Sorte, die Kinder in ihren Träumen heimsuchte.

»Ähm«, sagte sie in den Raum voller beobachtender Augen und suchte dann die relativ sichere Nähe zu Grimarrs Gesicht, das wütend und misstrauisch zugleich war. »Ich, äh, wollte dich sehen.«

Im Raum war es totenstill geworden, bis auf das knisternde Feuer. Die Aufmerksamkeit aller Orks galt nun ganz ihr. Und Jule konnte den Moment sehen, in dem Grimarr die Macht dieses Gedankens erkannte: Seine schmalen Augen huschten von ihrem Haar hinunter zu dem viel zu tiefen Ausschnitt ihrer Tunika und dann wieder hoch zu ihrem Gesicht.

Grimarr sagte ein paar raue, rollende Worte in Schwarzmund und ließ seinen Blick über die anderen Orks, die ihn alle beobachteten, schweifen, woraufhin einige davon mit den Schultern zuckten und einer sogar lachte. Daraufhin nickte Grimarr knapp und bewegte dann seinen Kopf in Richtung Jule, was eindeutig bedeutete, *Komm.*

»Du darfst eine Weile bleiben, Frau«, sagte er barsch. »Aber du wirst schweigen und gehorchen.«

Jule nickte schweigend und mit echter Erleichterung und schlich sich durch den Raum zu ihm. Er saß auf einer niedrigen Bank neben dem Tisch – es war der erste Versammlungsraum mit Bänken, den sie gesehen hatte – und er warf ihr einen Seitenblick zu, als sie neben ihn rutschte. Seine Augen waren wachsam, vielleicht unruhig, und im flackernden Licht des Feuers sah sie, wie er schwer schluckte.

Es war eine plötzliche, erschreckende Erinnerung an den Tag zuvor, als sie festgehalten und vor dem Feuer genommen wurde, und der Blick in diese Augen, das Verweilen bei diesen Erinnerungen, hatte die Welt plötzlich ins Absurde oder vielleicht in den Wahnsinn getrieben. Warum sollte Jule die Rolle nicht spielen? Wenn alle Augen im Raum auf ihr Gesicht gerichtet waren, gefangen in ihrem Bann?

Und Grimarr hatte gesagt, dass sie schweigen sollte, aber er hatte nicht gesagt, dass sie sich nicht bewegen sollte. Also rückte Jule auf der Bank ein wenig näher an ihn heran und stieß mit ihrer Schulter an seinen Arm, bis er sich gezwungen sah, den Arm zu heben und ihn schwer und warm um ihre Schultern zu legen.

Abrupt begann er wieder zu sprechen, den Mund gefüllt mit lautem, verworrenem Schwarzmund, vielleicht um von Jules Aufdringlichkeit abzulenken. Aber die Orks beobachteten nicht ihn, sondern Jule, und sie spürte, wie sie sich langsam zu ihm hinunterbeugte und den warmen Moschus an seiner Brust einatmete.

Er trug heute wieder eine Tunika – Jule hatte das gestern, als er sich nicht diese Mühe gemacht hatte, vorgezogen –, aber sie war nicht lang genug, dass sie ihre Hand nicht hinten hineinschieben konnte. Sie spürte die kräftigen Muskeln und die glatte, vernarbte Haut und ließ ihre Finger dort verweilen, während ihr Blick von seiner Brust hinauf zu seinem immer noch sprechenden Mund wanderte.

Grimarr war wirklich kein schrecklich aussehender Ork, dachte sie verwirrt und warf einen schnellen, verstohlenen Blick auf die anderen am Tisch. Trotz all der Narben war sein Gesicht kräftig und symmetrisch, sein Mund gut geformt und seine Ohren immer noch spitz und unversehrt. Sein Haar – Jule runzelte die Stirn und strich darüber – war seit dem Zopf, den sie vor einigen Tagen geflochten hatte, nicht mehr angefasst worden und glich schon fast einem zerzausten Vogelnest.

Grimarr hatte nicht aufgehört zu sprechen – tatsächlich hatte er sie nicht einmal angesehen, seit sie sich hingesetzt hatte – und in einem bizarren Anfall von Wagemut schubste Jule seinen Arm weg und drehte sich zur Seite. Sie stellte ein Bein auf jede Seite der Bank und begann, sein Haar mit den Fingern zu kämmen. Sie löste die Knoten Stück für Stück, strich mit den Fingern durch die seidigen Strähnen und flocht sie schließlich zu einem neuen, ordentlichen Zopf.

Sie hatte noch das Band von ihrem eigenen Zopf in ihrer Hosentasche, also zog sie es heraus und befestigte es. Grimarr redete einfach weiter und ignorierte sie bewusst, auch als sie seinen Arm anstupste und er ihn bereitwillig wieder anhob und um ihre Schulter legte.

Die Orks diskutierten weiter – einige stritten eindeutig mit Grimarr, dem Klang nach zu urteilen –, aber es war immer noch alles in Schwarzmund, sodass Jule es nicht beachtete. Stattdessen spürte sie, wie ihre hungrigen Hände wieder zu wandern anfingen und eine von ihnen an Grimarrs hartem Oberschenkel hinunter und hinauf wanderte, bis sie ihn entdeckte – oh.

Sie starrte ihn einen Moment lang an, seine wulstige Form war in seiner Hose viel zu deutlich zu erkennen, ein kleiner Fleck wachsender Nässe war an der Eichel zu sehen. Und warum starrte sie ihn so an, warum war sie so fasziniert? Es sollte doch nicht verwundern, dass Grimarr in einem Raum voller streitender Orks völlig erregt war, oder?

Aber auch er stritt immer noch und schenkte Jule nicht die geringste Aufmerksamkeit, und darin lag eine unerklärliche, unwiderstehliche Leidenschaft, vielleicht sogar eine Herausforderung. Das reichte aus, um ihre Augen auf sein Gesicht zu richten und ihre Hand langsam nach oben gleiten zu lassen, wo sie leicht über die Beule in seiner Hose strich.

Er sprach ohne Pause, seine Augen waren unbeirrt auf den Ork gerichtet, mit dem er gesprochen hatte, aber die harte Beule unter Jules Hand war gegen ihre Finger gehüpft und sogar noch weiter angeschwollen. Das gefällt ihm, dachte sie mit einer seltsamen, stockenden Atemlosigkeit und ließ ihre Finger wieder dorthin wandern, dieses Mal intensiver.

Sein Gesicht zuckte nicht, verriet nicht das Geringste, aber die Härte unter ihren Fingern drückte sich wieder fest in ihre Handfläche. Sie wollte, dass Jule sie berührte, und verflucht sollte sie sein, aber sie wollte sie berühren, und ihre Finger kreisen vorsichtig und bereitwillig um sie herum.

Als Antwort gab sie ein langanhaltendes Beben von sich, selbst, als Grimarr weiter sprach. Jule wurde plötzlich ganz heiß im Gesicht und noch heißer, als sie zum Tisch blickte und feststellte, dass fast alle Augen immer noch auf sie gerichtet waren, und sich einer der hässlichen Orks sogar langsam und genüsslich über die Lippen leckte, während er sie beobachtete.

Hinter der schützenden Abdeckung des Tisches konnten sie nicht wirklich sehen, was Jule tat, aber ihre Finger waren trotzdem zum Stillstand gekommen und hatten sich an Grimarrs Hose gelockert. Vielleicht sogar gegen Grimarrs Willen, denn noch während er sprach, glitt seine große Hand zu ihrer hinunter und schloss ihre Finger wieder um seine Länge.

Scheiße! Jule konnte nicht verhindern, dass sie erschrocken ausatmete und ihre Augen flatterten. Als Grimarrs Hand wieder nach oben glitt und auf eine Karte auf dem Tisch deutete. Sie konnte nicht verhindern, dass sie ihn berührte und erforschte. Sie spürte, wie sein hartes Gewicht unter ihren Fingern zuckte und tanzte, denn natürlich würde ihm das gefallen, diesem Mistkerl, nicht wahr? Und was würde er tun, wenn sie einfach – vielleicht – an der losen Kordel der Hose ziehen und ihre Hand hineinstecken würde?

Ihre Antwort kam mit einem tiefen Knurren aus seiner Kehle, das nicht ihr galt, sondern dem Ork, mit dem er sich gerade stritt, während er mit dem Finger auf einen verschwommenen Punkt auf der Karte tippte. Und bei den Göttern, er war so ein durchschaubares Arschloch – und er hatte einen so durchschaubaren Schwanz, der jetzt riesig und gerade und zitternd aus seiner lockeren Hose ragte und geradezu um Jules Berührung bettelte.

Die anderen Orks schienen es zu wissen – natürlich wussten sie es, so wie sie immer noch starrten – aber sie konnten es nicht sehen, und keiner von ihnen schien auch nur den geringsten Protest zu erheben. Also senkte Jule ihren Blick und sah unverfroren und atemlos zu, wie sich ihre furchtbare Hand um den Ansatz von Grimarrs nacktem Schwanz krümmte und nach oben glitt.

Die Bewegung brachte ein weiteres Knurren in seiner Kehle hervor, das geschickt als Teil seiner laufenden Auseinandersetzung getarnt war, und Jule konnte sich ein verstohlenes, unwilliges Lächeln nicht verkneifen, als sie es erneut tat. Und als sie wieder pumpte, diesmal fester, wuchs die Perle, bis sie platzte und in einem dicken Rinnsal aus köstlichem Weiß an ihm herunterlief und heiß und klebrig an ihren Fingern haftete.

Jule schluckte hart und starrte ihn an, aber Grimarr sprach immer noch und ignorierte das alles. Er würde es doch sicher nicht merken, wenn sie für einen Moment aufhörte und sich heimlich die Finger an den Mund steckte?

Aber seine Stimme verstummte abrupt, scheinbar mitten im Satz, und als Jule aufblickte, sah er sie endlich an, mit dunklen, spekulativen, leuchtenden Augen. So wie alle anderen Augen am Tisch, ein Meer von glotzenden, hungrigen Orks, und Jule erstarrte auf der Stelle, den Finger immer noch halb zwischen den Lippen.

»Frau«, sagte Grimarrs hitzige Stimme im Gemeinmund, »deine Taten lenken uns von unserer Arbeit ab.«

Jule verharrte still, gefangen im Bann seiner Stimme und seiner Augen, die endlich beide auf sie gerichtet waren. »Verzeih mir, Grimarr«, murmelte sie, und ihre Stimme klang in ihren Ohren seltsam heiser. »Wünschst du, dass ich gehe?«

Diese Augen blickten sie mit heißer, hungriger, unterdrückter Macht an, und in diesem Moment wurde Jule klar, dass er natürlich nicht wollte, dass sie ging. Dass er diese Vorführung unbedingt fortsetzen wollte, zu seinem eigenen jetzigen und zukünftigen Vorteil, aber dass Jule auch die Orks ablenkte, von denen keiner in der letzten Viertelstunde den Blick abwenden zu können schien. Und als Initiator des Treffens konnte es sich Grimarr nicht leisten, als selbstsüchtiger Gastgeber oder rücksichtslos gegenüber den Bedürfnissen seiner Gäste dazustehen.

»Vielleicht«, sagte Jule, und das konnte sie doch nicht *wirklich* denken oder sagen, »würdest du mir erlauben zu bleiben, wenn ich mich vor den Augen deiner Gäste verstecke, vielleicht unter dem Tisch, und ganz leise bin?«

Grimarrs Erstaunen war nicht im Geringsten aufgesetzt, seine Augen waren weit aufgerissen und starrten sie schockiert an, aber er erholte sich schnell und sprach erneut, diesmal in

Schwarzmund. Offensichtlich bat er seine Ork-Kollegen um Nachsicht, denn einige von ihnen nickten, einige zuckten mit den Schultern, und einige andere beugten sich mit leuchtenden Augen näher über den Tisch.

Auch Grimarr zuckte mit den Schultern und winkte Jule abweisend zum Tisch. So lässig, so gleichgültig, und das schien Jule nur noch mehr anzustacheln, denn sie gehorchte und rutschte von der Bank auf die Knie, um sich unter den Tisch zu ducken.

Es war dunkel und der Steinboden war hart, und sie hörte Grimarr, der seine Versammlung scheinbar wieder voll aufgenommen hatte, in Schwarzmund sprechen. Aber seine Schenkel hatten sich ein wenig um sie geschmiegt und zogen sie näher in ihre Sicherheit, und – Jules Keuchen musste oben deutlich zu hören gewesen sein – er hatte sein geschmeidiges Glied komplett in der Hand und richtete es direkt auf ihr Gesicht.

Das war keine Einladung, sondern ein Befehl. Und ein verdrehter, wollüstiger Teil von Jule konnte sich ihm nicht widersetzen, während sie etwas näher kam, einatmete, beobachtete und sich danach sehnte.

Aber sie konnte die letzte Distanz nicht überwinden – sie konnte doch nicht mitten in einer Besprechung einem Ork einen blasen, oder? – und zum Glück entschied Grimarr es schließlich für sie. Er legte seine große Hand um ihren Hinterkopf und zog sie nach vorn, während seine andere Hand langsam und zielstrebig die riesige, triefende Härte zwischen ihren Lippen führte, immer tiefer und tiefer, bis ihr Mund fest zugeschnürt war und sein glitschiger Kopf ganz hinten in ihrer Kehle steckte.

Jule stieß ein deutlich zu vernehmendes, unüberhörbares Stöhnen aus, das den Schwanz heftig zucken ließ, und als ihre verzweifelten Augen unter der Tischkante nach oben blickten, war Grimarrs Blick wieder nach unten gerichtet. Entschlossen, hungrig, mächtig, zufrieden.

»Schweig, Frau«, sagte er, und die Worte waren ein spöttischer, atemberaubender Nervenkitzel. »Sonst werde ich von dir verlangen, dass du jedem meiner Gäste nacheinander einen bläst.«

Verdammt, hatte er das *wirklich* gerade gesagt, aber seine Augen auf ihr waren selbstgefällig, anmaßend, vor Vergnügen benommen. Und die Drohung hatte gewirkt, denn Jule nahm ihn verzweifelt in den Mund, saugte lange, saftige Schlucke des süßen, köstlichen Orksamens aus ihm heraus und schluckte ihn genüsslich in ihrer Kehle.

Grimarr antwortete mit einem schnellen, anerkennenden Lächeln voller scharfer, weißer Zähne und ließ sich dann ein wenig tiefer in ihr nieder, seine Hand immer noch auf ihrem Hinterkopf. Dann fing er wieder an zu reden, seine Stimme war ganz ruhig, während er mal mit diesem, mal mit jenem Ork argumentierte, während Jule ihn verzweifelt unter dem Tisch aussog.

Es war zutiefst und auf unerklärliche Weise erregend, zu spüren, wie seine Härte zwischen ihren Lippen auslief und zitterte, wie sich seine große Hand auf ihrem Hinterkopf festkrallte, während der Rest von ihm sie schlicht und ergreifend ignorierte. Als ob es eine Selbstverständlichkeit wäre, während eines wichtigen Ork-Treffens einen geblasen zu bekommen, eine, auf die er ein Anrecht hat, ohne Fragen oder Konsequenzen.

Das brachte Jule nur dazu, noch härter zu saugen, ihn tiefer zu ziehen, sich nach ihm zu sehnen und ihn zu leeren, und als ihre müden, gedehnten Lippen anfingen, schlürfende Geräusche zu machen, schien er auch das nicht zu bemerken, den Göttern sei Dank. Er schwoll nur immer weiter an, seine Hüften bockten leicht, als er tiefer eindrang, seine Finger hart und kraftvoll und fordernd an ihrem Hinterkopf.

Er stieß ohne Vorwarnung in sie hinein, mit dem leisesten Beben in seiner noch immer sprechenden Stimme, selbst als sein Schwanz zuckte und seinen Samen in ihre Kehle spritzte.

Er überschwemmte ihren Mund damit, es tropfte über ihre Lippen, markierte sie und füllte sie aus, obwohl er sie nach außen hin überhaupt nicht beachtete, dieser absolut unverschämte Mistkerl.

Die schiere, schockierende Wahrheit brachte schließlich auch Jules eigenen Körper zum Zucken und Erschaudern und rang ihr die Lust zwischen ihren Beinen in wütender, lang verweigerter Erleichterung ab. Sie musste sich von ihm losreißen, ihre Hände an ihr heißes Gesicht legen und verzweifelt versuchen, zu atmen. Scheiße. Was zum verdammten *Teufel* sollte das denn jetzt?

Aber Grimarr sprach einfach weiter, seine Stimme war merklich ruhiger als zuvor. Seine Hand auf Jules Kopf war zum Streicheln übergegangen, sanft und fast zärtlich, als wäre sie ein braver Jagdhund, der gerade eine Beute erlegt hatte, und keine echte Frau, die ihm in der echten Gesellschaft von Orks echt einen geblasen hatte.

Die Verlegenheit wurde immer größer, als er weitersprach und die Orks um ihn herum schließlich ihre Bänke zurückschoben und aufstanden. Vielleicht war es jetzt an der Zeit, unter den Tisch zu schauen, und Jule schmiegte sich enger an Grimarrs Oberschenkel, in die Sicherheit und die Scham.

Als Grimarrs Hand sie schließlich auf die Beine zerrte, war der Raum bis auf ihn zum Glück leer. Und Jule konnte es plötzlich nicht mehr ertragen, ihn anzusehen, diesen verfluchten Ork, der sich den zweiten Tag in Folge so sehr an ihrer unverhohlenen, demütigenden Erniedrigung erfreut hatte.

»Frau«, sagte er und hob mit seiner Hand ihr Gesicht an, aber Jule richtete ihren Blick nicht auf ihn, sondern auf die Steinmauer und den flackernden Feuerschein darauf.

»Du hast mich geehrt, meine holde Schönheit«, fuhr er mit ruhiger Stimme fort, in der eine Spur von Triumph oder vielleicht auch Verwunderung lag. »Du hast mir die Schwerter meiner Brüder eingebracht.«

Jule warf ihm einen verstohlenen Blick zu und wandte sich dann wieder ab, ihr Gesicht erhitzte sich, wenn sie ihn nur ansah. »Sie haben zugestimmt?«, brachte sie mit brüchiger Stimme hervor. »Sie wollen sich dir anschließen?«

»Ja«, sagte Grimarr und zupfte ein wenig an ihr herum, um ihren Blick wieder auf sein Gesicht zu lenken. »Ich weiß nicht, warum du das getan hast. Es war«, er schluckte und seine Kehle krampfte, »ein unvergleichliches Geschenk, Frau.«

Seine Augen waren so konzentriert auf die ihren gerichtet, dass ihre Wangen noch heißer wurden, und Jule musste den Blick wieder abwenden und den Kopf schütteln. »Baldr hat es vorgeschlagen. Er dachte, du brauchst Hilfe.«

Grimarr stieß ein ersticktes, heiseres Lachen aus. »Ach, die brauchte ich sehr wohl«, sagte er. »Ich habe nicht begriffen, dass die Hälfte von ihnen nur wünschte, dich zu sehen. Um den Beweis zu erhalten, dass ich die Frau eines Lords erobert und sie zu meiner eigenen gemacht habe.«

In seiner Stimme lag Stolz und vielleicht auch eine Spur von Überraschung, und Jule warf ihm einen weiteren unruhigen Blick zu. »Du ... Du hast gedroht, mich ihnen *anzubieten*«, sagte sie, und die Wahrheit dieser Aussage klang auf ihren Lippen atemberaubend schrecklich, viel mehr als alles andere. »Wolltest ... Wolltest mich bitten ...«

Sie konnte nicht zu Ende sprechen, denn ihr Körper gab ein hartes, alles verzehrendes Schaudern von sich, und Grimarrs Hände auf ihrem Gesicht waren plötzlich stark und zwingend und hielten ihre Augen auf seine gerichtet. »Nein«, sagte er leise und eindringlich. »Das waren nur Worte. Nur die Macht, die ich demonstrieren wollte. Ich könnte das niemals tun. Ich würde jeden Ork in Stücke reißen, der dich oder meinen Sohn anrührt.«

Die Überzeugung in seiner Stimme fühlte sich echt an, eine seiner Hände legte sich flach und besitzergreifend auf ihren Bauch, und Jule runzelte die Stirn und blickte dann wieder zu seinem Gesicht. »Was wäre, wenn«, brachte sie hervor, und warum fragte sie das, warum interessierte es sie, »was wäre, wenn du eines Tages eine andere Frau finden würdest, die du mehr magst. Oder mehrere Frauen. Wie Astin. Was dann?«

In Yarwood hatte es Gerüchte darüber gegeben, dass Orks ihre schutzlosen, hilflosen Frauen miteinander teilen oder sogar mehrere Frauen auf einmal für sich selbst behalten. Und der Blick in Grimarrs Augen ließ es plötzlich möglich erscheinen. Als ob es Orks *gäbe*, die solche Dinge taten, und wenn Grimarr einer von ihnen wäre, bei allen Göttern, daran hatte Jule nicht einmal *gedacht* ...

»Nein«, sagte er wieder, immer noch mit dieser seltsamen, eindringlichen Intensität in seiner Stimme und in seinen Augen. »Ich würde das nicht tun. Du gehörst *mir*, Frau.«

Jule konnte es nicht glauben – Grimarrs Gesicht hatte es verraten – und sie konnte sehen, mit welcher Kraft er ausatmete und wie sich sein Brustkorb plötzlich auftat. »Ich werde nicht leugnen«, sagte er leiser. »Es gibt Orks, die das getan haben. Mein eigener Vater hat es getan. Aber es bringt meistens nur Neid, Streit und Schmerz, sowohl für die Frauen als auch für die Söhne, die sie zeugen. Und vor allem für die Orks, die von außen zusehen und gar keine Gefährtin haben. Es vergiftet die Bruderschaft von innen heraus.«

Jule spürte, wie sich ihr Mund zu einer Art Lächeln verzog. »Wie typisch für dich, Ork«, sagte sie. »Es geht immer nur um dein Lieblingsprojekt, nicht wahr? Dein geplantes zukünftiges Utopia der häuslichen Ork-Glückseligkeit.«

Grimarr runzelte die Stirn und schüttelte heftig den Kopf. »Es ist nicht nur das«, sagte er. »Es bricht den Bund der Gefährten. Es verhöhnt das Gebot der Götter.«

Jule sah ihn prüfend an, konnte ihm aber nicht folgen, und er hob abwesend eine Hand und fuhr sich mit ihr über den frischen Zopf, den sie in sein Haar geflochten hatte. »Wenn ein

Ork und eine Frau sich paaren«, sagte er, »bindet es sie. Mein Duft wird nie ganz von dir weichen, und deiner wird nie von mir weichen. Ich werde mich in der Nacht nach dir sehnen und du dich nach mir, solange wir zusammen wandeln. Es ist schwer, das zu brechen. Es ist grausam.«

Jule dachte darüber nach und erkannte nur allzu leicht das unausgesprochene Gewicht hinter diesen Worten. »Du willst mir also sagen«, sagte sie, »dass, wenn ... falls ... ich mich entschließe zu gehen, wenn unsere vierzig Tage um sind, deine Ork-Magie immer noch ...«

Sie konnte nicht ganz zu Ende sprechen, denn plötzlich tauchte in ihren Gedanken die unpassende Vision von Astin auf. Vielleicht von ihr selbst, allein in einem Zimmer mit Astin, gezwungen, Astin zu berühren, ihn zu streicheln und zu küssen, während sie das alles wusste und sich daran erinnerte.

»Es ist keine Magie«, sagte Grimarr, hartnäckig wie immer. »Es ist so, wie die Götter es bestimmt haben. Und wenn du die Götter zufriedenstellen willst, wirst du bleiben.«

»Oh, jetzt geht es also darum, dass ich den *Göttern* gefallen soll«, zwang sich Jule mit einem Augenrollen zu sagen, aber aus irgendeinem dummen Grund hatte sich ihr Mund ebenfalls verzogen. »Das hat also nicht das Geringste damit zu tun, *dir* zu gefallen, Ork.«

»Nein«, stimmte er zu, ebenfalls mit einem schwachen Lächeln, und legte seine Hand groß und warm auf ihre Taille. »Und wenn du den Göttern noch mehr gefallen willst, solltest du vielleicht von nun an zu allen meinen Treffen kommen.«

»Auf keinen verdammten Fall, Ork«, erwiderte Jule, aber es steckte keine wirkliche Wut dahinter, und als Grimarr sie näher an sich zog, wehrte sie sich nicht, sondern atmete einfach nur den warmen, moschusartigen Duft seiner Brust ein. Stark genug, um die letzten Bilder von Astin und die kalte, unbehagliche Unruhe, die sie hinterlassen hatten, zu verdrängen.

»Ich möchte, dass du hier bei mir in Sicherheit bleibst«,

flüsterte Grimarrs tiefe Stimme in ihr Haar. »Das wird dir auch gefallen, Frau. Du wirst es sehen.«

Jule konnte sich nicht dagegen wehren und schloss stattdessen einfach die Augen und atmete. Achtunddreißig Tage. Sie würde es sehen.

22

Die nächste Truppe von Männern traf fünf Tage später ein. Sie trugen die Kleidung erfahrener Kämpfer und die Farben von Jules Cousin, Lord Otto.

»Werden wir sie töten, Anführer?«, fragte ein hungrig aussehender Ork namens Skirvir, einer der ersten neuen Rekruten, die von den südlichen Bautul-Banden kamen. »Meine Klinge dürstet nach Menschenfleisch.«

Er warf Jule ein boshaftes Grinsen zu, als er sprach, aber neben ihr knurrte Grimarr und drückte beruhigend ihre Hand. »Nicht hier«, sagte Grimarr. »Auf diesem Berg werden keine Männer getötet, bis ich es anordne. Wenn du kämpfen willst, geh und frag Silfast, ob du dich seinem Raubzug im Osten anschließen darfst.«

Das war Grimarrs ständige Devise in den letzten Tagen gewesen: Er ignorierte die Männer, die derzeit auf dem Berg herumkrochen, und plünderte stattdessen Lebensmittel und Vorräte aus mehreren weit entfernten Städten und Karawanen. Das war eine kluge Strategie, das musste Jule zugeben, vor allem, weil sie den Berg immer besser kannte und wusste, wie mächtig die eingebauten Verteidigungsanlagen waren. Die

Aufstiege waren steil und tückisch, das harte Gestein resistent gegen Feuer und Grabungen und die Ausgänge beschränkten sich auf weit entfernte Tunnel, mit Ausnahme der unerreichbaren Nische nahe des Gipfels. Sogar die Wasserversorgung war kein Problem, wie Jule erfahren hatte, denn die Orks hatten mehrere reichlich vorhandene Bäche so angelegt, dass sie im Inneren des Berges flossen, weit weg von möglichen Vergiftungen oder Sabotageakten.

»Wirst du die Männer hier *jemals* angreifen?«, fragte Jule Grimarr, nachdem Skirvir sich davongemacht hatte. »Nicht, dass ich das *gutheißen* würde, aber wäre es nicht von Vorteil, die Männer gleich bei ihrer Ankunft anzugreifen, anstatt zu warten, bis ihre Zahl in die Tausende geht?«

Grimarr blickte Skirvir immer noch stirnrunzelnd hinterher und warf ihr einen kurzen Blick nach unten zu. »Ich bin auf viele Ergebnisse gefasst. Ich möchte abwarten und beobachten, was die Männer tun, und bereit sein.«

Das war keine wirkliche Antwort, das wusste Jule sehr wohl, und obwohl es sie ärgerte, im Dunkeln gelassen zu werden, stellte sie fest, dass sie ihm das nicht einmal vorwerfen konnte. Schließlich war sie immer noch ein Feind – die Männer, die jetzt in den Bergen herumliefen, waren von ihrem Cousin geschickt worden – und obwohl Grimarr keine wirklichen Informationen lieferte, schien er kein Problem damit zu haben, dass Jule ihm von seinen Treffen zum Trainingsraum und wieder zurück folgte, als wäre sie sein geliebtes Schoßhündchen.

In Wahrheit war es keine unangenehme Art, ihre Zeit zu verbringen – die Treffen waren relativ ereignislos verlaufen und Grimarrs Fähigkeiten im Trainingsraum waren wirklich sehr unterhaltsam. Außerdem hatte er Skens Anweisungen für die Gesundheit ihres Sohnes sehr ernst genommen und nach seinen eigenen täglichen Trainingseinheiten hatte er darauf bestanden, dass auch Jule jeden Tag trainierte.

»Das ist doch lächerlich«, beschwerte sich Jule am ersten

Tag, als er ihr eine Holzklinge in die Hand drückte und ihr befahl, zu versuchen, ihn damit zu erstechen. »Als Sken von Training sprach, meinte er doch sicher ein gemütliches Strecken, oder einen Spaziergang? Vielleicht eine Runde um den Berg?«

Aber Grimarr schenkte ihr nur sein scharfzahniges Lächeln und schüttelte seinen riesigen, nackten Oberkörper mit ablenkender Leichtigkeit aus. »Ich habe dich oft reiten und jagen sehen, bevor du hierherkamst«, sagte er. »Du darfst nicht zu einer schwachen Frau werden, während du meinen Sohn trägst. Ich möchte, dass du stark und gesund bleibst. Ich werde behutsam sein.«

Jule merkte bald, dass er mit behutsam wütend und fordernd meinte. Er zwang sie, ihn zu jagen, zu treten und zu schwingen, während er jedem ihrer Versuche mit Leichtigkeit auswich, sie ruhig auf alle ihre Fehler und verpassten Gelegenheiten hinwies und ihr befahl, es noch einmal und noch einmal und noch einmal zu versuchen.

Am Ende war Jule schweißgebadet, und Grimarr hob gnädig ihren ganzen Körper in die Arme und stolzierte zur Tür. »Dein Eifer gefällt mir, Frau«, sagte er, als er sie zurück in ihr Zimmer trug. »Aber du musst noch viel Geschicklichkeit lernen. Ich bin froh, dass Sken mich dazu gebracht hat.«

Jule versuchte gar nicht erst zu protestieren, weil es so verdammt typisch war, und so schlief sie den halben folgenden Vormittag – aber am nächsten Tag war es leichter, und am nächsten noch leichter. Bald schon genoss sie die täglichen Einheiten und freute sich über Grimarrs stolzes Lob, wenn sie sich auch nur ein bisschen verbesserte.

Es hatte auch etwas Verlockendes an der Aktivität – tatsächlich etwas mit ihrer Zeit *anzufangen*, beschäftigt zu sein und neue Fähigkeiten zu lernen. Anstatt Grimarr den ganzen Tag zu folgen und an endlosen Besprechungen mit unverständlichem Schwarzmund teilzunehmen, während er einen Krieg plante und sie nichts leistete.

»Weißt du, ich würde mich gerne nützlicher machen«, sagte sie einige Tage später zu ihm, als sie auf ihrem täglichen Spaziergang im Freien waren. Er ging jeden Tag etwa eine Stunde mit ihr raus, immer zu der kleinen, unerreichbaren Klippe in der Nähe des Gipfels, und heute war es hell und klar, genau die Art von Tag, an denen man etwas schaffen will. »Vielleicht könnte ich hier Arbeiten übernehmen, die erledigt werden müssen. Wenn du es erlaubst.«

Sie gewöhnte sich immer mehr an den Anblick von Grimarrs Gesicht im hellen Licht, in dem alle Linien und Narben scharf hervortraten, und zuckte nicht einmal zusammen, als er sich umdrehte und sie mit einem finsteren Blick anstarrte. »Warum sollte ich das nicht erlauben?«, fragte er. »Ich dachte, du wolltest nicht arbeiten. Nach der Sache in der Küche und mit den Kerzen.«

Natürlich würde er *das* erwähnen, und Jule runzelte die Stirn. »Das war etwas anderes«, schnauzte sie. »Das war, als du mich gefesselt und mich zu einer Sklavin in deiner Küche gemacht hast. Und ich muss dir sagen«, sie hob ihr Kinn, »an eine Küche gekettet zu sein, ist der schlimmste Albtraum vieler Frauen. Dafür hatte ich *Diener*.«

Grimarrs dicke Augenbrauen zogen sich nach oben, und sein Stirnrunzeln wich einer fast schon amüsierten Miene. »Du wirst also immer noch keine Kerzen machen.«

Jule schnitt ihm eine Grimasse, ließ sich auf den nächsten flachen Felsen plumpsen und lehnte sich zurück, die Augen geschlossen und den Kopf in die Sonne gerichtet. Weil sie wusste, dass Grimarr sie beobachtete, zog sie ihre Tunika ein wenig hoch und entblößte ihren leicht gewölbten Bauch in der wohltuenden Wärme der Sonne.

»Von mir aus«, sagte sie gereizt und hielt ihre Augen geschlossen. »Wenn es dir so wichtig ist, werde ich deine verdammten Kerzen machen.«

Es folgte ein kurzes Lachen und dann das Geräusch von Grimarrs großem Körper, der sich neben sie setzte. »Ich danke dir, Frau«, sagte er und seine Hand legte sich leicht auf die warme, freie Haut ihres Oberkörpers. »Bitte Baldr, dir zu helfen. Danach kann er dich auch zu anderen Arbeiten anleiten, wenn du willst.«

Jule öffnete ein Auge, um ihn anzusehen, aber sein Blick war auf ihren nackten Bauch gerichtet und auf seine Hand, die er darauf ausgebreitet hatte. Und während sie ihn beobachtete, beugte er sich vor, bis sein Mund nur noch einen Hauch von ihrer Haut entfernt war, und dann sprach er. In leisen, sanften Wellen Schwarzmunds, die einem Schnurren oder einer Liebkosung nicht unähnlich waren.

Das ließ Jules Herzschlag unangenehm flattern, ihr Atem stockte in der Kehle, und Grimarr blickte auf, wobei die harte Furche zwischen seinen Augen zurückkehrte. »Was?«, sagte er. »Darf ich nicht mit meinem eigenen Sohn sprechen?«

Jule schluckte und versuchte, mit den Schultern zu zucken. »Mit mir sprichst du nie so«, sagte sie törichterweise und spürte dann, wie ihr Gesicht heiß und rot wurde. Und dann wurde es noch heißer, als Grimarrs Mund sich zu einem langsamen Lächeln verzog, wobei seine weißen Zähne scharf im Sonnenlicht schimmerten.

»Würde dir das gefallen?«, murmelte er, während er seinen Körper näher an sie heranrückte und ihr in die Augen sah. Und dann begann er sofort mit einer tiefen, sanften, unerklärlich aufregenden Kette Wörtern in Schwarzmund, die wie Honig in ihre Ohren drangen und sie hungrig machten.

»Hinterhältiger Ork«, brachte sie hervor, aber er lachte nur, und das machte es noch schlimmer, denn es ließ die Hitze in ihren Unterleib steigen. Und als die Hand, die sie berührte, sich nach oben bewegte und die Tunika mit sich schob, konnte sie sich offenbar nur noch hineinbeugen und keuchen.

Das führte dazu, dass Grimarr sie genau dort, auf einem Felsen, unter freiem Himmel nahm. Jule wusste, dass er damit wieder seiner exhibitionistische Ader nachgab, aber es gab nur Himmel und Felsen um sie herum, und sie musste zugeben, dass es sich so wunderbar anfühlte, strahlend und rein und fröhlich im Sonnenlicht.

»Du verblüffst mich schon wieder, Frau«, sagte Grimarr, als sie beide gesättigt und atemlos waren und er die entstandene Sauerei aufgewischt hatte. »Erst saugst du an mir vor meinen Brüdern, und jetzt begrüßt du meinen Schwanz im Sonnenlicht. Ich dachte, du wolltest diese Dinge verstecken.«

Jule warf einen unsicheren Blick durch die Gegend – es war doch immer noch unmöglich, dass jemand etwas sehen konnte, oder? – und zuckte dann mit den Schultern. »Es ist nicht so, dass ich mich verstecken will«, sagte sie. »Ich möchte nur die Möglichkeit haben, eine Wahl zu treffen.«

Grimarr schien darüber nachzudenken und verzog den Mund, während er sich selbst wieder in seine Hose steckte. »Ach. Dann ist mein Schwanz also wie die Küche.«

Jule blinzelte ihn einmal an – und brach dann, ohne es zu wollen, in Gelächter aus. »Ja, Grimarr«, brachte sie zwischen zwei Lachern hervor. »Dein Schwanz ist genau wie die Küche.«

Er schaute sie nur verwirrt an, aber als sie weiter kicherte, konnte sie sehen, wie sich das Lächeln langsam in seine Mundwinkel schob. Seine Augen waren warm, tolerant, so verdammt ausdrucksstark, und in einem seltsamen, unkontrollierten Moment beugte sich Jule vor und drückte ihm einen kurzen Kuss auf die vernarbte Wange. »Besser als die Küche«, murmelte ihre verräterische Stimme. »Offensichtlich.«

Daraufhin grinste er endlich, was Jule ein unangenehmes Gefühl im Magen bescherte. »Das erfreut mich«, erwiderte er. »Und wenn du wirklich keine Kerzen machen willst, Frau, dann tu es nicht.«

Jule konnte nichts erwidern, sondern zuckte nur unverbindlich mit den Schultern, ihr Gesicht war seltsam heiß. Aber als sie wieder drinnen waren und Grimarr zu einem weiteren Treffen gegangen war, stand Jule mit Baldr in dieser verdammten Küche und unterhielt sich über Kerzen.

»Was soll das heißen, ihr habt keine Schnur?«, forderte sie

ihn auf. »Ihr Orks habt das ganze Wachs aus meinem Keller gestohlen, aber nicht daran gedacht, die Schnur mitzubringen?«

Baldr zuckte nur mit den Schultern und wies fröhlich darauf hin, dass er sich daran erinnerte, in der Vorratskammer von Grisk eine Schnur gesehen zu haben. Das führte zu einer Wanderung zum Grisk-Flügel, wo Ymir, der schrullige Lagerraumpförtner, ihr mitteilte, dass er sie nur gegen die Schüsseln der Ash-Kai tauschen würde. Und so machte sich Jule auf eine nachmittägliche Suche rund um den Berg, immer gefolgt von einem zunehmend amüsierten Baldr, der anscheinend beschlossen hatte, Jule keine Wegbeschreibung zu geben, sondern sie einfach ihren eigenen Weg finden zu lassen.

»Frau?«, sagte Grimarrs Stimme, als sie einige Stunden später im Ash-Kai-Flügel fast direkt in ihn hineinlief. Es war immer noch stockdunkel in den Korridoren und Grimarr war in Begleitung einiger anderer Orks, aber Jule war verblüfft, als sie feststellte, dass sie sowohl am Geräusch als auch an seinem unverwechselbaren, moschusartigen Duft erkannte, wo er sich befand. »Warum wanderst du so umher?«

»Ich *versuche*, deine Kerzen zu machen«, sagte Jule gereizt, »wenn Ymir tatsächlich sein Wort hält und mir seine verdammte Schnur gibt, dieser alte Kauz.«

Mit diesen Worten schlenderte sie in Richtung des Grisk-Lagerraums – oder dem, von dem sie hoffte, dass es der Grisk-Lagerraum war – und hörte hinter sich das Lachen von Baldr. »Ihr Frauen seid seltsame Kreaturen«, sagte er, als er sie wieder eingeholt hatte. »Warum musst du das ausgerechnet jetzt tun, wo du es dem Anführer doch schon vor vielen Tagen versprochen hast?«

Jule wagte nicht, darauf zu antworten, und nach weiteren Verhandlungen im Lagerraum der Grisk gelangte sie schließlich in den Besitz ihrer Schnur. Dann machten sie und Baldr die heiße, anstrengende Arbeit, Hunderte von Kerzen herzustellen, bis das Wachs und die Schnur aufgebraucht waren. Gerade noch rechtzeitig, wie sich herausstellte, denn ein Grisk-Ork namens Varinn, einer von Baldrs Freunden, tauchte auf, um zu verkünden, dass Grimarr soeben angeordnet hatte, alle Feuer außer denen in der Küche und in den Schmieden zu löschen, um zu verhindern, dass die Menschen versuchten, die Rauchlöcher zu blockieren oder auszugraben.

»Was gibt es hier sonst noch zu tun, Baldr?«, fragte Jule, während sie sich den Schweiß von der Stirn wischte und die behelfsmäßigen Gestelle mit den trocknenden Kerzen inspizierte. »Grimarr sagte, du könntest mich mit ein paar Dingen versorgen. Nachdem ich ein Nickerchen gemacht habe, versteht sich.«

Baldr schien, zweifellos auf Grimarrs Bitte hin, bereits eine umfassende Liste für eine solche Anfrage im Kopf zu haben. Und so kam es, dass Jule in den nächsten Tagen eine Reihe von seltsamen, nicht zusammenhängenden Aufgaben erledigte, von denen sie selbst nie gedacht hätte, dass Orks sie brauchen. Sie zeigte dem Skai-Schneider, wie man ein Hemd am besten weitet. Sie entdeckte eine beunruhigende Menge alter menschlicher Gegenstände in der Lagerhalle der Grisk. Malte mit Kreide eine Landschaft im ›Menschenstil‹ an die Wand des Ash-Kai-Gemeinschaftsraums. Und unten im Innern des Berges half sie den zartgesichtigen Ka-esh-Orks, eine beeindruckende Vielfalt an menschlichen Texten und Karten zu interpretieren und die Zusammenhänge zu erklären, auf die sie sich bezogen.

»Warum gehört dieses Land Lord Rikard und nicht Lady Scall?«, fragte John eines Nachmittags mit Blick auf eine Karte, die er auf dem Tisch des Ka-esh-Gemeinschaftsraums ausgebreitet hatte, der mit einer von Jules Kerzen schwach beleuchtet war. »Sollte Lady Scall als Ehefrau von Lord Scall sie nicht bekommen, wenn er stirbt?«

Jule konnte sich eine Grimasse nicht verkneifen, und als

Antwort wich John ein wenig zurück, wobei seine Augen unruhig auf ihrem Mund verweilten. Sie war der erste Mensch, mit dem er direkt in Kontakt kam, hatte Jule erfahren, und es war seltsam, dass er sie genauso beunruhigend fand, wie sie die Orks gefunden hatte.

»Als ich noch ein Kind war, wurde das Gesetz geändert«, antwortete sie mit einem möglichst ausdruckslosen Blick. »Anstatt dass die Ehefrau oder die Tochter eines Mannes erbt, geht das Eigentum nun an den nächsten männlichen Verwandten über. Frauen können keinen Titel mehr besitzen.«

Johns schwarze Augenbrauen zogen sich zusammen und ein scharfer weißer Zahn kaute auf seiner Lippe. »Was ist, wenn es keine männlichen Verwandten mehr gibt?«, fragte er. »Wie bei Lord Norr?«

»Dann erbt der nächste männliche Verwandte der Ehefrau«, sagte Jule trocken. »In Astins Fall wäre das mein Cousin Frank. Lord Otto.«

»Das erscheint mir nicht logisch«, sagte John, und Jule konnte sich ein Augenrollen nicht verkneifen, woraufhin John leicht, aber merklich zusammenzuckte.

»Es ist auch nicht logisch«, erwiderte sie. »Es ist nur eine weitere Möglichkeit für Männer, sich selbst und ihre Position zu schützen, und zwar auf Kosten aller anderen.«

John beobachtete sie jetzt aufmerksam und legte den Kopf schief. »Warum lasst ihr Frauen euch das gefallen? Warum klammert ihr euch so an eure Männer?«

Und weigert euch, an ihrer Stelle Orks in Betracht zu ziehen, lautete die unausgesprochene Frage, und Jule musste darüber nachdenken, während ihr Blick auf Johns ebenmäßiges Gesicht und seine schönen spitzen Ohren gerichtet war. »Das ist alles, was wir kennen«, sagte sie schließlich. »Es ist schwer zu akzeptieren, dass das eigene Leben ein Gefängnis ist, wenn man sein ganzes Leben in dessen Mauern verbracht hat.«

John musterte sie weiter und tippte abwesend mit seiner

Feder auf seine Schriftrolle. »Aber du scheinst es akzeptiert zu haben. Warum?«

Jule musste darüber nachdenken und sich zwingen, die Wahrheit zu sagen. »Ich denke, vielleicht«, begann sie, »habe ich mehr gesehen als viele Frauen. Viele Frauen haben gute Ehemänner, oder zumindest Ehemänner, die sie sich selbst ausgesucht haben. Mein Ehemann, Lord Norr«, sie schluckte, »war nicht meine Wahl. Und er ist kein guter Mann.«

»Lord Norr hat zugelassen, dass du entführt wirst«, sagte John und nickte, als wäre die Sache damit erledigt. »Und er ist noch nicht gekommen, um dich zu holen.«

Das stimmte. Jules vierzigtägige Frist war bereits auf zweiundzwanzig Tage gesunken, und obwohl mehrere Regimenter von Astins Männern draußen lagerten, gab es immer noch kein Zeichen von Astin selbst. Auch von Otto oder Culthen gab es keine Spur, denn Grimarrs Spähern zufolge befanden sich beide auf ihren eigenen Ländereien, die dem Berg am nächsten lagen, aber immer noch mehrere Meilen entfernt waren. Sie kontrollierten ihre Streitkräfte aus der Ferne, anstatt persönlich zu erscheinen. Obwohl Jule ihre Beweggründe dafür gut verstehen konnte – selbst hierherzukommen, würde der ganzen Situation noch mehr Legitimität und Aufmerksamkeit verleihen –, schmerzte es dennoch mehr, als sie zugeben wollte.

»Wenn Lord Norr kommt«, sagte John jetzt, »würde das deine Meinung über ihn ändern? Oder über uns?«

Seine Augen waren wachsam, fast schon misstrauisch, und Jule wusste inzwischen, dass diese Orks die Menschen als unberechenbar, wankelmütig und selbstsüchtig betrachteten. Viele von ihnen erwarteten, dass Jules Zuneigung für Astin wieder aufflammen würde, egal, was hier passierte oder was Astin tat.

»Tatsächlich nicht«, sagte Jule kurz und knapp. »Es würde nichts ändern.«

John schien das zu akzeptieren und ging zu seiner nächsten

Frage über, aber in den folgenden Stunden und Tagen schienen Jules Gedanken immer wieder bei dem Thema zu verweilen. Sie verglich das Leben, das sie mit Astin verbracht hatte, mit diesem Leben.

Und die Wahrheit war, dass dieses Leben – das, in dem sie ganz sicher eine Gefangene in einem Ork-Gebirge war – sich *besser* anfühlte. Es fühlte sich viel freier und weniger wie ein Gefängnis an, als ihr altes Leben.

Und wenn es nach Jule ginge, müsste sie zugeben, dass es möglicherweise das Beste wäre, wenn Astin gar nicht käme.

23

Eine Woche später war immer noch keine Spur von Astin zu sehen.

Es waren jedoch viele weitere Männer aus den südlichen Festungen der drei Lords gekommen, und aus dem Nordosten waren mehrere Söldnertrupps eingetroffen. Es gab jetzt sogar Bergleute, Männer, die sich auf das Graben von Tunneln spezialisiert hatten und Trupps von stämmigen Arbeitern mit Spitzhacken anführten.

Bevor sie in den Bergen lebte, hätte Jule den Männern leicht einen Vorteil eingeräumt – sie hatten sicherlich mehr Ressourcen und Zugang zu viel mehr Soldaten –, aber jetzt wusste sie, dass die Wahrheit genau das Gegenteil war. Eine von Menschen errichtete Festung zu belagern war eine Sache, wenn man klettern oder unter Mauern graben, Katapulte abfeuern oder Brunnen vergiften konnte. Aber einen riesigen, uneinnehmbaren, feuergeschmiedeten Berg mit einer sicheren Wasserversorgung zu erobern, war eine ganz andere Sache – vor allem, wenn dieser Berg voller schlauer Orks war, die über beachtliche Fähigkeiten im Tunnel- und im Bergbau verfügten und offensichtlich Jahre, wenn nicht Jahrzehnte, mit der Planung eines solchen Ereignisses verbracht hatten.

Zunächst sah es so aus, als bestünde die Hauptstrategie der Männer darin, über den Berg zu kriechen, das verbliebene Gestrüpp in Brand zu stecken und neue Wege ins Innere zu suchen. Die meisten oberen Bereiche des Berges waren selbst mit Seilen, Leitern und Männertrupps absolut unzugänglich, und Jule hatte von den Verletzungen und noch schlimmeren Verletzungen gehört, die die Kletterer bisher erlitten hatten.

Inzwischen schienen die Männer das Klettern aufgegeben zu haben und versuchten stattdessen, die vielversprechendsten Wege in den Berg zu graben. Im Gegenzug hatte Grimarr nur die Tunnel in der Nähe des Grabens zugeschüttet und dafür gesorgt, dass jede Nacht neue Felsabbrüche über den ausgegrabenen Bereichen lagen. Für die Orks schien die Arbeit einfach genug zu sein, unterstützt von den unverständlichen Berechnungen der Ka-esh, und Grimarrs einzige wirkliche Herausforderung bestand, soweit Jule das beurteilen konnte, darin, seine zunehmend gereizten Orks bei Laune zu halten.

»Hast du *jemals* vor, die Männer hier im Kampf zu treffen?«, hatte Jule ihn mehr als einmal gefragt, aber Grimarr antwortete immer nur mit vagen, unverbindlichen Antworten.

»Ich beobachte und warte«, sagte er und griff mit seiner Hand an ihren Hintern oder knabberte erregend an ihrer Kehle. »Wir werden sehen, was kommt.«

Es war viel zu einfach, sich von seinen Ablenkungsangeboten und leichten Worten blenden zu lassen, sodass Jule ihm fast – nur fast – glaubte. Aber gleichzeitig schlief Grimarr kaum, er schickte jeden Tag mehrere Raubzüge los, und die Schmieden brannten zu jeder Tages- und Nachtzeit. Außerdem strömten immer mehr Orks in den Berg, nicht nur aus Bautul, sondern aus allen fünf Clans, alle gerüstet und bewaffnet und bereit zu töten – wenn sie nicht von Grimarrs Befehlen zurückgehalten würden.

Die zunehmenden Spannungen innerhalb des Berges führten bald zu mehreren gewalttätigen Auseinandersetzungen, darunter eine brutale, spontane

Schlägerei zwischen Grimarr und einem der neuen Oberhäuptern der Bautul in der Küche, während der Raum voller Orks zusah. Sie endete damit, dass das Oberhaupt der Bautul einen schweren Armbruch erlitt und schreiend und blutig auf dem Boden lag, während Sken und Efterar ihn wieder zurechtrückten.

»Musstest du ihm wirklich den Arm brechen?«, fragte Jule Grimarr hinterher, nachdem sie ihm in ihr Zimmer gefolgt war und ihm die zerrissene, blutige Tunika ausgezogen hatte. Er war immer noch wütend und lief in rasendem Tempo im Kreis herum, voller tödlicher Wut.

»Ja«, schnauzte er, »das musste ich. Ich brauchte eine Wunde, die heilt, aber langsam, damit die anderen es sehen.«

Es war so verdammt kalkuliert wie immer, und Jule konnte sich ein nachsichtiges Lächeln über seine zuckende Gestalt nicht verkneifen. »Trotz deines hochtrabenden Geredes von Zivilisation, Ork«, sagte sie, »bist du so brutal wie ganz Bautul und Skai zusammen.«

Er antwortete mit einem leisen Knurren und warf ihr einen scharfen Blick zu. »Das muss ich wohl sein«, schoss er zurück. »Ich tue das, damit unser Sohn es nicht tun muss.«

Ihr Sohn. Jule konnte die Worte immer noch nicht hören, ohne zusammenzuzucken, aber Skens tägliche Untersuchungen – die jetzt manchmal von Efterar ergänzt wurden – bewiesen weiterhin die Existenz ihres Sohnes, ebenso wie Jules deutlich dicker gewordene Taille und ihre immer empfindlicheren Brüste. Sken hatte wieder gesagt, dass das Baby mit Sicherheit im Frühling kommen würde – ein nicht unähnlicher Zeitrahmen wie bei Menschenbabys –, aber es schien schon weiter zu sein, als ein Menschenbaby sein sollte. *Gerissen*, dachte Jule immer wieder. *Gierig. Stark.*

»Du willst, dass unser Sohn dein Nachfolger wird?«, hörte Jule sich selbst sagen, wobei ihre Stimme ziemlich hoch wurde. »Als *Anführer* der Orks?«

»Ja«, erwiderte Grimarr in einem Tonfall, der vermuten

ließ, dass dies offensichtlich war. »Er wird Anführer sein, und seine Welt wird besser sein als meine.«

Oh. Das war ein Gedanke, den Jule noch nicht in Betracht gezogen hatte, und sie fügte ihn dem wachsenden Wirbel an Gedanken in ihrem Kopf hinzu. Die Idee, eine bessere Welt zu schaffen, nicht für sich selbst, ob Orks oder Menschen, sondern für ihre Kinder. Für ihren eigenen Sohn.

»Und du glaubst, ein Krieg mit Astin wird das erreichen?«, fragte Jule frech, woraufhin Grimarr ein hartes Grunzen von sich gab und auf sie zustürmte. Er drückte sie mit seinen großen Händen an sich und drehte sie um, sodass sie auf Händen und Knien auf seinem Bett lag und ihr Hintern ihm zugewandt war.

»Ich weiß«, sagte Grimarr, während er Jule kurzerhand die Hose herunterzog und ihren nackten Hintern der kühlen Luft des Zimmers aussetzte, »dass ich es erreichen kann, wenn ich Lord Norr Schande bereite. Ich weiß«, oh, *verdammt*, da war das Gefühl dieser vertrauten Härte, die genau an *dieser* Stelle pochte, »dass kein Mann und kein Ork einem beschämten Lord folgen will. Und ein beschämter Lord«, er drang tief in sie ein, während Jule einen Schrei unterdrückte, »ist einer, dessen Frau nach dem Schwanz seines Feindes giert.«

Jule konnte nur keuchen, gefangen auf diesem erregenden, riesigen Orkschwanz, und hinter ihr lachte Grimarr leise und dunkel. Als ob er genau wüsste, wie kaltherzig das war, dieser berechnende, intrigante Unhold, aber in diesem Moment – in zu vielen Momenten in den letzten Wochen – hatte Jule festgestellt, dass ihr das völlig egal war.

»Gieren ist ein bisschen übertrieben, Ork«, sagte sie über ihre Schulter zwischen ihren Atemzügen. »Ich würde es eher mildes Interesse nennen.«

Er antwortete mit einem herrlichen Knurren, das so tief war, dass es durch seinen eindringenden Schwanz in sie hineindröhnte, und dann zog er sich so abrupt zurück, dass Jule zuckte und keuchte. Und als sie versuchte, sich zurückzudrängen und ihn wiederzufinden, stellte er seine Stärke unter Beweis, dieser Mistkerl, indem er ihren ganzen Körper mit einer Hand zurückhielt und lachte.

»Sture Frau«, murmelte er, während sie spürte, wie seine Härte in sie eindrang, immer und immer wieder. »Sprich die Wahrheit. Du gierst danach. Alle Frauen tun das.«

Jule hätte sich vielleicht nicht dagegen gewehrt, wenn nicht der letzte Teil gekommen wäre, und dieses Mal knurrte sie, selbst als ihre Lider durch den aufsteigenden Hunger flatterten. »Arrogantes *Biest*«, zischte sie zurück, über ihre Schulter hinweg, in Richtung seiner Augen, die auf seinen Schwanz gerichtet waren, während er ihn rein- und raustrieb. »Das liegt an der Ork-Magie. Das Band, oder was auch immer. Nicht an dir.«

Das genügte, um seine Augen wieder nach oben zu richten, wo sie sich hart und missbilligend verengten. »Du lügst, Frau«, zischte er. »So vieles aus deinem Mund ist gelogen. Du bist ein Mensch durch und durch.«

Jule ärgerte das zutiefst, und sie versuchte erneut, sich gegen die quälende Hitze zu wehren, die gerade so weit außerhalb ihrer Reichweite lag. »Und du bist ein Ork«, schoss sie zurück. »Du bist brutal, aggressiv und todbringend, dir geht es nur um deine Macht, dein Vergnügen und deinen Stolz, und darum, stärker zu erscheinen, als du wirklich bist!«

Die Worte hätten tief treffen müssen, so wahr sie auch waren, aber Grimarr verzog nur die Lippen und hob seine schwarzen Augenbrauen. Und dann hielt er Jule fest, seine kräftigen Hände gruben sich in ihre Hüften, zogen sie auseinander – und dann stieß er tief in sie hinein, so stark und schockierend, dass Jule tatsächlich aufschrie, voll von ihm, voll von kreischender, krallender Lust.

»Wieder nur Lügen«, hauchte er, und stieß nun ernsthaft in sie hinein, Schlag auf Schlag, atemberaubend. »Das hier ist Macht, Frau. Die Ehefrau von Lord Norr, schreiend auf meinem Schwanz und mit meinem Sohn in ihrem Bauch!«

Bei allen Göttern, er war schrecklich, und bei allen Göttern, er fühlte sich gut an, und Jule zappelte und wehrte sich vergeblich gegen ihn. Von einem Ork gründlich und brutal gefickt zu werden, immer und immer wieder von einem riesigen, geschmeidigen Orkschwanz durchbohrt zu werden, zu spüren, wie der Samen spritzte und tropfte, *bitte* ...

»Bitte«, hörte sie sich sagen, und als Antwort ertönte ein raues, spöttisches Lachen hinter ihr.

»Bitte, Ork«, korrigierte er sie, befahl er ihr. »Bitte, Grimarr. Und dann sollst du deinen Samen bekommen.«

Es hatte keinen Sinn, sich zu wehren, das wusste Jule inzwischen, und dieses Mal war das Verlangen zu stark, um es überhaupt zu versuchen. »Bitte, Ork«, keuchte sie, als er in sie eindrang, wieder und wieder. »Bitte, Grimarr. Füll mich aus.«

Sein Stöhnen hinter ihr war tief, guttural und gequält, als er ein letztes Mal in sie eindrang – und dann spritzte er sie voll und pulsierte wieder und wieder mit heißem, klebrigem, glorreichem Vergnügen.

Mehrere Atemzüge lang blieb er keuchend in ihr, während Jule ebenfalls keuchte – und ohne Vorwarnung zog er sich aus ihr heraus und trat einen Schritt zurück. Jule stöhnte hilflos auf, als sie spürte, wie sein Samen in klebrigen Rinnsalen aus ihr herausspritzte und ihre immer noch gespreizten Beine hinunterlief, während er zusah.

»Sture Frau«, kam Grimarrs Stimme, die jetzt leiser war, und sie spürte, wie sie mit einem Tuch abgewischt wurde, bevor die Sauerei ihre Hose komplett durchnässte.

»Sturer Ork«, antwortete Jule, immer noch ein wenig zittrig, und Grimarrs große Hände drehten sie auf den Rücken, diesmal sanft.

»Ja«, murmelte er und wischte ihr mit dem Lappen, den sie zu diesem Zweck in ihrem Zimmer aufbewahrt hatten, die Stirn ab, warf ihn zur Seite und zog ihr die Hose wieder hoch. »Geht es dir gut?«

Seine Hand fuhr über ihren Bauch und schob sich unter

ihre Tunika, während seine Augen die Frage stellten, die er wirklich meinte. Geht es ihrem Sohn gut? Jule ignorierte das seltsame Ziehen in ihrem Bauch, senkte den Blick und nickte.

Es war vielleicht das vierte oder fünfte Mal, dass sie es auf diese Weise getan hatten, grob und wild, mit unbeantworteten Wahrheiten, und jedes Mal hatte Grimarr danach innegehalten und gefragt. *Geht es dir gut? Hast du Schmerzen? Tue ich dir oder unserem Sohn weh?*

Vielleicht war das ein Zeichen dafür, dass sie es hätten aufgeben sollen, aber Jules unerklärlicher, verräterischer Körper schien sich danach zu sehnen, wann immer er es anbot. Genauso wie dieser Körper sich nach der Süße sehnte, nach dem täglichen Saugen seines Samens, nach der Art und Weise, wie seine riesige Gestalt in der Dunkelheit leise zu ihr sprach, während er sich über ihr bewegte, ihre Beine fest um ihn schlang und seinen Schwanz tief dazwischen vergrub.

»Und dir?«, fragte Jule leise im Anschluss an seine Frage an sie, und Grimarr nickte und sah an sich herunter, während er sich wieder in seine Hose steckte.

»Ja«, sagte er kurz. »Dafür danke ich dir.«

Er blickte kurz zu ihr und dann wieder weg, und Jule spürte, wie sie schluckte und ihren Blick auf sein Gesicht richtete. Er meinte es ernst, denn es hatte gegen die Wut geholfen, das konnte selbst sie erkennen, und das hatte es auch bei jedem anderen Mal getan, als er sie auf diese Weise genommen hatte. Er nahm die Wut, ließ sie raus und brachte alles wieder an seinen Platz zurück.

»Die Ash-Kai werden bald aufbrechen«, sagte er jetzt und wandte sich der Tür zu. »Ich muss sie verabschieden. Wir treffen uns in der Abenddämmerung wieder hier.«

Die Worte waren kein Befehl, das wusste Jule jetzt, sondern ein Entgegenkommen. Er ließ ihr freie Hand auf dem Berg, damit sie tun konnte, was sie wollte, und sich in seinem Haus wie zu Hause fühlen konnte. So wie es ein guter Lord, ein freundlicher Lord, tun würde. So, wie sie es verlangt hatte.

»Warte«, sagte Jule, schon halb durch den Raum gelaufen und legte ihre Hand auf seinen Arm. »Grimarr. Ich habe ... eine Frage.«

Er drehte sich erwartungsvoll um, die Augenbrauen hochgezogen, und Jule schaute ihn an, in diese wachsamen schwarzen Augen. Es spielte keine Rolle, ob sie fragte. Die Antwort hatte keine Bedeutung. Oder?

»Wenn ich von hier weggehen würde«, begann sie zögernd, »würdest du dir eine andere Gefährtin nehmen? Eine andere Frau? Wenn unsere vierzig Tage um sind?«

Seit einigen Wochen hatte sie diese immer näher rückende Frist nicht mehr erwähnt, aber sie zählte sorgfältig jeden Tag, der verging. Und jetzt waren es nur noch zehn – zehn? – und aus irgendeinem Grund fühlte es sich plötzlich an, als wäre keine Zeit mehr übrig.

»Hast du vor, von hier wegzugehen?«, fragte Grimarr mit ebenso vorsichtiger Stimme wie die ihre. »In zehn Tagen?«

Er hatte also auch mitgezählt, und Jule versuchte es mit einem lässigen Achselzucken. »Ich weiß es nicht«, sagte sie. »Das hängt davon ab.«

»Wovon hängt es ab?«, kam Grimarrs unmittelbare Antwort, seine Augen wurden schmal, und Jule seufzte und suchte nach einer Antwort. Wovon hing es ab? Wirklich? Von ihm? Von ihrem Sohn? Astin? Vom Krieg?

»Ich will sehen, was du mit diesen Männern vorhast«, sagte Jule schließlich. »Ich will wissen, wie tief du in diesen Krieg einsteigst. Ich will sehen, ob du«, sie schluckte und hob ihr Kinn, »ob du ein Massaker anordnen wirst oder nicht.«

Die Worte fühlten sich wahr an – weil sie es wirklich waren – und Jule war erstaunt darüber, was sie bedeuteten. Es bedeutete, dass diese Sache zwischen ihnen nicht mehr die Frage war. Die Frage war vielmehr, wie brutal dieser berechnende Ork wirklich war. Wie viele Leben und Familien er zerstören würde.

»Ich habe keine Ahnung, was zum Teufel du da draußen

vorhast«, fuhr Jule fort und winkte hilflos in Richtung der Männerlager. »Aber wenn es dir wirklich nur darum ginge, Astin zu demütigen, hättest du dich nicht so angestrengt, all diese zusätzlichen Kämpfer anzuheuern und all diese Waffen herzustellen. Willst du also wirklich warten, bis alle Armeen des Reiches hier sind, und dann eine Lawine auf sie loslassen oder sie in der Nacht auslöschen? Oder fängst du vielleicht an, alle Städte niederzubrennen, die du überfällst? Oder wartest du nur ab, bis Astin endlich auftaucht, und dann schleppst du ihn hierher und folterst ihn, oder du drohst, mich von einer Klippe zu stürzen, während er zusieht?«

Grimarrs Mund verzog sich, aber er sagte nichts, und Jule trat einen Schritt näher an ihn heran und studierte seine schwarzen Augen. »Du hast etwas *anderes* vor, als dich hier zu verstecken und abzuwarten, was passiert, Ork«, sagte sie. »Du hast *immer* einen Plan. Und dieser Plan ist wahrscheinlich furchtbar, und ich will wissen, was zum Teufel es ist, bevor ich mich auf ein *Leben* mit dir einlasse. Und als Teil davon«, sie musste innehalten und tief Luft holen, »möchte ich auch wissen, wie ersetzbar ich für dich bin.«

Sein Gesicht war seltsam undurchschaubar, aber er sprach immer noch nicht und Jule konnte sich nicht davon abhalten, die Stille zu füllen. »Ich bin bereits deine dritte Gefährtin, nicht wahr? Und wir wissen beide, dass ich in deinem Krieg nur eine nützliche Schachfigur bin, mit der du Astin am meisten beschämen kannst. Außerdem habe ich hart gearbeitet, um Astin und meinen Vater zu unterstützen, und vielleicht wirst du mir das nie ganz verzeihen. Und du denkst, dass ich immer lüge, und trotzdem hast du diese großen Geheimnisse vor mir, und ich ...«

Ihre Stimme wurde immer lauter und schriller, bis sie schließlich ganz in ihrer Kehle versagte. Sie blinzelte gegen das unerklärliche Kribbeln in ihren Augen an, gegen den unerklärlichen Schmerz hinter ihren Worten und gegen das fast schon verzweifelte Bedürfnis, dass er ihr sagte, dass er wirklich ein guter Lord sei und dass das alles hier, was auch immer es sein mochte, es wert war, denn es steckte tief in Jules Brust.

»Frau, ich ...« begann Grimarr, hielt dann aber inne und sah weg. Das ließ Jules Herz noch mehr sinken, denn er zögerte nur selten, er hatte immer eine Antwort, und das bedeutete ... es bedeutete ...

»Weißt du was, vergiss es«, sagte Jule, machte auf dem Absatz kehrt und schritt zur Tür. »Offensichtlich willst du es mir immer noch nicht sagen, und deshalb sind meine schlimmsten Vermutungen wahrscheinlich wahr, und das Ganze wird ein totales Desaster werden. Du wirst all diese Männer töten, ihre Kinder werden aufwachsen und dich hassen, und dein Krieg wird *niemals* enden!«

Sie war bereits im leeren Korridor, als sich Grimarrs große Hand um ihre Taille legte und sie zum Stillstand brachte. Er verweilte an ihrem Bauch, wie er es in letzter Zeit so oft tat, als würde er sowohl sie als auch ihren Sohn streicheln.

»Frau«, sagte er. »Hör mir zu. Ich wünsche mir das nicht.«

Jule sah ihn an und entdeckte das Glitzern seiner schwarzen Augen in der Dunkelheit. »Was wünschst du dir dann, Ork?«

Ein Seufzen war zu hören, und seine andere Hand legte sich zu der ersten um ihre Taille. »Was ich mir wünsche«, sagte er langsam, »worauf ich warte, was ich plane – ist Frieden. Mit den Menschen.«

Seine Hände ballten sich bei den Worten zu Fäusten, als ob allein der Gedanke daran schmerzhaft wäre, aber er hatte es gesagt. Er hatte gesagt, dass er *Frieden* wollte. Hatte er das?

»Was?«, fragte Jule ausdruckslos. »Nein. Das ist nicht möglich. Du stellst eine *Armee* auf.«

»Ja«, sagte Grimarr, seine Stimme war ruhig, aber fest. »Ich rüste mich zum Kampf. Aber seit die Männer auf unseren Berg gekommen sind, haben wir ihnen jede Nacht einen Brief zukommen lassen. Darin bitte ich sie, sich zu treffen und die

Bedingungen festzulegen. Und dreimal habe ich diesen Brief nach Wolfen geschickt, seit das alles begonnen hat. An den Ort, den ihr als eure Zitadelle bezeichnet, und an seine Lords und Magistrate. Und einmal an jede Stadt und jede Karawane, die wir geplündert haben, bevor der Raubzug begonnen hatte.«

»*Was*?«, wiederholte Jule und starrte ihn an, denn er konnte doch nicht – oder doch? Er war dabei, eine Armee zusammenzustellen. Er hasste Astin und die Menschen. Oder etwa nicht?

Aber seine Augen und seine Hände waren fest, ehrlich, und Jule konnte nicht aufhören, ihn anzustarren, sie konnte nicht einmal denken. »*Warum*?«, fragte sie. »Worum bittest du? Mit wem willst du dich treffen? Und *warum* in den Namen der Götter hast du es mir nicht *gesagt*?«

Grimarr zögerte, sein Blick wurde kurz unruhig, als ob er noch mehr zu verbergen hätte. Und plötzlich wollte Jule ihn schütteln oder anschreien oder ihre Arme um ihn werfen, weil er *Frieden* anbot und ihn verheimlichte, und *warum*?

»Ich bitte darum, mich mit euren menschlichen Lords von Angesicht zu Angesicht an einem sicheren Ort zu treffen«, sagte er schließlich. »Und wenn wir uns treffen, werde ich darum bitten, dass mir das Land um unseren Berg gehört. Ich werde um das Recht bitten, Handel zu treiben und die Frauen zu heiraten, die das wünschen. Ich werde darum bitten, dass alle Überfälle und das Töten auf beiden Seiten aufhören. Ich werde um Sicherheit für die Orksöhne bitten.«

Jule schüttelte den Kopf und starrte ihn immer noch an, aber sie spürte, wie sich die Erkenntnis ihren Weg durch ihre Gedanken bahnte. Die ganze Zeit über hatte Grimarr die Stärke der Orks verkündet und sie deutlich zur Schau gestellt, während er gleichzeitig ganz öffentlich um Frieden bat. Dabei hatte er dafür gesorgt, dass man ihn auf keinen Fall ignorieren konnte, denn Lord Norrs Ehefrau war immer noch in seinem Berg gefangen und im ganzen Reich kursierten zweifellos Gerüchte.

Es war genial, war es wirklich, und Jule spürte, wie sich ihre Mundwinkel nach oben zuckten und sie ihren Kopf leicht schüttelte. »Du heimtückischer, hinterhältiger *Mistkerl*«, hauchte sie. »Du hast das die ganze Zeit geplant, nicht wahr? Selbst als du die ersten Männer, die hierherkamen, bekämpft hast, hast du einige von ihnen laufen lassen und dafür gesorgt, dass sich herumspricht, dass ich hier bin und wie sehr du Astin gedemütigt hast. Und jetzt versammelst du eine Ork-Armee aus dem ganzen Reich und lässt das auch noch *verlauten*, während du das ganze Land überfällst, mit Friedensangeboten um dich wirfst und zeigst, dass dein Berg nicht angetastet werden kann. Und die Männer glauben immer noch, dass sich Tausende von euch Orks im ganzen Reich verstecken. Du *Mistkerl*.«

Grimarr leugnete es nicht, aber seine Augen wanderten kurz, fast unmerklich, zu Jules Bauch hinunter. Und das gehörte natürlich auch dazu, und Jule fühlte sich, als wäre ihr der Wind aus den Segeln genommen worden, als hätte sich die Welt plötzlich auf den Kopf gestellt.

»Ich bin also wirklich nur eine Schachfigur«, hörte sie sich selbst sagen, ihre Stimme war fast schmerzhaft schwach. »Nur ein Mittel zum Zweck, für dich.«

Grimarrs schwarze Augenbrauen runzelten sich und seine Hände legten sich breiter um ihre Taille. »Das ist nicht richtig, Frau«, sagte er, aber auch seine Stimme war schwach. »Ich habe dich gewählt. Das habe ich dir gesagt. Ich habe dich reiten, jagen und handeln sehen. Du bist stark und schön.«

»Aber ich bin nicht das, was du wirklich gewählt hättest, wenn das alles nicht dein Plan gewesen wäre«, sagte Jule fast flüsternd. »Stimmt's? Wenn ich also gehen würde, *würdest* du dir eine andere Gefährtin suchen. Vielleicht eine, die du wirklich willlst.«

Er musterte sie, legte den dunklen Kopf schief und sie hörte ihn schwer seufzen, sie spürte es unter ihrer Haut. »Ich wünsche mir dich, Frau«, sagte er leise. »Ich wünsche mir, dass du bleibst. Du hast mir große Freude bereitet.«

Aber er leugnete es nicht. Er hätte sich jemand anderen ausgesucht. Und er würde sich eine andere Gefährtin nehmen. Er *würde* es tun. Jule konnte ihr Zusammenzucken nicht ganz verbergen und ihr Blick fiel auf den Boden zu ihren Füßen.

»Oh«, sagte sie und verzog das Gesicht zu einem erbärmlichen Lächeln. »Na ja. Wenn ich dann doch gehe und dein streng geheimes Friedensangebot funktioniert, findest du vielleicht eine andere Frau, die dir Freude bereitet *und* es wert ist, mit ihr deine Pläne und dein Bett zu teilen. Jemand, den du wirklich magst, dem du vertraust, den du respektierst und um den du dich sorgst.«

»Frau«, sagte Grimarr, vielleicht eine Bitte oder ein Vorwurf, aber plötzlich fühlte sich Jule einfach nur krank, allein und erschöpft.

»Du vertraust mir nicht«, sagte sie. »Und ich kann dir offensichtlich auch nicht vertrauen. Also ... geh einfach. Bitte.«

Er sagte nichts und Jule wartete schweigend, den Blick auf den Boden gerichtet, bis er auf dem Absatz kehrtmachte und ging.

24

Jule verbrachte den Rest des Tages damit, im Berg Trübsal zu blasen und sich unwohl zu fühlen.

Sie hatte gewusst, dass sie Teil von Grimarrs Plan war. Sie hatte es *von Anfang an* gewusst. Aber vielleicht hatte sie zugelassen, dass diese Erkenntnis in den Hintergrund trat. Vielleicht wollte sie glauben, dass er sich wirklich um sie sorgte. Dass sie ihm etwas bedeutete.

Das war verabscheuungswürdig und beschämend zugleich. Jule hatte all diese großartigen Rachepläne gehabt und sie wollte sie auch durchziehen, aber irgendwie hatte sie sie in den letzten Wochen fast komplett vergessen. Stattdessen hatte sie sich von der Neuartigkeit und der Freiheit des Lebens mit den Orks verführen lassen und ihre Aufgabe hier völlig aufgegeben.

Sie war eine Schachfigur. Ersetzbar.

Götter, das tat weh, und wie, im Namen der Götter, hatte sie so dumm sein können? Warum hatte sie nicht die ganze Zeit damit verbracht, Schwarzmund zu lernen, eine geheime Karte des Berges zu erstellen oder versucht, mit den Männern draußen zu kommunizieren? Warum hatte sie nicht versucht, zu fliehen oder den Männern einen Weg hinein zu zeigen?

Aber das war der Grund, denn schon bei dem Gedanken daran wurde ihr fast schlecht. Männer in dem Berg, um die Orks zu töten, sie vielleicht für immer auszulöschen. Und egal, was Grimarr tat oder sagte, die Wahrheit war, dass Jule das nicht wollte. Sie *wollte* Frieden zwischen Menschen und Orks. Und was zum Teufel bedeutete das jetzt für sie?

»Oh, hey, Jules«, hörte sie eine Stimme, und als Jule aufsah, stand Kesst mit einem fröhlichen Lächeln über ihr. »Was treibst du denn so?«

Jule saß auf einer Bank im kerzenbeleuchteten Ash-Kai-Gemeinschaftsraum, der wegen Grimarrs Überfall gerade leer war. »Eigentlich nichts«, sagte sie und versuchte, sich heimlich mit der Hand über die feuchten Augen zu wischen. »Einfach nur ... sitzen.«

Aber Kesst war ein neugieriger, kluger Ork – er war in den letzten Wochen so etwas wie ein Freund geworden – und er ließ sich mit seiner schlanken, hemdlosen Gestalt auf die Bank neben Jule fallen und streckte sich träge, wie eine Katze. »Der alte Grim macht dir also Kummer, was?«, sagte er. »Schießt er aus dem Mund statt aus dem Schwanz?«

Jule konnte sich ein halbes Lächeln und ein nervöses Achselzucken nicht verkneifen. »So ähnlich«, sagte sie, woraufhin Kesst die Augenbrauen hochzog und die Arme vor der Brust verschränkte.

»Komm schon, Jules«, sagte er. »Grim und ich kennen uns schon so lange, dass ich weiß, wie seine Scheiße riecht. Raus mit der Sprache.«

Jule verzog das Gesicht und seufzte dann schwer. Warum sollte sie es ihm nicht sagen? Grimarr interessierte sich nicht *wirklich* für sie, also warum sollte es eine Rolle spielen?

»Grimarr hat Geheimnisse vor mir«, sagte sie und schniefte unwillkürlich. »Er traut mir nicht. Vielleicht *mag* er mich nicht einmal wirklich. Er benutzt mich, um zu bekommen, was er will, und er hat mir gesagt, dass er mich durch eine andere Frau ersetzen wird, wenn ich ihn verlasse. Eine *bessere*.«

Kesst lachte leise und rollte mit seinen dunklen Augen. »Und was hast du gesagt? Bitte sag mir, dass du ihm gesagt hast, er soll aufhören, Blödsinn zu erzählen?«

Jule blinzelte und schüttelte den Kopf, und Kesst streckte sich wieder, diesmal verschränkte er die Arme hinter dem Kopf. »Weil er das nämlich tut«, sagte er mit Nachdruck. »Dieser aufgeblasene Trottel ist besessen von dir und dem kleinen Orkling, den du wachsen lässt. Er bezieht dich in jeden zweiten Satz, den er sagt, mit ein, rennt dir bei der ersten Gelegenheit hinterher und lacht über die dümmsten Sachen. So glücklich war er seit *Jahren* nicht mehr.«

Jule konnte sich ein Schnaufen nicht verkneifen, denn wenn das der glückliche Grimarr war, würde sie es hassen, den unglücklichen zu erleben, und Kesst nickte selbstgefällig, als ob er ihre Meinung voll und ganz teilen würde. »Natürlich hat er eine Scheißangst, dich zu verlieren«, sagte er entschieden. »Und er ist ein richtiger Mistkerl im Umgang damit.«

Oh. »Er scheint nicht besonders verängstigt zu sein«, sagte Jule zweifelnd. »Und er *hatte* schon zwei Gefährtinnen vor mir, ich bin mir also sicher, dass dieser Teil stimmt, nicht wahr?«

Kesst wies Grimarrs frühere und zukünftige Frauen mit einem verächtlichen Schnauben ab. »Wahrscheinlich«, sagte er. »Er ist fest entschlossen, sich zum größten Anführer aller Zeiten zu machen, und eine Frau zu haben, gehört doch dazu, oder? Aber ich kann dir versichern, dass er *dich* will, Jules. Er will eine Frau, die ihn fickt und seinen Samen aussaugt und die auch hierherkommt und *das hier* macht«, er deutete auf sich, den Raum und den Berg, »ohne schreiend wegzulaufen oder ihn jede Nacht anzuschreien oder zu versuchen, ihn im Schlaf umzubringen. Du bist eine Offenbarung, Jules.«

Jule zuckte zusammen, denn am Anfang hatte sie tatsächlich daran gedacht, all diese Dinge zu tun, nicht wahr? »Aber Grimarr hat mir gegenüber so etwas nie erwähnt«, antwortete sie leise und schaute zu Boden. »Er hat mir die ganze Zeit ein großes Geheimnis vorenthalten. Er *vertraut* mir nicht.«

Sie spürte, wie Kessts Blick auf ihrer Haut prickelte, forschend und spekulativ. »Wenn du die Wahrheit wissen willst, Jules«, sagte er, »ich glaube nicht, dass Grim irgendjemandem vertraut.«

Jule konnte sich einen unsicheren Blick nicht verkneifen – sicher vertraute Grimarr zumindest Baldr oder Sken oder sogar Kesst selbst –, aber Kesst starrte stirnrunzelnd an die Wand gegenüber und kaute mit seinen scharfen Zähnen auf der Lippe. »Ich nehme an, Grim hat dir nicht von seiner Familie erzählt?«

»Er hat sie erwähnt«, sagte Jule unbehaglich, während sie ihre Überlegungen zurückstellte. »Es klang nicht so, als wäre es gut gewesen.«

Kesst schnaubte und kickte mit seinem Krallenfuß auf den mit Fell bedeckten Boden. »Nein«, sagte er, »das war es nicht. Ich meine, die meisten von uns Orks haben ein paar Probleme mit ihren Eltern, aber wenn man *Kaugir* als Vater hat ...«

Warte, warte, warte. »Kaugir war Grimarrs *Vater*?«, verlangte Jule zu wissen, und ihre Stimme wurde schrill. »Der schreckliche Anführer, den ihr alle zerhackt auf einem *Feld* zurückgelassen habt?«

Kesst nickte und ließ seine sonst so graziöse Gestalt komisch mit den Schultern zucken. »Nicht *wir alle*«, sagte er, und seine Stimme klang jetzt ein wenig gekünstelt. »Nur Grim. Und dafür gebührt ihm verdammt noch mal Dank.«

Jule blieb der Mund offen stehen – Grimarr hatte seinen eigenen *Vater* umgebracht –, aber plötzlich ergab alles einen perfekten, bestürzenden Sinn. All seine widerstrebenden, scheinbar unzusammenhängenden Bemerkungen über den grausamen Ash-Kai, über den gestohlenen Anführersposten und darüber, dass er den Reichtum seines Vaters geopfert hatte. Sogar seine Annahme, dass ihr eigener Sohn nach ihm

Anführer werden würde, war so selbstverständlich. Als wäre er – Jule schluckte schwer – der *Prinz* der Orks.

»Oh«, sagte Jule wie betäubt und blinzelte in Kessts wissende Augen. »Aber ... Aber *warum*? Warum sollte Grimarr so etwas Schreckliches tun? Und warum sollte er *das* auch noch vor mir verbergen?«

»Willst du die Geschichte wirklich hören?«, entgegnete Kesst, und seine Augen wurden merkwürdig furchtsam. »Willst du sie wirklich und wahrhaftig hören?«

Jule nickte eifrig – sie wollte ... sie *musste* es wissen – und schließlich begann Kesst zu sprechen, während seine Stimme einen ungewohnten Tonfall anschlug.

Er erzählte von Kaugir der Eisenklaue, dem Anführer von Ash-Kai, Grisk und Ka-esh für fast vierzig Sommer. Er erzählte von vielen Siegen und gewonnenen Frauen und von einer jungen Frau namens Mary, die Kaugir seinen ersten lebenden Sohn gebar. Grimarr vom Clan Ash-Kai.

Er erzählte, wie Kaugir die Kraft sah, die ihm sein gieriger, junger Sohn verlieh, und wie er sich mehr wünschte. Wie er mehr Frauen stahl, nicht nur von den Männern, sondern auch von seinen Ork-Kameraden. Zur Strafe für diese Sünde an seinen Brüdern stahlen die Götter alle Söhne von Kaugir, außer dem ersten von ihnen.

Auch Mary brachte zwei weitere Söhne zur Welt, aber keiner von ihnen wuchs heran, und bei der Geburt des zweiten Sohnes war sie dem Tod nahe. Doch Kaugir kümmerte sich nicht um das Leid seiner Gefährtin und auch nicht um die Bitten seines Sohnes, sich um sie zu kümmern. Und als sein Sohn versuchte, einen weit entfernten Ork mit starker Magie zu holen, um seiner Mutter zu helfen, schlug Kaugir seine Axt in den Rücken seines halbwüchsigen Sohnes und brachte ihn so ebenfalls dem Tod nahe.

Jule hatte inzwischen die Augen geschlossen, und die Visionen von Grimarrs vernarbtem Rücken zogen hinter ihren Lidern vorbei, aber Kesst sprach weiter, immer noch mit diesem seltsamen, förmlichen Tonfall in seiner Stimme. Er erzählte, wie Kaugirs holde Gefährtin einen grausamen Tod starb, allein und unter Schmerzen in den Bergen, ohne ihren treuen, geliebten Sohn an ihrer Seite. Und wie es danach kein Ork mehr wagte, eine Gefährtin oder einen Sohn in den Berg zu bringen. Stattdessen lernten sie, sie in Höhlen und Lagern geheimzuhalten, weit weg von Kaugir und anderen Orks, die vielleicht dem Weg folgen wollten, den er ihnen gezeigt hatte.

Aber das machte es den Menschen nur leichter, die Orksöhne zu finden, und brachte den Orks nur noch mehr Tod und Leid. Kaugir erkannte die Macht dieses Leids und nutzte sie, um die Menschen, die die Orksöhne getötet hatten, niederzuschlagen. Das führte nur zu mehr Krieg und noch mehr Leid.

Kaugirs Sohn beobachtete all dies und lernte. Er lernte, dass der Krieg seine Brüder nur schwächte, aber ihren Hunger nach Rache nicht stillte. Er lernte, dass der Blutdurst seiner Brüder aus Kummer und Einsamkeit geboren wurde. Er lernte, dass der Krieg und die Frauen zwei Seiten ein und derselben Klinge waren.

Und dadurch, so fuhr Kessts melodische Stimme fort, lernte Kaugirs Sohn Weisheit. Er lernte, leise und umsichtig zu sein, zu kämpfen und zu töten, fernab von den grausamen Augen seines Vaters nach Kraft zu suchen. Er arbeitete im Verborgenen, um die versteckten Orksöhne zu retten und seine schwächeren Brüder zu stärken, sowohl im Kampf als auch in den vergessenen Wegen des Dienstes, des Lernens, der Magie und des Zuhauses. Er verdiente sich die Loyalität von vielen und vertraute niemandem.

Und als Grimarr vom Clan Ash-Kai, der Prinz der Orks, seine Kräfte gesammelt hatte, kämpfte er vor all seinen Brüdern gegen seinen Vater Kaugir. Er tötete seinen Vater eigenhändig unter freiem Himmel und ließ ihn in Schande verrotten. Er tat dies, um seine Mutter und seine Blutsbrüder und alles, was sie verloren hatten, zu rächen.

Kessts hypnotisierende Stimme verstummte an dieser Stelle, aber sein Schweigen schien irgendwie Teil der Geschichte zu sein, die sich spiralförmig in Richtung der brennenden Kerzenflamme bewegte. Jule starrte ausdruckslos und schwer auf die Flamme, als wäre sie in Trance oder in einem Zauber gefangen. Als hätte sie durch Kessts seltsam gesprochene Worte alles, was geschehen war, mit eigenen Augen gesehen.

»Es tut mir so leid, Kesst«, hörte sie ihre gedämpfte Stimme sagen. »Für dich, und für Grimarr. Für euch alle.«

Kesst zuckte mit den Schultern und plötzlich fühlte es sich an, als wäre der Zauber gebrochen und hätte sich in Staub aufgelöst. Jule saß da und wischte sich über ihre seltsam feuchten Augen, während Kesst seine Arme wieder über seinen Kopf streckte und ihr ein schiefes, verbittertes Lächeln schenkte.

»Du siehst also, Jules«, sagte er, »Grim kann es sich nicht leisten, irgendjemandem zu vertrauen. Schon gar nicht einem Menschen, den er erst seit einem Monat kennt. Aber das heißt nicht, dass er sich nichts aus dir macht, okay? Oder dass er dir nicht vertrauen *will*. Das siehst du doch sicher daran, wie er mit dir redet? Wie er dich ansieht und berührt?«

Jule spürte, wie sie nickte und sich wieder über die Augen wischte, woraufhin Kesst ein ironisches Glucksen ausstieß. »Ich meine, der alte Grim weigert sich sogar, den Berg zu verlassen«, fuhr er fort. »Er sagt, er wolle die Männer im Auge behalten, aber wir alle wissen es besser. Sogar heute schleicht er unten herum, anstatt mit dem Rest unserer Ash-Kai-Brüder auf den Raubzug zu gehen, und bellt jedem, der ihm zuhört, Befehle zu und macht eine echte Plage aus sich.«

Kesst warf Jule jetzt einen sehr spitzen, fast erwartungsvollen Blick zu, und während sie sich die letzten Reste der Tränen aus dem Gesicht wischte, beäugte sie ihn mit langsam wachsendem Misstrauen. »Warte. Und du erwartest von *mir*, dass ich etwas dagegen unternehme?«

Kesst nickte, immer noch mit diesem erwartungsvollen Gesichtsausdruck, und Jule stöhnte laut auf, auch wenn sie ein zittriges, unwilliges Lachen von sich gab. »Ihr verdammten, hinterhältigen Orks«, fauchte sie, doch es war keine Schärfe darin zu spüren. »Du bist hierhergekommen und hast mir das alles nur erzählt, um mich zu überreden, euch zu retten, nicht wahr? Lass mich raten: Efterar ist in das verwickelt, was auch immer Grimarr da unten treibt?«

Kesst sah nicht einmal ansatzweise beschämt aus, sondern zwinkerte ihr zu und richtete sich anmutig auf. »Siehst du, deshalb mögen wir dich, Jules«, sagte er. »Komm, ich bring dich hin.«

Jule warf ihre Hände in die Höhe, folgte ihm aber aus dem Raum und hinunter zur Skai-Kaserne. Dort stand Grimarr tatsächlich über dem langen, scheinbar schlafenden Körper eines seiner Späher – dem schlanken, schnippischen Joarr – und schrie in Schwarzmund Efterar an, der die Arme verschränkt und das Kinn erhoben hatte und eine Flasche in der Hand hielt.

»Nein, ich wecke ihn nicht auf«, antwortete Efterar schließlich in makellosem Gemeinmund, nachdem Grimarr aufgehört hatte zu schreien, um Luft zu holen. »Er hat sich die Verletzung zugezogen, weil er dir heute Morgen diese Informationen gebracht hat, und du solltest ihn verdammt noch mal in Ruhe lassen. Und ja, ich weiß, dass er unser bester Späher ist, und nur deshalb ist er nicht tot. Also *verpiss* dich.«

Die beiden ignorierten Jule und Kesst völlig, obwohl sie selbstverständlich wissen mussten, dass sie da waren, und neben Jule stieß Kesst einen genervten Seufzer aus. »Also gut«, sagte er, streckte seinen Arm aus und legte ihn leicht auf Jules Schulter.

Es war kaum eine Berührung, aber sofort unterbrachen sowohl Grimarr als auch Efterar ihren Streit und drehten sich um, um sie anzustarren. Beide schauten misstrauisch und zunehmend missbilligend, und nach einem Moment der Stille stürmte Grimarr heran, schlug Kessts Hand weg und knurrte ihm etwas in Schwarzmund zu.

Kesst lächelte nur und hob seine Hände. »Ich tue dir einen Gefallen, Bruder«, sagte er lässig und blickte dabei in Richtung Jule. Daraufhin bellte Grimarr erneut in Schwarzmund, packte Jule am Handgelenk und zerrte sie regelrecht aus dem Raum.

»Wohin gehen wir?«, fragte Jule schließlich, nachdem sie durch den Bautul-Flügel und dann durch den der Ash-Kai nach oben gezogen worden war. Grimarr blieb nicht stehen und antwortete auch nicht, aber seine Hand schloss sich fast schmerzhaft um ihr Handgelenk und zog sie näher an sich heran. Er bewegte sich jetzt so schnell, dass Jule fast rennen musste, um mit ihm Schritt zu halten, ihre Füße rutschten auf dem kühlen Stein, ihre Gedanken überschlugen sich und schrien auf einmal. Er vertraute ihr nicht, er hatte seinen Vater umgebracht, er war ihr Gefährte, ein guter Lord, ein Mörder, ein *Prinz* ...

»Grimarr«, keuchte sie ihn an. »Stopp. Bitte!«

Er blieb sofort stehen, so schnell, dass Jule direkt in seinen Rücken krachte und ihre Hand flach gegen die feste, kraftvolle Wärme drückte. Ihre Finger glitten in die schreckliche Narbe, er hatte versucht, seine Mutter zu retten, er war noch so jung gewesen, Götter! Jules Kopf war ein einziges *Durcheinander*.

»Was, Frau«, sagte er, aber er hatte sich noch immer nicht umgedreht, und Jule schluckte schwer und spürte, wie ihre Hand sanft über die Narbe glitt. »Kesst«, begann sie, »er hat mir gerade eine Geschichte erzählt.«

Grimarrs Rücken schien sich unter ihrer Berührung nur noch mehr zu verkrampfen, die Muskeln spannten sich gegen ihre Finger. »Ja«, sagte er. »Ich kann seine Skaldenmagie an dir riechen. Und?«

Jule blinzelte in der Dunkelheit und legte ihren Kopf schief. »Seine Skaldenmagie?«

»Ach«, sagte Grimarr knapp. »Er besitzt die seltene Fähigkeit des galdrischen Geschichtenerzählens, sofern er sie ausüben will. Sie ist eine unbezahlbare Gabe und birgt viel Macht.«

Oh. Jule dachte einen Moment lang darüber nach, ob *das* der Grund war, warum er Kesst erlaubte, auf dem Berg herumzulungern, anstatt ihn mit den anderen auf Raubzug zu schicken – und sie schüttelte entschlossen den Kopf. »Richtig«, sagte sie. »Nun, ähm, er hat mir von *dem hier* erzählt.«

Ihre Hand fuhr immer noch über Grimarrs Narbe, und wenn das überhaupt möglich war, versteifte sich sein Rücken noch mehr. »Er hat es dir erzählt«, wiederholte er, seine Stimme war hölzern. »Alles?«

Jule nickte in die Dunkelheit hinein, aber irgendwie muss Grimarr die Bewegung gespürt haben, denn sein Rücken zuckte und wich dann aus ihrer Reichweite. »Dann sprich, Frau«, sagte er ohne Umschweife. »Wirst du mich jetzt verlassen und in zehn Tagen zu Lord Norr gehen? Jetzt, wo du weißt, was ich bin und was ich getan habe?«

Bei allen Göttern, dieser *Ork*, und Jule blinzelte wieder mit unerklärlich prickelnden Augen in Richtung der Stelle, wo sie ihn in der Dunkelheit vermutete. »*Natürlich* würde ich dich deswegen nicht verlassen«, sagte sie, und ihre Stimme zitterte. »Du hast nur getan, was du tun musstest, um die zu beschützen, die du liebst. Und um die Wahrheit zu sagen, Grimarr, wenn ich dich wirklich wegen *irgendetwas* verlassen würde, dann dafür, dass du mich so belogen hast! Du hast mir nicht die Wahrheit über deine Familie, deine Motive und deine Pläne gesagt. Du hast mir nicht gesagt, dass du dein ganzes *Leben* lang für den *Frieden* gearbeitet hast!«

Und das tat vielleicht am meisten weh, dass er sie wegen etwas so gottverdammt *Reinem* angelogen hatte, als ob er vielleicht dachte, Jule sei gemein genug, menschlich genug, um diesen dummen Krieg immer noch vorzuziehen. Und sie konnte irgendwie nur dastehen, schniefen und sich über die Augen wischen – bis plötzlich Grimarr in der Dunkelheit um sie herum war und sie in seine warmen, sicheren Arme schloss.

»Ach«, sagte er leise, seine Stimme dicht an ihrem Ohr. »Frau, es tut mir leid. Ich hätte dir das alles sagen sollen. Ich wollte dir keinen Kummer bereiten. Ich wollte nicht, dass du denkst«, er atmete schwer aus, »dass ich dich nicht wertschätze.«

Es waren die richtigen Worte, die tief in Jules Bauch etwas entfachten, aber ihr Körper fühlte sich immer noch steif in seinen Armen an und ihre Augen blinzelten hart gegen seine Brust. »Aber du hast es mir nicht gesagt«, erwiderte sie. »Und trotz deines Geredes über die Ehrlichkeit der Orks, hast du gelogen. Und *warum* solltest du mich über deine Pläne für den Frieden anlügen, wo ich doch so *glücklich* gewesen wäre, die Wahrheit zu hören?«

Ihre Stimme brach bei den Worten und Grimarrs Hände auf ihrem Rücken zogen sie so fest an sich, dass es fast schmerzhaft war. »Dann bekommst du jetzt hier die Wahrheit, Frau«, sagte er mit sehr leiser Stimme. »Ich wollte dir diese Hoffnung auf Frieden nicht geben. Denn wenn der Frieden wirklich kommt, erleichtert dir das, in zehn Tagen mit meinem Sohn zu fliehen. Und ich wünsche mir diese Sicherheit für die Mütter unserer Söhne. Wirklich. Ich bitte darum und kämpfe dafür, mit diesen Männern. Aber«, er zögerte, seine Finger krampften sich auf ihrem Rücken zusammen, »ich wünsche mir das nicht für dich. Ich habe mir nur gewünscht, dass du die Angst siehst und ein einsames Leben, ohne mich.«

Ja, natürlich. Dieser *Mistkerl*. Und das war der Grimarr, den Jule kannte, der alles nach seinen Wünschen und Vorstellungen gestaltete – und sie hätte ihn anschreien, ihn wegstoßen oder verlangen sollen, dass er sie in diesem Moment zu den Männern brachte. Aber stattdessen stand sie einfach nur da, schwer atmend in seinen Armen, während ihre Gedanken nutzlos und schwerfällig durch ihren Kopf schwirrten.

»Ich hätte mir das nicht wünschen sollen«, erklang seine

Stimme so sanft, dass es in Jules Brust wehtat. »Aber ich tue es trotzdem. Immer noch.«

Seine Hände glitten über ihren Rücken, ein leises Flehen an sie, zuzuhören, zu verstehen. Verflucht sollte sie sein, aber Jule verstand, und sie spürte, wie ihr Körper sich an ihn schmiegte. Grimarr war es nicht egal. Er wollte sie für sich haben. Er wollte, dass sie *blieb*.

Und trotz allem bedeutete das vielleicht, dass sie nicht nur eine Schachfigur war, ein Mittel zum Zweck. Es war nicht wie bei Astin oder sogar bei ihrem Vater. Sie war von *Bedeutung*.

Und irgendwie war das plötzlich *alles*, was zählte. Dieser Ork war ein selbstsüchtiges, verlogenes Biest, aber er war ein guter Lord, er *interessierte* sich für sie, und irgendwie hatte Jule ihre Hände um ihn gelegt, sich an ihn gekrallt und zu sich gezogen. Sie brauchte ihn, verzweifelt und krampfhaft, und mit einem harten, gutturalen Stöhnen riss er sie vom Boden hoch, eine Hand unter ihrem Hintern, die andere tief in ihrem Haar vergraben. Und in einem Atemzug küsste er sie, heiß und intensiv, während sie ihre Beine fest um seine Taille schlang und seine Zunge tief in ihren Mund saugte.

Sein erwiderndes Knurren war lebendig, es bebte und funkelte unter Jules Haut, und es wurde von dem langen, erregenden Schaudern der vertrauten Härte, die sich zwischen ihre gespreizten Beine drängte, beantwortet. Es fühlte sich so gut an, so göttlich gut, und noch besser wurde es, als Grimarr mühelos durch den Korridor in Richtung ihrer kleinen Nische im Freien stapfte, während die harte Beule bei jedem Schritt gegen sie stieß.

»Ich wünsche mir, dich zu sehen«, flüsterte er gegen ihre Lippen, während er den Felsbrocken, der den Ausgang blockierte, mit einer Hand wegstieß. »In der Sonne.«

Und plötzlich *war* da die Sonne, wenn auch nur gedämpft und tief in den Himmel gesunken und von dunkelblauen Wolken übersät. Aber es war herrlich, sie zu sehen, die kühle Luft eines frühen Gebirgsabends einzuatmen, und Jule

schmiegte sich nur noch enger an Grimarrs Körper, ihre Hände
steckten tief in seinem Haar, und ihr Mund saugte den
Geschmack von ihm auf. Ein Ork, ja, aber einer, der sich um sie
sorgte. Einer, der wirklich *sie* wollte.

Und wie er sie wollte. Seine Hände zerrten bereits an Jules
Tunika und entblößten ihre Haut vor der noch warmen Sonne,
während sie das Gleiche mit seiner tat. Es war ihr egal, dass er
vernarbt und hässlich war, denn er war auch riesig, muskulös
und wunderschön und stark genug, um sie mit einer Hand
oben zu halten, während er sich auf einen Felsbrocken setzte,
seine Hose herunterschob und seinen nackten, tropfenden
Schwanz genau *dort* zwischen Jules gespreizten, noch immer
bekleideten Beinen presste.

Es ließ sie atemlos und sehnsüchtig zurück, während sie
ihn küsste und sich verzweifelt danach verzehrte, ihm
näherzukommen und ihn in sich aufzunehmen. Aber ihre
eigene verdammte Hose war immer noch im Weg, und Grimarr
stieß ein tiefes, kehliges Lachen aus, als er sie von ihm
herunterhob, sie vor sich auf die Füße stellte und ihre Hose bis
zu den Knöcheln herunterzog.

»Danke«, keuchte Jule, als sie schnell aus der Hose stieg,
jetzt völlig nackt, und zurück an Bord klettern wollte – doch
plötzlich waren seine starken Hände da, auf ihren Hüften, und
hielten sie fest. Seine Augen blickten zu ihr auf, glitzerten im
Licht, sein Gesicht war eine Ansammlung von Narben und
Schatten, aber trotzdem so umwerfend, dass es Jule den Atem
raubte.

»Meine wunderschöne, reife Frau«, murmelte er, sein
Lächeln war träge und scharf. »Ich möchte, dass du mir
demonstrierst, was mir gehört.«

Während er sprach, bewegte er eine Hand zu einer von
Jules Händen und führte sie über ihre nackte Brust. Sie fühlte
sich schwer in ihrer Hand an, zart, schon voller als zuvor und
quoll zwischen ihren Fingern hervor.

Grimarr leckte sich tatsächlich über die Lippen, als er seine eigene Hand fallen ließ und sie anstarrte, und irgendwie hatten das Bedürfnis, das Verlangen und der feurige Zwang alle Vernunft verdrängt und sie durch das hier ersetzt. Jule streichelte mit ihren eigenen hungrigen Händen ihre Brüste und kniff in ihre harten Nippel, während der Ork, der sie beobachtete, keuchend eine Hand an seinen riesigen, tropfenden Schwanz legte und sie nach oben gleiten ließ.

Verdammt, war das heiß, seine Augen funkelten und seine Lippen waren geöffnet, sein Blick fest auf ihre Hände gerichtet, die jetzt ihre Brüste verließen, um nach unten zu gleiten. Sie streichelten nun ihren leicht gewölbten Bauch, den sie für seine Augen vielleicht noch weiter vorwölbte, noch runder machte – und erntete als Antwort ein raues, wehrloses Stöhnen aus seinem Mund.

»Mehr«, keuchte er, und Jule gab ihm noch mehr, indem sie ihren Rücken krümmte, während sie eine Hand auf ihrem Bauch behielt und die andere tiefer gleiten ließ. Bis hinunter zu der üppig tropfenden Nässe zwischen ihren Beinen. Dort war sie bereits geschwollen und geschmeidig, und sie ließ einen Finger langsam darüber gleiten, um es zu spüren – und beobachtete dann, wie ihr zitternder, tropfender Finger wieder nach oben wanderte, zu Grimarrs geöffnetem Mund.

Er saugte den Finger laut und begierig ein, seine Augen glühten und forderten von ihr. Als ob er sagen wollte: *Gib mir mehr, sofort!* Also trat ein gedankenloser, entsetzlich wollüstiger Teil von Jule näher und stellte ihre Beine weit gespreizt um seine sitzende Gestalt auf dem Felsen. So war ihr Unterleib auf einer Höhe mit seinem Mund, und sie führte beide Hände zu ihrer Nässe hinunter und zog sie für ihn weit auseinander. Sie präsentierte ihm alles, während seine gierigen schwarzen Augen starrten und starrten und starrten.

»Küss mich«, hauchte sie, und mit einem heftigen, gänsehauterzeugenden Knurren beugte sich Grimarr vor und tat es. Er presste seinen hungrigen Mund auf ihre triefende Hitze, genau dort, wo Jule sich am meisten danach sehnte, und bei seinem ersten süßen, saugenden Kuss schrie sie auf, viel zu laut, aber das war egal, nichts war wichtig, außer dem hier.

»O *Götter*«, keuchte sie, als dieser heiße, geschickte Mund leckte und saugte und diese herrliche Zunge tiefer und fester zwischen ihre Beine glitt. »Oh, Scheiße, Grimarr, oh, bitte, hör nicht auf.«

Aber dann hörte er natürlich doch auf, sein Schwanz und sein Gesicht waren bereits nass von ihr, sein Atem schwer und keuchend. Aber anstatt sie zu ärgern oder sie zum Betteln zu bringen, drehte er sie herum, sodass sie von ihm weg und der Sonne zugewandt war. Dann zog er ihre Hüften wieder zurück, sodass sie wieder breitbeinig vor ihm stand, aber diesmal mit ihrem nackten Hintern direkt vor seinem Gesicht.

»Ach, ja«, keuchte er hinter ihr, und seine riesigen Hände griffen fest nach ihren Arschbacken. »Jetzt beug dich vor für mich.«

Verdammt, *verdammt*, aber sie konnte sich nicht widersetzen, sie konnte es einfach nur tun. Sie beugte sich vor, hielt sich mit den Händen an einem nahe gelegenen Felsen fest, um das Gleichgewicht zu halten, bis ihre intimsten, geheimsten Stellen weit und nackt vor einem beobachtenden Ork entblößt waren. Einem Ork, dessen große Hände sie nur noch weiter auseinanderzogen, alles offenbarten und dessen Atem sie genau *dort* kitzelte, o Götter.

»Was wünschst du dir?«, hörte sie ihn schnurren, und Jule schnappte nach Luft, spürte, wie sich ihre entblößte Hitze für ihn zusammenzog und ihm die obszönste aller möglichen Zurschaustellungen bot. Aber er lachte nur, was es noch schlimmer machte, und Jule konnte kaum genug denken, um Worte zu finden oder gar zu sprechen.

»Küss mich«, brachte sie schließlich hervor, und – o süße Gnade – er tat es. Er küsste sie nicht nur, sondern leckte und saugte an ihr und fuhr mit seiner Zunge überallhin, wo er sie erreichen konnte. Und obwohl Jule eigentlich gedemütigt sein sollte – sie rieb ihren nackten Hintern hemmungslos an einem gierig sabbernden Orkgesicht, und das unter freiem Himmel –, war dieses schockierende Vergnügen zu groß, zu stark, als dass sie auch nur so hätte tun können, als würde sie sich dagegen wehren wollen.

»Scheiße«, stöhnte sie, als seine gierige, heiße Zunge immer tiefer in sie eindrang, an einen Ort, an dem sie ganz sicher nicht hingehörte. »Verdammt, Grimarr, du, du kannst nicht …«

Die feuchte Zunge zog sich zurück, verflucht sollte er sein, während seine Hände sie weiter öffneten – und da war das erregende, unerhörte Gefühl eines glatten Fingers, der stattdessen dort eindrang. »Ach, warum sollte ich das nicht tun«, murmelte er, heiß auf ihrer Haut, »wenn es dir Freude bereitet?«

Jule rechtfertigte das nicht mit einer Antwort – so weit weggetreten war sie ja noch nicht – und es gab einen weiteren sanften, schamlosen Kuss, bei dem seine Zunge langsam und zielstrebig in sie eindrang, bevor sie sich wieder zurückzog. »Du gehörst mir«, flüsterte er, während eine seiner Hände tiefer zwischen ihre Beine glitt und sich in ihre geschwollene Nässe schob. »Sowohl das«, seine Hand glitt nach hinten, weiter nach oben, zu der Stelle, an der er sie geküsst hatte, »als auch das.«

Jule schlug das Herz bis zum Hals – sie wusste, was er meinte, sie hatte andere Frauen darüber kichern und flüstern gehört – aber sie schüttelte den Kopf und kämpfte um den letzten Rest von Vernunft. »Eine Lady würde«, keuchte sie, »so etwas nicht zulassen.«

Aber Grimarr lachte nur, während seine Finger wieder dort verweilten und einer von ihnen nur leicht in sie eindrang. »Aber du bist meine Gefährtin«, flüsterte er. »Und nachdem ich deinem Schoß und deinem Mund beigebracht habe, meinen Schwanz zu empfangen, muss ich dich als Nächstes das hier lehren.«

Jule antwortete mit einem hilflosen, gierigen Stöhnen, ihr ganzer Körper bebte gegen seinen. Sie kämpfte gegen ihn an oder bettelte ihn an, und er lachte wieder und spreizte sie weiter. »Du bist bereit zu lernen«, flüsterte er und leckte noch einmal langsam und verrucht darüber. »Ich werde sanft sein.«

Und das war es vielleicht, was den Boden unter Jules Füßen ins Wanken brachte, was den Hunger in hemmungslose Verdorbenheit verwandelte, denn sie nickte tatsächlich. Grimarr stieß einen Laut aus, der halb Lachen, halb Knurren war, und schon führte er ihren zitternden Körper nach unten und zurück, sodass sie fast auf seinem Schoß saß – außer das ...

Der erste, kleinste Stoß seines glatten, harten Schwanzes gegen ihr enges Loch war durch und durch schockierend, und noch schockierender war die Erkenntnis, dass Jule ihn dort haben *wollte*. Sie wollte, dass seine kegelförmige Eichel weiterhin so gegen sie stieß, geschmeidig und stark und vorsichtig, auf der Suche nach einem Weg hinein.

Und sie konnte ihn hineinlassen, sie konnte es – sie hatte seine Zunge hineingelassen, nicht wahr? – und mit einem tiefen, zittrigen Atemzug zwang sie sich, sich zu entspannen und ein wenig fester zu drücken. Sie schrie auf, als er etwas tiefer und fester in sie eindrang, verdammt, sie tat es, sie tat es tatsächlich, wirklich.

»Gute Frau«, flüsterte Grimarr ihr ins Ohr, seine Hände streichelten sanft ihren Hintern, stützten den Großteil ihres Gewichts und gaben ihr die Freiheit, den Raum, das zu tun. »Schöne Frau. Tapfere Frau. Du ehrst mich. Du gefällst mir. Du gibst mir – ach ...«

Die Worte gingen in ein kehliges Stöhnen über, seine Brust hob sich hart hinter ihr, sein Gesicht drückte sich in ihren Nacken. Und irgendwie reichte das aus, damit Jule weitermachen und den dicken Schwanz in sich aufnehmen konnte. Es fühlte sich seltsam und falsch an und auch unglaublich wunderbar, als wäre Grimarr alles, was auf der Erde existierte. Grimarr war überall, alles, und er knurrte mit gewürgtem, verzweifeltem Schwarzmund an ihren Hals, während sie tiefer und fester nach unten glitt. Sie spießte sich auf, opferte sich ihm, opferte den letzten Rest ihrer Unschuld und ihrer Würde auf dem Altar seines steinharten Orkschwanzes.

Es war, als würde ihr Körper von ihm überrollt werden, als würde die Invasion weit über ihren Arsch hinaus in ihr Innerstes vordringen. Es war, als hätte dieser Ork den grundlegendsten Teil von ihr gefunden und ihn mit sich selbst gefüllt, und Jule keuchte, würgte und schluchzte, als er schließlich ganz in sie eindrang und sie miteinander verband. Er fixierte und spießte sie ganz auf seinem Schoß auf, ihr ganzer Rücken lag verschwitzt an seiner Vorderseite, sein Gesicht war immer noch in ihrem Nacken, eine seiner Hände lag auf ihrem Bauch und – Jule zitterte und wimmerte – seine andere Hand wanderte ihre Vorderseite hinunter und fand ihre immer noch tropfende, gespreizte Nässe. Und dann, während Jule keuchte und schluchzte, schob er langsam, aber sicher seinen langen, dicken Mittelfinger ganz tief in sie hinein, bis der Rest seiner Hand sich eng und flach und schützend an sie presste.

Es war unmöglich, zu stoßen, zu denken oder gar zu sprechen. Sie schnappte nach Luft, krümmte sich in ihn hinein und gab sich seiner Herrschaft, seiner Beherrschung und seiner aufsteigenden, wirbelnden Lust hin. Während er dicht hinter ihr keuchte und knurrte, genauso verloren wie sie, wich sein Gesicht an ihrem Hals einem hungrigen Mund und scharfen Zähnen, die sich in ihre Haut bohrten, aber Jule wölbte sich hinein, gab ihm mehr, kümmerte sich nicht darum, konnte es nicht, wollte nur mehr, mehr, *mehr* ...

Die Lust überschwemmte sie wie eine Flut, wie ein donnernder Sturm der Ekstase, der sie von innen heraus zerriss. Ein unaufhaltsamer Schrei entrang sich ihrem Mund, und hinter ihr wölbte sich Grimarrs Körper, spannte sich an und schoss. Er pumpte ihren Körper mit seinem Samen voll, ihre Seele mit einer Lust jenseits aller Worte, jenseits aller

Gedanken, wild und schön und schamlos und frei im feurigen Licht der langsam untergehenden Sonne.

Als Jule wieder zu sich kam, lag sie gesättigt und schlaff auf Grimarrs heißem, klebrigem Körper, der immer noch auf vielfältige, zärtliche und schmutzige Weise in ihrem Körper steckte. Aber im Moment war es das herrlichste und friedlichste Gefühl in ihrem ganzen Leben.

»Verflucht seist du, Ork«, krächzte sie, ihre Stimme klang fremd und ungewohnt, und Grimarr stieß hinter ihr ein kurzes, gutturales Lachen aus.

»Warum muss ich immer Flüche hören?«, murmelte er. »Und nie einen Dank oder ein Lob.«

Jule schaffte es ein Schnauben auszustoßen und bewegte ihre immer noch kribbelnde Hand, um ihren Hals zu berühren, wo sein Mund gewesen war. Und als ihre Finger sich lösten, waren sie tatsächlich schmierig und rot von Blut. *Ihrem* Blut.

»Weil du mich *gebissen* hast, Ork«, erwiderte sie, obwohl es herzlich klang, vielleicht sogar nachsichtig. »Und mich zum *Bluten* gebracht hast. Ich dachte, du wärst über so etwas Barbarisches erhaben.«

»Nein, ich wollte dich nur nicht beunruhigen«, erwiderte er leise, und obwohl Jule darüber entsetzt oder wütend hätte sein müssen, konnte sie nicht einmal leichte Verärgerung aufbringen.

»Nur du schaffst es, *so etwas* die ganze Zeit zu verheimlichen«, sagte sie. »Du bist so ein intrigantes, verkommenes *Biest*. Es ist ein Wunder, dass eine Frau dich *überhaupt* an sich heranlässt.«

Sie spürte sein leises Kichern und sein Gesicht, das sich in ihr Haar schmiegte. »Mag sein«, murmelte er. »Und doch sitzt du hier auf meinem Schwanz, mit meinem Sohn in deinem Bauch.«

Jule versuchte zu knurren, aber es kam eher wie ein Stöhnen heraus, und Grimarr kicherte wieder und verschränkte seine beiden Hände auf ihrer dicken Taille. »Das gefällt dir«, säuselte er. »*Ich* gefalle dir. Gib es zu, Frau.«

Jules verwirrte Gedanken strömten plötzlich in alle Richtungen, sie schluckte und spürte, wie sie in das sich vertiefende Licht des Sonnenuntergangs blinzelte. »Du hast mich *entführt*, Grimarr«, sagte sie leise. »Du vertraust mir nicht. Und du hast mir die Wahrheit vorenthalten. Sehr oft.«

Die Worte hingen in der Luft, unbestreitbar wahr, aber auch irgendwie unvollendet, und hinter ihr atmete Grimarr aus und drückte ihr einen sanften Kuss ins Haar. »Ach, es ist nicht nur das«, sagte er. »Sprich den Rest. Bitte, meine Schönheit. Jule.«

Mochten die Götter ihn verdammen, seine honigsüßen Worte und seine großen, warmen Hände, die sich an sie schmiegten, sein großer Körper, der immer noch in ihr steckte. Er flüsterte und versprach ihr, dass sie in Sicherheit sei, dass ihr Sohn in Sicherheit sei, dass er ein guter Lord sei. Dass es nichts zu befürchten gäbe, weder draußen noch drinnen. Dass sie sich entscheiden konnte, ihm zu vertrauen, auch wenn er ihr nicht vertraute.

»Na gut«, sagte Jule schließlich mit einem Seufzer. »Na gut. Du bist ein guter Lord, Grimarr. Du bist klug. Und stark. Entschlossen. Du beschützt die, die dir wichtig sind. Du nimmst dir die Zeit, sie zu verstehen und ihre Stärken zu erkennen. Und du kämpfst für ihre Freiheit und Sicherheit. Um ihr Leben besser zu machen. Um ihnen ein *Zuhause* zu geben.«

Grimarrs Hände legten sich auf ihren Bauch, sein Gesicht drückte sich an ihre Schulter, und Jule seufzte erneut und richtete ihren Blick auf die untergehende Sonne. »Und ich ... ich *mag* dich einfach«, sagte sie leiser. »Ich mag deine Hände, deine Stimme, deinen Geruch und deinen Geschmack. Ich mag es, wenn du lächelst, wenn du richtig lachst. Und«, sie holte tief Luft, »ich mag es, wie du dich in mir anfühlst. Ich liebe es, wie du es schaffst, dass ich alles andere auf der Welt vergesse, nur dich nicht.«

Sein Atem hinter ihr schien schwerer zu werden, er hob und senkte sich in seiner Brust, aber er war nicht hämisch, wie Jule vielleicht erwartet hatte, oder stachelte sie an, mehr zu sagen. Und als sie schließlich ihren Kopf neigte, um ihn wieder anzusehen, schienen seine Augen zum Himmel hin seltsam hell, sein Mund hart und fest.

»Was ist los?«, fragte sie und merkte, dass ihre Hand über seinen nackten Oberschenkel strich und ihre Finger über die seidige Haut glitten. »Stimmt etwas nicht?«

Sie konnte sehen, wie er schluckte und konnte sein Unbehagen fast schmecken. »Du ehrst mich, Frau«, sagte er fast flüsternd. »Aber es gibt noch mehr Wahrheiten, die ich dir noch nicht gesagt habe.«

Oh. »Zum Beispiel?«, fragte Jule und spürte, wie sich ihr Körper plötzlich gegen ihn anspannte. »Grimarr?«

Jetzt fühlte auch er sich angespannt an und seine Hände krallten sich in Jules Bauch. »Mir wurde«, begann er, »heute eine Nachricht gebracht. Aus dem Norden.«

»Von Joarr?«, fragte Jule vorsichtig, und als Grimarr nickte, bebte ihr Herz und begann zu rasen. Nachrichten von Joarr, aus dem Norden. »Von Astin.«

Die Worte kamen im Flüsterton heraus, und als Grimarr nicht antwortete, wusste sie, dass sie die Wahrheit gesagt hatte. »Was für Nachrichten?«, fragte sie, obwohl ihr die Kehle wie zugeschnürt vorkam. »Reitet er endlich aus?«

»Ja«, antwortete Grimarr, und dieses eine Wort war ein Schlag in Jules Magen. »Lord Norr wird in zwei Tagen hier sein.«

25

Jule zog sich in stockender, hastiger Stille an, während sie ihre Augen auf ihre zitternden Hände richtete. Astin würde hierherkommen. In zwei Tagen.

Es hätte keine Überraschung sein sollen – es *war* keine Überraschung –, aber es war seltsam zu realisieren, wie beunruhigend es war. Vielleicht hatte Jule tief in ihrem Inneren erwartet, dass Astin niemals kommen würde. Vielleicht hatte sie sich sogar darüber gefreut.

Und jetzt jagte allein der Gedanke an Astin – an seine Stimme, seinen großen Körper, sein hübsches Gesicht – Jule einen eiskalten Schauer über den Rücken. Sie wollte Astin nicht sehen. Sie wollte nicht mit Astin sprechen. Wenn es nach ihr ginge, wollte sie nie wieder an Astin denken.

»Kommen sie alle drei?«, fragte Jule, ihre Stimme kratzte durch die Stille. »Astin und die Lords Otto und Culthen auch?«

»Ja«, antwortete Grimarr leise. »Alle drei reiten zusammen.«

»Und was denkst du, was ihr Ziel ist?«, hörte Jule sich fragen. »Ich glaube nicht, dass Astin jemals eine richtige Schlacht geführt hat, also ...«

Grimarr stieß einen Laut aus, der halb Schnauben, halb

Seufzen war. »Nach dem, was Joarr in Erfahrung bringen konnte«, sagte er, »wollen sie sich treffen. Mit uns.«

Jule spürte, wie sie zusammenzuckte und ihre Augen schließlich wieder zu Grimarrs Gesicht wanderten. Die Männer wollten sich treffen. Um Bedingungen zu besprechen. Vielleicht wollten sie sogar den Frieden verwirklichen, den Grimarr wollte, aber anstatt sich darüber zu freuen, waren seine Augen finster. Unbehaglich.

»Na, das ist doch großartig, oder?« Jule zwang sich, so fröhlich wie möglich zu sprechen. »Das ist es, worauf du die ganze Zeit hingearbeitet hast. Du musst überglücklich sein.«

Seine Augen waren wachsam und vorsichtig, aber sie konnte sehen, wie sich seine Schultern leicht entspannten. »Es ist noch lange nicht erledigt«, sagte er. »Aber es ist gut. Ich habe wieder Hoffnung.«

Jule schaute ihn noch einen Moment lang an – vielleicht dachte er wieder an die zehn Tage, an den Frieden, der ihr die Abreise erleichtern würde – und schob den Gedanken dann beiseite und versuchte zu lächeln. »Großartig«, sagte sie wieder. »Ich freue mich wirklich sehr für dich, Grimarr. Was sind nun deine nächsten Schritte? Ich bin mir sicher, dass du schon alles bis ins kleinste Detail geplant hast?«

Seine Schultern entspannten sich ein wenig und seine Mundwinkel zuckten leicht nach oben. »Komm mit mir rein«, sagte er, »dann erfährst du alles, was ich vorhabe.«

Jule folgte ihm hinein und fand sich bald in einer weiteren Besprechung mit Grimarr und seinen Oberhäuptern wieder. Nachdem Grimarr eine Weile in Schwarzmund geredet hatte, wurde die Besprechung vollständig in Gemeinmund abgehalten, eindeutig zu Jules Vorteil und vielleicht sogar nur wegen ihrer Anwesenheit.

»Wir werden die Banden von hier, hier und hier angreifen«, sagte Grimarr und zeigte auf verschiedene Stellen auf Valters Bergkarte. »Und wir werden uns nur hier oder hier treffen«, er deutete auf zwei Stellen am Berg, »damit wir nicht in einen

Hinterhalt geraten. Wenn die Männer unsere Bedingungen ablehnen oder keine weiteren Treffen oder Gegenbedingungen anbieten, werden wir um Mitternacht zuschlagen.«

Jule wusste, dass rund um den Berg Tausende von Männern lagerten und vielleicht nur sechshundert Orks im Inneren. Aber in der Dunkelheit, im Nahkampf, auf ihrem eigenen Territorium, würden die Orks alle Vorteile haben – die Männer wären müde, vielleicht unbewaffnet, könnten nichts sehen und Freund und Feind nicht unterscheiden. Und plötzlich, jetzt auf einmal, wurde ihr klar, dass Grimarr das im letzten Monat jederzeit hätte tun können. Er hätte in der Nacht angreifen und am Morgen einen Scheiterhaufen aus Leichen errichten können.

Das Gewicht in Jules Magen schien bei all dem noch tiefer zu sinken, während sich die Orks darüber stritten, welche Bande von wo kommen würde, welche Tunnel benutzt werden sollten und ob sie Feuer benutzen würden oder nicht. Als ob das geplante Friedenstreffen mit diesen Männern nichts bewirken würde, was es nach den Erfahrungen der Orks vielleicht auch nicht würde. Außer …

»Ihr müsst Lord Norr aus euren Gesprächen heraushalten«, mischte sich Jule bei der ersten Unterbrechung des Gesprächs der Orks ein. »Ihr müsst alles daransetzen. Wenn ihr wirklich über den Frieden verhandeln wollt, darf er auf keinen Fall dabei sein.«

Alle Orks sahen sie an, einige mit deutlicher Missbilligung in den Augen, aber die Gewissheit in Jules Überlegungen wuchs, wurde immer deutlicher. »Grimarr hat Lord Norr so dermaßen gedemütigt, dass es das ganze Reich weiß«, sagte sie. »Und Lord Norr wird euch Orks das nie und *nimmer* verzeihen. Er würde mit Freuden Tausende seiner eigenen Männer opfern, um seine Ehre wiederherzustellen. Wenn ihr noch nicht bedacht habt, wie persönlich er diesen Affront nehmen wird«, sie holte tief Luft und sah Grimarr in die Augen, »dann habt ihr euch verrechnet.«

Olarr wollte etwas sagen, aber Grimarr hob eine Hand und stoppte ihn. »Wie sollen wir es dann angehen?«, fragte er und sah Jule direkt in die Augen. »Was sagst du dazu?«

Jule blinzelte und fühlte sich plötzlich ganz warm an. Was würde sie dazu sagen? Grimarr hatte sie gefragt. Grimarr *interessierte* sich für sie.

»Du musst Lord Norr so aus den Gesprächen heraushalten, dass es nicht auf dich zurückfällt«, antwortete Jule entschlossen. »Sabotiere seine Kutsche. Verstümmle seine Pferde. Vergifte ihn, wenn es sein muss. Oder«, sie holte tief Luft, »du lässt mich einen Brief an Otto schreiben und ihn bitten, sich mit ihm und Culthen allein zu treffen, ohne Astin. Ich bin mir nicht sicher, ob Otto zustimmen wird, aber«, sie holte noch einmal tief Luft, »er ist mir etwas schuldig. Und zwar in *hohem* Maße.«

Das stimmte, und der zusätzliche Abstand hatte Jule zweifellos ein viel größeres Verständnis für die tatsächlichen Opfer bekommen lassen, die sie für Otto gebracht hatte. Ihre Heirat mit Astin hatte den Frieden zwischen den beiden Männern bewahrt und eine sehr wahrscheinliche und brutale Fehde um die fruchtbaren und einträglichen Ländereien von Jules Vater verhindert. Dadurch hatte Otto sein Erbe und seinen Ruf bewahrt und die Chance, seine beiden kleinen Söhne in Sicherheit aufzuziehen.

Grimarrs Augen blickten ungläubig und seine Finger trommelten auf den Tisch. »Du würdest diese Schuld wirklich einfordern, um uns zu helfen, Frau?«, fragte er. »Du würdest dich in unserem Namen mit Lord Otto treffen und ihm unsere Bedingungen anbieten? Du würdest für uns sprechen? Für die Orks?«

Das klang lächerlich, oder doch nicht? Jule schuldete den Orks nichts – sie hatten sie entführt, Grimarr hatte gelogen und er traute ihr nicht –, aber als sie in die wachsamen Augen ihres Gefährten sah, konnte sie nichts anderes sagen.

»Ja«, sagte Jule. »Das würde ich.«

26

Die nächste Nacht und der nächste Tag vergingen in einem schwindelerregenden Durcheinander von Besprechungen, Kampfvorbereitungen und Verhandlungen zwischen den Orks und den Menschen.

Und anstatt am Rande zu sitzen, wie sie es bisher immer getan hatte, fand sich Jule plötzlich mittendrin. Sie half beim Verfassen von Briefen und Angeboten, beriet sich mit Grimarr und seinen Anführern über Pläne und Alternativen und lieferte so viele Informationen über Astin und seine Truppen, wie sie nur konnte.

Zu diesem Zeitpunkt war es wirklich ein aktiver Verrat an Astin, der weit über alles hinausging, was sie bisher getan hatte – aber wieder einmal stellte Jule fest, dass es ihr egal zu sein schien. Astin war ein kleinlicher, grausamer und bösartiger Mann. Er war kleinlich und grausam und bösartig den Orks gegenüber. Das Mindeste, was er tun konnte, war, ihnen gegenüberzutreten und sich ihr Friedensangebot anzuhören.

Jule wurde in ihrer Verachtung nur noch bestärkt, als Astin am späten Morgen des nächsten Tages endlich im Lager der Männer auftauchte. Er wurde von einem ganzen bewaffneten

Regiment flankiert, und obwohl es kein sichtbares Zeichen seiner Person gab, war die opulente, nagelneue Kutsche, die von vier schönen, hochgezüchteten und perfekt aufeinander abgestimmten Pferden gezogen wurde, nicht zu übersehen.

»Hast du die *Pferde* gesehen?«, fragte Jule Grimarr, als sie wieder im Inneren waren, nachdem sie von dem versteckten kleinen Vorsprung, von dem aus sie beobachtet hatten, zurückgekehrt waren. Sie hatte nicht gewusst, dass es diesen Beobachtungsvorsprung überhaupt gab – ein weiteres von Grimarrs vielen Geheimnissen –, aber in dem ganzen Trubel war keine Zeit, sich zu ärgern. Vor allem, weil Grimarr seine Geheimnisse und Pläne endlich so gründlich gelüftet hatte, dass Jule jede neue Information aus erster Hand erfuhr – einschließlich dieser.

»Ja, ich habe sie gesehen«, antwortete Grimarr und runzelte die Stirn im Licht der Lampe, die er bei sich trug. »Warum musste ich diese Pferde sehen?«

Er dachte dabei natürlich nur an das Regiment und Astins Ankunft und was das für ihr Treffen bedeutete. Die Lords Otto und Culthen waren bereits eingetroffen, allerdings mit weitaus weniger Aufsehen als Astin, und dementsprechend hatten die Orks Jules sorgfältig geschriebenen Brief, in dem sie um ein Treffen nur mit Otto und Culthen baten, übergeben. Der Brief war zu Ottos Zelt gebracht worden, und er hatte ihn offenbar gelesen, obwohl er noch keine Antwort hinterlassen hatte.

»Weil Pferde wie diese ein *Vermögen* kosten«, sagte Jule bissig. »Für ihren Preis hätte er seinen Haushalt *jahrelang* ernähren und beschützen können.«

Grimarrs Augen verdunkelten sich mit deutlicher Missbilligung oder vielleicht sogar Verachtung. »Lord Norr ist ein Narr. Wenn ich nicht an diesen Frieden denken müsste«, seine Finger krampften sich um den Griff seines Krummsäbels an seiner Seite, »würde ich ihn auf der Stelle töten und dir diese Pferde schenken.«

Jule konnte sich ein Lachen nicht verkneifen und strich mit

ihrer Hand über seinen muskulösen Arm. »So ein großzügiger Ork«, sagte sie leichthin. »Und vielleicht kämst du danach mit mir reiten?«

Es war seltsam, wie verlockend diese Idee war – von allem, was sie in ihrem alten Leben zurückgelassen hatte, war das Reiten wahrscheinlich das, was sie am meisten vermisste –, aber Grimarr warf ihr einen zutiefst verärgerten Blick zu. »Orks *reiten* keine *Pferde*.«

»Nun, nicht *solche* Pferde, das stimmt«, antwortete Jule. »Sie sind für Geschwindigkeit gebaut, nicht fürs Ausreiten, schon gar nicht mit Gewicht. Aber vielleicht ein anderes Pferd? Etwas, das eher deiner Größe entspricht? Das wäre ein toller Anblick, weißt du?«

Sie neckte ihn jetzt, und Grimarr wusste das, und seine Irritation wich etwas, das fast wie Toleranz aussah. »Ich will dir deinen Traum nicht verderben, Frau«, sagte er, »aber dieses Pferd würde mich sofort von seinem Rücken werfen, und du würdest lachen, bis du weinst.«

Jule grinste ihn an und legte ihre Hand wieder auf seinen Arm, wobei sie dieses Mal länger verweilte. »Nur ein bisschen«, sagte sie. »Aber mal im Ernst, Grimarr, wenn das alles klappt, könnten wir uns vielleicht ein paar Pferde anschaffen? Ich könnte dir das Reiten beibringen.«

Grimarr blinzelte sie an und zog sie plötzlich an sich, wobei er seinen Arm schwer auf ihre Schulter legte. »Ich werde darüber nachdenken, Frau. Wenn du aber wirklich ein Tier reiten willst«, er schenkte ihr ein verruchtes Lächeln, »dann wartet mein Schwanz darauf, dir zu dienen.«

Jule stieß ihn mit dem Ellbogen in die Seite, aber er hatte nicht ganz Unrecht, oder? Als sie weitergingen und an der Tür einer unbenutzten Grisk-Baracke vorbeikamen, stieß Jule ihn erneut mit dem Ellbogen und führte ihn hinein. Dann griff sie mit beiden Händen unter seine Tunika, um seine harten Muskeln und seine warme, seidige Haut zu berühren.

»Ist jetzt ein guter Zeitpunkt?«, murmelte sie, woraufhin

Grimarr ein hitziges Knurren von sich gab, die Lampe zu ihren Füßen fallen ließ und sie an sich riss. »Ja«, hauchte er. »Reite mich. Umhülle mich. Zeig mir, was mein ist.«

Jule erwiderte den Befehl mit einem Keuchen, zog sein Gesicht zu sich herunter und schmeckte die köstliche Süße seines Mundes. Götter, war das gut, und sie saugte nur noch mehr, als Grimarr sie hochhob und zu einem der niedrigen Betten im Zimmer trug. Geschickt streifte er ihr die Hose ab und ließ sich mit ihr auf das Bett fallen, sodass sie mit weit gespreizten Beinen auf ihm saß und seine geschwollene, leckende Härte bereits an ihre hungrige, nasse Hitze drückte.

»Was für ein tüchtiges Tier«, murmelte Jule und klimperte mit den Wimpern, als sie ihr Gewicht tiefer auf ihn sinken ließ und spürte, wie der glatte, seidige Kopf sie zu spalten begann. »Und so stark wie jedes andere Pferd.«

Grimarr gluckste leise und präsentierte ihr seine scharfen Zähne. »Und du wirst niemals fallen«, sagte er, »mit meinem Schwanz, der dich sicher festhält.«

Jule stieß einen Laut aus, der teils ein Lachen, teils ein Seufzen war. Und als er langsam und sicher in sie eindrang, legte sie gedankenlos ihre Hände auf sein vernarbtes Gesicht und lächelte in seine schwarzen Augen. Sie sah ihm dabei zu, wie er sie nahm, sein Blick verschwamm vor Freude, Zuneigung und Sicherheit.

Das reichte aus, um Jule den Atem stocken zu lassen, gefangen in dem seltsamen, stockenden Schütteln in ihrer Brust. Sie mochte diesen Ork. Sie respektierte diesen Ork. Sie wollte diesen Ork.

Sie wollte *bleiben*.

Er drang immer tiefer ein, langsam und köstlich, bis er sich ganz in ihr festgesetzt hatte. Dort, wo er hingehört, flüsterten Jules Gedanken, und als er ihre Tunika hochschob, riss sie sich diese über den Kopf und legte seine großen, warmen Hände auf ihre dicke Taille, wo *sie* hingehörten. Seine. *Ihre.*

»Reite, meine holde Schönheit«, flüsterte Grimarr, seine

Stimme war so sanft und seine Augen so ausdrucksstark. Jule tat es und wog sich langsam vor und zurück, während der riesige Schwanz in ihr pulsierte und pochte. Er hielt sie in Sicherheit und erfüllte sie mit Lust, Wärme und Leben.

Jule hörte nur vage, wie die Orks an der offenen Tür des Zimmers vorbeigingen und dann vielleicht innehielten, um sie zu beobachten. Um zu sehen, wie sie nackt und entblößt im flackernden Licht der Lampe auf dem Schwanz ihres Anführers saß und ihn immer härter und intensiver ritt. Sie spürte, wie er jetzt noch mehr in ihr anschwoll – nichts liebte dieser Ork so sehr wie ein Publikum – und Jule liebte *ihn*, und selbst als dieser Gedanke zuckte und protestierte, schien er sich tief unter ihrer Haut zu manifestieren. Das reichte aus, damit sie sich nach hinten wölbte und laut stöhnte. Ihre Brüste waren voll und spitz und hüpften, ihre Wangen erröteten und ihr Körper stand in Flammen.

»Oh, Grimarr«, keuchte sie, schamlos, verzweifelt, verdorben. »Scheiße. Du fühlst dich so *gut* an. Ich *liebe* dich.«

Sein antwortendes Knurren war eher ein Brüllen, seine Hüften bäumten sich plötzlich auf und stießen in sie hinein, wie das ungezähmte Tier, das er war. Jule konnte sich nur noch an ihn klammern und auf seinem kraftvollen Körper reiten, es gab nichts Vergleichbares, keine andere Wahrheit oder Lust wie diese, sie gehörte ihm, er gehörte ihr, sie wollte *bleiben*.

Plötzlich spannte er sich am ganzen Körper an und presste sich hart an sie – und dann schrie er auf, als sein Samen heiß und flüssig tief in sie hineinspritzte. Das reichte aus, um das Feuer in Jule zu entfachen, und ihre eigene Erlösung überrollte sie in einem wütenden Schwall wilder, aufwallender Ekstase.

»*Verdammt*«, hauchte sie ihm zu, als das Vergnügen abgeklungen war und seine Härte in ihr etwas nachgab. »*Verflucht* seist du, Ork.«

Seine Hand wanderte zu einer ihrer nackten Brüste und umschloss sie mit seinen Fingern. »Immer diese Flüche«, murmelte er, aber in seinen Augen und in seiner Stimme lag so viel Wärme, dass Jule fast zu platzen drohte. »Eines Tages wirst du mir danken.«

Jule konnte sich ein ersticktes Lachen nicht verkneifen, ihr Körper schmiegte sich eng an seinen. »Darauf kannst du lange warten.«

Grimarr grinste sie nur an, mit scharfen Zähnen und atemberaubender Anerkennung. »Ist das eine Herausforderung, Frau?«

Jule grinste zurück und öffnete den Mund, um zu antworten – doch sie wurde von einem nicht ganz so subtilen Husten unterbrochen, das von der offenen Tür kam. Und als sie hinübersah, standen dort tatsächlich eine Handvoll Orks, darunter Baldr und Varinn, und starrten sie an – sie starrte auf Jule, die immer noch nackt auf dem Schwanz ihres Anführers saß. Und obwohl ihr Gesicht heiß wurde, machte Jule keine Anstalten, sich zu bedecken, denn Grimarr gefiel es, und Grimarr gehörte *ihr*.

»Ja, Brüder?«, fragte Grimarr unter ihr und machte auch nicht die geringste Bewegung, außer dass er mit einer warmen, anerkennenden Hand über Jules Bauch streichelte. »Gibt es Neuigkeiten?«

»Ja, Anführer«, sagte Baldr, seine Stimme klang etwas seltsam, und als Jule ihn genauer betrachtete, wirkten auch seine Augen seltsam, wachsam und funkelnd. Fast wie Angst, aber auch wie ... Hoffnung.

»Lord Otto möchte sich mit dir treffen, Anführer«, sagte er. »Noch heute.«

27

Sie hatten vereinbart, sich auf der Südseite des Berges zu treffen, auf einem kleinen, niedrigen Felsvorsprung, der für die Männer unten leicht zugänglich war. Grimarr hatte auch einem Zelt zugestimmt, um sich vor möglichen Pfeilen von beiden Seiten zu schützen, und er hatte den Männern schriftlich geschworen, dass nur er und »Lady Norr« bei dem Treffen anwesend sein würden.

»Lady Norr?«, fragte Jule hinterher und rümpfte die Nase. Grimarr zog eine Grimasse, als er sich den Waffenrock über den Kopf zog. Sie bereiteten sich in ihrem Zimmer auf das Treffen vor, und jemand hatte Jule ihr Kleid und ihr Hemd von irgendwoher, wo auch immer es die ganze Zeit gewesen war – zum Teufel! – zurückgebracht. Das Kleid war schäbig, aber sauber, und Jule war ziemlich schockiert, als sie feststellte, dass es sich nicht nur unnatürlich anfühlte, wieder ein Kleid zu tragen, sondern dass es ihr wegen ihres immer größer werdenden Bauches auch nicht mehr passte. Am Ende musste sie es hinten offen lassen und einen Mantel darüber ziehen, um es zu bedecken.

»Ich möchte, dass die Männer sehen, dass ich dir nicht wehgetan oder dich verändert habe«, sagte Grimarr jetzt, mit dem Rücken zu ihr, während er sich eine neue Tunika anzog. Jule hatte diese Tunika noch nie zuvor gesehen – sie war aus makellosem weißem Leinen und vielleicht noch nie getragen worden – und als Grimarr sich darin zu ihr umdrehte, fühlte Jule, wie ihr Herzschlag aussetzte. Im Gegensatz zu all seinen anderen Kleidungsstücken, die sie gesehen hatte, war ihm diese Tunika auf den Leib geschneidert und brachte seine breiten Schultern und seine Brust perfekt zur Geltung, sodass er wie ein brutaler, schöner Orkprinz aussah.

Was er in Wirklichkeit ja auch war. Oder nicht?

Jule fühlte sich plötzlich seltsam schüchtern, ihre Stimme blieb ihr im Hals stecken, und sie legte reflexartig ihre Hand auf ihren Bauch, um die seltsame Sicherheit zu spüren. »Nun«, sagte sie schwerfällig, »das hier werden sie doch sehen, oder?«

Grimarrs Hände fuhren abwesend durch sein Haarwirrwarr, doch seine Augen waren ganz auf ihre Taille gerichtet. »Daran«, sagte er stur, »kann man nichts ändern. Aber vielleicht wirst du«, er zog eine Grimasse, als er an einem Knoten in seinem Haar zupfte, »ihn vor Lord Otto verteidigen.«

Jule nickte stumm und trat näher, schlug Grimarrs Hände abwesend von seinem Kopf weg und griff nach dem Kamm, den Baldr mitgebracht hatte. Mit ihm fuhr sie durch Grimarrs seidiges schwarzes Haar und bürstete es glatt und glänzend.

»Gibt es sonst noch etwas, das ich für dieses Treffen wissen sollte?«, fragte sie hinter ihm, während sie ihre Arbeit verrichtete. »Abgesehen von den Details deines Vorschlags?«

Grimarrs Schultern wirkten plötzlich steif, aber eine von ihnen zuckte abfällig mit der Achsel. »Nicht mehr, als wir bisher besprochen haben«, sagte er, und das war auch gut so, denn gemeinsam hatten sie schon Stunden damit verbracht, darüber zu reden, was Jule sagen würde, welche Punkte am wichtigsten waren und was Otto und Culthen voraussichtlich sagen oder tun würden. Jule kannte Otto viel besser als sie Culthen kannte – Culthen und ihr Vater waren immer höflich, aber dennoch distanziert miteinander umgegangen – und

Grimarr hatte sie über jedes Detail von Ottos Geschichte ausgefragt, über jede Begegnung mit ihm, an die sie sich erinnern konnte.

Die meisten dieser Erinnerungen waren gut – Jule und Otto hatten als Kinder oft zusammen gespielt, und sie hatte ihn immer als Freund und Verbündeten betrachtet. Und rückblickend hatte Jule sich mehr als einmal gefragt, ob sie vielleicht nach ihrer Heirat mit Astin zu Otto hätte gehen sollen, um ihm ihre Situation klarzumachen und ihn um Hilfe zu bitten, ihr zu entkommen.

Astin manipuliert und demütigt mich, hätte sie sagen können. Astin ist irrational und unberechenbar. Astin hält seinen Haushalt in Armut, weil es ihm gefällt, die Oberhand zu haben.

Astin lässt mich um mein Leben fürchten.

Das war vielleicht neu, entstanden aus der veränderten Perspektive, die ihr der Abstand, die Orks, gegeben hatten. Jule konnte sich eingestehen, dass sie sich so gut in das Ork-Leben integriert hatte – besser als so viele Frauen vor ihr –, weil sie bereits darauf getrimmt worden war, in Angst zu arbeiten und zu leben. Ihre erste Erfahrung mit diesem Leben – von mächtigen, furchterregenden Männern in einem unausweichlichen Gefängnis eingesperrt zu werden – unterschied sich in Wahrheit kaum von ihrer alten Erfahrung.

Und jetzt, nachdem Jule Grimarrs Haare geflochten und mit einem Band zusammengebunden hatte, wurde ihr unausweichlich klar, dass dieses Leben eine deutliche Verbesserung gegenüber ihrem alten war. Trotz seiner Fehler hatte sich Grimarr als viel besserer Partner, Liebhaber und Freund erwiesen, als Astin es je hätte sein können.

Und – Jule packte Grimarr an den Schultern, drehte ihn um und sah ihm in die Augen – verdammt sei die Frist, verdammt sei Astin zum Teufel. Sie würde bleiben.

»Sehr gut aussehend«, sagte sie, während sie mit ihrer Hand leicht über seinen Zopf strich. »Du siehst wirklich aus wie der markante, rücksichtslose und mächtige Anführer, der du bist.«

Grimarrs Augen schienen zu glitzern und seine Hand fuhr hoch, um ihr Gesicht zu streicheln. »Ich danke dir, meine holde Schönheit«, sagte er. »Dies werde ich nie vergessen.«

Es klang fast ein wenig bedauernd, und Jule blinzelte ihn an, während sie die Stirn runzelte, aber er hatte ihre Hand bereits ergriffen und zog sie zur Tür. Dann ging es zurück in den Korridor, wo bereits Orks warteten, die in Schwarzmund Fragen stellten, bevor Grimarr im Gehen Befehle brüllte. Jule wusste, dass er seine Truppen auf die Schlacht vorbereitete, falls dieses wichtige Treffen scheitern sollte. Falls sie versagte.

Aber das würde sie nicht, und sie straffte die Schultern, als sie sich dem Bergausgang näherten, der dem Versammlungszelt am nächsten lag. Der Ausgang war natürlich vorher zugeschüttet worden, aber die Orks hatten ihn mit erstaunlicher Geschwindigkeit wieder freigelegt, und es gab nur ein paar Felsen, über die Jule klettern musste, während Grimarr ihre Hand fest umschlossen hielt.

Die Mittagssonne blendete sie, die Luft war frisch und kühl, und Grimarr half Jule, den Berg hinunter zum Zelt zu klettern. Ihr Weg war vor den Blicken der Männer geschützt, da er fast vollständig von zerklüfteten Felswänden verdeckt war, und wieder einmal erkannte Jule, wie viel Mühe sich Grimarr gegeben hatte und dass jedes Detail bedacht worden war.

Das Zelt war aus der Nähe größer, als es den Anschein hatte, und es waren bereits Männer da, die vor dem Zelt Wache standen. Als sie Jule und Grimarr erblickten, schnellten ihre Hände zu den Schwertgriffen – aber zum Glück zogen sie ihre Waffen nicht, und das war ein gutes Zeichen, oder nicht?

»Guten Tag, die Herrschaften«, sagte Jule freundlich zu ihnen, als sie nahe genug waren, um zu sprechen. »Ein herrlicher Tag, nicht wahr?«

Die starrenden Augen der Männer waren ausschließlich

auf Grimarrs Gestalt hinter ihr gerichtet, und Jule konnte seine angespannte Haltung spüren, ohne ihn ansehen zu müssen. Auch die Männer waren angespannt, ihre Augen weit aufgerissen und fast entsetzt, und Jule wurde klar, dass vielleicht keiner von ihnen jemals einen Ork aus der Nähe gesehen hatte und dass der Anblick deshalb selbstverständlich ziemlich beängstigend sein müsste. Vor allem, wenn – Jule warf einen unruhigen Blick zwischen Grimarr und den Männern hin und her – die Männer fast nur halb so groß waren wie er und ihre Gesichter so glatt und makellos und ungezeichnet aussahen. Fast so, als wären sie Kinder und keine Männer.

»Das ist Grimarr vom Clan Ash-Kai, der Anführer der Orks«, sagte Jule jetzt und gestikulierte zwischen ihm und den Männern. »Und wie vereinbart, ist er unbewaffnet. Soll ich es euch beweisen?«

Einer der Männer nickte knapp, und nach einem kurzen bestätigenden Blick auf Grimarrs ausdrucksloses Gesicht fuhr Jule mit ihren Händen über seine Hüften, Beine und Brust. Sie vergewisserte sich, dass keine Waffen oder Stahl darunter versteckt waren, und ging sogar so weit, ihn umzudrehen und seinen schönen neuen Waffenrock hochzuheben, um zu zeigen, dass auf seinem Rücken auch nichts versteckt war.

Der Mann erbleichte sichtlich beim Anblick von Grimarrs vernarbtem Rücken, winkte sie aber mit zittriger Hand in Richtung des Zeltes. Das war ein Erfolg, und Jule fühlte sich fast heiter, als sie die Klappe des Zeltes öffnete und hineinging.

Es waren noch mehr bewaffnete Männer im Zelt, vielleicht zehn oder zwölf, aber Jule hatte nur Augen für den einen, der vorn stand. Er war groß, schlank, hatte warme blaue Augen und braunes Haar, das an den Schläfen vorzeitig ergraut war. Ihr Cousin Frank, Lord Otto.

»Cousin«, sagte Jule mit Erleichterung und einem raschen, echten Lächeln. Und in einem Atemzug war sie in seinen Armen, drückte sich kurz an seine schlanke Gestalt und atmete seinen leicht verschwitzten Duft ein. »Es ist so *schön*, dich zu sehen.«

Sie meinte es ernst, und Otto schien dasselbe zu fühlen, denn er packte sie fest an den Schultern und seine Augen funkelten in den Ecken. »Gleichfalls, Jule«, sagte er. »Ich kann dir gar nicht sagen, wie verdammt erleichtert ich bin, dich lebendig und in einem Stück vorzufinden.«

Seine Worte wurden vielleicht durch seinen gezielten Blick auf ihre Taille und dann auf Grimarr hinter ihr überdeckt. Grimarr, der plötzlich riesig und gefährlich und fehl am Platz aussah, verzog sein vernarbtes graues Gesicht zu einem spektakulären Blick in Richtung der Stelle, an der Ottos Hände immer noch auf Jules Schultern lagen.

Zum Glück war Otto noch nie ein törichter Mann gewesen, und er ließ sofort seine Hände von Jule fallen und streckte eine in Richtung Grimarr aus. »Du musst der Anführer der Orks sein«, sagte er. »Ich bin Franklin, Lord Otto, von Salven. Und das«, er deutete auf einen anderen Mann in der Nähe, der einen dicken Bauch und einen buschigen grauen Bart hatte, »ist Lord Culthen von Tlaxca, dessen Ländereien im Osten an die meinen grenzen.«

Grimarr schüttelte Ottos Hand mit sichtlichem Bedacht, dann tat er dasselbe mit dem engblickenden Lord Culthen. »Ich bin Grimarr, vom Clan Ash-Kai«, sagte er mit tiefer und tragender Stimme. »Ich bin im Namen der fünf Ork-Clans dieses Reiches hier, um Frieden mit den Menschen zu schließen.«

Die Männer im Zelt begannen sich sofort zu bewegen und zu murmeln, einige von ihnen griffen zu ihren Schwertknäufen, aber Otto brachte sie mit einem Blick zum Schweigen. »Lasst uns erst einmal allein, Männer«, sagte er. »Wir geben euch ein Zeichen, wenn wir euch brauchen.«

Daraufhin verschwanden die Männer und ließen nur Otto und Culthen sowie Jule und Grimarr zurück. Als Otto sich wieder zu Jule umdrehte und die Arme vor der Brust verschränkte, sah er plötzlich müde aus, älter als er war.

»Was ist hier eigentlich los, Jule?«, fragte er. »Die Wahrheit, wenn ich bitten darf.«

Jule holte tief Luft, ließ sie aus und sah ihm in die Augen. »In Wahrheit, Frank«, begann sie langsam, aber vorsichtig, »sind die Orks es leid, mit den Menschen zu kämpfen. Sie wollen in Ruhe gelassen werden, um in Frieden zu leben. Und es gibt absolut keinen Grund, dem nicht zuzustimmen. Es würde sowohl uns als auch ihnen nützen und viele unnötige Todesfälle verhindern.«

Ottos Augenbrauen waren hochgezogen, und er ging zu Culthen hinüber und nahm dem älteren Mann eine Schriftrolle aus der Hand. »Du *befürwortest* das also wirklich«, sagte er. »Und du glaubst wirklich, dass diese Orks in gutem Glauben verhandeln? Und dass sie halten können, was sie versprechen?«

Er schüttelte die Schriftrolle aus, während er sprach, und Jule warf einen kurzen Blick darauf. Es war die Liste der Bedingungen, die Grimarr in Tristans schöner Handschrift verfasst hatte. Beendigung aller Aggressionen mit schweren Konsequenzen für diejenigen, die nicht folgen. Besitz des Berges. Zahlung von Steuern. Freiheit für die Orks, Handel zu treiben, zu heiraten und sich frei zu bewegen, ohne Angst vor dem Tod.

»Die Orks werden ihr Wort halten«, sagte Jule und hob ihr Kinn. »Grimarr ist der erste Anführer, der die fünf Clans seit drei Jahrhunderten zusammengebracht hat, und er hat sein ganzes Leben diesem Ziel gewidmet. Die Orks schätzen ihn hoch und sind ihm dabei bereitwillig gefolgt und haben ihn unterstützt. Er ist ein guter Lord.«

Ottos Augen wanderten zu Grimarr, der unbeweglich dastand und dessen Gesicht eine unlesbare Maske war. »Vielleicht hast du vergessen, Jule«, sagte Otto, »dass dieser vermeintlich gute Ork in dein Zuhause eingedrungen ist, zwei deiner Diener getötet und dich *entführt* hat. Und dann ...«

Er winkte verstohlen in Richtung Jules dicken Bauch, woraufhin sie reflexartig eine Hand dagegen legte und die Finger spreizte. Sie suchte nach der Wahrheit und nach dem Mut, sie auszusprechen.

»Grimarr hat mich in keiner Weise dazu gezwungen«, sagte sie langsam. »Ich wollte das. Ich will seinen Sohn. Ich sehne mich schon seit vielen Jahren nach einem Kind, und das«, sie warf einen weiteren Blick auf Grimarrs seltsam starre Augen, »hat mir große Freude bereitet. Grimarr hat mich glücklich gemacht.«

Einen Moment lang herrschte Schweigen, während Ottos zunehmend skeptischer Blick von Jule zu Grimarr und wieder zurück wanderte. »Bist du dir da wirklich sicher, Jule?«, fragte er. »Verzeihung, Sir«, er warf einen weiteren fragenden Blick auf Grimarr, »aber Orks haben sich wiederholt als grob, gewalttätig, unzivilisiert und moralisch verkommen erwiesen. Eine sanftmütige Lady sollte eine Erfahrung wie diese eigentlich zutiefst traumatisierend finden. Hast du die Möglichkeit in Betracht gezogen, dass dieser Ork dich mit einer Art Magie verhext hat?«

Jule spürte, wie Ottos Worte ein Stirnrunzeln bei ihr auslösten, aber sie atmete tief durch und wog ihre Worte ab. »Natürlich habe ich das in Betracht gezogen«, sagte sie. »Aber ich habe gelernt, meine eigenen Vorurteile und Annahmen besser zu überprüfen. Und nach dem, was ich gesehen habe, unterscheiden sich die Sitten der Orks in vielerlei Hinsicht von denen der Menschen, aber sie sind nicht von Natur aus grausam oder korrupt. Sie sind«, sie holte noch einmal Luft, »Leute. Individuen. Genau wie wir.«

Ottos Augenbrauen waren hochgezogen, und auch Lord Culthen hinter ihm schaute sehr skeptisch. Geradezu missbilligend, so als würde Jule mit Sicherheit die Lügen der

Orks nachplappern, also zuckte Jule mit den Schultern und brachte mehr Wahrheit vor. Ihre Wahrheit.

»Du *vergisst* vielleicht«, sagte sie fest, »dass ich die letzten fünf Jahre im Haushalt von Lord Norr gelebt habe. Und im Vergleich dazu, das versichere ich dir, sind die Orks bei *Weitem* die zivilisierteren Menschen. Wenn du jemanden dafür verurteilen willst, dass er unglückliche Frauen traumatisiert, dann schau doch mal über deine eigenen verdammten Schultern!«

Ihre Stimme hatte sich am Ende erhoben und drang durch das Zelt und vielleicht sogar darüber hinaus zu den Männern draußen. Otto und Culthen tauschten unruhige Blicke aus, und Jule seufzte und fuhr sich mit einer Hand durch die Haare.

»Hört zu, ich weiß, dass der Frieden nicht einfach sein wird«, fuhr sie fort. »Aber ihr *müsst* einsehen, dass es der produktivste Weg ist, der für euch alle von Vorteil ist. Ihr erhaltet höhere Einnahmen in Form von Steuern, ihr könnt die Sicherheit eures Volkes gewährleisten und ihr setzt eure Ressourcen frei, um euch auf wichtigere Dinge zu konzentrieren. Ihr werdet euren Kindern eine sicherere und bessere Welt hinterlassen.«

Ottos Kopf war geneigt, seine Augen schauten nachdenklich drein. Vielleicht zogen sie es sogar in Betracht – *zogen* sie es in Betracht? – und plötzlich spürte Jule, wie ihr Herz schneller schlug und ihr Atem flach und hoffnungsvoll in ihrer Brust floss. »Die Orks werden euch nicht verraten«, sagte sie mit so viel Überzeugung, wie sie aufbringen konnte. »Davon bin ich fest überzeugt. Sie haben die Kraft, diesen Frieden mit Gewalt zu erlangen, aber stattdessen haben sie ihn durch Briefe, Angebote und Warnungen gesucht. Sie wollen, dass dieser Krieg endet. Das ist der einzige Weg nach vorn.«

Otto sprach immer noch nicht, sondern blickte wieder zu Culthen, und Jule trat einen Schritt näher an ihn heran und richtete sich zu ihrer vollen Größe auf. »Es gibt keinen logischen Grund, warum du ablehnen solltest«, sagte sie.

»Außer vielleicht aus oberflächlichen Vorurteilen und kleinlicher Rache. Und, Frank, ich weiß, dass du besser bist als das. Tu das für deine Söhne. Gib ihnen ein Leben, in dem sie sich nie wieder Sorgen um Orks machen müssen. *Bitte!*«

Otto seufzte schwer – er zog es *wirklich* in Betracht – und sein Blick wanderte hinter sie, zu Grimarr. Als auch Jule ihn ansah, blinzelte sie und spürte, wie ihr ganzer Körper still wurde. Denn Grimarr sah plötzlich schrecklich aus, sein Gesicht war blass und gezeichnet, fast so, als würde er Schmerzen haben. Und das ergab keinen Sinn, es lief doch gut, vielleicht sogar besser, als sie es sich hätten vorstellen können. Oder etwa nicht?

»Hör zu, Jule, ich will ehrlich sein«, sagte Otto und lenkte Jules Blick wieder auf sein Gesicht. »Im Moment bin ich genauso erpicht darauf, diese miserable Sache zu beenden wie du. Aber Norr muss ein Mitspracherecht haben, und im Moment ist das sein einziges Interesse.«

Mit diesen Worten öffnete Otto die Schriftrolle in seiner Hand und tippte mit dem Finger auf eine Zeile in Tristans Schrift, die sich am Ende befand. Jule konnte sich nicht erinnern, diese Zeile schon einmal gesehen zu haben, und sie blinzelte darauf, während sich ihr Herzschlag beschleunigte. Das konnte doch nicht sein – oder doch?

»Lord Norr will dich zurück«, sagte Otto. »Sofort.«

28

*L*ord Norr will dich zurück.

Die Worte schrien und ratterten in Jules Kopf, und der Boden unter ihren Füßen schien heftig zu schwanken und dann zur Seite zu kippen. *Lord Norr will dich zurück. Sofort.*

Und Jules einzige Rettung, die Hoffnung, die durch ihre Gedanken wirbelte, war Grimarr. Grimarr, der hier stand, stark, mächtig und entschlossen, ihr Beschützer, ihr Gefährte. Er würde so etwas *niemals* zulassen, nicht in tausend Jahren. Oder doch?

Aber als Jule sich umdrehte, um ihn anzusehen, tauchte die Welt wieder unter und wirbelte herum. Denn Grimarr schaute nur Otto an und nicht sie, und dieser Ausdruck auf seinem Gesicht, so hatte sie ihn noch nie gesehen, als ob die ganze Welt zu Asche geworden wäre.

»Noch nicht«, sagte er zu Otto, seine Stimme war ruhig, flach und bedächtig. »Zuerst werdet ihr diesen Friedensvertrag unterschreiben und ihn all euren Männern und allen Dörfern im Umkreis von zwei Tagesritten von hier verkünden. Wir werden darüber wachen, dass ihr das tut. Erst dann«, seine Augen schlossen sich, »geben wir dir Lady Norr zurück.«

Was? *Was?!* Jule starrte zu Grimarr, aber er sah sie nicht an, sondern hielt seine leeren Augen auf die von Otto gerichtet. Das heißt ... er meinte ...

Ohne Vorwarnung schien Jule zu taumeln, das Zelt drehte sich stark und schnell vor ihren Augen, und es war Otto, nicht Grimarr, der sie am Arm festhielt und ihr Halt gab. »Geht es dir gut, Jule?«, fragte er, aber sie konnte vor lauter Rauschen in ihren Ohren und dem plötzlichen Verständnis, das tief in ihrem Schädel aufschrie, kaum etwas hören.

Grimarr hatte ausgehandelt, sie zurückzugeben. Grimarr hatte sie wie ein Stück Vieh *verkauft*. Grimarr hatte sie belogen, manipuliert und verraten. Grimarr würde sie opfern – Jules zitternde Hände wanderten zu ihrer geschwollenen Taille – er würde sie aufgeben – er würde ...

»Jule?«, sagte Otto mit offensichtlicher Besorgnis in der Stimme, und Jule rang verzweifelt nach Luft, nach Fassung. Sie musste sich zusammenreißen, musste nachdenken, wie Grimarr so etwas tun konnte, *wie.*

»Mir war nur ... schwindelig«, keuchte sie und konnte es nicht ertragen, Otto oder Grimarr anzusehen. »Ich glaube, ich muss mich kurz setzen ...«

Culthen schritt bereits zur Tür des Zeltes und bellte jemandem einen Befehl zu, und irgendwie war da auf einmal ein kleiner dreibeiniger Hocker, von irgendwoher. Jule konnte nicht aufschauen, nicht sprechen, sondern nur schwer atmend auf den Hocker sinken, die Hände fest auf den Bauch gelegt. Ihr Sohn. Sie musste an ihren Sohn denken. Sie musste denken ...

Sie spürte, dass alle drei Augenpaare sie beobachteten und warteten. Und bei allen Göttern, sie musste sich zusammenreißen, die Angst und das galoppierende Elend zurückdrängen, atmen, *denken.*

»Viel besser, danke«, hörte sie ihre zittrige Stimme sagen, als sie den Kopf hob und auf Ottos verschwommene Gestalt blickte. »Verzeih mir, Frank. Also ... ihr habt gesagt ...«

Sie sah Grimarr nicht an, sie konnte es nicht ertragen, ihn zu sehen, aber sie hörte ihn sprechen, als er ihre Bedingungen noch einmal wiederholte. Seine Stimme klang seltsam dumpf und erstickt, aber vielleicht war das nur das Rauschen in Jules Ohren und das Chaos, das in ihrem Schädel tobte. Sie musste nachdenken. Ihr Sohn.

Otto antwortete mit einer Art Gegenangebot, das Jule nicht hörte, und als Grimarr nicht antwortete, hob Jule ihr Kinn und blickte auf das Gesicht, von dem sie wusste, dass es Ottos Gesicht war.

»Entschuldige, Frank«, sagte sie, wobei ihre Stimme nur leicht schwankte. »Aber was ist, wenn ich nicht zu Astin zurückkehren möchte? Könnten wir vielleicht andere Möglichkeiten in Betracht ziehen? Vielleicht könnte ich bei dir bleiben oder sogar ganz weggehen? Ich könnte nach Westen ziehen, nach Osada oder darüber hinaus?«

Die Worte klangen abscheulich aus ihrem Mund – allein mit einem Orksohn in einem fremden Land zu leben, wäre die sichere Hölle, aber was blieb ihr anderes übrig neben Astin, neben Grimarr. Ihr Gefährte, den sie liebte und der sie eintauschen wollte ...

»Es tut mir leid, Jule«, sagte Otto und seine Stimme klang wirklich bedauernd. »Aber wenn du wirklich willst, dass dieser Vertrag eine Chance hat, dann musst du zurückgehen. Nur so wird Norr zustimmen. Ich bin mir sicher, dass du dir vorstellen kannst, wie stark sein Entschluss in dieser Sache ist.«

Hinter seinen Worten steckte eine Menge Bedeutung – er hatte zweifellos Unmengen an kostbarer Zeit mit Astin persönlich verbringen müssen, um genau diesen Punkt zu diskutieren – und Jule schluckte schwer. »Könnten wir dann«, sagte sie, »vielleicht eine Übereinkunft schließen – *bitte* –, dass Astin meinem Sohn nicht schaden wird?«

Die Stille im Zelt schien lauter zu sein als jedes Geschrei, bis sie schließlich von Ottos langsamem, müdem Seufzer durchbrochen wurde. »Es tut mir so leid, Jule«, sagte er. »Aber nein. Nicht, wenn du willst, dass Norr das akzeptiert. Er würde niemals zulassen, dass ein Orkkind vor seiner Nase geboren wird, selbst wenn du es danach den Orks zurückgibst. Und seien wir ehrlich, du möchtest unter diesen Umständen auch nicht mit Norr zusammenleben. Oder?«

Jule schien der Atem in der Lunge zu stecken, und drohte in würgenden, schluchzenden Schlucken zu entweichen. Schließlich war sie verzweifelt genug, um zu Grimarr aufzublicken, in sein aschfahles Gesicht, zu dem Ork, den sie liebte und der sie den Wölfen zum Fraß vorwarf.

»Du würdest zulassen, dass Astin deinen Sohn tötet?«, hörte sie sich selbst sagen, und ihre Augen sahen ihn flehend an. »Wahrhaftig, Grimarr?«

Aber sein harter Kiefer war starr, seine Hände zu Fäusten geballt, seine Augen flach und glänzend in seinem gezeichneten, blassen Gesicht. »Ich muss«, sagte er mit hohler Stimme. »Ich muss alles geben, um meine Brüder zu retten. Ich muss diesen endlosen Krieg beenden.«

Der Schmerz fuhr wie eine Lanze durch Jules Brust, denn natürlich würde Grimarr alles für sie tun, alles hergeben. Und das schloss sie und ihren Sohn mit ein, und sie hätte es wissen müssen, hätte ihm niemals ihre Zeit, ihr Vertrauen oder ihr Herz geben dürfen. Sogar – der Schmerz hallte wider, diesmal tiefer – selbst die versprochenen vierzig Tage waren eine Lüge, um ihm Zeit für diese Verhandlungen zu verschaffen. All seine Zuneigung, all seine schmeichelnden Worte, waren nichtig.

»Also, was sagst du, Jule?«, fragte Ottos vorsichtige Stimme. »Bist du wirklich damit einverstanden? Wirst du nach Norr zurückkehren, um diesen Orks ihren Frieden zu geben?«

Es war eine schreckliche Frage, die durch die Bilder, die plötzlich in Jules Kopf auftauchten, nur noch schlimmer wurde. Baldr und Drafli, Kesst und Efterar, Tristan und John und Sken, jeder verdammte Ork in diesem Berg. Ihr Leben, ihre Zukunft, vielleicht sogar deren eigene Söhne, sie alle standen auf dem Spiel. Alles hing von ihr ab.

Und wenn Jule nicht zustimmte, würde es dann jemals wieder eine andere Gelegenheit geben? Sie wusste, wie viele Gedanken und Mühe Grimarr in diese Sache gesteckt hatte, sie wusste, wie sehr er und die Orks sich danach sehnten. Und Grimarr würde heute Nacht angreifen, wenn die Männer sich weigerten, und wie viele Orks und Männer würden dann sterben?

Und wie sollte Jule weiterleben, wenn sie wusste, dass sie es hätte verhindern können?

»Ja«, sagte sie, obwohl das Wort ein ersticktes, klägliches Schluchzen war. »Ich werde gehen.«

29

Grimarr begleitete Jule schweigend zurück zum Berg, ohne auch nur ein freundliches Wort oder eine Entschuldigung auszusprechen. Vielleicht hätte Jule damit rechnen müssen, denn was sollte man auch schon sagen, wenn man seine Gefährtin und seinen Sohn verraten hatte?

Noch war die Sache nicht erledigt – Otto hatte zugestimmt, den Vorschlag an die anderen Männer weiterzuleiten, und versprochen, ihn persönlich zu befürworten. Und wenn Jule sich nicht so tot gefühlt hätte, hätte sie sich vielleicht über Ottos Weitsicht gefreut und über die dringend benötigte Erinnerung, dass es doch noch gute Menschen auf der Welt gibt.

Aber stattdessen herrschte nur diese taube, schwere Leere, die mit jedem unsicheren Schritt schwerer wurde. Dieser Berg war nie ihr Zuhause gewesen. Dieser Ork hatte sich nie für sie interessiert. Die Orks, die jetzt die schwarzen Korridore säumten und Jule beim Vorbeigehen ansahen, waren nie ihre Freunde gewesen.

Wenigstens war es ruhig, kein Gejohle, Flüstern oder Gelächter, und Jule hielt den Kopf gesenkt, als sie Grimarrs schweigsamer Gestalt durch den Korridor folgte. Natürlich in

Richtung seines Zimmers – hier würde sie wahrscheinlich festgehalten werden, bis die Männer ihre Entscheidung getroffen hatten – und als Grimarr die Tür mit den Vorhängen für sie zurückgezogen hatte, ging sie wie betäubt zum Bett und setzte sich mit gesenktem Kopf und fest zusammengefalteten Händen hin.

Es gab nichts mehr zu tun. Nichts mehr übrig. Nur Warten, und Warten, und dann der Tod.

Grimarr hatte sich noch nicht bewegt, er stand immer noch in der Mitte des Raumes und Jule konnte seinen Atem hören, der rau durch seinen Mund herauskam. Warum ging er nicht weg? Er machte es nur noch schlimmer, so viel Angst und Elend, dass Jule nicht wusste, wie sie es ertragen sollte.

»Es tut mir leid, Frau«, sagte seine Stimme schließlich, leise und brüchig. »Ich habe mir nicht gewünscht, das zu tun.«

Jule schniefte unwillkürlich, und als sie sich über die Augen wischte, kam ihre Hand nass und zitternd zurück. »Aber du hast es getan«, hörte sie ihre belegte Stimme sagen. »Du hast es die ganze Zeit geplant.«

Er leugnete es nicht, und Jule spürte, wie die lauernden Schluchzer immer näher rückten und darum kämpften, aus ihrer Kehle zu entweichen. »Du hättest es mir«, schaffte sie es zwischen zwei Atemzügen, »sagen können.«

Es herrschte eine betretene, angespannte Stille, die nur durch das Geräusch der schweren Atemzüge unterbrochen wurde. »Ich dachte«, sagte er langsam, »du würdest das wissen. Wenn Männer Adelige stehlen, fordern sie oft Bedingungen für deren sichere Rückkehr.«

Der Schmerz flammte wieder auf, jetzt in Form von Demütigung oder vielleicht Wut. »Ja, *Männer*«, würgte Jule hervor. »Ihr seid *Orks*. Und ihr habt mir die ganze Zeit erzählt, dass ihr anders seid. Aber ihr seid genauso wie die. Ihr verschachert mich, genau wie mein Vater, zu eurem eigenen Vorteil. Du hast meinen Vater dafür verurteilt, dass er seinem eigenen Kind so etwas antut, und trotzdem ...«

Sie konnte die Worte nicht aussprechen, aber ihre Hände waren zu ihrem Bauch gewandert und legten sich hilflos um ihn. Was ihr Vater getan hatte, war falsch gewesen, ja, das sah sie jetzt ein – aber wenigstens hatte er mit ihr darüber gesprochen, es mit ihr zusammen geplant und ihr erklärt, warum. Aber das ...

»Er ist dein *Sohn*«, hörte sie sich selbst sagen, wobei ihre Stimme wie die einer anderen Person klang. »Ich kann vielleicht verstehen, warum du mich weggeworfen hast, aber du hast gesagt, dass du ihn willst. Du hast gesagt, er würde nach dir Anführer werden. Das hast *du* gesagt.«

Die Worte klangen verzweifelt und erbärmlich, denn natürlich war nichts, was Grimarr gesagt hatte, wahr. Aber es hatte sich damals so wahr angefühlt, er hatte es mit so viel mehr als nur mit Worten gesagt, mit seinen Händen und seiner Berührung und seinen Augen.

»Ich war gierig«, sagte Grimarrs langsame, angestrengte Stimme. »Ich wünschte mir, zu meinem eigenen Vorteil, dass die Männer Nein sagen würden. Ich habe mir erlaubt, mich an das hier zu klammern. An dich und unseren Sohn.«

Das machte es fast noch schlimmer, und Jule schnappte nach Luft und blinzelte auf den Boden. »Und wenn die Männer sich geweigert hätten«, sagte sie, »und ich geblieben wäre und deinen Sohn geboren hätte, hättest du mir dann jemals die Wahrheit gesagt?«

Er stieß einen schweren Seufzer aus, fast ein Stöhnen. »Nein«, sagte er, jetzt so ruhig. »Ich hätte nie gewollt, dass du weißt, dass ich das tun würde.«

Jule stieß einen Laut aus, der halb Lachen, halb Schluchzen war. »Natürlich«, sagte sie verbittert. »Du würdest lügen. Du hast mich immer angelogen, seit ich hierhergekommen bin, warum sollte sich das jemals ändern? Du hast bei den vierzig Tagen gelogen. Du hast bei deiner Vergangenheit gelogen, bei deinen Plänen, bei deinen Angeboten an die Männer. Du hast geschworen, dass du mich nicht betrügen würdest, du hast mich manipuliert, dir zu vertrauen, dir zu helfen und mit dir zu schlafen. Wahrscheinlich hast du auch in diesem Punkt gelogen, mit deinem ganzen ›wie die Götter es bestimmen‹ Blödsinn.«

Und der Gedanke daran – die Aussicht, dass er sie auch in diesem Punkt betrogen hatte – ließ ihr plötzlich den Atem stocken und ihr Herz in den Ohren pochen. Nein. Das hätte er nicht getan. Oder doch?

Aus Grimarrs Kehle ertönte ein seltsames, gutturales Geräusch, und plötzlich war er da, kniete vor Jule auf dem Boden, sein Gesicht auf gleicher Höhe mit ihrem. Es war das erste Mal, dass sie sein Gesicht sah, seit sie hierhergekommen war, und seine Augen waren schwarze Schatten, seine Haut totenbleich und sein Mund schmerzverzerrt.

»Frau«, hauchte er, und seine Hände lagen auf den ihren, heiß und klebrig und zuckend. »Es war nicht alles gelogen. Ich würde dich nicht anlügen, wenn es um das Vergnügen geht, das wir zusammen hatten. Ich habe nicht gelogen, als ich von meiner Sorge um dich und unseren Sohn sprach. Ich habe«, seine Kehle zuckte, »ich habe mit dir mehr Freude erlebt, als ich je für möglich gehalten hätte. Ich habe dich *geliebt*, Frau.«

Ihm liefen Tränen über die Wangen, und Jule spürte, wie sie den Kopf schüttelte. Nein, nein, *nein*. »Aber wenn du mich geliebt hast«, sagte sie, ihre Stimme war so hohl, »wie konntest du mir das dann antun?«

Grimarrs Mund war ein schmaler Strich, seine Augen waren dunkel und hell zugleich in seinem blassen Gesicht. »Ach«, flüsterte er, »ich habe keine andere Wahl.«

Es gab nichts mehr zu sagen, und Jule wischte sich mit den Händen über das Gesicht. »Dann sind wir hier fertig, nicht wahr?«, flüsterte sie. »Bitte, geh einfach.«

Er rührte sich nicht, seine glitzernden Augen waren fast schon schmerzhaft anzusehen, und Jule schüttelte den Kopf und schob blindlings seine Hände weg. »Bitte«, sagte sie wieder, flehte. »Geh.«

Ein weiteres seltsames Geräusch entrang sich Grimarrs Kehle, aber er nickte und stand auf. Er wartete, zögerte, aber nach einer verzweifelten Handbewegung von Jule drehte er sich um und ging.

Endlich war Jule allein in der gesegneten Stille des Raumes, und sie vergrub ihr Gesicht in ihren Händen und schluchzte.

30

Der Rest des Tages fühlte sich endlos an, genauso wie der anschließende Abend. Leere, endlose Stunden ohne Grimarr, ohne Nachrichten, ohne Licht, Leben oder Wärme.

Bei Einbruch der Nacht wurde es noch schlimmer, als der verfluchte Bund der Gefährten anfing, an Jules Gedanken zu nagen. Es flüsterte ihr zu, dass sie Grimarr, wo immer er war, leicht finden und hierher zurückbringen könnte, und er würde ihr das Vergnügen nicht verweigern, oder? Aber der Gedanke daran – sein schöner Körper, der sie liebevoll verwöhnte, während er selbst sie und ihren Sohn verraten hatte – war fast schmerzhaft, und schließlich klammerte sich Jule an den Bettpfosten und sprach mit dem einzigen anderen Wesen, dem sie vertrauen konnte. Ihrem Sohn.

»Es tut mir so leid, mein süßer Kleiner«, flüsterte sie und sah auf den Beweis für ihn hinunter, auf die leichte Schwellung in ihrem Bauch. »Ich hätte mehr tun sollen, um dich zu beschützen. Ich hätte mehr daran denken sollen, dich zu beschützen. Ich hätte weglaufen sollen, als ich die Chance dazu hatte.«

Es gab keine Verurteilung, nur eine lauschende Stille –

gerissen, gierig, stark – und Jule schluckte, legte eine Hand dagegen. »Ich wollte«, flüsterte sie, »glauben, dass ich in Sicherheit bin. Dass man sich um mich kümmert. Beschützt. Ich ließ mich in diesem Glauben täuschen und gab alle meine Rache- und Fluchtpläne auf. Ich vertraute, als ich es nicht hätte tun sollen. Ich war ein Narr, mein Kleiner, und jetzt bist du derjenige, der leiden muss.«

Sie hatte darum gekämpft, nicht an die Einzelheiten zu denken, an das, was Astin anordnen würde, aber es würde sicher bald geschehen, demütigend und quälend sein. Und Jule musste sich dem stellen, ihr Sohn musste sich dem stellen, und sie schnappte nach Luft, nach Worten.

»Du bist mutig, mein Kleiner«, sagte sie. »Ich weiß, dass du das bist. Ich weiß, dass du das mit Stärke angehen wirst. Ich wünschte nur«, sie holte röchelnd Luft, »ich hätte dein Gesicht sehen oder mit dir sprechen können. Ich wünschte, ich hätte dich stark, stolz und schön aufwachsen sehen. Ich hätte dich so geliebt, mein Kleiner.«

Die Tränen liefen ihr wieder aus den Augen, die Schluchzer waren viel zu nah, und schließlich ließ Jule sie einfach über sich ergehen und wrang sie wieder und wieder mit ihrem keuchenden, erstickenden Kummer aus. Sie war dabei, ihren Sohn zu verlieren. Sie war dabei, alles zu verlieren.

Als die Schluchzer endlich wieder verklungen und in die stille, schreckliche Leere gesunken waren, klopfte es verstohlen an den Türrahmen. Jule starrte stumm dorthin, ohne zu sprechen, und schließlich hob sich der Vorhang und zeigte Baldrs grünliche Gestalt, die im Licht der kleinen Laterne, die er trug, erleuchtet wurde. Außerdem trug er etwas, das wie ein Fleischpaket aussah, einen Strauß frischer Beeren und einen Trinkschlauch.

Jule war weder hungrig noch durstig, aber als Baldr ihr die Sachen reichte, nahm sie sie und legte sie neben sich auf das Bett. »Danke«, zwang sie sich mit hölzerner Stimme zu sagen. »Du bist sehr freundlich.«

Baldrs massige Gestalt schien im Lampenlicht zu zucken, und Jule spürte, wie eine weitere Welle dumpfer Erkenntnis über sie hereinbrach. Natürlich hatte er auch davon gewusst. Sie hatten es alle gewusst, die ganze Zeit über. Baldr hatte zugehört, wie Grimarr sie wieder und wieder belog, und er hatte die Wahrheit nicht einmal angedeutet. Er hatte Jule in dem Glauben gelassen, dass sie Freunde waren.

Er schien ihren Gedanken zu folgen, seine großen Hände verschränkten sich am Griff der Laterne. »Es schmerzt mich, deine Traurigkeit zu sehen, Frau«, sagte er schließlich. »Ich hatte gehofft, du würdest dich freuen, wenn du zurückkehrst. Du und der Anführer habt euch in den letzten Wochen so oft gestritten.«

Jule schniefte resigniert und presste ihre Hand gegen ihren Bauch. »Wir haben uns in letzter Zeit nicht wirklich gestritten«, sagte sie leise. »Nicht seit unserem Sohn.«

Baldr zog eine Grimasse und nickte dann, seine Laterne schwankte in seiner Hand. »Ich weiß«, sagte er. »Ich hätte dir die Wahrheit sagen sollen. Es war nur diese Hoffnung, Frieden zu finden – und damit auch Frauen und eigene Söhne. Und je mehr wir das zwischen dir und dem Anführer sahen, desto mehr wünschten wir uns das alle. Es tut mir leid.«

Jule konnte nicht einmal Wut auf ihn empfinden, nur eine dumpfe, gähnende Leere. »Es war nicht deine Schuld«, sagte sie. »Du warst immer nett zu mir, Baldr. Ich bin froh, dich getroffen zu haben.«

Er machte ein schreckliches Gesicht und sein Blick fiel kurz zu Boden. »Wir wissen noch nicht mit Sicherheit, dass du gehen musst«, sagte er mit einer falsch klingenden Fröhlichkeit. »Die Männer könnten sich noch weigern. Oder sie kommen mit Gegenverhandlungen zurück. Es könnte noch Wochen oder Monate dauern.«

Das war ein gutes Argument, aber Jule hatte schon zu viel Zeit zum Nachdenken gehabt, um zu begreifen, wie gründlich Grimarr das alles geplant hatte. *Das hier ist Macht, Frau*, hatte er an diesem Tag gesagt und damit vielleicht mehr verraten, als er gemeint hatte. *Die Ehefrau von Lord Norr, die meinen Sohn in ihrem Bauch trägt.*

»Nein«, sagte Jule müde in Richtung der Füße von Baldr. »Jetzt, wo so viele Leute den Beweis für meinen Sohn gesehen haben, wird Astin wollen, dass die Sache so schnell wie möglich erledigt wird. Wenn sich meine Schwangerschaft herumspricht, wäre das die größte Schande und die schlimmste Verleumdung für seinen Namen. Das wusste dein Anführer sehr wohl, als er dies alles plante.«

Baldr widersprach zum Glück nicht, und nach einer weiteren gemurmelten, angeschlagen klingenden Entschuldigung, schlich er sich wieder hinaus. Er ließ Jule allein in der dunklen Stille zurück, wo sie wie betäubt versuchte zu schlafen und stattdessen ins Leere starrte, während die endlosen Stunden vergingen und die Gedanken an Grimarr in ihrem Kopf herumschwirrten.

Sie bewegte sich erst wieder am Morgen, als die Gedanken an Grimarr irgendwie zur Wahrheit wurden und sein großer Körper durch den Vorhang schritt. Hier, so nah, und der flüsternde Hunger in Jules Gedanken kam hoch, sein Geruch war in dem kleinen Raum fast überwältigend – aber nein, er hatte sie *verkauft*, und sie presste die Hände so fest auf die Augen, dass es wehtat.

»Was?«, brachte sie hervor, während ihre verräterische Zunge über ihre Lippen leckte. »Du hast Neuigkeiten, nehme ich an.«

Er sagte nichts, aber als Jule ihre Hände fallen ließ und ihn ansah, stand die Wahrheit in seinen Augen. Nachrichten, von den Männern. Und plötzlich war klar, was das für Nachrichten waren. Wann hatte Jule gelernt, diesen Ork so gut lesen zu können? Wie war das alles überhaupt passiert und warum?

»Sie haben deine Bedingungen akzeptiert«, hörte sie ihre hölzerne Stimme sagen. »Nicht wahr?«

»Ja«, sagte er. »Es ist beschlossen.«

31

Jule hatte gewusst, dass es kommen würde. Aber trotzdem schienen Grimarrs Worte eine neue, klaffende Wunde mitten in ihrem Herzen aufzureißen. *Es ist beschlossen.*

»Ich gratuliere dir«, hörte sie ihre flache Stimme sagen, während ihr Blick auf den Boden zu seinen Füßen gerichtet war. »Du musst erfreut sein.«

Grimarr sagte nichts, er stand nur da, und Jule rang nach Atem, nach Kraft. »Wann soll ich gehen? Bald?«

»Ja«, kam die Antwort, seine Stimme war genauso flach wie ihre. »Sie haben ihre Männer bereits informiert, und die Soldaten brechen gerade ihr Lager ab. Außerdem sind die Reiter in die Städte aufgebrochen, und wir warten nur noch darauf, dass die Magistrate diese Nachricht als Gesetz unterschreiben.«

Nun, er hatte es geschafft. All diese großartigen Pläne des Orks hatten das Undenkbare erreicht. Und wäre es noch vor zwei Tagen gewesen, hätte Jule in schallendes Gelächter ausbrechen, ihre Arme um seinen Hals werfen und ihm sagen können, was für ein geniales, berechnendes Biest er war – aber im Moment konnte sie nur hier sitzen und die Wellen der Angst und des Schreckens beobachten, die vorbeizogen.

»Vielleicht wirst du nach dieser Sache noch ein gutes Leben haben«, sagte Grimarrs Stimme leise und zögernd. »Du wirst zu deinen Dienern und Pferden zurückkehren. Ich weiß, du hast dein Zuhause vermisst.«

Die Worte waren seltsam, schockierend und schmerzhaft und durchschnitten den Nebel in Jules Gedanken wie ein Messer, sodass sie den Kopf hob und ihn ansah, sie starrte auf sein blasses, gezeichnetes Gesicht.

»Mein *Zuhause*?«, hörte sie ihre schrille Stimme fragen. »Mit *Astin*? Mit einem Mann, der meinen Sohn gegen meinen Willen ermorden und mich nie vergessen lassen wird, dass es ihn gab? Hast du noch nicht gemerkt, Ork«, sie musste innehalten und nach Luft schnappen, »dass ich Astin genauso sehr hasse wie du?!«

Grimarrs Mund krampfte sich zusammen und seine Augen schlossen sich kurz. »Ich wusste das«, sagte er leise. »Aber ich hoffte, dass ich mich geirrt habe.«

Mochten die Götter diesen Ork verfluchen, dass er alles so verdrehte, wie es ihm passte! Jule spürte, wie sich ihre Hände zu Fäusten ballten und klamm wurden. »Nun, du hast dich nicht geirrt«, knirschte sie. »Und jetzt, wo du Astin über alle Maßen provoziert hast, gehst du weg und wirfst mich ihm vor die Füße.«

Grimarr hob die Hand, um sich über seinen Mund zu reiben, und ließ sie wieder fallen. »Wird Lord Norr dir wehtun?«, fragte er. »Für das hier.«

Jule überlegte, ob sie lügen sollte, aber warum sollte sie diesen Ork schützen, nach allem, was er ihr angetan hatte? »Ja«, sagte sie müde, während ihr die Vision von Astins Peitsche durch den Kopf schoss. »Das wird er.«

Daran bestand kein Zweifel – es war nur eine Frage des Ausmaßes – und Jule spürte, wie sich ihr Herzschlag beschleunigte und sie die Augen zusammenkniff. Sie würde sich ihm stellen. Sie würde tapfer sein. Wie ihr Sohn.

»Du solltest fliehen«, sagte Grimarr mit eindringlicher, tiefer Stimme. Als ob er das tatsächlich *vorschlagen* würde, und Jule spürte, wie sie ihn wieder anstarrte und ihr Herzschlag in ihren Ohren dröhnte.

»Nein, ich kann nicht weglaufen«, sagte sie, »und gerade du solltest das wissen. Wenn euer Vertrag meine sichere Rückkehr zu Astin vorsieht und ich dann weglaufe, werden alle denken, dass ich zu euch zurückgekehrt bin. Astin würde die Menschen dann nur zu gerne in diesem Glauben bestärken, und sie werden euren Frieden mit Füßen treten. Dank dir, Ork, bin ich jetzt *für immer* bei Astin gefangen.«

Aber das wusste Grimarr natürlich schon, und er atmete langsam, schwer und resigniert aus. »Ach, Frau«, flüsterte er. »Das hätte ich von dir nicht erwartet.«

Jule zog ihre Knie an die Brust und drückte sie fest an sich. »Nun, ich habe das auch nicht von dir erwartet«, sagte sie. »Aber jetzt sind wir hier. Und so kannst du wenigstens eine«, sie musste schlucken, um die Worte auszuspucken, »eine neue Gefährtin finden. Eine bessere. So, wie du es die ganze Zeit wolltest.«

Einen Moment lang herrschte eine schreckliche, drohende Stille, in der das Elend aufstieg und darauf wartete, sie zu füllen – und plötzlich waren da Hände, lebendig und warm, auf Jules Haut. Auf ihrem Gesicht, das er zu sich heranzog, bevor er seine Stirn an ihre drückte, und sein Geruch ihre Lunge mit seiner warmen, saftigen Süße erfüllte.

»Ach, Frau«, flüsterte er. »Sprich nicht so. Denke nicht so. Du warst mir eine bessere Gefährtin, als ich es je verdient habe. Du bist schön und mutig, stark und stolz. Du hast uns aus freien Stücken vor deinem eigenen Volk verteidigt, und jetzt«, er holte tief Luft, »gibst du dein eigenes Leben für das meiner Brüder. Du stellst dich dem Schicksal, das ich dir auferlegt habe, mit Ehre, und nicht ein einziges Mal hast du gebettelt, gekämpft oder versucht zu fliehen. Stattdessen tröstest du unseren Sohn, sprichst freundliche Worte zu Baldr und bringst Schande über mein Haupt.«

Jule antwortete nicht, sie konnte nicht, und er kam näher, atmete sie ein und umfasste ihr Gesicht, als wäre es etwas Kostbares. »Du bist eine wahre Gefährtin«, sagte er. »Ein seltener Preis, der stolz den Sohn trägt, nach dem ich mich mein ganzes Leben lang gesehnt habe. Und ich habe dich *verkauft*. Ich habe dich an jemanden verkauft, den ich mehr verabscheue als jeden anderen auf dieser Welt, außer mir selbst.«

Seine Hände zitterten auf ihrer Haut, sein Atem kam in seltsamen, hohen Lauten, und Jule merkte, dass er weinte. Dieser furchtbare Ork, der sie so hinterhältig betrogen, belogen und weggeworfen hatte, weinte in ihren Armen.

»Du hast recht«, hauchte er zwischen den Schluchzern, »ich bin schlimmer als dein Vater. Ich habe sowohl meine Gefährtin als auch meinen eigenen Sohn verraten. Ich habe nie für jemanden so viel empfunden wie für dich, und jetzt muss ich dich dem sicheren Verderben ausliefern und meinen Sohn dem sicheren Tod. Es macht mich krank, auch nur daran zu *denken*, so etwas zu tun, aber ich habe es getan, ich *musste* ...«

Die Worte zersplitterten und brachen, verloren sich in der Wucht seines Schluchzens, ließen seine breiten Schultern erbeben und seinen Körper in sich zusammenrollen. Jule starrte ihn an und spürte, wie die Nässe in ihren Augen wieder aufstieg und ihr über die Wangen lief. Er hatte kein Mitleid verdient. Er verdiente ganz sicher keine Vergebung.

Aber vielleicht war es ihm nicht egal.

»Grimarr«, sagte sie erstickt und hilflos, und irgendwie berührte ihre Hand ihn und breitete sich auf seiner hebenden Brust aus. Sie zwang seine blinzelnden Augen, zu den ihren aufzuschauen, und sie waren flehend, erbärmlich, verzweifelt. Sie sprachen von den unvorstellbaren Jahren, die ihm danach bevorstehen würden, für immer befleckt mit einer Schuld, die nie aufhören würde, an ihm zu nagen. Er hatte ein Leben im Frieden erreicht, und zwar mit dem Tod seines eigenen Sohnes.

Aber er *hatte* es geschafft. Und er sollte sich freuen, denn damit hatte er erreicht, was kein anderer Ork je geschafft hatte: Er hatte sein Volk, seine ganze Rasse, vor dem Untergang bewahrt. Er war ein Held, ein Visionär, der Vater von Jules todgeweihtem Kind, und sie hasste ihn und liebte ihn und würde ihm niemals verzeihen.

»Küss mich einfach«, flüsterte sie, die Worte kamen erschreckend und gewissenlos über ihre Lippen – aber das war es; das war der Abschied, für immer. Und wie immer *wusste* Grimarr es, er verstand es, seine schwarzen Augen waren ernst und leuchtend – und plötzlich war er hier, sein Mund hungrig und verzweifelt auf ihrem, der Geschmack, der Duft und das Gefühl von ihm explodierten auf einmal und durchzuckten jeden Nerv in Jules Haut mit funkelndem, gleißendem Licht.

Sein großer Körper drückte sie mit atemberaubender Kraft auf das Bett, und Jule konnte nichts anderes tun, als zu keuchen, sich an ihn zu klammern und ihren Mund und ihren Atem mit seiner Kraft zu füllen. Ihr Gefährte war in diesem Moment immer noch da, selbst nach allem, was er getan hatte.

Sein Stöhnen in ihrem Mund war heftig und kehlig, und schon hatten seine Hände ihr das Kleid vom Leib gerissen und fanden ihren nackten Körper darunter, während er ihre Beine weit spreizte. Und bei der ersten Berührung dieser vertrauten, schönen Härte gegen ihre willige, feuchte Hitze stieß Jule ein raues Schluchzen in seinen Mund, gegen die wirbelnde Kraft seiner Zunge.

Es schien, als würde sie etwas einfangen, etwas verändern, und er zog seinen Mund weg, seine wässrigen Augen auf die ihren gerichtet. »Bitte, Frau«, hauchte er, »darf ich dich haben, ein letztes Mal, ich weiß, ich sollte nicht einmal darum bitten, du müsstest mich verachten und verspotten und verfluchen, aber ...«

Aber Jule hatte seinen Mund wieder mit ihrem gefangen, leidenschaftlich und verzweifelt, während ihre klammernden, grabenden Hände ihn näher und fester zogen. Und er gehorchte bereitwillig und drückte seinen geschwollenen Schwanz noch tiefer gegen ihre entblößte, sich zusammenziehende Nässe, bis er schließlich in sie eindrang. Langsam, zielstrebig und kraftvoll stieß er in sie und füllte sie mit sich aus, bis er ganz in ihr steckte, Haut an Haut. Er spießte sie auf mit seinem massiven, pumpenden Orkschwanz, der vor Leben und Samen in ihr pulsierte.

»Sprich mit mir, Frau«, flüsterte er, flehte er gegen ihren Mund. »Sag mir, dass ich dir gegenüber nicht versagt habe. Sag mir, dass ich dir mit meinem Schwanz Freude bereitet habe, wenn schon sonst nichts. *Bitte!*«

Natürlich drehte sich bei diesem verfluchten Mistkerl wieder alles um ihn, aber die Nässe tropfte immer noch von seinen Augen auf ihr Gesicht, die Berührung seiner Hand auf ihrer Wange war fast schmerzhaft zart. Dieser Ork hatte nichts verdient, dieser Ork war ein von den Göttern verdammter *Held*, und Jules Beine schienen sich von selbst weiter zu spreizen, ihre Fersen gruben sich hart in seinen Rücken.

»Du hast«, keuchte sie. »Mir Freude bereitet. Mit dem hier. Es ist ...«

Sie schien nicht zu Ende sprechen zu können, und seine Hüften stießen gegen ihre, sein Mund drückte weich und heiß auf ihren Hals. Ihr ganzer Körper wölbte sich auf seinem harten Schaft, er bewegte sich mit ihr, sie mit ihm, wie aus einem Guss.

»Sprich«, stöhnte er auf ihrer Haut. »Sag mir, dass du das nicht vergessen wirst. Bitte.«

Jule schrie auf, ihr Körper klammerte sich an ihn und wand sich gegen die krachenden Wellen seiner kraftvollen Hüften. »Ich werde es nicht vergessen«, keuchte sie, ihre Augen blieben an seinem Anblick hängen, einem hässlichen, schönen Ork, der sie verwüstete, mit seinen Klauen an ihrer Haut kratzte und mit seinem riesigen Schwanz tief in sie eindrang. »Kann ich nicht. Niemals. Du warst ...«

Die Worte blieben ihr im Hals stecken, und als Grimarr sich wieder aufrichtete und sie mit seinen schönen dunklen Augen anblinzelte, schien Jules ganzer Körper unter ihm zu beben, angespannt wie ein Seil, das in seinem Licht vibrierte. Ihr geschwollener Körper dehnte sich um seinen eindringenden Schwanz, der mit seinem auslaufenden Samen stieß. Ihr Bauch füllte sich mit seinem Kind, gierig, gerissen und stark. Und ihre Augen, ihr Atem, ihr ganzes *Wesen*, gefangen und verzehrt, entblößt und zur Schau gestellt, bis an die äußersten Grenzen getrieben, für ihn. Wegen ihm.

Und aus der Ferne kam Jule der Gedanke, dass *dies* vielleicht der Grund war, warum dieser Ork immer wollte, dass andere es sahen. Deshalb wollte er es der Welt zeigen. Denn so – als Jule herumgestoßen, entblößt und von dem treibenden Stachel eines Orks zerteilt wurde – war sie, wer sie *wirklich* war. Sie war mutig. Sie war mächtig. Sie war wollüstig und gerissen und stark.

Sie war einfach ... *lebendig*.

Ihr Gefährte sah sie immer noch an, er entlockte ihr die Wahrheit nur mit der Hitze seiner Augen, und plötzlich kamen die Worte über Jules Lippen. »Du hast *alles* verändert, Grimarr«, flüsterte sie, während ihre Hände tief in sein Haar griffen und ihn festhielten. »Du hast mir eine ganze Welt gezeigt, von der ich nicht wusste, dass sie existiert. Du hast mich gelehrt, mich meiner Angst zu stellen. Meine Grenzen auszutesten. Tiefe Freude zu finden und sie mir zu eigen zu machen. Du hast mir mein ... *Zuhause* gezeigt.«

Grimarrs Gesicht verzog sich, und er kniff die Augen zusammen. »Du ehrst mich über alle Maßen, Frau«, flüsterte er. »Ich werde dich nie vergessen, solange ich lebe.«

Und vielleicht war das alles, was in diesem Moment zählte,

und Jule bewegte ihren Kopf zu ihm hinauf und ließ ihre Zunge in die Süße seiner Lippen gleiten. Sie verursachte ein fast wildes Knurren in seinem Mund, kehlig und kraftvoll, das tief und echt in ihm vibrierte.

»Dann fick mich, mein Liebster«, flüsterte sie. »Bitte. Gib mir etwas, an das ich mich erinnern kann.«

Es war, als ob sich Grimarrs großer Körper über ihr zusammenzog, während sie sprach – und dann zu rasendem, brennendem Leben erwachte. Mit einer riesigen, kräftigen Hand hielt er ihr die Arme über dem Kopf fest, während die andere Hand ihr Gesicht grob umfasste und es neigte, um sein Gesicht in ihrem Hals zu vergraben. Und dann biss er mit seinen scharfen Zähnen zu, während der riesige Schwanz so brutal und kraftvoll in sie eindrang, dass Jule aufschrie.

Aber er tat es nur noch einmal, seine Zähne sanken tiefer und sein Schwanz stieß in sie hinein, wieder und wieder. Er war härter als je zuvor, so hart, dass Jule mit den Zähnen klapperte – aber sie klammerte sich fest, bettelte und flehte um mehr, auch wenn sie keuchte oder vielleicht schluchzte.

»Bitte, Grimarr«, würgte sie hervor, »bitte. Gib es mir. Zeig es mir. Lass mich nicht vergessen. Meinen Gefährten. Meine *Liebe*.«

Und damit kam der tobende Körper über ihr zum Stillstand, seine Lippen lagen plötzlich sanft und zitternd auf ihrem Hals, sein Schwanz war hart, riesig und geschwollen, dicker, als Jule ihn je gefühlt hatte. Und dann schoss sein Samen in einer Flut aus ihr heraus, ergoss sich in ihr, füllte sie so sehr aus, dass sie dachte, sie würde platzen.

Als er fertig war, schien sein Körper über ihr zu verstummen, und ihrer unter seinem, bis auf ihre zitternden Atemzüge. Und als Grimarr sich schließlich von ihrem Hals zurückzog, waren seine Wangen wieder feucht, sein Mund und sein Kinn rot verschmiert und seine Augen blickten rau und schmerzerfüllt auf ihr Gesicht.

»Ach«, sagte er mit brüchiger Stimme, und Jule legte ihre

zittrige Hand an seinen Mund und bedeckte seine Lippen mit ihren Fingern.

»Nein«, flüsterte sie. »Keine Reue, für das hier. Und«, sie hielt inne und versuchte sich an einem Lächeln, »ich danke dir, Grimarr. Das war sehr schön.«

Sie lächelte weiter und blinzelte angestrengt durch ihre wässrigen Wimpern, aber er lächelte nicht zurück. Wenn überhaupt, sah er noch erschöpfter und ausgelaugter aus als zuvor, und er zog seinen dicken Körper auf die Knie, um sich aus ihr herauszuziehen. Dabei kam das unvermeidliche spritzende Chaos zutage, und sein Blick war wie der eines hungrigen Mannes, der nach etwas gierte, das nun nicht mehr ihm gehörte.

Seine Hände berührten zärtlich Jules Gesicht und glitten dann über ihren Hals, ihre Schultern und ihre Arme. Dann drückten sie sich an ihre Brüste und verweilten dort, bevor sie zu ihrem gewölbten Bauch hinuntergingen.

Sein Atem kam in kleinen würgenden Zügen, seine Finger spreizten sich so weit wie möglich und er beugte sich langsam und vorsichtig vor, um die leichte Wölbung, die ihr Sohn bildete, zu küssen, wobei sein Mund leise und erstickt in Schwarzmund murmelte. Bis seine Stimme ganz versagte, er sich zurückzog und sein Gesicht in den Händen verbarg, während seine breiten Schultern vor lauter Schluchzen zitterten.

»Es tut mir leid«, flüsterte er. »Es tut mir so leid.«

Er hatte es nicht verdient, aber trotzdem richtete sich auch Jule auf, scheinbar ganz von allein. Ihre Arme legten sich fest um seine Taille und zogen ihn an sich, und mit einer ruckartigen Bewegung tat er es ihr gleich und drückte ihr Ohr gegen das schnelle Pochen seines Herzschlags.

»Ich werde dich und unseren Sohn im Jenseits suchen«, sagte er mit leiser, stockender Stimme in ihr Haar. »Und dort werde ich dir, wenn du es erlaubst, zeigen, wie eine wahre Gefährtin lebt. Ich werde dich hegen, beschützen und ehren.

Ich werde dein Vertrauen zurückgewinnen und dir mehr Freude bereiten, als du dir je *erträumen* könntest.«

Er weinte wieder und keuchte in Jules Ohr, und auch Jule schluchzte, ihre Hände waren so fest um ihn geschlungen, als ob sie ihn nie loslassen könnten.

»Bis dahin, Ork«, sagte sie. »Lebe wohl.«

32

Letztendlich dauerte es bis zum nächsten Morgen, bis alle Bedingungen der Orks erfüllt waren. Jede Stadt im Umkreis von zwei Tagesreisen war benachrichtigt worden, und die Magistrate der Provinzen Sakkin, Yarwood, Tlaxca und Salven hatten schriftlich zugestimmt, den Orks Landrechte, Heiratsrechte, Handelsrechte und gesetzliche Rechte zu gewähren. Damit wurden die Orks zum ersten Mal in der Geschichte als Volk anerkannt.

Natürlich würde es nicht so einfach sein – diese vier Provinzen machten nicht einmal die Hälfte des gesamten Reiches aus, und es würde Jahrzehnte, wenn nicht Jahrhunderte dauern, bis all die alte Verbitterung und der Groll vergessen waren. Und es würde viel Glück und Gerissenheit erfordern, um die Orks sicher durch diese ersten schwierigen Monate und Jahre zu steuern, die voller Misstrauen, Proteste und Aufstände auf allen Seiten sein würden.

Aber wenn jemand ein solches Kunststück vollbringen konnte, dann Grimarr. Und nachdem sie die ganze Nacht an den kräftigen Körper ihres Gefährten geschmiegt verbracht und gehört hatte, wie er ihrem todgeweihten Sohn gebrochenen auf Schwarzmund zuflüsterte, fühlte Jule eine seltsame, resignierte Akzeptanz für ihn und für das, was er getan hatte. Er hatte sie, ihren Sohn und seine eigenen Bedürfnisse für sein Volk geopfert. Es war edel und heldenhaft, zielstrebig und atemberaubend grausam, und das war vielleicht genau das, was er war. So war er die ganze Zeit über gewesen.

Und auch wenn Jule ihm niemals verzeihen konnte, so konnte sie ihn vielleicht doch verstehen. Nachdem sie sich zum letzten Mal in diesem Berg gewaschen und angezogen hatte und Grimarr ihr schweigend die Hand reichte, nahm sie sie. Und erlaubte ihm, sie aus dem Zimmer und in den schwarzen Korridor zu führen. Zum Ausgang. Zu Astin.

Jule spürte, wie sich ihr Herzschlag beschleunigte – sie hatte in den letzten Stunden verzweifelt versucht, nicht an Astin zu denken – und vielleicht hatte Grimarr es auch gespürt, denn seine Hand umklammerte ihre und seine Schritte zögerten kurz in der Dunkelheit. »Meine Brüder«, begann er mit seltsam verzerrter Stimme, »wollten sich verabschieden. Sie warten im großen Versammlungsraum, falls du sie sehen willst.«

Jule nickte stumm und ließ sich von Grimarr um eine Ecke führen, sodass sie die Richtung wechselten. Als ob sie den Weg zum Versammlungsraum nicht schon kennen würde, schluckte sie schwer, als sie ihre Hand gegen die glatte, kühle Steinwand des Korridors streckte. Irgendwie hatte sie diesen Berg zu schätzen gelernt, in all seiner verworrenen, verschlungenen und abschreckenden Gemütlichkeit, und das hier war auch der Abschied von ihm, von einem Zuhause, das nie wirklich das ihre gewesen war.

Aus dem Versammlungsraum kamen Stimmen, als Jule und Grimarr sich näherten, aber dann war es plötzlich ganz still, als sie eintraten. Im Schein des riesigen, knisternden Feuers am anderen Ende des Raumes standen Dutzende von Orks und starrten sie an.

»Ich hätte nicht gedacht, dass so viele Orks so still sein können«, hörte Jule sich selbst mit echtem Erstaunen sagen, woraufhin ein leises Glucksen ertönte und die Spannung im Raum mit einem Mal zu verschwinden schien. An ihre Stelle trat das Gemurmel aufsteigender Stimmen und der Anblick mehrerer Orks, die auf sie zukamen, um sie zu begrüßen.

»Danke, Frau«, sagte ein junger Ka-esh namens William, Hand in Hand mit einem neuen Ork, den Jule nicht erkannte. »Wir sind dir zu Dank verpflichtet.«

Jule versuchte zu lächeln und ihre Freundlichkeit zu erwidern, und sie spürte, wie ihr Lächeln mit jedem Ork, der sprach, echter und vielleicht auch tränenreicher wurde. Baldr, Joarr, Silfast, Olarr, Afkarr, Salvi, Tristan, John, Eyarl, Kesst.

»Du hast etwas Besseres verdient als uns, Jules«, sagte Kesst, und seine sonst so frechen Augen wurden ganz matt. »Und ganz sicher etwas Besseres als *ihn*. War *das* an diesem Punkt des Spielplans wirklich nötig, Grim?«

Während er sprach, deutete er auf Jules Hals, woraufhin sie ihre Hand hob und realisierte – oh. Das war die Stelle, an der Grimarr sie gestern Abend gebissen hatte, und sie fühlte sich immer noch leicht geschwollen und empfindlich an und war für jeden, der Jule ansah, gut sichtbar. Und ganz besonders natürlich für Astin.

Grimarr hatte nicht geantwortet – er hatte bisher nur sehr wenig gesagt, sein Körper war eine feste, abweisende Präsenz neben Jule – und Kesst gab ein glucksendes Geräusch von sich und griff hinter sich, um einen müde aussehenden Efterar zu sich zu ziehen. »Kannst du nicht etwas dagegen tun?«, forderte er ihn auf. »Dieses Arschloch«, er deutete ärgerlich auf Grimarr, »ist bei allen Höllen darauf aus, diesem schrecklichen Mann von Jules noch mehr Komplexe zu verpassen, als er ohnehin schon hat. Nichts für ungut, Jules.«

Jule winkte ab und Efterar trat näher und runzelte die Stirn über Jules Hals. »Macht es dir etwas aus, wenn ich dich berühre?«, fragte er, und als Jule den Kopf schüttelte, legte er vorsichtig seine Hand an ihren Hals und schloss die Augen.

»Bitte sag mir, dass du sie heute Morgen nicht auch noch gefickt hast«, fuhr Kesst in Richtung Grimarr fort, während seine eigene Hand auf Efterars Rücken auf und ab strich. »Denn es riecht verdammt noch mal so, als hättest du es getan. Aber *so* ein Arschloch bist du doch nicht, oder?«

Grimarr antwortete nicht, sein Gesicht wurde noch abweisender, und Jule spürte, wie sich ihre Wangen aufheizten. Sie *hatten* es an diesem Morgen getan – sie hatten es in der letzten Nacht nach dem ersten Mal mehrmals getan, still und verzweifelt in den Armen des anderen – und sie begriff viel zu spät, worauf Kesst anspielte. Wenn Astin sie sofort oder sogar noch am nächsten Tag mit ins Bett nehmen würde, würde er ihren Körper voll mit zähflüssigem, austretendem Orksamen vorfinden.

»Ich werde Astin vertrösten«, sagte Jule in die aufsteigende Panik hinein, und sie spürte, wie Efterars Hand an ihrem Hals zuckte und dann seine andere Hand neben der ersten auftauchte.

»Das musst du unbedingt tun«, sagte Kesst fest. »Gib ihm einen Tritt, wenn du kannst. Aber vielleicht ist es am besten, wenn du ihm so weit wie möglich aus dem Weg gehst, zumindest bis ...«

Seine Stimme verstummte und sein Blick glitt hinunter zu Jules zu sichtbarem Bauch. Kesst hatte natürlich recht, dass es die beste Strategie wäre, Astin zu meiden – aber Jule wusste, dass es nach dieser Sache kein Vermeiden mehr geben würde. Es gab kein Entkommen.

»Halt die Klappe, Kesst«, sagte Efterar jetzt, zog seine Hände vorsichtig von Jule weg und runzelte die Stirn an ihrem Hals. »Du beunruhigst sie. Tut mir leid, aber das ist das Beste, was ich tun kann.«

Jule berührte mit einer zaghaften Hand ihren Hals und stellte fest, dass die Schmerzen durch glatte, erhabene Narben ersetzt worden waren. Das war zweifellos besser als frische Wunden, und sie versuchte ein dankbares Lächeln hervorzubringen. »Danke«, sagte sie. »Ich werde euch beide vermissen.«

Efterar nickte und nach einem kurzen Schweigen zog er einen bedauernd dreinblickenden Kesst davon. Damit stand Jule allein und unbehaglich neben Grimarrs immer noch schweigendem Körper. War es das? War es jetzt vorbei?

Wahrscheinlich schon, denn sie hatte mit fast allen Orks hier gesprochen, und sie spürte, wie sich ihr Kopf senkte und sie blinzelte. Es war vorbei. Sie gehörte nicht hierher, diese Orks waren nicht ihre Brüder, dieser Berg war nicht ihr Zuhause. Sie musste gehen.

Wie betäubt wandte sie sich der Tür und der Sicherheit des dunklen Korridors zu, doch dann ergriff Grimarr erneut ihre Hand. »Ich möchte noch einmal von Sken hören«, sagte er. »Bevor du gehst.«

Jule hatte das Gefühl, dass ihr Herz in der Brust zerspringen würde, aber sie nickte und ließ zu, dass Grimarr sie in einen anderen Raum zog. Dort war es dunkel und still, bis auf Sken, der sich knarrend aus einem Schaukelstuhl erhob und sich vor sie stellte.

»Sag uns, Bruder«, sagte Grimarrs brüchige Stimme. »Was du siehst. Bevor er weg ist.«

Jule spürte, wie ihr Körper zusammenzuckte, wie ihre Hände ihre schwellende Taille berührten und ihr Atem stockte. Aber auch sie nickte, denn sie wollte unbedingt sehen, wissen, sich erinnern.

Sken kam einen Schritt näher und legte seine schrumpelige Hand neben die von Jule auf ihren Bauch. Seine knorpeligen Finger spreizten sich, während er den Kopf neigte und seine trüben Augen in die Ferne blickten.

»Dein Sohn schwimmt und tanzt in dir«, sagte seine dünne Stimme. »Er ist gierig, hungrig und stark. Wenn man ihm erlaubt, zu wachsen, wird er dich auf die Probe stellen, dich testen und mit dir lachen. Er wird die Worte der Orks und der Menschen sprechen und ohne Angst für die Wahrheit kämpfen.«

Die Worte hallten und wirbelten in Jules Kopf herum, so laut, dass sie Grimarrs leise Stimme neben sich fast nicht hörte. »Ein würdiger Sohn«, sagte er, und seine Hand legte sich schwer auf Jules Schulter. »Siehst du schon seinen Namen?«

Skens Augen waren jetzt geschlossen, eine tiefe Furche lag zwischen ihnen. »Er wird Tengil genannt«, sagte er. »Denn er ist ein König.«

Tengil. Ein König. Ein würdiger Sohn, der für die Wahrheit kämpfen und mit Orks und Menschen sprechen würde. Und plötzlich war Tengil da, hell und lebendig in Jules Körper, in Jules Blut, in Jules Gedanken und Geist und in ihrer Zukunft. Ihr Sohn. Dieser eine. Hier.

»Aber er wird sterben«, sprach Grimarr mit leiser Stimme, und seine Hand legte sich fest auf Jules Schulter. »Durch die Hand von Lord Norr.«

Skens langsames Nicken war wie ein Schlag ins Gesicht, eine Spur der Qual von Jules Kopf bis zu ihren Füßen, und sie musste ihre Augen schließen, ihr Gleichgewicht finden und das Schluchzen in ihrer Kehle unterdrücken. Er würde sterben. Tengil. Ein König.

Der Drang zu fliehen war fast übermächtig, er schrie in Jules Gedanken, und nur Grimarrs Hand, die schwer auf ihrer Schulter lag, hielt sie auf ihrem Platz. Sie musste das tun. Sie musste gehen. Für ihren Gefährten, seine Brüder, deren Söhne. Sie würde es tun. Ja, das würde sie.

Trotzdem konnte sie nicht verhindern, dass ihr die Tränen über die Wangen liefen, als sie wieder durch den stillen, geräuschlosen Korridor gingen. Sie hatte sich so sehr nach einem Sohn, nach einem Gefährten, nach einem Zuhause gesehnt. Und für einen kurzen Moment gehörte es ihr, hier in diesem Berg, zum Greifen nah.

Und als Grimarrs großer Körper vor ihr zum Stehen kam,

genau dort, wo sie wusste, dass der Ausgang war, legte sie ihre Hand auf seinen vernarbten Rücken und lehnte ihre feuchte Wange dagegen. Sie nahm noch einen Atemzug, solange sie konnte, atmete diesen grausamen, mutigen, schönen Ork ein, den sie liebte, bevor alles für immer verloren war.

»Ich wäre geblieben«, flüsterte sie in die schmerzende Stille. »Für immer. Das weißt du doch, oder?«

Seine Schultern zuckten wieder heftig, und dann waren seine Arme da, fest und stark und sicher um sie herum, ein allerletztes Mal.

»Ich weiß«, sagte er in ihr Haar. »Aber egal, wo du bist, du wirst immer meine Gefährtin sein, meine holde Schönheit. Ich werde immer bei dir sein.«

Es gab nichts mehr zu sagen, nur noch die Tränen, die Jule unaufhörlich über die Wangen liefen, und sie schnappte nach Luft, als Grimarr sich langsam und widerwillig aus ihren Armen löste. Und dann war vor ihnen das Geräusch von knirschendem Gestein, das blendende Licht und die Hitze der Sonne. Plötzlich wurde sie sich der Luft, der Erde und der Menschen bewusst und spürte, wie die Hände ihres Gefährten ihre Haut zum letzten Mal streichelten.

»Es tut mir leid«, hörte sie seine Stimme, die so leise war, dass sie sie kaum verstehen konnte. »Meine wunderschöne Jule.«

»Grimarr«, hauchte sie und griff nach ihm – aber seine Berührung hatte sich bereits in Nichts aufgelöst, und Jule sah durch ihre blinzelnden Augen nur noch seinen steifen Rücken, der immer kleiner wurde, während er wegging. Er ging zurück in den Tunnel und ließ sie allein zurück, bis er ganz in der Schwärze verschwand.

Er war weg.

33

Als Jule das Ork-Gebirge verließ, betrat sie eine Welt, die zu hell war, zu offen. Zu fremd, plötzlich, voller Angst und Schrecken, die stark und rücksichtslos hinter ihren geblendeten, blinzelnden Augen kratzten.

»Jule?«, hörte sie eine vage bekannte Stimme, und Jule zuckte zusammen und schützte ihr Gesicht mit einer zittrigen Hand. Es war ... ein Mensch. Frank. Lord Otto.

Seine Augen waren von Besorgnis gezeichnet, sein Gesicht, das sonst so blass und gesichtslos war, wirkte so anders. Jule blinzelte ihn an und zwang sich, keine Grimasse zu schneiden. Lord Otto. Ein Mensch. Gekommen, um sie mitzunehmen.

»Hey, alles in Ordnung«, murmelte er mit leiser, beruhigender Stimme, so wie man es mit seinem Pferd oder seinen Hunden tun würde. »Es ist alles in Ordnung. Du bist wieder bei uns. Wir werden dich nach Hause bringen.«

Nach *Hause*. Jule spürte, wie sie wieder zusammenzuckte, stärker als zuvor, aber Ottos Augen waren freundlich, und auch seine ausgestreckte Hand zeugte von Freundlichkeit, von einer Höflichkeit, die vor langer Zeit in Jule eingepflanzt wurde. Ein Lord, der ihr freundlich half und sie mitnahm zu ...

Zu Astin.

Jules blinzelnde Augen suchten bereits die felsige Ebene um sie herum ab. Dort standen etwa fünfzig Männer, die für die Reise gekleidet und bewaffnet waren, und mit ihnen all ihre Wagen und Pferde, die bereits eingespannt waren und warteten. Es waren die letzten der Männer, die um den Berg herum gelagert hatten, das persönliche Gefolge der Lords, und dort, auf ihrer anderen Seite, stand Astin. Lord Norr. Er stand neben seiner teuren neuen Kutsche und sah sie an.

Er war selbstverständlich perfekt gekleidet, seine Militäruniform war maßgeschneidert, Knöpfe und Gold glänzten, die hohen Stiefel waren auf Hochglanz poliert. Sein gewelltes braunes Haar war länger als sonst und verlieh ihm ein ausgesprochen flottes Aussehen, und selbst jetzt noch spürte Jule, wie ihr Herz bei seinem Anblick stockte, denn er war atemberaubend perfekt und äußerlich in jeder Hinsicht ein Lord.

Aber Jule hatte sich in den letzten Wochen verändert. Alles hatte sich verändert. Und irgendwie schien es jetzt leichter zu sein, hinter Astins gut aussehendem Gesicht und seiner Haltung die Wahrheit zu sehen, die sich dahinter verbarg. Die Art und Weise, wie er die Arme vor der schlanken Brust verschränkt hatte. Die Breite seiner Schultern. Das harte Kinn, das Glitzern in seinen Augen, das Weiße um seinen Mund. Und der kaum sichtbare Griff der aufgerollten Reitpeitsche, die er mit seinen blassen Fingern fest umklammert hielt.

Er war wütend. Gefährlich. Todbringend.

Die alte, vertraute Angst kam wieder hoch, wild und für einen kurzen Moment unkontrollierbar, und Jule richtete ihren Blick wieder auf Otto, der immer noch neben ihr stand und wartete. »Darf ich bitte mit dir zurückreiten, Frank?«, hörte sie ihre Stimme fragen, die gelassener klang, als sie sich fühlte. »Ich möchte im Moment lieber nicht mit Astin allein sein.«

Ottos Augen folgten ihrem Blick zu Astins steifem, wachsamen Körper und er schüttelte bedauernd den Kopf. »Es tut mir leid, Jule«, antwortete er. »Aber Norr hat dich schon seit einiger Zeit erwartet.«

»Ja, das kann ich verstehen«, erwiderte Jule mit zusammengebissenen Zähnen. »Aber ich kann dir auch sagen, Frank, dass es nicht sicher ist, mit ihm allein zu sein.«

Sie konnte sehen, wie das Unbehagen in Ottos Augen aufstieg, aber er schüttelte wieder den Kopf und zog eine Grimasse. »Ich dachte, du hättest dem zugestimmt«, sagte er leise. »Und wenn du dich jetzt weigerst, zu ihm zu gehen – zu deinem eigenen *Ehemann* – vor all diesen Zeugen, dann weißt du, was passieren wird. Nicht wahr?«

Die Angst schoss wieder durch Jule, dieses Mal noch tiefer, denn natürlich wusste sie, was passieren würde. Das Ende des Vertrages mit den Orks, das Ende des Friedens, jenes Friedens, für den der Vater ihres Sohnes so hart gearbeitet und so viel gegeben hatte, ein grausamer, tapferer Ork, ein Held, ihr Gefährte, *für immer* ...

Jule musste tief Luft holen, die Schultern straffen und die Augen zusammenkneifen. Sie hatte dem hier zugestimmt. Sie würde es überleben. Sie würde tapfer sein.

Otto hatte wieder seinen Arm ausgestreckt, die Augenbrauen hochgezogen, und Jules Hand zitterte kaum, als sie die seine ergriff – endlich zustimmend. Sie konnte die Erleichterung in seinen Augen sehen, sie konnte sie in der leichten Berührung seiner Finger mit ihren spüren.

»Es wird alles gut«, sagte er leise, aber Jule würdigte das keiner Antwort. Sie hielt einfach ihren Kopf hoch und ließ sich von Otto durch die Gruppe der beobachtenden Männer und wartenden Pferde führen. Immer näher und näher an Astin heran, der das alles mit funkelnden Augen und einem verräterisch angespannten Mund beobachtet hatte.

Er sprach nicht, als Jule sich ihm näherte, aber sein Blick glitt einmal zu ihrer Taille hinunter und dann wieder zu ihrem Gesicht. Sein Mund verzog sich noch mehr, und so nah konnte Jule die neuen Schatten unter seinen Augen und

Wangenknochen sehen, die spinnenartigen roten Adern im Weiß seiner Augen.

»Deine Ehefrau, Norr, wie versprochen«, sagte Otto neben ihr und verbeugte sich flüchtig. Seine Augen trafen weder die von Astin noch die von Jule und schienen stattdessen auf Astins schöne neue Kutsche hinter ihm zu starren. »Vielleicht können wir uns heute Abend alle in Agayan zum Essen treffen?«

Agayan wäre ein naheliegender Zwischenstopp, eine mittelgroße Stadt, vielleicht ein Drittel des Weges zurück nach Yarwood, aber Astin schüttelte kurz den Kopf. »Nein, wenn wir heute Nachmittag die Hauptstraße erreichen, werden wir uns auf den Heimweg machen«, sagte er. »Nicht wahr, Ehefrau?«

Astin lächelte Jule an, während er sprach, mit dünnen Lippen, furchteinflößend, und sie spürte, wie die Angst sie wieder überkam, fast so sehr, dass sie sich übergeben musste. Sie würde tagelang allein mit Astin in einer Kutsche sitzen und seiner Laune ausgeliefert sein. Bitte, ihr Götter, habt Erbarmen!

»Jetzt marschier weiter, Otto«, sagte Astin mit einem bedeutungsvollen Fingerschnipsen. »Ich übernehme ab hier.«

Otto konnte die Missbilligung auf seinem Mund nicht ganz verbergen, aber er drückte Jule ein letztes Mal die Hand, wahrscheinlich um sie zu beruhigen, bevor er sich zurückzog. Er ließ sie stehen, hier, vor Astin, allein.

Oder vielleicht doch nicht allein, denn Jule stockte der Atem und ihre Hand wanderte kurz zu ihrem Bauch – war das ein Zucken gewesen, in ihrem Inneren? Vielleicht?

Astin lächelte immer noch, aber seine Augen hatten sich noch mehr verengt und folgten Jules Hand. Und als er wieder aufblickte, konnte sie die Wut, die um sie herum in der Luft lag, förmlich spüren.

»Geh auf die Knie«, sagte er leise, wobei sein Mund ein breites Lächeln zeigte, auch wenn es eine Farce war. »Und bitte mich um Verzeihung dafür, dass du dich von einem verdorbenen Biest hast schwängern lassen. Und zwar *laut*.«

Doch Jule zögerte, legte ihre Hand flach auf ihren Bauch, während sich die Abscheu in ihrem Inneren zusammenzog und anschwoll. Sie hatte damit gerechnet, sie wusste, dass es so kommen würde, aber …

Aber da war ein weiteres Beben gegen Jules Hand. Ihr Sohn. Hier. Lebendig. Für den Moment.

Und plötzlich war da eine seltsame, verblüffende Klarheit in ihren Gedanken. Sie musste nachdenken. Sie musste ihren Sohn retten. Sie war gerissen, mutig und stark. Das war sie, und das bedeutete, dass sie Astin überlisten konnte. Sie musste es tun.

»Aber was ist, wenn das Kind von dir ist«, hauchte sie. »Wäre es nicht klüger, wenn …«

»Nein«, zischte er zurück und seine Nasenlöcher blähten sich. »Ich habe dich seit einem halben Jahr nicht mehr gefickt, und mein ganzer Haushalt weiß das. Jetzt geh auf die Knie, bevor«, seine Finger krümmten sich bedeutungsvoll um den Peitschengriff, »wir das hier tun, während sie zusehen.«

Wahrscheinlich war das eine leere Drohung, aber Jule zuckte bei dem Gedanken daran zusammen und musste schwer Luft holen. Sie konnte nicht riskieren, dass Astin das tat, nicht hier und nicht dort, wo Grimarr es sehen konnte. Nur die Götter wussten, ob Astin versuchte, etwas zu provozieren, um diesen Frieden zu zerstören, bevor er überhaupt begonnen hatte …

»Nun gut«, hörte sie ihre eigene Stimme sagen. Sie musste nachdenken, musste sich fügen, erst einmal, und so sah sie nach unten und atmete. Dann kniete sie sich vorsichtig vor Astin auf den Boden und betrachtete ihr blasses Spiegelbild im Hochglanz seiner schwarzen Stiefel.

»Verzeih mir, Lord Norr«, sagte sie, und ihre Stimme klang klar und deutlich, bis auf eine kleine Pause am Ende. »Ich bitte dich um Gnade für meine Missetaten.«

Ein kurzer Blick nach oben zeigte, dass Astin die Lippen kräuselte und eine Augenbraue hochzog – was bedeutete, dass er mehr von ihr wollte. Er wollte Betteln, Schluchzen und aufrichtige Versprechen – das altbekannte Programm, dem Jule schon so oft blind gefolgt war. Aber das wollte sie Astin nicht geben, nicht mehr, und sie hielt ihren Blick abwartend auf den seinen gerichtet.

Astins harte Ohrfeige kam ohne Vorwarnung und ließ Jule zur Seite taumeln und vor Schmerz aufschreien – und sein zweiter Schlag war noch schlimmer: Der massive Holzgriff der Peitsche krachte gegen ihren Wangenknochen. Sie kniete keuchend vor ihm, kämpfte und bekam keine Luft mehr.

»Steh auf«, ertönte Astins hagere Stimme. »Jetzt. Und lächle!«

Der Schmerz schoss noch immer durch Jules Schädel, und ihr erster Versuch, aufzustehen, scheiterte, sodass sie auf Händen und Knien im Dreck lag. Aber ein weiterer Atemzug, konzentrieren, *nachdenken*, und sie versuchte es erneut und kam wieder auf die Beine. Ihr Körper schwankte noch immer, ihr Gesicht schrie noch immer vor Schmerz, ihre Augen schmerzten und waren heiß.

Das Publikum stand immer noch da, auch Otto, fünfzig Männer, die schweigend zusahen, wie ihr Lord seine schwangere, kniende Ehefrau misshandelte. Und plötzlich hatte sich Jules Entschlossenheit zu so etwas wie Hass verdichtet und verhärtet, und sie sah ihren Ehemann direkt an, ohne zu lächeln.

»Was jetzt«, hörte sie sich leise sagen. »Hast du ihnen noch mehr zu zeigen?«

Astin fletschte die Zähne, aber es klang eher wie ein Quieken, und Jule konnte die Verachtung auf ihrem Mund und in ihren Augen nicht ganz verbergen. Ein Anblick, der Astin offensichtlich nicht entging, denn ohne Vorwarnung stürzte er vor und umklammerte ihren Arm mit schlanken, straffen

Fingern. »Steig in die Kutsche«, zischte er. »Und wisch dir dieses Grinsen aus dem Gesicht.«

Jule entgegnete ihm mit dem ausdruckslosesten Blick, den sie aufbringen konnte, und machte sich auf den Weg zur Kutsche. Die lackierte Tür wurde von einem unbekannten, hochroten Kutscher aufgehalten, der vorsichtig den Blick abwandte, als Jule einstieg, Astin dicht hinter ihr.

Die Tür schlug mit einem ohrenbetäubenden Knall, der die ganze Kutsche erschütterte, zu und Jule ließ sich vorsichtig auf einen der glatten Ledersitze sinken. Drinnen war es fast schwarz – die winzigen Fenster waren mit Jalousien verdeckt –, aber nach so langer Zeit im dunklen Berg der Orks hatte Jule das Gefühl, endlich wieder sehen zu können. Als sich die Kutsche langsam in Bewegung setzte und sie endgültig vom Berg wegbrachte, nahm sie ihren Mut zusammen und blickte auf den Sitz gegenüber. Sie sah sich dem hasserfüllten und verächtlichen Blick ihres Ehemannes gegenüber.

»Erkläre dich«, zischte Astin und beugte sich zu ihr vor, wobei er die Peitsche zwischen seinen blassen Händen spannte. »*Sofort.*«

»Was soll ich denn erklären?«, hörte Jule sich selbst antworten, ihre Stimme war erstaunlich ruhig. »Dass dein Zuhause von Orks angegriffen wurde, da es keine Wache gab, obwohl du wusstest, dass es ein Ziel war?«

»Nein, du nervige Schlampe«, schnauzte Astin zurück. »Wie du dich von einem verdammten erpresserischen *Tier* hast schwängern lassen. Wie du Otto vor all seinen Männern gesagt hast, dass du nicht zu mir zurückkommen willst. Und wie du mich in die Lage gebracht hast, öffentlich einen verdammten *Friedensvertrag* mit einer Horde unzivilisierter *Barbaren*, die im *Dreck* leben, zu unterschreiben!«

Am Ende brüllte er, lehnte sich viel zu nah ran und Jule konnte den vertrauten Duft von Alkohol riechen, der in seinem Atem lag. »Und dann *das*«, sagte er, und ohne Vorwarnung griff seine Hand in Jules Haare und riss ihren Kopf zur Seite. Dabei entblößte er die vernarbten Bisswunden an ihrem Hals, während der Ekel in seinen blutunterlaufenen Augen aufflackerte.

»So was von *abscheulich*«, sagte er. »Und wo zum *Teufel* ist dein Ehering?«

Ihr Ehering. Ein plötzliches, wildes Lachen entrang sich Jule und sie schaffte es, es mit einem lauten Schniefen und einem heimlichen Wischen über ihre Augen zu überspielen. »Der Ork hat ihn gestohlen«, zwang sie sich zu sagen. »Und er wollte ihn nicht zurückgeben. Es tut mir leid, ich weiß, wie teuer er war.«

Das schien Astin etwas zu besänftigen, denn er ließ sich auf seinen Sitz zurückfallen, die Augen schmal und abschätzend, die Arme vor der Brust verschränkt. »Es war dieses große hässliche Biest, das dich rausgebracht hat, nicht wahr?«, fragte er. »Derjenige, der die Fäden hinter dieser ganzen Farce zieht. Ihr sogenannter *Anführer*.«

Jule antwortete nicht, bewegte sich nicht, und Astin lachte hart und schrill. »Ja, das dachte ich mir schon. Und wie war es, Ehefrau, von so einem Monster genommen zu werden? Wie war es, von einem brutalen Wesen gefickt zu werden, das seinen eigenen *Vater* öffentlich in *Stücke* gehackt hat?«

Jule spürte, wie sich ihr Mund unwillkürlich verkrampfte – Grimarr hatte das tun *müssen*, er hatte die Leute beschützt, die er liebte – aber vielleicht hatte Astin ihren Gesichtsausdruck als Abscheu interpretiert, denn er lachte nur wieder, und der knirschende Ton hallte durch die Kutsche.

»Ja, selbst für einen Ork ist das ein verdammt guter Preis«, sagte er. »Diese untermenschlichen Scheißer haben dieses Reich schon viel zu lange verunreinigt. Und glaub mir, ihr Tag wird *kommen*.«

Astins selbstgefälliges Lächeln war Jule bis in die Knochen bekannt, und ihr Herz klopfte wieder, und ihre verschwitzten Hände klammerten sich fest an den schwankenden Kutschensitz. »Was meinst du damit?«, fragte sie, so ruhig wie sie konnte. »Hast du nicht gerade einen *Friedensvertrag* mit den Orks geschlossen?«

Astin lachte wieder, und seine Hand wanderte, vielleicht unbewusst, zu seiner Taille. Dort war ein Dolch befestigt, den Jule noch nie gesehen hatte. Sein silberner Griff war mit Edelsteinen besetzt und schimmerte aus der glatten Lederscheide heraus.

»Sicher haben wir das«, sagte er, aber seine Stimme und seine Augen waren nicht überzeugend, und Jule starrte und dachte und starrte weiter. Astin hatte einen Plan. Die Männer hatten einen Plan. Einen Plan, um Grimarr irgendwie anzugreifen, um die Orks anzugreifen und ihren Friedensvertrag zu verraten.

Die Menschen hatten *gelogen*.

Die Luft fühlte sich plötzlich viel zu dünn an, die Kutsche war totenstill und beengend, und Jule musste ihren Körper ruhig halten, nachdenken, *nachdenken*. Sie konnte es schaffen. Sie konnte Astin überlisten. Sie musste ...

»Warum hast du den Friedensvertrag dann überhaupt unterschrieben?«, hörte sie ihre eigene Stimme fragen. »Warum nicht einfach ablehnen? Sollen sich die Orks doch ins Knie ficken?«

Astin zuckte mit den Schultern, und während Jule zusah, zog er den Dolch aus der Scheide. Er war hell, scharf und neu, und er berührte mit einem leichten, lässigen Finger die glitzernde, tödliche Spitze. »Wir müssen in den Berg gelangen«, sagte er. »Wir müssen sie von innen heraus ausrotten, jeden einzelnen von ihnen. Gewalt hat bei den hinterhältigen Kerlen noch nicht funktioniert, also ist es an der Zeit, es mit Diplomatie zu versuchen.«

Mochten die Götter Astin verfluchen, mochten sie Otto verfluchen, mochten sie jeden verlogenen Mann *verfluchen*, der je gelebt hat. Jule starrte diesen abscheulichen, verdorbenen Mann an, der irgendwie ihr Ehemann war. »Und wer alles weiß davon?«, brachte sie hervor. »Die Städte? Die Magistrate? Die Öffentlichkeit?«

»Nein, natürlich nicht«, sagte Astin abweisend, während er die scharfe Klinge des Dolches untersuchte. »Du kannst keinem von ihnen vertrauen, so ein Geheimnis zu bewahren. Nur die wichtigen Leute wissen es.«

Jule konnte nur starren, ihre Hände waren immer noch fest auf dem Sitz verkrampft. Wussten die Orks Bescheid? Hatte Grimarr es gewusst? Nein, das konnte er nicht, denn sonst hätte er sie ja nicht zurückgegeben, oder? Aber andererseits hatte Grimarr schon so oft gelogen und so viele Dinge versteckt, dass sie ihm nicht trauen konnte, niemandem ...

»Wir halten übrigens so schnell wie möglich an«, fuhr Astin fort, seine Stimme immer noch kühl und gesprächig. »Bei dem ersten Wundarzt, den wir finden können. Es ist mir egal, ob er ein verdammter *Metzger* ist. Wir kümmern uns noch *heute* um dieses Ding.«

Seine Augen wanderten zielstrebig auf Jules Bauch hinunter und seine Lippen kräuselten sich angewidert. »Wenn es groß genug ist«, sagte er, »schicke ich es dem Ork in einer Kiste zurück. Du kannst deinen Namen auf die Karte schreiben.«

Jule blieb der Atem weg, ihre Gedanken schrien in ihrem Kopf und ihr Magen überschlug sich vor Übelkeit. Das konnte er nicht tun, das würde er nicht tun, es musste etwas geben, irgendetwas, an seine bessere Seite appellieren, bitten, beschwichtigen, loben ...

»Oh, komm schon, Astin«, sagte sie, so sanft und leicht, wie sie konnte. »Das ist ein bisschen viel, findest du nicht? Willst du den Orks wirklich verraten, dass du sie hintergehen wirst? Außerdem willst du dich doch nicht auf *dieses* Niveau der Barbarei herablassen, oder?«

Der Blick, den Astin ihr über seine Dolchklinge zuwarf, war völlig unleserlich, begleitet von einem vagen Schulterzucken. »Will ich das nicht?«, sagte er. »Wenn es um einen ekeligen Ork-Nachwuchs geht, der auf die *Müllkippe* gehört?«

Jule spürte das Zucken auf ihrem Mund, bevor sie es verhindern konnte – und mochten die Götter sie dafür *verfluchen*, denn Astins Blick auf ihr veränderte sich. Er wurde dunkel und kalt und viel zu vertraut, und jetzt war da dieses Lächeln, das sein Gesicht erhellte, fast wie eine Parodie eines gut aussehenden lachenden Lords.

»Warte«, sagte er und tippte mit dem Dolch auf seinen Finger. »Warte, warte, warte. Du *willst* die Überreste dieses Orks?!«

Jule versuchte zu sprechen, um eine Antwort zu finden – aber Astin lachte bereits und lehnte sich mit zitternden Schultern gegen den Ledersitz. »Du *verarschst* mich doch, verdammte Scheiße«, sagte er zwischen zwei Lachern. »Obwohl es wahrscheinlich einen gewissen Sinn ergibt, nicht wahr? Eine unfruchtbare, sture Schlampe, die ihrem eigenen *Ehemann* –, einem verdammten *Lord*, muss man dazu sagen – keinen Sohn schenken kann, will eine Orkbalg zur Welt bringen. Denn das *braucht* es anscheinend, um ein Kind in dich zu bekommen. Einen verdammter *Orkschwanz*.«

Sein Lachen war verklungen und seine Augen wurden wieder hart, kalt und abschätzend. »Das ist eine ziemliche Beleidigung«, sagte er. »Du solltest mal hören, was sie in Yarwood über dich sagen. Über *mich*.«

Jules Gedanken überschlugen sich, riefen Warnungen aus, nein, nein, *nein* –, aber Astin beugte sich wieder vor, und in seinen harten Augen glitzerte etwas Neues, während er den Dolch von einer Hand in die andere warf.

»Weißt du was?«, fragte er. »Vielleicht müssen wir nicht auf den Chirurgen warten. Vielleicht können wir es gleich hier und jetzt tun. Und die offizielle Geschichte – hör gut zu, Ehefrau – wird sein, dass du es nicht mehr ertragen konntest, ihn in dir zu haben, also hast du es selbst getan. Verstehst du?

Ich habe versucht, dich aufzuhalten, aber du hast dich geweigert.«

Jule starrte ihn fassungslos an, denn nicht einmal Astin würde so grausam sein, oder? Aber inzwischen war der Dolch so gedreht, dass er auf sie gerichtet und seine geschärfte Spitze nur noch eine Handbreit von ihr entfernt war, und Jule kroch zurück in den Sitz.

»Das kannst du nicht«, keuchte sie. »Das ist *verrückt*, Astin.«

Aber das war natürlich das Falsche, das Schlimmste, was sie sagen konnte, denn er lächelte nur wieder, spöttisch und furchtbar und entsetzlich. »Ach, *ich* bin verrückt?«, fragte er eisig. »Du bist diejenige, die sich von einem Ork ficken ließ, du bist diejenige, die sagte, dass du lieber bei ihm bleibst als bei mir, du bist diejenige, die hier reinkommt und mir sagt, dass du den *Dreck* eines verdammten Orks zur Welt bringen willst!«

Die geschärfte Spitze des Dolches kam immer näher, während er sprach, und zwang Jule, sich flach in den Sitz zu drücken, ihre Arme schützend um ihren Bauch zu schlingen und ihre Augen auf die mörderische Dolchspitze zu richten. Astin wollte sie töten, Astin wollte ihren Sohn töten, *nein* ...

Und ohne Vorwarnung gab es ein weiteres Zucken gegen Jules Hand. Von innen.

Ihr Sohn. Tengil. Er war gierig, gerissen und stark. Und er war hier, weil Jule und Grimarr ihn geschaffen hatten. Und Grimarr hatte seinen eigenen *Vater* für den Frieden getötet, während Jule ihren beschwichtigt hatte, Astin beschwichtigt hatte, das tat, was erwartet wurde, wegschaute ...

Aber Jule hatte sich verändert. Sie hatte gelernt. Sie hatte sich mit einem Ork gepaart, sie hatte ein Zuhause erlebt, sie hatte geliebt. Sie war wollüstig, gerissen und stark.

Sie war einfach ... *lebendig.*

Und plötzlich schien die Welt um sie herum langsamer zu werden, die Dunkelheit in der Kutsche war eng und still. Jule schluckte, hob ihr Kinn und sah ihrem Mann in die Augen. Einem

Mann, den sie befähigt hatte, einem Mann, dem sie geholfen hatte, einem Mann, von dem sie wusste, dass er unaussprechliche Dinge getan hatte. Ein Mann, der weiterhin unaussprechliche Dinge tun würde, wenn man ihn ließe. Ein Mann, von dem niemand sonst die Kraft hatte, ihn aufzuhalten. Nicht einmal Grimarr.

Und hier, in dieser Kutsche, in diesem Moment, gab es nur sie.

»Oh, na *schön*«, zwang sie sich, mit den Augen zu rollen, und es kam ruhig, fast leicht daher. »Wenn du so entschlossen bist, Astin, dann lass es wenigstens mich tun. Du kannst zusehen oder es dir sogar selbst besorgen, wenn du willst.«

Astin blinzelte sie an, schaute kurz wirklich erstaunt und dann grimmig und kaltherzig zufrieden. Und als Jule nach dem Dolchgriff griff, ließ seine schlaffe Hand zu, dass sie ihn nahm und ihre Finger um ihn schlang. Sie fühlte das Gewicht und die Stärke des Dolches und zeigte auf ihren Bauch, ihren wartenden, tapferen Sohn.

Und mit einem würgenden, keuchenden Atemzug wirbelte Jule die Klinge herum, richtete sie auf ihren Mann und stieß sie ihm tief in den Leib, während er schrie.

34

Es dauerte nicht lange, bis Lord Norr tot war.

Er hatte Schmerzen noch nie gut vertragen, obwohl er sie gerne anderen zufügte, und seine Versuche, Jule wegzustoßen und wegzuschlagen, waren schwach und nutzlos. Jule hatte wochenlang gelernt, mit einem riesigen, brutalen Ork zu kämpfen und zu trainieren, und sie wusste, wie man die Klinge hochzog und verdrehte, um Muskeln und Fleisch zu zerreißen.

Astin schrie weiter, aber die Kutsche wurde nicht im Geringsten langsamer, und ihr dämmerte langsam die düstere Erkenntnis, dass er entweder dafür gesorgt haben musste, dass die Kutsche schallisoliert war, oder dass er seinem Kutscher befohlen hatte, bei keinem einzigen Geräusch anzuhalten. Als seine Schreie schließlich verstummten und sich sein Blut auf dem Boden um Jules Füße sammelte, fuhr die Kutsche immer noch weiter, als wäre nichts geschehen.

»Es tut mir so leid, dass es so weit gekommen ist, Astin«, hörte Jule ihre zittrige Stimme zum schlaffen Körper vor ihr sagen. »Es tut mir so leid. Ich wünschte, es hätte einen anderen Weg gegeben.«

Natürlich kam keine Antwort, und Jule musste ihr Gesicht

abwenden und verzweifelt nach Luft ringen, nach Fassung, nach irgendetwas. Sie hatte das getan. Sie war der Grund dafür. Sie hatte das Undenkbare getan. Sie hatte Astin getötet und die Orks, ihren Sohn und sich selbst gerettet.

»Hilfe«, hörte sie ihre zittrige Stimme in die erschütternde Stille keuchen. »Irgendjemand! Hilfe!«

Die Kutsche wurde nicht langsamer, und Jule tastete verzweifelt am Fenster, fand einen Knauf und riss ihn auf. Die Glasscheibe wurde ein wenig herausgedrückt und sie stützte sich ab, während sie die kühle Luft einatmete. »Hilfe!«, schrie sie, so laut sie konnte. »Halt!«

Die Kutsche wurde schließlich langsamer und kam rasselnd zum Stehen. Dann wurde es hell und Stimmen ertönten, als die Kutschenverschlag aufgestoßen wurde und das grelle Sonnenlicht die grässliche Szene erhellte, in der die unverwechselbare Gestalt von Otto zu sehen war.

»Er ist tot«, rief Jule ihm zu, als sein Blick über den Anblick im Inneren der Kutsche schweifte. »Astin ist *tot*.«

Sie konnte den Schock in ihrer Stimme hören und die schiere, aufsteigende Angst vor dem, was als Nächstes kommen würde, sei es ein Prozess, eine Verurteilung oder eine Hinrichtung. Otto schien es zu wissen, denn seine Augen warfen einen kurzen Blick über die Schulter nach draußen – und dann streckte er eine behandschuhte Hand aus, um Astins schlaffe Hände vorsichtig auf den Dolch zu legen, während sein Körper die Sicht nach hinten blockierte.

Jule starrte ihn an, aber er wischte nur seine behandschuhte Hand an Astins Hosenbein ab und drehte sich dann zu ihr um, wobei er ihr immer noch die Sicht nach draußen blockierte. »Hör zu, Jule«, sagte er mit tiefer und dringender Stimme. »Folgendes ist passiert. Er wurde zu sehr gedemütigt, als er dich sah. Er konnte die Schande nicht mehr ertragen.«

Jule starrte ihn weiter an und schüttelte heftig den Kopf.

»Aber das ist nicht wahr. Es ging ihm *gut*. Abgesehen davon, dass er versucht hat, mich umzubringen.«

»Dann war es eben Notwehr«, erwiderte Otto mit einer Grimasse. »Und wenn du versuchst, die Schuld auf dich zu nehmen, werde ich aussagen und sagen, dass du verwirrt warst. Also vergiss es. Es ist ohnehin besser für uns alle, wenn er aus dem Weg ist.«

Für jemanden, der angeblich Astins Freund und Verbündeter war, war das überraschend kalt, und Jule konnte sich einen weiteren schnellen, entsetzten Blick auf Astins zerstörten Körper nicht verkneifen. Er war tot. Ihr Ehemann, Lord Norr, war tot. Sie brauchte Luft, sie musste weg von hier, weg, nach *Hause* …

Aber Otto stand immer noch da, blockierte den Ausgang der Kutsche und musterte Jule mit vorsichtigen, abschätzenden Augen. »Willst du Norrs Ländereien einklagen?«, fragte er, noch leiser als zuvor. »Im Namen deines ungeborenen Kindes?«

Was? Jule schreckte zurück, starrte – und dann hörte sie einen erstickten, ungläubigen Laut aus ihrem Mund kommen. Astin war tot, sie hatte gerade ihren *Ehemann* umgebracht, und Otto wusste es – und das war alles, was ihn interessierte. Die Möglichkeit, dass das Kind in Jules Bauch doch Astins Kind sein *könnte* und damit der einzige Erbe von Astins Ländereien und Reichtum, anstatt er *selbst*.

»Deshalb bist du also so großmütig«, hörte Jule sich selbst unter ihrem Atem sagen. »Ich nehme an, du bist zurzeit knapp bei Kasse?«

Otto, der schleimige Mistkerl, versuchte nicht einmal, es zu leugnen, und Jule stieß einen weiteren Laut aus, der nicht ganz wie ein Lachen klang. »War es dir nicht genug, dass ich mich zu deinen Gunsten einmal selbst zerstört habe?«, zischte sie. »Und dann versuchst du mich und mein Kind *wieder* zu deinem eigenen Vorteil zu opfern, indem du die Orks wegen eines Friedensvertrags anlügst, den du gar nicht einzuhalten gedenkst? Und jetzt stehst du hier, über Astins noch warmen Körper, und bittest mich um *das hier*?!«

Otto schämte sich zumindest ein bisschen, aber seine Augen blickten nervös hinter sie, wo Jule sehen konnte, wie sich uniformierte Männer vor der Kutsche versammelten. »Ich will nur eine Abmachung«, flüsterte er. »Auch zu deinem Vorteil. Wir sind schließlich eine Familie.«

Jule konnte nicht aufhören, ihn anzustarren, ihre Gedanken überschlugen sich und wirbelten um ein wachsendes, ekelerregendes Verständnis. Grimarr hatte die ganze Zeit recht gehabt. Es waren nicht nur offen grausame Männer wie Astin, die der Feind waren. Es waren ganz normale, freundliche, wohlmeinende Menschen wie Otto – wie sie –, die wegschauten, an ihr eigenes Wohl dachten und den einfachsten Weg wählten.

Jules Blick war wieder zu Astin gewandert, der so kalt und leer vor ihr lag, sein Blut noch warm unter ihren Füßen. Sie war mutig genug gewesen, sich diesem Feind zu stellen, ihrem eigenen verdammten Ehemann. Und sicher, *sicher* konnte sie auch die Kraft aufbringen, sich diesem Feind zu stellen.

»Hier ist deine Abmachung, *Cousin*«, hauchte sie, als sie sich an Ottos Gestalt vorbeischob und aus der Kutsche stieg. Raus ins Licht und an die frische Luft, und – ihre Entschlossenheit geriet kurz ins Stocken – direkt in die Mitte einer Menge beobachtender Männer.

Es waren fast alle, wie Jule in ihren verwirrten Gedanken feststellte, fünfzig bewaffnete und uniformierte Soldaten in einem großen Kreis um sie herum. Manche mit gezogenen Waffen, manche ohne, aber alle mit wachsamen Augen, die zwischen ihr und dem Wagen hinter ihr hin und her blickten.

Otto war gerade von der Tür weg getreten und hatte den unmissverständlichen, grausigen Anblick im Inneren enthüllt, und jetzt war da das aufkommende Gemurmel, die sich bewegenden Füße, die anklagenden, misstrauischen Blicke. *Ist das Blut? Ist das Lord Norr? Ist Lord Norr ... tot?*

Plötzlich fiel es ihr schwer zu atmen, die Welt drehte sich und funkelte weiß hinter Jules Augen, aber nein, sie musste sich dem stellen. Sie musste sich der Wahrheit stellen, ihren Feinden und sich selbst.

Und irgendwie hatte sie die Kraft, ihre Schultern geradezurücken und ihren Kopf zu heben. Sie ließ ihren Blick über die bewaffneten Männer ringsum schweifen und sprach.

»Mein Ehemann, Lord Norr, ist tot«, sagte sie mit zitternder, aber klarer Stimme. »Gerade eben, in dieser Kutsche, hat er versucht, mich zu töten. Und als er scheiterte«, sie konnte sich einen raschen Blick zu Otto, der hinter ihr stand, nicht verkneifen, »hat er sich vor meinen Augen mit seinem eigenen Dolch das Leben genommen.«

Sofort erhob sich das Gemurmel wieder und die Männer warfen sich unsichere Blicke zu, doch Jule hob scharf die Hand, und sie verstummten wieder. »Lord Norr geht es schon seit einiger Zeit nicht gut«, fuhr sie fort. »Er wurde von seiner Verantwortung übermannt und als Kind misshandelt. Aber sein Vermächtnis wird nun Frieden sein und die Hoffnung auf eine bessere Zukunft für unsere eigenen Kinder.«

Während sie sprach, hatte sie ihre Hand auf ihren Bauch gelegt, was die Blicke der Männer auf sich zog, und Jule atmete noch einmal tief ein und aus. »Das Morden muss aufhören«, sagte sie. »Der Tod muss aufhören. Wir *brauchen* diesen Frieden, zwischen Orks und Menschen.«

Die Überzeugung hatte sich in ihrer Stimme und in ihrem ganzen Körper verankert, aber sie zuckte immer noch zusammen, als sie ein hässliches Schnauben aus dem hinteren Teil der Menge hörte. »Was, wenn wir keinen Frieden mit den Orks *wollen*?«, rief eine Stimme. »Was, wenn wir keine Geschäfte mit *Monstern* machen?«

Daraufhin gab es ein paar Lacher und noch mehr Kopfnicken. »Vergesst den ganzen Vertrag«, rief eine andere Stimme. »Löscht die Schweinehunde für immer aus.«

Die Wut fuhr durch Jules Rücken und sie starrte den Mann

an, der gesprochen hatte, auf sein blasses, ausdrucksloses Gesicht. »Die Orks sind *keine* Schweinehunde oder Monster«, konterte sie. »Sie sind Leute. Genau wie wir.«

Die Männer lachten noch ein paar Mal, und Jule spürte, wie die Angst wieder zu pulsieren begann und ihre Hände zu klammen Fäusten an ihren Seiten wurden. »Der Vertrag ist unterschrieben«, sagte sie. »Von unseren Städten, von unseren Magistraten und Lords. Es ist *vollbracht*.«

»Es ist nur ein Stück Papier«, sagte ein anderer Mann und erntete Zustimmung, woraufhin Jule einen hilflosen, suchenden Blick hinter sich in Richtung Otto warf. Er hatte einen Deal gewollt und gesagt, dass sie eine Familie seien, nicht wahr?

Aber in Ottos blauen Augen lag ein seltsamer, distanzierter Blick, ein seltsames Zögern in seiner schlanken Gestalt – und plötzlich traf die Wahrheit Jule mit blendender, erschütternder Wucht.

Sie hatte eine schreckliche, *dumme* Fehleinschätzung gemacht. Otto sorgte sich um Astins Ländereien und Reichtum, ja, wahrscheinlich sogar genug, um den Friedensvertrag einzuhalten, aber im Moment war Otto auch Astins nächster Erbe, und es gab andere, einfachere Wege, seine Stellung zu sichern.

Am einfachsten wäre es, wenn Jule sterben würde.

Es müsste nicht einmal heute sein, stellte Jule fest und ihre Augen huschten hektisch zwischen Otto und den umstehenden Männern hin und her. Es könnte jederzeit zwischen jetzt und der Geburt ihres Sohnes sein. Und es könnte ein einziges Wort in den Ohren eines dieser Männer sein, das Umkippen einer Tasse, ein stummer Dolch in der Dunkelheit.

»Frank«, hauchte sie und musterte sein teilnahmsloses Gesicht, bitte, ihr Götter, bitte. »Unterstütze mich in dieser Sache. Du hast zugestimmt.«

Aber sein Gesicht, sein *Blick*. Er sah die Männer an und

dann sie. Er wägte die Optionen ab, dachte an sein eigenes Wohlergehen und suchte nach dem einfachsten Weg. Er erwies sich als Jules größter Feind, nach Astin, nach allem, was war.

»Wir sind eine Familie, Frank«, brachte Jule hervor. »Wie du gesagt hast. Ich habe schon so *viel* für dich geopfert.«

Aber er verriet sie schon wieder, sein Blick war entschlossen, hartnäckig und verweilte jetzt auf den Männern. Und das Entsetzen überflutete Jule sofort, denn er brauchte nur zu sagen: *Sie lügt, sie hat Lord Norr für die Orks getötet* – und die Spannung würde in Chaos ausbrechen. Und dann wären alle Probleme von Otto auf einmal gelöst: Jule tot, Tengil tot, der Frieden der Orks tot ...

Jule saß in der Falle. Sie war dem Untergang geweiht.

»Bitte, Frank«, flehte sie und ihre Stimme zitterte. »Bitte. Tu es nicht.«

Aber es war zu spät, oh Götter, es war zu spät, er blickte entschlossen von ihr weg, seine behandschuhte Hand griff nach seinem Schwert, sein Mund öffnete sich zum Sprechen.

Als plötzlich von der Kutsche hinter ihm ein großer grauer Fleck auf die Erde stürzte und eine scharfe, glänzende Klinge gegen Ottos Hals presste.

Die Orks waren hier.

35

Für einen Moment war es, als würde die Welt um Jule herum stillstehen und die Bilder hell und unwirklich vor ihren Augen erscheinen.

Da war Otto, dem Schock und Angst ins Gesicht geschrieben standen, während der Ork hinter ihm, Joarr, ein breites, ziemlich wahnsinniges Grinsen zur Schau stellte. Ringsherum tauchten weitere Orks aus den Bäumen auf, ihre riesigen Krummsäbel blitzten im Licht. Die Männer schrien und drängelten, griffen nach ihren Waffen, waren verstreut, erschüttert und verängstigt.

Aber vor allem war da *Grimarr*.

Er stürmte an der Spitze der Orks aus den Bäumen, sein Gesicht war wutverzerrt und er brüllte so laut, dass die Erde bebte. Er war riesig, mit freiem Oberkörper und übersät mit Kampfnarben, seinen Krummsäbel hoch erhoben in seiner Krallenfaust. Und er rannte mit einer mühelosen, tödlichen Anmut, wobei seine Stiefel die Erde hinter ihm aufwirbelten und seine schwarzen Augen, die vor Wut, Feuer und *Leben* sprühten, auf Jule gerichtet waren.

Grimarr war hier. Für *sie*.

Und als die Welt sich wieder in Bewegung setzte, war Jules

Gefährte hier, dicht neben ihr, und sein riesiger, mächtiger Körper beschützte sie, *sicher*.

»Geht es dir gut, Frau?«, knurrte er mit seiner vertrauten Stimme, die in Jules Ohren eine heiße Welle der Erleichterung auslöste, und sie brachte ein zittriges, zuckendes Nicken zustande. Das bescherte ihr einen kurzen, fast schmerzhaften Griff seiner Klauen gegen ihren Rücken, bevor er sie weit hinter sich schob und seinen glänzenden Krummsäbel in Richtung der verstreuten, taumelnden Männer schwang.

»Ihr fragt, was passiert, wenn ihr euch nicht an den Vertrag mit den Orks haltet«, dröhnte seine tiefe Stimme durch das Getümmel. »Das wird passieren. Ihr werdet sterben.«

Er winkte mit seiner riesigen Klauenhand in Richtung der anrückenden Orks, die sich unbehelligt durch die Ansammlung von Männern bewegten. Da waren Silfast und Olarr, beide riesig, kantig und furchteinflößend, und dicht hinter ihnen Baldr, dessen schwarze Augen vor Wut auflodernten und dessen grünlicher Leib mit dem nackten Oberkörper überraschend geschmeidig und tödlich aussah. Und dann war da noch Drafli, der groß und fast nackt mit seinem gewaltigen Krummsäbel in der Hand auftrat, und hinter ihm Afkarr, Simon, Abjorn und Eyarl.

Jule wusste, dass es keine komplette Kampftruppe war und die Orks zahlenmäßig fünf zu eins unterlegen sein würden, aber trotzdem griff keiner der Männer an, nicht einmal die mit gezogenen Schwertern. Und das lag vor allem an ihrem Anführer, Lord Otto, der immer noch nutzlos an Joarrs hochgewachsener, lächelnder Gestalt zappelte, die blitzende Klinge immer noch an seine Kehle gedrückt.

Grimarr hatte ein tiefes, spöttisches Schnauben von sich gegeben und betrachtete die Szene mit funkelnden, verächtlichen Augen. »Sprich, kleiner Lord«, sagte er zu Otto. »Willst du den Vertrag brechen, den du mit uns geschlossen hast? Willst du den Tod dem Frieden vorziehen?«

Ottos Gesicht war kreidebleich, seine Augen blickten

verzweifelt umher, und Jule spürte, wie sich ihre Verachtung steigerte und mit ihr eine kalte, zuckende Wut. Er suchte *immer noch* nach dem einfachsten Weg nach vorn. Er würde wirklich den Tod wählen – zumindest für seine Männer – wenn es am Ende das Beste für ihn wäre.

Und Jule ließ ihn damit nicht davonkommen. Nicht dieses Mal.

»Es gibt noch mehr Orks, die sich im Wald verstecken!«, rief eine Stimme, *Jules* Stimme, die hoch und klar durch die Luft getragen wurde. Sie riss alle Gesichter in ihre Richtung, sowohl die der Orks als auch die der Menschen, erstere mit Verwirrung in den Augen, letztere mit unmissverständlicher Angst. Otto sah inzwischen ziemlich krank aus, und Jule unterdrückte den plötzlichen Drang, rachsüchtig zu lächeln.

»Dieser Ork hat *immer* einen Plan«, fuhr Jule mit lauter Stimme fort und deutete mit ihrem Kopf seitlich auf Grimarr. »Und der ist wahrscheinlich furchtbar. Wenn ich du wäre, würde ich ihn nicht auf die Probe stellen, Frank.«

Otto sah wahrhaftig so aus, als würde er sich gleich übergeben, und seine Augen huschten zu den Bäumen und zu der Gruppe riesiger, bösartiger und übermäßig bewaffneter Orks, die zwischen den wankenden, aschfahlen Gesichtern seiner Männer standen. Und als sein Blick wieder auf Jule fiel, war er groß und aufrichtig, fast so, als würde er sie anflehen. Er bat sie um Hilfe, um die Rettung – selbst jetzt.

Aber Jule hatte die Hände zu Fäusten geballt und schüttelte langsam und entschlossen den Kopf. Sie war fertig mit ihm, fertig mit dem Verrat von allen Menschen, die ihr je etwas bedeutet hatten. Sie setzte sich für Frieden ein, für ihren Sohn, für sich selbst.

»Was wünschst du dir, kleiner Lord?«, fragte Grimarr mit tiefer und bedrohlicher Stimme neben ihr. »Frieden? Oder den Tod?«

Wieder herrschte einen Moment lang Stille, die Spannung

lag in der Luft und alle Augen waren auf Ottos Gesicht gerichtet. Sie warteten darauf, dass er sich entschied.

Und bestimmt konnte er jetzt den einfachsten Weg sehen. Bestimmt konnte er sich auf seinen Egoismus verlassen, der über allem anderen stand. Bestimmt ...

»Frieden«, rief Otto schließlich. »Wir wählen den Frieden.«

Oh, den *Göttern* sei Dank! Jule spürte, wie die Erleichterung sie mit einem Mal überflutete, so stark, dass sie Sterne sah. Es würde keinen Kampf geben. Kein Tod. Der Frieden der Orks war immer noch gewiss, immer noch da, für Jules Gefährten und seine Brüder. Für ihren Sohn.

»Natürlich brechen wir keinen Vertrag, den wir gerade erst unterschrieben haben«, fuhr Otto fort und seine Stimme klang beeindruckend ruhig, obwohl das Messer immer noch an seiner Kehle klebte. »Das ist alles nur ein Missverständnis.«

Die Erleichterung war den versammelten Männern deutlich anzusehen und schon steckten sie ihre Waffen weg und zogen sich zurück. In der Zwischenzeit hatte Joarr Otto endlich losgelassen, sodass er ins Straucheln geriet, und mit zwei geschmeidigen, beeindruckenden Sprüngen hockte er wieder auf der Kutsche hinter ihnen und sah äußerst zufrieden mit sich aus.

Grimarr, der vor Jule stand, hatte seinen Krummsäbel leicht gesenkt und blickte Otto mit einem verächtlichen Blick an. »Ich bin froh, zu hören, dass es sich um ein ... *Missverständnis* handelt«, sagte er mit trügerisch gleichmäßiger Stimme. »Kein wahrer Lord würde sein Wort gegenüber seinem Volk brechen. Und vor allem nicht gegenüber seinen eigenen *Leuten*.«

Während er sprach, warf er Jule einen vielsagenden Blick zu, seine Hand umschloss den Krummsäbel, und Jule konnte sehen, wie Ottos Kehle sich zusammenzog und seine unruhigen Augen kurz zu ihr blickten. »Natürlich nicht«, sagte er mit einem gequälten kleinen Lächeln. »Wir sind doch eine Familie, nicht wahr, Jule?«

Jule verkniff sich ein Prusten – natürlich waren sie eine Familie, zumindest solange, bis es praktisch wurde, sie zu *ermorden*. Und selbst jetzt wusste sie genau, dass Otto sie jederzeit mit nur einem Wort töten konnte. Er war immer noch ihr Feind, immer noch ein privilegierter, selbstverliebter Narr, der immer den einfachsten Weg nehmen würde.

Und das bedeutete, dass sie es nicht wagen konnte, jetzt mit ihm zu gehen. Sie konnte es nicht riskieren. Weder für ihren Sohn noch für sich selbst.

»Wir *sind* eine Familie, Frank«, sagte sie mit kalter Stimme. »Deshalb wirst du sicher verstehen, wenn ich unter diesen Umständen im Moment nicht mit dir nach Yarwood weiterreisen möchte.«

Sie starrte wieder auf Astins Kutsche, in der der grausige Anblick noch viel zu präsent war, und schon kamen ihr unaufgefordert und unangenehme Visionen von dem, was als Nächstes kommen würde. Astins Trauerfeier, Astins Beerdigung, die Konfrontation mit Astins zahllosen Partnern und Angestellten, die Rückkehr in das kalte, leere Haus, das niemals ihres gewesen war ...

Und den Göttern sei Dank, war Grimarr plötzlich wieder da, seine Krallenhand fest und warm auf Jules Schulter gepresst. »Nein, sie wird nicht dahin zurückkehren«, sagte er mit tiefer, fester Stimme. »Jetzt, wo Lord Norr tot ist, werden wir diese Frau mit uns zu unserem Berg zurückbringen. Sie soll als Beweis für euer erneuertes Gelübde und euren guten Willen uns gegenüber dienen.«

Die Erleichterung fühlte sich wieder wie eine physische Kraft an, die Jule in den Knochen steckte – sie durfte wirklich zurückkehren! Aber sie schaffte es, ihre Augen ruhig und ihren Körper aufrecht zu halten. »Ich bin bereit, so zu dienen«, sagte sie zu Otto. »Und vielleicht, Cousin, kommst du mich gelegentlich besuchen, um sicherzustellen, dass ich gut behandelt werde und unser Friedensvertrag ungehindert fortbesteht. Und auch, um bestimmte Familienangelegenheiten zu besprechen.«

Sie meinte damit die Ländereien und Astins Anwesen, und sie konnte sehen, wie das Verständnis in Ottos Augen aufblitzte, die plötzliche Erkenntnis, dass sich das alles vielleicht doch noch zu seinem Vorteil entwickeln könnte, wenn er seine Karten richtig ausspielte. Und sein schnelles Lächeln, mit dem er Jule antwortete, war ein echtes Lächeln, das sein Gesicht und seine blassen, schwachen Augen erwärmte.

»Natürlich, liebste Jule«, sagte er. »Ich komme in ein oder zwei Wochen wieder, wenn Norrs Beerdigung geklärt ist, und dann können wir uns unterhalten.«

Jule schaffte es, sich das Grinsen zu verkneifen und lächelte stattdessen dünn und kühl. »Ausgezeichnet«, antwortete sie. »Wie du sicher weißt, Cousin, hat mir mein Lord Vater nach seinem Tod einige garantierte Treuhandgelder hinterlassen, die bald wieder unter meine Kontrolle gebracht werden müssen, und zwar in voller Höhe. In der Zwischenzeit«, ihr Blick schweifte über die gut gefüllten Vorratswagen der Männer, »benötige ich als zarte Lady einige zusätzliche Vorräte, um meine erneute Gefangenschaft angenehmer zu gestalten.«

Jule entging nicht das Aufflackern der Verärgerung in Ottos Augen, aber zum Glück war er nicht so dumm, zu widersprechen, und winkte mit der Hand in Richtung der Vorratswagen hinter ihm. »Natürlich, Cousine«, antwortete er mit einem aufgeklebten Lächeln. »Welchen hättest du gerne?«

»Den da«, antwortete Jule ohne zu zögern und deutete auf den größten Wagen am Ende des Trosses, der mit Mehl, Salz, Schweinefleisch und Bier beladen war. »Ich brauche natürlich auch die beiden Pferde, die daran angehängt sind. Und habe ich hier nicht auch irgendwo den neuen Wallach von Lord Norr gesehen?«

Sie wusste, dass sie jetzt ein wenig übertrieb, aber dieses Pferd hatte etwas Besseres als Astin verdient, und kurz darauf holte einer der Männer ihn gesattelt und gezäumt aus dem hinteren Bereich. Er war genauso schön, wie Jule ihn in Erinnerung hatte – ein großes, feines Vollblut –, und sie ignorierte die Blicke der Männer um sie herum völlig, als sie ihre Röcke hochzog und mit gespreizten Beinen in den Sattel sprang.

»Gute Reise, lieber Cousin«, sagte sie mit einem kühlen Lächeln zu Otto. »Ich bin gespannt auf unser nächstes Treffen und freue mich auf ein Leben in Frieden.«

Und ohne seine Antwort abzuwarten, trat sie ihrem Pferd in die Seite und ritt durch die Bäume davon.

36

Jule ritt in einem halsbrecherischen Tempo durch den Wald und spürte, wie der kräftige Körper ihres Pferdes unter ihr rollte, während die Bäume um sie herum vorbeirauschten.

Sie würde zurückkehren, flüsterten ihre begeisterten Gedanken. Zurück zum Ork-Gebirge. Zurück ... nach *Hause*.

Aber war das wirklich ihr Zuhause? Nach allem, was Grimarr getan hatte? Er hatte sie zwar gerade gerettet, aber vielleicht war das auch nur für seine Brüder, für ihren Frieden gewesen. Denn wenn es einzig und allein um Jule ging, war die nackte Wahrheit, dass er sie immer noch verraten hatte. Er hatte sie immer noch verkauft. Er hatte ihren Sohn immer noch in den sicheren Tod geschickt. Er hatte gelogen, sie betrogen und sie für seine Zwecke benutzt.

Und das Schlimmste: Indem er sie allein mit Astin weggeschickt hatte, hatte er ihren Tod besiegelt. Genau wie ihr Vater, wie Astin, wie Otto.

Diese düstere und sichere Wahrheit schien nur noch größer zu werden, als Jule immer weiter auf das Ork-Gebirge zuritt. Seine felsigen Klippen ragten hoch und tödlich über ihr auf, sein Gipfel reckte sich in die tief hängenden Wolken, sein Fuß erstreckte sich breit und mächtig über die Erde.

Es war wirklich ein wunderschöner Ort, dachte Jule, als sie das Pferd davor anhielt und sich mit einer Hand über die feuchten Augen wischte. Es war ein passendes Zuhause für die edlen Orks. Wenn es nur wirklich ein Zuhause sein *könnte*. Ihr Zuhause.

Sie rutschte vom Rücken des Pferdes und landete neben dem Tier hart auf ihren Füßen, wischte sich erneut über die Augen und versuchte, den aufsteigenden Kloß in ihrer Kehle zu unterdrücken. Ihr Götter, was für ein schrecklicher, anstrengender, endloser Tag. Astin hatte ihren Tod gewollt, Otto hätte ihren Tod befohlen, sie hatte ihren *Ehemann* getötet, ihr eigener Gefährte hatte sie *verkauft*, und jetzt stand sie hier vor dem Berg, der nie ihr Zuhause gewesen war, und wollte einfach nur weinen wie ein Kind.

Plötzlich, ohne Vorwarnung, klapperte es rundherum, und Stiefel trampelten auf dem Boden. Und als Jule aufblickte und durch ihre feuchten Wimpern blinzelte, waren die Orks wieder einmal da.

Da waren Baldr und Drafli, Olarr und Silfast, Afkarr und Abjorn und Simon und Eyarl. Und hinter ihnen war der beladene Versorgungswagen, der unruhig hin und her schaukelte und von einem immer noch grinsenden Joarr gelenkt wurde, der mit den Zügeln in der Hand auf dem Wagensitz thronte.

Aber am dichtesten an Jule dran war Grimarr vom Clan Ash-Kai, der mit tödlicher Entschlossenheit auf sie zuschritt. Ihr Gefährte, der sie verraten hatte, der Vater ihres Sohnes.

Jule wich gegen das Pferd zurück – sie konnte ihm nicht trauen, er hatte sie *verkauft* – und sie konnte sehen, wie er ebenfalls zurückzuckte und ein paar Schritte entfernt abrupt zum Stehen kam. Die anderen Orks versammelten sich hinter ihm und schauten mit seltsamen, unsicheren Augen zwischen ihm und Jule hin und her. Grimarrs Augen glänzten schwarz, ihr Gefährte, ihre Liebe, die sie *verkauft* hatte, und Jule spürte, wie etwas hart in ihrer Brust zerrte und ihr den Atem raubte.

»Was?«, hörte sie ihre kratzige Stimme sagen. »Sollte ich«, sie musste innehalten und nach Luft schnappen, »sollte ich nicht hierher zurückkommen?«

Grimarrs Augen verengten sich, zielstrebig und durchdringend, und sie konnte sehen, wie sich die Fäuste an seinen Seiten ballten und seine Krallen scharf und schwarz gegen seine Handflächen drückten. »Ach, Frau«, sagte er, seine Stimme war langsam und leise. »Doch, du solltest hier sein. Das ist dein Zuhause.«

Jule atmete seltsam schwer – das war es nicht, er war es nicht – und sie kämpfte darum, wieder Luft zu bekommen und Worte zu finden. »Aber du«, begann sie, »du ...«

Plötzlich konnte sie nicht mehr sprechen und presste ihre zitternden Hände so fest an ihr Gesicht, dass es wehtat – aber vor ihr war der schmerzhafte, unvereinbare Anblick von Grimarr, vom Clan Ash-Kai, dem Prinzen der Orks, der hart auf die Knie sank und mit tiefschwarzen Augen zu ihr aufblickte, in sie hineinblickte.

»Frau«, sagte er mit schwerer Stimme, seine Krallenhände drückten auf seine Knie. »Ich lag falsch. Ich habe dich verletzt. Ich habe dich falsch eingeschätzt. Ich habe dir gegenüber *versagt*.«

Jule blinzelte, schien aber nicht sprechen zu können, und Grimarr schüttelte heftig den Kopf, als wolle er etwas von sich wegstoßen. »Ich habe dir gegenüber versagt«, sagte er noch einmal, aber leiser. »Bei all meinen Plänen für den Frieden habe ich nicht an deine Wünsche oder dein Glück gedacht. Ich dachte nur an meine Brüder und an mein eigenes. Ich hätte das nicht tun dürfen.«

Die Worte klangen rau und schmerzhaft, als ob er sie wirklich ernst meinte, aber dieser Ork hatte schon so viele überzeugende Worte gesagt, dass Jule den Blick abwandte und versuchte, die Blicke der anderen zu ignorieren. »Nun, du hast es getan«, sagte sie mit fester Stimme. »Und du würdest es wahrscheinlich wieder tun, wenn du die Wahl hättest.«

»Nein«, antwortete Grimarr plötzlich und eindringlich. »Nein. Ich hätte einen anderen Weg gesucht. Ich hätte Lord Norr niemals erlaubt, dich zu berühren oder dir zu schaden, wie ich es heute getan habe. Ich hätte dich beschützen sollen, wie ich es geschworen habe, und einen Weg finden sollen, diesen Mann vorher zu töten. Du hättest das nie an meiner Stelle tun müssen.«

Jule konnte wieder nicht sprechen oder ihn ansehen und hörte, wie er heftig ein- und ausatmete. »Ich hätte meine Pläne mit dir teilen sollen«, fuhr er leiser fort. »Ich hätte dich daran teilhaben lassen sollen. Und selbst wenn ich keinen Weg gefunden hätte, Lord Norr zu töten und dich trotzdem gegen Frieden hätte eintauschen müssen, hätte ich dich um deinen Segen bitten müssen. Ich hätte dich niemals in eine Falle locken und dich damit vor den Männern verletzen dürfen, wie ich es getan habe, nachdem du an unserer Stelle so edel zu ihnen gesprochen hast. Ich hätte dir vertrauen sollen, so wie du mir vertraut hast.«

Jules Augen waren zu ihm zurückgesprungen und hatten den Kummer in seinem Gesicht und den feuchten Fleck auf seiner Wange entdeckt. »Ich hätte dich anflehen sollen«, sagte er jetzt langsamer, »mir in deinem Herzen treu zu bleiben und einen Weg zu suchen, an meine Seite zurückzukehren. Ich hätte dich anflehen sollen, mich heimlich zu treffen und mich in der Nacht willkommen zu heißen. Ich hätte dich daran erinnern sollen, dass du immer meine Gefährtin sein wirst, auch wenn du das Bett mit einem anderen teilst, und dass ich mich immer nach dir sehnen, dich willkommen heißen und dich wertschätzen werde. Dass dieser Berg immer dein Zuhause sein wird.«

Es war, als wären die Worte wie Pfeile, die tief durch Jules Haut bohrten, und sie musste heftig den Kopf schütteln. »Das ist nur das Band«, sagte sie mit heiserer Stimme. »Die Orkmagie. Du hast es selbst gesagt. Sie ist schwer zu brechen.«

»*Nein*«, konterte Grimarr, laut genug, dass Jule zusammenzuckte. »Es ist nicht nur das. Ich hatte schon andere Gefährtinnen. Ich weiß, wie der Bund wirkt und wie es nicht wirkt. Bei dir geht es um weit mehr als Hunger, Frau.«

Jule sah immer noch zu, gefangen von diesen Augen, von der Wahrheit, die in ihnen aufflammte. »Du bist mutig und freundlich und rüstig und klug«, sagte er und seine Stimme klang tief und überzeugend. »Du hast dich nicht aus Angst vor dem Berg oder meinen Brüdern gebeugt. Stattdessen hast du ihre Wege gelernt, dich mit ihnen angefreundet und dich für sie eingesetzt. Du hast nicht gejammert, geweint oder dich beschwert. Du hast gelernt, durch den Berg zu gehen, als wärst du in ihm geboren.«

Jule konnte sich ein weiteres Zucken nicht verkneifen und warf einen verstohlenen Blick hinauf zu dem Berg, der schweigend über sie wachte. Und hier, vor ihm, vor den beobachtenden Augen der Orks, die sahen, wie ihr Anführer auf den Knien lag und vor seiner Gefährtin schluchzte.

»Du hast mir viele Geschenke gemacht«, fuhr Grimarr fort. »Deinen unstillbaren Hunger. Deine Wärme und dein Lachen. Deine Art, meine Wut und meinen Kummer zu lindern. Sogar deine Fragen. Und dann hast du alles für unseren Vorteil geopfert. Und selbst als dein eigener Tod bevorstand, wie heute, hast du unseren Frieden vor diesen Männern verteidigt. Du hast Generationen meiner Brüder und unserer Söhne gerettet, auch wenn ich dir gegenüber immer wieder versagt habe. Ich hätte mir keine würdigere Gefährtin oder treuere Vertraute wünschen können.«

Die Worte schienen in der Luft zu verharren und den Raum zwischen ihnen zu verengen, und Jule konnte sehen, wie sich Grimarrs Brust füllte und seine Hände sich wieder auf die Knie pressten, fast so, als wollte er sich abstützen. »Und du hast mir gesagt«, sprach er in Richtung seiner Hände, »dass du dir eine Wahl wünschst. So wie in der Küche. Und so möchte ich dir alle Wahlmöglichkeiten geben, die in meiner Macht stehen. Du kannst hier in deinem Zuhause bleiben und dich an all seinen Reichtümern erfreuen, solange du willst. Du kannst wählen, ob du meinen Sohn hier gebären willst oder woanders oder gar nicht, was immer du wünschst. Und«, er verzog den Mund, seine Krallen gruben sich in seine Knie, »du kannst mich als deinen Gefährten wählen, oder du kannst einen anderen wählen, oder gar keinen. Aber wenn du dich für einen anderen Mann oder einen anderen Ork entscheidest, werde ich das mit aller mir zur Verfügung stehenden Macht bestätigen.«

Was? Jule spürte, wie ihr ganzer Körper zusammenzuckte und ihre Augen ungläubig auf Grimarrs schmerzverzerrtes Gesicht blickten. »Du würdest«, brachte sie hervor, sog die Luft ein und versuchte es erneut. »Einen anderen Ork dulden? Der sich mit mir paart und deinen *Sohn* großzieht? Hier, in deinem eigenen *Zuhause*?«

Die Orks, die um sie herumstanden, bewegten sich seltsam, mehr als eine Hand umklammerte einen Schwertgriff, aber Jules Augen waren auf Grimarr fixiert, verloren sich in seinem verzerrten Mund, seinen flachen, keuchenden Atemzügen. »Es ist auch dein Zuhause und somit deine Entscheidung«, sagte seine Stimme seltsam angestrengt und monoton. »Ich habe viele Brüder, die dich mit nichts anderem als Freundlichkeit behandelt haben und nicht im Traum daran gedacht hätten, dich zu verletzen, so wie ich es getan habe. Vielleicht ist es einer der Ka-esh, ich weiß, dass sie dir gefallen haben ...«

Seine würgende Stimme versagte an dieser Stelle, seine riesigen Schultern hoben sich, und Jule konnte ihn nur anstarren, während ihr eigener Atem kurz und rau wurde. Dieser schreckliche, grausame, tapfere Ork, dieser Held, der vor seinen Brüdern auf den Knien lag, bot das Undenkbare an, bot *alles* an. Seinen Reichtum, sein Zuhause, seine Unterstützung, seine Erniedrigung. Seine Schande.

Und das bedeutete, so erkannte Jule mit einem

schockierten Blick in die Runde der mit großen Augen zusehenden Orkgesichter, dass Grimarr auch seinen hart erkämpften Platz als Anführer, sein ganzes Lebenswerk, aufs Spiel setzte. *Kein Ork wünscht sich einem beschämten Lord zu folgen*, hatte er an jenem Tag gesagt. Und dass ihr Anführer seine schwangere Gefährtin verlor und mit ansehen musste, wie sein Sohn unter einem anderen aufgezogen wurde, und dass er dies mit all seiner Macht unterstützte – das war sicherlich eine Schande, die diese Orks nicht hinnehmen würden.

Aber Grimarr bot es an, für sie. Er bot das genaue Gegenteil von dem an, was sein eigener Vater getan hatte, das Gegenteil von dem, was Astin und Otto getan hatten, und er tat es offiziell, öffentlich, vor allen seinen Brüdern. Dabei war es erst ein paar Wochen her, dass er ihnen Jule präsentiert hatte, mächtig und tödlich und siegreich. *Seht, meine neue Gefährtin. Riecht, wie sie meinen Duft und meinen Samen trägt ...*

Aber dann, in derselben Nacht, tief und heimlich, war die alte, mächtige Magie zwischen ihnen zum Leben erwacht. Im Gegenzug verspreche ich dir meine Treue, meine holde Jule. Ich gewähre dir meine Gunst, mein Schwert und meine Loyalität. Ich werde diese Nacht für immer in Erinnerung behalten ...

»Und was wünschst du dir, Ork?«, hörte Jule ihre zittrige Stimme in Richtung dieser trostlosen schwarzen Augen fragen. »Was würdest du wählen, wenn *du* die Wahl hättest?«

Sie konnte sehen, wie Grimarr seinen Brustkorb ausdehnte und die Augen kurz zudrückte. »Mein eigener Wunsch«, sagte er so leise, »ist es, dein Vertrauen noch einmal verdienen zu können. Ich möchte dir beweisen, dass ich ein würdiger Gefährte und ein würdiger Vater für unseren Sohn sein kann. Ich möchte für immer dein sein, meine holde Schönheit.«

Für immer ihrer. Jule musste ihre Augen zusammenkneifen und tief durchatmen. Er wollte sich ihr Vertrauen verdienen. Ein würdiger Gefährte sein. Für immer ihr gehören.

Und als sie die Augen öffnete und den dunklen Kopf noch

immer vor ihr gebeugt vorfand, spürte sie, wie ihre zittrige Hand langsam über das seidige Haar strich. Er riss den Kopf hoch, sein glitzernder Blick suchte den ihren, und Jule fuhr mit ihren Fingern über sein vernarbtes, nasses Gesicht, während ihr Herz in ihrer Brust hämmerte. Ihr Ork. Ihr Gefährte. Ihr Prinz.

Und trotz allem, was Grimarr getan hatte, hatte er bei dieser Sache nicht gelogen. Er hatte sich nicht gerechtfertigt oder Jule als Schuldige hingestellt. Er hatte nicht so etwas gesagt wie, *Ich habe dich heute beschützt, ich bin dir zur Seite gestanden, als du mich gebraucht hast, ich habe dein Leben gerettet.* Stattdessen ließ er ihr die Wahl. Jede Wahlmöglichkeit. Alles, was sie wollte, hier, zum Greifen nah. Ihn. Ein *Zuhause.*

Und selbst wenn Jule keine Vergebung anbieten konnte – nicht einmal Vertrauen, noch nicht –, konnte sie sich dem stellen. Sie konnte noch ein letztes Mal tapfer sein.

Das *war* sie.

»Nun gut, mein holder Gefährte«, flüsterte sie mit Blick in die schwarzen, schmelzenden Augen. »Dann beweise dein Wort und bring mich nach Hause.«

37

Einen Moment lang herrschte eine bebende, erschütternde Stille. Nur das Stampfen und Wiehern eines der Pferde hinter ihnen und das dicke, schwere Ausatmen von Grimarrs Atem erfüllten sie.

Und plötzlich explodierte in Jules ganzem Wesen die Freude. Grimarrs warme, starke Arme, die sie fest umschlossen. Sein Duft strömte intensiv und stark in ihre Lunge. Sein ganzer Körper, hier, an ihr, mit ihr, drückte sie fast schmerzhaft an sich, während sein Atem hart und tief an ihr Ohr drang, als hätte er bis zu diesem Moment keine Luft mehr bekommen.

»Ja«, würgte er hervor, und die Feuchtigkeit floss über Jules Wange, vielleicht seine, oder ihre, oder beides. »Meine Gefährtin. Meine holde Schönheit. *Ach.* Ja. Du gehörst *mir*, du sollst *für immer* bei mir bleiben ...«

Seine Stimme versagte an dieser Stelle, aber seine Arme zogen Jule nur noch fester an sich und sie merkte zu spät, dass sie sich an ihn klammerte – beide Arme fest um seinen Hals gelegt und ihre Beine bereits um seine Taille geklemmt. Er war riesig und steinhart in seiner Hose, natürlich war er das, und

Jule spürte, wie sie ein Lachen oder vielleicht ein Schluchzen in die warme, köstliche Wärme seines Halses presste.

»Fürs Erste«, korrigierte sie ihn, denn es war ihre Pflicht, ihm das klarzumachen, bevor ihre wild zugreifenden Hände anfingen, ihm die Hose herunterzureißen. »Du musst mir das immer noch beweisen, Ork. Ich vertraue dir immer noch nicht. Vielleicht vertraue ich dir nie wieder.«

Aber Grimarr vergrub sein Gesicht nur noch tiefer in ihrem Nacken, die Härte in seiner Hose drückte stark gegen sie. »Ach, ich werde es dir beweisen«, sagte er, und seine Stimme war ein tiefes, nachdenkliches Grollen auf ihrer Haut. »Ich schwöre es, Frau. Ich werde dir mehr Ehre und Fürsorge geben, als du dir wünschen kannst. Du wirst es nicht bereuen.«

Jules Augen tränten wieder, ihr Körper klammerte sich noch fester an ihn, an das Gefühl seines Herzschlags, seines Atems, seiner großen Hände, die leidenschaftlich ihren Rücken auf und ab fuhren. »Ich schwöre dir meine Treue und mein Leben«, sagte er mit ruhiger, aber sicherer Stimme. »Ich gehöre für immer dir. Meine tapfere, kluge, holde Schönheit.«

Ohne es zu wollen, schmiegte sich Jule jetzt weinend an ihn, woraufhin Grimarr sie nur noch fester an sich drückte und sie hin und her schaukelte. »Ich werde dich beglücken«, murmelte er. »Ich werde dir Freude bereiten. Ich werde dich füttern und küssen und dich pflügen, bis du *schreist*.«

Schon der Gedanke daran ließ Jule unwillkürlich aufstöhnen, und Grimarr antwortete mit einem Lachen, das eher wie ein Knurren klang und in dem ein unverkennbarer Triumph mitschwang. »Das wird mir große Freude bereiten, Frau«, sagte er und griff vielsagend an Jules Hintern. »Jetzt, wo ich dich auf jede erdenkliche Art und Weise gehabt habe, wird deine nächste Aufgabe sein, mich *hier* mit Leichtigkeit zu nehmen, wann immer ich es wünsche.«

Jule wich zurück, um ihn anzustarren, aber das bedeutete, dass sie in sein hässliches, liebes Gesicht blickte, in diese glitzernden, zu leuchtenden Augen. »Verflucht seist du, Ork«, murmelte sie, aber sein köstlicher, geschmeidiger Mund war so nah und innerhalb eines Atemzugs küsste sie ihn, stark und intensiv. Ihre Zungen verschränkten sich hart und vertraut, der Hunger wirbelte auf wie ein tobender, donnernder Sturm, Jules Hände auf seinem Gesicht, in seinem Haar, an seinen Schultern zerrend, es gab nichts mehr als das hier, *ihn* ...

Zumindest bis eine vertraute Stimme neben ihr Worte sagte, die Jule in ihrem vernebelten Verstand gar nicht wahrnahm, und als sie sich verspätet umdrehte, sah sie, dass es die Orks waren. Nicht nur die, die mit ihnen gereist waren, sondern noch mehr aus dem Berg, Kesst und Efterar, Tristan und Salvi und John, Gegnir und Narfi, Dutzende von neugierigen Gesichtern, die sich um sie herum drängten.

Und als Grimarrs große Hände Jule herumwirbelten, sodass sie ihnen zugewandt war, und sie dann in die Höhe hoben, als würde er sie vor den Augen der anderen präsentieren, war da nur Wärme, Freude und Sicherheit. Ihr Gefährte beanspruchte sie für sich und ehrte sie vor all seinen Brüdern, vor allen fünf Clans.

»Meine Gefährtin ist zurückgekehrt!«, rief Grimarr, und seine Stimme hallte vom nahen Stein des Berges wider. »Meine Gefährtin, die so edel unseren Frieden mit den Menschen errungen hat, hat nun tapfer ihre eigene Sippe verstoßen und Lord Norr für uns getötet. Und nicht nur das: Sie hat mich aus freien Stücken zu ihrem Gefährten erwählt und meinen Sohn in unser Zuhause zurückgebracht. Heute Abend werden wir feiern!«

Die umstehenden Orks jubelten, und in Jules Ohren klang es wie eine wogende Kakofonie, aber sie ertappte sich dabei, dass sie durch den Lärm hindurch lächelte und wieder die verfluchten Tränen hinter ihre Lidern zurück blinzelte. »Und mein Gefährte und seine treuen Orks haben mich gerettet und in Sicherheit gebracht«, fügte sie hinzu, wobei ihre höhere Stimme den Lärm übertönte. »Sie stellten sich tapfer einer Bande, die fünfmal so groß war wie sie, und sicherten unseren

Friedensvertrag mit den Menschen. Und nicht nur das, wir haben auch noch einen Wagen voller Fleisch und Ale mitgebracht!«

Der Lärm war noch lauter geworden und die Orks drängten sich bereits um den Wagen und entluden ihn mit erstaunlicher Geschwindigkeit. Sie schleppten Fässer und Pakete in Richtung Berg, während Grimarr Jule wieder zu sich drehte und sie auf seine Hüfte hob.

»Du ehrst mich, Frau«, murmelte er in ihr Haar. »Meine kluge, weise Gefährtin. Du hast nicht nur Lord Norr getötet und diese törichten Männer, die unseren Frieden brechen wollen, ausgetrickst, sondern du hast auch Essen und Trinken für meine Brüder mitgebracht.«

»Und Pferde«, sagte Jule und schenkte ihm ihr vielsagendes, neckisches Lächeln. »Genau, wie du es wolltest.«

Grimarr stöhnte laut auf und schaute kurz zu den drei Pferden, von denen eines Astins schöner Wallach war, und zu den beiden anderen, die immer noch am Versorgungswagen angebunden waren. Es waren beides starke, solide Arbeitspferde, die sich besser zum Ziehen als zum Reiten eigneten, aber immer noch mehr als fähig waren, das Gewicht eines Orkreiters zu tragen.

»Wenn ich bleibe, werde ich einen Stall einrichten«, sagte Jule entschieden. »Und du lernst, mit mir zu reiten. Wenn du das nächste Mal auf so eine tödliche Mission gehst, hast du wenigstens die Möglichkeit, ihre Pferde zu stehlen, wenn es nötig ist.«

Grimarr stöhnte wieder, aber es lag keine Bosheit darin, sondern nur eine hungrige, neugierige Wärme, und sein Gesicht vergrub sich tief in Jules Hals. Aber Jule dachte noch immer darüber nach, und plötzlich wurde ihr viel zu spät klar, was genau die Orks heute getan hatten und warum.

»Was war eigentlich euer Plan heute?«, fragte sie Grimarr und zog sich zurück, um ihn anzuschauen. »Als du die Männer angegriffen hast? Wo war der Rest deiner Orks?«

Da sie sich nicht in den Bäumen versteckt hatten, wusste Jule das ganz genau, und Grimarr zuckte lässig mit den Schultern und zeigte ein schiefes, spitzzahniges Lächeln. »Ich hatte nicht wirklich einen Plan«, sagte er. »Diesmal nicht. Ich wollte nur alles tun, um dich in Sicherheit zu bringen.«

Oh. »Und wie lange genau hast du diesen Nicht-Plan vorbereitet?«, fragte Jule und beäugte ihn mit immer größerem Misstrauen. »All deine stärksten und loyalsten Kämpfer, voll bewaffnet, genau dort im Wald? Joarr, der sich auf dem Dach der verdammten *Kutsche* versteckt hatte?«

»Vielleicht für eine Weile«, sagte Grimarr mit einem Gesichtsausdruck, der niemanden täuschte, und Jule stieß ein ungläubiges Lachen aus und kratzte mit ihren Fingernägeln an seinem nackten Rücken.

»Du bist so ein hinterhältiger *Mistkerl*«, teilte sie ihm mit. »Warum hast du mir das nicht gesagt?«

In den Augen ihres Gefährten zeichnete sich kurz, aber unmissverständlich ab, warum er es ihr nicht gesagt hatte. Er hatte ihr immer noch nicht getraut. Er war sich immer noch nicht sicher gewesen. Er hatte immer noch gedacht, dass Jule vielleicht Lord Norr sehen, mit Lord Norr allein sein und ihre Meinung ändern würde.

Er hatte Angst gehabt. Und heute hatte Jule ihm vielleicht endlich diese Ängste genommen und für immer zerstört.

»Ich habe es gesagt – zumindest angedeutet«, sagte Grimarr jetzt mit einer Grimasse. »Als du mir erklärtes, du würdest bleiben. Ich sagte im Gegenzug, dass ich immer bei dir sein würde, egal wo du bist.«

Das stimmte, das *hatte* er gesagt, und nach allem, was heute passiert war, konnte Jule nur seufzen und ihre Hände auf sein liebes, schönes Gesicht legen, während eine seltsame, zittrige Erleichterung durch ihre Gedanken zu stottern schien. Grimarr hatte sie doch nicht *wirklich* dem Tod überlassen. Er war *nicht* wie ihr Vater, oder Astin, oder Otto. Das war er noch nie gewesen.

»Ich wusste nicht, was dabei herauskommen würde«, fuhr Grimarr leise fort. »Ich wusste nicht, ob ich jemals wieder mit dir oder unserem Sohn sprechen dürfte, oder ob ich dich unter all diesen Männern in Sicherheit bringen könnte, ohne den Frieden für meine Brüder zu zerstören. Aber ich wollte alles in meiner Macht Stehende tun, um in deiner Nähe zu sein und dir zu helfen, falls du es wünschst.«

»Ich habe es mir gewünscht«, flüsterte Jule in diese Augen. »Ich danke dir, Grimarr.«

Aber er schüttelte heftig den Kopf und verzog den Mund. »Ich habe dir gegenüber in der Tat versagt, Frau«, sagte er. »Ich habe dich Lord Norr ausgeliefert und zugesehen, wie dieser Abschaum dich geschlagen hat, während meine Brüder und ich uns in den Bäumen verkrochen haben. Und als du mit ihm in der Kutsche saßt, hätte ich einbrechen und ihm die Kehle aufschlitzen sollen, aber Joarr wollte das nicht zulassen und wusste, dass wir warten müssen. Er hat einen Hauch von alter Magie, wenn es darum geht, solche Dinge zu erkennen.«

Jule blinzelte, als sie das Puzzle zusammensetzte. »Also war es auch Teil deines Plans, dass ich Astin töte?«, fragte sie vorsichtig. »Wir haben schließlich so viel Zeit zusammen im Trainingsraum verbracht und du hast mir beigebracht, wie man kämpft und tötet?«

Aber Grimarr hatte Jule mit einem seiner schrecklichen Blicke fixiert, seine Augenbrauen in Falten gelegt und seine Lippen mit tiefer Missbilligung gekräuselt. »*Ach*, nein«, sagte er mit flacher Stimme. »Was für ein schwacher Ork muss ich sein, um meine Gefährtin und meinen Sohn in solche Gefahr zu bringen? Es ist nicht deine Aufgabe, für mich zu töten, Frau. Du sollst in *Sicherheit* sein, weg von diesen närrischen Männern, die dich alle töten wollen. Außerdem sollst du meinen Sohn großziehen, auf meinem Schwanz reiten und meinen Samen aussaugen, damit du in deinem neuen Zuhause Frieden und Bestimmung findest. Und mehr nicht.«

Jule konnte nicht verhindern, dass sie angesichts seines

missmutigen Gesichts die Augen verdrehte, aber sie schmiegte sich trotzdem näher an ihn heran, in seine warme, starke Sicherheit. »So ein sturer Ork«, murmelte sie. »Aber ich muss zugeben, nach dem heutigen Tag hört sich das ziemlich reizvoll an.«

»Gut«, sagte er, aber es kam abwesend heraus, während seine Augen immer noch die ihren suchten. »Es tut mir leid, dass ich dir nicht vertraut habe, Frau. Es tut mir leid, dass ich dir wehgetan und dich enttäuscht habe.«

Jule konnte nur den Kopf schütteln und atmete seinen vertrauten, geliebten Duft ein. »Ich hätte dir auch vertrauen sollen«, flüsterte sie. »Ich hätte wissen müssen, dass du mich beschützt. Das hast du immer getan.«

Ein leises, anhaltendes Knurren in ihrem Ohr, das fast wie ein Schnurren klang, lud sie ein, sich zu entspannen und diesen herrlichen Moment zu genießen – aber es gab noch mehr zu sagen, eine letzte Wahrheit zwischen ihnen, und Jule atmete tief durch und hielt die Augen offen.

»Ich hätte mich bei dir bedanken sollen«, sagte sie. »Vor langer Zeit. Dafür, dass du mich überhaupt erst von Astin und diesem schrecklichen Haus weggebracht hast. Dass du mich gerettet hast, als ich es so dringend brauchte, auch wenn ich es nicht zugeben oder akzeptieren konnte. Und danke«, sie schluckte schwer, »dass du mir den Raum und die Freiheit gegeben hast, die Wahrheit über mein altes Leben und meine alten Überzeugungen zu akzeptieren. Danke, dass du meine Unwissenheit herausgefordert hast, und das mit so viel Geduld und Freundlichkeit. Danke, dass du mir so viele Möglichkeiten gegeben hast, dies zu meinem Zuhause zu machen.«

Grimarrs Kopf neigte sich und musterte sie, aber er sprach noch nicht, und Jule holte tief Luft, um noch mehr Ehrlichkeit zu demonstrieren. »Du bist ein guter Lord, Grimarr vom Clan Ash-Kai«, flüsterte sie mit einem zuckenden kleinen Lächeln. »Ich fühle mich geehrt, dass du mich zu deiner Gefährtin gewählt hast. Ich hoffe, ich werde dir viel Freude bereiten und dir so viele Söhne schenken, wie du dir wünschst.«

Seine Augen leuchteten plötzlich, seine schwarzen Wimpern blinzelten hart gegen seine Wange, und ohne Vorwarnung zog er sie näher an sich heran, sodass sie kaum noch atmen konnte. »Ach, Frau«, grummelte er ihr ins Ohr. »Necke mich nicht so. Sonst wirst du mir eine ganze *Brut* von Orklingen gebären, und dein Schoß wird nie wieder brach liegen.«

Der Hunger kam ohne Vorwarnung und war so stark, dass Jule aufstöhnte, woraufhin Grimarr sich zurückzog und ihr ein langsames, freches, böses Grinsen schenkte. Ihr Lieblingslächeln, von ihrem Lieblingsork, und Jule konnte nur blinzeln und zurücklächeln, warm, tränenreich, ehrlich.

»Wir werden willkommen heißen, was zu uns kommt«, sagte Grimarr jetzt mit rauer Stimme und legte seine Hände breit und fest auf ihren Rücken. »Nun ruh dich aus, meine holde Schönheit, und finde Frieden. Ich werde dich nach Hause tragen.«

38

An diesem Abend feierten die Orks in der Versammlungshalle vor einem riesigen, knisternden, lodernden Feuer ein Fest, wie es Jule noch nie erlebt hatte.

Es gab Ale und Essen, Gejohle, Musik und Tanz und Hunderte von Orks – einige vertraut, andere völlig neu. Alle schienen sich gleichzeitig zu bewegen und zu reden, sie schlugen Trommeln, spielten Spiele, fingen Kämpfe an und grölten gleichermaßen Glückwünsche und schlechte Witze, als Jule und Grimarr sich ihren Weg durch die Menge bahnten.

Es gab auch erstaunlich viele Nackte und Herumtollende, die auf den Sofas saßen, welche in die Mitte des großen Raumes geschoben worden waren, sodass jeder Ork, der wollte, zuschauen oder selbst mitmachen konnte. Jule entdeckte Narfi, den kleinen Ork aus der Küche, der auf Simons schockierend riesigem Schwanz ritt, während er gleichzeitig eifrig an Draflis Schwanz lutschte, und Kesst lieferte wieder einmal eine beeindruckende Darbietung, indem er Efterar bis zum Anschlag verschluckte, während die umstehenden Orks lüstern lächelten und jubelten.

Das alles hätte entsetzlich und überwältigend sein müssen,

und vielleicht wäre es das auch gewesen, wenn nicht Grimarrs schwerer Arm um Jules Schulter gelegen hätte, seine Stimme nah und warm an ihrem Ohr, die ihr die plötzliche Flut von Fragen beantwortete, die ihre Gedanken gerade erfüllten. Wie hatte sich Joarr auf der Kutsche versteckt? Wie groß waren die Chancen, dass die Orks diese Männer tatsächlich im Kampf besiegt hätten? Wo wollten sie den Stall errichten? Und Narfi und Simon – oder Narfi und Drafli – waren doch nicht *gepaart*, oder?

»Ach, nein«, sagte Grimarr mit einem Kichern in ihr Ohr. »Das ist nur zum Vergnügen. Es ist nicht wie bei Kesst und Efterar oder bei dir und mir. Wenn ein anderer Ork Kesst berührt, würde Efterar ihn erdrosseln, so wie ich es mit jedem Ork tun würde, der dich berührt. Man muss diese Gelübde sprechen, um diesen Bund zu vollenden. So, wie ich es bei dir getan habe.«

Jule schmiegte sich enger an ihn und konnte sich ein verstohlenes Lächeln nicht verkneifen, als sie seine Augen sah. »Richtig«, sagte sie. »Und jetzt, mit diesem Friedensvertrag, könnt ihr auch Hochzeiten feiern, oder? Wer wird wohl der Erste sein, was meinst du?«

Diese Unnahbarkeit in Grimarrs Augen war so vertraut und so irritierend, aber Jule wartete auf seine Antwort, und schließlich kam sie, vorsichtig und zögernd. »Ich hatte gehofft«, sagte er, »dass wir das eines Tages tun würden. Du und ich.«

Die Hitze lief Jule in Strömen den Rücken hinunter und sie konnte sich ein weiteres, diesmal ungläubiges Lächeln nicht verkneifen. »Machst du mir etwa einen … *Antrag*, Grimarr?«

Der Blick in seinen Augen war jetzt verräterisch misstrauisch und seine Lippe spitzte sich zu einer hässlichen Fratze, aber der Anblick ließ Jule nur noch mehr Wärme über den Rücken laufen. »Ich habe dir bereits das Gelübde eines Gefährten gegeben«, sagte er. »Ich habe dir bereits meinen Samen, meinen Sohn und mein Zuhause gegeben. Warum überrascht dich dieser … *Antrag*?«

Jule blickte reflexartig auf ihre linke Hand, die noch immer keine Verzierung trug, und sie spürte, wie Grimarrs Augen ihrem Blick folgten und sich eine seltsame Erkenntnis in sein Gesicht schlich. »Ach«, sagte er. »Ihr Menschen und eure albernen Eheringe.«

In seiner Stimme lag ein ebenso merkwürdiger Ton, der Jule dazu veranlasste, ihn ganz zum Stehen zu bringen und sein unergründliches Gesicht zu mustern. »*Grimarr*«, sagte sie verärgert, während ihre Hand über seine breite nackte Brust strich. »Was? Sag es mir.«

Seine Hand bewegte sich zu seiner Hosentasche, griff hinein und holte etwas Kleines heraus, das in seinen Fingern glitzerte. Und es war – Jule verschluckte sich und starrte – ein Ring.

Ein Ehering.

Er war aus Gold und Silber, das im Licht funkelte, und in seinem Inneren konnte Jule die winzigen, feinen Linien einer Schrift erkennen, die ihn umrundeten. Eine Schrift, die der in den alten Ka-esh-Büchern nicht unähnlich war, dieser krakeligen, seltsam eleganten Schwarzmundschrift.

»Ich habe dir deinen Ehering gestohlen«, sagte Grimarr mit einer Stimme, die fast zu leise war, um sie in dem Lärm ringsum zu hören. »Ich habe dich verhöhnt, als du mich gefragt hast, warum ich dir nicht einen neuen schenke. Deshalb habe ich dir in den vergangenen Tagen, als ich mich von dir entfernt hatte, in der Schmiede der Ash-Kai einen neuen gemacht, um dieses Unrecht wiedergutzumachen.«

Jule konnte nicht aufhören, auf den von ihrem Gefährten selbst geschmiedeten Ehering hinunter zu blinzeln. Und er war genau wie er, wie sie *beide*. Die harten Gold- und Silbersplitter waren auf den ersten Blick so verschieden, aber sie waren auch so schön, wenn man sie zusammenschmiedete und zu etwas ganz Neuem zusammenfügte.

»Was steht da?«, fragte sie schließlich mit heiserer Stimme, und blickte in die schwarzen Augen, die in ihre schauten und dann wieder weg.

»Da steht«, sagte er, »ich schwöre dir meine Treue, meine holde Jule.«

Oh. Das war der Schwur eines Gefährten. Der Schwur, den er ihr in ihrer ersten gemeinsamen Nacht im Kerzenschein gegeben hatte. *Ich gewähre dir meine Gunst, mein Schwert und meine Loyalität …*

»Du brauchst ihn nicht anzunehmen oder zu tragen«, sagte Grimarr, und seine Stimme klang etwas hektisch. »Du musst nichts tun, was du nicht willst. Aber ich wollte dir diese Wahl lassen, zusammen mit allem anderen.«

Das Kribbeln in Jules Augen war wieder da, und sie zuckte mit den Schultern. »Nun«, sagte sie, »in der menschlichen Tradition würde ich die Wahl treffen, aber du musst erst fragen. Anständig.«

Sie hatte keine Ahnung, ob Grimarr überhaupt wusste, was das bedeutete, und seine schwarzen Augen blinzelten sie einmal an, aber dann führte er sie mit einer plötzlichen Bewegung halb führend, halb ziehend zu einer der Bänke in der Mitte des Raumes. Er setzte sie darauf, während er vor ihr auf die Knie sank, in den Fingern immer noch den Ring, der im Feuerschein golden und silbern glänzte.

»Jule«, sagte er, seine Stimme war so tief, dass sie in der Luft um sie herum widerzuhallen schien und die benachbarten Stimmen zu einem leisen Murmeln abstumpfte. »Frau. Du bist meine Gefährtin. Die Mutter meines Sohnes. Du bist mutig und freundlich, rüstig und klug. Du hast alles für mich und meine Brüder gegeben, obwohl ich das nicht verdient habe. Du hast mir viele, viele Geschenke gemacht.«

Die Stimmen um sie herum schienen noch weiter zu verstummen und Jule konzentrierte sich nur noch auf Grimarrs Stimme, seine Augen und die Art, wie der Ring in seinen Fingern leicht zitterte. »Ich hätte nie gedacht, dass du so sein würdest, als ich dich damals mitnahm«, sagte er langsam.

»Ich hätte mir nicht träumen lassen, dass irgendein Mensch all das tun würde, schon gar nicht eine Ehefrau, die Tochter und Ehefrau meiner Feinde war. Aber du hast mir gezeigt, dass ich mich geirrt habe. Du hast mich gelehrt, dass Menschen wahre Gefährten und wahre Freunde sein können. Du bist es wert, geehrt zu werden. Du bist es wert, dass man dir vertraut. Und ich wünsche«, er atmete hörbar ein und aus, »ich wünsche mir, dir im Gegenzug zu beweisen, dass ich deines Vertrauens würdig sein kann.«

Die Worte fühlten sich wahr an, seine Augen sahen wahr aus, seine Hand griff jetzt nach ihrer und umschloss sie mit ihrer warmen, sicheren Wärme. »Ich wünsche«, sagte er jetzt leiser – nur er, nur sie –, »dir mein Treuegelöbnis als dein Gefährte und dein Ehemann zu geben. Ich möchte dich heiraten, meine holde Schönheit. Willst du«, sein Blick fiel auf den Ring und dann wieder auf ihr Gesicht, »dieses Versprechen von mir annehmen?«

Jule hörte ihr Herz klopfen und die Stille breitete sich aus, bis auf das Gewicht von Grimarrs Atem auf ihrer Haut. Ein Ork, ihr Gefährte, kniete vor ihr, mit diesen Worten auf den Lippen, dem Ring in seiner Hand und der schimmernden Wahrheit in seinen Augen.

»Ja, Grimarr«, flüsterte sie in diese Augen. »Ich will.«

Es war, als würde der Raum auf einmal explodieren, Rufe und Jubel erhoben sich, aber Jule konnte nur Grimarr ansehen. Die einzelne Träne, die seine vernarbte Wange hinunterlief, das reumütige, erleichterte Lächeln auf seinem Mund. Auf die Art und Weise, wie seine zittrigen Finger ihren gefunden hatten und nun den schönen neuen Ring an die Stelle schoben, an der Astins Ring gewesen war. Ein neuer Ring, ein neues Zuhause, ein ganz neues *Leben*, und als Jule ihre Arme um ihn schlang, war er da, hier, warm, lebendig, *ihrer*.

»Ach«, hauchte er, gedämpft, in ihr Haar. »Du ehrst mich, Frau. Ich danke dir dafür.«

Aber Jule hatte plötzlich genug von Worten, genug von der

Traurigkeit und dem Bedauern ihres Gefährten. Stattdessen zerrte sie ihn hoch, zog sein Gesicht zu sich heran und küsste ihn verzweifelt und wild.

Er knurrte in ihren Mund, voller Hitze, Kraft und Triumph, und in einem Wirbel von Körpern und Gliedern saß er auf der Bank, während Jule gespreizt auf ihm saß. Ihre Hände griffen bereits tief in sein seidiges Haar, zogen ihn näher an sich heran und genossen die Herrlichkeit seines feurigen Mundes, seiner scharfen Zähne und seiner wirbelnden, kraftvollen Zunge. Während seine Hände fest und schamlos über ihren Rücken, ihren Hintern und ihre Brüste wanderten. Er strich kurz über die immer größer werdende Wölbung ihres Bauches, während er dunkel und tief in ihre Kehle stöhnte.

Jule konnte nur noch keuchen und sich an ihm reiben, während ihre hungrige Leidenschaft bereits seine harte, zuckende Beule durch ihre verschiedenen Kleidungsschichten hindurch spürte. Und das Verlangen danach war plötzlich so stark, dass sie nicht mehr atmen, denken oder dem Geschehen folgen konnte. Sie konnte nur noch ihre verzweifelten Hände auf seine kräftigen nackten Schultern, seine breite nackte Brust und die harten Wellen seines Unterleibs stürzen. Und das gehörte jetzt alles ihr. Jule unterbrach den Kuss lange genug, um zu beobachten, wie ihre gierigen Hände über ihn rasten, ihn griffen und streichelten, an seinen Brustwarzen zupften, die Muskeln seiner Schultern nachzeichneten und über seine warmen Lippen glitten.

»Schöner Ork«, hörte sie sich selbst sagen, ihre Stimme zittrig und beängstigend, aber diese Augen blitzten nur vor Vergnügen, sein Mund öffnete sich, seine lange Zunge rollte gegen ihre Finger.

»Holde Frau«, säuselte er zurück, seine Stimme war eine anschwellende, vibrierende Hitze. »Ich möchte dich sehen. Ich möchte dich berühren.«

Die Worte zerrten an etwas in Jules Bauch – er fragte sie, wie er es seit ihrer ersten gemeinsamen Nacht immer getan hatte. Und der Grund, warum er fragte – sie blinzelte ihn an und versuchte, ihre wirbelnden Gedanken zu ordnen – war, dass sie ein Publikum hatten. Denn es waren nicht nur er und sie, zwei hungrige Körper auf einer Bank, sondern Hunderte von Orks, Hunderte von Augen, die sie beobachteten. Und ein kurzer Blick hinter Jule bewies, dass sie sie beobachteten. Der Raum war viel ruhiger geworden als zuvor, und um sie herum standen Reihen von Orks, die sie mit gierigen schwarzen Augen anstarrten.

Aber Grimarr wusste das – natürlich wusste Grimarr das – und seine Augen waren ebenso wartend auf Jule gerichtet. Er überließ ihr die Wahl, auch wenn sie wusste, wie sehr er sich danach sehnte, dass dies beinahe all seine Fantasien zum Leben erweckte, und zwar genau in diesem Moment.

Und Jule liebte ihn, sie wollte ihn, und was machte es bei allen Höllen aus, ob jemand anderes das wusste oder sah? Denn so war sie nun mal. Eine wollüstige, hungrige, tapfere Frau mit ihrem glorreichen, umwerfenden Gefährten, und sie wollte ihn so sehr, dass sie fast zitterte.

»Ja«, hauchte sie. »Bitte, Grimarr.«

Zuerst war da der Unglaube, der in ihren Augen aufblitzte – und dann das Verständnis und der Hunger. So unverhüllt und hart und mächtig, wie der Blick eines ausgehungerten Raubtiers, gefräßig und bereit zu töten.

»Mutige Frau«, grummelte er und legte seine Hand kurz und ehrfürchtig auf ihr Gesicht. »*Gute* Frau.«

Aber seine andere Hand war schon vorn an ihrem Kleid, die Krallen ausgefahren, und mit einem einzigen kräftigen Hieb zerriss er sowohl das Kleid als auch die darunter liegende Schicht genau in der Mitte. Er entblößte Jules Brüste und ihren Bauch vor der warmen Luft und schleuderte die Reste ihrer Kleidung kraftvoll weg, sodass sie völlig nackt vor ihm saß.

Der Raum schien noch stiller geworden zu sein und Jule konnte fast spüren, wie all die beobachtenden Orkaugen ihre nackte Haut kitzelten. Sie wanderten die Linie ihres Rückens entlang, die Wölbung ihres Hinterns, die Schwellung ihrer schweren Brüste, die hervorstehenden, verhärteten, geröteten Brustwarzen. Und dann war da noch die Rundung ihres Bauches, in dem ein Orksohn steckte, und dorthin wanderten Grimarrs warme Hände zuerst, mit gespreizten Fingern und Krallen, die sie sanft und scharf zugleich berührten.

»Meine Frau«, murmelte er in die Stille, die ihn umgab, und das genügte, um die Reste der Spannung und die flüsternde Scham wegzuspülen. »Meine eigene holde Frau. Meine Gefährtin.«

Jule erschauderte vor ihm, ihr ganzer Körper schien vor Lust zu beben, bei den Worten seiner Stimme, seinen kräftigen Händen auf ihrer Haut. Und diese warmen Hände glitten nun langsam und behutsam ihren Bauch hinauf, legten sich vorsichtig über ihre Brüste und drückten sie sanft zusammen – und dann über ihre Schultern, ihren Rücken hinunter, bis sie sich fest und besitzergreifend an ihren Hintern schmiegten. Er zog ihre gespreizten Beine noch ein bisschen näher an seine noch immer bekleidete, noch immer geschwollene Härte und entlockte Jule ein hörbares, unkontrolliertes Keuchen.

»Du hungerst nach mir, meine holde Schönheit«, murmelte er so sanft, dass seine Stimme ein vibrierendes Kribbeln der Lust war. »Du sehnst dich nach meinem Schwanz und meinem Samen.«

Jule konnte ein weiteres atemloses Stöhnen nicht unterdrücken, ein krampfhaftes Kreisen ihrer Hüften gegen die verlockende, unerreichbare Härte, und Grimarrs leises Lachen war ein weiterer Schauer der Hitze, der Farbe, des Lebens. Selbst als die großen Hände an ihrem Hintern ihn leicht nach oben zogen und ihre hungrige Nässe von ihm entfernten – Jule keuchte vor Schreck, während sie vor Vergnügen stöhnte – kippte ihr nackter Hintern nach oben und nach außen, direkt in Richtung des zuschauenden, gebannten Publikums.

Seine Hände hatten sie dabei leicht auseinandergezogen, sodass alle Orks *alles* sehen konnten. Jules gespreizten Arsch, ihre geschwollenen Lippen, ihr feuchtes Inneres, das sich verzweifelt und gierig um nichts herum zusammenzog.

»Du musst ausgefüllt werden«, kam Grimarrs hitzige Stimme, und seine aufmerksamen Augen machten das Zusammenziehen in ihr nur noch offensichtlicher. »Du musst gefüllt auf einem guten, starken Orkschwanz sitzen und mit gutem Samen vollgepumpt werden.«

Jule schien nur noch keuchen und nicken zu können, sie bettelte darum, sich in ihm zu verlieren, und als der wütende, mundwässernde Ork eine schwarze Augenbraue hochzog, gab es nur noch mehr Hunger, mehr Sehnsucht, aufsteigende und anschwellende Lust, die sich mit Leben füllte.

»Ja, Grimarr«, keuchte Jule in diese wunderschönen schwarzen Augen. »Bitte, tu es für mich. Bitte, fick mich. Fülle mich mit deinem Orkschwanz. Füll mich mit deinem guten Samen.«

Die Welle der Lust in diesen Augen war eine Freude für sich, genauso wie das langsame, warme, verruchte Grinsen, das seinen Mund verzog und ihr all die scharfen weißen Zähne präsentierte. »Gut, mutige Frau«, flüsterte er. »Dann soll es so sein.«

Und dann, den Göttern sei Dank, fiel eine seiner Hände auf seine noch immer geschlossene Hose und – Jule hätte sich fast verschluckt – holte den riesigen, geschwollenen, tropfenden Orkschwanz heraus.

Er war größer, als Jule ihn je gesehen hatte und spuckte bereits weiß aus der Spitze, seine Eier quollen fast über vor Fülle. Und verdammt, er sah gut aus, roch gut und Jule spürte, wie ihr eigener Körper vor den Augen der Orks hinter ihr tropfte, während ihre Zunge über ihre plötzlich ausgetrockneten Lippen leckte und ihre hungrigen Finger nach unten schnellten, um sich mit dem köstlichen Weiß zu bedecken.

Grimarr stieß ein hartes, hitziges Lachen aus und sah mit warmen, nachsichtigen Augen zu, wie Jule ihre feuchten Finger zum Mund führte und daran saugte. Sie stöhnte bei dem wunderbaren, köstlichen Geschmack – und wollte immer mehr und mehr, während ihre Gedanken wild durcheinander liefen und sie sich fragte, ob sie sich einfach hinknien, ihn aussaugen und anfangen könnte zu trinken.

Aber Grimarrs starke Hände waren wieder auf ihrem Hintern und führten sie zurück zu ihm, und ja, ja, *das*, ihr Körper tropfte und krampfte sich zusammen und hungerte nach ihm, fast, fast ...

Die erste Berührung des harten, nassen Schwanzes ließ sie einen Schrei ausstoßen, erstaunlich laut in der seltsamen Stille, aber auch Grimarr stöhnte, laut und guttural, und seine Finger zitterten warm auf ihrer Haut. Er führte sie immer noch nach unten, führte den harten, heißen Schwanz langsam in sie hinein, und bei allen Göttern, er fühlte sich riesig an, und bei allen Göttern, es war spektakulär, ihr Körper griff nach ihm und verlangte danach, ihr Atem kam in rauen, pfeifenden Atemzügen.

»O Götter! O *Götter*«, hauchte sie, oder vielleicht sang sie, als die riesige Härte sie spreizte, in sie eindrang und sie um sich herum ausdehnte, sie aufspießte mit seinem mächtigen Gewicht. »O Götter! O Götter! Grimarr, *bitte* ...«

Er wurde etwas langsamer und stieß jetzt auf Widerstand, so unglaublich dick und voll in ihr. Und so *lebendig*, zuckend und anschwellend und leckend, brachte er noch mehr unanständiges Keuchen und Stöhnen in Jules Mund, und sogar noch mehr, als die Hände an ihrem Hintern sie wieder hochhoben und sie spreizten. Er zeigte allen zuschauenden Orks, wie das aussah: Jules rosafarbener, geschwollener, sich zusammenziehender Körper, der sich weit um seinen riesigen grauen Orkschwanz, der jetzt zur Hälfte in ihr steckte, spannte.

Vielleicht war es das Band, der Hunger, der Wahnsinn, aber Jule *war* es! Sie *war* das hier – und sie lehnte sich noch ein bisschen weiter nach vorn, um ihnen noch mehr von ihrem gedehnten, bebenden, tropfenden Körper zu zeigen, mit dem

Schwanz ihres Anführers halb in ihr. Sie war wollüstig und hungrig und stark, sie wurde vom Anführer der Orks vor allen fünf Clans gefickt. Und warum sollten sie das auch nicht sehen? Warum sollten sie nicht sehen, wie hungrig ihr Anführer nach ihr war, wie sehr er seine Gefährtin achtete und ehrte? Und sollte sie ihnen nicht auch ihren eigenen Stolz, ihren eigenen Hunger zeigen?

Grimarrs Atem kam in anhaltenden Stöhnen heraus, seine Augen waren halb geschlossen und halb wild vor Vergnügen, und als seine großen Hände auf Jules Hintern sie noch weiter spreizten, stöhnte sie laut auf und ließ es geschehen. Sie öffnete ihre Hüften und Beine, beugte sich nach hinten, atmete tief und heftig ein und zeigte ihnen alles, was er ihnen zeigen wollte, alles, was er sie sehen lassen wollte. Und sie war bereit, sich zu entspannen, das Geschenk, das er ihr anbot, anzunehmen, seinen riesigen, kräftigen Schwanz in sich aufzunehmen, vor all seinen zuschauenden Brüdern.

Sie drückte sich noch ein bisschen fester an ihn heran, was ihm ein weiteres lautes Keuchen entlockte, und als Antwort darauf drückte er mit mehr Hitze und Kraft in sie. Sie glitt tiefer und tiefer, Atemzug für Atemzug, Herzschlag für Herzschlag. Sie war sein, er war ihrer, sie waren eins. Vor allen fünf Clans bestätigt und besiegelt und bezeugt.

Und mit einem letzten, ruckartigen Stoß war er drin. Jules Schoß drückte sich flach und hart gegen seinen, seine geschwollenen Eier pressten sich in ihre Pospalte, ihr Körper wurde durchbohrt und ausgefüllt und zitterte heftig, eingeklemmt und gedehnt und erobert vom Schwanz des Anführers, während alle seine Orks in gespannter, atemloser Stille zusahen.

»Oh«, keuchte sie, in ihn hinein, gegen ihn. Ihre Augen, ihre Hände blieben an seinem Gesicht hängen, ihre Finger klammerten sich an die Stärke seines Kiefers. »Oh. *Grimarr*. Meine *Liebe*.«

Sein erwiderndes Stöhnen war dunkle, flüssige Ekstase,

sein Schwanz schwoll noch mehr in ihr an und seine großen Hände zogen sie plötzlich in eine enge, kraftvolle Umarmung. Nackte Haut an nackter Haut, innen und außen, auf dem Schoß eines Orks aufgespießt, von seinen Armen zerdrückt, erfüllt von seinem Schwanz und seinem Sohn.

Und plötzlich war es fast zu stark, um es zu ertragen, und noch mehr, als dieser warme Mund leise und ehrfürchtig ihr Haar, ihr Ohr und ihren Hals küsste. Seine Klaue strich ihr Haar vorsichtig aus dem Weg, und Jule wölbte ihren Hals für ihn, wölbte ihren ganzen Körper für ihn, ja, ja, *ja*.

Als sich seine Zähne in sie bohrten und seine Hüften sich nach oben schoben, hörte Jule sich selbst schreien, vor lauter aufflammender Euphorie, während Grimarrs eigenes Stöhnen gegen ihre Knochen dröhnte. Er riss sie auf, zerteilte sie von innen nach außen, sein Schwanz trieb sie an, während sie hungrig schluckte – ihr hungriger Ork, ihr hungriges Selbst – und Jule konnte nichts anderes tun, als auszuharren, zu atmen, zu *existieren*. Diese Invasion, dieses Geschenk anzunehmen, geschunden, gerammt und gnadenlos entblößt zu werden, gedehnt und gekratzt zu werden und sich zu erheben, hell und lebendig und voller Freude.

Jules Erlösung kam mit einem Schrei und einem Ruck, ihr Körper schlang sich um ihn, während die Ekstase sich mit jedem Atemzug in die Höhe schraubte. Und dann war Grimarr derjenige, der schrie, sein ganzes Wesen beanspruchte sie, markierte sie, füllte sie aus, feuerte und überflutete sie mit seiner flüssigen, wogenden Kraft wie eine lange geblockte Kanone, die lebendig in ihr zerschmolz.

Die Welt schien um sie herum zu pulsieren, gegen sie zu schlagen, aber als Jule wieder erwachte, war es nur ihr Herzschlag, oder vielleicht seiner. Es pulsierte durch seine großen Hände auf ihrem Gesicht, die es nach oben kippten, wo er sie anblinzelte, sein Mund rot, seine Augen benommen und getrübt vor Lust.

»Ach«, flüsterte er. »Meine holde, mutige, großzügige Gefährtin. Du bist alles, was ein Ork sich *wünschen* kann.«

Jule konnte plötzlich nicht mehr sprechen und fühlte sich fast schüchtern, vielleicht sowohl vor ihm als auch vor den beobachtenden Orks ringsum. Grimarr schien das zu sehen, und seine großen Arme legten sich enger um sie und zogen sie in die sichere, feste Wärme seiner Umarmung, während eine seiner Hände sanft und beruhigend über ihren Rücken strich.

»Du erweckst all meine Träume zum Leben, Frau«, murmelte er leise in ihr Haar, als die Stimmen um sie herum wieder lauter zu werden schienen und die zuschauenden Orks endlich zu ihrer Feier zurückkehrten. »Und die meiner Brüder auch. Die meisten von ihnen haben noch nie gesehen, wie eine Frau einen Orkschwanz nimmt oder ihn mit so viel Eifer begrüßt. Ich wünsche mir, ihnen zu zeigen, wie man das macht.«

Richtig. Jule konnte sich ein kurzes, schnippisches Lachen nicht verkneifen und drückte sich gegen seine warme Schulter. »Es geht immer noch nur um dein geplantes Ork-Utopia, nicht wahr?«, murmelte sie. »Du willst ihnen beibringen, keine furchtbaren Liebhaber zu sein, damit sie ihre eigenen ahnungslosen Gefährtinnen anlocken können?«

Grimarr antwortete mit einem heiseren Knurren und krallte seine Klauen leicht in ihren nackten Rücken. »Es ist gut, dass sie das lernen«, sagte er mit härterer Stimme als zuvor. »Aber diese Freude ist unsere, Frau. Ich habe mich mein ganzes Leben danach gesehnt, eine Frau wie dich zu nehmen, und du hast mir dieses Geschenk gemacht. Dies und so viele andere. Meine Liebe zu dir, mein Dank an dich ist«, er zog sich wieder zurück und sah ihr in die Augen, »als hättest du eine Sonne in mir erschaffen. Eine, die niemals erlöschen oder ausbrennen wird. Das werde ich immer in Ehren halten, Frau. Ich werde *dich* immer in Ehren halten.«

Verdammt sollte dieser Ork sein und seine Hände und seine Augen und seine schönen, honigsüßen Worte, und trotz allem liefen Jule wieder Tränen über die Wangen, viel zu stark, um sie zurückzuhalten oder zu ignorieren. »Du verfluchter Ork«, flüsterte sie zurück. »Ich liebe dich auch.«

Sein erwiderndes Lächeln war fast schmerzhaft zärtlich und erhellte sein ganzes Gesicht. »Aus dieser Liebe und diesem Licht werden wir ein neues Leben aufbauen«, flüsterte er. »Du wirst sehen.«

EPILOG

Wie sich herausstellte, war eine Geburt eine erschütterndere und anstrengendere Erfahrung, als von Orks entführt zu werden, in einem fremden Berg gefangen zu sein und den eigenen Ehemann zu töten.

Die Geburt zog sich fast einen ganzen qualvollen, miserablen Tag hin, an dem Jule sich verzweifelt immer sicherer wurde, dass sie unweigerlich sterben würde. Aber ihre Pflegekräfte – Sken und Efterar sowie eine anfangs nervöse, aber sehr gut bezahlte menschliche Hebamme – blieben geduldig und gelassen und laberten Floskeln, die ebenso leer wie nervtötend waren. *Es wird bald vorbei sein. Es geht dir gut. Du hast es fast geschafft.*

Am Ende kam der einzige wirkliche Trost von Grimarr, der sich dicht neben Jule platziert hatte und dann Sken und Efterar mit befriedigender Wildheit anbellte und anknurrte. Währenddessen berührte und streichelte er Jule mit seinen starken Händen, erfüllte ihren Atem mit seinem Duft und flutete ihre Ohren mit seiner Stimme.

»Mutige Frau«, sagte er immer wieder, zwischen jeder Wehe, und fixierte Jules verzweifelten Blick mit seinen glitzernden, schwarzen Augen. »Starke Frau. Du ehrst mich. Du wirst es schaffen. Das *wirst* du.«

Jule konnte nur noch schlucken, schreien und schluchzen, immer schlimmer, je mehr Stunden vergingen, aber endlich, *endlich*, eine ganze Ewigkeit später, war es irgendwie geschafft. In Jules zitternde, erschöpfte Arme legte Efterar ein klebriges, wabbeliges, graues kleines Bündel.

Es war Tengil. Ihr Sohn.

Die Welt schien zu verstummen, gefangen in der schieren Verwunderung über diesen Anblick, diesen Moment. Ein winziges, zappelndes neues Wesen, das zum Leben erweckt wurde, lag jetzt in Jules Armen.

Und eine ihrer geheimen Ängste war bereits überwunden, denn, bei allen Göttern, Tengil war *wunderschön*. Sein Körper war glatt, perlgrau und völlig unbefleckt, mit winzigen Krallen an Händen und Füßen. Seine kleinen Gesichtszüge waren gleichmäßig und ebenmäßig, seine Ohren zart gespitzt, seine Nase ein entzückendes, spitzes Stupsnäschen. Seine Augen waren tiefschwarz und blinzelten zu Jule hinauf, und sie konnte sie nur anstarren und anstarren und anstarren.

Neben ihr spürte sie, wie auch Grimarr sie anstarrte, und jetzt war da seine große Hand, die sich breit und ehrfürchtig auf Tengils graue Haut legte.

»Tengil«, sagte Grimarr leise und lenkte die blinzelnden Augen des Kindes auf sich. »Unser Sohn. Ein König.«

Die Worte jagten Jule einen mächtigen Schauer über den Rücken, und dann noch einmal, als Grimarr weitersprach, jetzt in Wellen von Schwarzmund. Einige der Worte waren Jule zwar immer noch unbekannt, aber nachdem sie fast ein ganzes Jahr lang mit diesem Ork zusammen war, kannte sie jetzt genug, um zumindest die Bedeutung seiner Stimme zu verstehen.

Ich bin Grimarr, dein Vater, sagte er. Das ist Jule, deine Mutter, die dich getragen und mit Kraft und Tapferkeit großgezogen hat. Du bist ein Ork. Du bist Ash-Kai. Du wurdest in ein Zeitalter des

Friedens hineingeboren, dank der Liebe, die deine Mutter uns geschenkt hat.

Während er sprach, schien etwas in Jules Brust zu schwellen, denn der Kleine blinzelte seinen Vater mit seinen schwarzen Augen an, als ob er jedes Wort verstehen würde. Und dann, als Grimarr verstummt war, drehte Tengil sofort seinen kleinen Kopf und stieß ihn mit beeindruckender Kraft gegen Jules nackte Brust.

Jules Anspannung schien mit einem Mal abzufallen und sie brach in ein schallendes, helles Lachen aus, und neben ihr gluckste auch Grimarr, dessen große Hand Tengils Rücken mit eindeutiger Zustimmung streichelte. Und nachdem die Hebamme ihr kurz geholfen hatte, trank Tengil glücklich an Jules Brust, die winzigen Augen geschlossen und die kleine Faust fest um Grimarrs Finger geschlungen.

»Er ist wirklich unser Sohn«, sagte Grimarr mit großer Genugtuung. »Schau, wie gesund und munter er ist. Ich bin höchst erfreut, Frau. Ich bin froh, dass ich ausgerechnet dich als Gefährtin gewählt habe.«

Er grinste Jule stolz, hungrig und gefährlich zugleich an und jagte ihr einen beunruhigenden Schauer über den Rücken, aber sie verdrehte nur die Augen. »Du meinst, du bist froh, dass ich mich mit dir gepaart habe«, korrigierte sie ihn. »Ganz zu schweigen davon, dass ich tatsächlich deine *Nachkommen* auf die Welt bringen werde.«

Sie hatte es als Scherz gemeint, aber Grimarrs Blick auf sie war nüchtern geworden und seine freie Hand legte sich sanft auf ihr Gesicht. »Ja«, sagte er. »Ich bin froh darüber, Frau. Ich danke den Göttern jeden Tag dafür. Du bist mein Licht. Ich liebe dich so sehr.«

Er ließ den Worten einen langsamen, langanhaltenden Kuss auf Jules Mund folgen, der ebenso deutlich seine Wärme und Hingabe ausdrückte. Und sie erwiderte den Kuss, hart und plötzlich verzweifelt, so dankbar für ihn, für seine Großzügigkeit und Stärke, für alles, was er in den letzten

Monaten getan hatte, um ihre Schwangerschaft nicht nur
erträglich, sondern angenehm zu machen. Tägliche Massagen
und Liebesspiele, leckeres gekochtes Essen und regelmäßiger
gemeinsamer Sport, jeden Tag herausfordernde und
faszinierende Arbeit zusammen. Gemeinsam arbeiteten sie auf
ihr neues Leben, ihre neue Welt hin.

Und obwohl es noch viel zu tun gab und unzählige
Hindernisse zu überwinden waren, hatte der Frieden zwischen
Orks und Menschen bisher gehalten. Er überlebte nicht nur
mehrere neue menschliche Gesetze, die die neu gewonnene
Freiheit und die Aktivitäten der Orks einschränkten, sondern
auch mehrere Ausbrüche von Gewalt, meist Angriffe auf
unschuldige Orks. Aber Grimarr hatte die Situation bisher
unter Kontrolle gehalten, auch dank Jules regelmäßiger
Kommunikation mit Otto, der den Friedensvertrag von seinen
neuen, hochprofitablen Ländereien in Yarwood aus weiterhin
öffentlich und enthusiastisch unterstützt hatte.

Und dieser Friedensvertrag, so dürftig er auch war, hatte
die Welt der Orks bereits unvorstellbar verändert. Der Berg
gehörte jetzt rechtmäßig ihnen, mit Land, das mehrere Meilen
weit entfernt war. Sie konnten nun neu geschmiedete Juwelen
und Schmuckstücke gegen Nahrung, Kleidung und Vorräte
eintauschen. Und obwohl die meisten Menschen die Orks
immer noch tunlichst mieden, konnten die Orks auf den
Straßen wandeln, die Städte und Einrichtungen der Menschen
besuchen und die Menschen ansprechen, wenn sie es wollten.

Und dank dieses letzten Punktes hatten mehrere Orks neue
Gefährtinnen gefunden, und in den letzten Monaten hatten
sich tatsächlich zwei weitere Frauen dazu entschlossen, in den
Berg zu ziehen. Die eine war ein kluges blondes Mädel
namens Rosa, die sich offenbar in einer menschlichen
Bibliothek in John verliebt hatte und dessen Bauch sich bereits
sanft mit seinem Sohn rundete. Und die andere war eine
kurvige, verträumte Brünette namens Stella, die er – wenn
man Silfasts Erzählung Glauben schenken durfte – tief im

nördlichen Wald niedergeschlagen auf dem Altar der Göttin Bautul gefunden hatte. Ihre gemeinsame Anbetung war etwas ganz Spezielles, denn Silfast behandelte sie viel rauer, als Jule es je von Grimarr erlebt hatte, aber beide schienen es zu mögen, denn Stella genoss es ganz offensichtlich, Silfast sanftmütig zu immer drastischeren Maßnahmen zu provozieren.

Und obwohl Jule es immer noch seltsam fand, über so intime Dinge Bescheid zu wissen, war es schön, andere Frauen im Berg zu haben, mit denen sie reden und lachen und einfach menschlich sein konnten. Sie kochten und genossen gemeinsam menschliche Mahlzeiten, lasen und diskutierten über die Bücher, die Rosa aus der Bibliothek mitgebracht hatte, und richteten ein fröhliches kleines Spielzimmer – ohne tödliche Waffen – für ihre zukünftigen Orksöhne ein.

Das war alles viel besser, als Jule es je hätte erhoffen können, vor allem nach einem Jahr, in dem sie von zu Hause entführt worden war, ihren Ehemann getötet und einen Orksohn geboren hatte. Ein Ork, den Jule jetzt gerade immer noch küsste, ihre Zungen verschlangen sich, und seine Finger verschränkten sich fest mit ihren.

Als Grimarr sich schließlich von ihr löste, fühlte sich Jule zittrig und atemlos, ihre Augen waren auf seine gerichtet. Sie starrte ihn müde an, als er ihre Hände zusammenführte und ihre Finger sanft küsste, wobei sein Mund zuerst auf ihrem Ehering verweilte und dann zu dem dicken Goldring an seinem eigenen Finger wanderte. Ein Ring, den Jule in der Schmiede der Ash-Kai mit viel Hilfe selbst angefertigt und dann Grimarr vor einem menschlichen Priester am Fuße ihres Berges unter dem Jubel hunderter Orks angesteckt hatte.

Und obwohl die Beziehung zwischen Jule und Grimarr immer noch nicht perfekt war und ihr Vertrauen ineinander immer noch eine tägliche Entscheidung war, hatte Jule keine Vorbehalte und bereute nichts. Sie wollte hier sein. Sie wollte diesen Frieden. Sie wollte diesen Ork, so stur, berechnend und zornig er auch war. Ihren schönen, starken, brillanten Gefährten. Ihre eigene Wahl.

»Und ich liebe dich, Grimarr«, flüsterte sie leise, während sie in die Augen schaute, die sie immer noch beobachteten. »So sehr.«

Ihre Stimme versagte leicht, als sie sprach, ihre Augen blinzelten, aber seine beiden Hände waren schon auf ihrem Gesicht und wischten die Nässe weg. Und sein Mund war schon wieder da und küsste sie mit warmem, berauschendem, vertrautem Hunger. Und diesmal war es nur eine Berührung seiner perfekten, scharfen Zähne, die eine nicht zu leugnende, brodelnde Hitze durch Jules verwirrte, abgestumpfte Gedanken zogen.

»Wartet, wartet, wartet, ihr zwei«, sagte eine Stimme, Efterars Stimme, die schärfer war als zuvor am heutigen Tag. »Nichts von alledem. Sie hat gerade *entbunden*, um Himmels willen. Kein Sex. Für *Wochen*.«

Grimarr zog sich abrupt von Jule zurück und warf Efterar einen grässlichen Blick zu. »Sehe ich aus, als würde ich ... *sexen*?«, fragte er. »Ich kümmere mich nur um meine Gefährtin. Meine *Ehefrau*. Die Mutter meines eigenen *Sohnes*.«

Eine unverkennbare Wärme hatte sich in seinen finsteren Blick geschlichen, seine große Hand streichelte sanft Tengils flaumiges Haupt, aber Efterar blickte nur mit verschränkten Armen zurück. »*Noch* habt ihr keinen Sex«, sagte er barsch, »aber wir haben alle genug gesehen, um *genau* zu wissen, wie das, was ihr da macht, endet.«

Er bezog sich damit natürlich auf die Tatsache, dass Jule und Grimarr ihre öffentlichen Aktivitäten in den Gemeinschaftsräumen und Versammlungsräumen des Berges und darüber hinaus fast täglich fortsetzten. Und nach so langer Zeit empfand Jule darin keine Scham mehr, sondern nur noch ein starkes, grundlegendes Vergnügen. Offen geschmäht, entblößt, ausgefüllt und gefickt zu werden von ihrem auserwählten Gefährten, ihre Lust und Freude zu leben, ohne Vorwürfe oder Reue.

»Ich sollte niemals riskieren, meine Gefährtin zu verletzen«, sagte Grimarr und runzelte wieder die Stirn. »Aber was schadet es, wenn sie mich küsst? Oder was schadet es, wenn sie meinen Schwanz lutschen möchte, um durch meinen guten Samen wieder zu Kräften zu kommen?«

Der Hunger schien mit einem Mal durch Jules verworrene, erschöpfte Gedanken zu drängen, aber Efterar stöhnte verzweifelt auf, und jetzt war es Sken, der vorwärts trat und einen dürren Finger auf Grimarrs breite Brust drückte.

»Nein, Junge«, sagte er. »Dein Bruder hat recht. Du tust das erst, wenn du sicher bist, dass du es kontrollieren kannst. Sonst wird deine Gefährtin dir *nie* wieder einen Sohn gebären.«

Die Angst flackerte in Grimarrs Augen auf, aber dann grinste er wieder, noch grimmiger als zuvor. »Du lügst, Sken«, sagte er barsch. »Tu nicht so, als wüsste ich das jetzt nicht. Nicht, nachdem du gesagt hast, mein Sohn würde getötet werden, und das wurde er nicht.«

Skens bleicher, unbarmherziger Blick fiel kurz auf Tengil, der nun an Jules Brust eingeschlafen zu sein schien. »Ich weiß am besten, was ich sehe, Junge«, sagte er, »und du weißt, dass du meine Worte für die Wahrheit nehmen musst.«

Grimarr seufzte, aber Jule konnte sehen, wie er nachgab und seine breiten Schultern nachgaben. »Wie lange müssen wir darauf verzichten?«

»Vierzig Tage«, sagte Efterar prompt und zwinkerte Jule bedeutungsvoll zu. »Und dann werden wir sehen.«

Grimarr warf Efterar noch einen grimmigen Blick zu, drehte ihm dann aber den Rücken zu und ließ sich neben Jule, die erschöpft war, auf dem Bett nieder. Er zog sie dicht an sich heran, sein großer Arm umschloss sie und Tengil gleichzeitig, und die Freude darüber, die grundsätzliche Richtigkeit dessen, schien hinter Jules erschöpften Augen zu funkeln und zu leuchten.

»Ach, meine holde Schönheit«, murmelte Grimarr, dicht an ihrem Ohr. »Ich bin erneut für meine vergangenen Sünden bestraft worden. Vierzig Tage darf ich dich nicht haben. Nicht einmal deinen *Mund*.«

Er klang wirklich traurig, und Jule wandte ihm ihr Gesicht zu und spürte, wie sie ein ersticktes Kichern ausstieß. »Zum Teufel«, sagte sie dickköpfig, »werde ich vierzig Tage lang ohne *das* auskommen.«

Grimarr blinzelte sie an, aber dann zuckte sein Mund warm und anerkennend nach oben. »Nicht so laut«, sagte er mit einem wachsamen Blick in Richtung Efterar und der Hebamme, die gerade dabei waren, die schmutzigen Bettlaken aufzuräumen. »Lass das nicht unsere Wächter hören, Frau.«

Jule kicherte wieder und schmiegte sich enger in Grimarrs warme, starke Arme. Sie versank in der vollkommenen, kostbaren Wahrheit über ihre Familie, ihren Gefährten und ihren eigenen kleinen, schlafenden Sohn. Sie hatten es geschafft. Sie hatten die Welt verändert und neues Leben in ihr erschaffen.

»Schlaf jetzt«, flüsterte Grimarr und drückte Jule einen sanften, beruhigenden Kuss auf ihr Haar. »Ich werde dich festhalten.«

Jule wusste, dass er es ernst meinte, und als sie ihre Augen schloss und seinen Duft einatmete, schien die Welt um sie herum nur noch heller zu werden, reich an Schönheit, Wärme und Leben.

Sie war tatsächlich zu Hause.

~

DAS ENDE

~

DANKE FÜRS LESEN
UND ERHALTE EINE KOSTENLOSE BONUS-STORY!

Vielen, VIELEN Dank, dass du mich bei der Geschichte von Jule und Grimarr begleitet hast!

Wenn du noch mehr Zeit mit unseren Orks verbringen möchtest, melde dich auf meiner E-Mail-Liste unter **www.finleyfenn.com/deutsch** an, um zusätzliche Inhalte zu erhalten, wie z. B. leckere Grimarr-Grafiken und eine kostenlose Ork-Sworn-Story. Ich würde mich freuen, mit dir in Kontakt zu bleiben!

GRATIS STORY:
Geopfert vom Ork

Das Monster braucht eine Opfergabe. Und sie liegt nackt auf dem Altar ...

Als Stella in einer schicksalhaften Nacht allein durch den Wald wandert, sucht sie nur nach Frieden, Erleichterung, nach einer Flucht. Ein paar gestohlene Momente auf einem geheimen, uralten Altar, vereint mit dem Mond über ihr.

Bis sie von einem riesigen, hässlichen und blutrünstigen Ork angegriffen wird. Ein Ork, der eine Opferung verlangt – nicht durch sein Schwert, sondern durch Stellas vollständige Unterwerfung. Vor seinen Klauen, seinen scharfen Zähnen, seinem riesigen, muskulösen Körper. Jedem seiner demütigenden, erregenden Befehle ...

Aber Stella würde sich niemals von einem Monster benutzen und opfern lassen – oder doch? Selbst wenn ihre Unterwerfung ihr die Gunst des Mondes verschaffen und ihr Herz für ein ganz neues Schicksal öffnen würde?

DANKSAGUNGEN

Ich bin so dankbar für meine Leser und Leserinnen, vor allem für meine brillanten Beta-Leser und Vorab-Rezensenten. Ohne euch hätte ich das nicht geschafft!

Besonderen Dank an Evelyn Fae und Isa für das Betalesen auf Deutsch. Ich bin so dankbar! Und Amy, vielen Dank für deine ständige Ermutigung, Anleitung und Unterstützung. Ich kann dir gar nicht sagen, wie viel mir das bedeutet.

Zu guter Letzt möchte ich meine größte Dankbarkeit und Verehrung an meinen eigenen Gefährten richten, der jeden Helden, den ich mir ausdenken könnte, in den Schatten stellt. Ich liebe dich, mein dunkler Begleiter.

ÜBER DIE AUTORIN

Finley Fenn schreibt schon so lange, wie sie denken kann, über Menschen, die sich verlieben. Ihre aktuelle Besessenheit sind Orks, und ihre laufende Ork-Sworn-Reihe wurde als »sexy, romantisch, angstbesetzt und fesselnd« (von Romantically Inclined Reviews) gelobt.

Wenn sie nicht gerade schreibt, liest Finley alles, was sie in die Finger bekommt, und sabbert über köstliche Ork-Kunstwerke. Sie lebt in Kanada mit ihrer geliebten Familie, zu der auch ihr ganz eigener mürrischer, wunderschöner Ork-Ehemann gehört.

Um kostenlose Bonus-Storys und Epiloge sowie Neuigkeiten zu den nächsten Büchern zu erhalten, melde dich an unter www.finleyfenn.com/deutsch.